国家出版基金项目
NATIONAL PUBLICATION FOUNDATION

总主编 吴俊
总校阅 黄静
肖进 李丹

本卷主编 陈俊

中国当代文学批评史料编年

第十卷 2003—2005

华东师范大学出版社

本书为国家出版基金资助项目
国家"双一流"拟建设学科"南京大学中国语言文学艺术"资助项目
江苏高校优势学科建设工程"南京大学中国语言文学"资助项目
江苏省2011协同创新中心"中国文学与东亚文明"资助项目
南京大学中国新文学研究中心资助项目

编纂说明

文学批评史尤其是中国古代文学批评史,本是文学研究中的大宗。但从20世纪90年代开始,批评史退出了学科设置体系,由此对相关的教学和研究都有影响。较之于古代文学批评史,现当代文学批评史显然薄弱,或可说当代文学批评堪称发达,而当代文学批评史的研究却最弱。这从学术上看倒也是正常现象。只是所谓当代的时间范畴一直在无限扩展,恍惚间已达到了六十年,是一般概念中的现代文学时间的两倍。其他不谈,如果现代文学史、现代文学批评史方面的学术成果足以令人惊艳的话,当代文学批评的历史及内涵体量应该也完全能够支持当代文学批评史的研究开展。

或许受到20世纪80年代早期我在复旦大学读书时上过的现代文学文论课的影响,90年代末期我在华东师范大学开设过当代文学文论、当代文学批评史专题之类的课程,大概算是较早的同类课程教学和研究。调南京大学工作后,当代文学批评史方向的研究,我也一直在继续。2010、2011年间,我任首席专家的"中国当代文学批评史"项目竞标成功,立项为教育部重大课题攻关项目。这促使我必须在近年完成至少两项任务:一是结项项目专著《中国当代文学批评史》的撰写,二是原定计划中包括正在进行的《中国当代文学批评史料编年》等的文献整理及研究课题。在我看来,当代文学批评史的研究开展及其学术保障,必须依赖并建立在后者之类的专业史料和文献研究的基础之上。这可以说就是我从事这项具体工作的初衷。

感谢我的合作者多年来的精诚团结,终于完成了这套丛书的编纂。付梓之际,既感欣喜和放松,但也不乏遗憾和不安。毕竟凡事总不能做到尽善尽美。我视这套书为中国当代文学批评的历史图标集成,它应该是将历史的散点集合而成的一种逻辑系统。所以准确性和系统性是它的基本要求,也是它的基本特点,它对专业研究的学术价值也将视此而定。这套书的收录对象主要是狭义的文学批评史料,但也有与文学批评相关的一般当代文学理论史料,甚至包括了一些古代文学研究、外国文学研究等方面的史料;之所以如此,从宏观上简单说是因为中国当代文学批评的开展和理论建设往往与"古为今用、洋为中用"的思想指导相关,在古今、中外研究中,互相间的影响和互动互渗是一种历史的常态。这其实也就给这套书的编纂带来了显见的困难,如何取舍既难轻断,且常易断错。另一方面,失之疏漏、错失的地方又几乎在所难免。尤其是在定稿成书之后,诚惶诚恐就是我现在的真实心理。不管怎样,作为总主编我须为这套书的质量和水平负责。希望学界同道不吝赐教。

感谢丁帆教授慨赐墨宝为本书作书名题签。这套书除了已经署名的主编者、校阅者之外,还有我的研究生吴倩、郭静静参与了资料补充、核查工作,谨表感谢。对于华东师范大学出版社王焰女士、庞坚先生诸位多年来的宽容和照应,特别是他们为这套书的出版所付出的劳动,再次深表由衷的感谢。

吴 俊

2017 年 8 月 8 日

写于南京东郊仙林和园

目　录

1	2003年	111	2004年	221	2005年
3	1月	113	1月	223	1月
14	2月	125	2月	237	2月
19	3月	131	3月	241	3月
32	4月	144	4月	256	4月
38	5月	148	5月	260	5月
49	6月	162	6月	273	6月
55	7月	168	7月	278	7月
67	8月	179	8月	291	8月
73	9月	184	9月	296	9月
87	10月	198	10月	309	10月
91	11月	202	11月	312	11月
104	12月	215	12月	324	12月

2003年

2003年

1月

1日,《大家》第1期发表王干的《颤栗的城市,成长的女性——2002年小说印象一种》。

《名作欣赏》第1期发表曾一果的《纯粹的歌咏——海子〈面朝大海,春暖花开〉解读》;薛蓓蓓的《无法走进的春天——读海子〈面朝大海,春暖花开〉》;余玲玲的《春天,祈祷幸福的海子——〈面朝大海,春暖花开〉浅析》;张应中的《〈面朝大海,春暖花开〉索解》;杨剑龙的《生命的思考与终极的关怀——读〈清水里的刀子〉》;达吾的《关于〈清水里的刀子〉:蚕吐或者一种内力的释放过程》;吴宏凯的《诗化的死亡叙事——解读小说〈清水里的刀子〉》;何希凡的《宗教仪式下的人性与神性——读石舒清小说〈清水里的刀子〉》;姚洋音的《冲突、困惑与探索——读徐坤的小说〈厨房〉》;何平的《厨房里的革命——〈厨房〉读解》;吴宏凯的《逼问女性的生存空间——读徐坤的小说〈厨房〉》;唐欣的《女性解放:无处遁逃的陷落——解读〈厨房〉》;何希凡的《宿命,在厨房中演绎——徐坤小说〈厨房〉的文化蕴含阐释》;吴毓生的《温馨的生活,热情的歌唱——读迟子建的短篇小说〈清水洗尘〉》;于东晔的《生命之重与生命之轻——读池莉的小说〈看麦娘〉》。

《当代电视》第1期发表盛再超的《电视艺术平民化创作风格的追求》;梁光弟的《民族精神的正气歌——电视剧〈世纪之约〉观感》;高鑫、吴秋雅的《现代性的诉求与文化价值的重建——电视剧〈世纪之约〉评析》;高赛的《一部反腐题材的电视剧力作——浅谈〈省委书记〉的思想艺术特色》。

《作家》杂志第1期发表谢有顺的《身体伦理的变迁》。

《钟山》第1期发表王彬彬的《沫若之吻及其他——写在郭沫若诞辰110周年之际》;贺仲明的《红柯论》。

《诗刊》1月号上半月刊发表张大为的《郑敏访谈录》;郑敏的《诗人到死诗方尽》;柏铭久的《谢谢三峡!》波佩的《诗人的天职是返乡——柏铭久素描》;专栏"热点话题:我观今日诗坛"发表吕进的《对话与重建》,陈超的《诗的困境与生机》,杨克的《一两年与二十年》;"理论罗盘"专栏发表丁芒的《论抒情诗中的"情"与"理"的辩证运作》。

《解放军文艺》第1期发表黄雪蕻的《有关青春与成长的故事》;朱苏进的《且歌且行——〈美丽嘉年华〉赏析》。

2日,《人民日报》发表张炜的《美从中来》。

《小说选刊》第1期发表衣向东的《两个男人之间的对话》;冯敏的《伤痛的记忆》、《从人物到故事》。

《文艺报》第1期发表王啸文的《与时俱进的中国电视剧》;王伟国的《奏响时代主旋律》;王昕、陈娜的《红杏枝头春意闹》;戴清的《宏大叙事及其他》;杨映川的《在期望值之下的〈英雄〉》;傅谨的《"英雄"时代》;许波的《杂糅的〈英雄〉》;涤非的《〈英雄〉之境界》。

《新剧本》第1期发表安葵的《2002年戏曲创作印象》;若化的《〈十品村官〉的戏剧情致》。

3日,《人民文学》第1期发表毕飞宇、李敬泽等的《文学的前沿——首届青年作家论坛上的对话》。

4日,《文艺报》第2期发表刘忠的《直面"皇天厚土"的沉重与悲悯——评金学种的长篇小说〈净土〉》;牛玉秋的《怎样才能像山一样屹立——小议〈山还是山〉》;李一安的《读〈英格兰,十六岁的天空〉》;以"与时俱进努力实现现当代中国文艺理论的创新——厦门大学中文系文艺学专业教授座谈会笔谈"为总题,发表杨春时的《超越主体性文论 建立主体间性文论》,林兴宅的《历史唯物主义基础上的文艺学方法论创新》,黄鸣奋的《数码媒体与文学创新》,俞兆平的《从科学主义角度拓展中国现代文论研究视野》,朱水涌的《超越前现代与现代的紧张》,易中天的《新历史条件下文艺理论的创新》;同期发表胡殷红《"浮躁"毁灭作家——与李敬泽讨论写作心态问题》;颜慧的《中国人要支持中国电影》。

《传记文学》第1期发表北塔的《戴望舒在香港的风雨岁月》。

5日,《文汇报》发表《文学的直观性、形象性及语言——王蒙在上海图书馆"新世纪论坛"的讲演(节选)》;罗云锋的《"新工具革命"不是文学的灵丹妙药——与邹平〈关注文艺的新工具革命〉一文商榷》。

《花城》第1期发表张柠的《肉体符号的文化分析》;谢有顺的《叙事也是一种权力——中国当代小说的话语变迁》。

《电影艺术》第1期发表边季平的《变化与等待:2002年中国电影扫描》;李彦的《生活焕发创作灵感——2002年国产新片创作座谈会》;王宜文的《2002年

度国产电视剧叙事文体描述》;郑洞天的《"第六代"电影的文化意义》;黄式宪的《"第六代":来自边缘的"潮汛"》;金丹元、丁宁的《论中国新一代导演的多重选择》;沈亮的《可爱的传统——论"第六代"电影中的保守倾向》;吴小丽的《新生代与"主体性"叙述——兼析〈花眼〉〈寻枪〉〈生活秀〉》;葛颖的《无"代"时代的理论困惑——"代"概念应予废止》;李学武的《主旋律该怎么唱:叙事与非叙事》;邓光辉的《误读与重读:影视文化研究中的"杰姆逊"》;梁重伟的《在场:电影的未来形态》;戴小兰的《私营电影业的兴起与中国早期电影期刊》。

7日,《文艺报》第3期发表刘路的《他从来就没有离开这个世界——纪念路遥先生》;陈晓明《恢复个人的真实记忆——评沈乔生〈狗在1966年咬谁〉》;胡平的《深刻的体验　美丽的表达——读〈纯真年代〉》;林非的《切中肯綮　游刃有余——简评文学评论集〈文化中的智性〉》;陈柏中的《哈萨克草原小说新拓——读朱玛拜小说集〈蓝雪〉》;徐德明、王宏根的《简论〈惠风论丛〉四家》。

《人民日报》发表雷达的《人性的冶炼与岭南的豪气——读长篇小说〈大江沉重〉》。

9日,《文艺报》第4期发表张德祥的《"古装戏"对新文化传统的瓦解》;高平的《历史剧补议》;宋宝珍的《2002年话剧舞台回眸》;刘厚生的《一枝红丽的梅花》。

10日,《中外军事影视》第1期发表阳夷的《在一个平台上共享光荣与快乐——对国产军事题材影片未来走向的一点思虑》;贾占妥的《和平年代军人形象纵横谈》。

《中州学刊》第1期发表贾艳艳的《论余华小说的生存意识》。

《中国社会科学》第1期发表张卫中的《新时期中国小说的时间艺术》。

《电视·电影·文学》第1期发表吴易梦的《留住我们灵魂的眼泪——中国影片〈美丽的大脚〉赏析》。

《电影文学》第1期发表唐者的《我们诗一样的理想像鸡毛一样飞》。

《西南师范大学学报(人文社会科学版)》第1期发表樊星的《新时期文学中的"后现代"思潮》;曾利君的《论"新笔记小说"的现代性》。

《浙江大学学报(人文社会科学版)》第1期发表吴秀明的《当代文学学科特点与时代新质的嬗变——兼谈当代文学史编写的另一种思路》;范志忠的《论二十世纪中国现代历史剧的批评话语》。

《理论与创作》第1期发表宋建林的《艺术消费的误区与引导》；熊六良的《文论"失语症"：历史的错位与理论的迷误》；汪政的《魏微的双重叙事》；陈平的《一代启蒙者的历史宿命与精神启示——从〈男人的一半是女人〉看张贤亮的新启蒙意识》；吴德利的《商业社会的生存境况与人际交往——读铁凝的〈谁能让我害羞〉》；胡泽球的《从新视角看"傻子"人物——〈喧哗与骚动〉和〈爸爸爸〉中傻子主人公比较研究》；董正宇的《也说"学者散文"》；刘起林的《人情幽暗处的美丽与温存》；郑坚的《末代文人的"事业"成功史和精神颓败史——读阎真的小说〈沧浪之水〉》；陈立群的《官场的终结与民间的开端——评肖仁福的小说〈官运〉》；李国春的《小城故事，沧桑历史——〈母城〉艺术谈》；李国华的《20世纪中国文学批评研究》；郝雨的《跨文体写作与诗化小说》；王科的《小说，请不要回避崇高——20世纪末小说现象研究之二》；湘文的《柳炳仁长篇小说创作研讨会综述》。

11日，《文艺报》第5期发表王剑冰的《说2002年的散文》；林莽的《2002年的新诗》；赵光的《歪瓜裂枣滋味长——读杂文集〈歪瓜裂枣〉》；徐江的《罗萌的小说〈壶里乾坤〉》；颜慧的《中国电影当自强》。

《中华文学选刊》第1期发表雷达的《为什么需要和需要什么——对当今文学存在理由的若干思索》；铁凝的《从梦想出发》；古耜的《性情文章雅士风——读高洪波的散文随笔》；陈白子的《追随时代，还诗于民——读苏子龙诗集〈蟹语〉》。

14日，《文艺报》第6期发表金炳华的《农村改革的壮丽画卷——在关仁山长篇小说〈天高地厚〉研讨会上的讲话》；郝雨的《走进生命的更高真实——评刘建东长篇小说〈全家福〉》；艾斐的《用先进文化观照和提升文学创作——关于重振文学影响力和震撼力之我见》；曾庆元的《全球化语境与文学的民族性》；张皓、宋雄华的《生态批评的多种声音》；胡良桂的《母题研究的新成果——读谭桂林的〈长篇小说与文化母题〉》；张光正的《台湾新文学开创史的铁证——〈张我军全集〉(台湾版)出版》；古远清的《漂泊情怀总是诗——读绿蒂〈沉淀的潮声〉》；曾庆瑞的《絮语闲话铸心史——周啸红散文选〈迢递归乡路〉读后》。

15日，《山东社会科学》第1期发表周海波、苗欣雨的《"鲁镇"的生存哲学——重读〈孔乙己〉》；王颖的《女权理性视野下的二十世纪中国女性文学》；潘晓生的《大众文化视野中的反腐倡廉文学》；王雪伟的《论建国后的何其芳》；王洪岳的《评张光芒新著〈启蒙论〉》。

《中山大学学报(社会科学版)》第1期发表蔡敏的《20世纪90年代中国传媒

文化的转型》。

《文艺争鸣》第1期发表王彬彬的《从瞿秋白到韦君宜——两代"革命知识分子"对"革命"的反思之一》；何西来的《拒绝对历史的遗忘》；朱晶的《一个地方评论家的述说》；陈忠实的《文学的信念与理想》；董健的《告别"评论缺位的时代"——我与文艺评论》；[德]洪安瑞、张清华的《20世纪的一个文化寓言——对4部新历史主义小说的讨论》；洪子诚、钱文亮的《当代文学史研究中的史料问题》；丁帆的《蹉跎的激情岁月（之二）》；袁良骏的《学术不是诡辩术——致严家炎先生的公开信》；以"《暗示》四人谈"为总题，发表南帆的《文明的悖论》，汪政的《语言内外》，贾梦玮的《温暖的思想》，余杰的《拼贴的印象 疲惫的中年》；同期发表富华、夏中义的《想象迷失与价值甄别》；李丹梦的《真实的追求与局限——关于尤凤伟的〈泥鳅〉和其他》；段大明的《激情·煽情·悲情·矫情——〈激情燃烧的岁月〉的几点认识误区》；孔朝蓬的《历史的呈现与反思——观〈激情燃烧的岁月〉有感》；王云芳的《夹缝之中的暧昧策略——阅读〈大家〉（1994—2002）》。

《文学评论》第1期发表董之林的《当代文学与"大众文化市场"学术研讨会侧记》；叶立文的《论先锋作家的真实观》；姚晓雷的《当下市民文化精神的两种演示——王朔与金庸小说中人物形象之比较》；张志忠的《人生无梦到中年——池莉简论》；胡星亮的《论"第四种剧本"及其前前后后》；张光芒的《读〈评判与建构——现代中国文学史学〉》；饶芃子的《拓展海外华文文学的诗学研究》。

《中国图书评论》第1期发表舒晋瑜的《公民写作者韩少功》；杨宁的《童心：生命的绿洲——浅析儿童幻想小说〈毛毛〉中的童心意识》；陈南先的《成长的快乐和烦恼——读〈女生日记〉和〈男生日记〉》。

《云南民族学院学报（哲学社会科学版）》第1期发表马绍玺的《诗歌中的自我和他者——全球化语境中少数民族诗歌的文化认同问题》。

《天涯》第1期发表耿占春的《文学批判的歧途和潜能》；张新颖的《界外消息》。

《当代文坛》第1期发表斯炎伟的《从"重意义的故事"到"重意味的形式"——论新时期以来小说的叙事革命》；李凤亮的《文学批评如何走向多元——从外国文学思潮的影响说起》；刘文良的《现代微型小说人物论研究回眸》；黄洁的《〈经典关系〉：演绎当代都市风情的"言性"小说》；姜异新的《边缘人的文化格局——苏童〈蛇为什么会飞〉解读一种》；刘恋的《黄粱梦与"野地记忆"——解读

〈能不忆蜀葵〉》;朱青的《简评张抗抗长篇新作〈作女〉》;孟文彬的《网络时代:灵魂的游走与分裂——解读吴玄小说〈谁的身体〉》;韩春艳、孙玉双的《渴望温馨——读王安忆短篇新作〈小新娘〉、〈闺中〉、〈伴舞〉》;罗关德的《论〈怀念狼〉情节的神秘数象——贾平凹意象小说探析之一》;何彬的《女作家小说中叙事距离的模糊性》;周水涛的《"乡土小说"的涵盖能力及其他》;曾艳艳的《略论婚外恋题材小说中的角色定位》;冯肖华的《当代大学生题材创作的三股浪潮——兼谈旧时期知识分子题材》;邹菡的《生命的繁复与纯然——与〈生活的艺术〉和〈京城闲妇〉对话》;马绍玺的《时间深处的伤痕——读阮殿文的散文》;邓芳的《大地之子的乡土恋曲——略论张生全的散文》;冯建章的《市民社会及其终极语境——探究〈致女儿书〉的曲径通幽处》;李公文的《新诗审美重构中的诗人姿态》;王剑的《现代诗的空间建构》;陈本益的《林庚的"半逗律"论和"典型诗行"论评析》;王爱松的《杂语写作:莫言小说创作的新趋势》;周景雷的《红色冲动与历史还原——对莫言小说的一次局部考察》;郑坚的《在民间戏说民间——〈檀香刑〉中民间叙事的解析与评判》;龚云普的《积淀与推进——评陈思和主编〈中国当代文学史教程〉》;陈定家的《一部值得珍视的著作——评〈文艺批评:实践与理论〉》;吕豪爽、汤巧巧的《西部少数民族儿童文学创作的开拓者——意西泽仁侧论》;周双丽、李乃莹的《童心可鉴——简论秦文君〈男生贾里全传〉》;徐永泉的《幻想与理性的和谐奏章——彭懿〈魔塔〉评析》;左怀建的《抛掷与荒凉——评寿静心中篇小说〈心脏病〉》;姚思源的《山魂、山胆、山情——读张道深的长篇小说〈两河口〉》。

《江汉论坛》第1期发表罗昌智的《挣脱羁绊的蜕变与永难止遏的演进——20世纪中国新诗现代化之检讨》。

《当代电影》第1期发表胡克的《残酷的恋情》;张东钢的《最高任务的体现》;王一川的《从无声挽歌到视觉动画——兼谈大众文化对高雅文化的置换》;张卫的《下潜创作之源——吴天明访谈录》;陈墨的《赤诚与迷惘——吴天明电影创作道路评析》;刘海的《试析刘恒的影视剧作特色》;李春的《试论陆天明反腐剧作的通俗叙事》;吕益都的《浮光掠影的都市空间,时尚想象的情感表述——新世纪以来几部都市情感影片的叙事分析》;侯军的《李行的电影创作与中国传统文化精神》;喻群芳的《一个儒者的困境:杀人,或者衰老——杨德昌导演艺术论》;赵卫防的《蔡明亮:都市丛林中寂寞的潜行者》。

《齐鲁学刊》第1期发表杨剑龙的《历史情境与世纪回眸——关于十七年文

学、"文革"文学研究的思考》;温奉桥的《走出"二元对立"的思维定势——关于当前文学史观念的一种思考》。

《社会科学》第1期发表陈思和的《知识分子转型与新文学的两种思潮》;王一川的《走向文化的多元化生——以文学艺术为范例》。

《社会科学研究》第1期"文学史研究方法"专栏发表张荣翼的《试析文学史的自律论模式》,韩云波的《论中国文学史研究的整体史观念》,马睿的《中国文学史研究的现代发生》。

《学习与探索》第1期发表石兴泽的《老舍的文学世界与中国民间通俗文学》。

《学术论坛》第1期发表杨厚均的《中国现代乡村小说的反现代性倾向》。

《南方文坛》第1期发表旷新年的《"重写文学史"的终结与中国现代文学研究转型》;陈晓明的《绝望地回到文学本身——关于重建现当代文学研究规范的思考》;李杨的《"好的文学"与"何种文学"、"谁的文学"》;谢泳的《由常风的经历说起》;李敬泽的《圣杯骑士或一种"小说"》;张柠的《批评何为?》;郜元宝的《批评应该为自己负责》;李建军的《时代及其文学的敌人》;张柠的《当代中国的都市经验》;朱文颖的《雾中风景》;王彬彬的《花·雨·狐——朱文颖小说印象》;张清华的《朱文颖及其小说》;赵德利的《精英知识分子的时代选择——评雷达〈思潮与文体〉》;甘以雯的《韩美林的散文创作》;王力平的《追问日常生活的意义——读何玉茹小说集〈楼上楼下〉》;陶庆梅的《作为社会论坛的戏剧》;贺绍俊的《理论批评动态》。

《短篇小说(选刊版)》第1期发表毕淑敏的《男性的爱》(创作谈);王蒙的《毕淑敏:文学界的白衣天使》;程光炜的《中产阶级时代的文学》。

16日,《文艺报》第7期发表晗聪的《浅说话剧〈思凡之后〉》;王臻青的《现代气质与中国魅力——评现代芭蕾舞剧〈末代皇帝〉》。

《文学报》第1368期发表李瑞铭的《理性看待名家新作的"滑坡"——部分知名作家的作品引起争议》。

17日,《当代电视》第1期发表高赛的《一部反腐题材的电视剧力作——浅谈〈省委书记〉的思想艺术特色》。

18日,《文艺报》第8期以"关于电视剧《DA师》的讨论"为总题,发表贾磊磊的《经历未来历史的人》,苏小卫的《风格的力量》,张东的《放飞理想 品读另类》、丁临一的《猛士如云唱大风》、边国立《当代军旅电视剧的新收获》、李炳炎的《对我军跨越式发展的形象探索》、路海波的《扎实的剧作基础》。

《中国戏剧》第1期发表廖奔的《戏剧：与时代共进——戏剧现状五年回顾》；傅谨的《工业时代的戏剧命运——对魏明伦的四点质疑》；宋宝珍的《澳门文化盛事　华文戏剧新篇——第四届华文戏剧节在澳门举行》。

19日，《文汇报》发表杨剑龙的《审视文学的文化批评》。

20日，《小说评论》第1期发表雷达的《长篇小说笔记之十五——孙皓晖〈大秦帝国〉，吕雷、赵江〈大江沉重〉，老村〈人外人〉》；李建军的《小说病象观察之七：傲慢与黑暗的写作》；邵建的《文坛内外之二十六："旁白"一组》；阎连科、梁鸿的《"中原突破"的陷阱——阎连科、梁鸿对话录》；以"池莉专辑"为总题，发表於可训的《主持人语》，池莉的《创作，从生命中来》，赵艳、池莉的《敬畏个体生命的存在状态——池莉访谈录》，赵艳的《池莉小说的叙述张力》；同期发表雷达等的《〈大漠祭〉评法几种》；邵燕君的《〈平凡的世界〉不平凡——"现实主义常销书"生产模式分析》；李晓林的《严歌苓作品中的悲悯与荒诞》；李敬泽的《莫言与中国精神》；谢有顺的《成为一个存在的发问者——以陈希我的小说为例》；于红、胡宗锋的《乡村守卫者的悲歌——读〈土门〉与〈德伯家的苔丝〉》；肖鹰的《寓言的反抗——读亦夫小说〈城市尖叫〉》；王春林的《女性精神的悲情表达——评蒋韵长篇小说〈我的内陆〉》；文兰的《打造经典的耐性——陈忠实创作历程的启示》。

《北京大学学报（哲学社会科学版）》第1期发表温儒敏的《"苏联模式"与1950年代的现代文学史写作》；高秀芹的《都市的迁徙——张爱玲与王安忆小说的都市时空比较》。

《求索》第1期发表王雅平的《女性生命和情感的写真——舒婷诗歌创作回眸》；余蕾的《论海子抒情诗中的浪漫精神》。

《阜阳师范学院学报（社会科学版）》第1期发表高云的《忧伤的画意——席慕容诗歌品评》。

《河北学刊》第1期发表赵小琪的《台湾作家对西方现代主义的接受方式及其局限》。

《中国比较文学》第1期发表何蕊的《论金庸小说〈雪山飞狐〉的叙事视点》。

《东方文化》第1期发表钱理群的《20世纪中国知识分子空间位置的选择与移动——在一次学术会议上的发言》；牧惠的《关于同工农相结合的一点思考》；

王丽丽、程光炜的《一个时代的文化症候——郭沫若、茅盾、巴金和曹禺"文革"岁月的文化观察》。

21日,《文艺报》第9期发表於可训的《时尚:文学的双刃剑——从最近10年来的文学时尚谈起》;雪弟的《小小说理论研究钩沉》;李星的《走近庞进》;阎纲的《作为编辑家的巴金》。

《文艺研究》第1期发表王光明的《"锁定"历史,还是开放问题?——关于当代文学的历史叙述》。

《光明日报》发表胡良桂的《历史与现实》;曹文轩的《文学不能转向审丑》;王兆胜的《作家与评家》。

23日,《文艺报》第10期发表孟繁华的《直逼底层生活的原貌——评电视系列剧〈富起来的人〉》;王先霈、徐敏的《为大众文艺减负增能》;张思涛的《写给2002年的中国电影》。

《文学报》第1370期发表本报讯《给中国文学批评定位》。

《武汉大学学报(人文科学版)》第1期发表韩云波的《民俗范式与20世纪中国武侠小说》。

24日,《文艺理论与批评》第1期发表崔志远的《经典的"现在性"——马克思恩格斯的现实主义理论和90年代以来的文学》;李万武的《深邃而温热的底层目光——评工人作家李铁的近期小说创作》;尚缨、汉滨的《西部文学的新收获——〈大漠祭〉读后》;鲁煤的《朝鲜战争的风云长卷》。

25日,《文艺理论研究》第1期发表南帆的《革命文学、知识分子与大众》;刘思谦的《性别理论与女性文学研究的学科化》;马以鑫的《仇恨与逃离:都市文学的一个侧面》。

《文艺报》第11期发表仲呈祥的《治学精神与学术操守——读陈美兰教授的一篇文艺评论有感》;杨虹的《谭伟平的〈知识经济时代的文学形态〉》;李世涛的《文学思潮研究的新收获》;秦海英的《呼唤真善美》;余三定的《军事·文学·识见》;李怀亮的《重视塑造国家文化形象》;张学昕的《津子围长篇小说〈我短暂的贵族生活〉》。

《东岳论丛》第1期发表石万鹏的《汇合与错位——论中国新时期文学初期对女性形象的建构》;姜异新的《长成一棵会思想的树——邱华栋论》。

《北京师范大学学报(社会科学版)》第1期发表左衡的《中国电影创作生产

现状分析及思考》。

《甘肃社会科学》第1期发表王倩的《危机与超越——张承志文化身份认同个案分析》；饶芃子、姚晓南、陈涵平的《学理·方法·历史——关于世界华文文学学科建设的对话》；黄万华的《生命整体意识和"天、地、人"观念——从世界华文文学谈20世纪中华民族新文学的历史整合》；袁勇麟的《世界华文文学史料学的回顾与展望》；李永东的《敞开的历程——20年世界华文文学研究述评》。

《当代作家评论》第1期发表王充闾的《渴望超越——关于文学创作深度意识的探讨》；郜元宝、郑兴勋的《说几位作家，谈几个问题》；李静的《不冒险的旅程——论王安忆的写作困境》；陈朗的《因为追问 所以信仰——〈务虚笔记〉中的基督教思想》；史铁生的《宿命的写作——在苏州大学"小说家讲坛"上的书面讲演》；林建法、王尧的《"小说家讲坛"总序》；李锐的《〈网络时代的"方言"〉自序》；刁斗的《〈重现的镜子〉自序》；史铁生、王尧的《"有了一种精神应对苦难时，你就复活了"》；孙郁的《钱理群：在鲁迅的背影里》、《苦雨斋旧痕》；以"长篇小说探讨"为总题，发表芳菲的《这女人的狂歌》，吴俊的《语言的文学呼吸》，谢有顺的《话语喧哗后面的心灵事变——我读懿翎的〈把绵羊和山羊分开〉》；同期发表张新颖的《知道我是谁——漫谈魏微的小说》；李星的《一个关于西部精神的动人神话——评〈西去的骑手〉》；苏鸣的《敬畏着存在》；黄发有的《〈山花〉：边缘的力量》。

《社会科学战线》第1期发表张荣翼的《当前文化语境中的中国文学研究》。

《泉州师范学院学报》第1期发表戴冠青的《闽南民俗文化对菲华文学的影响》。

《语文学刊》第1期发表周群的《英芝的堕落史——评方方新作〈奔跑的火光〉》。

27日，《华中师范大学学报（人文社会科学版）》第1期发表谢维强的《位卑心忧黎民，情深长歌当哭——郑义、朱晓平、李锐知青小说人民性浅论》；李遇春的《茹志鹃五六十年代小说创作的心理动因分析》；曹布拉的《金庸小说中的"义"》；昌切、简敏的《文学转型与小说创作潮流——〈新时期文学转型中的小说创作潮流〉评析》。

28日，《文艺报》第12期发表李建盛的《对文学时尚化的理性批判》；徐妍的《对西方文化批评中心化的突围——曹文轩〈20世纪末中国文学现象研究〉的学术立场》;王仲生的《审美散文的成功实践——读孙见喜〈浔阳夜月〉》;董学文的《文学理论反思研究的科学性问题》;张开焱的《学会在开放中封闭——重读巴赫金》;马睿的《新的对象 新的空间——为当代文艺学一辩》。

《兰州大学学报(社会科学版)》第1期发表赵学勇、李明的《左翼文学精神与20世纪中国文学的现代化论纲(上)》;阎庆生的《论孙犁崇尚自然之道的美学思想》。

《厦门大学学报(哲学社会科学版)》第1期发表范培松的《20世纪中国散文批评概观》;管宁的《错位与弥合:新生代小说的叙事策略》。

30日,《文艺报》第13期发表许江的《精英意识与大众文化——再评电影〈和你在一起〉》;肖惊鸿的《抵制电视剧创作中的庸俗化倾向》;严兆军、朱洪军的《探寻校园戏剧的重生之路》;陈辽的《创新与探索》。

《南京大学学报(哲学·人文科学·社会科学)》第1期发表张光芒的《人性解放"三部曲"——论新时期启蒙文学思潮》;闵抗生的《评耿庸、何满子〈文学对话〉》。

31日,《高等学校文科学术文摘》第1期发表王宁的《现代性、翻译文学与中国现代文学经典重构》;张政文的《20世纪中国文学史研究方法论反思》。

本月,《文艺评论》第1期发表张邦卫的《倾听文学的呻吟——探究现代传播媒介对文学的消解》;张卫中的《90年代文学的文化个性及其渊源》;刘起林的《多元语境中无以类归的苍凉——90年代长篇历史小说生存本相的透视》;陈爱中的《当下诗的民间性》;李林荣的《90年代中国大陆散文的文化品格》;王聚敏的《余光中散文批评的魅力及局限——兼谈新世纪初的散文创作和批评》;小雅的《"左手的缪斯"——李琦的散文世界凝视》;刘绍信的《论阿成的"笔记小说"》;孙时彬的《生命激情的亢奋与遁却——〈八百米深处〉与〈黑色的诱惑〉比较分析》;朱立立的《20世纪中国文学》。

《中国电视》第1期发表宋立民的《电视艺术:时代观念与美学原则》;陈黎明的《在"史"与"诗"之间——论长篇传记电视剧〈闻一多〉的艺术创造》;闻娱的《论电视文化的二重性》。

《雨花》第1期发表雷雨的《食指的〈相信未来〉》;吴姬的《女作家的身体有什么罪》。

《剧本》第1期发表林瑞武的《福建戏剧的又一时代性嬗变》。

《博览群书》第1期发表周红的《寻求深度阐释的可能——何言宏的〈中国书写〉与"文革"后文学史研究中的相关问题》。

《暨南学报(哲学社会科学版)》第1期发表王列耀、闫美萍的《印度尼西亚华文散文中的"家园理想"》;朱巧云的《故园千里隔 休戚总相关——试析叶嘉莹诗词中的"中国情结"》;蒲若茜的《第12届世界华文文学国际学术研讨会综述》。

《潍坊学院学报》第1期发表赵华的《直面灵魂的书写——评虹影〈饥饿的女儿〉》。

本月,中国戏剧出版社出版胡勇的《文化的乡愁:美国华裔文学的文化认同》。

北京大学出版社出版范伯群、孔庆东主编的《通俗文学十五讲》。

春风文艺出版社出版张学昕的《真实的分析:中国当代小说研究》。

漓江出版社出版白烨选编的《2002中国年度文论选》。

山东画报出版社出版邢小群的《丁玲与文学研究所的兴衰》。

陕西人民教育出版社出版邢小利的《长安夜雨:邢小利文艺评论集》。

时代文艺出版社出版李更的《绑赴文坛》。

天地出版社出版四川省作家协会编的《四川中青年作家论集》。

云南人民出版社出版陈晓明主编、李洁非等撰的《现代性与中国当代文学转型》。

中国文联出版社出版陈晓春的《大音的回响》;李庆本的《跨文化视野:转型期的文化与美学批判》;阎纯德的《20世纪末的中国文学论稿》。

作家出版社出版曹文轩的《二十世纪末中国文学现象研究》、《中国八十年代文学现象研究》。

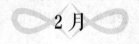

2月

1日,《文艺报》第14期发表柴树臣、李文治的《着力开掘中华民族的优秀品质》;刘润为的《人民文学发展的助力》;史景秀的《文学研究的多极视野》;赵建荣的《丁肃清的文学世界》;张学昕的《要考虑观众审美观念和审美方式的变化》。

《当代电视》第2期发表刘晓光的《从生活中提炼出精彩——评电视剧〈干部〉》;杨志惠的《叩问人生,撞击心灵——电视剧〈月色无言〉赏析》;以"展现中国农村普通人的精神世界——电视系列剧〈富起来的人〉四人谈"为总题,发表孟繁华的《参与和推动改革的历史进程》,张曙光的《诚信要义:行得正、赢得明、输得起》,雷颐的《历史性的启示》,陈晓明的《回到真实的历史进程》;同期发表萧盈盈的《美学视角选择的思考——从〈激情燃烧的岁月〉的热播谈起》;张志君的《多媒体时代的媒体批评》。

《名作欣赏》第2期发表黄维樑的《和独白的余光中对白》;仵从巨的《阳光因诗人的光辉而灿烂》。

《山东教育学院学报》第1期发表刘新锁的《潮平两岸阔,风正一帆悬——海峡两岸80年代新潮小说比较》。

《作家》杂志第2期发表吴俊的《中篇小说的年度风景》。

《诗刊》2月号上半月刊发表张大为的《绿原访谈录》;绿原的《读诗断想》;高占祥的《强悍生命的赞歌——〈鹰之歌〉创作谈》;李汀的《与诗同行》;周强的《明亮的诗歌花园——江苏部分诗人扫描》;专栏"热点话题讨论:我观今日诗坛"发表李怡的《标准与平台——关于当代中国诗学发展的思考》,郁葱的《我观今日诗坛》,刘向东的《当真》;同期发表尚飞鹏的《21世纪中国诗坛事件与新西部诗群》;王晓生的《"破碎"的激情——90年代诗歌美学》;曾子炳的《诗歌的楼群应建造在哪里?》;吴思敬等的《女性诗歌的突现或许意味着一个新的诗歌发展时期的到来》(文摘)。

《解放军文艺》第2期发表朱亚南的《晨曦出现了——就中篇小说〈利斧之刃〉主人公苏哨的典型意义致作者》。

2日,《小说选刊》第2期发表方方的《难以开口》;冯敏的《偶然性与命运》;贝佳的《新世纪的文学盛会》。

8日,《武汉文史资料》第2期发表吕书臣的《张诗剑与〈香港文学报〉》。

10日,《中外军事影视》第2期发表严寄洲的《壮丽的画卷——看影片〈惊涛骇浪〉》;贾磊磊的《铸造时代的精神雕像——影片〈惊涛骇浪〉述评》;梁水宝的《对"民族精神"的深刻诠释——故事片〈惊涛骇浪〉观后》;谢伟才的《历史的延续,感人的再现——观影片〈惊涛骇浪〉有感》。

《电影文学》第2期发表江丽芝的《无间道的挣扎与救赎》;鱼爱源的《关于中国当下纪录片》;峻冰的《历史与历史的再现——〈英雄无语〉的个性化叙事及其他》。

11日,《文艺报》第15期发表秦文君的《我们的儿童文学何去何从》;樊发稼的《让人快乐的"小豆子"——读〈幽默大师小豆子〉》;杨鹏的《让青春像鸟一样飞——评小说集〈青鸟快快飞〉》;谭杨红的《傍晚,恐怖与爱相伴》;汪晓军的《"新童话"的意趣与风格》;阎纯德的《责任·真善美·新诗——20世纪90年代诗歌之我见》;包兆会的《修正与挑战——关于网络文学的"互动性"》;李世琦的《云烟满纸气韵生——读曾镇南〈平照集〉》;孟固的《如何看待"世纪之交的北京文学"》(会议报道)。

《人民日报》发表董学文的《史诗品格的美学建构——评〈史诗类型与当代形态〉》;朱先树的《诗学理念与创作实践》。

《中华文学选刊》第2期发表孟繁华的《文化裂变时代的经验与想象——评欧阳黔森的两篇小说》;周国平的《智慧和信仰——读史铁生〈病隙碎笔〉》。

12日,《中华读书报》发表黄子平的《香港文学史:从何说起》。

13日,《文艺报》第16期以"文学批评应对谁负责?——《南方文坛》反思批评界问题"为总题,发表谢泳的《负责的文学批评,首先是对自己负责》,李敬泽的《我对大众说话 我预期的读者是大众》,张柠的《批评要问"为什么这样写"》,郜元宝的《把自己想说的话用尽可能彻底和有效的语言说出来》,李建军的《批评家要勇敢而忠诚地履行自己的职责》;同期发表戴清的《艺术默契、审美定势与超越——兼谈近期电视剧的创作得失》;李万武的《精神燃亮了"传奇"——评新编历史传奇京剧〈酒魂〉》。

《文学报》第1375期发表刘春的《细数诗坛流行词》。

15日,《人民日报》发表李炳银的《时代风云的文学报告——评长篇报告文学〈宝山〉》;陈定家的《文艺批评:实践与理论》。

《文艺报》第17期发表蒋晓丽的《〈血光〉:一首抵抗外侮的民族壮歌》;孙爱英的《纸面上的交谈》;贾永生的《穿透历史的真髓》;陈超的《自明的"还乡者"》;木弓的《毕四海长篇小说〈黑白命运〉:谁懂得农民心中的痛》;李星的《陕西的女性主义写作——唐卡、周瑄璞小说印象》。

《中国图书评论》第2期发表萧兵的《文学治疗的生态意义》;孙玉蓉的《也谈〈周作人俞平伯往来书札影真〉》;白长青的《永远迁徙的精神家园——读荒原的长篇小说〈紫泥湖〉》;王金禾的《写作本身就是一种最大的幸福——评〈徐鲁青春文学精选〉中的散文系列》。

《戏文》第1期发表严迟的《突破中的浙江戏剧——浙江省第九届戏剧节综述》;励栋煌的《〈日落日出〉:现代越剧的新探索——兼论反腐题材现代戏能否排成诗化剧》。

《江汉论坛》第2期发表周水涛的《新时期乡村小说的文化意蕴建构》;金艳的《从老舍评价的阶段性变化论文艺创作的自由发展》。

《社会科学》第2期发表葛红兵的《苏童的意象主义写作》。

《短篇小说(选刊版)》第2期发表陈家桥的《向朱文道歉》(创作谈);葛红兵的《陈家桥小说论》;韩作荣等的《文学的前沿——首届青年作家论坛上的对话》;明照的《〈城市生活〉:想象是生活的诗意》。

《广东社会科学》第1期发表黄万华的《语言心灵视野中的印华文学》。

《学术探索》第2期发表陈友冰的《台湾乡土文学研究的内涵、演进及相关论争》。

16日,《文汇报》发表王光东的《历史的另一种写法——读叶兆言〈没有玻璃的花房〉》;陈思和的《短篇小说:一道不应忽略的风景》。

18日,《文艺报》第18期发表编者刘颋编发的《关于主旋律创作的对话》;覃佐菊的《具象的意义——读韩少功的〈暗示〉》;钦鸿的《开拓视野 关注生活现实——健康发展的菲华文学》;古远清的《融合本土 落地生根——读吴新钿的微型小说》;林丹娅的《我看东南亚华文女性文学》。

《中国戏剧》第2期发表刘云程的《理解观众,正视现实,反思调整自我——兼就"戏剧命运"与魏明伦商榷》;林克欢的《文化生态与戏剧生存空间》。

《光明日报》发表梁若冰的《关仁山:文学不能不关注农民》;陈晓明的《多年修炼到境界——评刘焕鲁的杂文艺术》。

20日,《文学报》第1377期发表李敬泽、北北等的《小说的可能性与写作者的危机感——在鲁迅文学院的一次讨论》。

《华文文学》第1期发表陈瑞琳的《风景这边独好——我看当代北美华文文坛》;吴奕的《为了不同文化不同学科之间的对话——王灵智教授访谈录》;施建

伟的《"从边缘走向主流"——海外华人文学的现状和将来》;许爱珠的《摸索中的道路——文化视角的前景》;王灵智的《"开花结果在海外——海外华人文学国际研讨会"综述》;朱崇科的《消解与重建——论〈大话西游〉中的主体介入》;颜敏的《尴尬的力量——从陈映真小说中的"父性权威"看其叙事的尴尬》;黄书田的《痖弦诗歌意象论》;许俊雅的《回首话当年(下):论夏济安与〈文学杂志〉》。

22日,《文艺报》第20期发表蔚志建的《思想绝不是艺术的牢笼》。

《新文学史料》第1期发表鲁煤的《我和胡风:恩怨实录——献给恩师益友胡风百岁诞辰(二)》;姚承勋的《异域乡情——回忆在新疆和王蒙相处的日子》;黄伊的《创办〈红旗飘飘〉的回想》;朱双一的《姚一苇学生时代的文学创作和戏剧活动》。

25日,《文艺报》第21期发表张韧的《从新写实走进底层文学》;宗利华的《小小说离雅俗问题有多远》;宋群的《感动实与诚——读〈西虹文集〉》;素闻的《醉翁之意不在酒——读严阵诗集〈谁能与我同醉〉》;金昌庆的《文艺思潮与中国电影史研究》。

《人民日报》发表李运抟的《新时期的散文繁荣》。

《华南师范大学学报(社会科学版)》第1期发表杨俊华的《论台湾女作家琦君的怀旧散文》。

28日,《中国文化研究》第1期发表胡明的《陈独秀晚年的文化见解及逝世后的文化评价》;李庆本的《2002年香港"二十一世纪中华文化世界论坛"纪要》。

本月,《艺术百家》第1期以"'新世纪全国地方戏曲剧种发展战略研讨会'论文选登(一)"为总题,发表刘俊鸿的《地方戏曲发展刍议》,刘文峰的《试论戏曲多样性的成因》,汪人元的《关于地方戏的"地方性"》,范福源的《与时俱进,继往开来——对评剧历史与现实的再思考》,唐湘芸的《观众审美意识与戏曲审美价值的实现——兼谈现代戏曲的改革与途径》;同期发表艾秀梅的《关于中国戏曲衰落的思考》;张步中的《新时期中国电影娱乐意识论》;段吉方的《沉重的屏幕体验——中国当下影视艺术的审美文化指向》。

《文学自由谈》第1期发表李国文的《小说的粥化》;张颐武的《"中等收入者"与文学想象》;王一川的《中等阶层的文学角色》;陈晓明的《现代性对后现代的反拨》;韩石山的《自省、调适与其他》;麦琪的《忘了数羊(外四则)》;朱健国的《想念八十年代的书桌》;葛胜华的《"副科级"的文学大师》;王英琦的《呼吁名作家放弃文学优先权》;阎晶明的《先锋批评应有的尊严》;杨宁、李黛岚的《现代意味的民间故事》;赵玫的《学问家的激情》;徐兆淮的《独特的王彬彬》;张韧的《文学所最珍贵的是什么?》;林斤澜的《生命的夜里的河流》;王如青、刘敏的《出国留学系列向我们走来》;黄桂元的《在自我的空间"弹跳"》。

《中国电视》第2期发表王伟国的《思想的审美化》;王曼力的《漫议综艺类节目》;于亚男的《荧屏文化的"雅"与"俗"》;米鹤的《对纪实的多样化理解》。

《北京电影学院学报》第1期发表姜宝龙整理的《美丽的大脚——辉煌心灵史》;张希的《女性的生存空间和情感归属——评影片〈假装没感觉〉》。

《电影新作》第1期发表韩培的《真实中的美丽——浅析新写实电影〈美丽的大脚〉》;李艳英的《知母母已亡,知物人已老——评影片〈世上最疼我的那个人去了〉》;张玮的《爱情童话与心灵诗篇——赵葆华影视文学作品阅读札记》;张燕的《吴宇森电影之三大金字塔招牌》;张江艺的《"吴氏风格"的发展脉络》。

《读书》第2期发表张桃洲的《沪杭道上》。

《剧本》第2期发表刘平的《文学,在戏剧创作中失落——从戏剧舞台大量上演外国剧目谈起》;姚楠的《"满把主"——一个生动而独特的小人物——评话剧〈叫我一声哥,我会泪落如雨〉中曹有志的形象》;刘惠彬的《台词的魅力在于准确源于真情——读剧本〈叫我一声哥,我会泪落如雨〉有感》;林毓熙的《精品催生与精品积累——广西新时期优秀剧目展演观感》。

《博览群书》第2期发表丁国强的《当记忆成为一种寓言——读韩少功〈暗示〉》。

本月,大象出版社出版王尧的《余光中:诗意尽在乡愁中》。

复旦大学出版社出版周斌的《融合中的创造:夏衍与中外文化》。

中国文联出版社出版世宾的《批评的尺度》。

3月

1日,《大家》第2期发表王干的《悲剧·无厘头·综艺节目——也说什么不是悲剧》;宫达的《在八百万台阶之上》;石峰的《行驶与抵达》。

《文艺报》第23期发表欧阳有权的《镀亮性属写作　点击湘女文心》。

《广西民族学院学报(哲学社会科学版)》第2期发表蔡丽云的《台湾民间文学实践家——陈益源教授学术成就述评》。

《当代电视》第3期发表韩骏伟的《理性的幽默,庄重的诙谐——情景喜剧〈炊事班的故事〉之艺术创新》;戎雷的《新时代、新军队、新女性——从〈DA师〉看现代女性军人的角色变化》;马荔、胡志刚的《试论电视散文的文学文化学意义》。

《名作欣赏》第3期发表张乐朋的《读诗如观潮——义海的诗〈翻译〉赏析》;郭久麟的《震撼心灵的情思——读范曾的散文〈梵·高的坟茔〉》;张霞的《精神沦丧的悲剧——读邹月照小说〈告诉我我是谁〉》;吴毓生的《生命被吹响——读刘庆邦的短篇小说〈响器〉》;张霞的《诗意失落在全球化时代的中国——从〈一个老外在中国〉看徐坤的人文关怀》;马正虎的《抵达天堂的途径——重读〈清水里的刀子〉》;梁造禄的《壮美,来源于生命消亡之中——试析〈清水里的刀子〉一文的主旨及审美特征》;黄金娟的《老外遭遇的背后——〈一个老外在中国〉解读》;林华瑜的《多重对视中的一声叹息——解读徐坤〈一个老外在中国〉》;张志国的《生死一线间的飘摇——解析〈清水里的刀子〉主体意识的彷徨》;于东晔的《此情只待成追忆——解读徐坤的〈一个老外在中国〉》;吴德利的《超越民族想像中的表层认同——解读〈一个老外在中国〉》;任军的《温情背后的哀伤与绝望——〈鞋〉与〈厨房〉的求同比较》;陈平的《穿透死亡的迷障——〈清水里的刀子〉哲学意蕴赏析》;李立平的《圆熟的技巧,深邃的意蕴——〈清水里的刀子〉解读》;邓陶钧的《都市情感,女性追求——解读〈厨房〉兼与〈关于《厨房》的民间模式〉商榷》;陈林群的《对"陈先生"的不同理解》;吴宏凯的《〈永远有多远〉:文化差异中的女性文本》;唐韧的《当作家对自己挑战的时候——解读〈没有语言的生活〉》。

《诗刊》3月号上半月刊发表颜雄的《彭燕郊访谈录——诗之思》;张绍民的《一句话写作》;泥马的《土里的闪电或幸福》;专栏"热点话题讨论:我观今日诗坛"发表姜耕玉的《新诗要表现汉语之美》,方政的《写有中国特色的现代格律诗——关于新诗形式的一点想法》,蒋登科的《警惕多元语境中的误区》,刘川的《欢欣的张望》;同期发表谢冕的《质朴无华,不尚雕饰——边新文诗三首》;蒋元明的《登高长啸有诗魂——浅读边新文的短诗》;周涛等的《有关北野及其诗歌的评论(六则)》;陈傻子的《我爱口语诗》;谷禾的《诗就是诗》;黄昌成的《到底妥协到什么时候?》;游离的《也说"口语诗"》。

《解放军文艺》第3期发表阎纲等的《大美之珍——李存葆大散文研讨会发言摘要》；蔡海泽的《对军事文学阵地的坚守与扩张——近年军事文学创作态势评析》。

2日，《小说选刊》第3期发表北北的《天空下的寻找》；冯敏的《寻找与等待》；贺绍俊的《新人出场》；杨扬、邹平的《文体实验能够走多远》；王小山的《现实一种》；徐明的《过滤的记忆》；张立国的《迟子建的小说气味》。

4日，《文艺报》第24期发表马相武的《文学时尚化的文化批判》；江敏的《一颗柔软的心——谈吴晨骏近期的小说》；屈雅君的《女性文学批评的本土化》；徐敏的《关于阿Q的一场讨论》。

5日，《花城》第2期发表吴炫的《穿越当代经典——反思文学热点作品局限评述》。

《电影艺术》第2期围绕电影《英雄》，发表徐皓峰的《张艺谋的〈英雄〉》，王一川的《全球化时代的中国视觉流——〈英雄〉与视觉凸现性美学的惨胜》，吕益都的《识大义者为英雄——谈影片〈英雄〉主题意蕴的表达》，贾磊磊的《〈英雄〉对暴力的消解与强化》；同期发表吴涤非的《霍建起影片的叙述风格》；楚卫华的《黄建新电影：平民的歌者》；张卫平的《把改革写得像诗一样美丽》；孙慰川的《论黑色浪漫》；黄会林的《生命体验与生命感悟——论八十年代中国女性电影导演的艺术追求》；田卉群的《沉默、缺席与边缘——看不见的女性》；张燕的《"看"与"被看"——香港电影中的女性形象透视》；孟犁野的《张骏祥畅谈新中国电影》。

6日，《文艺报》第25期发表刘国斌的《大众文化和商业化》；龙符的《〈洗澡〉中的洗澡及水》。

7日，《纵横》第3期发表袁小伦的《抗战时期,从激化到淡化的香港文坛矛盾》。

8日，《文艺报》第26期发表古耜的《艰难而曲折的朝圣之路——王英琦近期散文创作》；高有鹏的《〈风中之树〉之真味》；桂琳的《暧昧而残酷的寓言》；曾镇南的《长篇小说〈大江沉重〉 邝健童与我们的时代》；陈嬿如的《从激情的燃烧谈起》；李建军的《从水中吐火到火中生莲》（评论阎纲）。

10日，《中外军事影视》第3期发表张东的《激情"迷彩""桔红"——评影片〈惊涛骇浪〉》。

《电视·电影·文学》第2期发表孙素成的《诗意视听和审美享受的盛

筵——中国影片〈英雄〉赏析》。

《电影文学》第3期发表高力的《历史的残片和人文的碎屑——新历史主义的影像表征》。

《西南师范大学学报（人文社会科学版）》第2期发表苏光文的《论中国无产阶级文学现代性生存境遇》。

《江海学刊》第2期发表王尧的《"简单中断"与"历史联系"——中国当代文学史写作中的问题研究》；张光芒的《以像观心，诊断历史——读贺仲明著〈中国心像：20世纪末作家文化心态考察〉》。

《浙江大学学报（人文社会科学版）》第2期发表吴晓、曹苇舫的《论作为意象符号系统的诗歌存在形态》；黄擎的《新时期理论批评视野中的文学形式本体论》。

《理论与创作》第2期发表张恒学的《魂兮归来，中国的文学精神》；梁向阳的《泛文学化时代散文研究的几个问题》；彭松乔的《后意识形态时代文学艺术的使命》；武新军的《当下反腐倡廉小说指瑕》；王玉琴的《死亡意识和艺术创作》；邹巅的《性爱：当代女性文学的基点及其缺失》；刘亚津的《试论隐喻的结构》；张清华的《二〇〇二年中国诗歌一瞥》；王剑冰的《关于二〇〇二年精短散文的写作》；范玉的《世俗人生中的哲学——论池莉小说之生存悖论》；彭文忠的《王安忆的女性救赎之路》；李运抟的《为乡村教师代言的真诚书写——评长篇小说〈不是因为爱情〉》；李卫国整理的《〈左邻右舍〉：民间寓言型的探索文本》；杨厚均的《出于同春蚕吐丝一样的必要而评论——评余三定的文学评论》；黄一斓的《既是文学的，也是美学的——评季水河〈多维视野中的文学与美学〉》；雷达的《神话的坍塌——读〈纸厦〉》。

11日，《文艺报》第27期发表华孚的《色彩斑斓的当代民族寓言——评〈黄国敏畲族风情小说选〉》；李元洛的《映日荷花别样红——读〈古远清自选集〉》。

《中华文学选刊》第3期发表雷达的《你知道王松吗？——〈红汞〉及其他》；叶橹的《文章是"做"出来的——读邵燕祥随笔杂文有感》。

13日，《文艺报》第28期发表李道新的《中国电影批评的个性特色》。

《文学报》第1383期发表陈思和的《2002文坛：批评、纪实、中篇——读〈21世纪中国文学大系〉》；张同吾的《诗的守望与期盼》。

15日，《人文杂志》第2期发表周宁的《从历史构筑意识形态：中国现代史学与史剧的意义》;高玉的《中国现代文学史"作家作品中心论"批判》;杨经建的《伊斯兰文化与中国西部文学》。

《山东社会科学》第2期发表马立新、贾振勇的《"重写文学史"的文学史学审视》;张晓晶的《论〈青衣〉〈玉米〉的叙述形态》;高旭东、杨奕霞的《在历史坐标中看鲁迅》。

《文艺报》第29期发表雷达的《〈飞跃太平洋〉的爱国主题》。

《中山大学学报(社会科学版)》第2期发表王坤的《批评标准哲学基础的置换——文学的价值层面与批评尺度》;李珠鲁的《论王蒙小说的文学空间》。

《文艺争鸣》第2期发表黄修己的《披露"毛罗对话"史实的启示》;范伟的《回到"毛罗对话"的历史情境》;阎纲的《呼唤真实》;丁东的《不求依附但求真》;路文彬的《当下长篇小说创作中的几个问题》;刘锋杰的《民间概念也是遮蔽——读陈思和〈民间和现代都市文化——兼论张爱玲现象〉》;周乔建的《文学教化论在当代文论中的影响及作用》;严家炎的《批评可以编造和说谎吗?——对袁良骏先生"公开信"的答复》;李庚香的《文化视野中的意识形态话语建构——对李洱〈花腔〉的文化批评》;孟繁华的《从"迷狂季节"到"凝望延安"——评赵凝的长篇小说创作》;赵勇的《在散文的时代里诗意地思考——聂尔其人其作》;孙晓燕的《"抵抗者"的挽歌》;杨新的《启发生命内部的灵感——论马原小说的诗性》;黄发有的《"真实"的背面——评析〈小说月报〉(1980—2001)兼及"选刊现象"》;白烨的《阿盛:一个独特的形象》;摩罗的《阿盛的语言巫术》;陈晓明的《解开乡村的精神困局》。

《文学评论》第2期发表杨义的《解读文学所》;陶德宗的《在文化视角中的何其芳——何其芳的文化选择与创作倾向》;谢应光的《论何其芳诗歌叙事因素的迁移》;何休的《个人话语与时代语境的脱离与融合——何其芳前期思想与创作》;南帆的《四重奏:文学、革命、知识分子与大众》;倪伟的《论"七十年代后"的城市"另类"写作》;谭桂林的《知识者精神的守望与自救——评阎真的〈曾在天涯〉与〈沧浪之水〉》;朱国华的《电影:文学的终结者?》;罗振亚的《九十年代先锋诗歌的"叙事诗学"》;周明鹃的《现代都会主义文学与传统文化》;朱庆华的《论传播学意义下的赵树理小说》;吴义勤的《新时期小说研究的深化与突破——评许志英、丁帆主编〈中国新时期小说主潮〉》。

《中国图书评论》第3期发表明红的《实话实说陈忠实》;仁可的《发现与回

忆——由阿来〈大地的阶梯〉引出的话语》。

《云南民族学院学报(哲学社会科学版)》第 2 期发表邓云川的《以"重建日常生活的尊严"为诗学的最高境界——论于坚的诗》。

《天涯》第 2 期发表张炜的《冬夜笔记》；张旭东、薛毅的《西学想象与中国当代文化政治的展开》；刘再复、林岗的《媚俗的改写》；王怡的《电影中的诉讼》。

《当代文坛》第 2 期发表禹建湘的《突围：中国当代女性主义文学中的一个尴尬命题》；代云红的《互文性写作中的价值冲突》；冯源的《镜与灯的意义涵容》；孔炜灵的《新的文学视野与多元并存格局》；萧汛的《文字狂欢里的酣畅和迷惘——透视低龄化写作》；张冬梅、胡玉伟的《历史叙述的重组与拓展——对新历史小说与"十七年"历史小说的一种比较诠释》；韩元的《历史的时空与叙述的时空——谈历史小说中的时空问题》；张雪梅、谢默生的《飘移的时间——小议当代小说中的时间处理》；娄奕娟的《刘庆邦：守持与转变》；袁园的《历史话语的弥散及现实话语的文本操作——试析毕飞宇小说话语的滑变轨迹》；余志平、张振林的《复活的女娲长歌当哭——评陈染、林白女性写作的爱情主题》；王学智的《海男的语言之旅》；初清华的《执着，行走在漓江之湄——评第四届广西"铜鼓奖"的三部获奖文学作品》；陈晓润的《"圣女"与"巫女"——评小说〈亡魂鸟〉和〈乌鸦〉》；罗关德的《论〈怀念狼〉主题的多重意象——贾平凹意象小说探析之二》；王念灿的《铿锵的乡曲——评钱家璜的长篇小说〈洪湖恋〉》；李立平的《技巧的圆熟，意蕴的深邃——〈清水里的刀子〉解读》；吴茂林的《矛盾地带：还原与反讽之间——刘震云小说创作小论》；冯清贵的《中国狂欢化诗学的建构——评刘震云小说〈一腔废话〉》；曹家治的《论九十年代"散文热"的心理动力》；杨爱平的《"行动散文"与散文行动》；王平的《王英琦的矛盾——读王英琦〈背负自己的十字架〉札记》；王诚良的《豪气与灵气——读彭诚散文集〈永远的神女〉》；尉天骄的《从寻常世事中体味人性的温馨与善良——评金科散文新著〈人在他乡〉》；金文野的《新时期女性主义诗歌创作论》；李志元的《诗歌现场：追悼根性的修正》；李标晶的《民族历史的知性反思——论刘虔的散文诗创作》；杨青的《对于乡土的怀想——评峻冰诗集〈乡土与人生的恋歌〉》；王向阳的《忧郁的浪漫与沉思的写实——陈映真小说审美风格的文本阐释》；郑婉姗的《在东西中游走——梁秉钧诗集〈东西〉中的另一种书写》；何祖健的《李少红电视剧女性意识两重性的文化学透视》；戴佳圆的《对生命的探询与追问——读〈走出非洲〉有感》；吴绍义的《假面舞会的话语狂欢——试论网络文学》；陈朝红的《难忘那缕缕深情——读高缨小说选〈版纳之恋〉》；何国均的《性格即命运——简评小说〈陆国民在一九九八年夏天〉》。

《江汉论坛》第3期发表徐文广、李玉明的《鲁迅道德批判的内容及其一般原则——兼及其当代意义》；马睿的《走向"审美乌托邦"：现代中国的纯文学思潮》；喻晓薇的《张力与和谐：东北女性乡土抒情文学的两种美学建构——萧红、迟子建创作审美风格比较》。

《当代电影》第2期围绕电影《英雄》，发表胡克的《观众启示录——〈英雄〉现象的一种观察角度》，张颐武的《〈英雄〉：新世纪的隐喻》，王一川的《中国电影的后情感时代——〈英雄〉启示录》，黄式宪的《〈英雄〉的市场凯旋及其文化悖论》，林洪桐的《〈英雄〉与"明星制"》；以"电视剧《长征》个案分析"为总题，发表卢杰的《结构统领下的叙事》，刘婷的《〈长征〉过后尽开颜》，陈亮的《浓墨重彩塑风流》，史博公的《雄关漫道真如铁》；同期发表戴清的《寻求现代理念与传统精神的契合点——对电视剧〈世纪之约〉的审美文化思考》；王昕的《对话与"外位"——电视剧〈世纪之约〉文化分析》；陈友军的《审美表达与意义生成——电视剧〈世纪之约〉的人物关系设置与叙事策略》；彭加瑾的《一部重塑英雄的史诗——评电影〈惊涛骇浪〉》；李道新的《心灵探询与价值重建——影片〈和你在一起〉的文化读解》；陈旭光的《"影响的焦虑"之偏离、自我的超越及其限度——关于〈美丽的大脚〉的几点观感》；黄式宪的《诗意的乡土及其文化原创性的拓展——略说〈婼玛的十七岁〉在艺术风格上的追求》；张颐武的《"我爱你"吗？》。

《新闻出版交流》第2期发表章宏伟的《评〈台湾文学论稿〉》。

《齐鲁学刊》第2期发表张清华的《解构主义与当代中国小说》；徐文广的《"神圣抗战"中的"激跳文心"》；王洪岳的《二十世纪末叶文学的审美论与审丑论》。

《社会科学》第3期发表吴炫等的《穿越当代经典——"伤痕文学"热点作品局限评述》。

《社会科学辑刊》第2期发表杨剑龙的《论上海文学与中国现代文学传统》；艺丹的《网络文学：文学面临的新挑战》。

《南方文坛》第2期发表李洁非的《对"文人"的想像》；谢有顺的《创造是知识分子的灵魂——答友人问》；洪治纲的《文人角色的回巡与思考》；黄伟林的《文人，学者，知识分子》；孟繁华的《当代文学的发生、来源和话语空间》；王剑冰的

《2002中国散文漫谈》；谭五昌的《2002年中国高校诗歌之一瞥》；黄咏梅的《写作也不苦了》；程文超的《挑战时尚的时尚书写——我读黄咏梅的小说》；张柠的《黄咏梅和她的广州故事》；李建军的《像蝴蝶一样飞舞的绣花碎片——评〈尘埃落定〉》；陈仲义的《整体缺失：新诗研究的最大遮蔽——与吕进先生商榷》；阎晶明的《耐得住叙述的寂寞——我看叶兆言小说》；洪治纲的《话语变革与历史祛魅的内在真相——评陈晓明新著〈表意的焦虑〉》；曾绍义的《"中国当代散文"如何写史——徐治平的〈中国当代散文史〉读后》；孙青瑜的《孙方友小小说的独特魅力》；文波的《近期文坛热点四题》。

《短篇小说选刊版》第3期发表王汪的《乡村小说的深度表达》；贺绍俊的《沉重的童年记忆》；吴武洲的《女性创作最终走向何处》。

《福建论坛》第2期发表李玲的《天使型女性：男性自我拯救的道具》；汪树东的《北村小说的文化心理特征》。

17日，《作品与争鸣》第3期发表田耒的《悲剧境遇的戏剧描写》；张慧瑜的《性别与表述：大都市景观中的"小老百姓"》；黄亚星的《辛苦的卑微》；王山的《错位的灰暗与诉说的模糊》；周玉宁的《爱的需要的缺憾》；蔚蓝的《社会矛盾的日常化降解》；唐小娟的《视觉的佳肴》；李追深的《中国文学的歧路——谈余华"先锋"小说及其类似的不良倾向》。

18日，《文艺报》第30期发表杨剑龙的《读图时代的愉悦与隐忧——关于图文市场的观感》；曾镇南的《时代的风云与人物的魂——读张克鹏的长篇小说〈吐玉滩〉》；李万武的《感动的痛苦——读中篇小说〈乔师傅的手艺〉》；王兆胜的《作家与评家》；弘石的《中国电影史学的视野拓展——评李道新〈中国电影批评史(1897—2000)〉》。

《中国戏剧》第3期发表郝昭庆的《具体分析诊脉 区别对待疗疾——也谈当代中国戏剧之命运》；曲润海的《从台上台后看中国当代戏剧之艰难》；张燕瑾的《戏剧家的权利与职责——关于"历史剧"问题的思考》；乌兰娜的《"蒙派京剧"的由来——与〈振兴京剧与乱标派别〉一文的作者商榷》；宋宝珍的《戏剧的当代景观与人文评判——读〈廖奔戏剧时评〉》。

20日，《小说评论》第2期发表雷达的《长篇小说笔记之十六——李修文〈滴泪痣〉，董立勃〈白豆〉，杨显惠〈夹边沟纪事〉，黄宗之、朱雪梅〈阳光西海岸〉》；李建军的《小说病象观察之八——自由的边界》；王彬彬的《"姑妄言之"之一——我喜欢汪曾祺,但不太喜欢〈受戒〉》;邵建的《文坛内外之二十七——胡鲁之争》;以"李锐专辑"为总题,发表於可训的《主持人的话》、李锐的《自述》,叶立文、李锐的《汉语写作的双向煎熬——李锐访谈录》,叶立文的《他的叙述维护了谁?——李锐小说的价值立场》;同期发表赵学勇等的《乡土文学的走向与选择》;李遇春的《走出"文革"叙事的迷惘——从阎连科和刘醒龙的二部长篇新作说起》;李慧的《〈白鹿原〉的修辞艺术》;胡立新的《颠覆阅读理性的诗化叙事——以阿来〈尘埃落定〉〈遥远的温泉〉为例》;阎文教的《一部悲剧色彩浓厚、充满社会批判意识的严肃作品——评容嵩长篇小说〈股惑〉》;崔道怡等的《〈花开花落〉笔谈》;王仲生的《欲望的审美拯救——〈花开花落〉的一种解读》;杨乐生的《当代都市人情感的深层勘探——芜村长篇小说〈花开花落〉试读》;仵埂的《作家和地理的关联》;王新建的《小说的衰落与反思》;李玉皓的《编稿读平凹》。

《文艺报》第31期发表丁忠伟的《〈希望的田野〉树立了新一代农村干部形象》;任晶晶的《精彩演绎一段"可触摸的历史"》。

《求索》第2期发表荣文仿、罗爱华的《历史考察与美学沉思——关于20世纪中国小说理论研究的几点思考》;叶立新的《都市文学中的两种"新"形象》;包晓玲的《新时期湘西少数民族作家小说创作刍议》。

《东方文化》第2期发表钱伯城的《从宋云彬日记看一个高层"右派"的经历》;谢泳的《学人日记在中国现代学术史上之地位》。

《河北学刊》第2期发表孙秀昌的《女性文学:狂欢于"私人化"写作的坚冰上》。

《山西青年管理干部学院学报》第1期发表赵娟的《亦舒小说中的"BoBo"女性形象》。

《南开学报(哲学社会科学版)》第2期发表乔以钢的《论女性文学的学科建设》。

《清明》第2期发表黄佳能的《超越历史的暧昧和此在的困顿——季宇小说论》。

21日,《文艺研究》第2期发表周晓风的《当代意识形态与新中国文艺政策》;吕进的《论中国现代诗学的三大重建》;敏泽、李世涛的《"国家不幸诗家幸,赋到沧桑句便工"——敏泽先生访谈录》。

22日,《文艺报》第32期发表杨立元的《"三农"与文学创作》;何志钧的《没有幻想就没有未来——评儿童科幻系列长篇小说〈熊猫骑士〉》。

23日,《文汇报》发表吴欢章的《新诗不景气症结何在——兼谈诗人如何形成独特而深邃的艺术个性》;张志忠的《不应满足为市场而写作——也说池莉的近期创作》。

《天津社会科学》第2期发表乔以钢的《多姿的飞翔——论20世纪90年代女性写作》;王玉树、翟大炳的《读出美丽,认同多样化——阅读的学问与策略》。

《武汉大学学报(人文科学版)》第2期发表易竹贤、陈国恩的《再评何国瑞先生文学批评中的观念与方法》;陆耀东的《关于〈丰乳肥臀〉论争的我见》;吴道毅的《新型意识形态的建构——新英雄传奇主题话语之二》。

24日,《文艺理论与批评》第2期发表欧阳友权的《网络文学的后现代文化情结》;姜飞的"遗忘":叙事话语和价值态度——评慕容雪村的网络小说〈成都,今夜请将我遗忘〉》。

《文史哲》第2期发表刘克宽的《从审美主体选择看十七年文学的公式化和概念化成因》;莫言的《作家和他的文学创作》。

《吉林大学社会科学学报》第2期发表黄浩的《走进"后文学时代"——一个历史结构主义者给21世纪文学所作的注解》。

25日,《文艺理论研究》第2期发表王晓明的《面对新的文学生产机制》;范家进的《论赵树理在建国后的"问题小说"》;徐岱的《史与诗的张力:论宗璞和她的〈野葫芦引〉》;季进、蔡丽的《关于当代文学史写作的几个问题——简评〈中国新时期小说主潮〉》。

《文艺报》第33期发表冯秋子的《把诚实的心性创造交还于人》;林为进的《什么都有代价——读阿宁新作〈爱情病〉》;蔚蓝的《城灯光照下的尘世意象——评李佩甫的长篇小说〈城的灯〉》;绍俊的《曲径通幽的天地》;陈志红的《怀念爱情——读楚明的〈爱情是女人的死门〉》。

《甘肃社会科学》第2期发表饶先来的《论文学批评成果向文学理论转化的途径》;梁振华的《彷徨者的哀痛与归途——评〈沧浪之水〉》;曾镇南的《散文的"心"与散文的美——〈20世纪中国散文大系〉序》。

《当代作家评论》第2期发表王晓明的《现代中国的民族主义》;陈思和的《读春风文艺版〈二十一世纪中国文学大系(2002)〉感言》;高楠的《自成体系的层位论文艺学——读王向峰〈美的艺术显形〉》;叶兆言的《写作与学问——在苏州大

学"小说家论坛"上的讲演》;叶兆言、王尧的《作家永远是通过写作在思考》;张清华的《叙述的极限——论莫言》;张清华的《从"青春之歌"到"长恨歌"——中国当代小说的叙事奥秘及其美学变迁的一个视角》;叶开的《空洞的焦虑——李锐长篇小说〈银城故事〉的基本命题》;周政保的《历史生活与文学化的表达——从李锐的〈银城故事〉说到现时的小说创作》;吴义勤的《人有病,天知否?——评李亦长篇小说〈药铺林〉》;刘永春的《还原与重构——论〈药铺林〉的历史叙事模式》;巫晓燕的《民族文化与当代叙事——李亦长篇小说〈药铺林〉简论》;郜元宝的《"要自己去看地底下"——〈天台山笔记〉读后》;王宏图的《古典人格理想的一曲挽歌——读刘长春〈墨海笔记〉、〈天台山笔记〉》;谢有顺的《散文之意——以刘长春为例》;王一燕的《说家园乡情,谈国族身份:试论贾平凹乡土小说》。

《社会科学战线》第2期发表吴炫的《非文学性的文化批评》;朱寿桐的《文学的文化研究与文化的文学研究》;刘士林的《从"历史真实"到"历史的精神真实"》。

《河北大学学报(哲学社会科学版)》第1期发表田建民的《谈当前文学批评的规范与标准》;孙青瑜的《论孙方友小小说》。

《世界华文文学论坛》第1期发表东瑞的《新时期印华文学概述(1996～2002)》;老兵的《试谈印华文学的历史发展与前景》;心跃的《印尼文与华文诗歌交汇的文学意义——试论〈印度尼西亚的轰鸣〉双语诗集》;秀实的《边缘伫立:冯世才诗作的土地感》;颜敏的《本土爱情与华族隐喻——白放情爱情小说的叙事策略》;贺仲明的《论台湾文学民族精神的缺失与回归》;刘俊的《西方语境下的"东方"呈现——论哈金的〈等待〉》;方忠的《海外华文文学的文化价值取向一瞥》;何平的《梦游者天堂——简媜散文试论》;李絜的《山地原住民的呐喊——解读田雅各的短篇小说〈拓拔斯·塔玛匹玛〉》;李立平的《以诗的悲哀,征服生命的悲——周梦蝶其人其诗》;阮温凌的《"梁父吟"意识的现场流动——白先勇"民国史"小说人物论》;王芳的《移民:一个欲说还休的名词——新马华文小说一种典型关注的分析》;姚朝文的《世界华文微篇小说的最新态势》;曹安娜的《新加坡华文文学:中华神韵与南洋风味》;陈贤茂、杜丽秋的《文坛双璧 交映生辉——司马攻梦莉散文之比较》;徐雁的《槃涅更生志正蹠——试论〈无名书〉的独特性及局限》;唐欣的《寻求新的阐释空间》;江少川的《北美网络作家少君访谈录》;萧村的《独辟蹊径 喜获丰收——钦鸿的〈遥望集〉读后》;林承璜的《新世纪世界华文文学首次盛会——第十二届世界华文文学国际学术研讨会侧记》。

《语文学刊》第2期发表宋德之的《解读地坛》；孙俊琴的《直取历史沧桑的人生真味：论白先勇的短篇小说集〈台北人〉》。

26日，《中国青年报》第441期发表叶立文的《酷评的误区》；清亚的《无限的优美和悲伤——读赵凝的小说〈胭脂帝国〉》。

27日，《文艺报》第34期发表齐殿斌的《时代呼唤影视新型女性形象》；盖生的《大众文化：小众的带菌文化》。

《文学自由谈》第2期发表李国文的《文学的膨化》；韩石山的《在斯德哥尔摩西郊墓地的凭吊》；叶延滨的《我对"知识分子写作"的多次误读》；何满子的《聂绀弩一百岁琐忆》；雷达的《你知道王松吗？》；朱健国的《"精神晃晃"李更的故事》；王岳川的《思与艺的潜沉》；段大明《"江郎才尽"与"梅开二度"》；刘晓鸥的《走在文学的边缘》。

《华中师范大学学报（人文社会科学版）》第2期发表邵莹的《"第七天的批评"：试论作家批评》。

28日，《兰州大学学报（社会科学版）》第2期发表赵学勇、李明的《左翼文学精神与中国文学的现代化论纲（下）》；郑阿平的《多元参照的文化视觉——论张贤亮小说中人物的精神世界》；李利芳的《论童话的本质及其当代意义》。

《西南民族学院学报（哲学社会科学版）》第3期发表李志的《鲁迅及其作品在南洋地区华文文学中的影响述论》；王进、曾明的《论台湾女性散文的艺术品格》；罗昌智的《论余光中诗歌的文化品格》。

《湖南大学学报（社会科学版）》第2期发表肖百容的《英雄壮歌——20世纪中国文学死亡主题之一》。

29日，《文艺报》第35期发表木弓的《谢彩霞的〈岸边的婚姻〉——如歌如诗的小说》；杨四平的《见证历史，讴歌生命》；周良沛的《一位诗人的悲剧之启示》；李建中的《文艺批评的本土资源》；杜哉的《〈沙家浜〉的人物有原型》。

30日，《海南师范学院学报（社会科学版）》第2期发表朱崇科的《吊诡中国性——以黄锦树个案为中心》；杨兹举的《非马诗魂：一只自由飞出飞入的鸟》。

《钦州师范高等专科学校学报》第1期发表王雪菲的《试论金庸和林语堂的情爱描写模式》。

《戏剧》第1期发表陈吉德的《奔向戏剧的"彼岸"——高行健论》。

《南京大学学报(哲学·人文科学·社会科学)》第2期发表陈辽的《譬如积薪,后来居上——评〈中国新时期小说主潮〉》。

31日,《高等学校文科学术文摘》第2期发表谢冕的《论新诗潮》。

本月,《文艺评论》第2期发表靳新来的《"形式的意识形态"——论新历史主义对"重写文学史"的方法论意义》;王宇的《男性文本:女性主义批评不该忘却的话语场地》;王建成的《一半是火焰,一半是海水——世纪之交的中国女性主义文学一瞥》;董秀丽的《书写符号的突围——后新时期女性诗歌躯体写作的叛逆》;樊星的《〈红楼梦〉与当代文学》;於可训的《近十年"文化散文"创作评述》;黄科安的《重建现代知识者公共空间的言论平台——关于新时期中国现代随笔的解读和研究》;戴洪龄的《鲍十和他笔下的霞镇——探讨鲍十新近的两部长篇小说》;张景超的《从自然状态走向审美境界》;毛峰的《人之沉沦:当代电影与全球问题》;刘小新的《伪现代派》。

《中国文学研究》第1期发表汤晨光的《乡村精神的颂扬和伤悼——论〈黄河东流去〉》;夏元明的《汪曾祺小说与民间文学》;梁振华的《"新理想主义"作家的文学态度与身份认同》。

《中国电视》第3期发表杨敏、张智华的《历史题材电视剧的女性爱情悲剧意识》。

《台湾研究集刊》第1期发表朱双一的《殖民者的台湾之"爱"——略评〈由加利树林里〉兼及张良泽的崇日心态》;蔡菁的《万般妙意 归于趣象——余光中诗歌意象世界初探》;王静的《人生的三种书写——读陈若曦早期作品》。

《剧本》第3期发表罗怀臻、王信厚的《戏曲"现代化"和"都市化"的创新实践——与罗怀臻谈甬剧〈典妻〉创作及戏曲创新》;童道明的《读剧有感——关于戏剧冲突的思考之一》。

《读书》第3期发表徐葆耕的《让血性冲破牢笼》;杨立华的《影子世界的独白》。

《博览群书》第3期发表金岱、潘小娴的《"我世界":超越现代性的价值可能——关于长篇小说〈精神隧道〉三部曲的对话》;金新利的《平凡人的挣扎——读曾纪鑫的长篇小说〈楚庄纪事〉》;蔚蓝的《丰厚的生命体验——评张一弓长篇新作〈远去的驿站〉》。

本月,人民文学出版社出版黎湘萍的《文学台湾》。

北京大学出版社出版李衍柱的《路与灯》。

4 月

1日,《文艺报》第36期发表黄东成的《诗·时代·人民——关于当前诗坛现状的思索》;温亚军的《小说的技术性》;周大新的《泉温去冷意——读陈先平散文集〈秋浦泉声〉》;刘永丽《革命根据地文学研究的新拓展》;姜振昌的《文化与民族精神建设——从鲁迅的"改造国民性"谈起》。

《当代电视》第4期发表陈力的《喜剧性通俗剧的尝试——电视剧〈刘老根〉观后札记》。

《名作欣赏》第4期发表闫永利的《两种幸福,两难选择——〈面朝大海,春暖花开〉解读》;席星荃的《矛盾与暗示的天然之作——读〈面朝大海,春暖花开〉》;宗海银的《拳拳慈父心,深深爱女情——余光中〈我的四个假想敌〉赏析》;乔丽华的《黑暗回忆——怀念〈黑骏马〉》。

《作家》杂志第4期发表林白的《野生的万物》;潘向黎的《在灵魂的巅峰相逢》;刁斗的《三个人,三本书》;翟永明、周瓒的《词语与激情共舞——翟永明书面访谈录》;魏微、朱文颖的《写作、印象及内心活动》。

《诗刊》4月号上半月刊发表白垩的《窄门》;尹茜的《白垩的状态》;专栏"热点话题讨论:我观今日诗坛"发表黎焕颐的《由写诗谈开去》,赵恺的《失乐园》,刘春的《我的三点意见——关于诗歌的"写什么"和"怎么写"》,耿林莽的《诗意的缺席》,李发模的《诗之我见》;同期发表王一兵的《诗歌回家》;孙玉石的《完成自己与介入民族精神提升——关于新诗现状的一点随想》;西岩的《从歌唱到深思的江非》;邰筐的《先说这些》。

2日,《小说选刊》第4期发表须一瓜的《想到了羊角风》。

《文汇报》发表郑逸文的《学界争论:当代文学批评新路向》。

3日,《文艺报》第37期发表王昕、陈娜《"诗意现实主义"风格——评电视剧〈静静的艾敏河〉》;施之鸿的《让一切创造社会财富的源泉充分涌流》(评长篇小说《财富时代》);张晶的《传统与现代的和谐共奏》。

5日,《文艺报》第38期发表王青的《视野开阔的中国大众文学研究》;以"新的世纪新的兵,长篇小说《我们的连队》五人谈"为总题,发表彭荆风的《我们的队伍向太阳》,曾镇南的《新世纪的士兵之歌》,张东的《火热的连队,青春的士兵》,施战军的《日常军旅 深长意味》,黄玲的《铸造灵魂的熔炉》;同期发表蒋巍的《文坛新现象及其思考》。

8日,《文艺报》第39期发表张炯的《贴近现实生活的可贵成果》;郑伯农的《率真 清丽 机敏 蕴藉——读尽心的〈三十而丽〉》;孟繁华的《如何重返想象的历史——评钟晶晶的新历史小说》;马丽华的《小心构筑的脆薄美——感受麦家长篇小说〈解密〉》;吴义勤的《心灵与艺术的双重跨越——析张炜长篇新作〈你在高原·西郊〉》;房福贤、赵海燕的《小说研究的新收获——读〈新时期小说文体论〉(增订版)》。

《光明日报》发表王宗仁的《军旅报告文学的新收获》。

10日,《文艺报》第40期发表刘平的《2003年一季度首都话剧舞台回眸》;李三强的《〈静静的艾敏河〉——对历史的沉思》;吴海的《与"我们的连队"零距离接触》;周思明的《〈周渔的火车〉令人困惑》。

《文学报》第1391期发表杨曾宪的《拒绝媚俗 呼唤经典——浅谈中国当代小说的价值取向》。

《中外军事影视》第4期发表仲呈祥的《审美化艺术化的主旋律强音——赞大型故事片〈惊涛骇浪〉》;张新武的《英雄与亲情——〈惊涛骇浪〉的成功和不足》;徐琼的《新的形象,新的突破——谈〈DA师〉对当代军人形象的塑造》;祁建的《中国电影的市场化运作——从张艺谋的〈英雄〉谈起》。

《学海》第2期发表朱崇科的《本土性的纠葛——浅论"马华文学史"书写的主线贯穿》。

《电影文学》第4期发表郭月莲的《论〈英雄〉与新历史主义》;曾锦标的《〈英雄〉:一个集体制造的神话》;海音的《臣服于横行天下的霸权的伪英雄——也议电影〈英雄〉》;张莹的《〈英雄〉:戏拟与辉煌》;高力的《历史的残片和人文的碎屑——论新历史主义的影像表征(续)》。

11日,《中华文学选刊》第4期发表王干的《把青春拍遍,依然惆怅——邵丽小说印象》。

12日,《文艺报》第41期以"抒写当代中国农民命运——关仁山长篇小说《天高地厚》四人谈"为总题,发表铁凝的《准确地把握时代生活本质》,阎纲的《叙说农民的心曲》,牛玉秋的《在痛苦与抗拒中前行》,季红真的《在时代的巨变中抒发悲怆的乡土情感》;同期发表徐兆淮的《另类庄主,别种解读》;容嵩的《大气磅礴:人类生命进程的礼赞——〈天路魂——青藏铁路纪事〉》;张静的《迷人的乡土之美》。

15日,《人民日报》发表唐晴川、云慧霞的《女性学研究的新拓展》。

《文艺报》第42期发表樊发稼的《2002年童话创作》;余人的《有一种力量叫智慧——读汤素兰童话新作〈阁楼精灵〉》;汪习麟的《评"中国当代奇妙童话"》;谭旭东的《王宜振的校园朗诵诗》;张锦贻的《〈冬冬的故事〉让小读者入迷》;张羽的《历史川流中的悲情地带——读〈藤缠树〉》;何标的《天地至今留正气——纪念赖和先生逝世六十周年》;屠岸的《"间关莺语花底滑,幽咽泉流水下滩"——读〈涂静怡短诗选〉》。

《中国图书评论》第4期发表李德辉、王友胜的《文思与哲理的结晶——评〈女性情爱文学的文化心理透视〉》。

《广东社会科学》第2期发表钟晓毅的《开花结果在海外——从"落叶归根"到"落地生根"的华文文学》。

《戏文》第2期发表天高的《戏剧盛会的文学解读——2002年浙江省戏剧文学现状述评》;江镇的《好戏,首先应该是好看的戏——〈一夜新娘〉观后》;严迟的《我看〈晋文复国〉》;高义龙的《以精品意识引领越剧创作——评嵊州市越剧团的〈柳永与虫娘〉》。

《短篇小说选刊版》第4期发表李敬泽的《比如陆离》;池莉的《创作,从生命中来》;刁斗的《〈重现的镜子〉自序》。

16日,《光明日报》发表张德祥的《文艺评论一议》。

17日,《文艺报》第43期发表肖惊鸿的《把中国文学推向世界——经济全球化语境下中国文学译介的现状和问题》;于烈的《纪念戏剧梅花奖20周年——〈雷雨〉研讨会纪要》;宋宝珍的《探索经典的现代性——话剧〈安娜克里斯蒂〉观后》;侯耀忠的《碰撞中的裂变与融合》;贾健的《表达小人物的精神诉求》。

《文学报》第 1393 期发表陆梅的《五位批评家畅所欲言——为当下小说创作把脉》。

《光明日报》发表吴晓东的《乡土经验的最后背影》。

《作品与争鸣》第 4 期发表武万里的《看石光荣"收拾"儿女》；蔡桂林的《直逼"结果"的悲剧》；陈染君的《我们应该怎样做父亲？》；朱宁嘉的《抛弃前设的对立，回到生活的本真》；胡海的《〈异邦异族〉：前现代的异构与异读》；熊元义的《痛苦的分化与分化的痛苦》；余三定的《顽强地坚持"好人"的操守》；史建国的《站在人性的审判台前——也评小说〈三棒槌〉》。

18 日，《中国戏剧》第 4 期发表安葵的《应当重视戏剧政策的研究》；凌申的《不落的夕阳——面向戏剧未来的思考》；高扬整理的《紧扣戏剧的命门——话剧〈青春禁忌游戏〉座谈纪要》；邹平的《走出新古典戏曲》；李家发的《罗家宝舞台创作谈——关于"虾腔"的形成及其他》；张萍的《闲谈"戏中戏"》；董纯、沈大力的《"自由戏剧"的意向》；严庆谷的《超级歌舞伎》；黄光新的《〈潘金莲〉：中国当代文学史上的一个热点》。

19 日，《文艺报》第 44 期发表胡阳的《谁来驯服网络时代的文学牛仔》；刘庆邦的《自然的感召》；李怀亮的《质疑"文化普遍主义"》；张江艺、林挺的《是反对战争 还是歌颂战争——近年来好莱坞影片中的战争主题》；徐溧遥的《电影〈绿茶〉：强大阵容掩盖下的薄弱叙事》。

20 日，《学术月刊》第 4 期发表文贵良的《胡风的话语方式》。

《华文文学》第 2 期发表陈娇华的《通往敞开和宽容的研究之途》；李安东的《一部有开拓性的散文研究专著——评〈当代汉语散文流变论〉》；谢舫的《留学生文学中"他者化"角色的文化学阐释》；贾丽萍的《女性视角：从婚恋到社会现实——亦舒的小说世界》；李晨的《2001 年大陆台港文学研究综述》；陆雪琴的《超越性别的写作——论施叔青香港时期的创作》；孙晓燕的《小说与电影：从间离到暗合——简论李碧华的小说创作与电影艺术之关系》；[日]黄宇晓的《白先勇赴美后的困境与突破》；赵小琪的《张默诗歌的生命宇宙化倾向》；李丹的《试论余光中诗歌的"中国情结"》；彭志恒的《留学现象与近代以来中国文化动变》；娄奕娟的《论白先勇小说中的"戏剧化因素"：试以〈台北人〉为例》；阮温凌的《"梁父吟"悲歌中的末路英雄：白先勇"民国史"小说人物论》；吴尚华的《现实观照与历史叙

事：渡也80年代诗歌的人文精神》。

《中州大学学报》第2期发表赵昉的《关于陈映真〈夜雾〉的解读》。

22日,《文艺报》第45期发表晓雪的《〈沧桑〉：智慧的花朵》；王中朝的《建设小小说理论研究系统工程》；施战军的《看〈鸟巢〉说荆歌》；刘颋的《文学要把握时代的表情——"文学时尚化批判"论坛纪要》；杨匡汉的《对接传统》；郝雨的《发挥语言艺术的魅力》；本报讯《阎真长篇小说在京研讨》。

23日,《人民日报》以"英雄人物可否随意戏说？——文艺研究专家三人谈"为总题,发表何镇邦的《不要戏说历史乱改经典》,田本相的《文学上的拆白党》,廖奔的《面对正义、良知和历史的烛照》。

24日,《文艺报》第46期发表卢蓉的《大众文化之世俗剧》；陶子的《巧与拙的二律背反——评话剧〈我爱桃花〉》；贾磊磊的《电影的数字化 一场不流血的革命》。

《光明日报》发表庞守英的《纷繁的长篇小说文体》。

25日,《大家》第3期发表崔道怡的《谁没有小阁楼》；吴晨骏的《小说的方法》；欧亚、叙灵的《诗歌要接近于人——吴晨骏访谈录》；桀然的《吴晨骏印象记》。

《文汇报》发表郝铁川的《小说〈沙家浜〉不合理不合法》。

26日,《文艺报》第47期发表傅汝新的《董立勃长篇小说〈白豆〉：那个时代的爱情有无穷的意味》；吴秉杰的《〈纸厦〉反思文化人》；邓楠的《贾平凹的〈五魁〉》；以"艰苦的年代 奋斗的人们：〈龙江人寻找龙江颂〉"为总题,发表郑伯农的《追寻民族精神的璀璨之光》,贺绍俊的《再往前看,我们能够看多远》,蒋巍的《并非历史的咏叹调》,林为进的《人是需要一点精神的》,老浦的《寻找历史与现实的意义》,纳杨的《我们民族的美德》。

27日,《文汇报》发表倪震的《开阔文化视野,拓展电影题材》；戴翊的《文学创作与城市精神》；杨红莉的《梦想与现实的纠结——读关仁山的长篇小说〈天高地厚〉》。

29日,《文艺报》第48期发表林雨的《报告文学〈灵与肉〉得失》；李运抟的《读陈应松神农架系列小说》；夏海微的《评〈中国当代文学史写真〉》；伍立杨的《享受和消遣——读散文集〈孤独仰望〉》；林大中的《〈漕运码头〉的文学定位》。

《雨花》第4期发表孙焕英的《盘点当代中国反腐作》。

30日,《中国青年报》第446期发表杨泽文的《书评写作的尴尬》;丁国强的《灵魂的通道——读残雪〈地狱中的独行者〉》。

本月,《中国电视》第4期发表习文的《仪式的建构与颠覆》;倪祥保的《论纪录片真实及其象限阈》;郑书梅的《电视剧艺术本体论》。

《电影新作》第2期发表王成军的《生命的忧伤与音乐的记忆》;王莹的《世俗人生写真集——闲谈对〈假装没感觉〉的感觉》;贾磊磊的《商业化的叙事策略》;周星的《拉开中国电影的世纪英雄文化大幕——大片〈英雄〉五论》;王利丽的《〈英雄〉几味——解读〈英雄〉》;秦玉兰的《当代都市电影叙事中的寓言特征》;陈犀禾的《论海派文化和电影的第二期发展(提纲)》;周斌的《海派电影须以海派文化为依托》;石川的《海派电影内在话语机制的重构与传承》。

《剧本》第4期发表邓齐平的《历史戏剧化与历史剧创作原则反思》。

《博览群书》第4期发表王廷信的《理性思考新中国戏剧史——评傅谨〈新中国戏剧史〉》;尤小立的《历史研究:走出道德判断的门槛——〈舒芜口述自传〉读后》;赵瑨的《诗歌批评还有可能吗?》。

本月,春风文艺出版社出版林建法、徐连源主编的《中国当代作家面面观:寻找文学的魂灵》;林建法主编的《2002年中国文学批评》。

广西师范大学出版社出版顾凤威、巫育民编著的《文艺学批评方法概论》;王光东的《民间理念与当代情感:中国现当代文学解读》。

吉林教育出版社出版杨洪承的《现象与视阈:20世纪中国文学研究纵横》。

人民文学出版社出版欧阳友权等著的《网络文学论纲》。

山东大学出版社出版谭好哲、凌晨光主编的《文学之维:文艺学的历史、现状与未来》。

陕西人民教育出版社出版陈晓明的《无望的叛逆:从现代主义到后-后结构主义》;戴锦华的《涉渡之舟:新时期中国女性写作与女性文化》;高秀芹的《文学的中国城乡》;林焱的《百年风流:二十世纪中国文学与国民性的变迁》;刘克宽的《阐释与重构:当代十七年文学沉思》。

上海远东出版社出版陈庆元的《文学:地域的观照》。

5月

1日,《文艺报》第49期发表朱红军的《歌舞电影迎来"文艺复兴"?》;张国涛的《"金粉"下的败絮》;陶子的《经典与经典的阐释——从〈安娜·克里斯蒂〉的演出说起》;周泉的《床、玫瑰、千红、门及其他——〈荒诞夫妻〉的泛悲剧与日常诗情的消解》;李立的《跨越平庸——一个电视人的文化操守——读张子扬〈感悟荧屏〉》。

《文学报》第1397期发表王宏图、苏童的《关于南方精神的对话》。

《当代电视》第5期发表陶琳的《丰厚的生活底蕴,丰富的艺术想象——谈电视剧〈DA师〉的创作特色》;赵凤琴的《城市化进程中的人文关怀——电视剧〈城市的星空〉观后》;颜敏的《理性的现代意识与理想的传统美德——析电视剧〈我们的连队〉军人形象》;张渝生的《独辟蹊径,大气磅礴——谈电视剧〈我们的连队〉的艺术品格》。

《名作欣赏》第5期发表魏家骏的《对人类命运的诗意拷问——〈读康熙信中写到的黄河〉赏析》;刘永丽的《现代文明之旅:路在何方——〈读康熙信中写到的黄河〉的哲学阐释》;胡洪亮的《黄河,在激流中幽咽——读于坚〈读康熙信中写到的黄河〉》;杨剑龙的《揭示老同学聚会中不同的心理心态——读莫言的短篇小说〈倒立〉》;傅金祥的《天凉好个秋——莫言〈倒立〉内蕴解读》;吴毓生的《一次出乖露丑的表演——读莫言的短篇小说〈倒立〉》;达吾的《艺术的叙述和"载道"的期许——〈冰雪美人〉的阅读体验》;洪玲的《在压抑中艰难地生存——读莫言的短篇小说〈冰雪美人〉》;任军的《致命的偏见与可敬的尊严——读莫言的短篇小说〈冰雪美人〉》;何希凡的《冰雪欺美人,美人如冰雪——〈冰雪美人〉的文化心理和美学内涵解读》;冯晖的《横看成岭侧成峰——我读〈厨房〉》;胡迟的《性别的鸿沟——海男的〈粉色〉与徐坤的〈厨房〉》;帅震的《朝圣者的路——解读石舒清小说〈清水里的刀子〉》;冯晖的《习以为常的粗糙中崛起的诗性觉醒——我读〈清水洗尘〉》;胡洪亮的《看麦娘:女性的隐喻世界——读池莉〈看麦娘〉》;赵奎英的《一个可逆性的文本——〈丰乳肥臀〉的语言文化解读》;达吾的《关于〈早年〉——意义或者两种价值情感置换方式》;曲春景的《爱缘于合目的的生命形式》。

《诗刊》5月号上半月刊发表刘粹的《诗在你在——接父亲回家》;专栏"热点话题讨论:我观今日诗坛"发表吴开晋的《萌发前的"冬眠"》,杨四平的《作为文本的诗歌》,卢永璋的《要有大诗观》,王明韵的《中国新诗二十年》,谭延桐的《是"口语诗"还是"口水诗"?》;同期发表蓝野整理的《漫谈中国新诗地理》。

2日,《小说选刊》第5期发表陈昌平的《我们内心的万水千山》;艾真的《战争在上演,英雄在继续》;谢有顺的《叙事也是一种权力》。

5日,《电影艺术》第3期发表孙周、吴冠平的《解密〈周渔的火车〉》;北村、张煊的《都市爱情神话解析》;宫竺风的《周渔的时代——另一种读解》;徐溧遥的《都市题材电视电影的喜剧化类型——近期电视电影印象》;李彬的《另类的激情——谈电视电影〈黑白〉》。

《花城》第3期发表李森的《批评,写作及其幻象——与罗兰·巴特交谈》;于坚、谢有顺的《写作是身体的语言史》;吴义勤、孙谦的《小说的"实"与"虚"——2002年〈花城〉小说读扎》。

7日,《中国青年报》第447期发表孙玉茹的《特殊层面的曲曲悲歌——读李克山的小说集〈野妹〉》。

《光明日报》发表韩宇宏的《文学批评的"九多九少"》;李春利的《文艺评论也该清热解毒》。

8日,《光明日报》发表孙绍振的《文学史的写法和文学批评的写法》。

10日,《文艺报》第50期发表张东焱的《小说应当怎样描写性爱?》;杜京的《创新:文艺的生命》;游焜炳的《西域"葡萄"如何移植:陈志红的〈反抗与困境——女性主义文学批评在中国〉》;张学昕的《老虎小说〈漂泊的顶屋〉》。

《中外军事影视》第5期发表王志敏的《"惊涛骇浪":激情澎湃的人文抒写》;吕益都的《看那清晰动人的面庞——谈军旅现实题材电视剧中女性形象的塑造》。

《中州学刊》第3期发表武新军的《多维空间中的人性探索——评周大新长篇小说〈第二十幕〉》;陶慧的《〈小新娘〉:对"畸形建构"的反思与解读》。

《电视·电影·文学》第3期发表谢风铭、谷雨等的《"无名"斗"英雄"——新锐影评人笔会》。

《电影文学》第5期发表王涛的《徘徊在两极之间——〈周渔的火车〉之印象》;文九的《美好爱情,现世困惑——解读〈周渔的火车〉》;罗绮卫的《爱的呼唤——观看〈周渔的火车〉有感》,夏子的《周渔,一个为梦想赶火车的女人》。

《江海学刊》第3期发表贺仲明的《论20世纪40年代文学英雄形象的嬗变》;张永的《"现代性"与"后现代性"之图景——评〈中国新时期小说主潮〉》。

《浙江大学学报(人文社会科学版)》第3期发表徐岱的《大世界与小天地:论苏青》。

《理论与创作》第3期发表李荣启的《二十世纪中国文学语言观念的嬗变》;冯放的《〈讲话〉的贡献与新时期文学理论教材建设——纪念毛泽东诞辰110周年》;蔚志建、熊元义的《警惕文艺批评的"虚无存在观"》;李阳春、文中伟的《为现代主义正义》;艾泽银的《论现代主义与后现代主义及其关系》;赵金钟的《知青作家创作心态论》;李凌燕的《谭谈小说的语言风格》;曾镇南的《评林深的长篇小说〈天经〉》;张卫中的《对神秘时间的审美观照——贾平凹小说时间艺术评析》;何志钧、刘建华的《穿行在现实与幻象之间——略论马海春小说的艺术特色》;李元洛的《映日荷花别样红——读〈古远清自选集〉》;白寅的《我们如何宣泄历史——〈20世纪中国小说理论研究〉中的方法论问题》。

11日,《中华文学选刊》第5期发表叶橹的《生存智慧的人性与人情——〈王蒙自述:我的人生哲学〉片议》;于敏的《从女人的未来回到女人的过去——解读张欣最新长篇小说〈泪珠儿〉》。

13日,《文艺报》第51期以"报告文学《光明行》三人谈"为专题,发表丁帆的《寻找光明的行者》,汪政的《神奇土地上的深情对话》,张宗刚的《九万里风鹏正举》;同期发表艾斐的《对美的探寻与发现——关于创作对思想的冀求》;张立平、刘晓杰的《色彩之于电影艺术》。

《人民日报》发表张兴成的《市场条件下的当代文学》。

15日,《文汇报》发表马勇的《影视与史学的良性互动——也谈电视连续剧〈走向共和〉的得失》;李雪林的《"我喜欢写失败的英雄"——近访作家陆星儿》。

《人文杂志》第3期发表张光芒的《胡风启蒙文学观新论》;唐小林的《从延河到施洗的河——50、90年代:想象知识分子灵魂得救的不同方式》;王达敏的《超越原意阐释与意蕴不确定性——〈活着〉批评之批评》;刘登阁的《中国小说的文化空间和文化格局》。

《山东社会科学》第3期发表黄万华的《语言原乡:创作原创力的孕蓄和迸发》;姜智芹的《张炜与海明威之比较》;牛鸿英的《现代主义文学在西方与中国的

异同辨析》;孙秋英的《"原生状态"与现代主义创作》。

《文艺争鸣》第3期发表尤凤伟的《文学的精神危机与道德困境》;翟业军的《灵魂的废墟——长篇小说批判》;方明光的《人性回归与忏悔意识——读郭定功的〈人迹〉》;张全之的《一个独具个性的理论构架——读张光芒的〈启蒙论〉》;范伯群的《"两个翅膀论"不过是重提文学史上的一个常识——答袁良骏先生的公开信》;陈漱渝的《关于所谓"毛罗对话"的公开信——质疑黄修己教授的史实观》;李建军的《草率拟古的反现代性写作——三评〈废都〉》;傅国涌的《渴望人性中最后一线光亮——读周实〈刀俎之间〉》;胡立新的《论〈尘埃落定〉的文化矛盾及象征意蕴》;侯睿的《透视〈桃李〉的致命伤》;黄薇的《特警题材影视创作在"中国化"道路上的探索》。

《文学评论》第3期发表陈惠芬的《"文学上海"与城市文化身份建构》;丁帆的《论近期小说中乡土与都市的精神蜕变——以〈黑猪毛白猪毛〉和〈瓦城上空的麦田〉为考察对象》;吕微的《"内在的"和"外在的"民间文学》;王晖的《报告文学:现代性的追寻与反思》。

《中国社会科学院研究生院学报》第3期发表袁良骏的《"新剑仙派"武侠小说家金庸》。

《中国图书评论》第5期发表王泉根的《〈曹文轩文集〉的学术品质与审美格调》;周晓波的《才情肆溢的新生代青年女童话家们》。

《天涯》第3期发表韩少功的《文体与精神分裂主义》;旷新年的《制度化的文学与文学化的制度》。

《当代文坛》第3期发表冯肖华的《新时期现实主义小说的审美特征》;彭文忠的《迷失:社会转型期中国文学的人文关怀》;史修永的《当代文学消费的症候分析》;马云的《史铁生散文:生命的留言》;王晓岚的《灵魂于何处安居——刘亮程散文中的宗教情怀》;雪塬的《心灵时空的审美变奏——石英散文集〈生命之旅〉的一种阐释》;杨喜钧、邱戈的《对女人式生存突围的世俗描写——小议毕飞宇"玉女三部曲"的女人形象》;钟琴的《"鬼"的纠缠与挣脱的可能——毕飞宇"玉米"系列的解读》;蒋建强的《张欣小说中的文化心理冲突读解》;屈雅红的《张欣小说"姐妹情结"的意义分析》;方守金、路文彬的《历史激情与现实错位——邓一光小说历史叙事论》;黄翠兰、翟雅丽的《活在文字中的〈库麦荣〉》;白玉红的《论姜丰小说及其他》;王凤仙的《迷失与寻找——评张炜长篇小说〈能不忆蜀葵〉》;

刘学明的《性而上的迷失——评〈经典关系〉的叙述主题》；高丽敏的《花儿盛开在欲望年代——评邱华栋新作〈花儿花〉》；文小妮的《蒙昧的先知，柔弱的坚守——论〈听戏〉的女性休闲意识》；孙晓娅的《以画入诗——浅析牛汉诗歌的形象性》；熊辉的《涂抹着橄榄绿的边地情思——读周承强诗集〈背对月光旅行〉》；赵佃强的《从"小说"到"散文"——论张承志创作文体的转变》；王苹的《由欲到义：情爱的升华——评王安忆九十年代小说中的爱情书写》；朱青的《试谈当下我国女性文学的偏差》；黄柏刚的《一部标志女性意识流变和女性文学发展的力作》；西慧玲的《只为童心曲，常怀一寸丹》；陈恩黎的《童年的另类书写——评阿成的短篇小说〈两儿童〉》；夏青的《网络文学的唯美主义倾向》；胡昌平、王海蓉的《"杂种"的困境——读〈我和父亲嫌疑人及他们的女儿们〉》。

《当代电影》第3期发表郝建的《底层困境的书写与覆盖》；倪震的《荒原上的徘徊者》；张东钢的《动作的真实性和典型性》；梁明、李力的《被光影分割的无奈人生》；俞晓的《谁在今天最亲密——从声音造型看情感的割裂》；王一川的《中国底层小资生活的错位修辞》；谷时宇的《信息革命与影视融合》；赵勇的《性与暴力：从狂欢到娱乐——论西方影视的大众文化特性》；孙慰川的《论电影与黑色浪漫》。

《华东师范大学学报（哲学社会科学版）》第3期发表杨扬的《20年来中国文学思潮》。

《江汉论坛》第5期发表陈学祖的《中国诗学现代转型与西方美学：问题、论域及思维路向》；万国庆的《论20世纪40年代中国文学的民间化创作趋向》；李永中的《刘恒小说的叙事模式初探》。

《齐鲁学刊》第3期发表李新宇的《启蒙五题》；刘建彬的《回归当下——余华〈活着〉重读》。

《学术论坛》第3期发表龚举善、陈小妹的《理想与激情的告别——关于20世纪80年代一种反理性话语的重提》；孙桂荣的《弱势女性与当代文化书写》；陈成才的《艰难而生动的诉说——王跃文官场小说评析》。

《南方文坛》第3期发表陈晓明的《给文学招魂：差异性自由》；王一川的《文学呼唤兴辞》；谢有顺的《文学：坚持向存在发问》；王干的《呼唤大器，呼唤力量》；吴炫的《穿越当代经典——文化寻根文学及热点作品局限评述之一》；李建军的《私有形态的反文化写作——评〈废都〉》；潘琦的《仫佬族文学的崛起与发展——

在仫佬族文学研讨会上的讲话》；向红星的《世纪文坛上的仫佬族作家群——仫佬族文学研讨会纪要》；张颐武、师力斌的《家族，一台永恒的游戏机——读长篇小说〈生生长流〉》；马相武的《红河家族叙事与乡村现实主义——评长篇小说〈生生长流〉》；陈建功等的《〈大江沉重〉四人谈》；朱向前、柳建伟的《散文的黄钟大吕之音——关于李存葆散文特征的对谈》；艾云的《翟永明：完成之后又怎样》；袁盛勇《通向传统与理性之途——读郜元宝〈另一种权力〉》；黄维梁的《甘美的苦果——序喻大翔〈用生命拥抱文化〉》；贺绍俊的《理论动态》。

《复旦学报(社会科学版)》第3期发表祝克懿的《"样板戏"话语对传统戏曲话语的传承和偏离》。

《短篇小说选刊版》第5期发表梅疾愚的《对一种飞翔姿势的观察》；叶兆言的《写作与学问——在苏州大学"小说家讲坛"上的讲演》。

《福建论坛》第3期发表徐岱的《文学的"看法"与"见识"——对一种"批评理论"的批评》。

18日，《文艺报》第52期发表陈默的《后现代文化中的"非真实化"问题》；吕乐平的《电视剧与民族文化品牌》；杨友苏的《艰难的寻找——论婚姻关系中的影视女性形象》；梁昭的《柯炽和他的〈刘三姐〉》；于万东的《戏剧应该让喜剧打打先锋》；霍霍的《在历史语境中阐释影像历史》；本报讯《戏剧理论评论家康洪兴逝世》。

《中国戏剧》第5期发表姚育德的《历史背景下中国戏剧的命运》；王兵翔的《也谈"当代戏剧之命运"》；王自力的《观众是不是需要戏剧？》；黄森林的《戏曲必须与时俱进》；封保义的《木偶艺术创新的思考——扬州木偶艺术发展的三部曲解析》；苏永旭的《戏剧叙事学研究的五个重要的理论突破》；廖全京的《影响戏剧艺术进一步繁荣的几个观念问题》；高龙民的《小剧场话剧创作"三题"》；蒋洪生的《"梅苑"漫步》；周桓的《京剧的"派"》；杨建业的《不惑之年说旧戏——与赵寰先生商榷》。

17日，《文艺报》第53期发表邢建昌的《我们需要坚强的文学精神》；戈雪的《语言构筑灵魂的家》；蔚志建的《瘦谷随梦穿越时间隧道》；以"长篇小说《黑白命运》批评"为总题，发表曾镇南的《透过人的命运所触摸到的》，雷达的《在社会与人生之间徘徊》，贺绍俊的《常态与非常态》，李敬泽的《对"命运"的理解——一个问题》，杨政的《一个被魔手捏弄着的时代"宠儿"》，吴义勤的《政治文化与权力网络中的个人》,牛玉秋的《改革时代的社会思潮》。

《作品与争鸣》第 5 期发表萧河的《小说〈沙家浜〉在宣扬什么》;牧慧的《重要的是鼓劲——读长篇小说〈惊天动地〉》;刘绪源的《另一种"文不对题"——也谈池莉新作〈有了快感你就喊〉》;甘险峰的《新编小说〈沙家浜〉引起争议》。

20 日,《小说评论》第 3 期发表雷达的《长篇小说笔记之十七——李佩甫〈城的灯〉、李科烈〈山外还是山〉》;李建军的《小说病象观察之九——意义的丰饶与贫困》;王彬彬的《"姑妄言之"之二——"城市文学的消亡与再生"——从〈我们夫妇之间〉到〈美食家〉》;邵建的《文坛内外之二十八——胡鲁之争(续)》;以"王安忆专辑"为题,发表於可训的《主持人的话》,王安忆的《自述》,周新民、王安忆的《好的故事本身就是好的形式——王安忆访谈录》;周新民的《个人历史性维度的书写——王安忆近期小说中的"个人"》;同期发表朱育颖的《精神的田园——铁凝访谈》;段建军的《换一个角度看历史——评红柯的〈天下无事〉》;温儒敏的《诗一样的日子还在吗?——读冬至的〈入住望京的女人们〉》;姚莫诩的《"文革小说"的另一种叙事》;李伟的《贾平凹的都市小说》;陈汉云的《〈废都〉的神幻色彩及其悲剧寓意》;陈忠实的《功夫还得在诗内》;邢小利、杨立群的《〈蓝衫根〉:对现实人生的冷峻直面》;费秉勋的《阎道勇小说印象》;王仲生等的《〈蓝衫根〉笔谈》;刘蜀贝的《东西方男子汉的文化意蕴——〈好汉〉和〈老人与海〉的文本比较》;张南的《中国文学的一件事》;卢翎整理的《透视时下中国小说——中国小说学会小说排行榜评委座谈综述》。

《文艺报》第 54 期发表小可的《周梅森的〈国家公诉〉:成也模式,败也模式》;杨晓敏的《再谈小小说是平民艺术》;何镇邦的《立体表现改革开放的时代风貌——长篇小说〈城市季节〉解读》;何向阳的《历史的"张看"——评张一弓〈远去的驿站〉》;以"长篇小说《芳草天涯》四人谈"为题,发表吴野的《不能不写的才叫分量》,龙懋勤的《抚摸历史的伤疤》,范藻的《芳草·女性·乡愁》,映铮的《成熟与理智的结晶》。

《天津外国语学院学报》第 3 期发表李小均的《董桥与翻译》。

《东南大学学报(哲学社会科学版)》第 3 期发表黄擎的《论当代小说的情境反讽与意象反讽》。

《求索》第 3 期发表毛正天的《中国现代性爱文学性爱分离的文化选择——精神分析学与中国 20 世纪性爱文学研究之五》;杨虹的《商人精神的诗情阐

释——以成一的〈白银谷〉、邓九刚的〈大盛魁商号〉为例》;魏江华的《"陌生化"理论与小说创作技巧》;刘绪义的《湖湘文化精神对湖南文学之影响——以江湖与庙堂为线索的分析与思考》。

《东方文化》第3期发表李学武的《"寻枪":个人身份的迷失与重新定位——解析黑泽明〈流浪狗〉与陆川〈寻枪〉》;狄马的《傅雷之死》;贾平凹、曾令存的《九十年代"散文革命"检讨——关于散文创作的对话》;孟繁华的《游牧文化与网络乌托邦》;王兆胜的《林语堂与老舍》;刘俐俐的《冬天的心境》;于光远的《读古远清〈打开历史的黑箱〉》。

《河北学刊》第3期发表张宝明的《从"五四"到"文革":道德形而上主义的终结——对一个"启蒙"与"反启蒙"命题的破解》;张光芒的《道德实用主义的陷阱——对张宝明的质疑与反质疑》;王文华的《"古为今用,洋为中用"的现代性阐释》;吴东的《论文学的人文终极关怀是其最高使命》。

21日,《文艺研究》第3期发表罗宏的《当代文艺批评写作的虚拟化迷失》;舒也的《20世纪90年代现实主义作家的价值观剖析》;王家平的《诗与史纠葛中的文学史写作——评洪子诚的〈问题与方法:中国当代文学史研究讲稿〉》。

《光明日报》发表刘平的《话剧为何缺少好作品》;曾镇南的《秀出的青枝 奋勇的精灵》。

22日,《文艺报》第55期发表陈默的《纪实片的多维真实性》;郑永旺的《谈〈拿什么拯救你,我的爱人〉中的几个母题》;朱红军的《DV"新世代"影像:众声喧哗后的困窘》。

《新文学史料》第2期发表梅志的《胡风和我所认识的雪峰》;许觉民的《阅读冯雪峰》;晓风整理的《胡风访谈录》;荣天玙的《锦鸡互赠美丽的羽毛——周扬与冯雪峰》;冯牧的《云南手记(中)》;鲁煤的《我和胡风:恩怨实录——为缔造新中国,战斗在解放区(一)》。

23日,《天津社会科学》第3期发表陈千里的《凝视"背影"——论20世纪中国文学中父亲形象的文学塑造与文化想象》;吴秀明的《论文化转型语境中的文体革命及其艺术实践》。

24日,《文艺报》第56期发表沈源的《道德主题的众声歌唱——评诗集〈道德之歌〉》;吴秉杰的《黄毓璜的〈苦丁斋思絮〉》;"刘家科散文评论"专辑发表雷达的《平原细雨》,韩作荣的《平实中的意味》,封秋昌的《从"被忽略的事物"中发现"被掩盖着的意味"》,李敬泽的《平原的奥秘》。

《文艺理论与批评》第 3 期发表李存照的《小说〈沙家浜〉引起社会广泛关注和强烈不满》;赵勇的《文学:在炒作中走向前台——关于"文学先生"与"文学女士"的调查报告》;陈漱渝的《质疑黄修己教授的史实观——关于所谓"毛罗对话"问题》;熊元义的《现存冲突与文学批判》;谭德晶的《批评的狂欢——网络批评"广场"辨析》;谭军武的《当文学经典遭遇时尚网络》;尹小松的《"网络"诗歌的前世今生》;李建军的《随意杜撰的反真实性写作——再评〈废都〉》;邓楠的《理想爱情的建构、解构与颠覆——论〈天狗〉、〈五魁〉、〈废都〉三部爱情小说的价值取向》;季群玉的《曲笔雁狗猫,直秉人间态——试析沈虎根动物小说的特色》。

《文史哲》第 3 期发表张学军的《先锋写作的叙事方式》。

25 日,《文艺理论研究》第 3 期发表李玲整理的《文化研究的现状和面临的挑战》。

《文汇报》发表姜鸣的《关于历史剧的几个问题——再谈〈走向共和〉》;杨光祖的《为天地立心——读王家达长篇小说〈所谓作家〉》。

《东岳论丛》第 3 期发表姜振昌、王世炎、王寒的《新世纪鲁迅研究综述》;胡俊海的《城市文学中的双峰并峙——谈〈长恨歌〉与〈首席执行官〉》。

《北京师范大学学报(社会科学版)》第 3 期发表梁鸿、李怡的《评王泉根著〈现代中国儿童文学主潮〉》。

《甘肃社会科学》第 3 期以"中国现代散文源流论(三题)"为总题,发表姚春树的《论巴金散文对中国散文优秀传统的继承和发展》,黄科安的《返回与重释——中国现代知识者对古代随笔的创造性转化》,肖剑南的《从文章到美文:现代散文文体的创立》;同期发表何平的《西部边地散文:双重文化视野下的心灵体验》;刘洁的《张爱玲创作得失新论》;鲁原的《批评的僭越——〈文学批评学〉导言》。

《当代作家评论》第 3 期以"《暗示》评论小辑"为总题,发表吴俊的《〈暗示〉的文体意识形态》,洪治纲的《具象:秘密交流或永恒的悖论——论长篇小说〈暗示〉》,芳菲的《一次健康精神运动的肇始——读韩少功的〈暗示〉》;同期发表韩少功的《冷战后:文学写作新的处境——在苏州大学"小说家论坛"上的讲演》;韩少功、王尧的《在妖化与美化之外的历史》;以"刁斗评论小辑"为总题,发表吴义勤的《自我・情爱・游戏・家园——刁斗近期小说的一种读法》,曹怀明的《绝望的归途——刁斗长篇小说〈回家〉读札》,孙桂荣的《"游戏"的可能与"法"的必要——评刁斗长篇小说〈游戏法〉》;同期发表张志忠的《艺术还是人生:这是一个哈姆雷特式的问题》——〈抒情年华〉读解与随想》;王绯的《作家与情结》;陈晓明的《〈情奴〉:在爱欲的尽头》;汪政的《轻逸诗人艾伟》;艾伟的《无限之路》;洪治纲的《让心灵在时间之外延伸》;夏季风的《令人感到恐惧的小说》;孟繁华的《本土叙事与全球化景观》;吴玄的《告别文学恐龙》;王素霞的《另类播撒的空间形式——九十年代长篇小说文体革命之一种》;姚晓雷的《"侉子性"——河南乡土小说呈现中的一种民间个性》。

《南京师大学报(社会科学版)》第3期发表徐仲佳的《理性的消隐:当下爱情小说的后现代状况》;刘志权的《当代文学转型中的赛伯批评空间——兼谈网络文学的若干特性》。

27日,《文艺报》第57期发表童庆炳、赵勇的《改写名著的三条原则——小说〈沙家浜〉引出来的理论思考》。

《文学自由谈》第3期发表李国文的《文学史之外的故事》;毛志成的《厚重的文化之袍》;张扬的《"一面之交"的记忆》;张颐武的《王蒙"跳舞"的意义》;朱健国的《白桦珠海说孤独》;李建军的《从水中吐火到火中生莲》;于九涛的《乏力的颠覆与无矢的批评》;伊甸的《样板戏仍是今天的样板吗?》;陈鲁民的《"戏说"与"胡说"(三则)》;吴茂华的《垫脚之举》;艾伦拜的《两大缺陷及五个去向》;穆建新的《脱去尤物的时装》;汪政的《请体会沈乔生的创作意图》;赛妮亚的《可惜的"文坛晃晃"》。

28日,《中国青年报》第450期发表叶立文的《当代文学的非典症状》。

《兰州大学学报(社会科学版)》第3期发表程金城、李向辉的《文学价值论的哲学特性及其几个重要问题》;唐晴川的《论20世纪90年代女性小说的审美品格》。

《湖南大学学报(社会科学版)》第3期发表章罗生的《从冲突走向融合——论中国报告文学的发展与90年代报告文学的成熟》。

《厦门大学学报(哲学社会科学版)》第3期发表林丹娅的《东南亚华文生态中的女性写作》。

29日,《文艺报》第58期发表张德祥的《慧眼识得银屏风——读仲呈祥新著〈银屏之旅〉》;李三强的《〈书香门第〉对新型人际关系的呼唤》;赖大仁的《大众文化批评中的价值立场问题》;彭俐的《名著改编有没有原则?》;金辉的《两全,抑或两难——谈交响京剧〈大唐贵妃〉》;胡慧翼的《从女作家小说到影视剧　性别视角被转换　女性主体性"滑落"》。

31日,《高等学校文科学术文摘》第3期发表刘小新的《论20世纪中国文论主体性思想的形成与演变》;朱立元的《论现代性与中国现代文学史研究的理论预设》;钱中文的《论民族文学与世界文学》。

本月,《文艺评论》第3期发表张震宇、高彩霞的《世纪回眸话文学——谈20世纪中国文学与媒体的互动关系》;张光芒的《欲望时代的缪斯》;丁晓原的《报告文学:作为知识分子的写作方式——兼论新时期报告文学作家主体性的生成》;陈娇华的《性别视野中的历史书写——评90年代以来女性作家历史题材创作的特征》;西慧玲的《寻找母亲的声音——世纪末长篇小说"女性系谱"的拟建》;陈剑晖、晓翎的《思与诗:关于散文精神性的探询》;曹明海、赵跃的《激情、沉思与诗——石英散文解读》;李野的《精神超越的可能——从主体性的角度对王小波与余华写作意义的比较分析》;王晓华的《面向事物自身的因缘之诗——对马永波诗歌的一种解读》;戴洪龄的《讲述新的小城故事——陈力娇新作〈平民百姓〉评析》;曹志明、卞红的《转型文学与自我意识》。

《电影新作》第3期发表马宁的《上海电影阵营:革命的或者妥协的》;陈山的《海派文化视野中的上海电影》;赵小青的《海派电影创作应有"大文化"观念》;肖冬民的《俄底修斯的放逐与杀戮——杜琪峰警匪、黑帮片的反英雄主义》;蔡盈洲的《我猜得到开头,但猜不到结尾——论杜琪峰电影的后现代叙事格局》。

《艺术百家》第2期以"'新世纪全国地方戏曲剧种发展战略研讨会'论文选登(二)"为专题,发表顾聆森的《论滑稽戏的观众优势和创作方向》,罗嘉慧的《审视粤剧——现代经济社会中的生存与发展》,苏子裕的《论赣南采茶戏的艺术形态和艺术革新》,叶明生、叶树良的《地方剧种特质及其发展倾向探讨——以福建乱弹北路戏剧种发展问题为例》。

《中国电视》第5期发表吴文昊、王爱松的《电视大众化与观众的分层》。

《剧本》第5期发表孟华的《贾璐——其人·其路·其作》;安葵的《解读〈上官婉儿〉》;童道明的《经典的经验——关于戏剧冲突的思考之二》;刘平的《观剧絮语(一)》。

《暨南学报(哲学社会科学版)》第3期发表姚新勇的《纪末的焦虑:知识界九十年代中国文化认同言说的反思》。

本月,三联书店(北京)出版赵稀方的《小说香港》。

湖南师范大学出版社出版吴培显的《当代小说叙事话语范式初探》。

中国文联出版社出版江西省作家协会编的《江西中青年作家作品评论集》。

6月

1日,《作家》杂志第6期发表潘向黎的《看败家子毕飞宇请客——我读〈玉米〉》;冯骥才等的《全球化语境中的本土化困境》。

《当代电视》第6期发表仲呈祥的《电视剧〈孝庄秘史〉启示录》;钟实、志敏的《"有情有义"的伪君子——评电视剧〈张学良〉中宋美龄的艺术形象》;张步中的《心怀理想,关注生活——〈走过花季〉艺术得失谈》;颜锦秋的《电视作品主题的开掘》。

《名作欣赏》第6期发表张德明的《经典与阐释——〈名作欣赏〉二〇〇二年检评》;唐韧的《一"惜"应重千钧——新读〈沁园春·雪〉兼谈两种误读》;魏家骏的《"数风流人物"再细斟》。

《诗刊》6月号上半月刊发表张大为的《于坚访谈录》;于贞志的《寻找现代诗歌的根基》;韩作荣的《诗怀恬淡自风流》;专栏"热点话题讨论:我观今日诗坛"发表沈泽宜的《自由与自律》、李公文的《口语诗歌的可能与限度》,赵东的《语言"炼金术"及其后遗症》,荣荣的《让诗歌拥有一颗平常心》;同期发表西渡的《关顾灵魂》;敬文东的《认识西渡》;张桃洲的《守望者与倾听者》;张诗剑的《爱在她的诗核里——访蔡丽双》。

2日,《小说选刊》第6期发表艾真的《爱与恨的寓言》。

3日,《文艺报》第60期发表阎晶明的《弱者的力量》,朱晶的《生命价值的失落与追寻——王怀宇中短篇小说枝谈》;罗靖、黄力之的《文学"人性论"与"下半身"写作》；马朝阳的《校园散文的价值》；贺志朴的《艺术的历史和现实向度——肖鹰〈体验与历史〉一书读后》；本报讯《作家寒风逝世》。

《人民日报》发表曾镇南的《散文的"心"与散文的美》；仲言的《文坛恶意炒作当休矣》；张炯的《现实生活的馈赠》。

4日，《中国青年报》第451期发表王兆胜的《柔弱力量的歌者——读张炜的小说〈丑行或浪漫〉》。

《光明日报》发表谭旭东的《走向更为广阔的艺术空间——近十年的儿童文学创作》；翟泰丰的《时代的神话——评长诗〈东方神话〉叙事抒情的探索》；吴秉杰的《从"弱者"出发的历史意识》；孟繁华的《"英雄文化"的现代焦虑》。

7日，《文艺报》第62期发表翟泰丰的《贺敬之诗歌的历史价值和艺术魅力——读贾漫〈诗人贺敬之〉》；徐迺翔的《民族精神建构了百年文艺的脊梁》；张炯的《枝繁叶茂，百年辉煌》。

10日，《文艺报》第63期发表王巨才的《振兴文艺的根本途径》；云德的《沉下去方可升起来——文艺工作者"三贴近"感言》；何向阳的《一滴水的历史》；张炯的《创造无愧于我们时代的文艺》；朱辉军的《在"三贴近"中推进艺术创新》。

《人民日报》发表张兴成的《文化发展与中国形象》；朱晶的《延安往事的诗意复现——从〈毛泽东与斯诺〉到〈走向太阳〉》。

《中外军事影视》第6期发表李洋的《与时俱进的光荣之旅——近期军事题材电视剧创作态势述评》；刘旭、王龙的《英雄主义点燃激情，军人形象频闪亮点——当代军事影视热点透析》；肖嘉宁的《〈惊涛骇浪〉——一部令人心潮难平的电影》。

《电影文学》第6期发表郭月莲的《〈芬妮的微笑〉：用心才能编织现实的"牛郎织女"生活》；朱晶的《宋江波：延安往事的诗意复现——从〈毛泽东与斯诺〉到〈走向太阳〉》。

11日，《中华文学选刊》第6期发表丁晓原的《边缘上的人文关怀》。

《光明日报》发表王金华的《思辨视野的智性感悟——读〈史诗类型与当代形态〉》；汪政的《〈花腔〉：李洱的历史诗学》。

12日，《文艺报》第64期发表王昕、刘欣欣的《历史剧的再现、表现与戏仿》。

《文学报》第1409期发表王宏图的《对现实的回应及其匮乏——从近年上海出版的几部中长篇小说谈起》。

13日,《语文建设》第6期发表袁良骏的《推荐於梨华散文〈又见旧金山〉》。

14日,《文艺报》第65期发表段崇轩的《文学要贴近群众》;谢冕的《值得提倡的学术品格》;罗昌智的《诗学视野中的长篇小说》;周燕妮的《悬疑电视剧有规可循》。

15日,《人民日报》发表邱峰的《网络文学的现状与思考》;张学昕的《有限的网络与无限的文学》。

《中国图书评论》第6期发表明红的《作家、美食家陆文夫记趣》;廖全京的《岩石的心性——读长篇小说〈偏岩〉》。

《戏文》第3期发表张金海的《戏说"戏剧创新"》;王保华的《我国民族歌剧的发展和思考》;非烟的《戏剧的表情》;严迟的《在跋涉中探索——简评〈日落日出〉》;孙仲芳的《〈银瓶仙露〉的文本意义及其演出价值》。

《江汉论坛》第6期发表李明的《在时代潮流的浪尖上:九叶派诗歌的时代性及其对现代派诗歌民族化的突出贡献》;金宏宇的《〈围城〉的修改与版本"本"性》;詹七一的《文学知识分子及其文化生存》;刘卫东的《王朔与大众文化》。

《社会科学》第6期发表王光东的《大众化与民间:文学意义的一种分析》。

《短篇小说选刊版》第6期发表铁凝、雪静的《当代女作家谈艺录》;范小青、姜广平的《"作家应该受直觉的支配"——与范小青对话》。

17日,《文艺报》第66期发表陈超的《别把"另类写作"当回事》;贾兴安的《小说三惑》;蒋巍的《读〈红椅子·黑眸子〉》;郝雨的《从陈奂生到"我的八叔"钟世通》;张开焱的《我们对自己的文化有没有足够的信心》。

《作品与争鸣》第6期发表任雪梅的《缠绵在水火之间——浅谈池莉近作中的女性形象》;闫玉清的《"烽烟"四起论〈英雄〉》;海音的《臣服霸权的伪英雄——也议电影〈英雄〉》。

18日,《中国戏剧》第6期发表马也的《当代戏剧命运之断想》;阮润学的《善对多样化的时代——也谈当代戏剧之命运》;以"e时代的青春越剧"为总题,发表曲六乙的《青春越剧传递e时代的审美信息》,周华斌的《越剧走向青春》,章湘明的《观越剧〈第一次亲密接触〉杂想》,吕建华的《关于"青春戏曲"实验的思考》;同期发表李涵的《儿童戏剧家的生命状态》;陈连喜的《豫剧唐派声腔艺术浅谈》;刘玉玲的《我的戏曲艺术观》。

《中国青年报》第452期发表孟强的《死亡是成长的最后阶段——读〈拯救

乳房〉》。

《光明日报》发表陈晓明的《寻找失去的历史》。

19日,《文艺报》第67期发表沈光虎的《国产青春偶像剧的困境与出路》。

《光明日报》发表樊希安的《撞响大树的真理追求精神》。

20日,《学术研究》第6期发表曾令存的《"十七年文学"研究的学科史意义》。

《华文文学》第3期发表董炳月的《阳光地带的梦——西西〈像我这样的一个女子〉的意义结构》;赵稀方的《西西小说与香港意识》;李亚萍的《论严歌苓小说中人物的失语症》;陈涵平的《论〈扶桑〉的历史叙事》;孟丹青的《华文文学研究的新视界》;王向阳的《忧悒·忏悔·死亡:陈映真早期文本的主题话语》;李娜、施建军的《〈调查:叙述〉:吊诡的纪念——对舞鹤小说创作的一个侧面考察》;汪广松的《论舞鹤小说〈悲伤〉中的"衰人"形象》。

《盐城工学院学报(社会科学版)》第2期发表陈自然的《略论金庸的〈连城诀〉》。

21日,《文艺报》第68期发表颜慧的《看〈澡堂老板家的男人们〉 思国产家庭伦理剧》。

22日,《文汇报》发表贾磊磊的《灾难:电影内外的两种意义》;以"文学如何参与城市生态营造——关于程乃珊近作的争论"为总题,发表钱乃荣的《重写上海的历史与文明》,葛红兵的《还原城市文化生态的多样性》,王鸿生的《她的"声音"不大对头》。

24日,《文艺报》第69期发表朱辉军的《历史文学要凸显民族先进代表——由穆陶〈屈原〉引起的话题》;南帆的《没有方向的暴烈》;王春林的《对灵魂的尖锐透视——评许春樵长篇小说〈放下武器〉》;陈早春的《回望雪峰》;陈昌本的《为农民代言立传——孟广臣的农村小说》;顾庭槐的《〈人生有缘〉——发自肺腑的写照》。

25日,《大家》第4期发表残雪的《一种特殊的小说》;王干的《影响我们的人——老舍与汪曾祺》。

26日,《文艺报》第70期发表章诒和的《民间文化利益与人道主义情感的信守——从陆伦章及其戏剧创作说开去》。

28日,《文艺报》第71期发表何雁的《表现人民创造历史的伟力》;吴义勤的《乡土情结与现代意识》。

《世界华文文学论坛》第2期发表陈映真的《文学的归乡——在〈周啸虹作品集〉首发式上的讲话》;陆建华的《不一样的乡思乡愁——读周啸虹散文集〈迢递归乡路〉》;雷侨云的《评〈载酒归舟〉、〈迢递归乡路〉二书的文学价值》;沈庆利的《周啸虹小说的德性品质》;周玉宁的《海峡彼岸的众生相:读周啸红小说集〈逝水〉》;计璧瑞的《论日据台湾日文写作语言的社会功能》;周建华、倪金华的《一个"版本"三种解读:日本、中国大陆和台湾学者之"皇民文学"评论及分析》;袁良骏的《香港小说的可读性与局限性》;何绵山的《丰富多彩 独具魅力——台湾民间故事述评》;周燕芬的《景物描写与〈夏猎〉的深度意蕴》;李建东、郑劭清的《漂泊离散与文化认同——余光中在美期间散文创作特质考察》;彭耀春的《来自淡水河的笑声——李国修和他的戏剧》;年红的《马华文学发展近况》;蔡正美的《拓展华文文学在巴西的新价值》;雨萌的《江苏省台港暨海外华文文学研究会三届一次常务理事会在南京召开》;袁园、江合友的《自我的叙述与叙述的自我——试析聂华苓小说的逃亡主题》;程凤的《寻找精神境界的家园——读艾闪〈可以说谎可以爱〉》;杨利娟的《都市女性的情殇——论施叔青都市小说中女性情感状态》;徐素萍的《试析虹影小说〈阿难〉中的多重两难》;尚琳琳的《灵魂的升华——谈虹影的创作》;古远清的《在新闻与文学领域驰骋的尹雪曼》;林承璜的《参照比较视角新颖 剖析深刻内蕴厚实——评世界华文文学学者赵朕的比较文学研究》;萧映的《有笔有书有肝胆,亦狂亦侠亦温文——阅读〈美国梦〉》;叶彤的《第七届国际诗人笔会在江苏举行侧记》。

《外国文学研究》第3期发表赵小琪的《蓝星诗社对象征派诗美建构策略的化用》;赵文书的《华裔美国的文学创新与中国的文化传统》;陈爱敏的《母女关系主题再回首——谭恩美的新作〈接骨师的女儿〉解读》;袁霞的《从〈喜福会〉中的"美国梦"主题看东西文化冲突》;卢俊的《从蝴蝶夫人到蝴蝶君——黄哲伦的文化策略初探》。

30日,《深圳大学学报(人文社会科学版)》第3期发表龚鹏程的《台湾美学与人文》。

《徐州师范大学学报(哲学社会科学版)》第2期发表陈辽的《三"垂范"、三"比较"、三"境界"——关于提高华文文学教学质量的几个问题》。

《漳州职业大学学报》第2期发表马娟娟、刘小新的《论董桥散文理论与创作》。

本月,《中国文学研究》第2期发表施津菊的《毕淑敏文本中死亡意境的美学追求与文化建构》;刘晓南的《诗的语法》;丁伊莎的《中国女性主义文学的兴起与发展》;常彬的《英雄之血与女人之血——从电影〈魔鬼女大兵〉想到的话题》;李怡的《论王富仁的"九十年代"》;赵善华的《论〈白鹿原〉的崇拜意识》;周明鹃的《论〈长恨歌〉的怀旧情结》;张木荣的《近十年"文革文学"研究略述》。

《中国电视》第6期发表肖平的《纪录片知觉形式及类型研究论纲》;张应辉的《大众文化批评与中国电视剧》。

《北京电影学院学报》第3期发表李国芳的《乡土中国与法治中国——解读电视电影〈法官老张轶事〉中的意象体系》;喻旻的《聆听来自泥土深处的交响——电影〈美丽的大脚〉读解》。

《台湾研究集刊》第2期发表徐学的《孙中山民族主义思想与余光中文学风格》;黎湘萍的《知识者的现实认知与文化想像——从20世纪40年代台湾作家的日文小说看其文化认同的困境》。

《诗探索》第1—2辑发表罗森堡的《庞德、叶维廉和在美国的中国诗》;叶维廉的《出站入站:错位、郁结、文化争战——我在五六十年代的诗思》;蒋登科的《叶维廉诗学术语辑释》;柯庆明的《叶维廉诗掠影》。

《剧本》第6期发表杨凡周的《论新时期广东戏剧对现代人格的探究》;吴济榕的《浅析戏剧小品的多种属性和发展趋势》;刘祯的《婉儿的形象探求》;童道明的《阿瑟·密勒的提问——对于戏剧冲突的思考之三》。

《博览群书》第6期发表林谷的《孙犁读史》;郑也夫的《回归常识中的分歧——读〈王蒙自述:我的人生哲学〉》。

本月,贵州人民出版社出版何大堪的《拾菲集》。

人民文学出版社出版畅广元的《陈忠实论:从文化角度考察》。

中国社会科学出版社出版蒋述卓的《批评的文化之路:文艺文化学论文集》;李学武的《蝶与蛹:中国当代小说成长主题的文化考察》。

中国文联出版社出版徐润润的《中国当代文学观察》。

7月

1日,《文艺报》第72期发表《贾平凹荣获法国文学艺术荣誉奖》;阎晶明的《为生命质量焦虑的人》。

《当代电视》第7期发表王啸文的《乐人解颐,寓意深长——观电视剧〈爸爸叫红旗〉感言》;杨志慧的《民族心声,时代赞歌——看电视剧〈歌唱〉有感》;郭连保的《以人带史,以情动人——析电视剧〈周恩来在贵阳〉》;王凤舞的《唯美情爱,脂香飘逸——张恨水研究专家徐传礼谈〈金粉世家〉》;张煜的《"激情"之后的反思——浅谈电视剧〈激情燃烧的岁月〉几点不足》。

《名作欣赏》第7期发表钱虹的《多情缠绵的爱情小夜曲——读三位台湾女诗人的抒情小诗》;姚洋音的《辩证之美——读李乐薇的〈我的空中楼阁〉》;张家恕的《〈我的空中楼阁〉的语言艺术》;霍军的《给自己的生活重新命名——读〈我的空中楼阁〉》;刘晓东的《海子:一个追求尘世幸福的人——〈面朝大海,春暖花开〉解读》;宋立民的《遗嘱:愿世界祥和幸福——〈面朝大海,春暖花开〉再阐释》;杨秋荣的《〈面朝大海,春暖花开〉与海子的隐逸情怀及"撕裂"》;洪流的《〈山民〉的寓言化解读》;来华强的《深厚的文化意蕴,感人的伤时之作——流沙河〈就是那一只蟋蟀〉解读》;丁昌华等的《梦与智慧的花朵——〈受戒〉的另一种读法》;李学武的《田园里的古典守望——解读〈红瓦〉〈草房子〉〈根鸟〉》;魏家骏的《平等视角下的快乐叙事——〈一个老外在中国〉赏析》;姚洋音的《冲突中的理性探索——读莫言的〈冰雪美人〉》;孙华南的《情节的延宕与人物刻画的反差——〈冰雪美人〉的叙事艺术》;何希凡的《权力崇拜与猎艳心理合力中的悲喜剧——〈倒立〉的心理蕴含与叙述视角探析》;黄睿的《写到灵魂深处最痛的地方——读莫言小说〈倒立〉》。

《作家》杂志第7期发表李敬泽的《在习焉不察的日子发生的故事》;木弓的《这样的作品多来点》;陈惠芬的《"美丽世界"的迷乱图景——读南妮小说〈伊莎多拉的精彩周末〉》;吴义勤的《灰色的人生,无事的悲剧》;叶兆言的《锦衣位的诗歌表演》;王干的《写出诗的骨感》;郑园珺的《解读欲望:90年代的难题——邱华栋笔下的欲望故事及其时代意义》。

《诗刊》7月号上半月刊发表张大为的《李瑛访谈录》;孙昕晨的《聆听胡弦》;章燕、屠岸的《牛汉诗歌中生命体验的潜质》;谢冕的《铜的铁的血的火的……》;张庞的《军旅航程诗作舟》;雷平阳的《诗歌的依据》;谢丰的《守望精神家园、真实地记录生活——访孙扬》;艾龙的《在湘江与岳麓之畔——记"湖南青年诗人座谈会"》。

《钟山》第4期发表姚晓雷的《阎连科论》。

2日,《小说选刊》第7期发表麦家的《风干冻僵的豹子》;冯敏的《在现实与幻想之间》、《无法回避的诘问》;喻普的《丰富、单纯、尖锐、轻松》。

《中国青年报》发表周国平的《青春的反抗和自救——读〈一路嚎叫〉》。

《光明日报》发表侯耀忠的《生命意义的永恒追寻——评李佩甫长篇小说〈城的灯〉》。

《新剧本》第4期发表郑怀兴的《〈雪泥鸿迹话编剧〉之一:选材与构思》。

3日,《文艺报》第73期发表曾庆瑞的《在历史的风云中展示共产党人形象——29集电视连续剧〈江山〉观后》;张驰的《海峡两岸的深情呼唤——电视剧〈台湾海峡〉观后》。

《文学报》第1415期发表王晓明、陈思和等讨论文章《文学要有正气》。

4日,《文汇报》发表吴俊的《文学的拯救与自救——以毕淑敏的长篇新著为例》。

5日,《文艺报》第74期发表本报讯《评论家洪治纲随笔集〈零度疼痛〉出版》、《蔡葵评论集〈长篇之旅〉出版》;同期发表傅汝新的《李铁写普通女工小说:既严酷,又很温馨》;李存葆的《读孟庆龙小说有感》;韩春旭的《我书〈我的精神〉》;安映兰的《边氏三兄弟和他们的创作》。

《花城》第4期发表吴炫的《穿越当代经典——新潮文学热点作品局限评述》。

《电影艺术》第4期发表胡克的《中国内地类型电影经验》;盘剑的《论中国电影的商业化历程》;张颐武的《孤独的英雄:十年后再说"张艺谋神话"》;肖尹宪的《中国电影的三个坐标》;桂青山的《"后现代"与当代电影》;景秀明的《论纪录片的叙事声音》;张阿利的《全球化语境与中国西部电影的生存与发展》;张智华的《电影中的未来主义想像》;史博公、凌燕的《电视电影的反类型策略——以警匪类型电视电影为例》;袁玉琴的《跨越世纪界碑》;沈义贞的《梦幻中的抽象中国——关于〈卧虎藏龙〉的美学思考》；朱洁的《散文电影的审美品格》；谢柏梁、张金华的《传统文化审美精神的再度回归》。

6日，《文汇报》发表王晓明、蔡翔的《美和诗意如何产生——从"文化研究"说到文学批评》；曾庆瑞的《感染力与震撼力的有机融合——二十九集电视剧〈江山〉观后》；戴锦华的《文化研究的可能》。

8日，《文艺报》第75期发表曲英丽的《女作家情系小人物——由〈门镜外的楼道〉和〈明月寺〉谈起》；阎纯德的《关于〈拯救乳房〉——致毕淑敏》；梁振华的《评〈百年文学与市民文化〉》；林非的《读散文集〈剪碎忧伤〉》；麦家的《我眼中的王曼玲》；陈辽、许盘清的《传记文学岂能如此编造？——质疑〈在宋美龄身边的日子〉》；伊青的《关于传记文学的几种观点》；郭汉城的《广阔　深厚　扎实——评〈山西戏剧图史〉》；孔喆的《新感觉派小说里的传统情结》；依可的《我们究竟从哪里开始走错了路——生态批评：一种值得高度重视的文学批评》；王诺的《做地球的朋友——最新生态预警小说》。

9日，《光明日报》发表王建明的《诗歌，在重新崛起》；马斗金的《新诗的缺陷》。

10日，《文艺报》第76期发表李春熹的《表演对文学的呼唤》；康凯的《〈英雄〉失利寻因》；李三强的《"历史正剧"创作中亟待解决的三大问题》；从容的《〈芬妮的微笑〉令人回味》；本报编辑部的《纪念文学大师孙犁逝世周年"孙犁与天津"研讨会在津举行》、《诗人孙静轩逝世》。

《中外军事影视》第7期发表徐琼的《民族精神的深入开掘和诗意阐释——评电影〈惊涛骇浪〉》；雷智勇、雷冰的《〈惊涛骇浪〉的遗珠之憾》；王涛的《关于电影与电视画面美学特征的比较》。

《中国社会科学》第4期发表傅谨的《二十世纪中国戏剧的现代性与本土化》。

《电影文学》第7期发表韩志君的《电影创作的一个理论误区——也谈"主旋律"与"多样化"》；甘宇慧的《兴盛下的隐忧——对文学与影视联姻热的几点冷思考》。

《江海学刊》第4期发表朱德发的《20世纪中国文学理性精神的多元性》；张宝明的《"新启蒙"与"后启蒙"：两种启蒙话语系统对话的可能》；方忠的《周作人与台湾当代小品散文》。

《中国海洋大学学报(社会科学版)》第 4 期发表李仕芬的《审丑——严歌苓〈审丑〉解读》。

《光明日报》发表包晓玲的《诗意的栖息与现实困境》。

《理论与创作》第 4 期发表盛夏的《革命现实主义理论的三驾马车：周扬胡风冯雪峰论》；骆晓戈的《尊重儿童，理解儿童》；朱日复的《走向新世纪的现代童话——评谢乐军的童话创作》；陈中美的《童年"正在发育"——小议文化研究与儿童文学研究》；晓雪的《诗性智慧的花朵——评叶延滨诗集〈沧桑〉》；万莲子的《文化语境中的"他者"世界——〈花香时节〉的女性主义社会学特征》；李茂民的《莫言小说的情爱模式及其文化内涵》；刘江的《女人是什么——影片〈末路狂花〉中模糊的女性意识》；季水河的《诗眼·诗心·诗情——欧阳伟诗集〈世纪之门〉序》；胡良桂的《〈荒村〉的魅力》。

11 日，《中华文学选刊》第 7 期发表朱向前的《归来沧海事，语罢暮天钟——读肖复兴散文》；王干等的《文学与疾病》；潘凯雄的《心灵处方——读毕淑敏的长篇新作〈拯救乳房〉》。

12 日，《文艺报》第 77 期发表孙文宪的《她的故事如何更有魅力——对池莉作品的一种读解》；聂运伟的《一个新的创作平台》；彭洪伟的《开辟当代散文研究新领域》；陈肖人的《苍凉境界说〈世情〉》。

《文汇报》发表周国平的《青春的反抗和自救——读〈一路嚎叫〉》；陈惠芬的《何必围着书名"争"——也说〈拯救乳房〉》。

15 日，《人民日报》发表滕云的《英雄性在向文学凯旋》。

《山东社会科学》第 4 期发表朱德发的《现代文学创造：人文理性精神与主体人本艺术思维》；庞守英的《时间与空间——关于当代文学史重构的两点思考》；薛忠文的《论"新生代"小说的主题话语》；刘迎秋的《革命文化与民间文化的共鸣——略论十七年山东小说的英雄主义主题》。

《中山大学学报(社会科学版)》第 4 期发表龙泉明、汪云霞的《论穆旦诗歌翻译对其后期创作的影响》；李荣明的《文学中的悖论语言》。

《文艺报》第 78 期发表安武林的《2002 年的中国幼儿文学》；林如求的《郭风童话的艺术魅力》；董学文、盖生的《文学理论研究的文化战略》；白草的《关于小说人物的肯定性品格》。

《文艺争鸣》第 4 期发表贺仲明的《自我的书写——"文革"后"五七作家"笔

下的50年代》；苏桂宁的《全球化背景中的中国文学叙述》；谢泳的《我们生活的时代》；朱竞的《关于〈世纪体验〉及其他》；王元化、胡晓明的《知识人与21世纪》；曲春景的《跟随"故事"的转移——挑战文学研究的价值危机》；杨剑龙、蓝海文的《意象：仍是新诗创作的精魂——关于当代新诗创作的对话》；南志刚、陈黎明的《21世纪中国现当代文学史的写作——"教育部中文学科教学指导委员会现当代文学学科会议"综述》；董健、丁帆、王彬彬的《"样板戏"能代表"公序良俗"和"民族精神"吗——与郝铁川先生商榷》；曹保明的《唱出记忆中美丽的歌——读王肯〈1956鄂伦春手记〉》；马玉琛的《讲述和描述之间——浅论冯积岐小说的叙述特点》；胡星亮的《论苏联戏剧左倾教条与中国当代戏剧》；林婷的《经典的背后——再论〈茶馆〉》；段大明的《沉重的心情，忧郁的目光——2002年电影"金鸡奖"获奖影片一瞥》；李新宇的《徐友渔：乱云中的抵抗与守护》。

《文学评论》第4期发表张炯的《我国当代文学与先进文化的前进方向》；蔡翔的《日常生活：退守还是重新出发——有关韩少功〈暗示〉的阅读笔记》；旷新年的《小说的精神——读韩少功的〈暗示〉》；李小江的《阅读的维度与女性主义解读——析张抗抗的〈作女〉》；贺仲明的《真实的尺度——重评50年代农业合作化题材小说》；周海波的《论20世纪中国乡土文学的理性精神》；梁巧娜的《从误读到误解：理论与创作的互动——以曹禺现象为例》；党圣元的《主导多元，综融创新——敏泽先生的学术成就和治学方法》。

《中国图书评论》第7期发表曾镇南的《新的时代新的兵——读长篇小说〈我们的连队〉》；樊希安的《当代知识分子群体的苦乐悲欢——读长篇小说〈书香门第〉》；傅海峰的《花的迷狂——小说〈花儿花〉的艺术特色》；金波的《网络空间的声音——读〈e班e女孩〉》。

《云南民族学院学报（哲学社会科学版）》第4期发表邓程的《自我、大我、整体精神——中国现代浪漫主义诗歌理论三阶段》；杨静的《我国近二十年电视艺术研究评述》。

《天涯》第4期发表于坚的《灰皮书、互联网与智慧》。

《当代文坛》第4期发表李运抟、李海燕的《关于20世纪中国文学的"打通研究"》；汤红的《走出自卑和自负的阴影——再谈我国后殖民批评的迷误》；陈茂林的《环境危机时代文学研究的绿化——论生态批评》；傅美蓉的《论网络时空审美的自由无限性》；赵联成的《走出高雅，返回世俗——当代文学世俗化追求纵论》；

孙长军的《大众文化的失范——析卫慧写作的反道德反美学倾向》；玉春的《崇高的精神，超迈的想象——浅论陕西青年作家的积极浪漫主义创作》；陈卫华的《论通俗小说模式化的文化成因》；向宝云的《论注意力批评》；许家竹的《数字化时代文学创作的转型》；王开志的《对散文根性特征的再认识》；冯建章的《青山、白练之太行——从"生态"的角度解读〈曾是故乡〉》；周水涛、江胜清的《略论方方小说的两大创作题材及其特色》；李明清的《坚守与超越——摭论新写实之后的池莉小说创作》；王文初的《"公民意识"还是"公仆意识"——对刘醒龙的"公民意识"的质疑》；何文西的《文学和金融的联姻——评裔锦声的财经小说〈华尔街职场〉》；严晓蓉的《冰冷的忧伤中智慧的叙事——读戴来新都市小说》；俞世芬的《个体自由伦理的理性诉求——残雪小说现代性品格的诗性体验》；万国庆的《大漠荒原壮士魂——评〈西去的骑手〉兼论红柯的西部历史小说》；峻冰的《呼唤情感与哲思的真诚——诗坛、诗体、诗美断想》；梁笑梅的《没有一种爱不是可怕的虚设——〈中国第4代诗人诗选〉对爱情的一种书写》；颜同林的《大漠深处的苦舟之歌——吴修纲诗歌创作片论》；王慧的《女性意识的诗意把握——徐坤女性小说创作及其现象分析》；周建华的《女人与厨房——〈厨房〉的意蕴分析》；龙懋勤的《小说的困惑和清醒——简评傅恒的小说〈三分恐惧四分心跳〉》；柯贵文的《承认斗争的符号化书写——解读铁凝的〈谁能让我害羞〉》；陈发明的《灵魂的追问——读海男新作〈马帮城〉》；陈俊的《"软弱"的悖反——长篇小说〈软弱〉中主题意义的双重解读》；黄昌林的《论电视叙事的时间形态和基本特征》；李军的《余光中散文的意识流谋篇艺术》；卢红敏的《现代都市的爱情呓语》；张帆的《黎先熙的散文情结》。

《当代电影》第4期发表祝虹的《电影风格说》；史博公的《论当代军旅题材电视剧创作观念的嬗变》；王黑特的《诙谐、游戏与狂欢追逐——90年代中国部分电视剧再解读》；吕乐平的《电视剧平实化的美学探求》；王昕的《诗意与现实——电视剧〈静静的艾敏河〉文化诗学评析》；戴清的《诗意飞升，心灵生长——对电视剧〈静静的艾敏河〉的审美文化批评》；陈友军的《〈静静的艾敏河〉的叙事结构与文化寓意》；张国涛的《形象、身份与风格——读解〈静静的艾敏河〉》；赵卫防的《救赎与颠覆：〈无间道〉》。

《华东师范大学学报（哲学社会科学版）》第4期发表杜国景的《论50—70年代农业合作化小说的文学想象》；李遇春的《孙犁小说创作的深层心理探析》。

《江汉论坛》第 7 期以"新时期大学生诗歌创作探讨"为题,发表吕进的《校园文化与校园诗歌》、吴思敬的《多维视野中的大学生诗歌》,赵小琪的《大学生诗歌的先锋性和流行性》,王毅的《诗人们的诗人:关于校园诗人写作的一次个案分析》,樊星的《世俗之诗的歧途——关于近年"校园诗歌"发展的一点看法》,邹建军的《大学生诗歌与高校诗歌教育》;同期发表赵金钟的《胡风〈论现实主义的路〉的理论创新品格》;普丽华的《建国前中国现代叙事诗研究综论》。

《社会科学研究》第 4 期发表周景雷的《类型与指向:新文学大众化分析》。

《社会科学辑刊》第 4 期发表周保欣的《后退式写作:文学通史格局中的现代文学》;曹禧修的《中国现代文学形式批评的困境及其对策》。

《求是学刊》第 4 期发表王德胜的《文学研究:"后批评"时代的实践转向》;刘保昌的《在瞻望黄金世界中迷失现在——读解〈洼地上的"战役"〉兼及 17 年文学的"现代性"问题》。

《学习与探索》第 4 期发表张光芒的《现代性视野中的现代都市文学》;张廷纯的《评长篇历史小说〈五国城〉中秦桧的艺术形象》。

《南方文坛》第 4 期发表吴义勤的《不是冤家也碰头——我看批评家与作家的关系》;张清华的《如何不滥用批评的权力》;黄发有的《批评家是寄生虫吗?》;谢泳的《"文艺学"如何成为新意识形态的组成部分?——以 1951 年〈文艺报〉一场讨论为例》;古远清的《在"战士"与"院士"之间徘徊——评李希凡"文革"前的文学评论》;程光炜的《"想象"鲁迅——当代的鲁迅研究及其他》;张灿荣的《批判的历史——对"文革"后小说二十年历史批判意识的考察》;熊元义的《当前文学对知识分子社会背叛的反思》;李少君的《文学表达人的软弱,也使人软弱》;洪治纲的《感伤的救赎——李少君小说论》;潘旭澜的《什么〈英雄〉》;吴义勤的《"符号"的悲剧——评艾伟的长篇新作〈爱人同志〉》;刘婧婧的《活在虚无与真实之中——读艾伟的〈爱人同志〉》;张柱林的《真实的谎言》;易英的《生命之重——周跃潮的生命历程与艺术》;文波的《近期文坛热点两题》。

《复旦学报(社会科学版)》第 4 期发表张振华的《海派电影文化论》;周斌、李红波的《论新时期战争伦理片的创作》。

《短篇小说选刊版》第 7 期发表李敬泽的《荆歌之痒》;韩少功的《冷战后:文学写作新的处境——在苏州大学"小说家讲坛"上的讲演》。

《福建论坛》第 4 期发表张艺声的《孙绍振"新的美学原则"的当代学理与方

法论——闽派文论研究之一》;宋志坚的《论杂文的思想特征》。

16日,《光明日报》发表张学昕的《当代文学人物形象的精神深度》;杜高的《感悟电视剧〈结婚十年〉》;则思的《杂文家的宿命》;刘安海的《学者散文与学者身份》;扎拉嘎胡的《亮丽的山村百景图——读〈田彬作品集〉》。

17日,《文艺报》第79期发表齐殿斌的《一曲钢铁长城的赞歌——评军旅电视连续剧〈我们的连队〉》;李三强的《〈太阳滴血〉中悖谬的人性描写》;李敏的《也说大众文化批评的价值立场问题——与赖大仁先生商榷》;李道新的《从中国电影的类型传统看当前中国电影的发展机缘》。

《作品与争鸣》第7期发表范咏戈的《开掘之功和美——读报告文学〈劳模的河……〉》;郝铁川的《小说〈沙家浜〉不合理不合法》;蔚志建的《文学中的虚无存在观》;孙绍振的《西方诗人的努力和我的困惑》;王晓波的《不敢苟同的错误诗学——与孙绍振先生商榷》。

18日,《中国戏剧》第7期发表查明哲、高扬等的《热论当代戏剧之命运》;宛溪的《关注戏曲表演团体的生存规律》;陈湘的《应该从人的本质力量之变化思考戏曲问题》;梁海的《由戏曲调查引发的思考》;邓齐平的《历史戏剧化与历史剧创作原则反思》;李峻森的《我看校园戏剧》。

《文汇报》发表李启咏的《文学期刊,让我怎么去爱你?》。

19日,《文艺报》第80期发表王元骧、赵建逊的《理论偏见是怎样形成的》;颜慧的《电视剧〈结婚十年〉:俗套的故事 感人的细节》。

20日,《小说评论》第4期发表李建军的《小说病象观察之十——改写的难度》;王彬彬的《"姑妄言之"之三——〈我与地坛〉的小说嫌疑》;邵建的《文坛内外之二十九——施鲁之争》;以"刘恒专辑"为总题,发表伍训的《主持人的话》,刘恒的《自述》,胡璟、刘恒的《把文学当作毕生的事业——刘恒访谈录》,胡璟的《对人生宿命的解剖与探询——刘恒小说的宿命观》;同期发表郭素平的《不能卸装——邱华栋访谈录》;陈忠实的《秦岭南边的世界——〈王蓬文集〉序》;朱向前的《黄金草原——心灵的牧场——读红柯小说集〈黄金草原〉》;阎晶明的《野性·权力·戏剧——我读董立勃小说》;李运抟的《大山的精神飞翔——陈应松神农架系列小说论》;畅广元的《找回人的本性——〈落红〉给人们的启示》;李丹梦的《语言的反叛者与词的亡命徒——论〈暗示〉》;蓝仲明的《寂寞人和孤独者的歌叹——长篇小说〈寂寞欢爱〉主题解读》;徐德明等的《〈桃李〉:"当下本体"的暧昧特征》;刘玉山等的《〈花腔〉:对"先锋"的再言说》;穆昕的《游走在现实与幻想之间——从博尔赫斯看中国先锋小说的形式探索》;赵红的《小说的意境创造》。

《文汇报》发表杨扬的《文学批评:仅在话语间变化是不够的》;李三强的《华丽外表下的"傲慢"与"偏见"》;李平的《追寻"狂欢"的海派形态》。

《求索》第4期发表包晓玲的《中国现代女性散文创作流变论》;曾凡解、陈金琳的《现代性·现代主义·现代文学——关于二十世纪中国文学性质的一点思考》;龙永干、王晓庆的《当代长篇小说理论新空间的开拓——评胡良桂研究员的〈史诗类型与当代形态〉》。

《东方文化》第4期发表顾潮的《我父亲顾颉刚先生的书信》;建跃、单世联的《夏济安日记的"黑暗面"》;傅谨的《从〈讲话〉到"戏改"——20世纪中国戏剧发展历程的一种视角》。

《东北师大学报(哲学社会科学版)》第4期发表程戈的《小说境遇的历史嬗变与小说家的身份诉求》。

《学术月刊》第7期发表张弘的《学术范式转型与批判意识》;徐岱的《走向中心的边缘诗学——当代女权主义批评之批评》。

《学术研究》第7期发表靖辉的《论中国现代作家从启蒙者到被改造者的角色易位》。

《河北学刊》第4期发表王一川的《现代性体验与文学现代性分期》;胡慧翼的《大陆二十年"钱钟书热"的文化剖析》。

《思想战线》第4期发表王轻鸿的《论文学人类学批评的审美性路径》;高瑞春的《中国当代文学中的后现代主义写作原则》。

22日,《文艺报》第81期发表吴义勤的《有一种叙述叫"莫言叙述"——评长篇小说〈四十一炮〉》;金庸的《读〈张居正〉随感》;王喆的《"京味文学"新亮点》;黄咏梅的《南方文化中的"古典守候者"》;王山的《晓航的飞翔》;张学昕的《叙述的暧昧和游离》;杨曾宪的《文学抛开改革享清福去了》;张炯的《理清源流 尊重历史——评陆贵山主编的〈中国当代文艺思潮〉》;刘红林的《论日据时期台湾作家的祖国爱》;石一宁的《在海峡两岸寻找历史的证言——台湾作家蓝博洲的追求》。

23日,《天津社会科学》第4期发表宋剑华的《从非理性群体意识到集体主义精神——论20世纪中国文学对于传统文化的历史继承关系》;李遇春的《论20世纪40—70年代中国作家的革命英雄情结》;杨经建的《"江湖文化"与20世纪中国小说创作——侠文化价值观与20世纪中国文学论之三》；刘俐俐的《历史观：中国文学批评的重要视角与方法》。

《光明日报》发表陈冲的《抓住星星的余辉——〈非典时间的爱情〉读后》；谭运长的《现实生活的悲剧美——从〈"非典"的典型报告〉看非典文学的兴起》；艾斐的《灼理于"政"，弘德于"史"——关于梁衡的散文创作》。

《武汉大学学报（人文科学版）》第4期发表黄晓娟的《校园文化与大学生诗歌——新时期大学生诗歌创作研讨会综述》。

24日，《文艺报》第82期发表甘辉的《〈好爹好娘〉：从小说到剧本　锦上添花并非易事》；王韵的《台北雨·江南梦——电视连续剧〈似水年华〉》；蔡体良的《漫谈舞台创作与"三农"》；刘平的《让观众参与的戏——小剧场话剧〈我爱桃花〉观后》。

《文艺理论与批评》第4期以"评电视剧《走向共和》"为总题，发表龚书铎的《〈走向共和〉严重歪曲历史》，梁柱的《是历史的真实，还是历史的颠倒》，石英的《清皇朝"情结"探源》，叶梓的《要害就在历史观》；同期发表史锦秀的《关于当前文艺审美理想的迷失的问题》；李万武的《知识分子问题的文学言说——也评〈桃李〉》；简默的《为慈母唱出心底的圣歌——读贺茂之散文〈慈母圣歌〉》；余岱宗的《超人英雄的难局——再读〈欧阳海之歌〉》；刘丽媛的《孙犁小说的民族性》；洪治纲的《重返批评的苦求之路——读李建军的文学批评》；汪子平的《生活的反诘与职责所系——徐风长篇小说〈公民喉舌〉人物解读》。

《文史哲》第4期发表杨经建的《侠文化与20世纪中国小说》；罗振亚的《解构传统的80年代女性主义诗歌》。

25日，《文艺理论研究》第4期发表林超然的《寂寞的指证——汪曾祺论》；吴芸茜的《与时间对峙——论王安忆的小说哲学》。

《文汇报》发表本报记者舒明的《"新小说像狗一样追着我"——莫言谈新作〈四十一炮〉》；同期发表刘绪源的《"行业文学"与纯文学——也谈〈拯救乳房〉》。

《东岳论丛》第4期发表刘克宽的《十七年戏剧创作的常规范式与艺术创新》；宋晓英的《论世纪末城市写实主义小说中的人物形象》。

《甘肃社会科学》第4期发表何言宏的《语言生命观和语言本体观——20世纪90年代以来中国作家的语言自觉》；卢红敏的《小说诗化与中国文化艺术传统》；盖生的《文学理论的时尚化批判——以"后文学时代"为例》；丁晓原的《论20

世纪 30 至 70 年代报告文学型态》。

《当代作家评论》第 4 期发表王晓明、蔡翔的《美和诗意如何产生——有关一个栏目的设想和对话》;方方的《我写小说:从内心出发》;方方、王尧的《"有爱无爱都铭心刻骨"》;张光芒的《知识分子的超越之境——谈王尧的文学研究道路与学术个性》;朱文颖的《"瞎子摸象"话王尧》;贺仲明的《批评的美丽——汪政、晓华批评论》;荆歌的《二人转里的评论家》;赵淑平的《个案的意义——从吴俊的文学批评说起》;朱文颖的《假面与良知——吴俊印象》;杨颢、傅元锋的《知识分子临场存在的方式——王彬彬批评读解》;贾梦玮的《我的朋友王彬彬》;周海波的《诗与思想的理性之路——关于张清华及其文学批评》;张炜的《读张清华的评论》;张清华的《这就叫天花乱坠——关于批评家的李敬泽》;李洱的《高眼慈心李敬泽》;李咏吟的《批评家的责任与正义意愿》;艾伟的《崇高或诙谐——洪治纲印象记》;黄发有的《见证与追问——吴义勤的文学批评》;毕飞宇的《戏说吴义勤》;季进、谢波的《当代文学批评的学院品格》;谈瀛洲的《语言本源的守卫者——郜元宝印象》;周立民的《表达的焦虑——漫谈张新颖的文学批评》;张炜的《半岛的灵性——读张新颖有感》;孟繁华的《为了批评的正义和尊严——评谢有顺的文学批评》;于坚的《新青年谢有顺》;陆艳的《有人弦上行——记〈我们都是陌生人〉》。

《社会科学战线》第 4 期发表王文元的《文学现代化质疑》;叶虎的《"文学穿越性"理论辨析》。

《语文学刊》第 4 期发表柳小英的《曹聚仁与传记文学》;黄忠顺、黄明的《〈祖国呵,我亲爱的祖国〉的意象运用》。

《南京师大学报(社会科学版)》第 4 期发表高永年的《新诗叙事艺术概观》。

《晋阳学刊》第 4 期发表周宁的《有关历史剧讨论的讨论》。

《浙江学刊》第 4 期发表赵顺宏的《摆脱与纠缠——论新时期乡土小说的精神意象》。

26 日,《文艺报》第 83 期发表杨占平的《"山药蛋派"和"新晋军"》;黄佩华的《涉过红水 走过〈生生长流〉》;本报编辑部的《华东师大专项研究〈人民文学〉工程启动》。

27 日,《人民日报》发表张志忠的《文学要有所承担》。

《文学自由谈》第 4 期发表李国文的《关于文人之死》;王彬彬的《用一生的时间吐尽狼奶》;韩石山的《我不配上中国人民大学的教科书》;包晓玲的《湘西女人

的歌者》;翟泰丰的《贺敬之诗歌的历史价值和艺术魅力——读贾漫〈诗人贺敬之〉》;何满子的《一代知识分子定命性的厄运》;雷达的《阴霾里的一道闪电》;宫玺的《忆明珠给我出难题》;张颐武的《现代性"文学制度"的反思》;朱苏进的《长篇小说〈郑和〉溅起的猜想》;王蓬的《告别小说之后》;李珂的《"非典型诗歌研讨会"纪要》。

《华中师范大学学报(人文社会科学版)》第4期发表王又平的《从"乡土"到"农村"——关于中国当代文学主导题材形成的一个发生学考察》;许祖华的《从现代到古代:叶维廉及其诗歌创作论》。

28日,《兰州大学学报(社会科学版)》第4期发表田广的《论周作人对中国现代诗歌的独特贡献》;黄永林的《论民间诗歌在新时期小说中的广泛运用》;王源的《异中有同的"通俗化"追求——赵树理与张爱玲之比较》。

《厦门大学学报(哲学社会科学版)》第4期发表郑波光的《20世纪中国小说叙事之流变》。

29日,《文艺报》第84期发表张志忠的《盘点军旅文学创作方阵》;林雨的《我一个人思念我们仨》;王久辛的《石钟山的〈一人当兵 全家光荣〉》;马振方的《睁大眼睛看历史——当代历史小说五题》。

30日,《玉溪师范学院学报》第7期发表张丽云的《浅论席慕蓉的创作内涵》。

31日,《文艺报》第85期发表陈宵整理的《当代军事电影的新突破——影片〈惊涛骇浪〉研讨会发言摘要》;边国立的《"惊涛骇浪"塑忠魂》。

本月,《文艺评论》第4期发表周晓燕的《借鉴与互补:文化批评与文学批评》;姚楠的《政治批评:风平浪不静——简论世纪之交中国文学中的政治批评》;陈喜辉、付丽的《强化与异化:因特网对大众文化的影响》;张志忠的《建设"充分的现实主义"——世纪之交的社会生活新变与作家的自我更新(上)》;李俊国的《论"时尚读本"》;尚琳琳的《90年代中国散文的现代性》;彭秀海的《论90年代散文的生命审美》;袁丁的《跨越还是对立——〈尘埃落定〉族别问题浅析》;刘小新的《民族国家文学》;耿传明的《艰难时世与文学的贫困》。

《中国电视》第7期发表陈黎明的《简洁与繁复——漫论电视剧〈潘张玉良〉的艺术创造》;耿文婷的《文化的"相关性"与艺术的"相异性"》;王玮的《音声在影视创作中的美学功能》;王斌的《纪实形式的多样化》。

《小说界》第4期发表《第六届"上海长中篇小说优秀作品大奖(2000—

2002)"初评、终评会议纪要》。

《天津大学学报(社会科学版)》第3期发表所静的《论新写实小说创作的误区》。

《剧本》第7期发表陈爱国的《感谢生活——论沈虹光的话剧》;黄维钧的《雪是怎样变红的——初识大型戏曲〈红雪〉》;安葵的《让人物的行动和语言说话——读〈红雪〉》;刘平的《观剧絮语(二)》。

《电影新作》第4期发表周粟的《领袖人物的"史迹传记片"形态——关于〈邓小平〉影片形态的思考》;方海霞等的《众说纷纭〈卡拉是条狗〉》;秋雁、张江艺的《〈一一〉:银幕生命诗篇》;左衡的《杨德昌影片〈独立时代〉的文化批评》。

本月,福建人民出版社出版朱双一的《闽台文学的文化亲缘》。

人民文学出版社出版王景山编的《台港澳暨海外华文作家辞典》;南京大学中国现代文学研究中心编选的《2002文学评论》。

百花文艺出版社出版高小康的《梦入江湖:大众文化中的叙事》;路文彬的《历史想象的现实诉求》。

广东高等教育出版社出版谭元亨的《呼唤史识:当代长篇创作的史观研究》。

解放军出版社出版汪守德的《寻梦军旅》。

上海人民出版社出版朱德发的《20世纪中国文学理性精神》。

四川人民出版社出版程丽蓉的《中国现代小说互文性研究》。

苏州大学出版社出版苏童、王宏图的《苏童王宏图对话录》。

新疆大学出版社出版丁子人的《西部文学的寻踪》。

8月

1日,《文汇报》发表孙惠柱的《文艺评奖为什么?》。

《作家》杂志第8期发表韩东的《韩东随笔小辑》。

《当代电视》第8期发表云德的《给亲情以文化的关照——评电视连续剧〈书香门第〉》;彭加瑾的《叩问婚姻的意义——看电视剧〈结婚十年〉》;王啸文的《搜

寻与凸现人生况味——电视剧〈结婚十年〉观后》;边国立的《平凡的生活,动人的情感——看电视剧〈我们的连队〉感言》;张仲年的《对电视剧本性及艺术定位的若干认识》;曹迟的《纪录片的故事性浅谈》。

《诗刊》8月号上半月刊发表尔雅的《乐音来自泥土深处》;犁青的《诗旅断想》;专栏"热点话题讨论:我观今日诗坛"发表沈泽宜的《我们逐渐失去了歌唱》,和磊的《意象的重新认识》,路也的《诗歌的细微和具体》,车前子的《把问题说清楚》,谷禾的《从最小的可能开始……》;同期发表张克的《关于校园诗歌的学术话题——"当代大学生诗歌创作"学术研讨会述评》;翟泰丰的《贺敬之诗歌的历史价值和艺术魅力——读贾漫〈诗人贺敬之〉》;李志元的《诗歌现场:追悼根性的修正》;刘汉通的《散步、旅行和诗观》;林童的《美是一个人内心深处隐藏的爱》;叶延滨的《诗人孙静轩》;艾龙的《郁孤台下写新篇——访张秀峰》。

2日,《小说选刊》第8期发表陈应松的《靠大地支撑》;李敬泽的《真理》;万里的《一个热闹》。

《文艺报》第86期发表勇慧的《由王晓波批评孙绍振所想到的》;陆贵山的《揭开文艺地缘性的奥秘》;刘荣林的《别一种审美表达》;高婷婷的《爱与火的交融》;韩作荣的《宏大背景下的日常生活》;张宗海的《新时代奉献精神的颂歌》;贺绍俊的《跟随三峡移民一路走下去》;吴秉杰的《文学走进重大题材创作》;李炳银的《带着命运一起走》;牛玉秋的《"世界级"难题是如何破解的》;《首届"姚雪垠长篇历史小说奖"评奖结果揭晓》;《福建小说家群体研讨会在京举行》。

5日,《人民日报》发表张学昕、陈宝文的《铸造绿色营盘的光荣与梦想》;张保宁的《文学:离生活再近些》;张国栋的《用先进文化建构军事文艺创作》;曾镇南的《一部耐人寻味的时代力作——读长篇小说〈吐玉滩〉》。

《文艺报》第87期发表杨剑龙的《想象力的匮乏与浪漫主义的呼唤》;李敬泽的《一个常识,以北北和董立勃为例》;刘复生的《拯救枯萎的历史想象——读〈浪漫的先知——屈原〉》;郭宝亮的《从文本中来 到文化中去——读〈回归之途:先锋小说研究〉》;《报告文学〈天地之间〉举行作品出版座谈会》;《蓝博洲作品座谈会在京举行》。

9日,《文艺报》第89期发表本报讯《剧作家顾锡东逝世》;同期发表刘润为的《曹建平:自由的歌者》;吴薇的《文学存在属性的新探索》;白长青的《触目惊心的蜕变——长篇小说〈大江东去〉的贪官形象》。

10日,《中外军事影视》第8期发表楚卫华的《从〈惊涛骇浪〉谈新世纪主旋律电影创作的转变》;丁帆的《弘扬民族精神的史诗——谈影片〈惊涛骇浪〉》;于允科的《主旋律≠枯燥——评影片〈惊涛骇浪〉》。

《电影文学》第8期发表曾锦标的《在期待中寻觅……——〈巫山云雨〉观感》;许江的《〈卡拉是条狗〉:镜头隐喻和反现代的原因探求》;梁冬梅的《影视艺术的审美职能与特性》。

11日,《中华文学选刊》第8期发表潘凯雄等的《专家评说〈拯救乳房〉》;谢玺璋的《夏日里的光影碎片——读徐虹散文》;王干等的《网络与文学》。

12日,《人民日报》发表陈奇佳的《拯救民间文艺》。

《文艺报》第90期发表本报讯《首届中国小说学会奖颁奖》、《王充闾历史文化散文座谈会召开》;同期发表边静、章海澄的《军旅小说呼唤英雄精神》;牛玉秋的《一侃到底——读冯苓植的〈出浴〉》;刘进军的《评长篇小说〈凤城人家〉》;李朝全的《读〈发兵治水〉》;骆冬青的《文学研究还是要研究文学》;李世琦的《逝者如斯费思量——读李荣身〈秋寒花红〉》。

13日,《人民日报》发表夏春涛的《历史剧媚俗何时休》;杨建锁的《别在概念上玩花活》。

《中国青年报》发表蒋泥的《质疑网络时代的传记"写作"》。

《光明日报》发表李运抟的《自传性文学的观念变化》;王新国的《当代长篇小说的历史见证——读蔡葵的新作〈长篇之旅〉》;王兆海的《军旅散文要有所作为》;徐桃的《情满西湘——杨盛龙散文漫谈》。

14日,《文艺报》第91期发表本报讯《〈臧克家全集〉首发式在京举行》;同期发表陈默的《精英文化向大众文化的转变》。

15日,《中国图书评论》第8期发表于瑾、刘心武的《体味生活·阅读文学》;司徒文的《贴近生活,培育特色——2003年文学图书选题分析》;石晓霞的《资料集与学术史——读〈谁挑战鲁迅——新时期关于鲁迅的论争〉》;严锋的《漂泊的精魂》。

《广东社会科学》第4期发表乐黛云的《为了活泼泼的整体生命——〈叶维廉文集〉序》。

《当代文学研究资料与信息》第4期发表古远清的《九十年代的台湾文学事件》。

《泰山乡镇企业职工大学学报》第 3 期发表张莉的《理想的血腥　人性的异化——〈雌性的草地〉中人物的人性异化》。

《戏文》第 4 期发表钱久元的《论戏剧的多重假定——大型纪实话剧〈白杨陵事件〉艺术分析》；严迟的《妙趣横生的〈判婚记〉》。

《江汉论坛》第 8 期发表王雨海的《"斗争哲学"与"反抗绝望"——毛泽东、鲁迅的生存观比较》；黄曼君、王泽龙的《在反思中重塑民族新文学品格——略论 20 世纪 40 年代中国文学思潮的反思特征》；周颖菁的《"虽显犹隐"的故事——对池莉〈看麦娘〉"生存"主题的解读》；俞汝捷的《史德·史学·史识·史才——略论历史小说与历史修养》。

《短篇小说选刊版》第 8 期发表王安忆的《自述》；朱晶的《生命价值的失落与追寻——王怀宇中短篇小说枝谈》。

16 日，《文艺报》第 92 期发表胡殷红、纳杨的《阳江诗词：一个值得关注的文化现象——"阳江诗词现象"研讨会在广东阳江召开》；邢建昌、郑连保的《浅谈反腐作品正面人物形象塑造问题》；冯健福的《地方文学史写作钩沉》；以"'植根人民生活　传播先进文化'的阳江诗词现象研讨会评论"为题，发表严昭柱的《继承和发扬中华诗歌优秀传统》，林华景的《努力发展区域特色文化》，郑伯农的《格律诗是民族精神的重要载体》，谢望新的《建设文化大省的群众基础》，周笃文的《海滨诗国话阳江》，荀春荣的《诗乡古韵翻新声》。

17 日，《作品与争鸣》第 8 期发表冯子礼的《与时俱进和与"时尚"俱进——反思〈走向共和〉遭遇的尴尬》；俞梁波的《我们还需要多少巧合？——对中篇小说〈父亲进城〉的质疑》；白玄的《〈走向共和〉播出之后……》。

18 日，《中国戏剧》第 8 期发表傅谨的《媒体与当代戏剧发展策略——再谈工业时代的戏剧命运》；陈维仁的《还戏剧以娱乐性》；宁殿弼的《观众决定戏剧的命运》；康式昭的《关于文艺评奖的思考——从评"梅"说开去》；邹平的《人民满意是舞台艺术精品的重要标准》。

19 日，《人民日报》发表刘洁的《追寻文学批评的本义——读评论集〈思潮与文体〉》。

《文艺报》第 93 期发表本报讯《谋划西部作家研究的新局面》；同期发表周冰心的《当下文学的虚构危机》；李东华的《束沛德的龙套情缘》；洪治纲的《〈玉米〉：卑微的神灵》；海陀的《韶华的理想现实主义》；林非的《张宝树的散文》；汪琴的

《新型网络文学给我们带来了什么》。

20日,《学术研究》第8期发表施定的《近20余年中国叙事学研究述评》;饶芃子、李亚萍的《海外华文文学研究的反思与拓展——与饶芃子教授对谈》。

《华文文学》第4期发表王泉的《关于〈在离去与道别之间〉的言说　知识分子世俗人生的诗意叙事》;刘小新的《刘登翰文学研究的学术意义》;罗显勇的《台湾同性恋小说叙事策略的变迁》;薛朝晖等的《方如真:呼唤诗意生存的载体》;傅建安的《人性审视人文关怀》;高鸿的《人在异国的故国想象——对〈古代〉写作的文化解读》;陈家洋的《林语堂"对外讲中"透析》;朱寿桐的《论犁青早期诗作中的诗性表现》;朱文斌的《论海外华文诗歌与中国诗学传统的关系》。

21日,《文艺报》第94期发表本报讯《孙犁〈幸存的信件〉出版》。

22日,《新文学史料》第3期发表章诒和的《斯人寂寞——聂绀弩晚年片段》;舒芜的《聂绀弩晚年想些什么》;朱正的《飞橡蘸海愧虚褒》;鲁煤的《我和胡风:恩怨实录——为缔造新中国,战斗在解放区(二)》。

23日,《文艺报》第95期发表本报记者江湖的《我们需要什么样的批评家》;同期发表傅逸尘的《在崇高与世俗的对峙中凸显现代军人的精神和灵魂——评马晓丽长篇小说〈楚河汉界〉》;杨立元的《一份充满辛酸和血泪的报告——读〈二十一世纪中国教育最新报告〉》。

25日,《清明》第4期发表傅瑛的《新世纪〈清明〉散文谈》;叶延滨的《多情与善感——读诗札记》。

26日,《文艺报》第96期发表野曼的《新诗果真"没有传统"吗?》;张永清的《消费社会的文学现象》;赖大仁的《读〈百年学案·文学卷〉》;陆杨的《"中国性"的文化认同》;石平萍的《多样的文化　多变的认同——美国华裔作家任碧莲访谈录》。

28日,《文艺报》第97期发表本报讯《首届中国作家节10月在杭举行》、《余华〈活着〉获第三届冰心文学奖》;同期发表郑凤兰的《永远的民族精神——对国产军事题材电影的一种评价和思考》;王军的《话剧可否分级》。

《文学报》第1431期发表陈思和、杨扬的《文学批评的现状与问题》;洪治纲的《撒娇、调情与话语的放纵——从小说篇名的暧昧性说起》。

《中国文化研究》第3期发表刘丽文的《论电影〈荆轲刺秦王〉对历史的哲理反思》。

30日,《文艺报》第98期发表本报讯《全国第十七届中华诗词研讨会召开》,

《荆永鸣作品研讨会召开》;同期发表雷达的《来自历史皱褶的民谣——〈青春绝版〉的新意与弱点》。

《延安大学学报(社会科学版)》第4期发表侯昌硕的《从台湾当代小说看海峡两岸汉语的语法差异——兼析两岸语言融合的态势》。

本月,《艺术百家》第3期以"'新世纪全国地方戏曲剧种发展战略研讨会'论文选登(三)"为题,发表周大功的《中国戏曲走向未来之路》,李明明的《关于龙江剧建设与发展的理性思考》,路冰的《变通〈心灯〉走台湾——一次"还戏于民"的实践与感悟》;同期发表柯玲的《梅开二度,香飘千秋——谈汪曾祺对〈范进中举〉的改编》;彭耀春的《电影"锣鼓"的意味——论钟惦棐的电影评论》。

《中国电视》第8期发表张育华的《〈青衣〉的修辞之维》;孙长军的《电视文化的平民主义精神》。

《读书》第8期发表刘再复的《对历史可能性的重新开发》。

《剧本》第8期发表邹红、兰宁远的《在继承中发展,在开拓中创新》;李春熹的《对军旅戏剧审美价值的提升和超越——90年代以来总政话剧团的创作回顾》;王育生等人的《〈白门柳〉剧本研讨会辑要》。

《博览群书》第8期发表陈明的《张光芒启蒙新论批评》;丁国强的《灵魂的通道——读残雪〈地狱中的独行者〉》;符本清的《文学的悲哀——读〈百年文学与主流意识形态〉》;张远山的《艰难的反叛和漫长的告别——八十年代上海民间诗歌运动一瞥》。

本月,河北教育出版社出版李延青选编的《文学立场:当代作家海外、港台演讲录》。

人民文学出版社出版武新军、袁盛勇编选的《聚焦二十世纪:周大新〈第二十幕〉评论选》。

上海三联书店出版南帆的《理论的紧张》。

上海文艺出版社出版王义军的《审美现代性的追求》。

苏州大学出版社出版王蒙、郜元宝的《王蒙郜元宝对话录》。

中国社会科学出版社出版杨义主编的《文学研究所学术文选:1953~2003》。

9月

1日,《大家》第5期发表王干的《文学人口与作家形态》。

《名作欣赏》第9期发表钱虹的《平淡蕴深情,简约胜繁文——〈合欢树〉课文导读》;魏家骏的《意象的组合与张力——〈祖国呵,我亲爱的祖国〉赏析》;李国民的《殉道的意味,入世的情怀——海子〈面朝大海,春暖花开〉解读》;黄昌植等的《古典意象萌发的诗思新绿——〈乡愁四韵〉意象营构艺术赏析》;朱志刚的《节奏与语词的选择——谈谈汪曾祺小说〈受戒〉中语言的运用》;陈协的《以天地自然之心体察万物——刘亮程散文〈狗这一辈子〉赏析》;李生滨的《语言的艺术写意和绘画——贾平凹散文〈邻院的少妇〉赏析》;刘聪的《欲望奔突——解读刘建东的〈全家福〉》;张娇娇的《远离都市尘嚣的寂寞生存和农家诗意——解读〈上边〉》;甘浩的《亲情与诗意的交汇——读王祥夫的短篇小说〈上边〉》;柯贵文的《田园诗意的开掘与守望——解读王祥夫的小说〈上边〉》;张霞的《家园守望者的爱与隐忧——试析〈上边〉的表现技巧与多重意蕴》;魏家骏的《诗意之栖居里的生命的快乐——〈梅妞放羊〉赏析》;陈俊的《青春物语——〈梅妞放羊〉的女性心灵诠释》;万秀凤的《一个人的战争——读刘庆邦的短篇小说〈城市生活〉》;张娇娇的《人物动机、情节动力和欧·亨利式的结尾——〈城市生活〉的艺术技巧分析》;黄海阔的《守望灵魂的家园——〈看麦娘〉新解》。

《诗刊》9月号上半月刊发表张大为的《雷抒雁访谈录》;庞余亮的《额头上的抬头纹》;黑陶的《我见证了一位诗人的默默强大》;专栏"热点话题讨论:我观今日诗坛"发表苗雨时的《一个需要诗人创作重要的诗的年代》,哑石的《我看今日诗坛》,伍明春的《当诗歌遭遇网络》;同期发表世宾的《诗歌中的力量》;盛慧的《诗歌是一扇门——李寂荡〈水洞〉的解读》;杨匡汉的《对接传统》;张军的《构筑诗歌的万里长城——试析梁平〈重庆书〉的现代史诗精神》;林莽的《质朴而沉郁的抒情》;艾龙的《展开富含诗意的旅游画卷——访尹同君》。

《钟山》第5期发表李运抟的《陈应松论》。

《解放军文艺》第9期发表汪守德的《十年辛苦不寻常——序周启垠诗集〈红藤〉》;张同吾的《绿色家园与天堂玫瑰——读海田的诗》;章德益的《血性再造与

巍峨重生——袁俊宏诗集〈与太阳干杯〉感想》。

2日,《人民日报》发表李文琴的《先进文化与中国当代文学》。

《小说选刊》第9期发表荆永鸣的《在尴尬中坚守》;冯敏的《生活中的想象和想象中的生活》;周晓枫的《向美好生活致敬》。

《文艺报》第99期发表姜振昌的《1928年"革命文学论争":功大于过的历史震动》;杨剑龙的《上海文学的先锋、多样与消费性》。

《新剧本》第5期发表郑怀兴的《〈雪泥鸿迹话编剧〉之二:场次安排》。

3日,《光明日报》发表张保宁的《逃离还是回归本位》;陈辽的《文学评论家中的"这个"——读〈苦丁斋思絮〉》。

4日,《文艺报》第100期发表本报讯《广东研讨〈陈残云评传〉》。

5日,《花城》第5期发表程文超的《欲望叙述与当下文化难题》;郜元宝的《智慧偏至论——当代中国知识分子的另一种分裂》。

《电影艺术》第5期发表郝建等的《类型电影四人谈》;饶曙光的《中国类型电影:理论与实践》;孟方、陈墨的《观众爱看什么样的电影——重读中国电影史中的若干热门影片》;陈山的《红色的果实——"十七年"电影中的类型化倾向》;黄会林的《内容、形式与整体诠释——〈那时花开〉析》;陆亮的《猜猜〈绿茶〉的滋味》;周星、萌萌的《没有创造性的创造品实验——关于电影〈江姐〉的思考》;路春艳的《无法突破的人生困境——谈〈西施眼〉中的女性》;于丹的《诗意的陨落——关于〈像鸡毛一样飞〉的分析》;粟牧、晓风的《探索情感世界的崇高表达方式——电影〈少女穆然〉得失分析》;左衡的《影像冲动和叙事意识的二律背反——略评影片〈卡车上掉下的小提琴〉》;何建平的《公益性主题,人性化表达——论公益型电视电影的诉求策略》;虞吉的《"国产电影运动"与文艺片传统》;安燕的《再读"软性电影论"》;刘帆的《电影发行主体变迁历程的回顾》;邵茹波的《"样板戏"电影中的长镜头》。

《陕西师范大学学报(哲学社会科学版)》第5期发表阎庆生的《论孙犁崇尚"平淡"的审美意识——兼论孙犁文学创作的美学价值》;靖辉的《艺术家的缺憾——对老舍文艺现象的思考》。

6日,《文艺报》第101期发表本报讯《柳建伟长篇小说〈SARS危机〉研讨会召开》、《浙江研讨廉声长篇小说〈长歌行〉》;同期发表欧阳友权、谢鹏敏、吴天的《消费时代 文学何为?》;丁临一的《天然的美质——评〈天旅漫草〉》。

9日,《文艺报》第102期发表杜国景的《农村题材文学想象比较》("中国当代文学失去想象力了吗"讨论);林为进的《林白的进步》;王剑冰的《西部的季栋梁》;贺绍俊的《优美的陶醉——读长篇小说〈细米〉》;古远清的《可读性与耐读性——读李更的〈绑赴文坛〉》。

10日,《中外军事影视》第9期发表徐琼的《在绿色兵营中传达时代精神——评电视剧〈我们的连队〉》;朴桦的《〈浮华背后〉:别样的风景》。

《中州学刊》第5期发表张兵娟的《一道奇异的历史风景线——女性新历史小说及其批评概览》;刘宏志的《英雄的消隐——论革命历史小说和新历史小说中人物形象的嬗变》。

《中国社会科学》第5期发表刘继业的《朗诵诗理论探索与中国现代诗学》。

《电视·电影·文学》第5期发表朱晓艺的《中国电影新势力:不能承受之轻》。

《电影文学》第9期发表曾锦标的《挣扎于黑白世界中的人性抉择——观〈黑白森林〉》;郭越的《回眸:东方诗意电影世纪巡礼》;鞠斐的《电视(电影)纪录片本质及创作初探——关于真实性的讨论》;李岗的《寓言的建构与精神的恪守——中国电影的两种流态表述》。

《江海学刊》第5期发表张桃洲的《宗教与中国现代文学的浪漫品格》。

《理论与创作》第5期发表欧阳友权的《网络文学自由本性的学理表征》;姜英的《网络时代高新科技与人文艺术的整合》;汪代明的《电子游戏,艺术的终结者》;廖卫红的《盘点网络时代文学的路径》;李运抟的《军旅文学创作意识的三个问题》;郑崇选的《当下文化研究潜在的危机和问题》;刘继业的《反叛性策略:一种危险的诗学思路》;叶永胜的《家族传奇的温情回眸——评张一弓〈远去的驿站〉》;李广琼的《审美与审丑的双重变奏——论铁凝小说的审美意识》;黄田子的《有故事的人,有故事的城——试论王安忆近期的小说创作》;冯爱琳的《困顿中的写作——张欣创作的症候式分析》;袁玲玲的《生存与绝唱——食指新时期诗论》;彭国辉的《论〈沧浪之水〉的对话格局》;何春耕的《写实性和戏剧性的审美融合与超越——论蔡楚生的社会/伦理情节剧电影》;黄书泉的《解读当代长篇小说文学经典性的钥匙——评谭桂林的〈长篇小说与文化母题〉》;聂庆璞的《用创新打造高科技时代的理论平台——评〈网络文学论纲〉》。

《四川师范大学学报(社会科学版)》第5期发表廖世苹、傅德岷的《论张晓风散文的审美风范》。

10日—21日,"海峡诗会——余光中诗文系列活动"在福建举行。

11日,《文艺报》第103期发表本报编辑部的《诗人牛汉获马其顿"文学节杖奖"》、《严辰同志逝世》。

《中华文学选刊》第9期发表公炎冰的《柔畅之中见豪壮——读陈忠实抒情散文》;王干等的《文学与人口》;邵燕祥的《读韩东〈扎根〉》;脚印的《〈扎根〉的底色》。

13日,《文艺报》第104期发表本报编辑部的《冯雪峰百年诞辰纪念大会在京举行》、《长诗〈铁人词典〉研讨会召开》、《中国作家杂志、诗刊社召开〈落英集〉诗歌研讨会》;同期发表祝东力的《小米粒儿与大历史——读长篇小说〈忧伤的米粒儿〉》。

14日,《文汇报》发表洪治纲的《文学果真多元化了吗?》;顾骧的《反思历史,呼唤人性——读长篇小说〈隔世〉》。

15日,《山东社会科学》第5期发表刘明的《汪曾祺小说中的儒、道文化精神及其现代性意义》;张瑞英的《知青作家的创作与寻根文学的发生》。

《文艺争鸣》第5期以"新世纪文艺理论的媒介论话题"为总题,发表张法的《电脑的审美景观与哲学意义》,张颐武的《新美学、新大众:"新世纪文化"的形态》,王一川的《媒介与文学的修辞性》,肖鹰的《池莉小说电视化批判》,王德胜的《媒介文化中的大众文化》,姚文放的《媒介变化与视觉文化的崛起》,徐碧辉的《符号消费与文化创新》,《新世纪文艺理论·媒介论(编者小识)》;同期发表姚新勇的《对当代民族文学批评的批评》;阎真的《迷宫里到底有什么——残雪后期小说析疑》;张国俊的《新的超越——谈陈忠实近期的短篇小说》;郭素平的《化蝶——新生代女性主义写作片论》;李娜、王丹丹的《后现代语境下的女性主义——论90年代台湾女性文学创作的思想资源》;魏天真的《自陷囹圄的女性主义》;丁晓原的《文化生态视镜中的百年中国报告文学流变》;房伟的《从强者的突围到顽童的想象——鲁迅与王小波之比较分析》;孔朝蓬的《浪漫的消失:情感倾向简单化——(1919—1979)中国新文学60年的情感轨迹》;童庆炳、赵勇的《把文艺消费考虑进来之后——接着"童文"说》;邵燕君的《大师的〈大家〉?还是大众的"大家"?——从"〈大家〉·红河奖"的评选看"民间奖"的市场化倾向》;宗仁发的《仿佛听见了辘轳的响声——读张洪波诗集〈最后的公牛〉》;洪治纲的《虚构与真实——朱日亮的小说》;纪众的《生活文献的模范读本——肖达小说集〈上邪〉简评》;程戈的《欲望化都市的诗意诉求——对王怀宇〈漂过都市〉的一种解读》;姚莫诩的《人格·道德·尊严的错位——〈女人之约〉与〈羊脂球〉之比较》;王春林的《一部透视灵魂的尖锐之作——评许春樵长篇小说〈放下武器〉》。

《中央民族大学学报(哲学社会科学版)》第5期发表陈慧娟的《论满族女作家赵玫的情绪小说》。

《湖北广播电视大学学报》第3期发表屠莲芳、詹国民的《台港文学在中国当代文学史上的地位》。

《粤海风》第5期发表古远清的《台湾文学的南北分野与对峙》。

《文学评论》第5期发表孙晓忠的《未实现的可能性——胡风关于建国后文艺报刊的想象及其他》;李杨的《文学分期中的知识谱系学问题——从"当代文学"的"说法"谈起》;易晖的《"市场"里的"波西米亚人"——论90年代小说中知识分子形象的认同危机》;胡志毅的《在先锋与传统之间——过士行剧作的美学追求》。

《中国图书评论》第9期发表傅书华的《面对全球化浪潮的弱势区域文学——读〈精神中原——20世纪河南文学〉》;降边嘉措的《农奴解放的一曲颂歌——评长篇小说〈日出西藏〉》。

《云南民族学院学报(哲学社会科学版)》第5期发表周泓的《人类学诗论》;叶向东的《论丁玲的批判现实主义文学思想》;李瑛的《"乡土文学"与哈尼族小说创作》。

《天涯》第5期发表韩少功、王尧的《文化的游击战或者游乐场》;曹文轩的《质疑"大文化批评"》。

《当代文坛》第5期发表何开四的《百年沧桑话巴金》;谢金生的《沉重的主题和精妙的语言——解读周梅森的政治小说〈绝对权力〉》;王黎君的《原型与召唤——评周大新〈第二十幕〉》;陈印的《无法疗治的疼痛与知识分子立场——评尤凤伟长篇小说〈泥鳅〉》;尔龄的《〈花朵一样的女人〉得失谈》;周水涛的《对恋土情结的文化沉思——评赵德发的〈缱绻与决绝〉》;陈海英的《永恒的命题:爱与死亡——评析李修文新作〈捆绑上天堂〉》;颜敏的《新时期散文衍化管窥》;翟雅丽、黄翠兰的《类型化与艺术创新——世纪初散文母亲形象剖析》;黄雪敏的《切入当下,直面生存——北村小说论》;叶立新的《卑微的幻想,放纵的欲望——试析当下都市文学中的酒吧意象群》;张绍梅的《诗意的沉醉与批判的清醒——刘学林小说漫评》;黎晓玲的《三个另类作家及其笔下的女性物质弱势群体》;姜智芹的《超验的灵魂世界:残雪对卡夫卡的创造性解读》;曹禧修的《小说修辞学框架中的隐含作者与隐含读者》;武新军的《新官场小说求疵》;高东洋、金永辉的《男权话语下的女性写作——对近二十年来女性写作的一点思考》;王剑的《"立场"和"语言"——当下诗坛论争的两个基本问题》;刘扬的《后工业时代的个人气质——梁平诗歌的创作风格与倾向解读》;刘国强的《寂寥夜空中的银色星光——读楚燕诗集〈呢喃逐絮〉》;张烨的《辛笛诗歌论》;高侠的《中国当代生态文艺批评何为》;郑婉姗的《当批评遭遇尴尬——当代批评走向何处》;庞守英的《寻找先锋与传统的结合部——余华长篇小说的叙事学价值》;罗绮卫的《浅论余华小说叙事视角的变化》;何雁的《当代中国女性文学的三种强调》;施蕾蕾的《从深闺媛秀到问题少女——20世纪女性文学中的未成年人叙事视角透视》;廖文芳的《当身体成为标签——兼谈女性文学的危机》;黄海琴的《新历史小说研究综述》;刘克的《全球化语境下的本土化生存——二月河清帝系列小说论略》;张喜全的《文化苦旅中的逍遥游——试析流沙河短文集的文化蕴涵》;曹家治的《浅议〈蝇〉的审美品格》;郑坚的《末世的诗意与忧伤的景观——试论舞鹤的〈悲伤〉》;李秀金的《在生存中凝望——读池莉的小说〈有了快感你就喊〉》;张艳霞的《读虹影新作〈阿难〉》;何绚的《午夜的尖叫消逝于白日——解读陈丹燕〈鱼和它的自行车〉》;乔丽娜的《一帧现代城市的风景画——丁肃清〈城市封面〉漫评》;夏俊的《另类的"伤痕"——〈穿过云层的晴朗〉读后》;向荣的《一个漫步者的遐思录——评散文集〈一个漫步者的遐思录〉》。

《当代电影》第5期发表胡克的《探索在实验与市场之间》;郑洞天的《"怎么说"作为技术》;林洪桐的《现代电影表演观念的一次极致实践》;王一川的《紫蝴蝶飞向何方?》;贾磊磊的《消解暴力——中国武侠电影的叙事策略》;史博公、凌燕的《论喜剧片在中国电影发展中的地位及意义》;张燕的《香港喜剧类型电影浅析》;胡云龙的《我这样看纪录片》;曹坤的《关于纪录片的美学思考》;段晓超的《纪录片发展中的"正向影响"与"反向影响"》;崔庆的《与生命的对话——自然纪录片的追求》;刘扬的《"缺失"策略及"隐喻"功能——从人文纪录片〈英与白〉等谈起》;汪方华的《诗·史·思——解读〈嘎达梅林〉》;宜雁的《世俗与理想的张力或缝隙——〈和你在一起〉略评》;周艳英的《达到的和未达到的——解读电影〈邓小平〉》;鲁真的《〈芬妮的微笑〉叙事策略》;粟星的《诗意的感染和陶醉——关于〈嫮玛的十七岁〉观感》;许航的《〈西施眼〉:一部婉转细腻的女性电影》;张春华的《我们的舌头要发出谁的声音?——评〈卡车上掉下的小提琴〉》;李珂的《镜中的爱情——评〈周渔的火车〉》。

《江汉论坛》第9期发表李润霞的《历史与生命的长歌——论李瑛20世纪90年代的诗歌创作》;樊宝英的《袁可嘉:中国新诗审美规范的探索者》;刘克的《论"二月河现象"的文化意识》;杨彬的《从服从共性到崇尚个性——新时期小说流派发展嬗变的精神内核》。

《学习与探索》第5期发表吴秀明、尹凡的《论知识经济条件下当代良性文学生态环境的营造——兼谈世纪之交文学的生存境遇及其应对策略》;杨学民的《符号学视野中的影视史学与书写史学——也谈影视史学与书写史学的异同》。

《学术论坛》第5期发表叶君的《论〈艳阳天〉中的阶级斗争想像与乡村生活再现》。

《南方文坛》第5期发表汪政的《看批评的三种姿势》,张闳的《当下批评的两大敌人》;王彬彬的《在文学的名利场上——漫说批评》;洪治纲的《想象的溃败与重铸》;燕舞的《城市:文化传媒的宠儿》;刘春的《朦胧诗后诗歌选本点评》;盛可以的《让语言站起来》;李修文的《盛可以在她的时代里》;徐仲佳的《无爱时代的困惑与思考——关于盛可以的写作》;于坚、谢有顺的《诗歌是不知道的,在路上的》;陈希我的《我们的文学真缺什么?》;齐致翔的《调子,山歌,生命呐喊——常剑钧剧作的现代追求和本体超越》;东西的《常哥》;何平的《被压抑的民间与被损害的生命——赵本夫论》;王干的《镌刻生命——田瑛小说印象》;江建文的《直击人性的报告——评〈明天的太阳〉》;莫琴琴的《池莉的生存主义儒学》;贺绍俊的《理论动态》。

《复旦学报(社会科学版)》第5期发表姜义华的《人的尊严:启蒙运动的重新定位——世界化现代化进程中的中国文化变迁》。

《思想战线》第5期发表傅守祥的《女性主义视角下的广告女性形象探析》;陈树萍、李相银的《灵魂的错位——论中国现代知识女性的书写》;王莹的《来自生存的怅惘威胁——从精神分析学看张爱玲小说的心理刻画》。

《短篇小说选刊版》第9期发表荆歌的《使生活变得更像生活》;陈忠实的《文学的信念与理想》。

《福建论坛》第 5 期发表南帆的《理论的历史命运》；刘小新的《"话语权力"与 90 年代文论范式转型》；郑国庆的《90 年代马克思主义文论再兴起的原因与意义》。

16 日，《文艺报》第 105 期以"长篇小说《漕运码头》笔谈"为总题，发表吴秉杰的《别样的历史创作》、陈晓明的《厚重而精巧的力作》、阎纲的《贪腐太甚　人何以堪》、牛玉秋的《末世文化的悲歌》、林为进的《历史并不总是辉煌》、王梓夫的《我写〈漕运码头〉》；同期发表陈美兰的《让贴近生活的心飞翔——近年小说的"官场书写"》；吴子林的《给学术以生命——读杨义〈重绘中国文学地图〉》；修懿的《他在"突围"路上——评〈论操作与不可操作〉》；童伊《叶石涛的演变究竟说明了什么——从〈华文文学〉上的一篇文章说起》。

17 日，《光明日报》发表路侃的《于小人物中写大境界》；闫立飞的《从概念的厘定入手寻求突破——评〈二十世纪中国文学主潮〉》；冯光廉、刘增人的《世纪的诗典——祝〈臧克家全集〉出版》。

《作品与争鸣》第 9 期发表王寅的《"咬嚼"余秋雨》。

18 日，《文艺报》第 106 期发表陈维仁的《还戏曲以娱乐性》。

《中国戏剧》第 9 期发表安志强的《"时代"真的那么可怕吗？》；李玉田的《关于摆脱戏剧危机之愚见》；丘山的《关于中国戏曲面临的难题》；路应昆的《一部促人深思的〈新中国戏剧史〉》。

20 日，《小说评论》第 5 期发表雷达的《长篇小说笔记之十八——王梓夫〈漕运码头〉、许春樵〈放下武器〉、查舜〈青春绝版〉、河北四作家"一方水土"》；李建军的《小说病象观察之十一——不及物动词的囚徒》；王彬彬的《"姑妄言之"之四——对昆德拉的接受与拒绝》；邵建的《文坛内外之三十——施鲁之争（续）》；以"陈忠实专辑"为总题，发表於可训的《主持人的话》，陈忠实的《我的文学生涯——陈忠实自述》，李遇春、陈忠实的《走向生命体验的艺术探索——陈忠实访谈录》，李遇春的《陈忠实与柳青的文化心理比较分析——以〈白鹿原〉和〈创业史〉为中心》；同期发表贺桂梅的《历史沧桑和作家本色——宗璞访谈》；赵学勇等的《重话 20 世纪"红色经典"》；梁鸿的《周大新小说论》；赖翅萍的《林白创作与中国文化深层结构》；曾镇南的《秀出的青枝　奋争的精灵——评关仁山的〈天高地厚〉》；曹斌、顾凡的《政治婚姻的透视与人性魅力的张扬——评董立勃的长篇小说〈白豆〉》；赵德利的《沉沦：额外压抑促生的生态悲剧——评王家达长篇小说

〈所谓作家〉》；陈翠平的《写实与象征的结构性融合——试析〈精神隧道〉的艺术构造方式》；庞晓红、徐卫的《梅庄意味空间的感悟与解读》；王文的《西部大开发中的文学创作》。

《文艺报》第107期发表本报编辑部的《〈市长日记〉作品研讨会召开》、《〈吐玉滩〉研讨会在京举行》、《"大布苏文学发展研讨会"召开》；同期发表韩作荣的《诗人散文家——周涛散文印象》；张炯的《农村改革的艰难画图——读毕四海的长篇小说〈黑白命运〉》。

《四川大学学报（哲学社会科学版）》第5期发表泓峻的《文学修辞批评与中国当代文学批评的学术品格》。

《北京大学学报（哲学社会科学版）》第5期发表王丽丽的《文艺与意识形态交错纠缠的开始——民族形式问题论争与胡风事件》。

《求索》第5期发表黄海的《中国新时期文学的转型成因探析》；毛正天的《精神分析学与中国现代性爱文学的"自叙传"性质》；罗谩的《论传统文化对汪曾祺小说创作"母语化"的影响》；吴起华的《重温〈讲话〉精神的现实意义》。

《东方文化》第5期发表严家炎的《一九五七年夏毛、罗对话试解——就〈鲁迅与我七十年〉和秋石先生商榷》；胡明的《关于陈独秀的"最后政治意见"》；张艺声的《新理性精神的比照解读》；陈晓明的《超越与逃逸：对"60年代出生作家群"的重新反省》；刘忠的《新时期诗歌二十年论：从"启蒙"、"先锋"到"整合"》。

《学术月刊》第9期发表葛红兵的《个体及其在世结构——评王晓华先生〈个体哲学〉》。

《河北学刊》第5期发表曹顺庆、蒋荣昌的《从"文学研究"到"文化研究"：世界性文学审美特性之变革》；王宇的《本土话语资源：中国女性主义文学批评的重要视角》。

《中国比较文学》第3期发表黄万华的《"在旅行中""拒绝旅行"——华人新生代作家和新华侨华人作家的初步比较》；蒲若茜的《海外华人文学发展及研究的新景观——美国加州大学"开花结果在海外：海外华人文学国际学术研讨会"综述》；王兆胜的《林语堂与弗洛伊德》。

《南京大学学报（哲学·人文科学·社会科学）》第5期发表刘俊的《主持人语：台港暨海外华文文学研究：任重而道远》；费勇的《眼睛望见模糊的边界——论梁秉钧的诗歌写作兼及香港文学的有关问题》；朱双一、程晓飞的《日据下台湾

"现代化"的文学证伪》。

21日,《文艺研究》第5期发表高玉的《中国现代文学史"新文学"本位观批判》;王泽龙的《论20世纪40、50年代中国现代文学转型原因——兼论中国现代作家后期创作现象》。

23日,《文艺报》第108期发表张柠的《想象力考古》("中国当代文学失去想象力了吗"讨论);杨晓敏的《文学期刊的出路与对策》。

《天津社会科学》第5期发表汤爱丽的《论网络文学的交互性》;于洋的《解构的文本——简析网络文学的超文本性》;闫立飞的《双城记:津、沪小说中的城市记忆和想象》。

《武汉大学学报(人文科学版)》第5期发表马睿的《论新时期中国现代文学研究的两次转向》。

24日,《文艺理论与批评》第5期以"评电视剧《走向共和》"为总题,发表方闻的《真是真非安在 人间北看成南——〈走向共和〉及其引起的反响述评》,殷越的《不要以人性去说明历史——对电视剧〈走向共和〉的一点看法》;同期发表李万武的《〈暗示〉何必是小说?》;张瑗的《倾斜的"真实"与"审美"——报告文学中的妇女问题及男权意识》;胡慧翼的《性别视角的转换和女性主体性的"滑落"——女性文学从小说到影视的文化反思》;欧阳友权的《网络文学研究述评》;姜英的《网络文学及其价值观念的界定》。

《光明日报》发表阎连科的《游走在军人与诗人之间——海田诗集〈嫁给绿色〉简评》。

《文史哲》第5期发表刘绍瑾等的《叶维廉比较诗学中的庄子情结》。

25日,《文艺报》第109期发表本报编辑部的《第八届国际华文诗人笔会在珠海召开》、《中国社科院文学所庆祝建所50周年》;以"张克鹏长篇小说《吐玉滩》笔谈"为总题,发表张炯的《〈吐玉滩〉的独特意义与贡献》,贺绍俊的《一本特殊的书》,崔道怡的《走过去还是蓝天》,吴秉杰的《民间叙事 返璞归真》,包明德的《热土暖魂 古木新姿》,林为进的《说不尽的"人在人上"》;同期发表侯耀忠的《阅读生命的厚重——郝进兴和他的〈豫剧板腔结构概略〉》)。

《文艺理论研究》第5期发表陈剑晖的《论散文作家的人格主体性》。

《世界华文文学论坛》第3期发表童伊的《叶石涛的演变究竟说明了什么?——从〈华文文学〉上的一篇文章说起》;萧成的《日据时期台湾乡土小说视

阈下的"国民性"批判》;石一宁的《吴浊流的中国民族主义文学思想》;刘红林的《"为大众"的文学语言观——论赖和对台湾话文的主张》;朱寿桐的《犁青早期"诗兴"的揭示与评估》;黄万华的《台港澳和海外:"五四"新文学的应合和背反》;王韬的《晚清至民国初年澳门文学的文化内涵》;陈瑞琳的《解读少君》;郭媛媛的《立体空间中的女性悲悯——评旅法华人作家鲁娃的长篇小说〈女儿的四季歌谣〉》;刘云的《爱的协奏曲——评张翎的〈望月〉》;林斌的《〈女勇士〉中的个人与群体价值初探》;张琼的《特殊视点下华文文学与华裔英语文学中的女性书写比较——从〈扶桑〉与〈一百种秘密感受〉说起》;朱文斌的《新马华文文学独特性与主体性的确立研究——以"侨民意识"与"本土意识"论争为视角》;孟丹青的《人生意义的形而上叩问——论无名氏的〈野兽、野兽、野兽〉》;冰夫的《岭南才子澳洲情——序张奥列散文新集〈家在悉尼〉》;马白的《文化活动的文化阐释——序张奥列新著〈澳华名士风采〉》;叶嘉新的《遥望那一片海天——钦鸿与东南亚华文文学研究》;白舒荣的《"澳华文学兵团"闪亮登场》;白杨的《批评空间的开创——〈小说香港〉与赵稀方的香港文学研究》;曹竹青的《内地文学研究创新的一种学术资源——评〈古远清自选集〉》;索义的《〈千禧澳门文学研讨集〉出版》。

《东岳论丛》第 5 期发表庞守英的《论近年来小说创作的悲剧意识》。

《北京师范大学学报(社会科学版)》第 5 期发表郭志刚的《"穿越时空":论文学的现代性》;张健的《中国现代政治讽刺喜剧论纲》;刘锡庆、谷海慧的《热爱生命,礼赞生命——略论张宝树散文》。

《甘肃社会科学》第 5 期发表丁晓原的《新世纪报告文学的观察与分析》;许苗苗、许文郁的《消费时代的强势逻辑:影视与时尚合谋》。

《当代作家评论》第 5 期发表王蒙、郜元宝的《谈谈我们时代的文学》;以"王蒙评论小辑"为总题,发表郜元宝的《"说话的精神"及其他——略说"季节系列"》、[美]刘年玲作、郜元宝译的《人性的海和几何的美》;同期发表刘恪的《高原心灵——编辑家何锐素描》;黄发有的《原创 拒绝 远行——赵本夫和〈钟山〉》;李静的《良心的疾病——关于编辑家章德宁,兼及文学期刊的可能或不可能》;王尧的《远观蔡翔》;蒋子丹的《结束时还忆起始》;潘军的《关于田瑛,想到就写》;张生的《从 1983 年开始的旅程——程永新编辑思想漫议》;李修文的《一个人和一段旅程》;莫言的《诉说就是一切》;朱文颖的《金銮殿,或者看得见天使的地方》;魏微的《写作十年》;王德威的《香港情与爱——回归后的小说叙事与欲望》;赵稀方的《香港情与爱——回归前的小说叙事与欲望》;朱朱的《好时光与美学——麦城近期诗歌中两个词的辨析》;李丹梦的《锁链的叙述——评麦城的诗》;[荷]柯雷作、张晓红译的《不理你受不了还是不管你乐逍遥——小议中国诗坛》;贺绍俊的《质疑爱情的合法性——读方方近期的几篇小说》;张志忠、王永贵的《世事浮沉中的知识者与女性:弱者如何选择——方方近作评述》;王晓薇的《平远小景 简雅拙淡——试论汪曾祺的小说〈受戒〉》;陆草的《一位行走的思想者》。

《河北大学学报(哲学社会科学版)》第3期发表马德生、田小军的《郭小川50年代诗歌探索的知识分子意义》。

《语文学刊》第5期发表刘慧珍的《论"归来作家"在小说艺术上的创新》;李岩的《周立波的热烈与平淡》;夏丽莉的《论金庸小说的悲剧意识》;安安的《"另类写作"中的女性意识》;樊文春的《论叙事文本的叙述精神》。

27日,《文艺报》第110期发表本报编辑部的《〈天地之间〉作品研讨会举行》、《〈在河之南〉作品研讨会召开》;同期发表木弓的《评短篇小说二篇——杨少衡〈秘书长〉、尤凤伟〈小灯〉》;王志斌的《铁人精神永放光芒——读长诗〈铁人词典〉》;黄莉莉的《不废江河万古流》;朱平珍的《长篇小说艺术世界的结构图》。

《文学自由谈》第5期发表刘心武、戴鹤白的《仲夏访谈录》;金梅的《孙犁:六百年来第一人》;赵玫的《旗手王蒙》;吴俊的《抵抗文学批评堕落的勇士》;何满子的《撰述中国现代文学史必须抓住的纲》;张颐武的《超越"五四":追寻李长之的文学精神》;沈泽宜的《语言,一次跨地域的飞行》;卢正永的《"颠覆"的功能与功夫》。

《华中师范大学学报(人文社会科学版)》第5期发表黄曼君的《现代·反思·延异——胡风与七月派现代性重读》。

28日,《兰州大学学报(社会科学版)》第5期发表古世仓的《中国现代小说"乡土"意蕴的流变与中国革命》;罗执廷的《十七年小说第一人称叙事初探》;蔺春华的《论张承志小说世界的色彩表现》。

《西南民族大学学报(人文社科版)》第9期发表贾剑秋的《论光复前台湾小说的文化意识》。

《湖南大学学报(社会科学版)》第5期发表杨建华的《唐浩明历史小说创作综述》。

30日,《文艺报》第111期发表本报记者王山的《50年创作见证共和国历史"王蒙文学创作国际学术研讨会"在青岛召开》;同期发表张不代的《多点理性少点情绪化——也谈中国新诗问题》;侯群雄的《读〈冯雪峰选集〉》;蒋巍的《读〈心海残阳〉》;张鹰的《评〈戒了爱情〉》;孟繁华的《迷狂的欲望和作家的温暖——评〈我们的心多么顽固〉》。

《戏剧》第3期发表颜全毅的《大文化视角下的乡土情结——20世纪90年代戏曲乡土文化戏浅论》;杜建华的《京剧的主流与地方化》;周光凡的《〈徽州女人〉中悲剧精神的缺失》;杨健的《从"革命现代京剧"看传统戏剧的转型》;夏敏的《论郭沫若历史剧中的原型意象》。

《海南师范学院学报(社会科学版)》第5期发表高照成的《〈孽子〉中的同性恋与父子关系》。

《殷都学刊》第3期发表陈才生的《李敖与〈胡适评传〉》。

《重庆职业技术学院学报》第3期发表赵俊霞的《对诗学正义的追求——论香港沙田派文论家黄维梁的文学批评》。

31日,《高等学校文科学术文摘》第5期发表葛红兵的《中国文学之与世界性文化矛盾——20世纪中国文学的民族化、西方化与世界化问题》。

本月,《文艺评论》第5期发表张红兵的《文论热点评述:90年代中国的文化研究》;张文红的《缺席与呼唤——从八、九十年代小说写作中艺术想像力匮乏谈起》;张志忠的《建设"充分的现实主义"——世纪之交的社会生活新变与作家的自我更新(下)》;巫小黎的《"新历史小说"论》;李润霞的《朦胧诗:一代人与一代诗的崛起》;谷海慧的《沉寂的呼声——"新艺术散文"与"新潮散文"评析》;徐珊的《沉重的肉身,黑夜中的澄明——新时期女性散文中孕育文化初探》;李贵仁的《〈作女〉的价值和批评的陷阱》;何奎的《新时期大学生诗歌创作研讨会综述》;刘小新的《身体》、《玩文学》;李治国的《只要人们还唱歌》。

《中国文学研究》第3期发表欧阳友权的《网络文学对传统诗性的消解》;张家恕的《试析曹禺剧作总主题的生成及演化》;杨厚均的《中西互证,史思合璧——评王又平教授的〈新时期文学转型中的小说创作潮流〉》。

《中国电视》第9期发表孔宏图的《中国电视剧与当代大众文化思潮》;李艳

的《历史横亘在现实之中》。

《台湾研究集刊》第3期发表刘登翰、刘小新的《论五六十年代的台湾文学及其对海外华文文学的影响》；朱双一的《日据前期台湾的文化民族主义——以连雅堂、洪弃生、丘逢甲等为例》。

《殷都学刊》第3期发表陈才生的《李敖与〈胡适评传〉》。

《剧本》第9期发表刘云程的《中国戏曲的五次改革》；齐致翔的《无限的生命，永远的战争——解读总政话剧团近年来的新创作，贺总政话剧团成立50周年》；刘彦君的《视角·主题·形象——总政话剧团近年军旅戏剧浅谈》。

《博览群书》第9期发表李晨的《知识者与知识者的文学对话——评黎湘萍先生的〈文学台湾〉》；吴锡平的《拿什么来拯救？——读〈拯救乳房〉》。

《暨南学报（哲学社会科学版）》第5期发表张世君的《后现代文化语境中的电影口述史叙事》；李学武的《向传统回归的叙事——张扬电影论》。

本月，复旦大学出版社出版陆士清主编的《情动江海　心托明月——秦岭雪诗歌评论集》。

华东师范大学出版社出版蓝爱国的《解构十七年》；赵丽宏、陈思和主编的《得意莫忘言：〈上海文学〉50年经典·理论批评》。

黄河出版社出版施战军的《碎时光》。

江苏文艺出版社出版黄毓璜主编的《评论（2003年卷）》。

苏州大学出版社出版李锐、王尧的《李锐王尧对话录》。

浙江文艺出版社出版南帆主编的《二十世纪中国文学批评99个词》。

中国海洋大学出版社出版崔建飞编的《王蒙作品评论集萃　第一辑》；何西来主编的《名家点评王蒙》。

中国人民大学出版社出版张永清主编的《新时期文学思潮》。

中国文联出版社出版戈雪的《欲望时代的写作》；王全聚的《天津文艺评论集：1997～2001》。

10月

1日,《作家》杂志第10期发表张炜的《文学的现代性——在山东大学的演讲》。

《名作欣赏》第10期发表闫永利的《论文学解读中的误读》。

《诗刊》10月号上半月刊发表张大为的《辛笛访谈录》;胡弦的《"我在这里"》;魏克的《在黑暗中明晰》;东荡子的《可能的重——读姚风的诗》;专栏"热点话题讨论:我观今日诗坛"发表江一郎的《语言与姿态》,熊辉的《从"写作"谈诗歌创作路向》,洪芳的《口语:诗歌的双刃剑》,韦高选的《坚持"口语入诗"反对"口水诗"》,洪烛的《诗歌的尴尬与尊严》;同期发表刘强的《诗,抟虚宇宙——纪念孔孚先生》;《诗的标准》(文摘);洪烛的《像蛇一样蜕皮》;古清生的《洪烛的诗生活》。

2日,《小说选刊》第10期发表朱秀海的《永久占有》;冯敏的《经验与情感的深度》;李建军的《论第三代西北小说家》。

6日,《台港文学选刊》第10期发表田家鹏的《半个世纪跨越海峡——台湾诗人余光中八闽行纪实》;沈奇的《边缘光影布清芬——重读席慕蓉兼评其新集〈迷途诗册〉》。

9日,《文艺报》第112期发表尚飞鹏的《乱弹戏曲改革》。

《文学报》第1442期发表李敬泽的《施战军侠骨柔肠的批评》;吴义勤的《像火焰一样地沉思——简评黄发有〈准个体时代的写作〉》。

10日,《中外军事影视》第10期发表马俊的《与时俱进——浅析军旅影视作品的跨越式发展》;杨阳的《〈记忆的证明〉:正视历史,警示现实》。

《电影文学》第10期发表赵力的《〈卡拉是条狗〉〈寻枪〉人物形象比较谈》;苏涛的《论蔡明亮电影的后现代性》;峻冰的《百姓情怀与主流归趋——张艺谋"平民三部曲"的美学共性与实践启示》。

11日,《文艺报》第113期发表刘起林的《当前文学匮乏的底层意识》;郑连保的《生活美与艺术美的双重创造》;以"长诗《铁人词典》评论"为总题,发表夏立华的《铁人精神既是大庆发展的动力源泉也是大庆人的精神家园》,刘润为的《高扬铁人精神是时代的需要》,韩作荣的《现代化建设离不开铁人精神》,叶延滨的《铁人让我们精神起来》、何西来的《时代需要黄钟大吕》、阎纲的《好诗献给英雄》；同期发表雷抒雁的《编织的艺术》。

《中华文学选刊》第10期发表王兆胜的《良心担承与生命书写——谈韩小蕙的散文创作》；王干等的《文学与精神》。

14日，《文艺报》发表本报编辑部的《穆青逝世》；同期发表木弓的《长篇小说〈深牢大狱〉海岩模式的"人性"光彩》；孟繁华的《书生意气侠客梦——评散文集〈凡圣之间〉》；沐之的《深度与趣味》；洪治纲的《想象的匮乏意味着什么》（"中国当代文学失去想象力了吗"讨论）；宁逸的《消费社会的文学走向》（关于"消费社会的文学走向"的讨论）；庄锡华的《美的探索——读〈美的追寻——胡经之学术生涯〉》；陈忠实的《解读一种人生姿态》；杨义、田泥的《展示学理与吟咏性情——读张振金的〈中国当代散文史〉》；崔志远、葛振江的《"三线"效应》；李亚萍的《建立世界华文文学的整体观念——饶梵子谈海外文学研究》；钱虹的《倾心关注：当代文学与人文生态——2003东南亚华文文学国际研讨会》。

15日，《文艺报》第115期发表蔡景凤的《美和新——看京剧〈杜十娘〉有感》。

《中国图书评论》第10期发表伍杰的《书评家萧乾》；徐彻的《她的笔端倾注着对女性的关爱——读于金兰散文新著〈女人有泪〉》；李红强、唐惠凡的《历史小说的另一种可能——读长篇历史小说〈大西迁〉》；林如求的《走进郭风的童话王国——读郭风的童话集〈青蛙的旅行〉》；陈福郎的《呼唤重构理想的女性世界——〈当代中国女性文学史论〉评介》。

《戏文》第5期发表牧野的《女性尊严和权利被剥夺的形象展示——对四部甬剧经典悲剧的分析》；丁西的《传统戏在更新中拓展——兼评新编越剧〈日落日出〉》。

《江汉论坛》第10期发表夏元明的《幻灭：新感觉派小说的情爱世界》；张光芒的《论20世纪初中国文学启蒙意识之演进》；何希凡、王平的《农业文明时空中生存的寓言——〈生死场〉的时空建构和悲剧蕴涵新论》。

《光明日报》发表吴锡平的《创作 操作 炒作》；雷达的《融古今 辨清浊——读长篇小说〈漕运码头〉》；王德福的《从〈出走〉谈短篇技巧》。

《中外文化交流》第10期发表余熙的《程抱一：摆渡蓬山沧海间》。

《短篇小说选刊版》第10期发表止庵的《诉求人间》；胡璟、刘恒的《把文学当作毕生的事业》；方方的《我写小说：从内心出发》。

18日,《文艺报》第116期发表本报编辑部的《〈中华红玛瑙〉诗集首发式举行》、《〈贾平凹、谢友顺对话录〉出版》;同期发表邓艳斌的《历史演变绝不只是人性的变化》;孙妮娜的《当代爱情的符号学范式》;张同吾《千江有水千江月》;郑伯农的《闲斋里的痴情》;周笃文的《真字为骨　健字为神　奇字为态》;肖复兴的《月下质朴的诉说》;王宗仁的《从仙米、牛皮菜上长出的散文》。

《中国戏剧》第10期发表彭奇志的《在重构中重生》;张平的《戏剧牵手小说　激艳舞台之花——当代戏剧之命运的微观思考》;秦华生的《戏剧与时代》;李祥林的《也谈当代中国的戏剧命运》;朝问的《生于民间,死于殿堂》;李黎明的《"白头发""黑头发"……》。

20日,《学术研究》第10期发表鲍昌宝的《20世纪中国新诗的都市话语分析》;王珂的《20世纪90年代先锋诗的生态》。

《华文文学》第5期发表陈瑞琳的《冷静的忧伤——从严歌苓的创作看海外新移民文学的特质》;杨红英的《民族寓言与复调叙述——〈扶桑〉与〈她名叫蝴蝶〉比较谈》;郑国庆的《台港文学研究的"当代性"问题》;梁丽芳的《扩大视野:从海外华文文学到海外华人文学》;阎纯德的《论林海音的文学史地位》;吕林的《李敖批判的批判》;程晓飞的《台湾文学研究的区域文化视角:试评朱双一新著〈闽台文学的文化亲缘〉》。

21日,《文艺报》第117期发表本报编辑部的《〈陈登科文集〉首发式暨作品研讨会在合肥举行》、《"新世纪汉语写作走向"学术研讨会召开》;同期发表雷达的《关于历史小说中的历史观》;马云的《画面与情感的互相穿透——读铁凝艺术随笔集〈遥远的完美〉》;刘士林的《中国学术的中国格局》;杨志学的《强化诗歌限制性的体认——诗歌的限制性与屠岸的"十四行"写作》;阎纯德的《走出低谷与困境》。

23日,《文艺报》第118期发表邹平的《巴金只有〈家〉吗?》。

《文学报》第1446期发表陆梅的《文化散文何时走出困境?》。

25日,《文艺报》第119期发表傅汝新的《让"工业题材文学"与东北老工业基地一起振兴:"中国当代工业题材文学创作座谈会"在鞍山召开》、《梁平长诗〈重庆书〉在京举行学术研讨会》;以"努力塑造工人阶级的时代形象:工业题材文学创作漫谈"为总题,发表郑伯农的《作家要关注生产一线的普通劳动者》,贺绍俊的《在工人中发现和培养作家》,程树榛的《投入火热生活　繁荣工业题材文学创作》、林为进的《机遇和挑战》、闻宝满的《鞍钢,工业题材文学创作不竭的源泉》、傅汝新的《做好振兴东北老工业基地这篇大文章》;同期发表王昌定的《当之无愧的人民诗人——读〈臧克家全集〉致克家老人》。

《出版参考》第 20 期发表韩振宇的《虹影的叫喊》。

26 日,《文汇报》发表张仲年的《经典的魅力和实验的勇气——中国国家话剧院上海话剧周观后随感》;罗云锋的《莫言"作为老百姓"的写作》。

28 日,《文艺报》第 120 期发表本报编辑部的《老作家骆文逝世》;同期发表方伟的《拿什么来拯救你 我的文学——文学边缘化与"寻租行为"》;张立国的《赖有诗文慰寂寞》;邹建军、唐灿灿的《南永前图腾诗的艺术》;赖大仁的《"消费社会"与文学走向质疑》(关于"消费社会的文学走向"的讨论);王宇的《启蒙叙事的另一张面孔——评李玲〈中国现代文学的性别意识〉》;黄万华的《他们渴求对话也执着发出自己的声音——看华人新生代作家和新华侨华人作家的创作》;陈辽的《旅美华人的〈清明上河图〉——读冰凌的三篇小说》。

30 日,《文艺报》第 121 期发表本报编辑部的《西部文学应更多体现人文关怀》、《〈天涯〉推出"女性与性别讨论"专辑》;同期发表郭月亮的《也谈戏剧的文学深度——与张新秋先生商榷》。

《文学报》第 1448 期以"文学缺乏承担的勇气?"为总题,发表艾伟的《承担与勇气》、刘继明的《承担的能力》、吴玄的《承担什么? 谁在承担?》;同期发表吴亮、杨扬的《或前或后:文学批评的位置》;葛红兵的《文学批评时代的终结》;董丽敏的《文学史:被遮蔽的真相——读〈文学史的权力〉》。

《四川师范大学学报(社会科学版)》第 5 期发表廖世苹、傅德岷的《论张晓风散文的审美风范》。

本月,《中国电视》第 10 期发表王伟国的《电视剧〈江山〉的叙事话语研究点滴(上篇)》;吕振侠的《寓庄于谐,喜中含悲——漫谈电视连续剧〈神医喜来乐〉的喜剧色彩》;郑书梅、唐红的《电视剧的故事性》。

《北京电影学院学报》第 5 期发表李学兵的《双重寓言——〈金鸡〉剧作分析》。

《电影新作》第 5 期发表覃晓玲的《内容与形式的背离——从〈美丽任务〉看香港喜剧电影的硬伤》;陈念群的《灿烂光影,多元格局——二十世纪六、七十年代香港电影概况》。

《剧本》第 10 期发表陈吉德的《情节与性格》；傅翔的《活着的勇气与发现——从福建现代戏创作谈起》；张帆的《华美与苍凉——郑怀兴〈上官婉儿〉中知识分子心态浅析》。

《博览群书》第 10 期发表何家栋的《批评的效用》；散木的《一个走进延安的红色历史学家》；南帆的《大地的血脉——读张炜的〈丑行或浪漫〉》。

本月，安徽文艺出版社出版安徽省文学学会编的《文学论文集》。

百花洲文艺出版社出版张俏静主编的《走进新世纪：江西当代文学学会论文集(2001~2003)》。

复旦大学出版社出版王德威的《现代中国小说十讲》。

广西师范大学出版社出版金元浦的《范式与阐释》；林兴宅的《超越旧模式》。

海南出版社出版陈剑晖、宋剑华主编的《20 世纪中国文学批评史》。

江苏人民出版社出版邵燕君的《倾斜的文学场：当代文学生产机制的市场化转型》。

群言出版社出版梁晓声的《我看　我想　我论：梁晓声答问集》。

中国文联出版社出版张亦辉的《小说研究》。

11 月

1 日，《大家》第 6 期发表王干的《养牛、日常、身体及精神——一次回顾，也是一次提醒》。

《文艺报》第 122 期发表《〈巴金全传〉祝福大师百年华诞》；《钟历国作品研讨会在京举行》；《〈人民文学〉〈南方文坛〉联合举办"青年作家批评家论坛"》；《徐小斌〈清源寺〉出版》；同期发表胡殷红的《我的作品是写给大多数人看的——访湖北省作协副主席刘醒龙》；魏巍的《工人诗人王学忠》；王春林的《脱离文本实际的误读——与邓艳斌先生商榷》；雷体沛的《当下文学中的人性谬误》；梁平的《一次经验和精神的重逢》；以"易行诗歌评论"为总题，发表叶延滨的《读易行诗有感》，雷抒雁的《心中花园心中诗》，纳杨的《倾诉的渴望》，林莽的《内心真情的自然抒发》。

《名作欣赏》第11期发表汪政、晓华的《"大文"无体——韩少功新作〈暗示〉略说》；杨景龙的《"山民望海"的三种状态——〈山民〉〈上游的孩子〉〈在山的那边〉对读》；徐润润的《山民的遗憾——韩东的〈山民〉鉴赏》；郭成杰的《不愿栽树，只想乘凉——克服思维定势探讨〈山民〉寓意》；龙熙银的《貌似平淡，味之无穷——韩东的诗〈山民〉解读》；冯晖的《平和的散文理念，不平和的〈胡同文化〉》；王涛的《〈告诉我我是谁〉的艺术分析》。

《作家》杂志第11期发表雷达的《在鄂华作品研讨会上的发言 有必要重新认识鄂华》；高洪波的《关于鄂华的公式》；白烨的《鄂华就是一个学者化的作家》；马季的《宏伟的生命故事——从〈打鱼楼〉到〈拍溅〉》；张未民的《中国史魂与中国英雄——易洪斌的"史论性散文"读记》；张学昕、陈宝文的《反抗绝望：无法直面的存在本相——读余华〈黄昏里的男孩〉和莫言〈拇指铐〉》；邓友梅、赵显和的《写作是回报》。

《诗刊》11月号上半月刊发表张大为的《李松涛访谈录》；王新军的《诗与自然的和声——梁积林印象》；张同吾的《心灵的火焰与历史的回声——〈臧克家全集〉出版感言》；专栏"热点话题讨论：我观今日诗坛"发表袁忠岳的《"在诗状态"——诗的另一种言说》，胡嘉的《新诗应与音乐文学结合联姻》，沈泽宜的《卡拉OK的启示》，刘以林的《必须冶炼掉白话中"白"的成分》；同期发表赵长征、龚刚整理的《新诗："新其形式"须是诗——关于新诗形式的网上论争》（《论争与观点》文摘）。

《钟山》第6期发表李洁非的《延安整风：人物、故事及成果》。

《阅读与写作》第11期发表刘云的《下一站在哪里——张翎小说〈交错的彼岸〉剖析》。

2日，《小说选刊》第11期发表张欣的《创作没法谈》；王素蓉的《浸漫在黄昏前的责任》。

《新剧本》第6期发表郑怀兴的《〈雪泥鸿迹话编剧〉之三：人物设置》。

4日，《文艺报》第123期发表《〈王蒙文存〉出版》；《纪念孙犁诞辰90周年〈孙犁生平与创作展〉展出》；同期发表顾骧的《作为批评家的王蒙》；高洪波的《女性散文与女性世界——读〈中国当代著名女作家亲情散文精选〉》；张同吾的《在时光里轻吟浅唱》;林雨的《用青春放飞和平》;徐彻的《读散文集〈女人有泪〉》;傅修延的《文学与国民教育——驳宁逸的〈消费社会的文学走向〉》(关于"消费社会的文学走向"的讨论);孙书文的《清宫戏与当代作品中的权谋文化》。

5日,《花城》第6期发表艾云的《拯救个人感受》;陶东风的《新文化媒介人批判》。

《电影艺术》第6期发表桂青山的《与世浮沉——类型片的理性认知与动态把握》;李道新的《新中国喜剧电影的历史境遇及其观念转型》;吴涤非的《略谈新时期的都市喜剧电影》;李学兵的《无厘头的跨文化尴尬——周星驰电影类型特征的再探究》;丁亚平的《论二十世纪中国电影与通俗文化传统》;颜纯钧的《时尚化:一种新的影像风格》;王丽娟的《中西文化的历史对话——论"电影民族化"讨论的本质及意义》;刘荃的《论中国电影的本土情结》;那长春的《丢失与断裂》;毛琦的《中国电视电影的叙事规则与文化特征》。

6日,《文艺报》第124期发表本报编辑部的《诗人诗评家聚温州研讨现代诗》;同期发表高小立的《周梅森偏从大处"说"》;蔡体良的《舞台呼唤"原创"》。

《文学报》第1450期发表艾克拜尔·米吉提的《王蒙的文学智慧与语言风格探源》。

7日,《文艺报》发表刘登翰、刘小新的《必须正视的问题:关于华文文学学科建设的思考》。

8日,《文艺报》第125期发表本报编辑部的《第九届国际诗人笔会在浙江金华举行》、《首届"姚雪垠长篇历史小说奖"颁奖》;同期发表马相武的《努力创造工人阶级的先进形象》;邱秉泽的《谁在误读〈放下武器〉——对王春林的批评的批评》;杨四平的《读谢昭新的〈中国现代小说理论史〉》;朱向前的《长篇小说〈解密〉献给人类精灵的乐章》;傅汝新的《陈昌平小说的叙事视角与情境预置》;围绕"中篇小说《淮北往事》",发表牛玉秋的《历史记忆中的个人生存状态》、朱小如的《而今迈步从头越》、木弓的《作家心中有"冰山"》。

《电影文学》第11期发表孟楠的《以一种缺席的方式存在——有感于影片〈绿茶〉》;胡传吉的《〈绿茶〉:无法预测爱情——分裂的都市女性形象解读》;王淑萍的《也品〈绿茶〉》;柯小君的《边缘语境中的"第六代"——"第六代"电影作品中的艺术审美》;郭望泰的《香港电影中的"边缘人"形象简论》;峻冰的《百姓情怀与主流归趋——张艺谋"平民三部曲"的美学共性与实践启示(续)》。

《理论与创作》第6期发表詹艾斌的《"人民的"和"为人民的"——毛泽东现代文艺思想略论》;唐浩明的《晚清大吏的文人情结——历史小说创作琐谈》;夏义生、远方的《在历史与现实之间》;贺绍俊的《活在当代的张之洞》;吴秉杰的《历史小说〈张之洞〉的贡献》;李运抟的《〈张之洞〉:人的复活与历史再现》;刘起林的《走近唐浩明》;田中阳、杜应的《20世纪中国市民文学的煽情艺术》;彭在钦、杨经建的《世纪之交的中国乡土小说创作》;黄秋平的《描述与分析:女性文学的叙述策略》;钟友循的《书生襟抱,赤子情怀——读林澎诗集〈吹浪潇湘〉》;倪玲颖的《论余华小说的重复叙事艺术》;张行健的《与青春热忱而深邃的对话——评薛媛媛的〈我开始烦恼了〉》;曾小月的《余光中诗歌古典意象论》;袁盛勇的《〈第二十幕〉:对历史、文化与人性的复杂书写》;李元洛的《大风起兮鹏飞翔——读喻大翔〈用生命拥抱文化〉》;彭燕郊的《迷人的笑涡——读田澍诗集〈大地的笑涡〉》。

9日,《文汇报》发表王尧的《文化大散文的发展、困境与终结》;李晓虹的《期待更多的精神启示——谈当前文化散文创作中的几个问题》。

10日,《中外军事影视》第11期发表边国立的《战争电影:历史与文化的交融——李洋新作〈战地物语〉漫议》。

《中州学刊》第6期发表高有鹏的《20世纪文学豫军的知识群落》。

《中国社会科学》第6期发表王光东的《"民间"的现代价值——中国现代文学与民间文化形态》。

《江海学刊》第6期发表董之林的《史与言——"当代小说十七年"纵论》;马航飞的《文体史的魅力:读〈文化生态与报告文学〉》。

《理论与创作》第6期发表曾小月的《余光中诗歌古典意象论》。

《西南师范大学学报(人文社会科学版)》第6期发表李志的《早期南洋华文新文学借鉴西方文学特点小议》。

11日,《文艺报》第126期发表本报编辑部的《上海诗歌界探讨如何让诗歌创作走出困境》、《〈人民文学〉发展史成为学术研究新热点》;同期发表方兢的《人物问题世纪回眸》;刘颋的《新诗如何与传统对接——第九届国际诗人笔会综述》。

《中华文学选刊》第11期发表白烨的《贵在"有趣味"——简说贾平凹的散文》;王干的《文学与日常生活》;陈晓明的《穿越权力与欲望的绝境——评张尔客的〈飞鸟〉》。

13日,《文艺报》第127期发表本报编辑部的《文学想象要找回读者的信任——本报在湖南岳阳举办"中国当代文学失去想象力了吗"论坛》、《"21世纪中国戏曲发展论坛"在西安举行》;同期发表溯石的《"赵氏孤儿"在今天的命运》。

15日,《山东社会科学》第6期发表温奉桥的《论20世纪中国文学的三次现代性转型》;郭丽的《中国现当代文学中爱情关系的演变》;张学军的《从主流叙事到女性文本》;周志雄的《移植与综合:关于新时期以来文学批评的新术语》;周怡的《再论池莉的母性意识:从〈生活秀〉到〈看麦娘〉》;邱玉敏的《论尤凤伟的小说〈中国一九五七〉》。

《文艺报》第128期发表本报编辑部的《首届海峡两岸客家文学学术研讨会召开》、《当代军旅文学研究的重要成果——〈朱向前文学理论批评选〉〈文学评说朱向前〉同时出版》。

《文艺争鸣》第6期以"新世纪文艺理论的生活论话题"为总题,发表王德胜的《视像与快感——我们时代日常生活的美学实现》,陶东风的《日常生活审美化与新文化媒介人的兴起》,金元浦的《别了,蛋糕上的酥皮——寻找当下审美性、文学性变革问题的答案》,朱国华的《中国人也在诗意地栖居吗?——略论日常生活审美化的语境条件》,魏家川的《有关身体的日常语汇的审美生活分析》,阎景娟的《从日常生活的文艺化到文化研究——论文艺学的"划界"、"扩界"与"越界"》,黄应全的《日常生活的审美化与中西不同的"美学泛化"》,陶东风等的《日常生活审美化:一个讨论——兼及当前文艺学的变革与出路》、《"生活"概念、生活转型、日常生活的文艺学(编者小识)》;同期以"牛汉诗歌创作研讨专辑"为总题,发表孙玉石的《鹰的姿态:牛汉的诗》,谢冕的《牛汉先生诗中的树、头发及骨头》,毕光明的《华南虎与半棵树——"七月派"诗人牛汉的悲怆写作》,孙晓娅的《鹰与汗血马:"自高自大"的诗人——牛汉人格诗品浅论》,王晓生的《陶罐与诗中的裂棒之声——论"汗血诗人"牛汉的诗》,屠岸、章燕的《牛汉诗歌中生命体验的潜质》;同期发表凤群的《评毕飞宇长篇小说〈玉米〉》;卢桢的《赵玫作品中的母性意识》;徐妍的《艺术批评的未卜之运——分析近年来小说艺术批评匮乏的原因》;方兢的《新英雄文学思潮的兴起与演变》;以"关于中国现代文学史分期的笔谈"为总题,发表许爱珠的《也说现代文学的起点》,孟丹青的《近代文学与现代文学异质之比较》,唐欣的《"共享艰难"中的命名》;同期发表王春瑜的《历史剧:历史的无奈》;谢冕的《善画能文,博思雄辩——读易洪斌的散文集〈凡圣之间〉》;孟繁华的《书生意气侠客梦——评易洪斌散文集〈凡圣之间〉》;程戈的《在生态伦理与社会伦理之间的价值求索——评杨廷玉的长篇小说〈危城〉》;赵德利、孟改正的《情理交融的散文追求——读邢小利散文集〈种豆南山〉》。

《文学评论》第6期发表马振方的《厚诬与粉饰不可取——说历史小说〈张居正〉》;吴秀明、陈浩的《论"后金庸"时代的武侠小说》;胡良桂的《晚清政坛上的精魂——唐浩明长篇历史小说论》;王醒、张德祥的《历史题材电视剧四题》;韩元的《历史文化的重现与反思——析新时期历史小说的文化内涵》。

《中国图书评论》第11期发表范咏戈、孟繁华等的《普通人物的心灵史——评黄国荣长篇小说〈日子三部曲〉》;彭定安的《辽宁散文世界风光旖旎》;王虹艳的《母性的天空和大地——评〈芝加哥"格格"〉》;李学武的《一代人的精神画像——品评〈八二届毕业生〉》。

《天涯》第6期发表孟悦、薛毅的《女性主义与"方法"》。

《当代文坛》第6期发表于启宏的《中国当代科幻论》;赵雪梅的《市场机制下文学生产链的变化与新的建构》;李天道的《现代诗学与人文精神重建》;李萌羽的《道德理性与当代情爱小说》;张玲丽的《沉重中的轻松——现实主义创作之一瞥》;郭怀玉的《女权桂冠下的菲勒斯中心——张洁创作论之一》;郭舫的《从传统向现代嬗变——评宋学镰的创作风格》;张琴凤的《断裂与对抗——论部分"新生代"小说》;程箐、黄敏的《空间:考察20世纪90年代中国小说的一个视角》;王海铝的《论王旭烽〈茶人三部曲〉的叙事张力》;李先国的《〈我代表人民判处你的死刑〉的叙事技巧》;刘郁琪的《知识分子:欲望的跃动与角色的回归——从〈围城〉、〈洗澡〉、〈废都〉、〈桃李〉说起》;周景雷的《坚守·逃离·突围——从〈沧浪之水〉看当代知识分子的社会选择》;李卫国的《盆地上空的飞翔——读周大新〈第二十幕〉》;孟楠的《以一种存在窥视另一种存在——有感于刘庆邦的〈城市生活〉》;庄桂成、岳凯华的《善与恶是人性中的天使和魔鬼——读李佩甫的长篇小说〈城的灯〉》;李晓华的《书写在苦难与诗意隙间的渴望——梁晓声〈贵人〉评析》;黄维敏的《在社会边缘随风飘荡——评苏童〈蛇为什么会飞〉》;朱耀龙的《在情和欲的漩涡中——评方方的中篇小说〈水随天去〉》;何坦野、邢小利的《无情时代的死与爱》;董正宇的《文化转型中的悄悄出发——关于世纪之交学者散文热的一种观察》;蔡江珍的《散文本体论研究的限制》;谷海慧的《作为文体的艺术散文——兼与平凹先生商榷》;意娜的《意西泽仁散文:守望高原深处的记忆》;俞骆波的《凝聚天地之气,张扬自然个性——周涛散文论》;马春娟的《信息临界点上的欲"炸"

还休——略论专栏作家沈宏非信息化散文的特色》;袁玉敏的《"失去平静后"的一场内战——论90年代诗歌的"知识分子写作"与"民间写作"》;冯源的《用诗意铸造高原的灵魂——牛放诗歌创作漫评》;张中宇的《传统选择呈现的当代风景——评傅天琳的女性、母爱和儿童诗歌》;李少咏的《神圣的爱情礼赞——读王猛仁诗集〈苦涩的相思〉》;彭岚嘉的《甘肃诗人群体的格局与姿态》;钟正平的《依然是黄土大地的声音——评西海固文学作品选集〈生命的重音〉》;刘芝璐的《尴尬:中国女性文学的境地》;禹建湘的《"浮出历史地表"与"被看"——对当代女性写作热潮的一种反思》;张琦的《造梦功能与游戏精神——90年代中国喜剧电影的两种定位》;金昌庆的《原型的意义——电影〈我的父亲母亲〉的文化阐释》。

《当代电影》第6期发表倪震的《家国春秋,情思不绝》;陆绍阳的《平实、素朴的"文人电影"》;俞晓的《声音也有表情》;王一川的《个人回忆与古典传统的现代建构》;黄式宪的《捕捉富于喜剧性的"生活的呼吸"——略谈〈警察有约〉"轻喜剧"样式的特色》;贾磊磊的《中国主流商业电影的"流行款式"——影片〈天地英雄〉阐释录》;张颐武的《感伤的生活想象——〈看车人的七月〉观感》;李道新的《女性意识及其艰难浮现——影片〈跆拳道〉的文化阐释》;朱晶的《延安往事的诗意复现——从〈毛泽东与斯诺〉到〈走向太阳〉》;边国立的《"惊涛骇浪"塑忠魂——影片〈惊涛骇浪〉观赏价值二题》。

《江汉论坛》第11期发表易竹贤、李莉的《小城镇题材与中国现代小说》;喻继红的《凡俗人生的深切关怀——论池莉小说的世俗化特征》;黄晓娟的《文化的自觉与交流——论萧红创作与外国文化的交流》。

《齐鲁学刊》第6期发表高秀芹的《张爱玲、王安忆叙述中的经济话题》;蔡世连的《关于建国后27年文学现代性的思考》。

《社会科学研究》第6期发表涂鸿的《当代西南地区少数民族诗歌语言中的现代意象》。

《社会科学辑刊》第6期发表董馨的《文学性:文化社会的意识形态特征》;张荣翼的《文学传播中的当代问题》。

《求是学刊》第6期发表李庆本的《汉语语境中的审美现代性问题》;管宁的《90年代的叙事转型与新世纪的文化转向》。

《学习与探索》第6期发表陈国恩的《知青小说:浪漫主义思潮的回归与泛化》。

《学术论坛》第6期发表黄晓娟的《论20世纪中国女性文学中的人文关怀》；李巧宁的《女知青与农民婚姻的历史考察》。

《南方文坛》第6期发表张柠的《镜像中的西方与中国》；朱大可的《西方想象运动中的身份书写》；李杨的《为什么关注文学史——从〈问题与方法〉谈当代"文学史转向"》；蔡毅的《注重文学的超越性》；北方的《沉甸甸的是生活，更是才华——读〈扎根〉》；洪清波的《态度决定一切》；周冰心的《想象力缺失：中国当代文学面临的窘境——论当下中国文学的虚构危机》；陈祖君的《南方的声音——90年代两广诗人论》；李青果的《寻找一种新的命名方式——当下诗歌的大众文化特征初探》；何镇邦的《〈张居正〉与历史小说创作》；刘怀玉的《去遥远的"地方"体验"最近处"的人文》；汤晨光的《士人精神的时代性陷落——论阎真〈沧浪之水〉》；路迪的《以什么名义对渎世者进行惩罚——读伍稻洋的长篇新作〈绝对不说受不了〉》；文波的《2003文坛热点（之二）》。

《短篇小说选刊版》第11期发表陈思和的《最时髦的富有是空空荡荡——严歌苓短篇小说艺术初探》；李遇春、陈忠实的《走向生命体验的艺术探索》。

《福建论坛》第6期发表管宁的《消费社会中学术视阈的转换与拓展——近年文化研究述评》；刘新华的《论文学情感演变的基本规律》。

16日，《中国人民大学学报》第6期发表刁克利的《诗性的拯救与诗人的弱小——一个关于现代诗人的悖论》；阎润鱼的《比较视野下的新启蒙运动》。

17日，《作品与争鸣》第11期发表何小康的《为余华小说辩诬》。

18日，《文艺报》第129期发表本报讯《〈赵树理〉剧本研讨会在北京召开》；同期发表贺绍俊的《彻底的内心独白——读〈左岸之爱〉》；刘松来的《永恒的精神守望——亦谈消费社会的文学走向》（关于"消费社会的文学走向"的讨论）；姜异新的《启蒙作为一种思维方式》。

《中国戏剧》第11期发表萧媜鹿的《心底之言——关于"当代戏剧之命运"的诉说》；李应该的《关于戏剧命运之外的命运》；黄海碧的《出浴的〈穆桂英〉——一次打破历史文化局限的表达》；周峥嵘的《他在解读"人"——品析陈健秋后期剧作》。

19日，《光明日报》发表王春瑜的《历史剧：历史的无奈》。

20日，《人民日报》发表梁平的《经验和精神的重逢》。

《小说评论》第6期发表李建军的《小说病象观察之十二——卢伯克的标

杆》;王彬彬的《"姑妄言之"之五——比喻砌成的〈围城〉——钱钟书对比喻的研究与运用》;邵建的《文坛内外之三十一——胡适与鲁迅:与"骂"有关》;以"贾平凹专辑"为总题,发表於可训的《主持人的话》,贾平凹的《我心目中的小说——贾平凹自述》,李遇春、贾平凹的《传统暗影中的现代灵魂——贾平凹访谈录》,李遇春的《拒绝平庸的精神漫游——贾平凹小说的叙述范式的嬗变》;同期发表陈骏涛的《徐坤:在变化中求开拓》;王红旗的《对知识女性精神再生的探寻——徐坤访谈》;敬文东的《历史以及历史的花腔化——论李洱的〈花腔〉》;秦朝晖的《古道上灵与肉的忧思——杜光辉长篇小说〈西部车帮〉解读》;杨锋的《诗情的凝聚,思想的升华——曹文轩小说象征艺术初探》;王莹的《无色眼镜观照下的他者世界——戴来小说二题》;王醒的《叛逆女性的向死而问——方方近作中的女性形象矩阵分析》;顾凡的《心灵的诘问——读须一瓜小说近作》;王文的《水样女人——读长篇小说〈仓皇女人一滩水〉(第一部)》;徐巍的《寻找小说与影视的契合点——刘恒小说的电影化想象》;杨光祖的《高扬人性的艺术探索——论马步升近期小说》;钱明辉的《品味人生——韩天航小说创作论》;郎伟的《发现一个新的世界——读查舜〈拯救羞涩〉》。

《文艺报》第130期发表王昕的《"戏说剧"的戏仿策略与荒诞现实主义风格》;陈敏的《中国戏剧理论继往开来——谭霈生戏剧理论研讨会综述》;王杨的《对英雄主义的另一种解释——评话剧〈爱尔纳·突击〉》;任晶晶的《进入新世纪,戏曲的路该怎么走》;吕政轩的《反腐作品正面人物形象塑造的再思考》。

《求索》第6期发表毛正天的《精神分析学与20世纪中国性爱文学的心理内视取向》;何卫青的《关于儿童的几个当代小说命题》;郭建利的《文章抒情范式及技法初探》。

《东方文化》第6期发表林世宾的《被平庸情感裹挟着的诗歌写作》;朱鸿召的《人事档案的由来》;李辉的《在民间档案中追寻历史》。

《学术研究》第11期发表章辉的《20世纪五六十年代美学讨论之历史反思》;李凤亮的《金岱写作的现代性立场》。

《河北学刊》第6期发表童庆炳的《毛泽东的美学思想新论》;迟维维的《"第六代"电影的后现代性解读》。

《南开学报(哲学社会科学版)》第6期发表程金城、冯欣的《"人类性"要素与20世纪中国文学的价值定位》;程光炜的《〈林海雪原〉的现代传奇与写真》;王一川的《乡愁如流水——〈看麦娘〉与市民情调》。

21日,《文艺研究》第6期发表杨莉馨的《女性主义诗学在中国:双重落差与文化学分析》;贺桂梅的《当代女性文学批评的三种资源》;王绯的《女性批评:从哪里来,到哪里去》;吴秀明、尹凡的《"故事新编"模式历史小说在当下的复活与发展》;薛若琳的《历史剧的意涵与构建》;宋宝珍的《遭遇审美现代性:文化选择与精神契合》;邹红的《当代话剧观众构成及对话剧发展的影响》。

21—24日,由中国世界华文文学学会主办、暨南大学承办的"第二届世界华文文学机构负责人联席会议"在广州召开,中心议题为:"全球化语境之下新世纪华文文学创作、研究、教学的新路向"、"关于海内外华文文学各个机构之间的互动问题的思考"、"本单位近、远期华文文学创作、研究、教学、出版的设想"。

22日,《文艺报》第131期以"坚持'三贴近'创作好长篇——笔谈近年长篇小说的发展态势"为总题,发表阎晶明的《期待完美》,朱向前的《需要诗意的升华和美的光照》,梁鸿鹰的《个人创造与公众期待》,杨扬的《长篇创作不可过于匆忙》,李星的《文体意识与本土意识的增长》,马步升的《双重尺度夹峙下的长篇小说评价》,张德祥的《少一些缺陷 多一些创新》,张未民的《长篇要体现出作家的分量》,木弓的《别让市场之狗追着跑》。

《新文学史料》第4期发表黎之的《关于首次发表毛泽东致周扬的信》;鲁煤的《我和胡风:恩怨实录——献给恩师益友胡风百年诞辰(五)》;孙玉明的《〈红楼梦〉研究大批判运动前后》。

23日,《天津社会科学》第6期发表陆扬、路瑜的《大众文化研究在中国》。

《文汇报》发表孙惠芬的《在"离去"和"道别"之间——对近期有关上海的作品及评论的思考》;谢有顺的《死的历史,活的追问——评〈夜行人独语——刘长春散文〉》;贾磊磊的《莫让"非常美"变成"非常罪"——中国武侠电视剧的暴力美学及其"文化原罪"》。

24日,《文艺理论与批评》第6期发表冯宪光的《毛泽东与人民美学》;郑伯农的《〈毛泽东文艺思想与中国现当代著名文艺家〉序》;刘文斌的《关于毛泽东的革命功利主义文艺观》;叶舒宪的《文化寻根的学术意义与思想意义》;何吉贤的《世纪末小剧场实践与中国思想界的分化》;郑闯琦的《中国现代思想传统中的〈北方的河〉》;郭锦华的《知青文学走向——〈中国知青部落〉三部曲创作批评综述》;杨劼的《旧形式与"延安体"》;龚举善的《转型期中国报告文学的文化理路》;许丹成的《从〈小姐你早〉看性别意识》。

《文史哲》第 6 期发表张志忠的《青春、历史与诗意的追寻和质询——王蒙与米兰·昆德拉比较研究》。

25 日,《文艺报》第 132 期以"'历史文学创作与民族精神建设'研讨会摘要"为总题,发表王巨才的《历史题材文学创作要正确反映历史发展趋势和社会前进方向》,郑峰的《"小人物"是中华民族精神之源》,顾骧的《历史文学创作二题》,包明德的《欲知大道　必先为史》,何镇邦的《关于历史真实的思考》,马振方的《历史小说的现代性与唯物史观》;同期发表宋立民的《边缘化之后的双向度选择——也谈消费社会的文学走向兼与傅修延、赖大仁先生商榷》(关于"消费社会的文学走向"的讨论)。

《文艺理论研究》第 6 期发表李欧梵、季进的《现代性的中国面孔》;欧阳友权的《问题·选择·建设:当代文论话语的三维空间》。

《东岳论丛》第 6 期发表李新的《相同的上海世俗,不同的精神向度——张爱玲、王安忆上海小说主题比较》;凌晨光的《作为叙事虚构作品的小说的特性》。

《甘肃社会科学》第 6 期发表支克坚的《冯雪峰文艺理论的背景和内在矛盾》;张大伟的《胡风文艺思想研究述评》;张文红的《与文学同行:从文学叙事到影视叙事》;张进的《论福柯解构史学对新历史主义的影响》。

《当代作家评论》第 6 期发表铁凝的《"关系"一词在小说中》;铁凝、王尧的《文学应当有捍卫人类精神健康和内心真正高贵的能力》;谢有顺的《铁凝小说的叙事伦理》;贺绍俊的《铁凝:快乐地游走在"集体写作"之外》;王尧、林建法的《对话与阐释——序文两篇》;王兆胜的《困惑与迷失——论当前中国散文的文化选择》;李晓虹的《平庸:当前散文创作中的问题》;雷启立的《身份、市场及其他——从上海房地产广告看消费意识形态的建构》;郑国庆的《安妮宝贝、"小资"文化与文学场域的变化》;刘明的《"规避"的辉煌和遗憾——汪曾祺创作论》;刘一秀、方维保的《男性的哲学:欲望故事与诚挚悲悯——评叶兆言的长篇小说〈我们的心多么顽固〉》;刘恩波的《进入到恒温层的写作——津子围作品印象点滴》;张学昕的《现实的"还原"和历史的"重构"——评于晓威的小说创作》;周立民的《沿着习惯舒服下滑——从周建新的创作到"好看"的小说》;冯敏的《社会转型期的命运承担——李铁小说随感》;陈晓明的《卓然不群的"大散文"——评刘长春的散文写作》;费振钟的《坐看江南:要经验,更要记忆》;吴俊的《始于司马迁——财经散文之联想》;杨扬的《山水间的寄托——读柯平的散文》;周维强的《南方的河——柯平文化散文阅读札记》;王宏图的《后"文革"年代的欲望复苏》。

《社会科学战线》第6期发表刘忠的《90年代以来文学的生存状态》;何青志的《十七年东北文学论》;王岳川的《全球化与新世纪中国文化身份》;傅腾宵、陈定家的《关于全球化与文化认同危机》。

《语文学刊》第6期发表李岩的《艾青诗歌的独特意象与主题探析》;孔祥丽、何颖的《俊才灵逸,篇体光华——试论〈新文坛全传〉的人物和语言》;张丽君的《昂扬着战斗的激情书写现实人生——浅谈胡风文艺思想中的真实性原则》;姚雅锐的《"新农村情结"——周立波小说创作心理的最大动因》;樊文春的《鸭蛋上的权欲舞台,温床里的悲剧命运——简评〈鸭趣〉》;曹存有的《试析〈奔跑的火光〉的悲剧成因》;陈永春的《有意味的叙事——论余华小说叙事方式》;李敏霞的《解读毕淑敏作品中的尊严理念》。

《浙江学刊》第6期以"当代文学史写作模式"为总题,发表赵卫东的《"开放式":文学史写作的一种新模式》,赵天才的《当代文学修史:从观念的演变到体例的开放》,姚晓雷的《开放式当代文学史写作的当下语境及限度》;同期发表管宁的《传媒视野中的当代大众文学》。

26日,《光明日报》发表李师东的《触摸城市的情感内心——中篇小说〈起风了〉读后》;张学昕的《漂泊灵魂的精神拯救——读老虎长篇小说〈漂泊的屋顶〉》。

26—28日,中国世界华文文学学会、江苏省社科联等主办的"世界华文文学教学研讨会"在徐州召开,中心议题为"高等院校如何开展世界华文文学课程教学,进一步促进学科建设"。

27日,《文艺报》第133期发表高龙民的《对当代戏剧的文化追问》。

《文学自由谈》第6期发表董健的《论剑华山一条路》;黄桂元的《"全集"的泛滥与尴尬》;伊健烨的《境界殊异的两部回忆录》;金文明的《从两封来信看余秋雨对待批评的态度》;赵牧的《术语的狂欢》;彦火的《匪夷所思的往事》;王科的《张春桥挨打及其他》;路侃的《黄国荣的小说世界》;郭之瑗《张昆华:漂泊在文学的家园》。

28日,《中国文化研究》第4期发表刘俐俐的《知识分子身份认同与艺术描写的空间》;雷世文的《中国当代小说的历史哲学建构——评路文彬的〈历史想象的现实诉求:中国当代小说历史观的承传与变革〉》。

《兰州大学学报(社会科学版)》第6期发表唐欣的《略论中间代及中间代诗人》;王荣的《论朱湘的现代叙事诗创作》。

《西南民族大学学报(人文社科版)》第11期发表高卫华的《台湾女性散文的审美价值》。

《湖南大学学报(社会科学版)》第6期发表田中阳、杨荣的《依附—自主:人格的艰难涅槃——对20世纪中国市民文学一个侧面的剖示》;吴晖湘的《20世纪家族小说叙述方式的转换——以〈狂人日记〉〈激流〉〈财主底儿女们〉〈白鹿原〉为个案》。

29日,《文艺报》第134期发表本报讯《"中国诗歌走向"研讨会在沙家浜举行》;同期发表刘起林的《审美境界与叙述形态》;牛学智的《"结果"和"要义":干一下——读贾平凹〈猎人〉有感》;以"作家巴一的《淮北往事》"为总题发表吴秉杰的《当物质与精神失去平衡》,阎晶明的《心情与风情的叙述》,杨老黑的《心灵的诉说》。

30日,《高等学校文科学术文摘》第6期发表高玉的《中国现代文学史"新文学"本位观批判》。

本月,《文艺评论》第6期发表张园的《20世纪中国文学现代性反思》;陈阳的《当下社会语境和国产电视剧》;邵明的《当代中国大众文化叙事中的主体性建构》;时国炎的《论刘亮程散文创作中的二重文化心理》;王兆胜的《谈北国素素的散文创作》;付军龙的《"歌唱生命的痛苦"——海子诗歌的精神世界》;赵小琪的《金钱与性影响下的文化景观——对九丹〈乌鸦〉的文化学阐释》;陈辽的《文学评论家中的"这个"——读〈苦丁斋思絮〉》;吕家乡的《探寻诗的精灵,守护当代诗坛——读吴思敬的〈诗学沉思录〉》;庞壮国的《不敢论,敢闲说话》;林秀琴的《通俗文学》;王光明的《"现代主义"与"新古典"的互补——论台湾20世纪50~70年代的现代诗》。

《剧本》第11期发表李勇的《关注戏剧界的"三驾马车"——姚远、蒋晓勤、邓海南联手创作现象谈》;段华的《平庸的伟岸,炽烈的冷嘲——论都市风情剧〈老骆轶事〉的思想价值与审美取向》;顾学军的《一首充满浪漫与沉重的诗篇——评秦川的话剧小品〈生命的留言〉》。

《电影新作》第6期发表乌兰塔娜等的《爱的呼唤 爱的回报——关于〈暖春〉的创作》;桂阳的《〈暖春〉的得与失》。

《艺术百家》第 4 期发表金恩渠的《也谈戏剧的创新》。

《中国电视》第 11 期发表王伟国的《电视剧〈江山〉的叙事话语研究点滴(下篇)》;高金生、高路的《浅析长篇电视连续剧的结构方法》。

《雨花》第 11 期发表南帆的《没有方向的暴烈》。

《读书》第 11 期发表南帆的《小说和历史的紧张》;傅谨的《生活在别处》;温儒敏的《当代文学思潮中的"别、车、杜现象"》。

本月,安徽大学出版社出版唐先田主编的《潘军小说论》。

河南人民出版社出版杨守森等著的《昨夜星辰昨夜风:中国当代著名作家的精神旅途》。

宁夏人民出版社出版宁夏回族自治区党委宣传部编的《宁夏长篇小说评论集》。

山东教育出版社出版李扬的《50～70 年代中国文学经典再解读》。

陕西人民教育出版社出版谭桂林的《转型与整合:现代中国小说精神现象史》;于青、王芳的《黑夜的潜流:女性文学新论》。

苏州大学出版社出版韩少功、王尧的《韩少功王尧对话录》。

长征出版社出版吴然的《吴然军旅文艺评论集》。

中国工人出版社出版胡秦葆的《超越梦想》。

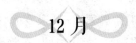

12 月

1 日,《名作欣赏》第 12 期发表吴小美等的《对历史回声的沉思、质疑和祭奠——评从维熙的〈死亡游戏〉兼及〈大墙下的红玉兰〉》;刘蜀贝的《东西方男子汉的文化意蕴——李锐〈好汉〉和海明威〈老人与海〉的文本比较》;石立干的《旨在塑造更美丽的灵魂——〈陈奂生上城〉主题新探》;姜异新的《〈金锁记〉中的阴影原型》。

《当代电视》第 12 期发表冯道东的《诗意的叙述——张绍林现实题材电视剧

创作风格评析》;曹霁的《红尘中的至爱与诗意——赵葆华影视文学作品印象》。

《光明日报》发表本报记者李韵的《当今文艺评论缺点什么》。

《诗刊》12月号上半月刊发表张大为的《野曼访谈录》;专栏"热点话题讨论:我观今日诗坛"发表曹丙燕的《口语写作的内在悖谬》,杨志学、郑笑平的《从传播学角度看诗歌》,郭光豹的《"红牡丹"与"番茉莉"》;同期发表牛庆国的《我的经历,我的诗歌》。

《解放军文艺》第12期发表丁临一的《"战争目光"的意义与启示——评长篇小说〈战争目光〉》;侯健飞的《站在鹰的翅膀上——从长篇小说〈惊蛰〉的几点认识谈起》;马正建的《人格的阳光照亮了历史的天空——评长篇小说〈历史的天空〉》。

2日,《小说选刊》第12期发表严歌苓的《犬之初,人之初》;王素蓉的《谁能弹奏一曲东风破》。

《文艺报》第135期发表本报记者江湖的《高扬起大自然文学的旗帜》;本报讯《屠岸诗歌创作与翻译研讨会召开》;同期发表陈超的《文学的想像力与可信感》("中国当代文学失去想像力了吗"讨论);徐兆淮的《董立勃的边地风情小说》;傅德岷的《破解"世界级"难题的壮歌——评王治安长篇报告文学〈三峡移民〉》;杨挺贵的《陈永林的小小说》;朱丹林的《感悟〈楚庄纪事〉》;李庆本的《对世纪末中国文学的人文关怀——评阎纯德〈世纪末的中国文学论稿〉》。

3日,《中国青年报》发表张颐武的《在两个时代之间穿行》;陈晓明的《在人性深处接近文学——评〈轻轻的,我走了〉》。

4日,《文艺报》第136期发表蔡体良的《千古悲音 沈园长留——评越剧〈陆游与唐琬〉》。

6日,《文艺报》第137期发表刘中顼的《充满活力的城市文学》。

《台港文学选刊》第12期发表陈仲义的《漂流瓶里的翅翼——郑单衣论》;祖慰的《神聊林湄的散文》。

9日,《文艺报》第138期发表肖百容的《近年来的农村题材小说:"隔"与回避》;王晖、南平的《报告文学:一篇虚构的"讣闻"——就教于李敬泽先生等》;张学昕的《回望现代诗潮——评〈中国现代主义诗歌史论〉》。

10日,《中外军事影视》第12期发表高赛的《"灾难片旅程模式"初探——浅析八一厂故事片〈惊心动魄〉》;张新武的《温暖的心跳——电影〈惊心动魄〉观后》;张东的《百年梦回,情凝瞬间——评电视连续剧〈归途如虹〉》;徐琼的《由高大山的婚恋悲剧看〈军歌嘹亮〉人物造型的伦理化倾向》;张志远的《从"高大山"的年龄说起——我看〈军歌嘹亮〉的不足》。

《中国青年报》发表叶立文的《莫让创作变成戏说历史的游戏》。

《电影文学》第12期发表吕冰怡的《悲壮的复仇,凄婉的爱情——赏〈紫蝴蝶〉》;苏涛的《从历史的语境看第一代影人的思想及创作》;朱晶的《面对人生危难:怯懦与勇气——〈都市女警官〉观后》。

《光明日报》发表何镇邦的《跳动着时代的脉搏——读文岚的长篇小说处女作〈红舞鞋〉》。

11日,《中华文学选刊》第11期发表雷达等的《一部"新新中国"的小说——在京著名评论家评茜茜长篇小说〈左岸之爱〉》;王干等的《文学与经典》。

13日,《文艺报》第140期发表周保欣的《现实性不足的当下文学》;傅汝新的《散文的真实与虚构》。

15日,《中国图书评论》第12期发表舒晋瑜的《行吟的慢板——访著名作家徐城北》;傅书华的《个体生命日常存在的诗情——读随笔集〈女人的船和岸〉》;涂明求的《大自然的新鲜歌者——读谭旭东诗集〈母亲与孩子的歌〉》。

《当代外国文学》第4期发表程抱一的《程抱一在法兰西科学院的就位演说》。

《山东劳动保障》第11期发表王莹的《二十世纪华文文学回眸》。

《当代文学研究资料与信息》第6期发表古远清的《九十年代的台湾文学制度》。

《湖北广播电视大学学报》第4期发表古远清的《台湾女性作家80年代以来创作综述》。

《江汉论坛》第12期发表张仲良的《胡风启蒙主义文艺观浅析》;张岚的《无法返回的"寂寞的国"——萧红生命经验与小说叙述的对应阅读》;於可训的《一部书的命运和阐释的历史——重读〈太阳照在桑干河上〉》;罗俊华的《中国当代煤炭诗潮的形成》。

《短篇小说选刊版》第12期发表何向阳的《短篇的田野》。

16日,《人民日报》发表曾方荣的《追求诗歌的内在精神》。

《文艺报》第141期发表本报讯《西藏研讨民族特色长篇小说》;同期发表张

中宇的《诗歌失去理想将剩下什么》;敖忠的《正确认识现阶段文学中的几种关系》。

17日,《作品与争鸣》第12期发表谢志伟的《对学术批评不妨多点宽容》;楚天的《新潮评论家也会进步》。

18日,《中国戏剧》第12期发表谭需生的《生机与自救》;刘景亮的《戏曲进入新的文化环境后的对策》;颜榴的《从两出〈赵氏孤儿〉说开去》;杨伟民的《国话版〈赵氏孤儿〉寻求新语境》;解玺璋的《历史的紧张与历史的超越——谈两版〈赵氏孤儿〉的不同文化指向》;侯耀忠的《一种对历史的诗意表达——海峡两岸联袂演出的新编历史剧〈曹公外传〉》;刘彦君的《选择与切换——川剧〈金子〉的独特视角》;王志军的《戏曲与电视文化资源的互为》。

19日,《文汇报》发表王蒙、王山的《历史·人·欲望与文学——王蒙父子说〈青狐〉》。

20日,《文艺报》第143期发表周良沛的《薪与火:新诗与传统》。

《文学报》第1462期以"'批评呼唤浩然正气'讨论之一"为总题,发表郜元宝的《批评不能滥用权威》,张闳的《"帮闲化"的批评家》。

《华文文学》第6期发表邓全明的《通向民间的路——论金庸小说创作和金庸研究》;邵明的《后现代性复调话语营造的诗学狂欢——金庸小说论》;郑劭清的《追寻与失落:余光中文化身份的困境——香港时期散文创作特质考察》;饶芃子的《在"第二届海内外华文文学机构负责人联席(扩大)会议"上的致辞》;蒙星宇的《第二届海内外华文文学机构负责人联席(扩大)会议综述》;朱崇科的《在开阔视野与"宏大叙事"之间——评〈古远清自选集〉》;公仲的《"万里长城"与"马其诺防线"之间的突围——欧洲华文文学新态势》。

《学术研究》第12期发表刘洪一的《文化诗学的理念与追求》。

21日,《新疆大学学报(社会科学版)》第4期发表胡勇的《美国华裔文学研究综述》。

23日,《文艺报》第144期以"长篇历史小说《张居正》四人谈"为总题,发表谢家旺的《张居正:熊召政笔下的"这一个"》,曾镇南的《封建社会改革政治家的典型形象》,白烨的《历史题材写作的大手笔》,於可训的《权力怪圈中的改革悲剧》;同期发表童庆炳的《远大的理想、革命功利主义:第一位的文学价值——毛泽东文艺思想的价值取向》。

24日,《文汇报》发表陈村的《2003年的网络写作》。

《光明日报》发表仲呈祥的《〈延安颂〉的标志性意义》。

25日,《文艺报》第145期发表本报讯《"两岸现代诗学学术研讨会"在台北举行》。

《文学报》第1464期发表李建军的《文学批评堕落时代的批评立场》;雷达、杨扬的《对长篇小说创作的若干思考》;吴秉杰的《长篇小说的形式与形式意味——从〈花腔〉说起》。

《河北大学学报(哲学社会科学版)》第4期发表张一玮的《当代散文批评:以话语分析的方式》。

《世界华文文学论坛》第4期发表陈映真的《写在〈台独派的台湾文学论批判〉之前》;陈辽的《椰风蕉雨中的母国情怀——谈菲华诗歌中的乡愁恋国之作》;卢红敏的《永不坠落的昨夜星辰:论林泠的诗作》;白舒荣的《"第二届世界华文文学优秀散文盘房奖"评选揭晓》;王骏的《从〈石室之死亡〉到〈漂木〉——洛夫诗歌艺术特色比较分析》;曹明的《浮想联翩,神奇瑰丽:读张诗剑长诗〈香妃梦回〉》;李仕芬的《男性叙述下的女性传奇——读严歌苓〈倒淌河〉》;樊洛平的《谢霜天:拥抱乡土的客家情怀》;凌逾的《女性主义建构与殖民都市百年史:论施叔青的长篇小说〈香港三部曲〉》;戴红军的《简论黄碧云小说的悲剧意识》;王剑丛的《透视王敬羲的话语世界》;敦玉林的《略论蔡智恒网络小说的幽默风格》;侯章龙的《终让沙漠成绿洲——评李冰的〈沙漠人手记〉》;徐素萍的《浅论〈悲剧的悲剧〉的抒情性》;庄伟杰的《崛起于边缘的跨文化风景——澳洲华文文学如是观》;钦鸿的《海峡彼岸的一股"野风"——记南通籍台湾作家师范》;陈辉的《生活处处皆是诗——读〈一片冰心〉有感》;王炳根的《唯美主义的追求者——侧记蔡丽双和"玉雕冰心"的诞生》;刘登翰的《序朱立立〈台湾知识人的精神私史〉》;何笑梅的《研究两岸文学与文化关系的力作:评朱双一新著〈闽台文学的文化亲缘〉》;张典的《美国华裔文学研究的新视角——评胡勇的专著〈文化的乡愁——美国华裔文学的文化认同〉》;王雪的《全面的观照 敏锐的洞察:读彭耀春的〈台湾当代戏剧论〉》。

《清明》第6期发表叶延滨的《诗人的发现——读诗札记》。

27日,《文艺报》第146期发表李国春的《作家的矛盾与批评的缺位》。

28日,《西南民族大学学报(人文社科版)》第12期发表罗义华的《在传统与反传统之间游走与抉择：试论白先勇的审美心灵图式》。

30日，《文艺报》第147期发表黄东成的《乡土诗与民族化》；王瑞华的《从边缘走向中心——读王润华的〈华文后殖民文学〉》。

《同济大学学报（社会科学版）》第6期发表钱虹的《用生命浇灌梦中的"橄榄树"——台湾女作家三毛的创作历程及其作品的阅读接受》。

《戏剧》第4期发表曹树钧的《论戏剧场面的开掘》；邹元江的《戏剧本体论承诺的限度——读谭霈生〈戏剧本体论纲〉断想》；马相武的《关于谭霈生戏剧理论的定位》；周宁、何颖的《动作与戏剧性：谭霈生戏剧本体理论的基石》；冯璐的《浅析戏曲与话剧的相互借鉴——读谭霈生〈戏剧本体论纲〉的一点启示》；王晓凡的《中国学校演剧的回顾、现状及前瞻》。

《殷都学刊》第4期发表周艳丽的《用悲天悯人的襟怀　察中国妇女之苦痛——浅析台湾女作家林海音小说主题的意蕴》。

31日，《文汇报》发表余光中的《炼石补天蔚晚霞：谈诗歌、散文创作和评论的写作》。

本月，《中国文学研究》第4期发表胡良桂的《从传统文化看几部当代湖南长篇小说》；颜琳的《沉入常态叙述与呈现诗性情怀——论九十年代中后期王安忆小说叙事策略》；杨虹的《当代历史小说中商人精神的诗性张扬》；杨经建、唐孕莲的《离弃佳境，陷入庸常——致周梅森》；魏颖的《"嫦娥奔月"神话在陈染女性书写中的当代变形》；赵树勤的《性别，主题研究的新维度》。

《中国电视》第12期发表郑书梅的《山花烂漫会有时——论当前现实题材电视剧创作困境的突破》。

《北京电影学院学报》第6期发表陈晓云、李娴的《革命历史·阅读记忆·影像表达——对革命历史题材电影创作的一种阐释》；张时民、郑汉民的《媒体·叙事·本体：电影、小说文本比较论》。

《雨花》第12期发表陈超的《别把"另类写作"当回事》。

《剧本》第12期发表温大勇的《关于喜剧创作的一次对话——访四幕喜剧〈让你离不成〉编导、导演王宝社》；沈祖安的《新越剧、新尝试、新收获——评吕建华剧作青春越剧〈第一次的亲密接触〉》；吕建华的《论人民戏剧家顾锡东——在著名剧作家顾锡东同志创作研讨会上的发言》。

本月，广西师范大学出版社出版许俊雅的《有音符的树：台湾文学面面观》。

北京大学出版社出版程爱民主编的《美国华裔文学研究》。

广东人民出版社出版秦牧创作研究会编的《拾贝者的足音：秦牧作品评论集》。

人民文学出版社出版陈思和的《不可一世论文学》。

山东大学出版社出版卜召林主编的《中国现代新文学批评研究》。

山东教育出版社出版贺桂梅的《转折的时代：40~50年代作家研究》。

苏州大学出版社出版张炜、王光东的《张炜王光东对话录》。

太白文艺出版社出版陈占彪、冯肖华的《二十世纪中国现实主义小说论纲》。

中国文联出版社出版柯汉琳、刘晟的《文学与时代主旋律》。

中国文联出版社出版张振金的《黄锦奎著作评论集》。

2004年

2004年

1 月

1 日，《文艺报》第 1 期发表张向东的《"文学现代性"讨论再掀热潮》；饶曙光的《2003：中国电影新的十字路口》；傅汝新的《2004，与作家面对面》。

《文学报》第 1466 期以"2003 文坛：关注现实　融入时代——部分文学刊物主编就小说诗歌散文报告文学创作态势畅所欲言"为总题，发表李敬泽的《写实与超越写实》，贺绍俊的《精神内涵加重》，王干的《"新写实"重现文坛》，贾兴安的《呼唤"现在进行时"》，王剑冰的《大散文滑坡　精短篇叫好》，李炳银的《积极回应重大事件》，傅溪鹏的《以理性目光穿透生活》，张新颖的《与生活相呼应——回望 2003 年短篇小说》。

《名作欣赏》第 1 期发表何希凡的《凝眸乡土诗意与都市文明的心灵变奏——从〈梅妞放羊〉等三篇小说透视刘庆邦的生命关怀和心路历程》；柯贵文的《少女母性生长史的诗化书写——读刘庆邦的〈梅妞放羊〉》；姚洋音的《同化与异化中的人与自然——读刘庆邦的〈梅妞放羊〉》；万秀凤的《"婚外恋"的另一种叙述——读戴来的短篇小说〈亮了一下〉》；魏家骏的《日常生活中的假面舞会——〈亮了一下〉解读》；傅金祥的《上帝退场，福耶，祸耶？——戴来〈亮了一下〉的社会学解读》；何平的《亮了一下　然后黯淡——戴来〈亮了一下〉札记》；柯贵文的《婚恋题材的新拓展——读戴来小说〈亮了一下〉》；徐彦利的《消极的饥渴　日常的恐怖——读戴来的〈亮了一下〉》；曹民光的《美的毁灭：一出几乎无事的悲剧——读莫言的短篇小说〈冰雪美人〉》；张秀琴的《冷漠，虐杀了冰雪美人——〈冰雪美人〉赏析》；曹民光的《永远的伤痛　动人的篇章——读孙惠芬〈歇马山庄的两个女人〉》；王咏梅的《心灵的剖析与人性的挖掘——读〈歇马山庄的两个女人〉》；曹民光的《颠倒的世界　荒谬的存在——莫言〈倒立〉解读》；吴毓生的《家园的守望——读王祥夫的短篇小说〈上边〉》；曹民光的《淡淡笔墨　浓浓亲情——读王祥夫的短篇小说〈上边〉》；罗飞雁的《集体主义文化下的英雄悲歌——也谈〈青衣〉兼与宗元先生商榷》；郭成杰的《我就是嫦娥——执著的追求就是执著的异化——从生命异化的角度解读毕飞宇小说〈青衣〉的人物形象》。

《作家》杂志第 1 期发表李锐、王尧的《生命的歌哭》。

《诗刊》1月号上半月刊发表韩作荣的《语言与诗的生成》;蓝野的《共赴精神盛宴——第十九届青春诗会散记》;王光明、林莽等的《开放的阅读空间(一)》。

《钟山》第1期发表韩少功、王尧的《语言:展开工具性与文化性的双翼》;汪政的《困境中的求索》。

《阅读与写作》第1期发表古远清的《致力于中西方文化沟通的林语堂》。

2日,《小说选刊》第1期发表韩少功的《个性》。

《中国女性》第1期发表周晓红的《与严歌苓用灵魂对话》。

《新剧本》第1期发表郑怀兴的《〈雪泥鸿迹话编剧〉之四:创作手法》。

3日,《人民文学》第1期发表鬼子、黄伟林等的《回到文学基本问题——第二届青年作家批评家论坛》。

《文艺报》第2期发表孟繁华的《2003:北京的文学星空》("当代青年批评家实力展");程光炜的《跨世纪的文学想象》;穆陶的《历史文学"人性化"之我见》。

5日,《山东社会科学》第1期发表朱兰芝的《评我国当代文学艺术史上的"写本质"论思潮》。

《电影艺术》第1期发表吴菁的《比较的视野:爱情片模式在电视电影中的翻版与变奏》;凌燕的《主流电视电影的样本——〈马世清离婚〉》;张同道的《真实:支点还是陷阱?——纪录片的真实观念》。

《花城》第1期发表王干、周瑾的《不能解释的生活》;谢有顺的《消费社会的叙事处境》。

6日,《人民日报》发表张德祥的《繁华满眼看荧屏——2003年电视剧概览》;梁秀亭的《思想性:影视剧飞翔的羽翼》;陈忠实的《沉浸在儿童的心灵世界——〈21世纪校园抒情诗〉序》;李华珍的《贴近生活的乡村叙事——长篇小说〈蟹之谣〉读后》;绍俊的《小说中的视觉思维——读长篇小说〈红舞鞋〉》。

《文艺报》第3期以"解读历史文化散文《谁与历史同行》"为总题,发表陈建功的《不炫耀卖弄历史的作家》,李国文的《不光与历史同行也与时代同行》,孟繁华的《我读到的是惊叹号》,谢冕的《在历史碎片中淘取历史遗产》,阎纲的《期望与不朽的灵魂同行》,雷颐的《抵抗历史消费主义》,雷达的《不能因为文章的力度改动历史》,白烨的《触摸有温度的历史》,贺绍俊的《一个士对社会存在的责任》,李敬泽的《对历史应该抱一种温情和正义》,丁东的《官员散文的优势》。

《台港文学选刊》第1期发表马一川的《"海峡诗会暨余光中原乡行"活动为

对台交流"增光"》;陈雅谦的《"东南亚华文文学与闽南文化"学术研讨会在闽召开》。

8日,《文艺报》第4期发表本报讯《黑龙江研讨葛均义作品》;同期发表刘平的《2003年话剧舞台扫描》;魏明伦的《当代戏剧之命运》。

《文学报》第1468期发表罗四鸰的《当代文学缺乏对精神本根的追问?》、《阎连科:创造精神的真实》;王晓明的《同情的批评》。

《光明日报》发表张伯海的《文学期刊当自强》。

10日,《文艺报》第5期发表刘忠阳的《当前文艺批评的走向》;杨四平的《过于聪明的悲剧》;吴锡平的《消费真实背后》。

《西南师范大学学报(人文社会科学版)》第1期发表朱丕智的《文学革命的理论基石:进化论文学观》;刘保昌的《道家艺术与中国现代文学的自然之美》;蓝露怡的《萧红复合视角管窥》;张中宇的《舒婷诗歌的理想倾向与当代诗歌的选择》。

《江海学刊》第1期发表刘增杰的《文学路向的两次调整:抗战文学的勃兴与分流》;姚新勇的《文学"风暴"与制度的承袭和变迁——关于"新时期"初期文学的再思考》。

《河南师范大学学报(哲学社会科学版)》第1期发表陈才生的《李敖与胡适》。

《浙江大学学报(人文社会科学版)》第1期发表徐岱的《都市风景的两种色调——方方与池莉小说的诗学审视》。

11日,《中华文学选刊》第1期发表王干等的《文学与时尚》。

12日,《新闻周刊》第2期发表綮然的《"爱写作就像爱男人"——专访女作家虹影》。

13日,《人民日报》发表陆绍阳的《迎接中国电影的未来》;仲言的《走中国人自己的电影之路》;胡平的《小说家发现的历史——读长篇小说〈战争传说〉》;高军的《草原上的小说》;吴岩的《展开想象的翅膀》。

《文艺报》第6期发表本报讯《汕头召开"全球化语境下的中国现当代文学国际学术研讨会"》;同期发表陈晓明的《闪亮的历史现形记——评王蒙新作〈青狐〉》。

14日,《中国青年报》发表罗庆朴的《大巴山深处的呐喊——周嘉和他的长篇小说〈等他〉》。

15日,《文艺报》第7期发表张平的《文学绝不能失去是非感和正义感——关于政治小说的断想》;彭荆风的《一部准确公正的〈中国当代文学史〉》。

《文艺争鸣》第1期以"新世纪文艺理论的情感话题"为总题,发表王一川的《从情感主义到后情感主义》,胡继华的《全球信息文化语境中的情感修辞学》,陈雪虎的《情感指标起源的反思——章太炎、鲁迅"文学"争议的当代启示》,何浩的《情感的营造与真挚——论后情感主义的真与善》,石天强的《当代情感的多元化与文艺学研究的变化》,张建珍的《从乌托邦到怀旧——新世纪中国电影的情感变化》;同期发表白烨的《想象力·大众文化·文化批评——2003年理论批评一瞥》,贾磊磊的《2003:中国电影中的潜意识与潜文本》;周星、智华的《2003:中国电视剧创作述评》;贺绍俊的《既是繁荣的,又是平庸的——关于2003年的小说》;穆涛的《现阶段的散文缺乏什么?》;宗仁发的《从显现中所看到的——2003年诗歌浏览札记》;王志敏的《新技术条件下中国电影产业发展态势》;张辛欣的《东方不亮,西方亮?——电影读记》;黄发有的《挂小说的羊头,卖剧本的狗肉——影视时代的小说危机 (上)》;郜元宝的《一种新的上海文学的产生——以〈慢船去中国〉为例》;杨扬的《城市化进程与文学审美方式的变化》;吴福辉的《小报视界中的日常上海》;赛妮亚的《论王安忆小说创作的误区》;王纪人等的《上海文学地图的历史变迁——上海作协理论组座谈纪要》;李新宇的《多视角的青春摹写——序吕丁丁〈颜色醒了〉》。

《文学报》第1470期发表陆梅的《当前小说两大症状堪忧》;李凌俊的《麦家:写小说就像凿隧道》;本报编辑部的《智性而灵异的写作——麦家长篇小说〈解密〉作品研讨会纪要》。

《文学评论》第1期以"当前文学创作与批评——新的现实与可能"为总题,发表格非的《市场化和文学的功能》,韩毓海的《城市和农村:当前文学的历史参照》,旷新年的《全面开放我们的文学感觉》,李陀的《文学批评要有自己的理论依据》,吴晓东的《文学批评的危机》,黄纪苏的《文学的现实和可能的批评》,徐葆耕的《第四种批评》;同期发表王富仁的《"西方话语"与中国现当代文化》;王尧的《李锐论》;涂险峰的《神圣的姿态与虚无的内核——关于张承志、北村、史铁生、圣·伊曼纽和堂吉诃德》;何西来的《宗璞优雅风格论》;张玉玲的《论八十年代后期郑敏诗歌的探索》;南帆的《现代性、民族与文学理论》。

《中国社会科学院研究生院学报》第1期发表皇甫晓涛的《新文化的几个"现代性"困惑》。

《广东社会科学》第1期发表刘登翰、刘小新的《对象·理论·学术平台——关于华文文学研究"学术升级"的思考》。

《云南民族大学学报(哲学社会科学版)》第1期发表胡立耘的《建构、借鉴与超越——建国以来云南少数民族民间文学研究回顾》;赵联成的《拓展与深化——军旅文学二十余年回顾》;尚正宏的《从民族性看新时期以来少数民族文学的实绩》。

《当代文坛》第1期发表盛英的《消费社会与"都市性"写作的崛起》;廖文芳的《利润:文学与商业共谋中的快感》;黄俊业的《当下城市文学发展面临的困境及出路》;泓峻的《近年来汉语语境中文学批评的修辞论视角》;王大桥的《文学语言的还乡性》;黄汉平、郝媛媛的《从追寻伊甸园所想到的——兼谈生态批评的当代意义》;王玉玲的《中国的老年文学初探》;张筱燕的《栖息在城市里的麻雀——当代小说中农村人与城市之间的尴尬》;张晓平、姜向东的《生命活力的寻找——新时期小说主题研究之一》;康长福的《世纪末的温情暖意——90年代乡土小说的情感指认》;常立霓的《自由与失控——"新生代"精神状态的一种描述》;李玫的《"问题"之问:"问题孩子"的历史修辞与新时期写作》;高侠的《城市爱情:经典或现代——20世纪90年代女作家的情感话语》;胡传吉的《美女作家能说话吗?——兼议女性文学评论的语言暴力》;刘郁琪的《历史隐喻中的女性悲歌和文化反思——评刘索拉长篇小说〈女贞汤〉》;陈彦的《对女性理想主义价值观的重审——读须一瓜小说〈淡绿色的月亮〉》;夏海微的《超性别写作:主动承担与文本实践——对陈染创作的一种解读》;焦会生的《衣向东小说漫评》;黄晓东的《城市状态的个性书写——潘军城市叙事解读》;唐长华、陈红兵的《试论张炜小说的两个精神向度——从〈外省书〉、〈能不忆蜀葵〉谈起》;单艳红的《迟子建作品动物意象浅析》;郑建华的《审丑意识在池莉小说中的凸现》;杨庆东的《在现实与虚幻中浮游——东西小说论》;吕永林的《写实不懈与艰难救度——刘震云论》;陈振华的《古典心情与现代意向——赵焰小说论》;徐春浩的《情感内核的纵深勘探——王祥夫小说〈上边〉情感内涵和叙述手法观照》;李生滨的《〈玉米〉的人称及其叙述态度与叙事情感》;陈树萍的《剪不断,理还乱——评〈无字〉三部曲》;孔会侠的《满腔热血,几多感慨——读长篇小说〈大漠祭〉有感》;韦济木的《论新时期散文的艺术嬗变》；陈国华的《被禁锢的批评空间——评近二十年西部散文的几种批评视角》；蒋德均的《入世的行吟者——伍松乔作品浅议》；王剑的《诗歌语言的张力结构》；凌喆的《寻根、漂泊与殉道——对中国当代诗歌创作心态的回顾与考察》；肖伟胜的《冥思默想的少数民族诗人吉木狼格》；刘静的《评万龙生的诗歌创作》；蓝野的《穿行在城市时空里的灵魂——梁平长诗〈重庆书〉学术研讨会纪要》；吴承蔚的《在生活中酝酿灵感与探索创新》；朱志刚的《女性知识分子的悲剧寓言——评於梨华长篇小说〈在离去与道别之间〉》；何开四的《序〈生存与毁灭〉》；宋超的《史家笔墨与智性反思——洪子诚〈问题与方法——中国当代文学史研究讲稿〉评介》；刘峰的《略论网络文学的语言运用特点》。

《江汉论坛》第1期发表何锡章的《"五四"文学语言革命思想的现代性阐释》；程光炜的《〈青春之歌〉文本的复杂性》；李运抟、李海燕的《新时期当代题材的"苦难文学"与审美价值》；董文桃的《方方小说艺术形态价值论》。

《华东师范大学学报（哲学社会科学版）》第1期发表王铁仙的《在政治与文学之间——左联时期的瞿秋白》。

《当代电影》第1期发表高小健的《新中国以来对中国电影历史的复读》；罗艺军的《陈荒煤与钟惦棐——重读一封旧信有感》；刘娜的《〈空镜子〉与"两姐妹"母题》；王昕的《论电视戏说剧的民间故事特性》；江逐浪的《隐身的说话人——中国电视剧与民间讲唱文学的关联》；周星、王利的《第十届北京大学生电影节综述》；桂青山的《2003年电影中的"大众文化现象"——从〈周渔的火车〉的世俗读解说起》；张智华的《2003年中国电影期刊扫描》。

《江苏社会科学》第1期发表范培松的《论二十世纪九十年代学者散文的体式革命》；吴炫的《穿越当代"经典"——文化寻根文学热点作品局限评述》；倪婷婷的《"五四"启蒙主义话语的形态与思维特质》。

《齐鲁学刊》第1期发表张光芒的《五四文学理性精神批判》；红苇的《强力的叙述——胡风文艺理论文本的话语分析》；杨庆东的《二十世纪中国婚恋文学人物谱系论》；季桂起的《论莫言〈檀香刑〉的文化内涵》。

《社会科学》第1期发表陈晓明的《现代性：后现代的残羹还是补药？（上）》。

《社会科学辑刊》第1期发表谢纳的《论中国现代主义小说的叙事艺术》；宋剑华的《论新中国十七年文学的艺术追求与经验教训》；李丽的《变异与复归——关于战时小说理论的一点反思》。

《山西大学学报(哲学社会科学版)》第1期发表金庸的《武侠与人生——在中山大学就聘名誉教授大会上的学术报告及答读者问》;严家炎的《再谈金庸小说与文学革命》;徐岱的《爱生之道:金庸小说的美学审视》;韩云波的《"反武侠"与百年武侠小说的文学史思考》;施爱东的《英雄杀嫂——从"萧峰杀敏"看金庸小说对传统英雄母题的继承和改造》;傅如一、魏晓红的《金庸小说的艺术魅力》。

《山东教育学院学报》第1期发表吴龙的《反帝爱国精神的文化写照——论台湾"新文学奠基人"赖和的小说创作》。

《修辞学习》第1期发表黄蓉、赵成林的《创造诗的机智与惊喜——试论"矛盾修辞法"对台湾旅美诗人非马艺术创作的影响》。

《学术论坛》第1期发表梁振华的《百年世俗浪潮中的文学映像——兼论〈百年文学与市民文化〉》;闵建国的《中国现代作家婚恋对其创作影响透视》。

《南方文坛》第1期发表李建军的《文学因何而伟大》;本刊编辑部的《回到文学本身——青年作家批评家论坛纪要》;白烨的《个人化的眼光与个性化的表现——2003年长篇小说一瞥》;贺绍俊的《体会明亮和温暖的精神内涵——关于2003年小说的一种解读》;洪治纲的《智性的叙事与内敛的表达——2003年短篇小说巡礼》;申霞艳的《2003:文学期刊盘点》;莫言、杨扬的《小说是越来越难写了》;张柠的《话语的闪电——〈话语六重奏〉开栏语》;朱大可的《色语、酷语和秽语:流氓叙事的三大元素》;谢泳的《解读一份文件——以〈中央宣传部关于胡风及胡风集团骨干分子的著作和翻译书籍的处理办法的通知〉为例》;南帆的《分裂不可弥合——读〈万物花开〉》;陈晓明的《奇妙的邪性——评林白小说〈万物花开〉》;贺绍俊的《理论动态》。

《思想战线》第1期发表王向贤的《"抗属"的贞节》;宋生贵的《论当代文化背景下倡导经典阅读的意义》。

《理论与创作》第1期发表董学文、李龙的《文学理论:知识还是方法》;胡良桂的《中国文学现代性的转型与发展》;吴东、刘红梅的《从价值取向看文学的层次性特征》;刘起林的《关于重审历史文学价值内核的问题及其思考》;唐浩明的《我看历史小说》;熊召政的《闲话历史真实》;周百义的《言而无文,行之不远——从接受角度看历史小说》;樊星的《"新生代"与传统文化》;谢南斗的《女性主义文学误区多》;胡丘陵的《症候式分析:文学增值批评——兼析蓝棣之文学批评个性》;张体的《透视当代台湾"同志"文本及其写作——〈孽子〉、〈荒人手记〉析例》;

刘荣林的《小说创作的迷惘：回归与超越》；涂昊的《论文化批评的批判性》；阎真的《时代语境中的知识分子——说说〈沧浪之水〉》；夏义生、远方的《学者作家的现实情怀——阎真访谈录》；孟繁华的《尊严的危机与"贱民的恐慌"——评阎真的〈沧浪之水〉》；汤晨光的《权力的人性诠释——论〈沧浪之水〉》；杨艳琼的《〈曾在天涯〉的艺术品位》；刘海波的《〈芙蓉镇〉：当"现代性"遭遇"民间"》；文贵良的《流变与坚挺——〈芙蓉镇〉研究现象及其反思》；王兆胜的《良心担承与生命书写——谈韩小蕙的散文创作》；林平乔的《顾城诗歌美学风格成因初探》；秦见的《发人深省的官场寓言》；李国春的《关注时代风云，演绎人生百态》；关士礼的《意识形态退场，生命在歌唱——评林白的〈万物花开〉》；苏跃进、董石桂的《历史小说的新视角》；邓齐平的《中国现代历史剧"史""剧"争议评析》；张艺声、王建华的《中西影像文化的理性意识》；赵洋、张力的《程小东动作电影中的女性情结》；徐巍的《英雄"末路"还是"绝处逢生"——影片〈英雄〉对于中国电影的启示》；熊元义的《正确对待文艺批评》。

《福建论坛》第1期发表马永强、丁帆的《论中国现代西部文学独特的文明形态》；李兴阳的《西部民俗风情与乡土小说的文体特征——西部20世纪80年代乡土小说研究》；贾艳艳的《英雄主义的美与力——西部军旅小说概评》；贺昌的《现代西部文学的萌芽与西部报刊业发展的关系》。

16日，《中国人民大学学报》第1期发表潘天强的《新时期形式主义文艺思潮的发展轨迹》。

17日，《文艺报》第8期发表刘登翰、刘小新的《必须正视的问题——关于华文文学学科建设的思考》；马也的《后现代语境中的"艺术"——兼谈中国戏曲的命运和走向》。

《作品与争鸣》第1期发表郑芳的《走向两极的弃妇分裂情感——〈水随天去〉心理分析》；刘起林的《底层意识匮乏的当前文学》；小可的《周梅森的〈国家公诉〉：成也模式，败也模式》；大可的《模式陈旧，图解拙劣——与小可先生商榷》。

18日，《中国戏剧》第1期发表魏明伦、刘厚生的《直面当代戏剧之命运》；姜学军的《军旅话剧〈我在天堂等你〉的结构艺术》；张敏的《沈从文的戏剧创作及美学风格》；李龙云的《我所知道的于是之（五）》。

20日，《人民日报》发表张俊才的《文学与民族精神》。

《小说评论》第1期发表贺绍俊的《贺绍俊专栏："追风逐云"之一——都市化

与文学时尚化》;李建军的《李建军专栏:小说病象观察之十三——丛林四周的封锁线》;以"铁凝专辑"为总题,发表於可训的《主持人的话》,赵艳的《文学·梦想·社会责任——铁凝自述》,赵艳、铁凝的《对人类的体贴和爱——铁凝访谈录》,赵艳的《罪与罚——关于铁凝小说的道德伦理叙事》;同期发表王春林的《走向个性,走向成熟——2003年长篇小说印象》;李运抟的《平民小说:弱势群体与弱者活法》;陈骏涛的《主持人的话:关于海男》,晓林的《时间的魔镜——海男访谈》;李丹梦的《第一人称的虚拟历史——评〈中国一九五七〉》;李文琴的《方方小说艺术新论》;马妍的《虚构艺术世界,观照生存本相——艾伟小说中的历史批判意识》;赵德利的《写实与体验的双重超越——评长篇小说〈活成你自己〉》;赵勇的《在后现代与前现代之间——〈活成你自己〉的一种解读》;杨立群的《人各有各的活法》;张莉的《生命自我主宰的拯救》;郑国铨的《人物命运的魅力》;马玉琛的《文学的自觉》。

《文艺报》第9期发表周启超、吴元迈等的《专家论当代文学理论建设》。

《四川大学学报(哲学社会科学版)》第1期发表张德明的《异域生存的深刻理解与审美表达——论李金发诗歌的现代性》。

《北京大学学报(哲学社会科学版)》第1期发表申丹的《叙事形式与性别政治——女性主义叙事学评析》。

《中州大学学报》第1期发表杨利娟的《海峡两岸并蒂花——〈永远的尹雪艳〉和〈长恨歌〉中两个女性形象比较》。

《唯实》第1期发表温朝霞的《"出位之思":中西诗学对话的启示》。

《求索》第1期发表冉小平的《论新生代女作家的女性书写》;李红秀的《民族化与九十年代中国小说》;蒋益的《由感伤而趋向睿智——中国20世纪抒情散文发展轨迹》;李巧宁的《知识青年上山下乡心态探析》。

《河北学刊》第1期以"历史审美与人文视野下的中国现代西部文学(专题讨论)"为总题,发表丁帆、马永强的《现代西部文学的美学价值》,贺昌盛的《现代西部文学的发展与意识形态的关系》,李兴阳的《西部自然人文景观与20世纪80年代乡土小说的文体特征》,刘昕华的《20世纪90年代西部诗歌创作考察》,贾艳艳的《多元文化背景下的西部散文》。

《南开学报(哲学社会科学版)》第1期发表张学正的《"理性的从容"——论王蒙的理性精神》。

21日,《文艺研究》第1期发表陈晓明的《历史断裂与接轨之后:对当代文艺学的反思》;黄曼君的《回到历史的原初语境——关于胡风文艺思想研究的再思考》。

《光明日报》发表张俊才的《正确理解和把握文学的民族性》;杨仲达的《朱向前文学批评的意义》;弘正的《让爱情明媚温暖——读长篇小说〈彼岸〉》。

22日,《文学报》第1472期发表吴思敬的《多维视野中的大学生诗歌》;彭国梁的《作家的功力》。

23日,《天津社会科学》第1期发表罗振亚的《"知识分子写作":智性的思想批判》;峻冰的《历史观念与历史创作——近十年来中国古装历史影视剧的艺术与文化分野》;徐敏的《时尚、性别与社会再生产》。

《武汉大学学报(人文科学版)》第1期发表尚永亮、张艳华的《文情诗画间的营构与追求——苏雪林〈灯前诗草〉艺术略论》;金宏宇的《名著的版本批评——〈桑干河上〉的修改与解读差异》;张洪峰的《小说命名姿态解读》。

24日,《文艺理论与批评》第1期专栏"反思1980年代"发表郑闯琦的《从夏志清到李欧梵和王德威——一条80年代以来影响深远的文学史叙事线索》,刘复生的《"新启蒙主义"文学态度及其文学实践》,杨凯的《再回首:重建我们的问题视野》;同期发表熊元义的《当前文艺批评界存在"新左派"吗》;胡少卿、张月媛的《"中国—西方"的话语牢狱——对20世纪90年代以来几个"跨国交往"文本的考察》;李成瑞的《诗歌与现实》;红孩的《散文和诗歌的对话——读李瑛文论集〈诗美的追寻〉随想》;李万武的《文艺评论两则》;王科、徐日君的《理想的失落与道德的滑坡——论池莉小说对婚姻爱情的市民诠释》。

25日,《文艺理论研究》第1期发表吴炫的《论文学对现实的"穿越"》;孙先科的《爱情、道德、政治——对"百花"文学中爱情婚姻题材小说"深度模式"的话语分析》;李杨的《论曹禺悲剧观念的转向——兼谈曹禺创作的分期问题》;张景兰的《都市文化和文学:问题与阐释——全国"都市文化与都市文学"学术研讨会综述》。

《天津成人高等学校联合学报》第1期发表陈建平的《现代都市的童话——论琼瑶小说的理想化倾向》。

《现代语文》第1期下旬刊发表周有光的《提倡"基础华文"缘起——华侨走进"华夏文华宝库"的第一步》。

《北京师范大学学报(社会科学版)》第1期发表张智华的《京味影视特色及其发展趋势》;周冰心的《京派作家与中国现代文学中的古典主义思潮——兼与西方古典主义比较》。

《甘肃社会科学》第1期发表邵宁宁的《转型期现象与无家可归的文人——关于〈废都〉的文化分析》;刘增人的《论中国话剧体式流变的几对范畴》;王春云的《论中国当代文学理论的建构策略》。

《当代作家评论》第1期发表李辉的《巴金:生命艰难地延续》;王德威的《历史迷魅与文学记忆——〈现代中国小说十讲〉序》、《魂兮归来》;季进的《文学谱系·意识形态·文本解读——王德威的学术路向》;洪治纲的《从结束的地方开始——解读刁斗的〈的〉》;郜元宝的《几何学家刁斗》;李咏吟《公民生命自由教育的沉沦——小娥形象的创造与陈忠实的思想局限》;郜元宝的《二十二令人志》;王尧的《1985年"小说革命"前后的时空——以"先锋"与"寻根"等文学话语的缠绕为线索》;董之林的《"历史"背后——关于当代文学研究中的历史相关性问题》;司若的《现代城市的第二历史——略论香港陈果的"游民"电影》;程文超的《鬼子的"鬼"——说说鬼子三部中篇的叙事》;西元、雪冰的《"文革反思"写作中的存在主义影响——刘震云长篇小说的政治—历史阐释》;孟繁华的《长篇短论三题》;刘复生的《文学史复杂性及其解释学》。

《社会科学战线》第1期发表陈力君、黄擎的《言说与不可言说——20世纪中国文学启蒙精神的话语流变》;程戈的《对余华小说一种存在哲学的解读》。

《河北大学学报(哲学社会科学版)》第1期发表田建民、马德生的《〈野草〉研究二题》;唐克龙的《〈骆驼祥子〉:承认的悲剧》。

《语文学刊》第1期发表朱敏的《一个此起彼伏的音响世界——贾平凹作品拟声词的运用》;刘燕飞的《现代理性下的本体迷失——评鬼子〈瓦城上空的麦田〉》;宗海银的《情感打造的诗意人性——读刘庆邦的短篇小说〈梅妞放羊〉》;罗燕娟的《〈蝴蝶君〉:华人刻板形象的真实反映与反抗性言说》;王恩波的《让我欢喜让我忧——对大众文化的分析》。

《郑州大学学报(哲学社会科学版)》第1期发表王海燕的《湘西观音信仰与沈从文乡土小说》;王萍的《论余秋雨散文的文化态度取向》。

《南京师大学报(社会科学版)》第1期发表王晖的《文体学与20世纪中国报告文学研究》;胡慧翼的《性别视角的转换和女性主体性的"滑落"——女性文学

从小说到影视的文化反思》。

《晋阳学刊》第 1 期发表杨红的《文化身份间的游历：阅读马丽华》。

27 日,《文学自由谈》第 1 期发表李国文的《想象力到哪里去了?》；王蒙的《语言的功能与陷阱》；刘心武的《酷评与暗算》；徐肖楠的《请勿误解红柯》。

《华中师范大学学报（人文社会科学版）》第 1 期发表熊修雨的《寻根文学与新时期小说艺术观念的转型》；岁寒的《庐隐：中国现代女性写作的拓荒者——兼论中国现代女性写作的双声语境》。

29 日,《文学报》第 1493 期发表邱景华的《"探索"就是"摸索"》；李少君的《寻找诗歌的"草根性"》。

30 日,《南京大学学报（哲学·人文科学·社会科学）》第 1 期发表李伟的《建设中国的新歌（舞）剧——论京剧改革的田汉模式》。

《泉州师范学院学报》第 1 期发表陈雅谦的《东南亚华文文学与闽南文化学术研讨会综述》。

31 日,《文艺报》第 10 期发表樊星的《"新生代"正在转型》；张颐武的《书市中的怀想》；贺绍俊的《工人不再题材》；欧阳友权的《人民文学重新出发》；杨扬的《城市化进程与文学写作的改变》。

本月,《小说界》第 1 期发表韩少功、王尧的《历史：现在与过去的双向激活》。

《文艺评论》第 1 期发表王卫平的《拓宽与深化中国当代文学研究的八个问题》；周保欣的《贫乏而奢侈的相对主义批评》；张文红的《"结盟"中的凯旋与失意——从 90 年代作家"触电"和"影视同期书"现象谈起》；梁振华的《转型期影视文化与中国作家的角色选择》；陈娇华的《欲望化的历史叙事——对历史小说中欲望化叙事嬗变轨迹的一个描述》；周水涛的《"城市化"的乡村小说》；任南的《宝贝物语——关于"70 年代以后"作家的思考》；钟立的《试析"身体叙事"小说的身体意象》；陈剑晖的《关于散文的几个关键词》；黄雪敏的《散文：向何处提升——兼谈"大散文"和"散文净化说"的得失》；张学昕的《发掘记忆深处的审美意蕴——苏童近期短篇小说解读》；杨建兵的《浪漫何在》。

《读书》第 1 期发表王晓珏的《沈从文与北京》；贺桂梅的《九十年代小说中的北京记忆》；王培元的《"隐士"与猛士》；王光明的《问题文学史》。

《剧本》第 1 期发表安葵的《学习张庚老师的戏剧创作理论》。

《博览群书》第 1 期发表秦弓的《评〈京派海派综论〉》；段江丽的《学术·政

治·人性——〈红学:1954〉读后》;潘小松的《读残雪的文学笔记》。

《暨南学报(人文科学与社会科学版)》第 1 期发表姚新勇的《西部与小说的"叙事革命"》;贺仲明的《群体分化与文学变异》;李凤亮的《文化——制度嵌套中的现代性言思——从〈悖论的文化〉一书说起》;涂昊的《论文化批评对文学批评的突破及其困境》。

本月,中国戏剧出版社出版戴冠青主编的《积淀·融合·互动——东南亚华文文学与闽南文化国际学术研讨会论文集》。

百花文艺出版社出版周发祥等主编的《诗学新探》。

北京大学出版社出版梁旭东的《遭遇边缘情境》。

清华大学出版社出版曹莉主编的《永远的乌托邦》。

广西师范大学出版社出版夏中义的《学人本色》。

齐鲁书社出版庞守英的《反思与追寻》。

三秦出版社出版柯玲的《汪曾祺散论》。

云南人民出版社出版程永新的《八三年出发》。

中央编译出版社出版于洋、汤爱丽、李俊的《文学网景》。

人民文学出版社出版屠岸的《诗论·文论·剧论》。

安徽教育出版社出版王宗法的《当代文学观察》。

云南人民出版社出版于坚的《拒绝隐喻》。

中国友谊出版公司出版徐林正的《老李飞刀》。

2 月

1 日,《当代》第 1 期发表韩少功、王尧的《再启蒙:社会的破碎与重建——韩少功、王尧对话录(之二)》。

《作家》杂志第 2 期发表郜元宝的《所谓散文》;马杰生、张生、郜元宝的《当代中国的一种知识考古学——从"人文精神讨论"的反思开始》;李丹梦的《对语言的生存性楔入与思考：词的意识流——论臧棣的诗》。

《诗刊》2月号上半月刊发表张大为的《郑玲访谈录》；王家新的《进入灵魂的语言》；罗四鸽的《诗如何表现当代生活》；张炯的《诗与今日生活》；沈泽宜的《关于诗的功能，诗歌现状，诗与崇高》；荣荣的《我看诗与生活》；王兵的《诗对诗人的不断挑战》；王光明、林莽的《开放的阅读空间（二）》。

2日，《小说选刊》第2期发表韩少功的《错误》。

2—3日，"杨逵作品研讨会"在广西南宁召开。

3日，《人民日报》发表张学昕的《2003，坚守中的文学》；王功龙的《文学评价的"雅"与"俗"》。

《文艺报》第11期发表朱向前的《模糊"叙述表情"后的清醒——长篇小说〈百草山〉读后》；夏秀的《别向新途觅新景——读杨守森等著〈昨夜星辰昨夜风〉》；蒲若茜的《服从强势文化是危险的选择——析当代华裔美国女作家的文化书写策略》；陈学超的《他乡·故乡·家园——读陈瑞琳的散文》。

《文汇报》发表彭加瑾的《"红色经典"改编似一把双刃剑——简评电视连续剧〈林海雪原〉》。

4日，《光明日报》发表金宏宇的《当代文学的版本》。

5日，《山东社会科学》第2期发表胡学星的《试析现代主义批评方法的悖论》；刘守亮、江红英的《童年经验与心理回归——从心理学角度探讨鲁迅和汪曾祺采用童年视角的原因》。

《上海戏剧》（1、2期合刊）发表淮茗的《民间的力量——从〈乡村戏曲表演和中国现代民众〉说起》；安葵的《戏剧传统文化的延续与剧目的新创》。

《文艺报》第12期发表汤哲声的《金庸三问》；姜文振的《谁的"日常生活"？怎样的"审美化"？》。

《文学报》第1475期发表王雪瑛的《南帆：大众不是无须论证的尺度》；阎晶明的《正气，但未必一定浩然》；石英的《一部耳目一新的〈中国当代文学史〉》。

《光明日报》发表石一龙的《"乡土精神"与"荒诞意味"》。

《报告文学》第2期发表郑流年等的《雪染鬓发解乡愁——在原乡故土上徜徉的余光中先生》；傅宁军的《余光中的"女人缘"》。

6日，《台港文学选刊》第2期发表潘弘辉的《迟暮，春雷乍响——专访钟肇政》。

7日,《文艺报》第13期发表本报讯《南枫诗集作品研讨会在京举行》;同期发表李国春的《"人民文学"发展的自觉》;山木的《近年来文学批评学建设述评》;康式昭的《比照借鉴为我所用——谈谈戏剧发展的政策支撑》("当代戏剧之命运"研讨会发言选登)。

10日,《中国图书评论》第2期发表左文的《〈尘埃落定〉的三种历史观》。

《文汇报》发表陈思和的《从〈手机〉炒作说传媒批评》。

11日,《中华文学选刊》第2期发表韩作荣的《诗人散文家——周涛散文印象》;沈乔生等的《名家论〈非鸟〉》;王干、邵丽的《追问与惆怅——关于〈我的生活质量〉》。

《中国青年报》发表杨泽文的《历史深处的回忆》;孟繁华的《因荒诞而惊恐,化惊恐为神奇——评阎连科的长篇小说〈受活〉》。

《光明日报》发表仲呈祥的《2003中国电视剧创作回眸》;文禾的《真性情与意象美》;徐兆淮的《南帆和他的学者散文》。

12日,《文艺报》第15期发表陈晓明的《乡土中国与后现代的鬼火》;阎连科的《关于真实》;罗四鸽整理的《台湾作家陈映真在沪演讲:台湾新文学思潮的演变》。

《文学报》第1477期发表李建军的《不喜欢残雪的理由》。

14日,《文艺报》第16期发表本报讯《长篇小说〈天地飞歌〉座谈会在蓉召开》;同期发表黄浩的《尊重社会的文学选择——就"人民文学"问题与欧阳友权先生商榷》。

15日,《北京社会科学》第1期发表付艳霞的《谁能让小说"害羞"——以〈少年天子(顺治篇)〉为例漫谈小说的影视改编》。

《民族文学研究》第1期发表陈泳超的《作为学术史对象的"民间文学"》;姚新勇的《追求的轨迹与困惑——"少数民族文学性"建构的反思》;李晓峰的《从诗意启蒙到草原生态的人文关怀——当代蒙古族草原文化小说的嬗变轨迹》;郭小东的《人类元年的现代叙述——论土家族作家田瑛的小说创作》;刘志中的《萨娜小说的神秘色彩》;谭旭东的《新生代儿童诗的可喜收获——评满族女诗人王立春的儿童诗创作》;黄毅的《袁仁琮〈穷乡〉与〈难得头顶一片天〉的美学追求》;张锦贻的《中国少数民族儿童文学:与现代化同步》;张承源的《回族诗人马瑞麟的诗歌创作简评》;王玉琦的《试论老舍新中国时期的文学创作思想》。

《江汉论坛》第2期发表罗漫的《罪、美、情:〈长恨歌〉的批罪与审美》;黄永林的《论新时期小说创作中的民俗化倾向》;蔡圣勤、罗晓燕的《从女性主义和男权中心看文艺作品的西化烙印》;李兴阳的《精神内质的转换与小说形态的嬗变——郭沫若小说叙事艺术谈片》。

《社会科学》第2期发表陈晓明的《现代性:后现代的残羹还是补药?(下)》。

《福建论坛》第2期发表王光明的《"诗质"的探寻:从象征主义到现代主义》;管卫中的《历史与文明的叩问者——周涛散文解读》。

17日,《文艺报》第17期以"《另一条血路》:'改革小说'五人谈"为总题,发表张颐武的《展现中国城市发展的魅力》,吴秉杰的《要更多发掘与时代变革相联系的内容》,梁鸿鹰的《从现代化建设前沿找寻创作支点》,孟繁华的《针对普遍性问题的批评:小说的悖论》,贺绍俊的《改革小说的社会文献价值》;同期发表雷体沛的《敢问作家:我们还存留了多少文学精神?》;杨若虹的《繁荣中文散文创作推动散文理论创作》(综述);颜敏的《消费社会及其文学》(关于"消费社会的文学走向"的讨论)。

《作品与争鸣》第2期发表陈树荣的《"拒绝遗忘"的背后》;万兴亚的《"木子美现象"与中国的博客文化》。

18日,《中国戏剧》第2期发表罗怀臻的《重建中的中国戏剧——"传统戏剧现代化"与"地方戏剧都市化"》;廖奔的《我们所面对的戏剧》;李龙云的《我所知道的于是之(六)》;曹明的《亚里士多德〈诗学〉在两岸》。

《文汇报》发表罗岗的《"必读"与"不必读"》。

《光明日报》发表本报记者梁若冰的《文学期刊:如何走出困顿》。

19日,《文艺报》第18期以"樟叶散文十人谈"为总题,发表阎纲的《澄怀味象》,周明的《表达爱和生存的意志》,白烨的《文人气息与人文气韵》,朱增泉的《从政犹存文人心》,施战军的《正常之美》,穆涛的《平和的力量》,段建军的《用童心体验世界》,李浩的《绿色写作的实践者》,李国平的《敞亮的抒怀》,杨乐生的《真实的负面》;同期发表彭奇志的《戏剧,走出迷失的困境》("当代戏剧之命运"研讨会发言选登)。

《文学报》第1479期发表张清华的《漫谈近期的"历史"小说》;洪治纲的《死刑背后的生命拷问——评潘军的〈死刑报告〉》;雷达的《拒绝"异化"的冷笑——读〈阳光碎片〉》。

20日,《求索》第2期发表杨春燕的《老舍人格中儒家文化底蕴的解读》;沈健的《先锋诗歌的七种写作形态》。

《华文文学》第1期发表饶芃子的《"歌者"之歌——陈瑞琳〈横看成岭侧成峰——海外文坛随想录〉序》;江珲的《〈开卷〉台港暨海外华文文学专刊问世》;翁奕波的《在斑驳的史影中咀嚼乡情和文化——侯榕生游记浅探》;詹秀敏的《澳大利亚华文报刊与澳华文学关系述略》;黎湘萍的《族群、文化身份与华人文学——以台湾香港澳门文学史的撰述为例》;黄万华的《学术双璧:〈文学台湾〉和〈小说香港〉》;殷国明的《追寻小说中的文化澳门——第五届澳门文学奖小说评选作品评判札记》;郭旭胜的《浅谈李碧华〈霸王别姬〉中的恶魔性因素》;贾颖妮的《饮食男女别样情——评李碧华言情小说的新女性主义视角》;钱虹的《古典情致,现代雅韵——读秦岭雪的〈明月无声〉兼论其他》。

《培训与研究》第1期发表古远清的《从多元文化激荡到本土化甚嚣尘上:近20年来台湾文学理论批评发展概貌》。

《广东教育学院学报》第1期发表古远清的《20世纪末的台湾文学事件》;杨匡汉的《分合之缘——兼论海峡两岸诗歌的整体动态平衡》。

21日,《文艺报》第19期发表旷新年的《哪一个国际 接什么轨?》。

22日,《人民日报》发表韩瑞亭的《直面时代变革的现实——评长篇小说〈大路朝天〉》;刘立云的《一个作家的历史担承》。

《新文学史料》第1期发表绿原的《我所记得的路翎——为他逝世十周年而写》;鲁煤的《我和胡风:恩怨实录——献给恩师益友胡风百岁诞辰(六)》;涂光群的《上海老作家们——十位上海老作家侧记》;张成全的《郭小川卒地考察始末》;林伟民的《中共加强对左翼文学运动的直接领导》;夏熊整理的《雪峰日记——一千七百六十三天记事(四)》;陈福康整理的《郑振铎1953年出国日记》;丁言昭整理的《关露书信选》;窦康的《戴杜衡先生年谱简编》。

24日,《人民日报》发表李运抟的《长篇小说断想》;仲言的《当下文学的缺失》;白烨的《儿女情、英雄气——读长篇小说〈百草山〉》。

《文艺报》第20期发表本报讯《河南文学:从乡土走向多元》、《上海作家评论家探讨"个性化写作"》;同期发表王山、张文红整理的《长篇报告文学〈中国农民调查〉研讨会纪要:文学要积极关注"三农"问题》。

25日,《中国青年报》发表莫言的《这一代人的姿态和方式》。

《咸阳师范学院学报》第1期发表南生桥的《李敖的排比艺术类说》。

26日,《文艺报》第21期以"犁青诗歌评论"为总题,发表谢冕的《诗人的大情怀》,萧映的《犁青诗歌的生命意识》;同期发表李建军的《当代文学亟需向外转》;贺绍俊的《注视历史的目光》。

《文学报》第1481期发表杨扬的《文学中的文学——近年来散文创作评说》;崔勇的《在散文热的背后》;阎晶明的《脆弱的文体》。

28日,《文艺报》第22期发表李琦的《源于生命苦难的反省与发现》;廖奔的《戏剧怎么了——关于戏剧现状、本质与生命力的思考》("当代戏剧之命运"研讨会发言选登)。

《中国文化研究》第1期发表阎纯德的《论20世纪末的"现代主义"群落的先锋创作》。

本月,《北京电影学院学报》第1期发表李二仕的《十七年少数民族题材电影中的女性形象》。

《戏剧艺术》第1期发表邹平的《论戏剧的"场在"》;吕效平的《论"现代戏曲"》。

《江淮论坛》第1期发表程金海的《中国语境中的文化批评之反思》;谢金生的《论后现代主义语境中的中国当代文学思潮流变》。

《读书》第2期发表臧棣的《出自固执的记忆》。

《剧本》第2期发表刘平的《观剧絮语(三)》;刘明厚的《剧作家的社会责任——从遭遇〈青春残酷游戏〉谈起》。

《博览群书》第2期发表蓝英年的《跬步斋读思录——一面镜子——读董健〈跬步斋读思录〉》;张忠纲、梁桂芳的《一部富涵史识的开创性力作——评〈中国文学史学史〉》。

本月,海峡文艺出版社出版国立华侨大学中文系编的《永恒的文化记忆——第十届世界华文文学国际研讨会论文集》。

花城出版社出版刘俊的《从台港到海外——跨区域华文文学的多元审视》。

河南大学出版社出版刘思谦等著的《文学研究》。

人民文学出版社出版丁帆的《重回"五四"起跑线》。

漓江出版社出版白烨选编的《2003年中国年度文论选》。

人民文学出版社出版王晓明的《思想与文学之间》。

春风文艺出版社出版林建法主编的《2003年文学批评》。

新世纪出版社出版陈晖的《张爱玲与现代主义》。

湖南人民出版社出版杨虹的《现代商业社会的文学时尚》。

3月

1日,《名作欣赏》第3期发表吴周文等的《从消解到反文化思辨——从〈复仇记〉看莫言创作的颠覆意识》;孙政的《秦地生命的交响——读贾平凹散文〈秦腔〉》;周志雄的《〈檀香刑〉的民间化意义》;潘新宁的《颠覆"超越"的文化寓言——解读〈檀香刑〉》;王寰鹏的《人性黑洞与历史隐喻——莫言长篇小说〈檀香刑〉赏析》;周志雄的《解读〈无字〉的意义与叙事立场》;陈树萍的《剪不断,理还乱——读〈无字〉三部曲》;袁珍琴的《玫瑰在红尘浊雾中凋谢——张洁长篇小说〈无字〉解读》;王春林的《知识分子精神的别一种究诘与表达——读懿翎长篇小说〈把绵羊和山羊分开〉》;马知遥的《道德失范时期的价值迷茫——评戴来的小说〈茄子〉》;李炜的《凝固的镜像 流动的生活——〈茄子〉的双重世界》;柯贵文的《多重对照下的性格塑造与意义生成——谈戴来〈茄子〉的艺术手法》;万秀凤的《优雅的时尚趣味 活力四射的语言——读潘向黎短篇小说〈我爱小丸子〉》;陆明的《现代女孩的速写——读潘向黎小说〈我爱小丸子〉》;陈俊的《欲海中的寻梦者——〈胡美丽的故事〉中女性的境遇与表达》;马知遥的《我因此看见平凡人生——读《胡美丽的故事》(长诗节选)》;彭松的《发现人生,发明形式——简单的长诗〈胡美丽的故事〉赏析》、《献给孤独者的歌——徐鲁的诗〈海子在昌平〉赏析》;火源的《怀旧、焦虑和隐忧——解读魏微散文〈一九八八年的背景音乐〉》;张楠的《乡村文明·都市文明·姐妹情谊——读孙惠芬〈歇马山庄的两个女人〉》。

《作家》杂志第3期发表西川的《崩溃,然后寻找意义——关于廖一梅的〈悲观主义的花朵〉》;张柱林的《记忆废墟和重建现实——东西〈你不知道她有多美〉阅读漫想》;庞余亮的《步行者的脉搏——〈新城市〉诗人印象》;谢刚的《论九十年代后成长小说的困境》;张未民的《在林中路上——关于胡冬林的散文》。

《诗刊》3月号上半月刊发表黑陶的《海子家乡行:黄昏和夜晚》;杨克的《诗的发现——进入诗歌写作的途径和艺术方式之一》;谢冕的《依然一棵年轻的树——贺辛笛先生诗歌创作七十周年》;阿毛的《呼啸的子弹——兼谈〈当哥哥有了外遇〉这首诗的诞生》;霍俊明的《真实的黑暗来自俗世的反面——为〈当哥哥有了外遇〉而辩》;马俊华的《也谈〈当哥哥有了外遇〉》。

2日,《小说选刊》第3期发表贺绍俊的《狗性与人性》;韩少功的《技术》。

《文艺报》第23期发表南帆的《游戏感》("当代青年批评家实力展");叶树浓的《传媒批评呼唤理性》。

《新剧本》第2期发表郑怀兴的《〈雪泥鸿迹话编剧〉之五:创作手法》;刘彦君的《用现代语讲述历史——再看话剧〈商鞅〉》。

4日,《文艺报》第24期发表王卫平、张玉惠的《重振文学的影响力与震撼力》;邵牧君的《有关中国电影的早读杂记》。

《文学报》第1483期发表陈霖的《苏州新一代作家群小议》;张柱林的《记忆废墟和重建现实——评东西的小说〈你不知道她有多美〉》;徐兆淮的《南帆和他的学者散文——读〈关于我父母的一切〉随想》;牛学智的《让言说变得更为可靠——漫说拜学英》。

5日,《山东社会科学》第3期发表李新的《王安忆上海小说:城与人的三种意义》。

《电影艺术》第2期发表孟中的《文学改编:一次特殊的电影心理活动》;许波的《从语言艺术到视听艺术——论中国现代文学作品的电影改编》;胡玲莉的《论池莉小说的影视改编》;阎可嘉的《小议电影改编的几个问题》;彭小莲、贾磊磊的《都市的文化影像与心理空间——关于影片〈美丽上海〉的对话》;黎萌的《电影理论言说的主语问题》;郭望泰的《浅论当前中国电影的意境》;张阿利的《中国西部电影二十年》;曹小晶的《论中国西部电影女性人物形象的文化意蕴》;薛凌的《力之舞的历史呐喊》;郭越的《文化转型中的中国西部电影》;高宇民的《中国西部电影中的喜剧性元素分析》。

《花城》第2期发表林舟的《影像霸权与小说危机》。

6日,《文艺报》第25期以"长篇小说《禹王城》三人谈"为总题,发表杨斌华的《植根于传统文化土壤的叙事追求》,李东林的《中原文化之根的营养与羁绊》,谢玉好的《丰富的创作营养》。

《台港文学选刊》第 3 期发表张岚的《儒文化传统与台港澳暨海外华文女性创作》。

9 日,《文艺报》第 26 期发表本报讯《"麦家作品研讨会"在京举行》;同期发表王晖的《新世纪报告文学——前沿观察与思考》;[荷]林湄的《筑构"女性文学"的大厦》。

10 日,《中州学刊》第 2 期发表孙先科的《"个人无意识"及其"碎片化"的存在方式——论"前十七年"革命历史题材小说知识分子形象叙事的话语"裂缝"》;刘忠的《"五四"前后中国文学中的民粹主义思想》。

《中国图书评论》第 3 期发表龚云普、陈方竞的《对话与重构:"史料研究"应有的姿态——〈舒芜口述自传〉读后》;曾镇南的《封建社会改革政治家的典型形象——读长篇小说〈张居正〉》。

《光明日报》发表张炯的《2003 年文学印象》;艾斐的《用真诚和理智驾驭文学——马烽文学创作析》。

《西南师范大学学报(人文社会科学版)》第 2 期发表杨联芬的《现代性与中国现代文学的反思》;王本朝的《毛泽东文艺思想与中国当代文学的发生》。

《江海学刊》第 2 期发表王兆胜的《北京文化与 20 世纪中国散文》;陈剑晖的《论散文的诗性语言》。

11 日,《文艺报》第 27 期发表樊星的《新生代女作家:回归传统的尝试——从朱文颖和魏微的两部长篇小说说开去》。

《中华文学选刊》第 3 期发表王干等的《名家论〈我的生活质量〉》。

《文学报》第 1485 期发表罗四鸰的《杨显惠:文学的本质是批判》;王英琦的《我看炒作》。

13 日,《文艺报》第 28 期发表蔚志建的《精神霉变与感受基层》。

14 日,《文汇报》发表洪治纲的《以荒诞叙事逼近人性真相——评阎连科的长篇小说〈受活〉》;陈思和的《期待文学批评生出新的力量——读郜元宝〈说话的精神〉想到的》。

15 日,《人文杂志》第 2 期发表王岳川的《"后学"研究在新世纪中国——2002 年中国后现代研究的学术史描述》;吕周聚的《论巴金文化人格的裂变及其历史意义》;周保欣的《历史禁忌消隐后的苦难神学》;李梦的《纯文学的历史演进与价值取向》。

《广东社会科学》第2期发表赵小琪的《余光中现代诗的中西视野融合》。

《中山大学学报(社会科学版)》第2期发表袁国兴的《"潘金莲母题"发展及其当代命运》。

《文艺争鸣》第2期发表李建军的《消费主义时代的文学幻象与病象》;以"新世纪文艺理论的语言论话题"为总题,发表张法的《语言问题与全球化时代的中国文学理论转型》,郜元宝的《为什么粗糙?——中国现代知识分子语言观念与现当代文学》,杨联芬的《清末女权:从语言到文学》,王一川的《能指盛宴年代的汉语文学》,周志强的《作为文人镜像的现代韵白——汪曾祺小说汉语形象分析》,张荣翼的《日常生活中的意识形态——当前都市通俗文学中汉语形象的蕴含》,郭宝亮的《并置式语言:多样的统一——王蒙小说语言论》;同期发表董之林的《"身上的鬼"和"日常的梦"——关于毕飞宇的小说》;夏伟的《论王小波小说人物异形化现象》;傅艳霞的《讲一个无根的故事——评韩东的〈扎根〉》;孟繁华等的《在凡圣之间建立一种理想的精神——关于易洪斌的〈凡圣之间〉》;曾一果的《"地方志"和"个人记忆":刘庆小说简论》;于若冰的《悲剧的成长——谈长篇小说〈长势喜人〉》;李建军的《写作的责任与教养——从〈中国农民调查〉说开去》;黄发有的《挂小说的羊头,卖剧本的狗肉——影视时代的小说危机(下)》;梁鸿的《所谓"中原突破"——当代河南作家批判分析》;姚晓雷的《"绵羊地"里的冷峻剖析——李佩甫小说的主题方面的解读》;周映辰的《戏子文化——从戏曲看河南文化》;马建辉、王志耕的《文学研究的价值边界——兼与曲春景商榷》;周红的《"全球化格局下的现代文学:中国与东亚"国际学术研讨会综述》。

《中央民族大学学报(哲学社会科学版)》第2期发表李婷的《百年来对〈儿女英雄传〉的研究综述》;赵志忠的《〈正红旗下〉民俗文化论》;刘克的《二月河清帝系列小说无赖母题的民俗范式》。

《文学评论》第2期发表路文彬的《作为修辞的历史感——"新历史主义"小说之后的历史叙事》;程光炜的《五十至七十年代文学"叙事"问题》;姚晓雷的《当代文学史写作探索刍议——由当前四部文学史著不同的写作模式谈起》;郭宝亮的《论王蒙的文化心态及其传统认同》;蒋守谦的《西行的硕果——谈杨镰的小说创作》。

《中国社会科学院研究生院学报》第2期发表马国栋的《略论老舍作品的民

族文化气质》。

《云南民族大学学报(哲学社会科学版)》第 2 期发表罗钊的《姐妹型故事与女性的道德教育》。

《天涯》第 2 期发表刘旭的《底层能否摆脱被表述的命运》。

《当代文坛》第 2 期发表汤红的《在叙事空间的探索中前行——谈先锋派文学 90 年代后的"转型"》;骆海燕的《沪城孤儿——漫评安妮宝贝笔下的 heroine》;车永强的《杨干华小说人物塑造艺术初探》;刘雄平的《技术、政治、人的现代化的必然产物——大众文学由边缘趋向中心的原因》;顾晓玲的《女性主义的突围与困惑》;金文野的《欲望叙事与女性主义文学审美取向》;娄吉海的《从"长女"到"幼女"——当代知识女性的角色困惑与形象转型》;钱秀银的《追逐一种理想的生存状态——从张抗抗的创作看她的女性观》;李东芳的《留日女性的失重生存——试析蒋濮的留日小说》;杨建华的《当代历史小说的民间情怀》;陈思广的《20 世纪下半叶中国战争小说创作观念反思》;周怡、刘薇的《"影视小说"现象分析》;张冬梅的《反腐小说还能走多远》;惠雁冰的《虚假的乡村经验——由〈看麦娘〉看当下文坛的一种走势》;谭岸青的《论谭恩美两部长篇小说的叙事风格》;杨学是的《读图时代的文学与图——以〈女贞汤〉为个案》;赵海燕的《揭开都市生活的另一面——解读张欣长篇小说〈浮华背后〉》;吴卫华的《现世爱情的悲悯体验——试论小说〈厨房〉的写作立场》;轩红芹的《忧伤的寻找者——李肇正〈风和月在上海流淌〉解析》;毛正天、陈祥波的《叶梅〈五月飞蛾〉浅析》;王彩萍的《寻找生活的"常道"——读易羊的中篇小说〈小蝌蚪,茉莉花〉》;黄柏刚的《有境界者自成高格——李肇正、郁达夫"落魄文人与女性"作品之比较》;朱宏伟的《随波逐流的人——安妮宝贝、郁达夫小说创作比较论》;朱青的《外内对比的性格结构——严歌苓小说人物造型谈》;杨学民的《时间与叙事结构——严歌苓长篇小说叙事结构分析》;高素英的《点击"中国散文排行榜"》;冯源的《杂文创作的当代意识》;苗霞的《回到原初——透视蒋建伟的乡村散文》;熊礼杭的《不循旧章,但求新意——当代诗坛散论》;李友云的《先锋立场——20 世纪 90 年代先锋诗歌的神性关怀》;袁玉敏的《乡土的眷恋与绝望——读黑陶的长诗〈绿昼〉》;郁勤的《心灵的回音——读袁智忠散文诗〈心碑〉》;林丽的《电影音乐的美学特征及其多元化创作》;胡泊、李林的《当代国产战争电影的经典叙事模式》;余学玉的《历史·现实·英雄——对电影〈英雄〉的几点思考》;尚继红的《投资时代的爱情——亦舒笔下香港的情与爱》；杨中举的《泛互文性：网络文学的美学特征》。

《江汉论坛》第3期发表普丽华的《论哲理诗的理性精神和诗性品质》；刘茂海的《郁达夫的"自卑情结"及其小说创作》。

《当代电影》第2期发表李道新的《电影启蒙与启蒙电影——郑正秋电影的精神走向及其文化涵义》；杨远婴的《郑正秋——社会伦理范式》；石川的《作为早期大众文化产品的郑正秋电影》；胡克的《温情与忏悔》；陆绍阳的《天地有大美而不言》；梁明、李力的《回忆碎片：一块冷一块暖——〈暖〉的诗化影像语言分析》；谷毅的《暖景、暖声、暖情》；王一川的《全球性语境中的中国式乡愁》；蔡卫的《幻灭与追寻——一个母亲的〈钢琴梦〉》；史博公等的《梦想与梦魇的变奏》；张红叶的《撼天动地谱新篇》；史博公的《沧桑正道在人间》；张颐武的《顽主老了：一代人退隐的象征——影片〈我和爸爸〉观感》；贾磊磊的《〈无间道〉："标志性空间"及视觉表意方式》；陈旭光的《悖论及出走：冯小刚的"变脸"与电影中的媒体——〈手机〉略谈》；周星的《市场主宰背景下的中国电影艺术文化观念辨析》；史可扬的《"象"、"气"、"仁"与中国电影——中国电影的美学范畴分析》；左衡的《中国电影叙事研究导论》；路春燕的《对类型电影的认识》；金丹元的《重识当下电视形态的审美特征》；曲春景的《故事改编：涅槃与再生——电视剧〈金粉世家〉与其原著的叙事分析》。

《江苏社会科学》第2期发表温潘亚的《文学史方法：从现代到后现代——兼论对我国新世纪文学史研究实践的启示》。

《齐鲁学刊》第2期发表杨新刚的《温情的启蒙——现代都市风情小说的启蒙意向及其叙述方式》；施军的《谈中国现代文学的起点问题》；李茂民的《中国现当代文学的分期及其性质》；张玉秀的《萧红的小说世界》；齐红、林舟的《二十世纪末女性主义文学批评的回顾与反思》；陈南先的《王蒙"季节"系列的现代性叙事策略》；薛忠文的《"新历史小说"历史观刍议》。

《社会科学辑刊》第2期发表王纯菲的《论现代主义小说叙述对性格逻辑的背离》；王晖的《意识形态与百年中国报告文学》；庄锡华的《大众化与新文学路向之争——三四十年代文艺大众化问题讨论的再思考》；易前良、谢刚的《周作人与唯美主义》。

《学习与探索》第2期发表梁凤莲的《比较的认同与"出位之思"——从叶维廉的〈中国诗学〉看比较的方法论》。

《湖北经济学院学报》第 2 期发表古远清的《90 年代的台湾文学制度》。

《南方文坛》第 2 期发表李敬泽的《话说给谁听》;张新颖的《重返 80 年代:先锋小说和文学的青春》;齐红的《女性写作:寂静之声——20 世纪 90 年代女性写作的历史意味》;李陀、阎连科的《〈受活〉:超现实写作的重要尝试》;毕光明的《沉沦灵魂的自我救赎——"七月派"三位落难诗人的悲怆写作》;张清华的《从这个人开始——追论 1985 年的扎西达娃》;王宏图的《密码中的迷宫世界》;朱向前的《〈解码〉:对先锋小说的修正和冲刺》;王珂的《检讨新诗理论家、文学教授和诗歌编辑》;黄伟林的《艰难的突围——论广西长篇小说的现状、存在的问题和发展途径》;邹汉明的《中年写作·词·历史与风景——读黄亚洲诗歌札记》;贾鉴的《世界的隐秘图景,或一些"小破事"——海力洪三个短篇的阅读笔记》;林载爵的《晚年的杨逵》;石一宁的《杨逵的文学品格》;文波的《近期文坛热点两题》。

《理论与创作》第 2 期发表姜文振的《"失语症"问题与中国文论传统的现代价值》;曹家治的《散文与小说之异质论》;刘秀珍的《网络文学情感表达形式》;王美艳、艾泽银的《论文学创作中的"留白"艺术》;梁振华的《文学与影视:"暧昧"的遇合——由〈手机〉小说与电影说开去》;何春耕的《大众文化梦想与电影艺术品位的组合——电影〈手机〉"变脸"策略启示录》;曹雨、张力的《颠覆商业文化的商业片——试析影片〈手机〉的商业运作特色》;邱戈的《影像和生活无间——〈手机〉作为一个"后现代"文本》;刘东超的《当代中国欲望的文学例证——〈手机〉的当代思想史解读》;李洁非、杨劼的《延安的形式变革》;吴敏的《试论延安文人的"文学-政治"观》;朱辉军的《文艺评论要赢得公众的关注》;黄书泉的《文学批评应回到常识中去》;余三定的《文学批评的信念与学理性》;傅书华的《重新审视"十七年"文学》;傅守祥的《论文学研究的文化学转向》;胡辉杰的《路遥:德性的坚守及其偏至——以〈平凡的世界〉为中心》;张克的《乡土哲学的价值偏爱及其现代性焦虑——论路遥的文学遗产:反思与领会》;张清华的《2003 年诗歌阅读札记》;王爱松的《贾平凹:自尊与自卑的挣扎与沉沦》;陈振华的《刘震云:精神寻绎与叙事嬗递》;严晓蔚的《王安忆:"海派文学"振兴的主角》;轩红芹的《父亲的无声——读鬼子的〈瓦城上空的麦田〉》;黄田子的《宿命的"圣战"——从〈伏羲伏羲〉看刘恒的生存意识》;萧育轩的《评贺辉军的儿童文学新作》;振扬的《歌人民之事,抒人民之情》;曾耀农的《文化保守主义的表征——中国近期电影后现代性评估》;徐向辉的《杜琪峰电影的哲学解读》。

《福建论坛》第3期发表刘静、龙泉明的《论后中国诗歌会诗人群》；蔡江珍的《文学现代性与现代散文主体性理论的形成》。

16日，《文艺报》第29期发表郭英剑的《论美国华裔文学研究》。

17日，《作品与争鸣》第3期发表黄纪苏的《文学的现实和可能的批评》；武锦华的《众说纷纭张艺谋》。

《中华读书报》发表肖自强的《不闹腾的时尚写作：台湾作家李性蓁访谈录》。

18日，《文艺报》第30期发表戴冠青的《从文学消费到精神消费》（关于"消费社会的文学走向"的讨论）。

《中国戏剧》第3期发表杨凡周的《"新都市粤剧"及其审美价值取向》；陈世雄的《当代戏曲值得关注的几个问题》；谢建华的《实验戏剧：先锋的舞台与崩溃的剧场》；李云龙的《我所知道的于是之（七）》。

《文学报》第1487期发表荒林的《中国女性写作：女性主体成长的美丽》。

20日，《小说评论》第2期发表雷达的《雷达专栏：长篇小说笔记之十九——张平〈国家干部〉、刘焕鲁〈国魅〉、梅毅〈阳光碎片〉》；贺绍俊的《贺绍俊专栏："追风逐云"之二——人道的自然主义与自然的人道主义》；李建军的《李建军专栏：小说病象观察之十四——尴尬的跟班与小说的末路——刘震云及其〈手机〉批判》；以"苏童专辑"为总题，发表於可训的《主持人的话》，苏童的《苏童创作自述》，周新民、苏童的《打开人性的皱折——苏童访谈录》，周新民的《生命意识的逃逸——苏童小说中历史与个人关系》；同期发表陈骏涛的《主持人的话：不该被遗忘的》；朱育颖的《"负重的骆驼"——从维熙访谈》；郭小聪的《路遥的诗意——一个读者心中的路遥》；杨敏、赖翅萍的《仁义之德无可挽回的衰落——〈白鹿原〉中的白鹿意象及其原型分析》；韩鲁平的《心物交融，象生于意——贾平凹文学意象生成论》；李梅的《故事与故事精神——海外华文文学三小说论》；陈昕的《流水林白——从〈守望空心岁月〉谈林白小说的叙述姿态》；方兢的《新时期的新英雄文学思潮》；黄晓华的《政治、道德、现代性——论十七年农村小说中的婚变》；杨学民的《转喻与小说"空白"——汪曾祺小说的一种现代语言学解读》；吴延生的《清淡自然，诗意醇郁——铁凝早期小说的内在诗意》。

《文艺报》第31期发表张玉能的《当前审美文化的症结点》；傅谨的《戏剧究竟有多"危机"?》（"当代戏剧之命运"研讨会发言选登）。

《四川大学学报（哲学社会科学版）》第2期发表刘克的《民俗学意蕴与二月

河清帝系列小说的理论创新》;陈本益的《新批评派的对立调和思想及其来源》。

《求索》第3期发表张红玲的《新时期改革小说创作发展观察》;杨梅的《民俗文化的文学建构》。

《河北学刊》第2期发表陈思和的《文本细读在当代的意义及其方法》;以"民族主义与20世纪中国文学(专题讨论)"为总题,发表王桂妹的《西方价值参照下的民族话语的建构与汰变》,王本朝的《从"民族主义文艺运动"到"战国策派"》,方长安的《"冷战"、民族主义与"十七年文学"思潮》,黄发有的《文化民族主义与世纪之交的中国文学》;同期发表杨鼎川的《梁斌小说的文学意义》;方伟的《当代文学的市场化倾向》。

《南开学报(哲学社会科学版)》第2期发表林幸谦的《萧红小说的女体符号与乡土叙述——〈呼兰河传〉和〈生死场〉的性别论述》。

《重庆三峡学院学报》第2期发表李卉的《论海峡两岸文学的政治性变迁》。

《苏州大学学报(哲学社会科学版)》第2期发表杨蕾的《辛笛诗中的时间》。

21日,《文艺研究》第2期发表徐碧辉的《美学与中国的现代性启蒙——20世纪中国的审美现代性问题》;何启治、黄发有的《用责任点燃艺术——何启治先生访谈录》。

23日,《人民日报》发表亦文的《回到泥土中的感觉——评长篇小说〈黑雀群〉》;张保宁的《文学:抒写健康的情感》。

《文艺报》第32期发表本报讯《长篇小说〈水乳大地〉作品研讨会在北京举行》;以"燕子评论专辑"为总题,发表陈国凯的《南国文坛的燕子》,何镇邦的《独特的认识价值——评〈顺流逆流〉》,雷达的《欲望化的都市与心灵化的感悟——燕子作品印象》。

24日,《文艺理论与批评》第2期发表何吉贤的《农村的"发现"和"湮没"——20世纪中国文学视野中的农村》;李云雷的《"不能走那条路"——对当代中国农村政策的文学考察》;专栏"反思1980年代"发表韩毓海、旷新年等的《1980年代:历史选择与可能性——反思"1980年代"的一次座谈》;同期发表李万武的《想象力因何不是总灿烂——也谈文学想象力危机》;方维保的《投降:不关武器的精神事件——评许春樵的长篇小说〈放下武器〉》;陈仲庚的《从"乡土"到"寻根":文学现代性的三大流变》;程致中的《鲁迅和当代中国的对话——世纪末鲁迅论争引发的思考》;余飘的《我所认识的草明》;周平远的《批判的理性和理性的批判——

毛崇杰〈颠覆与重建——后批判语境中的价值体系〉读后》；徐彦利的《站在潮峰处高歌——评杨立元〈新现实主义小说论〉》；钱虹的《海外华文文学理论研究的开端与突破——20世纪台港澳文学与海外华文文学研究述评之四》。

《文史哲》第2期发表莫言的《小说创作与影视表现》。

《中国青年报》发表李亚广的《当文学创作屈于媚俗的求新》。

25日，《文艺报》第33期发表王兆军的《写作：面对自己的灵魂和时代》。

《文艺理论研究》第2期发表罗云锋的《试论"批判"知识分子的必要与可能》；柯平凭的《现实主义文学呼唤批判精神——现实主义文学论之一》；罗振亚的《激情同技术遇合——90年代女性主义诗歌的审美新向度》；刘蓓的《生态批评研究考评》。

《东岳论丛》第2期发表姜振昌、姜异新的《历史不了情：阿Q精神话题的"当代性"》；孙郁的《倒向鲁迅的天平》；陈漱渝的《鲁迅的文化遗产与当代中国》。

《甘肃社会科学》第2期发表杨林昕的《对90年代诗歌畸形发展的精神缺失与迷途之思考》；李胜利的《当代文学理论体系的建构与〈文学理论教程〉》。

《当代作家评论》第2期发表李欧梵的《"我的时代早已过去了！"——文学大师施蛰存先生》；陈子善的《文学史都是"另写"》；李欧梵的《福尔摩斯在中国》；李欧梵、季进的《文化的转向》；廖炳惠的《李欧梵的浪漫与现代探索》；蔡翔的《专业主义和新意识形态——对当代文学史的另一种思考角度》；张新颖的《小说精神的源头·生活世界·现代汉语创作传统——林建法编〈2003中国最佳短篇小说〉序》；林舟的《权力与欲望：精神强力的形式——对〈民工团〉的一种解读》；夏烈的《"无物之阵"里的生存隐秘》；阎连科的《我为什么写作——在山东大学威海分校的讲演》；阎连科、姚晓雷的《写作是因为对生活的厌恶与恐惧》；王鸿生的《反乌托邦的乌托邦叙事——读〈受活〉》；以"王充闾评论专辑"为总题，发表孟繁华的《散文困境中的一座丰碑——评王充闾的散文创作》，李咏吟的《寻求那飘逝的文化诗魂——王充闾散文的一种解释》，颜翔林的《文体意识和主体间性——评王充闾历史散文的写作》；同期发表吴俊的《关于〈人民文学〉的复刊》；朱水涌的《关键词、话语分析与学术方法》；夏烈的《语文突围：人文本位与新经典》；练暑生的《形式、历史和在话语中想象》；项静的《艰难的行走——漫谈陈应松的〈望粮山〉》。

《社会科学战线》第2期发表王岳川的《新世纪中国文艺理论的前沿问题》；

王岳川的《学术精神与生命踪迹》;宋红芳的《试论张爱玲小说中的灰色人性》。

《河北大学学报(哲学社会科学版)》第2期发表《再返〈生死场〉——评刘禾〈文本、批评与民族国家文学〉》;张宁的《简论墨白小说世界》。

《世界华文文学论坛》第1期发表廖进的《在"世界华文文学教学研讨会"的讲话》;袁玉琴的《台港暨海外华语影视——跨学科的华文文学教学与研究》;王宗法的《关于台港澳海外华文文学的教学与体会》;黄万华的《学术旅行:一种不可忽视的教学资源》;于小桂、赵钡钡的《世界华文文学教学研讨会综述》;杨渡的《全球化与台湾》;白舒荣的《著名作家吴玲瑶举办讲座》;石一宁的《重建台湾的历史叙事——读蓝博洲的报告文学》;陈涵平的《北美新华文文学的发展轨迹》;赵稀方的《历史,性别与海派美学——评张翎的〈邮购新娘〉》;陈雅谦、戴冠青的《"东南亚华文文学与闽南文化"学术研讨会召开》;赵思运的《拖着影子的行走——析笑言〈没有影子的行走〉的家庭意识》;雨萌的《杨逵作品研讨会在南宁召开》;刘云的《走向超越的人生——论石小克三部中篇小说的独特性》;王静的《搜寻苦难的意义:简论瘂弦的诗歌创作》;姚朝文的《从女权立场嬗替为都市性别复杂生态——马华女作家朵拉情爱小说的机缘》;林承璜的《采撷历史之光照耀当代之路——读曾敏之〈绿到窗前〉》;王澄霞的《琼瑶言情小说创作心理初探》;戴乐乐的《记忆的伤逝——读施叔青的〈微醺彩妆〉》;袁杰的《试论金庸小说的叙事结构艺术》;禹康植的《论金庸小说中"忠"与"孝"的表现与超越》;苏赓哲的《女作家的江湖》;钱虹的《从依附"离岸"到包容与审美——关于20世纪台港澳文学中澳门文学的研究述评》;江少川的《香港作家刘以鬯访谈录》;刘登翰的《序少君〈洛夫论〉》。

《语文学刊》第2期发表吴苏阳的《茹志鹃、王安忆小说女性形象比较》;张静静的《论孤独体验对池莉创作的影响》;雷水莲的《当代女性生存之真:论林白》;叶澜涛、聂达的《近10年"新写实小说"研究综述》;李秀金的《谈近年工业题材小说的审美特征》;刘宏芳的《爱欲文明——郭素娥形象的深度阐释》;陈丽的《毛泽东〈在延安文艺座谈会上的讲话〉的美学意义》;夏丽莉的《长歌当哭论英雄——简析金庸小说侠义精神的悲剧性》;焦亚辉的《时间的流逝和存在——读〈金牛和笑女〉》。

《郑州大学学报(哲学社会科学版)》第2期以"关于'文本分析'与'社会批评'(笔谈)"为总题,发表洪子诚的《不要轻言"终结"》,耿占春的《"文本社会学"

的批评与方法》,敬文东的《批评何为?》,姜涛的《文学的内外:有别于"方法"》;同期发表黄轶的《"开启民智"与20世纪初小说的变革——从"政治小说"到"鸳鸯蝴蝶派"》;胡辉杰的《学潮视野下的〈青春之歌〉》;谭浩智的《历史深处的声音——评黄子平关于"革命历史小说"的研究》。

《晋阳学刊》第2期发表贾艳艳的《"新历史小说"的历史意识》;朱玉月的《悲怆之旅——艰难的女性主义写作》。

27日,《文艺报》第34期发表本报讯《刘晓刚长篇小说〈活成你自己〉研讨会举办》;以"张宝玺作品评论"为总题,发表李广仓、蔚志建的《借爱情沧桑巨变写历史伟大变革——张宝玺长篇小说论》,熊元义的《走向世界的张宝玺》。

《文学自由谈》第2期发表毛志成的《且说文场的"场"》;劭纯的《陈季同的判断和余秋雨的歧路》;朱健国的《余秋雨"抗批术"小结》;张颐武的《九十年代与今天:文学的命运》;陈思的《"鸟人"悖论及其异化根源》;何满子的《"两个口号"和"四条汉子"》。

28日,《兰州大学学报(社会科学版)》第2期发表董华峰的《时尚中的突围——中国电视剧创作现状思考》;刘东玲的《1930年代"文艺大众化"与"大众语文学"讨论比较》;崔荣的《传奇传统的历史遇合与现代升华——对沈从文湘西小说的一种阐释》。

《厦门大学学报(哲学社会科学版)》第2期发表朱水涌、陈仲义的《海峡两岸后现代诗学理论的比较》。

《渝西学院学报(社会科学版)》第3期发表金永亮的《心灵深处的伤痕——简媜散文浅析》。

30日,《上海戏剧》第3期发表张涛甫的《多媒体时代的戏剧》。

《文艺报》第35期发表朱辉军的《古今多少事 具莫付笑谈——历史题材创作的深层矛盾与解决路径》;张路黎的《文学要超越绝望》;洪治纲《在青春的名义下发呆》。

《戏剧》(季刊)第1期发表吴丽娜的《实践理性的政治历史剧——〈赵氏孤儿〉题材剧的文化结构分析》。

《海南师范学院学报(社会科学版)》第2期发表雷学军的《席慕蓉与中国古代诗歌》(标题中的"蓉"原误作"容")。

《台湾研究集刊》第1期发表古远清的《在台湾传承中华文化的台静农》。

《浙江海洋学院学报(人文科学版)》第 1 期发表张岚的《传统沉疴下的海峡两岸女性创作比较》。

本月,《小说界》第 2 期发表郜元宝的《"于一切眼中看见无所有"——读王蒙长篇新作〈青狐〉》;潘凯雄的《"狐"总是"狡猾"的——王蒙长篇新作〈青狐〉别裁》。

《文艺评论》第 2 期发表马睿的《反思边缘化,介入当下性——当代中国文学理论的前景》;李咏吟的《文体意识与想像定势》;李运抟的《文学"大众化"的虚假性》;许文郁的《欲望的仪式——性与电影的审美快感》;周莹的《"家"神话的坍塌——论 90 年代女性写作中的反家庭叙事》;张国龙的《当下散文创作亮点评谭》;曾令存的《漫谈贾平凹散文中的"颓废"》;孙玉石的《以问题穿越历史,以冷峻审视过程——王光明著〈现代汉诗的百年演变〉序》;张勇的《恰当苦难的体恤——朱辉小说印象》;戴洪龄的《黑土文脉的追寻者》;孟久成的《独特的叙述方式——读常新港长篇新作〈空气是免费的〉》;黄毓璜的《文学与时尚》;钱秀银的《社会心理与创作主体漫议》。

《中国文学研究》第 1 期发表刘中顼的《论老舍的话剧创作对我国古代戏曲传统的继承》;叶君、岳凯华的《贾平凹 90 年代长篇小说创作的心理根源》;曾耀农的《政治与道德话语的放逐——中国近期电影后现代性评估之二》。

《读书》第 3 期发表李陀、阎连科的《〈受活〉:超现实写作的新尝试》。

《剧本》第 3 期发表华岩的《"2003:中国话剧舞台纵论"会议综述》;吴尚华的《当代意识和历史精神的高度统一——草青剧作选〈斛擂〉浅论》。

《博览群书》第 3 期发表吴志翔的《女性叙事:走出戏剧性?——读萧耳〈继续向左〉》;施依秀的《请告诉我黑暗的尽头——从私人视角解读安妮宝贝的女性写作》。

《暨南学报(人文科学与社会科学版)》第 2 期发表文雁、莫海斌的《胡适与美国意象派:被叙述出来的影响》。

《山东理工大学学报(社会科学版)》第 2 期发表韩志湘的《论三毛的"我执"创作心态》。

本月,上海社会科学院出版社出版张德明的《批评的视野》。

中国文联出版社出版平甦的《中国新文学概要》。

中国工人出版社出版苍狼等著的《与魔鬼下棋》。

4 月

1日,《文艺报》第36期发表鲁兰洲的《弘扬戏剧文化的几点思考》。

《文学报》第1491期发表吴亮的《论副刊》;以"传媒批评:需要制约的新话语?"为总题,发表陈冲的《媒体:不平的平台》,汪政的《不必一棒骂杀》,马元的《剃刀边缘——传媒阴影下的文学批评》,河西的《面向文化研究——文学批评的一种路向》,文贵良的《传媒批评需要规范》。

《当代》第2期发表韩少功、王尧的《文学:文体开放的远望与近视》。

《诗刊》4月号上半月刊发表黎志敏的《诗歌的"断行"艺术》;杨子敏的《悼臧老》;吕进《臧克家与重庆》;晓雪的《诗坛泰斗,风范永存——敬送诗人臧克家远行》;李苏卿的《他还活着——怀念臧克家先生》。

2日,《小说选刊》第4期发表韩少功的《传统》;孟繁华的《这个时代的小说隐痛》。

《光明日报》发表韩小蕙的《文坛:现实主义传统强势回归》。

3日,《文艺报》第37期发表陈超的《"反道德""反文化":先锋"流行诗"的写作误区》。

5日,《山东社会科学》第4期发表张清华、程大志的《由语言通向历史——论作为"历史小说家"的王朔》;张艳华的《从诗歌的当代命运看新文化运动的负面影响》;李莉的《"酷刑"与审美——论莫言〈檀香刑〉的美学风格》。

6日,《人民日报》发表侯耀忠的《文学应关注涌动的大地》;雷达的《〈国家干部〉的冲击与震撼》;张同吾的《诗歌吟诵英雄主题——读曾凡华的诗》。

《文艺报》第38期发表李敬泽的《本质性的"现实"叙事》("当代青年批评家实力展");郭小聪的《孟广臣的村庄》;孟繁华的《水乳大地的钟声与颂词——评长篇小说〈水乳大地〉》;以"说《国魅》之魅"为总题,发表李掖平的《拥有丰厚的传统文化底蕴》,刘焕鲁的《保持语言固有的特点》,朱德发、杨庆东的《亮点:求索民族文化精神》,季红真的《钩沉历史讽喻现实》,丁秀芳的《多弦交织的魅人力量》,朱晖的《围绕瓷业、瓷艺的血泪传奇》。

7日,《中国青年报》发表赵春的《回头是岸——读长篇小说〈彼岸〉》。

8日,《文学报》第1493期发表胡廷武的《没有诗歌,就像菜里没有盐巴——〈于坚文集〉序》。

10日,《文艺报》第40期发表邓楠的《当前文学中的历史观问题》;廖奔的《张庚戏剧理论的特点》。

《中国图书评论》第4期发表张丽娟的《走进精彩生动的当代文学殿堂——评〈20年小说思潮〉》。

《江淮论坛》第2期发表姜洪伟的《〈金锁记〉、〈怨女〉比较论》。

11日,《中华文学选刊》第4期发表孔庆东的《我爱这土地——读〈水乳大地〉》。

《文汇报》发表王雨吟、梁永安的《文学没有透明的翅膀——为记者型作家一辩》;王鹏飞的《疲惫的不仅仅是"夏中民"》;杨扬的《上海小说:如何走出单一类型》。

13日,《人民日报》发表杨俊蕾的《续写新时代的乡土文学》;戴平的《用犁耙在大地上书写》;周保欣的《开辟现实主义创作新路》;陈建功的《国恨家仇碧血花——序长篇小说〈玉碎〉》;何镇邦的《关注精神生活的质量——长篇小说〈我的生活质量〉读后》。

《文艺报》第41期发表本报讯《布赫诗歌研讨会在京举行》,《于卓长篇小说〈互动圈〉研讨》。

14日,《光明日报》发表匡小阳的《继承和弘扬邓小平以人为本的文艺思想》。

15日,《文艺报》第42期发表赖大仁的《随波逐流还是有所坚守——再谈消费社会及其文学走向问题》(关于"消费社会的文学走向"的讨论);以"刘文玉叙事长诗〈黑土壮歌〉评论"为总题,发表朱先树的《生命历史 黑土雄魂》,张同吾的《土地血脉和人文精神的颂歌》,陈敢的《宏伟叙事与瑰丽意象的悲壮史诗》,杨四平的《〈黑土壮歌〉:恢弘的民族史诗》。

《文学报》第1495期发表罗四鸰的《方言写作能走多远?》。

《江汉论坛》第4期发表陆雪琴的《被重塑了的"父与子"——中国现代文学的症候式阅读》;饶翔的《近十年张洁研究述评》。

《社会科学》第4期发表李松岳、陶东风的《高蹈与虚无:女性"私人化写作"的文化宿命》。

《创作评谭》第4期发表古远清的《设立"台湾文学系"所面临的困境及其危害性》。

《当代文学研究资料与信息》第2期发表刘士杰的《辛笛诗歌创作七十年研

讨会综述》。

《福建论坛》第 4 期发表黄鸣奋的《网络间性：蕴含创新契机的学术范畴》；潘正文的《后现代误读与当代文学的困境》；林晓云的《新时期女作家写作的五种形态》。

16 日，《人民论坛》第 8 期发表张洁的《虹影：成长小说　如影如虹》。

17 日，《文艺报》第 43 期发表《"斯妤作品研讨会"举行》。

《作品与争鸣》第 4 期发表郑国友的《从〈呐喊〉到〈有了快感你就喊〉》；曾凡的《"戏说"论》；李追深的《"贬良褒娼"为哪般？——评"最好的"小说〈小卖店〉》；耿法的《评论界冷落了什么？》；曾洪伟的《中国新诗真的堕落了吗？》；司空奇的《都是手机惹的祸——一场由电影〈手机〉引发的轩然大波综述》。

18 日，《中国戏剧》第 4 期发表童道明的《我们需要什么样的戏剧》；傅谨的《我所理解与期待的"都市戏剧"》；丁西的《传统戏曲的现代演绎——与查明哲谈戏剧》；李龙云的《我所知道的于是之（八）》。

《江西社会科学》第 4 期发表李志的《文化与美学的解读——新视角下的南洋华文新文学》。

20 日，《文艺报》第 44 期发表本报讯《满都麦作品研讨会举行》；以"解读戈阳青诗集《浩世微尘》"为总题，发表李瑛的《勇敢的尝试》，吉狄马加的《真实的诗》，谢冕的《诗意的人和诗意的诗》，崔道怡的《真正的诗都是情的文字》，叶延滨的《诗歌靠什么感动读者》，韩作荣的《以真诚打动读者》，蒋巍的《闯入瓷器店的公牛》，程步涛的《真诚"鱼香味"》，阎纲的《简约和精粹》，马萧萧的《对古典诗词的创新和探索》，丁国成的《有意义的实验》，朱先树的《思考在意象中矛盾地跳跃》，查干的《从细微处提炼人生真谛》；同期发表赵慧平的《开展文学批评哲学研究》。

《求索》第 4 期发表罗婷、谢鹏的《生态女性主义与文学批评》；伍梅的《论贾平凹商州小说中民俗世界的"中和之美"》；李莉的《论生活真实与文学真实的关系》；李宣平、杨建华的《湖湘文化与唐浩明的历史小说创作》。

《华文文学》第 2 期发表葛亮的《从"土生族"到"新移民"——由严歌苓的作品看在美华人的文化认同》；郭惠芬的《采集马来民歌之花，酿造马华新诗之蜜——论马来班顿对早期马华新诗的影响》；徐放鸣的《在"世界华文文学教学研讨会"上的致辞》；饶芃子的《确立学科意识，搞好教材建设——在"世界华文文学教学研讨会"上的讲演》；王志彬的《世界华文文学教学研讨会综述》；黄亚星的《边缘的怀旧者——李碧华小说的意识结构》。

《中国比较文学》第 2 期发表李秀萍的《消费时代的文化资本之争——也谈金庸小说经典化》。

21 日,《光明日报》发表李运抟的《文学畅销书透视》。

22 日,《文艺报》第 45 期发表本报讯《"南方批评书系"第二辑出版》;同期发表赵春宁的《戏曲的现实生存》;毕光明的《隐蔽生活的诗性书写》;史帆的《在探索中前进——也谈戏剧现状、本质与生命力》。

《文学报》第 1497 期发表雷达的《通俗之瓶,国粹之醇——读〈国魅〉》;洪治纲的《成长的挽歌——评刘庆的长篇小说〈长势喜人〉》;费振钟的《城市命运 谁主沉浮——试论范小青的长篇小说〈城市表情〉》。

24 日,《文艺报》第 46 期以"老屯长篇小说〈荒〉评论专辑"为总题,发表曾镇南的《莽荡雄奇写大荒》,冯建福的《热切的关注 热情的讴歌》,吴宝三的《黑土作家老屯》,黎阳的《用优美的精神关照世俗生活》,靳逊的《老屯与〈荒〉随想》,张景超的《从自然状态走向审美境界》。

27,《人民日报》发表殷乐的《把握好经典改编的尺度》;韩元的《历史题材电视剧创作的冷与热》;滕云的《农村题材文学应与时俱进》;聂伟的《重建文艺与受众的互动——评〈中国当代文论话语转型研究〉》。

《文艺报》第 47 期发表王宇的《女性形象的陷阱:日常生活叙事》;贺绍俊的《情感的浓汤》;刘文峰的《戏曲的生存危机和发展保护》;以"'黄河魂'四人谈"为总题,发表张同吾的《黄河之子与民族文化》,吴思敬的《山的凝重》,朱先树的《黄河乳汁浇灌的诗情》,左思乙的《有感于〈黄河魂〉的魂》。

《文汇报》发表詹丹的《红色经典岂容"戏说"》。

28 日,《西南民族大学学报(人文社科版)》第 4 期发表谭光辉、何希凡的《当代台湾"寻根小说"的文化考察》。

29 日,《文艺报》第 48 期发表傅汝新的《作家的职业角色》。

《文学报》第 1499 期发表吴亮的《私人化写作的社会性》;王光东的《个人化文学话语的开放性——由林白的〈万物花开〉说起》。

本月,《北京电影学院学报》第 2 期发表张爱华、鲍玉珩的《"e"时代的文学艺术:理论与实践(上)》;陈林侠的《论后现代语境中电影叙事的先锋困境》。

《江淮论坛》第 2 期发表唐先田的《大自然文学的鲜明品格——兼论刘先平的大自然文学创作》;黄开发的《"十七年"文学三论》;王烟生的《王蒙的文学观》。

《南京社会科学》第4期发表陈辽的《中短篇小说创作的三股新潮流——读2003年部分中短篇小说》。

《读书》第4期发表王德威的《历史的忧郁,小说的内爆》。

《剧本》第4期发表简兮的《"摧毁"的游戏——国家话剧院〈赵氏孤儿〉中的潜意识》;傅谨的《解读"复仇"迷思》;刘彦君的《历史、历史真实和历史剧创作——从〈赵氏孤儿〉的改编谈起》。

《博览群书》第4期发表吴迪的《有罪推定:〈武训历史调查记〉的逻辑》。

本月,广东教育出版社出版张新颖的《默读的声音》。

漓江出版社出版王干等著的《王干文学对话录》。

中国工人出版社出版蒋泥的《不死的光芒》。

山东画报出版社出版周立民主编的《2003年文学批评》。

南京师范大学出版社出版朱晓进等著的《非文学的世纪》。

当代世界出版社出版葛红兵的《直来直去》。

大众文艺出版社出版陈胜乐的《作品与争鸣》。

5月

1日,《文艺报》第49期发表欧阳友权的《人民文学,应该重新出发——就"人民文学"问题答黄浩先生》;翟泰丰的《寻梦者血与泪的歌——读长篇叙事诗〈黑土壮歌〉》;简兮的《在"主义"的盔甲下——田沁鑫戏剧创作中的潜意识》;苏涵的《剧场幻想与戏剧文学的根本欠缺——兼与魏明伦先生商榷》。

《名作欣赏》第5期发表陈瑶的《温情而忧伤的月光——读迟子建〈踏着月光的行板〉》;黄柏刚的《以笔为旗,指陈女性文学的弊端——王安忆新作〈发廊情话〉象征意蕴解读》;王向东的《从独白到对话——读铁凝新作〈逃跑〉》;马健的《隔膜与压抑:现代人心理结构之探析——铁凝短篇小说〈有客来兮〉解读》;马健的《关于"圈子的猜想"——王安忆小说〈舞伴〉之解读》;李立平的《逼近·还原·

突围——解读盛可以〈TURN ON〉及其他》;田广文的《走向迷离:现代人的精神危机——〈蓝色的马〉解读》;王泉的《人生之旅的精神守望——读蔡逸君小说〈蓝色的马〉》;高卫华的《生命在迁徙中闪光——读张曼娟散文〈青春并不消逝,只是迁徙〉》;王列耀的《女人的"牧"、"被牧"与"自牧"——严歌苓〈雌性的草地〉赏析》;芳菲的《这女人的狂歌》。

《作家》杂志第5期发表张乐朋的《汤的喝法与浇法——潘向黎小说〈白水青菜〉》;郝雨的《拟真图景中的欲望表达——评刁斗小说〈去张集〉》;沈奇的《"水,一定在水流的上游活着"——论麦城兼评其长诗〈形而上学的上游〉》;斯妤、石一宁的《在现实与幻想之间——斯妤访谈录》。

《诗刊》5月号上半月刊发表张岩松的《家园》;唐欣的《反向的诗歌》;梁小斌的《直至抵达心灵创伤》;荣光启的《诗歌的中年——论屠岸诗歌与卞之琳、冯至的关系》;张锲的《让我们张开诗的翅膀飞翔——致高平,谈〈敦煌〉诗刊的创办和当前诗歌创作》;陆凌霄的《建议新诗尝试专题创作》;蒋登科的《"在诗状态"与诗歌心理研究》;东林的《天平上的诗歌——诗人寓真访谈录》。

《钟山》第2期发表丁帆的《我们需要头上的灿烂星空吗?!——"文革"记事两则》。

《阅读与写作》第5期发表古远清的《具有突出潜质与后劲的华文作家——从〈愤懑的年代〉看林幸谦》。

2日,《小说选刊》第5期发表李陀的《〈受活〉:超越现实写作的重要尝试——李陀与阎连科对话录》。

《新剧本》第3期发表郑怀兴的《〈雪泥鸿迹话编剧〉之六:创作手法》;郭启宏的《刘绍棠与戏曲》。

5日,《山东社会科学》第5期发表施战军的《山东青年小说论》;刘艳的《市民文化的女性言说——张爱玲、苏青创作品格论》。

《上海戏剧》(4、5期合刊)发表刘青弋的《在克服中攀登——关于中国当代舞剧创作问题的分析》;徐煜的《对实验戏剧的重新认识》;刘烈雄的《当代中国戏剧创作脉络初理》;王鸣剑的《丁玲剧作得与失》。

《文汇报》发表杨扬的《小说还能提供思想资源吗——从2004年出版的几部长篇小说说起》;罗岗、衾韧的《文学期刊新栏目点评》。

《电影艺术》第3期发表陆绍阳的《电影批评:独立于媚俗与诱惑》;曾田力等

的《百年中国电影音乐流变》;黎萌的《新时期电影剧作美学黯然退场的历史追究》;安燕的《从"泛主题"到"知觉革命"——从剧作演化看"国片复兴"到"新兴电影"的嬗变》;刘帆的《改编抑或改置——冯小刚电影中的"王朔主义"问题》。

《花城》第3期发表洪治纲的《万物花开随风舞——〈花城〉2003年小说评述》。

《陕西师范大学学报(哲学社会科学版)》第3期发表陈思和的《〈骆驼祥子〉:民间视角下的启蒙悲剧》;贺昌的《异域写作与本土批评》;杨联芬的《苏曼殊与五四浪漫文学》;王荣的《论40年代"解放区"叙事诗创作及其形式的"谣曲化"》;韦建国、户思社的《西方读者视角中的贾平凹》。

9日,《文汇报》发表钱理群的《一个乡下人与两个城市的故事——沈从文笔下的北京上海文化》(节选)。

10日,《中州学刊》第3期发表宋伟的《文学理论话语的独立与自觉》。

《中国社会科学》第3期发表黄曼君的《中国现代文学经典的诞生与延传》;孔范今的《五四启蒙运动与文学变革关系新论》。

《中国图书评论》第5期发表火源的《家的梦——对杨绛〈我们仨〉的评论》;汪泽的《试析池莉近期小说的女性意识》。

《西南师范大学学报(人文社会科学版)》第3期发表贺昌盛的《萌芽时期汉语象征诗学的基本形态》。

《西南民族大学学报(人文社科版)》第5期发表严家炎的《文学的雅俗对峙与金庸的历史地位》;孔庆东的《论金庸小说的民族意识》。

《江海学刊》第3期发表许霆的《百年汉诗文体的流变及其叙述》;谢向红的《中国新诗的八大传统》。

《浙江大学学报(人文社会科学版)》第3期发表吴秀明、郭剑敏的《全球化视野下中国及东亚现当代文学的文化选择》。

11日,《人民日报》发表穆鑫的《从文学的母体出发——浅谈文学名著电视剧的改编》;王干的《热爱语言的"丝绸"——读斯妤的随笔》。

《文艺报》第50期发表郜元宝的《期待新的"文学自觉"时代到来》("当代青年批评家实力展");周保欣的《当代文学批评的五大病毒》;公仲的《贯串和延续的血脉仍是中华文化传统》;王磊的《女儿如花,如花般地枯萎——评鲁娃新作〈女儿四季歌〉》。

《中华文学选刊》第 5 期发表陈晓明的《闪亮的历史现形记——评王蒙新作〈青狐〉》。

12 日,《光明日报》发表张未民的《现实精神与电视剧》;赵志坚、张雪丽的《文化互动中的中国学研究——兼评〈中国学研究〉》。

13 日,《文艺报》第 51 期发表张鹰的《军旅报告文学近年的艺术成就》。

《文学报》第 1502 期发表罗四鸰的《"身体写作"日渐升温　学界反思激烈争论》、《寻找在刀刃上擦过的感觉——访诗人王小妮》;林丹娅的《不让自己仅仅是自己——斯妤小说漫谈》;马长征的《论费振钟的散文创作》;崔道怡的《地球是这样毁灭的——〈猎原〉读后有感》。

15 日,《人文杂志》第 3 期发表王一川的《现代性的先锋主义颜面》;杨经建的《论中国文学中的"复仇"叙事》;段建军、尹小玲的《主体的消解——从"失名"透析我国新时期小说的后现代性》。

《中山大学学报(社会科学版)》第 3 期发表曾绍义的《巴金与现代人学——〈随想录〉新论》;常彬的《母爱颂歌中的反弹旋律——"五四"及 20 年代女性母爱写作的理性反思》;潘自勉的《论价值意识的规范化》;梁凤莲的《历史戏剧与戏剧历史》。

《文艺报》第 52 期发表赵国乾的《文学的道德批判不可或缺》;高洪波的《诗与非常诗——王家新和他的诗集〈北溟鱼〉》。

《文学评论》第 3 期以"笔谈:关于历史题材文艺创作的思考"为总题,发表钱中文的《历史题材创作、史识与史观》,童庆炳的《历史题材创作三向度》,王先霈的《向历史题材文艺要求什么》,吴秀明的《历史文学底线原则与创作境界刍议》,王春瑜的《尊重历史》,郭宏安的《历史小说:历史和小说》,胡明的《历史·历史观·历史题材的文艺创作》;同期发表刘志荣的《生命最后的智慧之歌:穆旦在一九七六》;汪跃华的《复写之书:韩东〈扎根〉论》;金立群、孔惠惠的《毛泽东文艺思想和二十世纪中国文学理论批评国际学术研讨会综述》;温奉桥的《王蒙文学创作国际学术研讨会述要》。

《文艺争鸣》第 3 期发表李锐的《无害的学问,无害的主义》;阎连科的《只有追求,没有旁顾》;以"新世纪文艺理论的生活论话题"为总题,发表鲁枢元的《评所谓"新的美学原则"的崛起——"审美日常生活化"的价值取向析疑》,赵勇的《新世纪文学理论的生长点在哪里?》;同期发表郑敏的《关于诗歌传统》;吴思敬的《新诗已形成自身传统》;张立群的《从一场对话开始——关于"新诗究竟有没有传统"的解析》;张大为的《新诗"传统"的话语谱系与当代论争》;季红真的《确立女性主体与女性文学创作》;张韧的《从新写实走进底层文学》;王必胜的《给散文卸下包袱》;邢小利的《一道坚实而深远的生命季节的印痕——读吕钦文〈哲理与情思〉》;车红梅的《一幅现代都市生活的世态生相图——评张欣长篇小说〈深喉〉》;张辛欣的《戏剧,一个介入的观众》;段大明的《中国电影人的艺术创造力哪里去了?——2003年国产电影"三大奖"最佳故事片扫描》;王红箫的《解构·建构——关于东北民间戏剧二人转》;周冰心的《仿写时代:文本与影像的互文现象——以方方、戴来的创作为例》;莫邪的《就是那调调儿》;王达敏的《文化厚土上的文学——安徽文学现状分析》;吴开晋的《血液里流淌的诗行——读胡昭的诗》;方宁的《在历史与寓言之间——评刘焕鲁的〈国魅〉》;林建法的《〈2003文学批评〉序》。

《中央民族大学学报(哲学社会科学版)》第3期发表闫秋红的《萨满活动角色与"我"的分身术——萨满教文化与先锋小说》。

《云南民族大学学报(哲学社会科学版)》第3期发表张惠的《精神分析批评的真实性及其在中国的实践》。

《天涯》第3期发表蔡翔、刘旭的《底层问题与知识分子的使命》;刘小新、郑国庆的《文本分析与社会批评》;旷新年的《后殖民时代的欲望书写》。

《广东社会科学》第3期发表赖伯疆的《菲华文学中"身份认同"的矛盾和困惑》。

《北京社会科学》第1期发表黄会林的《关于当前文艺思潮的思考》;陈建文的《胡风主观战斗精神与创作主体的哲学美学阐释》;谷海慧的《怪诞·荒诞·机智——过士行剧作资源分析》;胡山林的《史铁生创作的终极关怀精神》。

《民族文学研究》第2期发表刘宗迪的《从书面范式到口头范式:论民间文艺学的范式转换与学科独立》;阿地里·居玛吐尔地的《玛纳斯奇的萨满"面孔"》;董秀团的《汉族和白族目连救母故事的异同比较》;吴道毅的《崛起中的鄂西民族文学》;李光一的《20世纪后期中国朝鲜族与汉族文学思潮之关联》;王科的《民族意识、历史精神和生命体验——论回族诗人马德俊的诗歌创作》;徐其超的《〈尘埃落定〉"圆形研究"》;黄雯的《女性生命的咏叹——评纳西族女作家和晓梅的小说创作》;羽离子的《朝鲜族文学家金泽荣简论》。

《当代文坛》第3期发表姜文振的《都市消费文化的兴起与文学生存方式的新变》;何云贵的《欲望与骚动——莫怀戚都市小说创作片论》;储双月的《家族历史叙事探索》;郭怀玉的《绘出阿里阿得涅彩线——在张洁与Feminist和Female literature之间》;李自雄、涂珍兰的《赵玫盛唐历史小说中女性意识的文化意义》;柴平的《论〈东藏记〉的误区》;邓星明、蔡美娟的《铁凝近作的"黑色幽默"倾向》;王淑萍的《"媚俗"与大众文化》;陈志菲的《叫喊声中的沉默——浅析当下的文坛"叫喊"现象》;陈才生的《此水本自清,是谁搅令浊?——长篇小说〈沧浪之水〉的一种解读》;李友良的《烈火中闪烁的国徽——论周梅森的〈国家公诉〉》;徐巍的《一曲"复调"的爱情悲歌——关于贾平凹〈病相报告〉的报告》;冯琳的《〈上边〉:精神桃花源的寓言》;陈昕的《独特的视角,诗意的守望——论迟子建的小说创作》;朱耀龙的《爱情:一种纯真的原生美——对严歌苓小说〈扶桑〉的情感解读》;梅朝举的《生命处境与男性情怀——解读池莉〈有了快感你就喊〉的审美取向》;马云的《余秋雨散文:大众讲演辞》;李晓华的《原始思维·诗意地栖居·现代焦虑——刘亮程心态散文浅析》;廖全京的《他拥有这样一片心灵空间——对李致散文的一种解读》;任南南、张守海的《"影响的焦虑"——论后朦胧诗抒情策略转移的心理动因》;吴其南的《邱易东诗歌的空间重组艺术》;马洁如、廖恒的《当代汉语诗歌中的神性意识》;蒋登科的《〈重庆书〉的解读问题》;汤冬梅的《守候重庆性格》;李春艳的《〈重庆书〉的语言艺术》;任毅的《〈重庆书〉的结构艺术和抒写人称》;邓艮的《一次"灵魂出窍"的精神探险》;隋清娥的《试析〈孝子与闹鬼〉中"孝子故事"的多重意蕴》;王火的《人心正反是沧桑——评〈心路沧桑〉》;李红强的《艰难的"祛魅"——出版之于当代文学的精神难题》;王昆建的《立足本土文化,走向开放自由——近年云南儿童散文走向一瞥》;冯肖华的《陕西当代地缘文学本体形态论》;童八生的《后殖民语境中的余光中创作》;贾颖妮的《魂归何处——论李碧华小说对女性命运的探讨》;刘瑛的《爱恨痴缠的前世今生——论李碧华小说中的宿命观》;盛英的《国内网络与文学研究综述》。

《江汉论坛》第5期发表郑坚的《略论20世纪中国文学的"反封建"问题》;姜向东的《张爱玲小说与鲁迅思想的联系》;王海铝的《"葛川江"的魅力——李杭育系列小说的叙事分析》;车永强的《传统之悖逆——论我国新时期的诗歌创作》;贺昌的《"现实—象征—玄学":汉语象征诗学的内在结构——论袁可嘉的"新诗现代化"问题》;王本朝的《网络诗歌的文学史意义》;谷海慧的《新时期散文思潮

评述》。

《华东师范大学学报(哲学社会科学版)》第3期发表文贵良的《秧歌剧：被政治所改造的民间》。

《当代电影》第3期发表秦俊香的《忠实·改造·创新·迎合——2003年改编电视剧印象》；戴清的《多极分化，异趣共生——2003年现实题材电视剧盘点》；邹韶军的《再现与重构——2003年历史题材电视剧回眸》；卢蓉的《在双重规则中寻求表达——2003年刑侦反腐题材电视剧述评》；陈旸的《位置的选择：对2003年中国偶像剧的审视》；唐思思的《情景喜剧的魅力》；陈健的《2003年国产电视剧区域化创作刍议》；张文燕的《浅析中国喜剧电影的形式特征》；李学武的《在寻找中失落——自我、爱情及其他》；张世君的《电视凝视中的性别意识》；喻群芳的《一种叙事和一种世界观》。

《江苏社会科学》第3期发表何言宏的《二十世纪九十年代以来中国小说中的民间话语》；贺昌盛的《从"意象"到"象征"：30年代汉语象征诗学的拓展——以废名、卞之琳、何其芳的诗歌创作为例》。

《齐鲁学刊》第3期发表李红的《踯躅于忧患与眷恋之间——论老舍小说的双重结构》；范军的《新诗散文化的理论误区与新诗格律化的必要性》；康长福的《喧嚣的背后：近年来官场小说创作透视》；姜异新的《试论"否定主义文学史观"》。

《社会科学》第5期发表杨经建的《西方流浪汉小说与中国当代流浪汉小说之比较》。

《社会科学研究》第3期发表张桃洲的《宗教因素在20世纪中国文学中的三种表现形态——以许地山、无名氏和张承志作品为中心》；刘保昌的《道家文化与中国现代浪漫主义文学观》。

《社会科学辑刊》第3期发表姚文放的《文学传统与生态意识》；沈卫威的《〈大公报·文学副刊〉对新人文主义的张扬》；马琳、马宇菁的《重蹈失败的女性历史——以〈红玻璃的故事〉、〈玫瑰门〉、〈无字〉为例论悲剧的女性宿命》。

《学习与探索》第3期发表杨洪承的《全球化语境下中国现代文学研究的焦虑与选择》。

《学术论坛》第3期发表龚举善的《现代传媒与报告文学转型》；朱庆华的《鲁迅赵树理对现代文学的互补式贡献》。

《南方文坛》第 3 期发表谢有顺的《经验已经贫乏》；郜元宝的《在失败中自觉——马上自传一至七》；张颐武的《"纯文学"讨论与"新文学"的终结》；贺桂梅的《文学性："洞穴"或"飞地"——关于文学"自足性"问题的简略考察》；程光炜的《艰难的心路历程——五六十年代巴金、曹禺创作双论》；孟繁华的《修辞理论和伟大的传统——评李建军的〈小说修辞研究〉》，王兆胜的《正本清源与圆融通明——评李建军的〈小说修辞研究〉》；刘锋杰的《学术·思想·人文——读夏中义〈学人本色〉》；杨胜刚、黄毓的《批评怎样对文学负责——怀念〈无边的挑战〉》；周南焱的《置身边缘的探险队——略谈〈无名时代的文学批评〉》；何西来的《道德的和宗教的救赎——读〈城的灯〉》；何向阳的《羔羊生命册上的绳记——评李佩甫长篇〈城的灯〉》；郭战涛的《"十七年"时期〈人民文学〉的封面》；姚楠的《完美批评：炎热和严厉的求全——世纪之交文学批评论》；刘存沛的《中国气派，拉美风格——再读〈水乳大地〉》；甘以雯的《葆有散文的文学品味——2003 年散文创作概述》；陈建新的《科学理性与历史人文的双向思考——评翁礼华财经历史散文》；石向东的《自言自语》；刘新的《阅读石向东》；苏旅的《朋友石向东》；贺绍俊的《理论动态》。

《浙江学刊》第 3 期发表邓晓芒的《艺术作品的永恒性——马克思、海德格尔和当代中国文学》；王岳川的《"文学性"消解的后现代症候》；王一川的《审美现代性的革命颜面——革命主义简论》。

《理论与创作》第 3 期发表欧阳友权的《数字化语境中的文学嬗变》；姜飞的《数字化时代的文化倾销》；蓝爱国的《数字化影像及其奇观思维》；张卫中的《毛泽东文艺思想中的"常"与"变"》；朱文华的《传记文学作品的史学性质与文学手法的度》；杨学民的《守住底线，放飞想象》；马翀的《传记作品，岂能虚构》；李生滨的《传记文学：边缘写作的一道亮丽风景》；宋剑华的《苦涩记忆中的"文革文学"：文学史意义与审美价值的评估》；屈雅红的《中国女性文学"身体叙事"的世纪演替》；詹艾斌的《相对主义文学批评的主体观问题》。

《福建论坛》第 5 期发表路文彬的《中国现当代文学学科合法性质疑》；王兆胜的《林语堂与邵洵美》；刘忠的《中国文学的现代转型与时间分期》。

《复旦学报（社会科学版）》第 3 期发表[日]横地刚著、陈映真等译的《范泉的台湾认识——上一世纪 40 年代后期台湾的文学状况》。

17 日，《作品与争鸣》第 5 期发表刘浩华的《不能让文学极端"个人化"泛滥成灾》。

18日,《文艺报》第 53 期发表汪政的《短篇小说的沉沦》("当代青年批评家实力展")。

《中国戏剧》第 5 期发表颜全毅的《"新都市戏曲"及"消费戏曲"——当前戏曲现象的两个话题》;李龙云的《我所知道的于是之(后记)》。

19日,《光明日报》发表张学昕的《民族化与当代文化、文学建设》。

20日,《小说评论》第 3 期发表雷达的《雷达专栏:长篇小说笔记之二十:范稳的〈水乳大地〉、周瑾的〈被世俗绑架〉、阎连科的〈受活〉》;李建军的《李建军专栏:小说病象观察之十五:当代小说最缺什么》;贺绍俊的《贺绍俊专栏:"追风逐云"之三——自恋:女性写作的方式》;以"叶兆言专辑"为总题,发表於可训的《主持人的话》,叶兆言的《自述——我的文学观与外国文学》,周新民、叶兆言的《写作,就是反模仿——叶兆言访谈录》,周新民的《叶兆言小说的历史意识》;同期发表李遇春的《病态社会的病相报告——评苏童的长篇小说〈蛇为什么会飞〉》;刘俐莉的《裸露生存本相　勘探深层人性——浅论杨争光〈从两个蛋开始〉》;白烨的《"美"从"悲"来——读钟晶晶的小说》;张勇的《成长的阐释与阐释的成长——叶弥小说评论》;阎晶明的《令人恐惧的真实》;苏君礼的《摇摆的欲望——读王晓云的长篇小说〈梅兰梅兰〉》;焦雨虹的《苏童小说:唯美主义的当代叙述》;翟传增的《张洁小说与"耻感文化"》;李凤亮的《怀疑态度与相对精神》;张炯的《如歌如泣的时代情怀——读〈来过西部——戈悟觉中短篇小说选〉》;何西来的《人性与人心的追寻——序王君长篇小说〈谁绑架了爱〉》;王莹的《略论周文小说的特色》。

《文艺报》第 54 期发表本报讯《毕飞宇作品研讨会召开》;同期发表张新秋的《"文学批评"止痛——向朱健国先生求教》;赵卫东的《"工农兵文学"思潮:"大众"意识形态的确立与播撒》;饶先来的《解释与对抗——论文学批评对理论的建构机制》;刘永涛的《新时期诗歌的后现代主义特征》;徐晓东的《〈雪城〉:徘徊在理想与世俗之间的精神殉葬之作》;刘起林的《"境界伦理"的共鸣效应及理念缺失——论〈雪城〉的影响与研究》;龙长吟的《一部社会的大书——评肖远奇、管群华的长篇小说〈秋雾濛濛〉》;左文的《在苦难中涅槃——余华小说苦难叙事的佛学阐释》;刘绪义的《性政治:成长中的生态符号——解读毕飞宇的〈玉米〉》。

《光明日报》发表雷达的《大地的涅槃》;张锲的《持论公允文采飞扬》。

《求索》第 5 期发表曹小晶的《论黄建新的"常态电影"》;陈昕的《后现代视野

下的网络文化——兼谈网络文化对儿童文学的冲击》;谭建平、李琳的《网络文化的民族特色和时代精神》;何璐、朱锋华的《民间文化形态与贾平凹小说的审美资源》;张健的《"怪诞"的背后——从王小波现象说起》。

《河北学刊》第3期发表陈伟的《小康社会与都市美学形态》;郑淑玲的《〈大公报〉与中国现代文学》;高玉的《"自由至上主义"及其命运:周作人附敌事件之成因》。

《学术研究》第5期发表梁振华的《中国作家介入当代影视文化的群体现象》;姚楠的《浅论20世纪中国文学史学科建设》。

《南开学报(哲学社会科学版)》第3期发表程国君的《浪漫诗人的"现代"诉求——论"新月"诗派的现代主义艺术实践》。

21日,《文艺研究》第3期发表程金城、冯欣的《论20世纪中国文学价值与真理的冲突》;温儒敏的《现当代文学研究中的"空洞化"现象》;何锡章、李俊国的《从历史的单一视角到历史的多义解释——中国现代文学研究历史反思》。

22日,《文汇报》发表周南焱的《一个不可轻视的文学群体——白烨谈"80后"写作》。

《新文学史料》第2期发表袁水拍的《论诗歌中的态度——给臧克家兄的一封信》;李广田的《马凡陀的山歌》;叶遥的《袁水拍和毛泽东》;韩丽梅的《一位山歌作者的足迹》;鲁煤的《我和胡风:恩怨实录——献给恩师益友胡风百年诞辰(七)》;于天池的《思想改造中的憧憬和苦闷——记批判〈武训传〉电影前后的李长之》;杨义的《〈萧乾全集〉序》;维山的《关于诗的几个问题》;徐庆全的《周扬四次文代会主题报告起草过程述实》;孙玉石的《起点的意义——关于20世纪40年代李瑛诗学追求的一些资料和思考》;晓风、萧耘辑注的《萧军胡风通信选》;夏熊整理的《雪峰日记——一千七百六十三天记事(五)》;黄伟经的《一棵萎后重绿的老树——萧乾书简及忆与他的交往》。

23日,《天津社会科学》第3期发表李莉的《论网络词语的社会文化意蕴》;李永东的《论区域文化对20世纪中国小说流变的影响》;许纪霖的《都市空间视野中的知识分子研究》。

24日,《文艺理论与批评》第3期专栏"反思1980年代"发表余岱宗的《1980年代文学:变革的焦虑》;以"文学视野中的'三农'"为总题,发表旷新年的《赵树理的文学史意义》,杨凯的《当代文学中的"纯洁"取向与"底层"意识——从赵树理是不是"通俗文学"说开去》，蒋晖的《中国农民革命文学研究与左翼思想遗产的创造性转化》；同期发表邵燕君的《"新保守主义"的集体无意识——解读〈走向共和〉》；刘忠阳的《中国悲剧的文化认同与背叛》；卫厚生的《历史剧与历史真实性》；窦文章的《是三春晖，还是苍老的浮云——20世纪中国作家笔下母亲形象纵析》；魏鹏举的《现代困境与主体责任——电影〈手机〉所引起的信任危机反思》；晓雪的《无愧无悔的人民诗人》；朱先树的《谈韩笑的诗歌创作》；曹赟、龚举善的《"陕军"的文化寓言——〈白鹿原〉审美意象的重新解读》；顾凤威的《现实主义仍然蓬勃着雄健的生命力——毕淑敏小说创作解析》；姜文振的《后现代主义：理论启示与话语困顿》；曾国华的《平和的坚守——读柯岩著〈人的一生都在路上〉》；涂武生的《直性、直观、直言——序〈张贤亮现象〉》；李琳的《一面反映新时期文艺主潮的"多棱镜"——评郑恩波主编的〈新时期文艺主潮论〉》。

25日，《文艺报》第56期发表本报讯《塞风诗歌研讨会在济南召开》；同期发表吴义勤的《我们期待什么样的批评》；贺绍俊的《非常背后的平常》。

《文艺理论研究》第3期发表欧阳友权的《网络叙事的指涉方式》；杨春时的《现代民族国家与中国新古典主义》。

《甘肃社会科学》第3期发表单总明、张发的《突破程式束缚，回归戏曲本源——当代中国戏曲生存与发展之我见》。

《当代作家评论》第3期发表陈思和的《探索世界性因素的典范之作：〈十四行集〉》；唐晓渡的《北岛：没有幸福，只有自由和平静》；张桃洲的《穿梭于地面的技艺——臧棣诗歌论》；刘恩波的《智性的诡谲：猜想西川的创作》；张新颖的《关于〈我把十八年前的那场鹅毛大雪想出来了〉》；许子东的《中国现当代文学发展的若干线索》、《重读〈活动变人形〉》；贺桂梅的《知识分子、女性与革命——从丁玲个案看延安另类实践中的身份政治》；张学昕的《"唯美"的叙述——苏童短篇小说论》；张炜的《〈暗示〉阅读笔记》；以"迟子建评论专辑"为总题，发表姜桂华的《执著于困境的发现与出路的寻找——迟子建中短篇小说通解》，吴义勤的《狗道与人道——评迟子建长篇小说〈穿过云层的晴朗〉》，巫晓燕的《历史叙事中的审美想象——评迟子建长篇小说〈伪满洲国〉》；同期发表[德]顾彬著、王霄兵译的《圣人笑吗？——评王蒙的幽默》；王璞的《飘移在虚实之间的魔术——细读徐訏两篇小说》；吴俊的《主持人的话》；施燕平口述的《我的工作简历》。

《社会科学战线》第3期发表李新宇的《什么是"新文化运动"？》；陈方竞、穆艳霞的《鲁迅:"人与鬼的纠葛和交融"——兼谈五四新文化倡导的历史局限》;刘士林的《诗之新声与学之别体——论20世纪的中国学人之诗》。

《语文学刊》第5期发表朱红丹的《走进"木兰"的世界——评林语堂〈京华烟云〉中的人物形象》;李萌萌的《在普及中湮没——从接受美学角度看〈延安文艺座谈会上讲话〉之价值与局限》;郑必颖的《人生苦难中的不懈追寻——论昌耀的"生命苦斗"观及其诗歌中的表现》;黄夏梅的《爱与梦想的奇幻世界——当代童话发展的三种走向》。

《郑州大学学报(哲学社会科学版)》第3期发表张冠华的《病态的自尊及其它——中国民间故事副作用之我见》;刘海燕的《追溯当代文学及批评的背景——由孙荪的〈风中之树〉谈起》。

《南京师大学报(社会科学版)》第3期发表王珂的《从保守的文体改良到极端的文体革命——新诗革命的演变轨迹及特点》;贺仲明的《20世纪乡土小说的创作形态及其新变》。

《晋阳学刊》第3期发表周保欣的《现代民族国家政治与小说文体复兴》;霍俊国的《当前我国文学创作和研究面临的困境及其出路》;郝春涛的《后新时期小说创作取向》。

26日,《光明日报》发表孙逊的《图像传播:经典文学向大众文化的辐射》。

27日,《文艺报》第57期发表任时的《李一清长篇小说〈农民〉:作家心中流淌着农民的"苦水"》;齐峰、田建民的《谈歌近作〈城市迁徙〉:一副不切实际的药方》。

《文学自由谈》第3期发表金梅的《梁斌先生的文心》;朱健国的《施蛰存的第五扇窗户》;冯越的《挑错与挑错之不同》;毕光明的《当代文学与当代文学教育》;刘玉锋的《小说中两性间的游戏规则》;施津菊的《从〈无字〉看当代女性启蒙的困境》。

《文学报》第1506期发表杨扬、孙甘露的《文学探索:比缓慢更缓慢的工作——孙甘露访谈录》;王宏图的《艺术情性与市民气质》;郜元宝的《仰望文学史夜空的繁星——〈中国现当代文学名篇十五讲〉读后》;储福金的《批评与反批评的同构》。

《中国青年报》发表吴晓东的《"红色经典"改编:必须尊重历史记忆》。

《华中师范大学学报(人文社会科学版)》第3期发表李显杰的《从现代到后

现代：当代修辞学理论辨析》；魏天无的《90年代诗歌中的"知识分子写作"》；张卫中的《90年代中国城市小说的现代性》；曹建玲的《超性别书写——鲁迅作品的女性主义立场》。

28日，《兰州大学学报（社会科学版）》第3期发表赵学勇、阮青的《1990年代：走向叙事自觉时期的短篇创作》；张大伟的《多维透视：胡风的价值取向》。

29日，《文艺报》第58期发表彭松乔的《走中国特色的生态文艺批评之路》；杨四平的《散播新诗的火种》；卫厚生的《文学不应只为市场写作》；以"作家对城市的情意——范小青长篇小说《城市表情》评论"为总题，发表费振钟的《城市的表情与作家的表情》，木弓的《逼出一条艺术探索之路》，于青的《当代英雄秦重天》，汪政的《小说的思想品格与智慧风貌》，吴俊的《范小青的文学表情》。

30日，《南京大学学报（哲学·人文科学·社会科学）》第3期发表俞兆平的《再论"现代性"与中国现代文学研究》；李怡的《"走向世界"、"现代性"与"全球化"——20年来中国现代文学研究的三个关键语汇》；张光芒的《混沌的现代性——对中国现代文学思潮总体特征的一种解读》。

《海南师范学院学报（社会科学版）》第3期发表黄海晴的《论余光中新古典主义诗学的特征》。

本月，《文艺评论》第3期发表王德胜的《幸福与"幸福的感观化"——当代审美文化理论视野中的幸福问题》；林超然的《文学批评职业叙事的困厄与突围》；黄灯的《〈暗示〉暗示了什么？——对当代文学批评的一种思考》；张文红的《"历史消费"的生态机制——谈当下"正史剧"与"戏说剧"的创作机理》；采薇的《21世纪女性文学发展态势——第六届中国当代女性文学学术研讨会综述》；冯晏的《女性写作的现状和前景》；冯毓云的《天行健，君子以自强不息——〈浮世〉的生命哲学沉思》；喻权中的《老树与新绿——品味〈浮世〉》；王立纯的《〈浮世〉：从意境看匠心》；彭放的《小说："从小处说"》；李莉的《论小说意象蕴涵的"气味"——兼谈迟子建小说》；沈忠文的《美文真情高格调——读靳国君散文》；朱珊珊的《漂浮的心态——读阿成的短篇小说〈东北吉卜赛〉》；岫玫的《博雅文心——读王立民的〈文心雕虫〉》；宋书白的《梦亦荒凉，爱亦荒凉》；许渊明的《温润的怀旧——兼谈小说的散文化创作》。

《剧本》第5期发表胡可的《张庚同志戏剧理论对我国话剧的指导意义——在张庚学术思想研讨会上的发言》；吴乾浩的《当代戏剧评论的价值与趋向——

张庚老师有关论述回瞻》；何玉人的《张庚的革命戏剧实践和理论贡献——"张庚学术思想研讨会"在北京召开》。

《博览群书》第 5 期发表李玉皓的《他在转折中演变——于编稿中读平凹》；温儒敏的《胡风研究的"祛魅"与"祛蔽"》。

《暨南学报（人文科学与社会科学版）》第 3 期发表温朝霞的《对当代历史题材影视剧的文化观批判》；易红霞的《现实主义，不能"那么"现实——对曹禺戏剧美学思想的反思》。

本月，上海三联书店出版朱立立的《知识人的精神私史——台湾现代派小说的一种解读》。

广西师范大学出版社出版奚密的《诗生活》；吴炫的《新时期文学热点作品讲演录》；王一川的《文学理论讲演录》。

浙江大学出版社出版金汉主编的《中国当代文学作品选评》。

社会科学文献出版社出版白烨主编的《2003 年中国文情报告》。

云南人民出版社出版贾梦玮主编的《河汉观星》。

中国文联出版社出版欧阳友权的《网络文学本体论》；杨林的《网络文学禅意论》；谭德晶的《网络文学批评论》；蓝爱国、何学威的《网络文学的民间视野》；方兢的《中国当代文学理论潮流三十年(1949—1978)》。

山东画报出版社出版陈子善编的《张爱玲的风气》；刘绍铭、梁秉钧、许子东的《再读张爱玲》；水晶的《替张爱玲补妆》；王德威的《落地的麦子不死》。

上海教育出版社出版郜元宝的《为热带人语冰》。

南京大学出版社出版王爱松的《当代作家的文化立场与叙事艺术》。

中国社会科学出版社出版林树明的《多维视野中的女性主义文学批评》。

安徽大学出版社出版陈霖的《文学空间的裂变与转型》。

北京师范大学出版社出版舒乙主编的《说不尽的老舍》。

新世界出版社出版李敬泽的《见证一千零一夜》。

复旦大学出版社出版钱谷融的《当代文艺问题十讲》。

中国海洋大学出版社出版温奉桥编的《多维视野中的王蒙》。

6 月

1日,《人民日报》发表谭旭东的《儿童文学的独特风景——新世纪中国儿童文学创作》。

《文艺报》第59期发表本报讯《周梅森作品研讨会举行》。

《诗刊》6月号上半月刊发表海上的《自由心性与良知——读刘虹的诗》;于坚的《从"隐喻"后退——一种作为方法的诗歌之我见》;陈忠实的《你的句子已灿灿发亮——儿童诗作家王宜振》;陈超的《"反道德""反文化":先锋"流行诗"的写作误区》;林染的《编诗琐谈》;杨斌华的《退守与匮乏:晚近诗歌的精神内伤》;李少君的《关于诗歌"草根性"问题的札记》。

《名作欣赏》第6期发表邢小群的《〈倾城之恋〉的一种解读》;李蓉的《〈倾城之恋〉爱情程式的心理学解读》。

《山东教育学院学报》第3期发表陈艳的《别样的香港书写——论李碧华小说》。

2日,《文汇报》发表张旭东的《〈长恨歌〉:从小说到舞台》。

《中国妇女》第11期发表顾力的《虹影:我有多安静就有多疯狂》。

3日,《文艺报》第60期发表刘士林的《文学创作与批评的中国话语》;王卫平、张东杰的《文学不能承受之"软"》。

《文学报》第1508期发表罗四鸰的《西部文学不能"坐吃"文化遗产》;阎晶明的《当"狼"性成为精神符号》;季红真的《火的信仰与爱的启示——读满都麦的小说兼谈母语写作的文化价值》;李东华的《冰一样的透明,灯光一样的温暖——读白冰的〈吃黑夜的大象〉》;何镇邦的《〈我的生活质量〉的特色与魅力》;汪政的《启动"中国阅读"——评黄蓓佳的〈中国童话〉》。

5日,《山东社会科学》第6期发表姜德照的《论网络文学的大众性和高科技趋势》。

《文艺报》第61期发表本报讯《杨红樱作品研讨会在成都召开》;同期发表刘新生的《人民形象的主体地位的确立》;赵慧平的《精神超越不可或缺》;石耿立的《周涛散文:壮美的生命》;廖奔的《中国小剧场戏剧的创造性》;于烈的《会诊〈临

时病房〉——观小剧场演出季首场演出》;李春熹的《戏曲建设——戏曲现代化历史进程的新阶段》。

6日,《文汇报》发表黄式宪的《电视电影:审美的魅力在哪里——观第四届电视电影"百合奖"作品札记》;张抗抗的《〈狼图腾〉的叙事魔力》;杨剑龙的《生态危机、生态文学与生态批评》。

《台港文学选刊》第6期发表刘小新的《马华旅台文学一瞥》。

"世界华文文学理论建设研讨会"在福州召开。

8日,《人民日报》发表张保宁的《文学:人类精神的希望》;贺绍俊的《切入现实的厚重小说——读范小青的长篇新作〈城市表情〉》。

《文艺报》第62期发表本报讯《冯紫英兵味散文研讨会在京举行》;同期发表贺绍俊的《在路上还是在土地上》("当代青年批评家实力展");以"'红色经典'现象透视——江西评论家七人谈"为总题,发表傅伯言的《"红色经典"现象的思考》,舒信波的《把握红色经典的价值判断》,吴海的《"红色经典"的意义》,公仲的《是迎合还是提升》,周劭馨的《"红色经典"的红色魅力》,胡颖峰的《重构英雄的偏失》,夏汉宁的《与其改编不如原创》。

10日,《文艺报》第63期发表本报讯《刘忠华长篇纪实诗〈春悸〉在京研讨》、《长篇报告文学〈生死关头〉在京研讨》、《王伟岩作品研讨会召开》;同期发表曾庆瑞的《从人物到审美价值:"解构主义"对当下影视剧等艺术创作的伤害》;刘颋的《难为情:一种日渐稀缺的文学表情》;邱绍雄的《"中国商贾小说学"的文化价值》;陈福民的《不能彻底的欲望旅程——读薛燕平长篇新作〈让我靠近〉》。

《文学报》第1510期发表阎晶明的《批评的难点》。

《中国图书评论》第6期发表傅书华的《关于学术评判的片断思考——以〈1949—1999文学争鸣档案〉为例》;李春林的《让纯美与温馨浸进儿童的心扉——评佟希仁〈儿童散文诗〉》。

《光明日报》发表陈晓明的《纯净的书写与反叙事》。

11日,《中华文学选刊》第6期发表李复威的《中国文学距离世界究竟有多远——从海外一种流行的观点说开去》;付艳霞的《回到常识和底线——谈当代文学批评的尺度和风度》;王剑冰的《散文发展中的个性化问题——在北大首届中国散文论坛上的演讲》。

12日,《文艺报》第64期发表赖大仁的《从科学发展观看文学与人的发展》;

赵葆华的《坚守中国电影的民族文化身份》。

15日,《文艺报》第65期以"纪实长诗《春悸》评论专辑"为总题,发表吉狄马加的《这是一部可贵的长诗》,李瑛的《诗歌是鼓舞人的审美艺术》,包明德的《诗情的记忆与警策》,蒋巍的《歌者的沉思》,胡德培的《紧随时代　关注现实》,何镇邦的《讴歌与反思》,杨四平的《新世纪首部"长篇报告诗"》,冉庄的《激情张扬的冷峻思考》。

《江汉论坛》第6期发表张荣翼的《关于文学传统的类型分析》;李征宙的《毛泽东论鲁迅中的空白、沉默与批评》;吴艳的《论闻一多诗学的"多元意识"》;陈国恩、王艳的《世俗认同与身份焦虑——论池莉的小说创作》。

《福建论坛》第6期发表荣光启的《本体话语与问题诗学——王光明的诗歌批评之旅》;李蓉的《林徽因诗歌哲学意蕴解读》。

16日,《中华读书报》发表陈香的《海峡两岸对话中国当代儿童文学(上)》;古远清的《台湾文学馆建立的南北之争》。

17日,《文艺报》第66期发表本报讯《徐坤长篇小说〈爱你两周半〉研讨会召开》;同期发表王岳川的《发现东方与人文知识分子立场》。

《文学报》第1512期发表阎晶明的《别做自己的批评家》;施晓宇的《空虚的散文之塔》;房伟的《E时代的激情与理性》;达吾的《江湖笔记：马步升式的精巧浪漫》。

《作品与争鸣》第6期发表陈怀鹏的《此"花"有毒,不可不辨——评胡兰成的〈禅是一枝花〉等》;钱定平的《胡兰成五题》。

18日,《中国戏剧》第6期发表何孝充的《重视磨砺优秀保留剧目　推动戏曲现代戏的发展》;艾立中的《新编历史昆剧的现代化追求》;王成玉的《看〈白毛女〉五十年——从几份节目单说起》。

19日,《文艺报》第67期发表本报讯《梁晓声小说创作回顾研讨会在京举行》、《长篇小说〈天路〉研讨》、《长篇小说〈扬子江百年记〉研讨会召开》、《"网络文学与数字文化"研讨会召开》。

20日,《学术月刊》第6期发表朱寿桐的《论作为中国现代文学中心的上海》;李楠的《市民文化笼罩下的都市想象——上海小报中的"上海"》。

《华文文学》第3期发表王文艳的《跨越疆界——全球化语境下的虹影写作》;林翠微的《百年良妓的凄美绝唱——严歌苓〈扶桑〉女主人公形象的文化意

蕴》;陈润华、李娜的《逃亡者的自由:论舞鹤的〈逃兵二哥〉》;李丹的《余光中与佛洛斯特比较论》;曾贵芬的《生命意识的觉醒(下):洛夫长诗〈漂木〉的剖析》;李安东、俞宽宏的《喧哗的生活:留学生文学叙事策略研究之一》。

《盐城工学院学报(社会科学版)》第2期发表李爱娟的《一首柔美而略带哀伤的"回忆曲"——读余光中先生的〈乡愁〉》。

21日《文汇报》发表金理的《纯文学果真丧失了社会担当的可能么?》。

22日,《文艺报》第68期发表本报讯《孟建珍作品研讨会举行》;同期发表张鹰的《文学的审美精神哪里去了?——兼评温亚军的〈早年里的人与羊〉》;刘卫东的《当下文学批评中的"命名"问题》;路英勇、吴义勤、施战军的《"e批评"与"新活力":90年代以来中国文学新生力量的检视与展现》。

23日,《光明日报》发表雷达的《当今文学审美趋向辨析(上)》。

24日,《文学报》第1514期发表阎晶明的《让灵魂呈现出复杂》;以"在城市的上空凝视文化"为总题,发表罗四鸰整理的《"都市研究"与"上海经验"》,龙应台的《理解还是误解"现代"?》,王维仁的《竞争的"天空线"》。

《上海文学》发表古远清的《台湾高校文学教育的危险倾向》。

25日,《上海戏剧》第6期发表吕效平的《真正的精神产品——话剧〈九三年〉观后》;蒋泽金的《话剧〈九三年〉导演精神与文本精神的背忤》。

《世界华文文学论坛》第2期发表张克辉的《在"杨逵作品研讨会"上的讲话》;金炳华的《在"杨逵作品研讨会"上的开幕词》;陈映真的《学习杨逵精神》;江春平的《霍英东教育基金会资助"世界华文文学史料学研究"》;詹澈的《从杨逵的几首诗谈起》;曹剑的《杨逵文学中的土地情结》;范宝慈、林载爵、蓝博洲等的《"杨逵作品研讨会"论点摘编》;朱文斌、陈军、曾一果的《由〈叶石涛的演变究竟说明了什么?〉引发的断想》;古远清的《叶石涛:独派"台湾文学论"的宗师》;赵牧的《试论马华新生代创作中的族群意识》;钟秋的《社会历史的百年画卷 世风人心的时代悲歌——流军长篇小说〈海螺〉论析》;黄发有的《悲悯的摆渡——散文的白先勇》;章渡的《白先勇与田纳西·威廉斯》;周新兰的《变焦的距离:伸缩自如——浅论白先勇小说的叙述视角》;袁新芳的《客路历程与纽约重构——论白先勇〈纽约客〉中人物的精神世界》;白舒荣的《"女性奥秘论"的悲情文本》;孙巧蕾的《论徐訏的戏剧观念》;赵稀方的《陈映真新年访谈录》;林幸谦的《恐怖主义与弱小者的全球化——专访浸大驻校作家陈映真》;马阳的《诠释留学的殖民化心态——评彭志恒的〈留学现象与近代以来中国文化变动〉》；单汝鹏的《云水襟怀　笔耕勤勉——凌鼎年与世界华文微型小说研究》；陈辽的《感悟美国——评以克的〈美利坚的东方眼睛〉》。

《华南师范大学学报(社会科学版)》第 3 期发表凌逾的《"美杜莎"与阴性书写——论虹影小说〈饥饿的女儿〉》。

《东南学术》第 3 期发表刘小新的《大同诗学想象与地方知识的建构——华文文学研究的两种路径及其整合》。

26 日，《文艺报》第 70 期发表本报讯《姚文仓诗歌作品研讨会举行》。

28 日，《中华读书报》发表范仄的《张大春：一个不可救药的"逃无遁者"》。

29 日，《文艺报》第 71 期发表陈建新的《盲动的商业化与经典的迷失》；贺绍俊的《乡村的伦理和城市的情感》。

30 日，《光明日报》发表雷达的《当今文学审美趋向辨析(下)》；周振天的《长篇小说〈玉碎〉创作谈》。

《戏剧》(季刊)第 2 期发表陈世雄的《假定性、体裁与时空体》；胡星亮的《1950—1960 年代的"话剧民族化"论争》；张美芳的《戏剧"写意"析疑》；徐宗洁的《从〈欲望城国〉和〈血手记〉看戏曲跨文化改编》；朱恒夫的《论姚一苇的戏剧创作成就》。

《求索》第 6 期发表李卫涛的《中国现代文学的文学发展史观批判》；冉小平的《新时期我国女性文学的艺术变革与理性审视》；戴文红、石钟扬的《当代中国女性小说中的"集体叙述"声音》；李晓华的《乡土话语的女性言说——论萧红和迟子建的地缘小说》。

《绍兴文理学院学报(哲学社会科学)》第 6 期发表朱文斌的《后殖民论述与去中国性——以东南亚华文文学为例》。

《绥化师专学报》第 2 期发表黄河的《试论 20 世纪留学生文学中的女性写作》。

本月，《中国文学研究》第 2 期发表昌切、李永中的《论十七年文学的文学史叙述——从〈中国当代文学史稿〉到〈中国当代文学史〉》；汤晨光的《农村对城市的较量——在张同志与陈喜的背后》；范培松的《西部散文：世纪末最后一个散文流派》；肖百容的《死亡之真——论史铁生创作的死亡主题》。

《台湾研究集刊》第 2 期发表刘小新、朱立立的《从存在主义思潮的引进看五六十年代台湾文化场域》；朱双一的《日据末期〈风月报〉新旧文学论争述评——关于"台湾诗人七大毛病"的论战》；刘红林的《赖和新诗的艺术成就》；沈庆利的《殖民时代的叛逆精灵——"台湾第一才子"吕赫若的早期经历及艺术个性》。

《北京电影学院学报》第3期发表李启军的《英雄崇拜与电影叙事中的"英雄情结"》；陈旭光的《"第六代"电影的青年文化性》；张爱华、鲍玉珩的《"e"时代的文学艺术：理论与实践(下)》。

《戏剧艺术》第3期发表施旭升的《"现代化"与"经典化"：20世纪中国戏曲的文化选择》；阎立峰的《"京剧姓京"与"新程式"——对样板戏的深层解读》。

《江淮论坛》第3期发表陈亚丽的《老生代散文与儒家诚学》；惠雁冰的《从〈桃之夭夭〉看王安忆的意识世界》。

《南京社会科学》第6期发表李凤亮的《相遇·对话·创生——文学人类学在20世纪中国的兴起与发展》。

《读书》第6期发表王丽丽的《反省大事件，复活小细节》；钱文亮的《文学史的难题》；武春生的《寻找梁生宝》；李欧梵的《三生事，费思量》。

《剧本》第6期发表郭汉城的《战略转移：戏曲的改革与建设——在中国戏曲现代戏优秀保留剧目学术研讨会上的发言》；李春熹的《戏曲建设——戏曲现代化历史进程的新阶段——在中国戏曲现代戏优秀保留剧目学术研讨会上的发言提纲》。

《博览群书》第6期发表单世联的《1956年与毛泽东的文化思想结构》；薛羽的《中国文学史的"起源"——〈文学史的权力〉读后记》；谢泳的《北大中文系的文学史传统——从刘景晨的〈中国文学变迁史〉说起》。

《海峡》第6期发表徐春浩的《南京，我永恒的眷恋——白先勇访谈录》；白先勇的《南京跟我的小说创作——白先勇南京大学演讲录》。

《诗探索》春夏卷发表陈芝国的《寻求传统与现代之间的一种新对话：对痖弦两首诗的解读》。

本月，广西师范大学出版社出版曾军的《接受的复调》。

山西古籍出版社出版宋丹的《当代文学创作中的社会文化心态》。

上海三联书店出版陈子善的《说不尽的张爱玲》；倪湛舸的《黑暗中相逢》。

北岳文艺出版社出版孙钊的《形象的河流》。

安徽教育出版社出版刘锋杰的《想象张爱玲》；金林的《求真集》。

中国文联出版社出版钟名诚的《20世纪"另类"批评话语》。

7月

1日,《文艺报》第72期发表田建民的《文学研究力戒浮躁》;何群的《当代对话语境中的文学理论建构》。

《文学报》第1516期发表黄伟林的《从花山到榕湖——漫谈近年广西文学创作》;叶延滨的《感受传统的印痕——读江冠宇的诗集〈悬浮的往事〉》;刘忠的《旅途中的文化乡愁——刘文起散文印象》;毕胜的《"斑马文丛"二题》。

《名作欣赏》第7期发表黄维樑的《向山水和圣人致敬——余光中〈山东甘旅〉析评》;古耜的《余光中为当代华语散文贡献了什么》;陈义海的《一样的乡愁不同的节奏——余光中〈乡愁〉〈乡愁四韵〉鉴赏》;沈奇的《一意孤行——读于坚》;傅学敏的《〈对一只乌鸦的命名〉:一次词语还原的企图》;庄晓明的《前方灶头,有我的黄铜茶炊——昌耀诗〈在山谷:乡途〉解读》;李俏梅的《诗性生存之困厄与迷失——也读〈青衣〉》;万秀凤的《被损害和被扭曲的玉米——读毕飞宇的中篇小说〈玉米〉》;李生滨的《叙述带给我们的亲切精致和心灵伤痛——细读〈玉米〉》;徐仲佳的《权力与性——〈玉米〉解读的一种可能》;李学武的《海峡两岸:成长的三个关键词——论苏童、白先勇小说中的成长主题》。

《出版广角》第7期发表曹竹青的《世界华文文学研究的勇者》。

《诗刊》7月号上半月刊发表祁人的《洪烛的姿态》;陈超的《谈现代诗的结构意识——以五首诗为例(上)》;姜耕玉的《"西安"诗变——从韩东〈大雁塔〉到于坚〈长安行〉及〈回归论坛〉》。

2日,《小说选刊》第7期发表陈思和的《春来发几枝?——读〈小说选刊〉2004年4—6期的小说》。

《新剧本》第4期发表郑怀兴的《〈雪泥鸿迹话编剧〉之七:创作手法》;傅谨的《庾信文章老更成——"赵氏孤儿"与林兆华的成熟之作》。

3日,《文艺报》第73期发表姜文振、张爱武的《面向现实与未来的文论创新》;蓝棣之的《诗歌理论研究的拓展》;刘彦君的《走过花季——2004年北京小剧场戏剧演出季印象》。

4日,《文汇报》发表陈福民的《文学需要市场但不等同于市场》;李洁非的《文学会被市场弄"脏"吗》;陈晓明的《在人性深处接近文学——评张朴〈轻轻的,我走了〉》。

5日,《山东社会科学》第7期发表石万鹏的《论王安忆小说的爱情内蕴》;刘香的《山东"十七年"英雄主题小说中"英雄形象"的原型剖析》。

《电影艺术》第4期发表张英进的《中国城市电影的文化消失与文化重写的方式》;曹霁的《九十年代中国电影生态描述》;石川的《"十七年"时期中国电影的体制与观众需求》;赵小青的《对来自真实生活的电视电影作品的断想》;陈念群的《让人物来打动观众》;方志平的《简论九十年代中国电影编剧艺术》。

《花城》第4期发表欧亚、李傻傻的《网络时代的自然之子》。

6日,《文艺报》第74期发表本报编辑部的《长篇小说〈天啸〉作品研讨会在京举行》;以"长篇小说《玉碎》评论特辑"为总题,发表陈建功的《国恨家仇碧血花》,张颐武的《传奇自有力量》,何镇邦的《品味〈玉碎〉》,王宜文的《有味·有神·有品》。

《台港文学选刊》第7期发表钱虹的《"舟子"VS余光中——同济大学中文系01、02级学生评点余光中近诗掇英》。

8日,《文艺报》第75期发表本报讯《"全球化时代的文学研究"国际学术研讨会召开》。

《光明日报》发表李景端的《萧乾学术道德二三事》;王焰安的《值得关注的"期刊现象"》。

10日,《文艺报》第76期发表本报讯《长篇小说〈世界在爱情中成长〉研讨会举行》;同期发表刘起林的《审美不能丧失精神高度的制约》。

《中国社会科学》第4期发表王光明的《自由诗与中国新诗》。

《西南师范大学学报(人文社会科学版)》第4期发表韩云波的《论21世纪大陆新武侠》;郑保纯的《论大陆新武侠的当代性回应》。

《江海学刊》第4期发表范培松的《西部散文四人志》。

11日,《中华文学选刊》第7期发表梅雁整理的《文学与消费》。

13日,《人民日报》发表张学昕的《亟待跨越的短篇小说》;马建辉的《一部原创性的理论著作——评〈文学理论学导论〉》;王巨才的《面向现实的严峻思考——读长篇小说〈守口如瓶〉》。

《文艺报》第77期发表本报讯《消费时代的文学与文化研究学术研讨会召开》;同期发表蔚蓝的《寻找和思考最珍贵的失去——评姜戎的长篇小说〈狼图腾〉》;杨立元的《何申〈田园杀机〉:两种利益的拼杀》;王宇的《曾哲〈峡谷囚徒〉:土地与心灵的故事》;薛继先的《对现世生活的理性思索——简论石丹小说的叙事视角》;毛勋正、王永贵整理的《英雄劲旅的心灵史话——陈可非长篇小说〈天啸〉研讨会发言摘要》。

14日,《光明日报》发表黄毓璜的《悲情秦重天——〈城市表情〉的一种读法》;郎学初的《评〈中国现代文学史(1917——1997)〉》。

15日,《人文杂志》第4期发表何言宏的《20世纪90年代以来中国文学的语言资源问题》;周燕芬的《文学流派与经典营构——以"七月派"为例》。

《中山大学学报(社会科学版)》第4期发表辜也平的《中国传记文学创作的现代转型》。

《文学评论》第4期发表张炯的《2003年文学理论批评一瞥》;李遇春的《告别与寻找——关于张一弓小说的话语转变》;张志忠的《怀疑与追问——新世纪长篇小说的一种思想气质》;孙虹的《"全球化语境下的中国现当代文学国际学术研讨会"综述》;贺玉高、李秀萍的《"身体写作与消费时代的文化症状学术讨论会"综述》。

《文学报》第1520期发表张闳的《每个时代都制造"反叛者"》;陈晓明的《童话里的后现代与现代》;胡传吉的《解释存在,追索内心——评谢有顺的〈先锋就是自由〉》;雷达的《掀起面具的烛照——对〈爱你两周半〉的别一种解读》。

《文艺争鸣》第4期发表阎真的《一部好书,可做教材——评李建军〈小说修辞研究〉》;丁帆的《扎实的学养与可靠的修正——李建军〈小说修辞研究〉读扎》;以"新世纪文艺理论的社会论话题",发表高小康的《从意识形态到群落意象》,张颐武的《现实的转变和中国想象的重组》,陈晓明的《市场的能动性和多样性》,费勇、吴燕的《大众传播与文学功能的重新审视》,林岗的《关于文学与社会的断想》,刘士林的《从先验批判的角度看文学反映》,蒋述卓、涂昊的《不断走向现代形态的文学社会学——新时期文学社会学研究述评》;同期发表马振方的《再说历史小说〈张居正〉》；纪众的《历史叙述的小说文本——张笑天中篇小说论评》；汪政的《我们如何表达爱情——黄蓓佳〈没有名字的身体〉简评》；王彬彬的《读黄蓓佳〈没有名字的身体〉》；马俊山的《演剧职业化运动与话剧舞台艺术的整体化》；胡星亮的《论"文革"戏剧观念与外来影响》；袁国兴的《中国现代文学研究中的"现代性"话语再思考——兼答俞兆平先生》；丁莉丽的《论当前部分主旋律电视剧的"大众化"倾向》；梁鸿的《论当代文艺的"外省意识"》；李阳的《纷繁的情感世界——当代女性作家作品一瞥》。

《天涯》第4期发表南帆的《符号的角逐》。

《当代文坛》第4期发表黄书泉的《论当代长篇小说的文学经典性》；王军的《爱·反抗·存在——王小波小说中"性"的三重意义》；周明、傅溪鹏的《新时期报告文学巡礼》；黄海阔的《略论近年乡村小说乡土意识的变化与矛盾》；孟楠的《徘徊在匮乏与尴尬之中——从巴赫金的"复调小说"理论反思中国当代小说》；麦家的《我心里的几片羽毛》；何大草的《下午五点》；李建军的《不从的精神与批评的自由》；周冰心的《边际与突围——一个正在崛起的文学"代内单元"现象研究》；陈茂林的《质疑和解构人类中心主义——论生态批评在文学实践中的策略》；王毅的《澄清"误读"的迷雾》；姚鹤鸣的《全球化文化的渐进和民族文化的"维模"》；李跃红的《理念演进"中途之点"与创作奥秘破解——黑格尔创作论新探》；黄小淳的《谁在创作作品——略论文本解读中的批评主体地位的确立》；李生滨的《展现生命诗意和大地浪漫的文学——关于张炜创作的回眸与述评》；孙逊华的《欲望何罪？邱华栋何罪？——与王世城等先生商榷》；何西来的《简评〈谁绑架了爱〉》；西慧玲的《温暖中的寒凉——2003年迟子建小说新作解析》；石曙萍的《一种病态：媒体语言和面对媒体时的语言——从〈沙床〉现象谈起》；雷达、吴秉杰等的《一部富有动人心弦之力的书——评吴承蔚长篇抒情小说〈野码头轶梦〉》；王凌的《冷色笔调，淡书热闹——韩东小说〈扎根〉语言分析》；刘国强的《欲望叙事的成功尝试——解读张克鹏长篇小说〈欲望狂热〉、〈吐玉滩〉》；张文娟的《世纪末女性文学话语的突围与陷落》；朱向前的《小说是一种内心需要——序川妮小说集〈我和拉萨有个约会〉》；黄洁的《文化·人性·审美——李存葆散文集〈大河遗梦〉述评》；陈婉娴的《一道独特的文学风景线——史铁生散文的审美价值》；肖佩华的《走向市民——新市民小说热因探源》；苏永延的《土地悲歌——评李一清的〈农民〉》；崔道怡的《你可曾想过地球的毁灭——〈生存与毁灭〉读后有感》;王莹的《论周文创作的独特风格》;吴向北的《沈重的漂泊与漂泊者的寻梦——〈沈重诗选〉意象解读》;张绍梅的《世界因她的歌唱而更加美丽——张丽茜诗歌散论》;袁智忠的《电影剧作创新断想》。

《江汉论坛》第7期发表赖大仁的《全球化语境与文学研究的转向——近年来"文化研究转向"问题讨论述评》;牛宏宝的《"跨文化历史语境"与"影响研究"的方法论规定》;陈思广的《五四时期现代长篇小说转型研究》;李遇春的《革命文学秩序中话语等级形态分析》。

《华东师范大学学报(哲学社会科学版)》第4期发表李扬的《论曹禺的女性审美转向》。

《当代电影》第4期发表边静的《超越与限制——重读〈南海潮〉》;戴清、包蕾的《虚实相间写性情》;刘硕的《诗情画意绘人生》;史博公的《熙熙攘攘竞折腰》;许航的《第十一届北京大学生电影节"中国百年电影史重构研讨会"综述》;栗木、李亦梅的《第十一届北京大学生电影节参赛影片简评》;黄文达的《后电影:数码时代的电影语言》。

《江苏社会科学》第4期发表赵稀方的《一种主义,三种命运——后殖民主义在两岸三地的理论旅行》;刘俊的《"跨区域华文文学"论——界定"台港暨海外华文文学"的新思路》;陈思和的《学科命名的方式与意义——关于"跨区域华文文学"之我见》;陈大为的《一个跨疆界、跨文化的研究个案——世华研究平台上的当代马华文学》。

《山西大学学报(哲学社会科学版)》第4期发表刘卫英、张宁的《金庸小说的复仇母题与爱情》;王立的《大雕意象的外域渊源与金庸小说的异国情调》。

《湖北经济学院学报》第4期发表李琴的《沉静如水的隐痛:简媜的散文集〈女儿红〉》。

《齐鲁学刊》第4期发表刘方政的《田汉话剧创作方法的有机构成》;黄德志的《论"京派"与"海派"创作的话语边缘性》;胡克俭的《张爱玲散文的哲学意蕴》;杜霞的《九十年代女性主义写作的再审视》;宋晓英的《当代城市消费与文学叙事策略》。

《社会科学》第7期发表董小玉的《试论"新生代"小说的局限与精神提升》;龚举善的《生态主义运动的兴起与生态报告文学的价值诉求》。

《社会科学辑刊》第4期发表张桃洲的《析分与整合:百年新诗形式探索的非

线性梳理》;温朝霞的《通俗文学与商品市场》;金鑫的《在自由与规范之间——从冯沅君到宗璞》。

《求是学刊》第4期以"身体写作及其文化思考(笔谈)"为总题,发表孟繁华的《战斗的身体与文化政治》,黄应全的《解构"身体写作"的女权主义颠覆神话》,彭亚非的《"身体写作"质疑》;同期发表袁良骏的《五四文学革命的历史功过》。

《学术论坛》第4期发表刘忠的《建国前后中国文学中的英雄叙事》;李力的《文学格局新变:通俗文学的"升格"与"雅化"》。

《南方文坛》第4期发表郜元宝的《随便翻翻》;王光明等的《20世纪40—50年代文学"转折"研究笔谈》;林舟的《大众传播与当代文学批评的空间构成》;梁颖的《对20世纪中国小说总主题的思考》;黄伟林的《从花山到榕湖——1996—2004年广西文学巡礼》;南帆的《叙事的平衡》;洪治纲的《谈毕飞宇的小说》;汪政的《"热闹"的毕飞宇》;姚新勇的《"民族"前途何所之——关于〈现代中国的民族主义〉的几点看法》;张柱林的《东西:悖反的乡愁》;何向阳的《死去的,活着的——作为人心考古的小说世界》;王春林的《"说出复杂性"的"反现代化叙事"——评王蒙长篇小说〈青狐〉》;文波的《近期文坛热点三题》。

《理论与创作》第4期发表李夫生、曹顺庆的《重建中国文论话语的新视野——西方文论的中国化》;李咏吟的《审美道德解释与批评家的思想立场》;聂茂的《中国新时期文学对第一世界文化霸权形成的冲击》;李运抟的《文学畅销书价值评判新论》;李波的《畅销书:审美性的通俗化追求》;张邦卫的《为畅销而文学:揭开"文学畅销书"的面纱——兼论文学经济化的当代文学》;马为华的《畅销现象:精英批评的盲区》;石现超的《新意识形态与中国想象的转型——论"中产阶级写作"的文化品格》;张银柱的《写什么与怎么写——谈前期延安文艺界论争中的一个焦点问题》;董迎春、李清宇的《德里达与当代中国文学批评》;崔云伟、魏丽的《论〈马桥词典〉的"中心"问题》;彭继媛的《韩少功小说创作研究述评》;李元洛的《璀璨星光——读〈余光中集〉》;龚政文的《一座城市的文化符号——读叶梦〈乡土的背景〉》;胡功胜的《混沌性与结构性的内在悖论——对〈尘埃落定〉的一种整体印象》;张延国的《试论李佩甫小说中的传奇化叙事》;肖百容的《死亡:分裂的喜剧——论余华小说的死亡主题》;孙旭辉的《民间自我言说意识的觉醒》;谭吉华的《字里行间皆是情——浅谈谭谈新著〈今生有缘〉中的几篇作品》;伍彦谚的《漫谈"剧"与"诗"——关于舞蹈诗的定位》;王卫平、张东杰的《文学不能承受之"软"》。

《复旦学报(社会科学版)》第 4 期发表周斌的《华语电影:在互渗互补互促中拓展》。

《福建论坛》第 7 期发表辜也平的《范式的转换与作家的命运——20 世纪中国文学研究断想》;陈娇华的《新历史主义与武则天题材小说创作》。

17 日,《文艺报》第 79 期发表方维保的《重建文学人民性之维》。

《作品与争鸣》第 7 期发表古耜的《泪眼里的温馨与苍凉》;冯子礼的《小说应该有点诗意追求》;陈文的《出入"写实",含蓄有致》;杜霞的《"潜规则"的花朵》;唐连祥的《现代人格的破碎》;陈染君的《拿什么来灌溉我们的心灵?》;张鹰的《文学应该表现与张扬美》。

18 日,《中国戏剧》第 7 期发表安葵的《不薄都市爱农村——关于传统戏剧和地方戏剧的看法》;周明的《生死大义——周长赋〈秋风辞〉、〈沧海争流〉、〈江上行〉别解》;梁海的《二人转现象的双重解读》;余林的《丰厚的文化传承和历史积淀——〈孔德明新剧作选〉序》。

20 日,《人民日报》发表仲言的《是退却,还是坚守》;胡良桂的《呼唤贴近群众的文学》。

《小说评论》第 4 期发表雷达的《雷达专栏:长篇小说笔记之二十一——徐坤〈爱你两周半〉、陈可非〈天啸〉》;李建军的《李建军专栏:小说病象观察之十六——为什么是库切》;贺绍俊的《贺绍俊专栏:"追风逐云"之四——是延宕先锋文学还是堂·吉诃德的一击——读刘恪的长篇小说〈城与市〉》;以"残雪专辑"为总题,发表於可训的《主持人的话》,残雪的《自述》,易文翔、残雪的《灵魂世界的探寻者——残雪访谈录》,易文翔的《执着于梦幻世界的突围与表演》;同期发表葛红兵的《近年中国小说创作的类型化趋势及相关问题》;叶祝弟的《奇幻小说的诞生及创作进展》;俞亚赞的《近年的恐怖小说创作》;黄也卓的《言情小说的定型及当代流变》;李瑞铭的《幽默小说的源与流》;王春林的《"说出复杂性"的"反现代化叙事"——评王蒙长篇小说〈青狐〉》;梁钦、郝雨的《关于"天书"的书及对于"解密"的解密——评麦家长篇小说〈解密〉》;黄海阔的《历史的谎言与民间精魂的重塑——范稳〈水乳大地〉解读》;李梅的《记忆是心灵的真相——王蒙〈青狐〉的一种读解方式》;王巨才的《为了被污辱与被损害的——读长篇小说〈守口如瓶〉》;张虹的《官场文学的情感新视角与原生态的创作手法——浅议李春平长篇新作〈奈何天〉》；王达敏的《半部好小说——读长篇小说〈西部车帮〉》；巫晓燕的《民间神话的审美呈现——简评田中禾的长篇小说〈匪首〉》；陈晓明的《人本主义的修辞学——评李建军的〈小说修辞研究〉》；王彬彬的《被遮蔽的与被误解的——读〈中国新时期小说主潮〉》。

《文艺报》第80期发表吴俊的《上海：小说的空洞化》（"当代青年批评家实力展"）；雷达的《我眼中的〈受活〉》；孟繁华的《染君：最后的浪漫主义诗人》。

《四川大学学报（哲学社会科学版）》第4期发表李生滨的《当前传记作品的写作形态和批评要求》。

《中国比较文学》第3期发表了张志国的《中国如何改变了美国现代诗——从叶维廉〈中国诗学〉到赵毅衡〈诗神远游〉》。

《北京大学学报（哲学社会科学版）》第4期发表董学文的《"文学理论学"构建刍议》；马振方的《历史小说三论》；彭吉象的《试论悲剧性与喜剧性》。

《东南大学学报（哲学社会科学版）》第4期发表朱寿桐的《新潮社与中国现代文学社团的雏形》；王巧凤的《绚丽之时也荒凉——论张爱玲贵族文化情结》。

《河北学刊》第4期以"文学理论的'越界'问题（专题讨论）"为总题，发表金元浦的《当代文学艺术的边界的移动》，童庆炳的《文艺学边界应当如何移动》，陈太胜的《文学理论：不断扩展的边界及其界限》，陈雪虎的《文学性：现代内涵及其当代限度》；同期发表姜文振的《中国现代性的发生与游移》；丁肃清的《随笔创作的误区与文化内涵的提升》。

《学术研究》第7期发表陈剑晖的《论"诗性散文"》。

21日，《文艺研究》第4期发表孟繁华的《重新发现的乡村历史——本世纪初长篇小说中乡村文化的多重性》；陈晓明的《整体性的破解——当代长篇小说的历史变形记》；贺绍俊的《从宗教情怀看当代长篇小说的精神内涵》；阎连科的《关于疼痛的随想》；莫言的《文学个性化刍议》；刘士林的《文学场是怎样倾斜的？——评邵燕君〈倾斜的文学场〉》。

《光明日报》发表单三娅的《与福建社科院副院长、评论家南帆谈——文学批评的角色及责任》；王扬的《一篇"长恨"有风情》；张鹰的《全新的审美感受——评〈战争传说〉》；孟繁华的《危机的呐喊，声音的旗帜——评李林樱的报告文学〈生存与毁灭〉》。

22日，《文艺报》第81期以"姚文仓《行吟集》四人谈"为总题，发表翟泰丰的

《读〈行吟集〉随笔》,朱先树的《真实而真诚的歌吟》,张炯的《评姚文仓的〈行吟集〉》,张同吾的《陇上心语和文化风情》;同期发表廖奔的《海派话剧的风格与实力》。

《文学报》第 1522 期发表张闳的《文坛成名术之身体写作》;何西来的《一部警世的书》。

23 日,《天津社会科学》第 4 期发表陶东风的《日常生活的审美化与文艺学的学科反思》。

24 日,《文艺报》第 82 期发表本报讯《方政诗歌作品研讨会召开》;同期发表艾立中的《90 年代新编文人历史昆剧的现代化追求》。

《文艺理论与批评》第 4 期发表陈飞龙的《论邓小平文艺以人民为本的思想》;专栏"文学视野中的'三农'"发表鲁太光的《为什么革命?——歌剧〈白毛女〉等作品中的农村世界》,李云雷的《未完成的"金光大道"——对我国农村社会主义道路的再思考》,刘复生的《历史的转折与"新乡土小说"的意识形态》;同期发表段崇轩的《文学:距离底层民众有多远》;以"数字化时代的文艺研究——〈网络文学论纲〉三人谈"为总题,发表欧阳友权的《网络文学的学科形态建设》,吴炫的《数字化网络与文学命运》,阎真的《互联网与后文学时代》;同期发表张清民的《40 年代文学理论主潮》;邓楠的《论魔幻现实主义与寻根文学的隐喻象征手法》;程树榛的《浅谈工业题材文学创作》;贾玉民、刘福智的《在社会变革的漩涡中沉浮——中国工业文学中的工程师形象考察》;颜同林的《站立的灵魂与游动的精灵——试论李瑛诗歌中树和鱼两个主体意象》;夏子的《寻找生命的和谐——评〈溺水的鱼〉》;盖生的《文学的文化研究退潮与经典化文艺学重建的可能》;张学新的《真正的人,真诚的诗——〈鲁藜诗文集〉序》。

《文史哲》第 4 期发表牛运清的《杨绛的散文艺术》。

《吉林大学社会科学学报》第 4 期发表王学谦、张福贵的《反传统:自由意志的高峰体验——论鲁迅反传统的生命意识》;刘富华、木涵的《胡适在新诗发展中的贡献与局限性》。

25 日,《文艺理论研究》第 4 期发表席扬的《文学思潮:作为状态、现象、风格与时期的不同形态》。

《当代作家评论》第 4 期发表黄发有的《人文肖像——人民文学出版社与当代文学》;黄发有的《不变的慰藉——"布老虎"十年》;李言的《华语文学传媒大

奖:为公共精神加冕》;施战军的《转换中的李洱》;张学昕的《在困难中表达怀疑和发现》;陈思和的《探索世界性因素的典范之作:〈十四行集〉(续)》;以"孙春平评论专辑"为总题,发表张学昕的《质询人性与权力的乡村叙事——评孙春平长篇小说〈蟹之谣〉》,刘恩波、金鑫的《搭建"好看"和"轻松"的艺术魔方——有关孙春平作品的阅读断想》;以"韩东评论专辑"为总题,发表王春林的《个人化视域中的日常叙事——评韩东长篇小说〈扎根〉》,林舟的《从〈爱情力学〉到〈扎根〉——韩东作品片论》;同期发表姚晓雷的《乏力的攀登——王安忆长篇小说创作的问题透视》;康瑾的《又一种上海生活——评王安忆新作〈桃之夭夭〉》;王尧的《在潮流之中与潮流之外——以八十年代初期的汪曾祺为中心》;郑宾的《九十年代文化语境中媒体对王小波身份的塑造》;张伯存的《征婚广告:从私人话语到公共叙事》。

《河北大学学报(哲学社会科学版)》第4期发表阎浩岗的《巴金:革命年代的五四话语》;白春香的《想像对现实的征服——赵树理"问题小说"内在结构探微》;赵秋棉、周海丽的《挣扎的韧性与反抗的无奈——对铁凝小说中人物生存困境的解读》。

《语文学刊》第7期发表王艳玲的《背离男权审美理想的女性角色——论池莉小说的女性形象》;赵锡钧、张连义的《就恋这把土——农村作家"土地情结"的心理探寻》;李晓峰的《在生命存在的另一种仪式里——评安心的散文诗》;肖守琴的《清新犹如初春柳,自然恰似云随风——再析〈山地回忆〉》。

《郑州大学学报(哲学社会科学版)》第4期发表张宝明的《新文化元典与现代性的偏执:五四启蒙精神与"内圣外王"思维的吊诡》;张光芒的《现代性的信仰维度——论近年思想界对"五四""文革"的反思及误读》;许苏民的《论"现代性"的哲学基础——兼论"五四"精神何以走向反面》;以"我们时代的诗歌(笔谈)"为总题,发表臧棣的《诗歌反对常识》,王家新的《中国现代诗歌的"文化身份"》,王晓渔的《异议的诗学》;同期发表陈超的《自诩的"后现代"和新的独断论——"先锋流行诗"的写作误区》;张桃洲的《当代诗歌:另一向度的复活?》。

《南京师大学报(社会科学版)》第4期发表杨洪承的《超越自我的群体幻象——意识形态与20世纪上半叶中国文学社团的研究》;王金城的《论王朔小说的后现代文化特征》。

《晋阳学刊》第4期发表汪洁的《分裂的诗魂——食指诗论(1965—1979)》。

《重庆教育学院学报》第 4 期发表蒋登科的《文学语言与汉语的"国粹性"》。

27 日,《人民日报》发表张华的《文学传统新论——读〈当代性与文学传统的重建〉》。

《文艺报》第 83 期发表汪政的《文学对速度与产量的质疑》;贺绍俊的《亲情的程式化》。

《文学自由谈》第 4 期发表陈冲的《杂弹"红色经典"》;周冰心的《消费时代的中国文学批评处境》;何满子的《也谈"今天文学的命运"》;仵从巨的《"天尽头"看作家的精神现代化》;阎晶明的《让批评成为一种力量》;张颐武的《被"转换"和被"替代"的新文学》;王岳川的《女性歌吟是人类精神生态的复归》;燎原的《梁平的家园情感》;刘绳的《令人神往的〈小河湾〉》;陆建华的《汪曾祺与长篇小说》。

《华中师范大学学报(人文社会科学版)》第 4 期发表李凤亮的《文学叙事与历史叙事比较的理论基点》;罗晓静的《论"五四"日记体小说——一种非典型小说的形态和话语特征》。

28 日,《兰州大学学报(社会科学版)》第 4 期发表马晖的《左翼文学价值观研究》;闫秋红的《论东北作家群抗战小说的复仇主义精神》;泓峻的《修辞论视角在"新时期"文学批评中的出场与存在状态》。

《厦门大学学报(哲学社会科学版)》第 4 期发表丁涛的《"20 世纪中国戏剧"研究现状的几个基本问题》。

29 日,《文艺报》第 84 期发表姜振昌的《"当代"的和科学的——新时期以来中国鲁迅研究的历史回顾》。

《文学报》第 1524 期以"仰望上海的文学天空"为总题,发表叶开的《上海的文学创作被忽视被过滤了》、杨扬的《需要一点自我的约束——评"80 后"现象》、河西的《"小资"取代了"先锋"?》。

30 日,《求索》第 7 期发表聂茂的《"人文精神"之论争:三种话语的解蔽较量》。

《南京大学学报(哲学·人文科学·社会科学)》第 4 期发表陈辽的《小说思潮的深层探索——读周晓扬新著〈20 年小说思潮〉》。

《海南师范学院学报(社会科学版)》第 4 期发表黄维梁的《为李白、杜甫造像——论余光中与唐诗》;陈婕的《余光中的梵谷年》。

31 日,《文艺报》第 85 期发表本报编辑部的《诗人刘章研讨会在石家庄举行》;同期发表马龙潜、高迎刚的《文学的技术理性与人文精神》;季国平的《中国小剧场戏剧的再认识》。

本月,《文艺评论》第 4 期发表姚楠的《酷评:一类反调的文学批评时尚——世纪之交文学批评论》;陈喜辉、付丽的《因特网的后现代主义文化特征》;罗振亚的《90 年代:先锋诗歌的历史断裂与转型》;陈爱中的《喧嚣后的落寞——90 年代诗歌生存处境的思考》;徐志伟的《从敞开到囚禁——90 年代诗歌写作中的"个人化"观念反思》;董秀丽的《"词语与激情共舞"——后新时期女性诗歌语言书写的自觉》;宋杨的《90 年代女性诗歌的性别困惑——从翟永明诗歌中的"黑夜意识"谈起》;朱滨丹的《浅谈中国知识分子的族性认同》;陈振华的《"策略"选择与 90 年代文学》;陈思广的《20 世纪下半叶中国战争小说军人形象塑造新探》;王烨的《论 90 年代女性写作的叙事策略及其局限》;张丽杰的《颠覆的纹络——解构男权文化的新时期女性文学》;陈宁的《方方小说创作中的女性形象》;昌切的《肉身问题》。

《读书》第 7 期发表旷新年的《"不屈不挠的博学"》。

《剧本》第 7 期发表林瑞武的《陈贻亮与新时期福建戏剧创作》;高义龙的《与实际生活拉开些距离》。

本月,中国社会科学出版社出版马小朝的《荒原上有诗人在高声喊叫》。

人民文学出版社出版李扬的《现代性视野中的曹禺》。

云南大学出版社出版孙丽玲的《中国现代作家笔下的女性世界》。

中国文联出版社出版张恒学的《眩目的文学风景线》。

8月

1 日,《诗刊》8 月号上半月刊发表人邻的《爱与痛都是故乡的泥土——读牛庆国的诗》;陈超的《谈现代诗的结构意识(下)——以五首诗为例》;余光中的《诗与音乐》;蓝野整理的《价值认同、健康取向与大地背景——第二届华文青年诗人奖颁奖座谈会》;杨克的《漫漫磨炼的突然淬火——卢卫平印象》;介夫的《诗,我永远敬重的艺术——访柏广新》。

《名作欣赏》第8期发表古继堂的《解析林泠》。

3日,《人民日报》发表黄国荣的《坚守与突破——新世纪军事题材长篇小说创作扫描》;穆鑫的《抒写新世纪的军事文学》;杨少波的《高原路上的精神跋涉——评长篇小说〈一路格桑花〉》;李炳银的《激越的英雄歌唱——评报告文学〈和平执子〉》。

《文艺报》第86期发表陈思广的《当代战争小说创作观念反思》;阎真的《一部好书,可作教材——评李建军〈小说修辞研究〉》。

4日,《光明日报》发表刘方政的《评〈中国现代文学精神〉》;李炳银的《豪华落尽见真淳——评党益民的长篇小说〈一路格桑花〉》。

5日,《山东社会科学》第8期发表姜振昌等的《新世纪中国现代文学研究综述》;姚晓雷的《"绵羊地"和它上面的"绵羊"们——李佩甫小说中百姓一族的一种国民性批判》;汤景泰、翟德耀的《何处家园:论方方的女性命运观》;史竞男的《喧嚣躁动下的寂寥:关于"新民歌运动"》。

《文艺报》第87期发表张开炎的《原创与深刻的缺乏》。

《文学报》第1526期发表梁鸿鹰的《今天,我们该怎么认识文学的个性化》;张志忠的《安得倚天抽长剑——陈可非〈天啸〉简评》;何奇的《浅谈军旅新作〈白戈壁〉》。

7日,《文艺报》第88期发表邓齐平的《戏剧历史化与历史戏剧化》;张炯的《诗美的执着寻求者》。

8日,《文汇报》发表罗岗的《文化传统与都市经验——上海文化研究之反思》。

10日,《文艺报》第89期发表刘俊的《多姿多彩的美华留学生题材小说创作》;翟泰丰的《文学的社会历史价值——评张平长篇小说〈国家干部〉》。

《中国图书评论》第8期发表伍杰的《唐弢与书评》;舒晋瑜的《文学是长跑——访作家张炜》。

11日,《光明日报》发表马琳的《邓小平文艺思想的美学内涵》。

《中华读书报(十年特刊)·学术》发表赵稀方的《重绘文学地图——从中国文学走向中文文学》。

12日,《文学报》第1528期发表梁鸿鹰的《呼唤文学批评实效性的回归》。

13日,《文学报》第1529期发表韩作荣的《青春与诗的见证者——王燕生和他的〈上帝的粮食〉》。

14日,《文艺报》第91期以"刘章诗歌评论"为总题,发表刘小放的《祝福刘章》,野曼的《"土"得可爱的刘章》,浪波的《诗文双璧》,申身的《刘章精神》。

15日,《北京社会科学》第3期发表贺桂梅的《20世纪八九十年代的京味小说》。

《民族文学研究》第3期发表史安斌的《"边界写作"与"第三空间"的构建：扎西达娃和拉什迪的跨文化"对话"》；罗义华的《文化的乖离与重构——全球化语境中的民族文学创作主体性批判》；陈建宪的《略论民间文学研究中的几个关系——"走向田野,回归文本"再思考》；刘守华的《关于民间故事类型学的一些思考》；杨翠周的《潘年英小说的人类学解读》；马绍玺的《背靠凉山的普米族诗人鲁若迪基的诗歌创作》；黄伟林的《"惊奇于自己的文学之美"——论仫佬族作家潘琦的文学创作》；李猛的《苦难的力量和意义——评苗族青年作家龙潜先生长篇小说〈铁荆棘〉》；郝俊、邹建军的《论满族诗人牟心海长诗集〈身影〉的精神特征》；徐瑞哲的《"老顽童"的诗美追求——木斧给予老诗人的创作启示》；胡光璐的《浅析〈天眼〉中的史可亮形象》；石耿立的《足履山河——关于张承志的散文》。

《江汉论坛》第8期以"'中国新诗史研究'笔谈"为总题,发表张林杰的《诗歌的现代境遇与新诗史的研究》,赵小琪的《新诗的意义危机与意义重构》,方长安的《死亡之维与新诗研究反思》,罗振亚的《"非非"诗派：还原"前文化"的艺术探险》,李润霞的《关注边缘,重写诗史——从"文革地下诗歌"的概念谈起》。

《福建论坛》第8期发表肖伟胜的《知识全球化时代的文学研究何处去？》；孔建平的《重塑文艺批评的话语权威》。

17日,《文艺报》第92期发表余德庄的《"可敬"有余"可爱"不足——读〈警花情事〉有感于当前公安干警形象的塑造》；袁鹰的《心驰彩云之南——读散文集〈漂泊的家园〉》；吉狄马加的《性情王梓夫》；冰峰的《从新的高度出发》。

《作品与争鸣》第8期发表杨立元的《为老百姓干点真事、实事》；苗遂奇的《正视女性生存的另一种现实》；樊星的《现实乡村的无奈写照》；傅汝新的《作家要关注社会底层民众的生活》；贺绍俊的《注释历史的目光》；徐周的《思维定势·主题先行·漫画化》；刘忠北的《当前文艺批评的走向》。

由福建社科院文学所主办的"九十年代台湾文学研究"学术论坛在北京召开。

18日,《中国戏剧》第8期发表易红霞的《数码时代的戏剧,其危机、生机与多媒体形态》;陈世雄的《都市戏剧与民众的"共聚性"》;刘敏言的《关于〈梨园春〉的文化思考》;陈吉德的《戏剧批评:戏剧腾飞的重要一翼》;石磊的《当代戏曲舞台的十大问题》。

《山东师范大学学报(人文社会科学版)》第4期发表朱则杰的《论台湾编〈清代文学论著集目〉的得与失——以诗歌为中心》。

19日,《文艺报》第93期发表李一安的《激情燃烧与理性观照——读陈俊年散文〈南边的岸〉》;王巨才、李建军等的《当代知识分子的一部心灵史——〈哀泪笑洒〉出版座谈会发言摘要》。

《文学报》第1530期发表钟祚文的《引领新时期中国文学前进的旗帜——首都文学界座谈纪念邓小平百年诞辰》;邱明正的《以人为本:邓小平文艺思想的核心》;翟泰丰的《灵魂与生命的燃烧——读柯岩〈CA俱乐部〉》;褚水敖的《诗词创作现代化漫议》;吴士余的《也谈红色经典》。

20日,《学术月刊》第8期以"新世纪美学与信仰启蒙"为总题,发表阎国忠的《关于美、爱、信仰的理论思考》,杨春时的《世俗的美学与超越的美学》,张弘的《开端之思与美的信念》,刘再复、林岗的《中国文学的根本缺陷与文学的灵魂维度》。

《华文文学》第4期发表丁增武的《一个故事两种讲法——关于〈扶桑〉与〈乌鸦〉的比较阅读》;王泉的《文化夹缝里的梦幻人生——严歌苓小说中的意象解读》;伍方斐的《台港澳及海外客籍作家的身份认同问题》;陈涵平的《北美新华文文学研究述评》;李诠林的《谈苏曼殊作为世界华文文学学科研究对象的可行性——兼论该学科的研究范畴》;袁良骏的《读〈香港短篇小说选〉札记(一)》;关士礼、魏建的《大陆地区近十年港台言情小说研究述评》;张晓平的《台湾乡愁诗的现实生成和文化内涵》;沈奇的《"诗魔"之"禅"——评〈洛夫禅诗〉集》;朱立立的《荒谬境遇中的自我抉择和伦理拷辨:台湾作家七等生小说的精神现象分析》。

《学术研究》第8期发表钱虹的《海峡两岸的台湾文学研究》。

21日,《文艺报》第94期发表本报讯《"生命之源"中亚国际诗会在新疆举行》。

《文汇报》发表周南焱的《我服从了自己的记忆——刘庆邦谈〈平原上的歌谣〉》。

22日,《新文学史料》第3期发表颜雄的《丁玲说〈北斗〉》;吴芝兰的《难以忘却的记忆——记丁玲〈杜晚香〉发表及其他》;荣天玛的《人生难得一知己——周扬与周立波》;王莹的《冯雪峰与他的长征小说》;穆立立的《从不停息的脚步——诗人、诗歌评论家、翻译家穆木天的一生》;涂光群的《女作家刘真》;夏熊整理的《雪峰日记——一千七百六十三天记事(六)》;闻敏的《关于胡风反对客观主义的斗争》;姚玳玫的《与迅雨对话:张爱玲的女性修辞》。

24日,《文艺报》第95期发表凌申的《戏剧的理由》。

26日,《文艺报》第96期发表本报讯《著名作家杜宣逝世》、《作家邢野逝世》;同期发表宋毅的《诗的疏离与承担》。

《文学报》第1532期发表梁鸿鹰的《小议作家的精神资源问题》;姚韵琴、黄静整理的《一部辽南农村的"地方志"——孙惠芬长篇小说〈上塘书〉研讨会纪要》。

27日,《文史哲》第5期发表黄万华的《战后20年文学论纲》。

29日,《中国青年报》发表孟繁华的《乡村文化的两种叙事》。

《文汇报》发表陈思和的《珍视城市文化的标志性品牌——谈上海的文学期刊和文学批评》。

30日,《求索》第8期发表毛正天的《女性意识的多维张扬——20世纪中国女性文学的书写策略》;邓艳珍的《"虐"与"宠"的炫示——兼评中国女性文学审美趣味的偏执》。

31日,《人民日报》发表唐铁惠的《让文学走进人的心灵世界》;梁小斌的《共和国同龄人的年轮——读散文集〈清唱〉》。

《文艺报》第98期发表林宋瑜的《挂羊头卖狗肉的写作》。

《江汉大学学报(人文科学版)》第4期发表古远清的《1990年代的台湾文学生产》。

《武汉文史资料》第8期发表古远清的《"一片伤心事,不独为台湾"——记"选个总统玩"的李敖》。

《重庆教育学院学报》第4期发表蒋登科的《文学语言与汉语的"国粹性"》。

《株洲工学院学报》第4期发表曾芝梅的《〈圣经〉照耀下的三毛》。

8月28日—9月1日,"海峡两岸歌仔戏艺术节学术研讨会"在厦门召开。

本月,《江淮论坛》第4期发表罗关德的《韩少功〈暗示〉的隐秘信息》。

《南京社会科学》第8期发表彭耀春的《论五十年代中国电影理论的特征——以夏衍〈写电影剧本的几个问题〉和张骏祥〈关于电影的特殊表现手段〉为例》。

《剧本》第8期发表童道明的《小剧场戏剧的心理深入的可能性》;季国平的《生活的魅力——第八届中国戏剧节·小剧场演出季剧目谈》;方同德的《风格·品格·戏格——陈明和他的〈十品村官〉》。

本月,东南大学出版社出版古远清的《海外来风》。

延边大学出版社出版杜学霞等著的《批评世纪》。

中国工人出版社出版李建军的《时代及其文学的敌人》;李建军主编的《十博士直击中国文坛》。

北京师范大学出版社出版陈太胜的《梁宗岱与中国象征主义诗学》。

贵州人民出版社出版尹伯生的《如是集》。

中国文联出版社出版安宜生的《安宜生文存》。

北京广播学院出版社出版仲呈祥的《艺苑问道》。

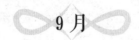

9月

1日,《名作欣赏》第9期发表施战军的《新活力:今日青年文学的高地》;毕光明的《隐蔽生活的诗性书写——2003年度小说排行榜座谈会发言》;李敬泽的《向短篇小说致敬——春风版〈2003年短篇小说·序〉》;洪治纲的《花城版〈2003中国短篇小说年选·序〉》;魏家骏的《经典爱情时代的终结——短篇小说〈水边的阿狄丽雅〉解读》;何希凡等的《寓两性关怀于男性神话的多重拆解之中——从〈亮了一下〉看戴来的男性发现及其性别超越》;魏家骏的《"庄生晓梦迷蝴蝶"——解读〈蓝色的马〉》;甘浩的《现代性的灰色本事与蓝色梦幻——〈蓝色的马〉的符码解读》;刘旭东的《形式的断裂 意义的凸显——对〈蓝色的马〉的一种阐释》;柯贵文的《〈曲别针〉:艺术化人生态度的隐喻》;万秀凤的《"在故事停顿下来的时候开始"——读魏微的短篇小说〈化妆〉》;吴妍妍的《回归·告别·出发——读魏微的〈化妆〉》;傅金祥的《天堂是怎样被折腾成地狱的——魏微小说〈化妆〉中的嘉丽形象解读》;柯贵文的《贫穷:世相之镜与心灵之狱——读魏微的〈化妆〉》;钱虹的《"没有树是我的隐痛和缺憾"——读苏童散文〈三棵树〉》、《"补救自己的精神内伤"——读韩少功散文〈遥远的自然〉》;晓华、汪政的《刘亮程散文评点二则》;陈协的《刘亮程的意义——以〈城市牛哞〉为例的解读》;高卫华的《人文精神的诗意追求——马莉散文〈内敛〉潜在品质探析》;郭瑶琴的《见证与批评——读简单的城市诗》。

《同济大学学报(社会科学版)》2004年第5期发表钱虹的《阳光与烛光的映照,心灵与生灵的对话——解读新加坡女作家蓉子的"老人题材"作品》。

《诗刊》9月号上半月刊发表刘益善的《田禾的乡土》;吕进的《中国情诗》;李双整理的《在新世纪文化背景下我的诗歌选择——妆州诗会座谈纪要》。

2日,《文艺报》第99期以"柴福善散文六人谈"为总题,发表王蒙的《乡情与亲情》,林非的《一个农家子弟的写作》,浩然的《我心目中的柴福善》,柴福善的《文学的路上》,刘锡庆的《土窝窝里飞出"金凤凰"》,张德祥的《轻描人淡写意》。

《文学报》第1534期发表王鸿生的《这个时代的文学生活》;王剑冰的《散文诗创作的新现象》;刘浪的《穿越文学现实的实践——读吴炫的〈新时期文学热点作品讲演录〉》;薛宝根整理的《越剧现代戏的一枝新葩——国内专家座谈越剧〈家〉纪要》。

《新剧本》第5期发表郑怀兴的《〈雪泥鸿迹话编剧〉之八:创作手法》;郭启宏的《我与〈向阳商店〉》。

5日,《山东社会科学》第9期发表李平的《女性话语的别一路径:90年代王安忆的女性写作》;李宗刚的《论〈保卫延安〉的英雄理念及英雄叙事》。

《上海戏剧》第9期发表张曼君的《寻找家园——评剧〈凤阳情〉创作杂谈》。

《电影艺术》第5期发表楚卫华的《论中国都市电影发展历程》;陆绍阳的《新城市电影影像特征》;黄献文的《新时期中国电影回眸》;周振华的《"虚构"的纪录片——兼论纪录片的本性与风格化的表现》;吴迪的《〈武训传〉的冒险:"批判与歌颂结合"》;汪鹂的《评乡土题材电视电影》。

《花城》第5期发表张悦然、杨葵的《内在的优雅》；余华、洪治纲的《远行的心灵》。

《陕西师范大学学报(哲学社会科学版)》第5期发表李东晓、阎华的《走入高校的女性文学与女性主义理论——"女性文学与文化"学科建设国际学术研讨会综述》。

7日，《文艺报》第101期发表刘晓闽的《小说还是写给人看的》；何蕊的《开启报告文学理论批评的新视窗——评王晖的〈百年报告文学：文体流变与批评态势〉》；唐灿灿、邹建军的《人类精神家园的呼唤——评周野诗集〈雨水滋润过的地方〉》；雷淑容的《"真人"张中行》。

9日，《文学报》第1536期发表荒林的《重读张洁〈无字〉》；陈美兰的《〈梦之坝〉于刘继明创作的意义》；永胜的《智性与感性的精神园地——栾梅健学术印象》。

10日，《中州学刊》第5期发表孙燕的《女性形象的文化阐释》；张琦的《从文学上海与城市身份建构看张爱玲和王安忆》；郑笑平的《新时期传记文学论略》；李宁的《"救亡压倒启蒙论"的学术演进》。

《中国社会科学》第5期发表金惠敏的《图像增殖与文学的当前危机》。

《中国图书评论》第9期发表伍杰的《周作人与书评》；王翠艳的《张爱玲晚年"平淡而近自然"的创作境界》；赵州章的《读懂"男人中的男人"——评〈明天战争〉》；王珞的《沈从文：一个人与一段历史》。

《西南师范大学学报(人文社会科学版)》第5期发表严家炎的《文学的雅俗对峙与金庸的历史地位》；孔庆东的《论金庸小说的民族意识》；吴子林的《女性主义视野中的"身体写作"》；董馨的《文学性探究与文学理论的建构》；王桂妹、林红的《对峙的意义：从理解〈学衡〉到反思五四文化激进主义》；谢应光的《"科学"、"民主"、"革命"：语言学视野中的五四文学精神》；汤哲声的《大众传媒与中国现代通俗小说创作》。

《西南民族大学学报(人文社科版)》第9期发表王进的《比较视野中的台湾散文解读》。

《江海学刊》第5期发表金燕玉的《身体与歌——20世纪90年代后女性文学新话语》；敦玉林的《马克思主义文艺批评：当代语境下的重读》；徐贵权的《论当代中国的民间价值观念》。

《学位与研究生教育》第 9 期发表蒲若茜的《汗沃南国　爱获丰收——记暨南大学中文系博士生导师饶芃子教授》。

11 日,《中华文学选刊》第 9 期发表雷达的《当今文学审美趋向辨析》。

12 日,《人民日报》发表陈晓明的《军旅情怀与日常人伦——评陈可非的〈天啸〉》;筱洁的《时间长河中的旅行——读西川的〈游荡与闲谈〉》。

《中国青年报》发表吴晓东的《〈红旗谱〉:真实朴实再塑红色经典》。

《文汇报》发表史中兴的《故园风声西天雨——卢新华和他的新作〈紫禁女〉》。

14 日,《人民日报》发表周星的《主旋律电影艺术的新进展》。

《文艺报》第 104 期发表金永兵的《文学理论史的书写方式》;庄锡华的《传统的魅力与转换——读姚文放的新著〈当代性与文学传统的重建〉》;[澳]庄伟杰的《打开华文文学研究的思路和视野》。

15 日,《人文杂志》第 5 期发表王泽龙的《20 世纪 30、40 年代中国现代意象诗学综论》。

《中山大学学报(社会科学版)》第 5 期发表吴定宇的《为"转型时期的中国文学"正名》。

《文学评论》第 5 期发表叶世祥的《二十世纪五十至七十年代中国文学的审美倾向》;李丹梦的《从突围到沦陷:"独语"的叙述——评〈受活〉》;吴义勤的《新生代长篇小说论》;段崇轩的《马烽、赵树理比较论》;欧阳、艾国的《首届"网络文学与数字文化"学术研讨会综述》。

《文艺争鸣》第 5 期发表赖彧煌的《现代汉诗谱系的历史建构——评王光明〈现代汉诗的百年演变〉》;以"新世纪文艺理论的生活论话题"为总题,发表王德胜的《为"新的美学原则"辩护——答鲁枢元教授》,陶东风的《大众消费文化研究的三种范式及其西方资源——兼答鲁枢元先生》,马大康的《从"鉴赏"到"消费"——消费文化与文艺学研究范式变革》,朱志荣的《论日常生活的审美现象与审美本质》,郑渺渺的《消费社会日常生活的文学审美走向》,苏奎的《关于日常生活审美化与文艺学走向的讨论综述》;同期发表学正的《痛定思痛各不同——巴金与孙犁晚年创作的比较》;余开伟的《对王蒙〈青狐〉的误读》;杨守森的《王蒙激情文体的缺憾——简论长篇小说〈暗杀〉》;白杨的《从也斯的小说看香港文学意识》;胡柏一的《报告文学的底层意识与作家的文学自觉》;陈建新的《话语的力量——论当代文学中的知青作家》;沙蕙的《半朵金达莱:开在北纬38度线上——金基德电影〈收信人不明〉观后笔记》;金丹元的《电视审美:文化共享与社会消费》;阎真的《身体写作的历史语境评析》;朱国华的《关于身体写作的诘问》;林树明的《关于"身体书写"》;黄鸣奋的《文学写作:从原点到极境》;段大明的《但开风气不为师——对韩少功及其创作的一种解读》;佘丹清的《冷暖相济中的和谐与不和谐——残雪与现代派文学的关系》;夏子的《沅有芷兮澧有兰——当代常德地方文学创作论略》;姜宇清的《域外游记中的文化求同——评李文珊的域外游记散文》。

《云南民族大学学报(哲学社会科学版)》第5期发表蔡毅的《并肩携手,共创中国文学的辉煌》;初俄最的《论哈尼族女作家的女性话语》;李瑛的《论台湾原住民作家对原住民生存价值的人文关怀》。

《当代文坛》第5期发表王少雄的《深入学习邓小平文艺思想 大力繁荣四川文艺事业》;李明泉的《人民需要艺术,艺术更需要人民——论邓小平关于文艺与人民的辩证思想》;左人的《构建中国文化战略体系——论邓小平对马克思主义文化理论的重大贡献》;葛红兵的《当代小说的新大众化趋势》;胡红萍的《西飏小说与文学上海》;曾永成的《生态论文艺学:本体基础、核心内涵和学科性质》;孙长军的《析中国大众文化批评的精英主义倾向》;金红的《困惑与思考——当代文学研究论析》;赵亮的《论民间的三种形式》;张志忠的《〈解密〉:破解心灵迷宫的奥秘》;吴野的《人格魅力与"逆淘汰"浊流的碰撞——我看〈荆冠〉》;朱青的《当代民间文学勃兴的征兆——从方方的小说文本说起》;黎保荣的《"不要孩子"——论北村小说中的"孩子"形象》;毕胜的《简论四部长篇新作》;丁丽燕的《论柳建伟的时代三部曲——兼谈主流意识形态文学的生态学意义》;刘群的《地母的精神——〈桃之夭夭〉读后》;李欣的《爱还是不爱,这是个问题——评盛可以〈取暖运动〉》;沐金华的《逼视心灵与世界本相——林白小说跟读记》;李波的《舞动的田园诗世界》;秦艳贞的《敢问路在何方——对当代诗歌的几点思考》;周云鹏的《叶舟:西部诗人中的"唐吉诃德"——以〈大敦煌〉为例》;谭五昌的《"像狼一样自由奔突在诗歌之境"——读南方狼诗集〈狼的爪痕〉》;刘宏志的《都市个体的隐喻——读葛红兵的〈沙床〉》;何清的《游牧:一种精神言说的方式》;冯源的《行走的精神》;黄昌林的《散文电视化之后》;陈林侠的《名著的权力关系与改编的困境》;杨晓林的《〈手机〉:冯小刚式的真诚与残酷》。

《江汉论坛》第 9 期发表魏天真的《网络语境中文学写作的异质性》;魏天无的《以诗为诗:网络诗歌的"反网络"倾向及其特征——从小引〈芝麻,开门吧〉谈起》;高思新、朱杰的《中国现代报刊与现代文学的发生》;毕耕的《论西方现代派文学及其对中国新时期文学的影响》。

《当代电影》第 5 期发表陈犀禾的《红色理论、蓝色理论以及蓝色理论之后——新时期以来中国电影研究和理论发展的演变》;王一川的《空间恐惧与化空为时》;黎萌的《论"十七年"革命英雄主义电影的叙事模式》。

《江苏社会科学》第 5 期发表何言宏的《抵抗与批判——近年文学的民间意识与文化政治问题》;王光东的《民间·启蒙·文化批判——老舍〈骆驼祥子〉新解》;聂伟的《"都市民间"与当代叙事的现代性》;刘志权的《试论当代小说家的平民立场》;庄若江的《"民间立场"与"政治话语"——高阳、二月河的清史文本比较》;成秀萍的《都市话语与城市女性的孤独漂泊感写作——张爱玲、王安忆小说文本比较》。

《齐鲁学刊》第 5 期发表高旭东的《面对左翼:梁实秋文学批评的演变》;王景科的《谈散文理论研究之弱势现象》;杨爱芹的《母亲形象的错位与异化——焦母与曹七巧合论》;李钧的《论大跃进文学中的女性形象》;赵华、刘新生的《王安忆小说创作的生命意识》;王艳芳的《女性写作:社会认同与自我救赎》;徐英春的《女性传统美的扼杀——金小仙典型形象的社会学分析》。

《社会科学》第 9 期发表荣跃明的《中国现当代文学史研究:表述危机和"重新出发"》。

《社会科学研究》第 5 期发表涂鸿的《当代西南地区少数民族诗歌创作的现代意识探析》;马睿的《中国传统文学观念的内发性解体及其未完成性》。

《社会科学辑刊》第 5 期发表欧阳友权的《话语平权的新民间文化》;杨新敏的《网络文学:与谁交流?交流什么?怎么交流?》;黄鸣奋的《比较文学视野中的网络文学研究》;金红的《重释"大我"与"人"的观念——从郭沫若、贺敬之诗中的"大我"形象谈起》;朱庆华的《赵树理"问题小说"创作观批判》。

《求是学刊》第 5 期以"电子媒介时代文学的命运(笔谈)"为总题,发表姚文放的《语言媒介与文学存在的理由》,杨守森的《数字化时代与诗意创造》,朱志荣的《电子媒介必然会推动文学的发展》,王汶成的《是文学,还是文学性的"网络游戏"?》。

《学习与探索》第 5 期发表许宁的《论苏童小说的女性文化内涵》；朱滨丹的《谈卞之琳诗歌中的小说化》。

《学术论坛》第 5 期发表李相银的《文化消费时代的文学处境与写作策略刍议》。

《南方文坛》第 5 期发表吴俊的《"80 后"的挑战，或批评的迟暮》；夏中义的《瞧，这匹特立独行的鼠》；孔范今的《在新学术视野中反思与重构》；唐韧的《试解残雪"三维画"之谜》；黄宾莉的《残雪文本的多义性》；陈骏涛的《夏娃言说——近年几部女性文学理论批评著作评说》；荒林的《关于〈男性批判〉》；[澳]王一燕的《女性主义与母权模式：徐坤〈女娲〉中的国族叙述》；吕晓英的《难觅和谐——当下女性小说两性关系描写的缺憾》；黄海澄的《艺术作品的内容与形式辨微》；洛夫、陈祖君的《诗人洛夫访谈录》；孙甘露、杨扬的《文学探索：比缓慢更缓慢的工作》；[澳]庄伟杰的《从迷茫和沉寂中走向清醒——新世纪以来华文散文诗写作态势观察》；黄晓娟的《平静与坚实，努力与坚韧——新世纪广西散文创作的风貌》；江业国、刘兴东的《银浦流云学水声——评毛水清的散文新作〈流云集〉》；贺绍俊的《理论动态》。

《浙江学刊》第 5 期发表陈建新、孙晓菲的《柔石小说：革命时代的启蒙》；伍茂国的《叙事伦理：伦理批评新道路》；包燕的《大众文化语境中的"第五代"历史叙事及泛文本解读——以三部"刺秦"文本为个案》。

《理论与创作》第 5 期发表仲呈祥的《电视艺术理论与美学建设随想五题》；罗成琰的《论全球化背景下中国文化的创新》；季水河的《走向多重资源整合——论马克思主义文艺理论研究的创新与资源整合》；谭桂林的《论现代中国诗学的现代性建构》；樊星的《〈水浒〉与当代文学》；艾斐的《保卫经典》；刘慧玲、肖朗的《文学批评：从话语实践到文本内部的诠释学》；邓齐平的《论新时期历史剧的启蒙精神》；张彩虹的《20 世纪 90 年代中国诗歌美学精神的内在冲突》；何志钧、单永军的《荆棘上的生命——检视近期小说的底层书写》；黄秋平的《中国女性文学的现代性潜移》；夏义生、唐祥勇、欧娟的《以诗歌表征生命的价值——彭燕郊先生访谈录》；彭燕郊的《诉说自己——关于我的三部诗集》；龚旭东的《一朵充满奇迹的火焰——彭燕郊综论》；欧阳志刚的《历史撞击迸发的碎片——彭燕郊先生长诗〈混沌初开〉读后》；刘长华的《苦难——论彭燕郊行吟的主旋律》；朱日复的《掘进，在生活的纵深——林家品小说漫论》；汪树东的《直面城乡二元结构的价值迷思——评李佩甫的长篇小说〈城的灯〉》；刘海梅的《对传统现实主义的反叛和超越——兼论阎连科及其〈受活〉》；钟友循的《人之歌，诗与非诗的契合——评电影〈归去来〉》；何祖健的《现实主义的回归，经典改编的范例——评电视剧〈日出〉》；罗坚的《假作真时真亦假——试评电影〈十面埋伏〉的遗珠之憾》；刘强的《文学也是回头路》；陈林侠的《名著改编的权力纠葛与困境》；阎真整理的《首届"网络文学与数字文化"全国研讨会综述》。

《福建论坛》第9期发表刘保昌的《中国现代文学进化观与道家文化》；刘永丽的《论20世纪中国文学的想像力》；金月成的《郁达夫的戏剧理论》。

16日，《文艺报》第105期发表刘斯奋的《我们是否还需要文学理论？》。

《中国人民大学学报》第5期发表范方俊的《洪深论中国现代戏剧的"现代性"》。

《文学报》第1538期发表阿来的《汉语：多元文化共建的公共语言》。

《作品与争鸣》第9期发表冯子礼的《惊心动魄，振聋发聩》；郭东军的《"血案"的市场解读》；韩大伟的《失真、失范、失序的悲哀》；司秀丽的《不该留下的缺憾》；郑国友的《底层意识·理性精神·民族情怀——关于当前文学的迷失与救赎》。

18日，《中国戏剧》第9期发表黄森林的《戏曲的乡土情结——从河南省陕县的戏曲生存现状说起》；王长安的《戏曲现代化不是戏曲中性化》；张伯昭的《继承与创新不是对立的》；周良沛的《漫议〈关于京剧改革〉——再与高平同志商榷》。

20日，《小说评论》第5期发表李建军的《李建军专栏：小说病象观察之十七——什么东西被扫到了地毯下面》；贺绍俊的《贺绍俊专栏："追风逐云"之五——关于国家文化形象》；以"阿来专辑"为总题，发表於可训的《主持人的话》，易文翔、阿来的《写作：忠实于内心的表达——阿来访谈录》，阿来的《自述》，易文翔的《历史与人生的诗化寓言》；同期发表李运抟的《军旅小说：职业意识的错位与缺席》；韩伟的《智者的镜像：雷达批评论》；罗益民的《知识者的生前身后——读阎真〈曾在天涯〉与〈沧浪之水〉》；李波、郭玉华的《文学的炼狱——论赵德发小说的美学意蕴》；刘永春的《乡土情感与人生况味——论田中禾的民间书写》；卫晓辉的《浩然的悲喜剧：语言和政治》；黄建国的《论〈白鹿原〉的生命意识》；刘宁的《论贾平凹地域小说中的文化意蕴》；翟苏民的《迟子建小说艺术论》；顾凡的《转型期的青年知识分子心理——读葛红兵〈我的N种生活〉〈沙床〉》；龙长吟的

《一部充溢着人文关怀意识的小说——评谭仲池长篇小说〈都市情缘〉》；杨晓林的《文学的尴尬与小说的出路》；王卓慈的《"读图时代"对文学的另一种诉求》。

《北京大学学报(哲学社会科学版)》第5期发表温儒敏的《从学科史回顾八十年代的现代文学研究》。

《河北学刊》第5期以"西方文论如何实现'中国化'(专题讨论)"为总题，发表曹顺庆、童真的《西方文论话语的"中国化"："移植"切换还是"嫁接"改良？》，张荣翼、杨小凤的《面对西方文论的学科策略——在借鉴中超越》，李怡的《西方文论在中国如何"化"？》，谢碧娥的《从中国古代文论的现代转化到西方文论的中国转化》；同期发表管宁的《文化研究：现实背景与未来选择》；程光炜的《知识·权力·文学史——中国现代文学史研究的一个侧面》；陈晓明的《"胜过"现实的写作：王蒙创作与现实的关系》；董丽敏的《突围与渗透：走出中国女性文学边界区分的误区》；徐彦利的《20世纪末对周作人研究的八种角度与四点注意》。

《学术研究》第9期发表刘忠的《中国文学的现代转型与进化论时间观》。

《湘潭师范学院学报(社会科学版)》第5期发表李爱云的《西方的铺路石与东方的艺术探索者——伍尔夫与刘以鬯的诗化小说之比较》。

21日，《文艺报》第107期发表付艳霞的《极致的乡村叙事——评孙惠芬长篇小说〈上塘书〉》；张锦贻的《草原心民族情——读晨光的诗》；沐之的《心智澄明的诗人——陈超诗集〈热爱，是的〉读后》。

《文艺研究》第5期以"笔谈：从当下视角看中国当代文学的价值"为总题，发表吴秀明的《当代文学价值与批评的双重视角》，姚晓雷的《从参与社会角度看当代文学价值》，赵卫东的《当代文学的"主义"更替与现实窘境》。

21—24日，由中国世界华文文学学会、山东大学等主办的"第十三届世界华文文学国际学术研讨会"在威海召开，中心议题为"华文文学的学科建设问题"、"华文文学与'离散'研究"、"华文文学中的身份书写"等。

23日，《文艺报》第108期以"《夔门风》五人谈"为总题，发表李瑛的《浪尖上的歌者》，张同吾的《夔门烟雨总关情》，雷抒雁的《眼中的诗　心中的诗》，梁平的《与江山共吟，保持永远的姿势》，林莽的《诗歌的由来》；同期发表王晖、丁晓原的《事件·创作·批评——关于当下报告文学局势的对话》。

《文学报》第1540期发表朱勇慧的《〈竖琴的影子〉：我的精神自传——访北京女作家斯妤》；杨扬的《有一种情怀，至今都难以摆脱》。

《天津社会科学》第 5 期发表蓝爱国的《民间立场：通俗的话语分界》；杨经建的《宗教情怀与 20 世纪中国文学的悲剧意识》；梅琼林的《电视叙事方式的两歧选择》；张春生的《网络文学：无纸空间的自由书写》；徐晶的《缺失性童年经验对创作的深层影响——王安忆与铁凝创作比较》。

《武汉大学学报(人文科学版)》第 5 期发表黄晓娟的《萧红的生命意识与其作品中的女性意识》；张华的《外国文学与萧红的审美观照》。

24 日，《文艺理论与批评》第 5 期发表郑闯琦的《从两种"工具论"到"认同仪式"论——〈白毛女〉演变史研究的嬗变和发展》；罗关德的《韩少功乡土小说的视角迁移》；宋文坛的《游移·迷恋·徘徊——对王安忆 90 年代以来创作的一种解读》；蓝爱国的《赛博广场上的数字民间——网络文学的民间文化路径》；高峰的《喧哗与沉寂——当代中国文艺现象扫描》；张永禄的《头发的政治学阐释——以中国现当代文学为例》；专栏"文学视野中的'三农'"发表郭爱民的《农民身份的缺失与农村题材创作的式微》；同期发表刘荣林的《挖掘老百姓心底的质性和韧劲》；燕世超的《走出误区——从隐形与实践中发掘毛泽东文艺思想新质》；李荣启的《文学语言节奏论》；周景雷的《20 世纪中国文学整合的三个基本问题》。

《文史哲》第 5 期发表季桂起的《心理学的影响与"五四"小说的变革》；黄万华的《战后 20 年文学论纲》；吕进的《臧克家：现实主义与中国风格》；郭丽的《王蒙季节系列小说标点符号用法特征分析》。

《文学报》第 1541 期发表贺绍俊的《颠倒的本领》；谢有顺的《大地教育了我们》。

25 日，《文艺理论研究》第 5 期发表金宏建的《中国现当代若干文学史观评析》；方克强的《后现代语境中的新世纪文学理论教材》。

《东岳论丛》第 5 期发表崔云伟的《新时期"鲁迅与美术"研究述评》；蔡美娟的《小说艺术的审美转化》。

《北京师范大学学报(社会科学版)》第 5 期发表霍俊明的《朝圣者的灵魂：涉险之旅的哲性光辉——郑敏诗歌论》。

《甘肃社会科学》第 5 期发表杨义、邵宁宁的《"重绘中国文学地图"——杨义学术访谈录》；王宁的《全球化语境下汉语疆界的模糊与文学史的重写》；龚举善的《第三转型期报告文学格局中的女性话语地位》。

《世界华文文学论坛》第 3 期发表孙南雄的《在许地山先生诞辰 110 周年纪

念会上的讲话》；王盛的《许地山先生的三种精神》；叶彤的《许地山诞辰110周年纪念会暨学术研讨会在南京举行》；沈庆利的《吕赫若小说的诗性追求》；吴笛的《日据时期台湾女性作家自觉意识管窥》；王韬的《博彩：一个不应遭文学冷遇的题材》；陈辉的《澳门散文一瞥》；王震亚的《水泥丛林的全息摄影——台港都市小说概观》；尉芹溪的《乡间孤独老迈的身影：黄春明小说集〈放生〉中的老人形象》；郝敬波的《神秘的程序　智慧的叙事——台湾作家朱衣的神秘性小说解析》；王卉的《关于早期移民的女性言说——简析严歌苓的小说〈风筝歌〉与〈乖乖贝比(A)〉》；胡静的《关于生存与人性的对话——对严歌苓〈无出路咖啡馆〉的一种解读》；李如的《爱情吟唱的不同境界——五六十年代海峡两岸爱情诗比较》；宋桂花的《异乡的沉沦——对比郁达夫〈沉沦〉和白先勇〈芝加哥之死〉中的死亡叙事》；李立平的《郑愁予的诗情世界与诗美追求》；潘亚暾的《蔡丽双现象》；陈永志的《她向世界真诚倾诉——蔡丽双〈感恩树〉的人生哲学及艺术表现》；陈娟的《丽质诗魂——蔡丽双诗路素描》；秦锋的《"莲花仙子"的诗坛童话——美女诗人缔造"蔡丽双现象"》；李瑞腾的《现实的深度和广度如何计算——〈王勇诗选(1983—1996)〉序》；曹明的《活跃在澳门文坛的穆氏父女》；张永东的《对中华文化的守护与执着——罗兰访谈录》；余禺的《学科活力，源于自我审视——一次小而精的学术研讨会》。

《重庆教育学院学报》第5期发表郑轶彦的《论三毛散文的文体特征》。

《当代作家评论》第5期发表张光芒的《论中国当代文学的"第三次转型"》；程光炜的《〈文艺报〉"编者按"简论》；朱静宇的《论中国当代文学中的"俄罗斯情结"》；汪政的《绝处逢生的艺术——艾伟〈中篇1或短篇2〉简评》；谢有顺的《经验必须被存在所照亮——读艾伟的小说所想到的》；张新颖的《重读〈废都〉》；唐晓渡的《一次不确定的语言历险——麦城的〈形而上学的上游〉》；张英进的《动感摹拟凝视：都市消费与视觉文化》；费振钟的《城市：现代化政治与文化命运》；贺绍俊的《终结政治英雄的文化谋略世界——读范小青的长篇新作〈城市表情〉》；张光芒的《穿行在恐惧与炫耀之间——荆歌论》；晓华的《叶弥论》；傅元峰的《一种文化弧度上的诗性飞翔——阅读王大进》；贺仲明的《生活在别处——论朱文颖的小说》；何平的《魏微论》；周立民的《被囚禁的欲望——谈金仁顺及七十年代出生作家的创作》；于若冰的《金仁顺：孤独的棋手》；芳菲的《尘世中精灵的生活》。

《社会科学战线》第5期发表于文秀的《虚浮与贫困——当下文坛检省》；斯

炎伟的《媒体行为与当前文艺的运作》；周保欣的《归位、整合与再生——国家文学逻辑中的现代文学史写作》；王学谦的《自由意志：青年鲁迅生命主义特质》；王卫平的《走出知识分子的神话——40年代与90年代小说中知识分子形象的一种考察》；杨剑龙的《论文化大革命时期上海文学的沉沦》。

《语文学刊》第5期发表李东雷的《物的挤压与心灵的挣扎——九十年代城市小说的主题研究》；袁桂娥的《从宣泄激情到皈依信仰——张承志小说意象构建的心路历程》；王艳玲的《谈苏青小说的女性批判意识》；胡亭亭的《童年物语：对家园的回望——萧红、迟子建小说中童年视角的运用》；谢孝娟的《中国文坛的彼得·潘——莫言创作的"儿童视角"心理剖析》；李雪峰的《孙犁〈风云初记〉的诗化特色》；张俊的《温柔的陷阱，"幸福"的悲哀——读刘庆邦的短篇小说〈幸福票〉》。

《郑州大学学报（哲学社会科学版）》第5期发表单正平的《中国语境中的文本分析——兼论一种新的批评倾向》；张清民的《现代文学晚期文论失范的话语分析》。

《南京师大学报（社会科学版）》第5期发表杨莉馨的《中国女性主义批评实践20年的回望》；何言宏的《20世纪90年代以来中国文学的个体语言策略》；席建彬的《关于现代小说诗性存在形态的历史思考》。

《晋阳学刊》第5期发表潘正文的《女性主义误读与90年代女性文学天平的倾斜》；梁海、王前的《论金庸小说中的工具意识》。

26日，《文汇报》发表王纪人的《文学创作不需要造星运动——也谈"80一代"作家及其创作》；雷达的《推开另一扇窗户——读王童〈缰绳下的云和海〉》；张新颖的《变"上升"为"下降"——读林白〈妇女闲聊录〉想到的》。

27日，《文学自由谈》第5期发表张石山的《关于叙述虚构之断想》；袁良骏的《现代学术史的经典之作》；郝雨的《这世界究竟有多少真相》；梁青平、谢芳的《读顾艳两部新书》。

28日，《文艺报》第110期发表白烨的《传媒时代的副刊与文学》；贺绍俊的《回家的路有多艰难》。

《西南民族大学学报（人文社科版）》第9期发表王进的《比较视界中的台湾散文解读》。

《兰州大学学报（社会科学版）》第5期发表常文昌、邹旭林的《一个卓别林式的喜剧诗人——论西部诗怪李老乡》；赖振寅的《解读昌耀》；张红秋的《用现象学"看"诗化小说》。

《厦门大学学报(哲学社会科学版)》第 5 期发表杨春时的《论文学语言的主体间性》。

30 日，《文艺报》第 111 期发表姚小亭的《茹志鹃王安忆的创作共性》；张炯的《新中国文学五十五年的成就和前瞻》；杨志学的《评吴思敬〈走向哲学的诗〉》；以"报告文学《梦之坝》五人谈"为总题，发表雷达的《〈梦之坝〉——现代化进程中的宏大叙事》，李炳银的《长江三峡上的梦想和现实表现》，吴秉杰的《从有形向无形的扇面展开》，牛玉秋的《用大手笔记录历史》，阎晶明的《从梦想出发》；以"评论家谈《红尘芬芳》"为总题，发表陈晓明的《挑衅式的新鲜之美》，孟繁华的《"缘起"和"缘灭"》，贺绍俊的《写小说是叙述自己在虚构》，张颐武的《魅惑与迷乱——〈红尘芬芳〉的传奇性》，王干的《追寻那芬芳》；同期发表张宝明的《时代英雄在当前文学中不能缺席》；欧阳友权的《网络文学研究的前沿问题》；赵海彦的《英雄人物形象塑造得失谈》。

《文学报》第 1542 期发表罗四鸰的《诗歌是否需要强调道德力量？》；王鸿生的《最后一块湿地》；陈志强的《抒写体现民族精神的长诗——访四川诗人梁平》；田珍颖的《社会问题的文学思考》；吴辉的《文学史方法论的有益尝试——评〈插图本苏州文学通史〉》；龙长吟的《富有个性的城市小说——读谭仲池的〈都市情缘〉》；张立国的《另一个世界的美》。

《戏剧》第 3 期发表陈林侠的《从启蒙理性、寓言化到商业叙事——对大陆、台湾、香港电影中风俗叙事的比较研究》。

《求索》第 9 期发表水木目、徐紫云的《特殊时期的文学奇葩》；高宏生的《走向审丑的文学》；谭芳、张健的《消费社会与散文创作——20 世纪 90 年代散文创作的消费性解读》。

《南京大学学报(哲学·人文科学·社会科学)》第 5 期发表胡星亮的《再现现实：现象学现实主义——电影纪实学派理论评析》。

《唯实》第 Z1 期发表温朝霞的《"出位之思"：中西诗学对话的启示》。

《海南师范学院学报(社会科学版)》第 5 期发表楼肇明的《穿越台湾散文五十年(上)——序〈一九四五至二〇〇〇年台湾散文选〉》；陆卓宁的《台湾文坛：2003 叙事景观——以袁琼琼〈2003 中国年度最佳台湾小说〉为例》。

《文学报》发表陆卓宁的《"纯情"与吊诡——袁琼琼作品印象记》。

《台湾研究集刊》第 3 期发表张羽的《闽台文化亲缘的文学确证——读朱双一著〈闽台文学的文化亲缘〉》;蔡菁的《多元化走向中的东西景观——论台湾作家施叔青的短篇小说》;赵牧的《侠义精神与中国想像——论温瑞安早期的诗文创作》。

《铜陵学院学报》第 3 期发表金岚的《唱响人性之歌——严歌苓小说浅析》。

本月,《小说界》第 5 期发表魏心宏的《"80 后"与上海人的才气》。

《文艺评论》第 5 期发表赖大仁的《全球化时代的文学与文论:何往与何为——全球化时代的文学与文论发展前景问题讨论述评》;于茀的《现代传媒冲击下的文学如何可能》;王文捷的《无厘头电影:呈现意义何在——兼论图像文化对后现代电影研究的促进》;黄发有的《中国当代文学的版本问题》;陈国恩、王俊的《中国乡土知识分子的心路历程——〈浮躁〉、〈废都〉、〈高老庄〉的精神症候分析》;张立群的《反思中的自由与沉默——论文学史意义上的 90 年代诗歌》;陈剑晖的《散文的文化诗性》;王聚敏的《论抒情散文——兼论上世纪 90 年代的学者散文》;贺仲明、汪政、晓华、何平、张光芒的《谁为文学定法——当代文学的研究和批评中的权力问题》;李梅的《记忆是心灵的真相——王蒙〈青狐〉的一种解读方法》;黄毓璜的《"撤退"之后是"缺失"——文学反思录之一》;龙迪勇的《在创作与学术之间——〈寻找诗意〉自序》。

《中国文学研究》第 3 期发表吕周聚的《论巴金的道德人学思想》;舒欣的《三十年代茅盾都市小说的现代性及其影响》;李永东的《沈从文与 20 世纪中国文学的现代性》。

《剧本》第 9 期发表傅谨的《透过孟冰之眼的黄土地》;欧阳逸冰的《或许这不是最后的神话——感叹话剧〈黄土谣〉》;童道明的《葡萄酿成了酒——看〈黄土谣〉》;黄维钧的《小剧场戏剧的实验意识》;姜志涛的《小剧场创作的新突破》;王敏的《〈阎惜姣〉创作的启示》。

《博览群书》第 9 期发表胡伟的《"文革"起源的政治体制视角——读〈误区的代价〉一书感言》。

《暨南学报(人文科学与社会科学版)》第 5 期发表黄耀华的《跨学科视野下的当代历史电视剧》。

本月,山东文艺出版社出版黄万华主编的《多元文化语境中的华文文学——第十三届世界华文文学国际学术研讨会论文集》。

百花洲文艺出版社出版寿永明主编的《世界华文文学研究（第一辑）》；黄万华的《中国和海外：20世纪汉语文学史论》。

九州出版社出版肖成的《日据时期台湾社会图谱：1920—1945台湾小说研究》。

台海出版社出版《杨逵，压不扁的玫瑰花——杨逵作品研讨会论文集》。

广西师范大学出版社出版姜广平的《经过与穿越》；蒋原伦、史建主编的《溢出的都市》。

河南人民出版社出版韩宇宏的《剧烈变动中的社会与文学》。

当代世界出版社出版金文明编著的《秋雨梧桐叶落时》。

山东人民出版社出版栾昌大的《新时期文艺争鸣论集》。

中国文联出版社出版黄昌年的《美的欣赏与评论》。

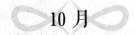

10月

1日，《文汇报》发表周玉明的《我还是个充满血性的农民——与莫言对话》。

《名作欣赏》第10期发表流沙河的《小挑金庸》。

《诗刊》10月号上半月刊发表刘翔的《水的女儿——池凌云和她的诗歌创作》；王光明的《读诗的三个问题（上）》；沈泽宜的《无处不在的忧伤》；阎安的《我的写作》；李岩的《有关阎安诗歌的几个片段》。

《解放军文艺》第10期发表丁临一的《别具一格，气象非凡——评长篇小说〈赌下一颗子弹〉》。

2日，《小说选刊》第10期发表陈晓明的《小叙事与剩余的文学性》。

5日，《山东社会科学》第10期发表裴毅然的《走向人性深处的九十年代文学》；季桂起的《文学的"现代性"与文学史观问题》；崔云伟的《两本文学史和两种文学史观——兼谈文学史"个人写作"的文体构想》；董燕、李永东的《从"悖论性结构"到"现代转型"》。

《上海戏剧》第10期发表胡安的《〈正红旗下〉：老舍对李龙云的"排异反

应"》;徐振贵的《进一步研究我国自己的戏曲理论体系》。

6日,《台港文学选刊》第10期发表林文月的《董桥其人其文》;周蜜蜜的《常在我心——忆林海音》;沈西城的《武侠背后的金庸》;廖玉蕙的《专访白先勇》。

8日,《文学报》第1543期专栏"黄霞君散文"发表古耜的《散文之中的雅与俗》,谢大光的《平平淡淡才是真》,红海的《寻找适合落脚的地方》,陈辽的《点亮心中灯,"却顾所来径"》。

10日,《中国图书评论》第10期发表严晓蔚的《朴素的底层意识,奇崛的叙述话语——评阎连科新作〈受活〉》。

《西南民族大学学报(人文社科版)》第10期发表沈燕华的《金庸小说语言的审美意蕴》。

11日,《中华文学选刊》第10期发表王鸿生等的《生活经验与文学想象——〈上塘书〉作品研讨会纪要》。

12日,《文艺报》第113期发表王岳川的《肉体沉重而灵魂轻飘》;李洱的《小说家的道德承诺》;《这是一部什么样的小说?——姝娟长篇小说〈红尘芬芳〉研讨会综述》。

13日,《光明日报》发表方伟的《论文学的根基与走向》。

14日,《文学报》第1544期发表胡殷红的《姝娟:把梦变成文字》。

15日,《福建论坛》第10期发表罗伟文的《存在主义与先锋小说的死亡言说》;刘为钦的《系统阅读:十七年文学研究之我见》;毕玲蔷的《从文学语言的角度看丁玲文学风格的形成与发展》。

17日,《作品与争鸣》第10期发表李万斌的《反时尚的人性表达》;王洁群的《理念和现实的背离》;刘中望的《身份与出路》;夏烈的《"无物之阵"里的生存隐秘》;林舟的《权力与欲望:精神强力的形式——对〈民工团〉的一种解读》;郝雨的《拟真图景中的欲望表达》;王晓云的《作家想象的局限》。

18日,《中国戏剧》第10期发表郭月亮的《重建中国戏剧之我见》;李应该的《时代催生了都市戏剧》;胡德才的《一部追求科学性、完整性的戏剧学教程——评董健、马俊山著〈戏剧艺术十五讲〉》。

19日,《人民日报》发表李利芳的《儿童文学研究的新收获——评〈现代中国儿童文学主潮〉》。

《文艺报》第116期发表张鸿声的《城市文化与城市文学》;余纯的《都市文化

视野下的文学研究》;周水涛、王文初的《乡村小说正在淡化"乡土风味"》;徐兆淮的《程青给当代农民画像》;韩伟的《雷达批评的精神风骨》。

20日,《光明日报》发表熊召政的《传媒时代:作家如何面对》。

《华文文学》第5期发表古远清的《不断超越自己——评刘俊〈从台港到海外〉》;黄永健的《郁结的历史与美学的迹线:台湾散文诗创作的境况与实绩》;刘红林的《殖民地的心声——论台湾"薄命诗人"杨华》;肖成的《90年代以来台湾文学发展的新状况》;袁良骏的《读〈香港短篇小说选〉札记(二)》;石家驹的《叶石涛:"面从腹背"还是机会主义?》;黎湘萍的《"杨逵问题":殖民地意识及其起源》;严秀英的《浅论白先勇〈永远的尹雪艳〉女性形象塑造的缺失》;朱文斌的《略论东南亚华文诗歌与中国性的关系》。

《中国比较文学》第4期发表王宁的《流散写作和中华文化的全球性特征》。

21日,《文学报》第1546期发表罗四鸰的《小说类型化的时代已到来?》、《"新诗二次革命"引发争议》、《徐星:我不是什么先锋》;赵耀民的《戏剧文学何时重归殿堂?》;王九辛的《小说的寓意——评温亚军中篇小说〈手心手背〉的艺术特色》;黄毓璜的《人生的错位和艺术的曲径——简评〈手腕〉》。

22日,《文学报》第1547期发表李霁宇的《小说:文本,平庸和想象力》。

25日,《重庆师范大学学报(哲学社会科学版)》第5期发表凌孟华的《海峡两岸当代女性诗歌比较》。

26日,《文艺报》第119期发表刘士林的《面对时代的理性心态》;吴俊的《"公共知识分子":质疑与思考》;贺绍俊的《空间压缩下的奇建筑》;李掖平的《物化时代知识分子的命运寓言——读李贯通的〈迷蒙之季〉》。

28日,《文艺报》第120期发表《追求科学研究的深度与高度——张振金的〈中国当代散文史〉研讨摘要》;蒋晓丽的《科学发展观与当前文艺批评》;张瑷的《当前文学争鸣的困境与活力》;以"'文化诗学'研究论文集萃"为总题,发表刘庆璋的《文化诗学视域中的叙事学》,祖国颂的《走向文化叙事学》,李晓宁的《通俗文学叙事的文化诗学诉求》,莫立民的《"文化诗学"与传统社会的文化构成》。

《文学报》第1548期发表本报编辑部的《"诗意城市:上海先锋诗歌研讨会"举行》;同期发表赵耀民的《"全球化":民族文化的"假想敌"》;傅小平的《陈村:网络文学最好的时期已过去》。

《西南民族大学学报(人文社科版)》第10期发表沈燕华的《金庸小说语言的

审美意蕴》。

30日,《文汇报》发表雷达的《人的太阳照亮了历史的天空——电视剧〈历史的天空〉的创新意义》。

《求索》第10期发表高红樱的《生态环境文学直觉顿悟中的理性探求》;黄立平的《关于小小说评点》。

《东方论坛》第5期发表古远清的《论台湾当今本土文学创作》。

《郧阳师范高等专科学校学报》第5期发表任毅的《叶维廉比较诗学理论管窥》。

《玉溪师范学院学报》第6期发表杨蕾的《试论白先勇短篇小说中的迁逝之感和乡愁情结》。

《重庆教育学院学报》第5期发表郑铁彦的《论三毛散文的文体特征》。

31日,《中国青年报》发表张颐武的《魅惑与迷乱——评〈红尘芬芳〉》。

本月31日—11月5日,"第二届海峡两岸中华传统文化与现代化研讨会"在淮安召开。

本月,《北京电影学院学报》第5期发表张英进的《西方学界的中国电影研究方法选评》;黄式宪的《银幕之华:本土创新与电影审美的多极均势(上)——略论全球化语境里新一代电影的美学求索》;庄宇新的《世纪之交的新"康乾盛世"——对三部电视剧的传播/文化解读(上)》。

《江淮论坛》第5期发表黄书泉的《当代文学新的生长点——关于中国大自然小说的思考》;潘正文的《"后现代"困境中的中国当代文学》;彭卫鸿的《论"朦胧诗"后的诗歌走向》。

《南京社会科学》第10期发表武善增的《再论"四五"天安门诗歌在文学史中的定位》。

《读书》第10期发表陈晓明的《张艺谋的还童术》。

《剧本》第10期发表沈虹光的《关于小剧场》;肖明的《我眼里的小剧场话剧》;陈虹的《不磨不成佛——剧作家王新生印象》;郭汉城的《清新淡雅的好喜剧》;方李珍的《细节的魅力——陈欣欣剧作浅论》。

本月,百花洲文艺出版社出版方忠的《20世纪台湾文学史论》。

长江文艺出版社出版赵小琪的《台湾现代诗与西方现代主义》。

河北大学出版社出版韩盼山的《文学批评写作》。

上海文艺出版社出版许子东的《呐喊与流言》。

九州出版社出版许苗苗的《性别视野中的网络文学》；荒林的《花朵的勇气》；禹建湘的《徘徊在边缘的女性主义叙事》。

民族出版社出版张炯主编的《中国当代文学研究》。

中国社会科学出版社出版席杨的《多维整合与雅俗同构》。

11 月

1日，《名作欣赏》第11期发表洪治纲的《花城版〈2003中国短篇小说年选·序〉》；陈协的《方寸之中的机趣——贾平凹散文小品〈吃烟〉赏析》；张乐朋的《"汤罐"佚事——潘向黎小说〈白水青菜〉读后》；朱青的《淡然无极的韵味——读迟子建的小说〈一匹马两个人〉》；洪流的《精致柔美的温情表达——苏童短篇小说〈人民的鱼〉片谈三题》；万秀凤的《温暖的怜悯　严肃的批判——读短篇小说〈挂满星星的房间〉》；翁福华的《乔装改扮为哪般——魏微短篇小说〈化妆〉解读》；钱雯的《生存的反讽——读小说〈化妆〉》；何希凡的《幻灭在中国的巨变中——〈一个老外在中国〉的人文关怀与历史理性精神》；黄彩萍的《舞台"秀"：无法对话的男女——〈厨房〉的再解读》；魏蕻的《青春的气息与成长的烦恼——解读〈我爱小丸子〉》；王咏梅的《独特视角与话语策略下的现代文明批判——解读〈橡皮灵魂〉》；姚维荣等的《复仇与宽恕间的文化选择——关于〈喧嚣荒塬〉的一点思考》；于东晔的《〈树树皆秋色〉：对知识分子人格的拷问》；杨景龙的《"母题""原型"说〈乡愁〉——余光中〈乡愁〉的文本细读》。

《神州》第11期发表红尘的《虹影：像魔菌一样危险》。

《作家》杂志第11期发表余户、洪治纲的《阅读、音乐与小说创作》。

《诗刊》11月号上半月刊发表郑敏的《诗与诗的形式美》；姜宇清的《荣荣诗歌：心灵的诗意看守》；谢冕的《长青树的祝福——在郑敏诗歌研讨会上的发言》；王光明的《读诗的三个问题（下）》。

《钟山》第6期发表莫言、刘颋的《我写农村是一种命定——莫言访谈录》。

2日,《人民日报》发表方伟的《当今文学缺什么》;聂伟的《反思电影与文学的关联——评〈电影:历史与现实〉》。

《文艺报》第122期发表本报讯《走出"试管"回归泥土——陈应松神农架系列小说研讨会在京举行》;同期发表焦凡洪的《军事文学的精神》;雷达的《用灵魂拥抱生活——评汤吉夫〈遥远的祖父〉》;河西的《时钟里的身体》。

《新剧本》第4期发表郑怀兴的《〈雪泥鸿迹话编剧〉之九:创作手法》;廖奔的《阅读剧本日记》;孟冰的《说"戏"》。

3日,《光明日报》发表廖奔的《形式与意义——2004北京小剧场演出季点评》;潘凯雄、张颐武等《徐小斌创作研讨会纪要》。

4日,《文艺报》第123期以"长篇小说《1号检察官》笔谈"为总题,发表吴秉杰的《主旋律创作引起思考》,谢武战的《唱响新世纪的英雄颂歌》,李炳银的《对正义和高尚的礼赞》,牛玉秋的《一个奇特的人物形象》,张颐武的《新传奇的空间》,贝加的《在类型化与文学性间》;同期以"'太阳城丛书'评论特辑"为总题,发表刘庆邦的《宝贵的精神力量》,叶延滨的《点燃诗句的人》,阎晶明的《性情文字 质朴情怀》,贺绍俊的《以宽容豁达的心境面对历史》,崔道怡的《太阳城里的光和热》,孟繁华的《久违的感动》。

《文学报》第1550期发表张宗刚的《忧伤的骊歌——读姜琍敏长篇新作〈喜欢〉》;贾梦玮的《小说家的尊严和小说的尊严——简评陈武长篇〈连滚带爬〉》;李钧的《翻出"文化人儿"皮袍下的"小"来》;吴下的《不贴标签的主旋律作品——评〈历史的天空〉》。

5日,《山东社会科学》第11期发表贺立华、程春梅的《延安革命文艺思想与中国传统文化——毛泽东〈在延安文艺座谈会上的讲话〉文艺思想探源之一》;张雪莲的《自我身份(认同)危机——两种文化中的孤独者和漫游者郁达夫》;王景科、崔凯璇的《论鲁迅、史铁生独语中生命哲学之异同》;康长福的《乡土的浩劫与文学的迷失——"文革"时期乡土小说论》。

《电影艺术》第6期发表吴小丽的《女性意识的退守及其多元呈现——新世纪以来部分女导演作品分析》;刘海玲的《"花与花联合起来":进入21世纪的女性电影》;伍国的《女性主义神话的建构与颠覆:从第五代到第六代电影》;宋杰的《导演王滨与电影〈白毛女〉》;丁卉的《英雄:行进在崇高与平凡之间——浅议公

安题材电视电影》；刘淑欣的《现实人生的精神突围——评电视电影〈划痕的岁月〉》；张建珍的《由〈我们的兵站〉谈军人题材影片创作》。

《花城》第 6 期发表周冰心、晓航的《智性写作与可能性探索》；吴义勤的《极端的代价——20 世纪 80 年代以来中国新潮小说观念革命之反思》。

《陕西师范大学学报(哲学社会科学版)》第 6 期以"20 世纪中国西部文学研究笔谈"为总题，发表李震的《新文学地理中的西部高地》，程国君的《论西部诗歌的悲情意识》，梁颖的《西部的文学可能》，张积玉的《抗战时期茅盾在新疆对西部文学事业的开拓》，李继凯的《西部现当代文学学科建设刍议》；同期发表阎庆生的《孙犁美学转型论纲》；赵学勇、崔荣的《20 世纪 30 年代中国的都市叙事与想象》；周燕芬的《个性的张扬与现代文学风格的演变》；卢洪涛的《文学文化批评的再批评——中国现当代文学批评方法的回望与反思》。

9 日，《人民日报》发表胡鹏林的《重新审视文学构成》；仲言的《畅销与长销》；秦弓的《王鲁彦的游子之心》。

《文艺报》第 125 期发表本报编辑部的《特立独行的歌者：蔡其矫诗歌研讨会在福建举行》。

10 日，《中州学刊》第 6 期发表贾艳艳的《穿行在历史潜流中的家族精神——读周大新的〈第二十幕〉兼谈与〈白鹿原〉的比较》；朱青的《女性诗学的一种实践》。

《中国社会科学》第 6 期以"'文学理论建设与批评实践'笔谈"为总题，发表陈晓明的《元理论的终结与批评的开始》，孟繁华的《文化研究与当下的文艺批评实践》，南帆的《文化研究：转折的依据》，贺绍俊的《重构宏大叙述——关于当代文学批评的检讨》。

《中国图书评论》第 11 期发表伍杰的《沈从文与书评》。

《光明日报》发表曾凡的《文学与价值生成》；唐韵的《现代与传奇的有效结合》；张永伟的《蓝天白云间的永远"双翼"——王忠瑜的长篇小说〈鹰击长空〉读后》；曾绍义的《当代散文治史一法》。

《西南师范大学学报(人文社会科学版)》第 6 期发表施爱东的《大陆新武侠与武侠小说的民间性》；韩云波的《大陆新武侠与武侠小说的文体创新》；李怡的《论中国现代诗论的现代性问题》；何圣伦的《苗文化传承与沈从文小说叙事的非理性化》；王咏梅的《文化的"返乡"：论谭恩美小说中的文化冲突与融合》。

《江海学刊》第 6 期发表谢刚的《出版体制转轨与新时期文学的转型》。

《浙江大学学报(人文社会科学版)》第 6 期发表陈坚、贾敏的《存在的"人"与人的"存在"——曹禺悲剧关于存在命题的探询》;颜翙的《以诗性的神秘主义情怀提高戏剧美感——曹禺剧作的诗性研究》。

11 日,《文艺报》第 126 期发表李瑛的《读田禾的诗》;陈建功的《陈应松引发的思考》;谢冕的《最公正的是时间》。

《文学报》第 1552 期发表符杰祥的《中国当代文学研究会举办第十三届学术年会——梳理文学现状 反思学科建设》。

15 日,《人文杂志》第 6 期发表刘悦笛的《实践与生命的张力——从 20 世纪中国审美主义思潮着眼》;陈宏的《现代家族叙事中的女性群像概观——家族文化视界中的 20 世纪中国文学家族叙事研究系列之二》;管宁的《消费文化语境中文学美感形态的"物化"倾向——上世纪 90 年代以来文学一个侧面的考察》。

《中山大学学报(社会科学版)》第 6 期发表黄修己的《中国现代文学史的建构、解构和重构》;王坤的《走向文学的美学——从审美带有令人解放的性质说起》。

《文学评论》第 6 期发表旷新年的《寻找"当代文学"》;张学军的《博尔赫斯与中国当代先锋写作》;贺仲明的《重与轻:历史的两面——论中国当代文学中的土改题材小说》;李诚、阎嘉的《消费时代的文学与文化研究走向——"中国消费时代的文学与文化研究"研讨会侧记》。

《文艺争鸣》第 6 期发表张新颖的《〈默读的声音〉题记》;赵明节的《李新宇的〈走过荒原〉读后》;以"新世纪文艺理论的文化转型话题"为总题,发表鲁枢元的《价值选择与审美理念——关于"日常生活审美论"的再思考》,杜书瀛的《文艺学向何处去》,赵勇的《再谈"日常生活审美化"——对陶东风先生一文的简短回应》,冯黎明的《当代文学认知文化的式微》;李建中的《思之诗:汉语批评的隐喻性生成》,唐铁惠的《文学研究的两种取向》,张杰的《文化转型背景下文学审美价值的凸显》,张荣翼、李澜的《文艺研究的思想资源转换问题》,李勇的《大众文化研究对文学理论的挑战》;同期发表戴冠青的《对华文文学诗学建构的一种思考》;施津菊的《女性文学的主体性建构与社会认同》;郑文晖的《王琦瑶身后的文化说明了什么——评〈长恨歌〉里的海派文化文本》;凤群的《历史的还原与超越——读杨显惠"夹边沟"系列小说》;张德明的《精神关照的另一种表述——刁斗的〈回家〉及其他》;刘艳的《困境的隐喻——略论张爱玲、严歌苓的创作》;胡泊的《走向后电影时代,电影艺术会终结吗》;欧阳友权的《网络文学的"比特叙事"》;蓝爱国的《"在线"诗学流变与网络文学的诗意》;聂庆璞的《数字化艺术对传统美学观念的挑战》;钟虎妹的《网络文学的意义设定与艺术走向》;阎真的《网络小说艺术取向反思》;张清民的《博客文学现象批判》;吴义勤的《现状与问题:1990年代山东文学》;王金胜的《民间文化与莫言小说的传奇性》;李莉的《徘徊在文化厚土上的幽灵——论张炜长篇小说的文化意蕴》;王永兵的《背对死亡的旅行——论尤凤伟小说的生存意识及其文化特质》;王志华的《文人文化传统与李贯通的小说创作》;陈振华的《过于温情的民间道德化叙事——刘玉堂"新乡土小说"文化意识批判》;田忠辉的《文化诗学的三个问题》;李明彦、苏奎的《"全球化语境下的中国文学理论及文学批评发展状况"学术研讨会综述》。

《中国社会科学院研究生院学报》第6期发表曾绍义的《走进巴金的大世界——巴金百年诞辰学术著作述评》。

《北京社会科学》第4期发表葛永海的《试论早期京味小说的市井情味——以〈小额〉、〈春阿氏〉为例》;杨红莉的《汪曾祺"京味"语言中的民俗文化意味》。

《民族文学研究》第4期发表万建中的《寻求民间叙事》;刘锡诚的《对中国文学史模式的颠覆——纪念毛星先生》;李鸿然的《彝族文化身份与世界文化意识——论吉狄马加的诗歌创作》;马丽蓉的《近百年回族作家概论》;刘大先的《文化寻根·族性审视·历史反思——论朱春雨长篇小说〈血菩提〉的意蕴》;丹珍草的《行走在尘世与天堂之间——感受阿来小说中的僧人形象》;孔占芳的《神话和传说:小说虚构中族群文化的隐显——读阿来的〈尘埃落定〉》;罗庆春的《穿越母语:论彝族口头传统对当代彝族文学的深层影响》;陈丽琴的《论壮族当代小说中民歌的运用》;吴孝成等的《哈萨克当代诗歌概观》;马明奎的《试论满都麦小说传统重建理路中的生态美学意义》;彭金山的《汪玉良抒情诗浅论》。

《当代文坛》第6期发表钟庆成的《洞开心灵的窗户——读〈沙汀日记(1962—1966)〉》;吴兴明的《消费时代或全球化:重振美学的一线新机》;冉小平、思焉的《审美追求嬗变与中国当代文学格局建构——中国当代文化与文学研究》;郝敬波的《后现代语境中的夸张与缩小——90年代新生代小说的缺失对当下文学的启示》;俞学雷的《个人化写作的合法性及其待解的问题》;何志钧、秦凤珍的《高雅文艺:困顿与希望》;王毅、傅晓微的《一种值得注意的文坛走向——辛格百年庆典与先锋作家转向的启示》；孔庆东的《北京文学的贵族气》；邢孔辉的《史铁生的写作观》；张学军的《残雪的叙事陷阱》；姚国军的《论海岩小说创作中的两大主题》；王海铝的《论艾伟小说的叙事维度》；金永辉的《李存葆的绿色情怀——论李存葆"文化大散文"的绿色母题》；李晓华的《安放灵魂的家园——浅释刘亮程散文的美学意义》；刘春水的《民间话语：对生命和人生真实状态的书写——兼从散文文本谈民间话语的基本内涵》；邓晓成的《诗歌消费学——当下诗歌的消费文化倾向及其存续命运》；令狐兆鹏的《中国新诗重建的方向：现实主义精神》；陆健的《〈三星堆之门〉的结构、叙事及其文化意义》；叶延滨的《解读张子扬——兼评诗集〈提灯女神〉与〈半敞的门〉》；吴投文的《诗歌在生活中的位置——试谈王学忠的诗歌》；雷业洪的《论杨牧边塞诗价值系统的整体性》；黎保荣、毛翰的《杨牧诗歌的地理学系统》；吴野的《追寻杨牧诗作的美学精神》；张永禄的《返乡的可能、形式及意义——从〈九月还乡〉到〈小姐回家〉》；龚奎林、黄梅的《小城镇文学的魅力启示——以官场小说〈无根令〉作个案解读》；王学青的《劣根的沉重与无根的迷惘——评小说〈受活〉和〈沙床〉》；陈辽的《独有的传奇人生，严格的历史反思——读〈长相依〉》；任现品的《攀比心理与同病相怜的交错互动——〈歇马山庄的两个女人〉的情节动力分析》；侯洪、张斌的《红色经典：改编及传播》；王昆建的《低龄儿童：儿童小说不容忽视的表现对象——兼评郝月梅"小麻烦人儿"系列儿童小说》；陈朝红的《〈奴隶峡谷〉：见证一段难忘的历史》；梁中杰的《无言的巧笑——读母碧芳长篇小说〈荆冠〉》；杨仕甫的《伟大母爱的心灵颂歌——〈走进母亲的岁月〉评介》。

《当代电影》第6期发表贾磊磊的《每秒24格的"生死影像"》；杨远婴的《孙瑜：别一种现实》；石川的《孙瑜电影的作者性表征及其内在冲突》；陆绍阳的《孙瑜导演风格论》；刘海波的《暧昧城市·双面乡村·浪漫革命者及一个分裂的文本——重读〈天明〉》；熊文泉的《"红色经典"艺术生产的内在机理分析——以作品〈林海雪原〉的生成、改编为例》；戴清、宋永琴的《"红色经典"改编：从"英雄崇拜"到"消费怀旧"——电视剧〈林海雪原〉的叙事分析与文化审视》；彭文祥的《"红色经典"改编剧的改编原则与审美价值取向分析》；侯洪、张斌的《"红色经典"：界说、改编及传播》；周星的《关于中国电影理论构架的梳理》；王宜文的《浅析中国类型电影的历史与境遇》；沈国芳的《永恒的奥秘——论类型电影的审美价值机制》；贾冀川的《民族电影：全球化语境下的困惑与命运》。

《江苏社会科学》第 6 期发表丁姗姗的《后现代文化语境下的中国电影突围方略刍议》。

《齐鲁学刊》第 6 期发表吕周聚的《中国当代先锋诗歌的分化与转型》；肖向东、刘文菊的《论女性文学视野中的萧红与林白的创作》；孙小兵、张学昕的《余华生存小说创作的精神气度》；张文娟的《从〈无字〉看张洁的创作历程》。

《社会科学》第 11 期发表许建平的《文本分析模式的创建与俞平伯红学史地位的重估》；贾明的《对大众文化批评及大众文化特征的思考》。

《社会科学研究》第 6 期发表刘忠的《中国现代文学话语形成的三次论争》。

《福建论坛》第 11 期发表刘登翰的《华文文学研究的瓶颈与多元理论的建构》；刘小新的《从华文文学批评到华人文化诗学》；朱立立的《华文文学后殖民批评的可能性及限度》；高鸿的《比较文学对华文文学研究的启示与作用》。

《广东社会科学》第 6 期发表马艳、唐丽芳的《香港作家的故事新编》。

《社会科学辑刊》第 6 期发表宋剑华的《现代文学研究需要人文关怀》；徐德明的《规范与自由：现代文学研究的选择》；李倩的《论台湾图像诗：从艺术表现论的实验性层次谈起》。

《求是学刊》第 6 期以"文化研究语境中的文学理论（笔谈）"为总题，发表李春青的《文化研究语境中的文学理论建设》，黄卓越的《从文化研究到文学研究——若干问题的再澄清》，王志耕的《文化研究视域中的比较文学》，张振云的《谈谈文化研究的适用性问题》，陶东风的《新时期文学身体叙事的变迁及其文化意味》。

《学习与探索》第 6 期发表徐英春的《一种故事两种说法——革命历史小说与新历史小说比较研究》。

《学术论坛》第 6 期发表江腊生、虞新胜的《论样板戏中无产阶级英雄典型的虚构本质》；潘艳慧的《主流意识与个人诉求之间的矛盾叙事——论孙犁〈铁木前传〉的芜杂性》。

《南方文坛》第 6 期发表洪治纲的《回到梦想，回到诗性》；洪子诚的《回答六个问题》；孙郁的《读读想想》；白烨、张萍的《崛起之后——关于"80 后"的答问》；张柠的《青春小说及其市场背景》；张尧臣的《就在眼前的"80 后"》；郭传梅的《史铁生意象词典》；吴俊的《〈人民文学〉的创刊和复刊》；吴思敬等的《对话：当代诗歌创作中的"身体写作"》；朱向前、傅汝新的《批评的本色》；陈晓明的《极端境遇与"新人民性"——论张平小说的艺术与思想特征》;朱凌的《寻找家园的灵魂——〈瓦城上空的麦田〉的主题意象解读》;赵允芳的《公众话语的个人化解释——论毕飞宇小说语言艺术》;林宋瑜的《作家能够在现实中看到什么——长篇小说〈长势喜人〉阅读印象》;吴大为的《"轶事":文化观照下的一种本真的现实——读黄德昌先生的〈石城轶事〉》;李星的《对生命存在的焦虑与追问——读泓汶小说集〈黑夜凝望火柱〉》;文波的《近期文坛热点二题》。

《复旦学报(社会科学版)》第6期发表李乐平的《"中国无产阶级革命文学"倡导的成就与检讨》;王荣的《呐喊与叙事:20世纪30年代的中国叙事诗探论》。

《理论与创作》第6期发表李荣启的《文学话语接受的矛盾二重性》;刘起林的《"样板戏现象":政治文化诉求蚕食审美的病态生命体》;黄擎的《废墟上的狂欢——"样板戏"的革命历史叙述》;杨经建的《当前文学与文学当前的"想象力"》;王永兵的《经验的贫乏与意义的剩余——透视当下长篇小说热》;王浃海的《论"十七年文学"中的情爱意识》;梁鸿鹰的《铸造活泼而健康的诗性品格——从杜逯的诗集〈光的落尘〉谈起》;杨剑龙、梁伟峰、赵欣的《在荒诞里表达对历史与现实的思考——关于阎连科〈受活〉的对话》;徐亚东的《20世纪90年代战争小说的新探索——以南线战争和虚拟战争为例》;何换生的《论余华小说的少儿形象》;董文桃的《日常生活中的悲剧——以方方小说为例》;赵学勇、樊晓哲的《高处不胜寒,何似在人间——毕飞宇创作道路兼及九十年代小说的流变》;李建立的《"交叉跑动"的经验——析韩东小说中诗歌作品的功能》;吴朝晖的《走进寻常巷陌间——王安忆近年短篇小说的审美性》;吴泰昌的《表现共产党人的大爱——读曾祥彪长篇报告文学〈爱心无悔〉》;左郁文的《对官场人性美的期待——简评刘芳的长篇小说〈蓝鸟〉》;赵文辉的《婚恋观念的嬗变,理想爱情的解构——对〈双人床〉的一种解读》;陈宗花的《形而上人性观的深度思考——电视剧〈拿什么拯救你我的爱人〉的人性解读》。

16日,《文艺报》第128期发表邢建昌的《文学的道德诉求》;符杰祥的《研讨文学现状 拓展学术空间——中国当代文学研究会举办第十三届学术年会》;林如求的《何为散文的写人艺术》;以"关于文坛'80后'评述两篇"为总题,发表李敬泽的《一种毁坏文化的逻辑》,白烨的《不可阻挡的崛起》。

17日,《光明日报》发表张学昕的《生命与历史在叙述中流动——评格非长篇小说〈人面桃花〉》;雷达的《掀起面具的烛照——对〈爱你两周半〉的别一种读解》。

《作品与争鸣》第11期发表双石的《绚丽壮美的立体画卷》；马德生的《关注农民直面贫困的力作》；田建民的《一纸不切实际的药方》；杨厚均的《现代男女与古典爱情》；余三定的《追寻理想主义的爱情》；凯地的《当代中国文学的全面危机》。

18日，《文学报》第1554期发表本报编辑部的《北京研讨陈玉福"1号系列"新作》；同期发表傅小平摘编的《赵汀阳：软弱无聊的"真实"何以盛行？》、《吴晓东：文学批评陷入危机》；罗四鸰的《台版大陆女性文学显露危机》；曾敏之的《用"情"迎接挑战》；范培松的《精神还乡的心灵独白——读〈梦韵影痕〉有感》；张立新的《寻找丢失的碎片——吴志云散文集〈梦韵影痕〉漫评》；过玥汝的《禅心"怀旧"——评吴志云〈梦韵影痕〉》。

20日，《小说评论》第6期发表李建军的《李建军专栏：小说病象观察之十八——论小说的说服力》；贺绍俊的《贺绍俊专栏："追风逐云"之六——春天：文学的精神承担》；以"韩少功专辑"为总题，发表於可训的《主持人的话》，韩少功的《自述》，张均、韩少功的《用语言挑战语言——韩少功访谈录》，张均的《仍有人仰望星空——韩少功的1992—2002》；同期发表李明德、张英芳的《关于成长，关于爱——魏微的文学风景》；金鑫的《颠覆与解构：陈昌平小说的一种读法》；党艺峰的《小说叙事空间及其文化意味——刘震云论》；刘树元的《精神的贯彻及心灵的张力——对北村小说的一种阐释》；谢有顺的《说出自己内心的话语——我读〈一个或几个人的舞蹈〉》；常智奇的《历史对欲望的炼狱与升华——评〈1号考察组〉的时代价值和意义》；傅德岷的《严摒"戏说"与"编造"的帝王画卷——评萧重声〈隋炀大帝〉的审美风范》；白军芳、郑升旭的《一种女性文学的新启迪——比较王安忆〈桃之夭夭〉与"身体写作"》；李清霞的《女性：如何从肉体回归身体——兼论〈桃之夭夭〉〈青狐〉对女性肉体的描述》；阎纯德的《贺抒玉：三秦大地的生命之歌》；赵德利、孙新峰的《爱·孤独意识的深化与超越——评沙蕙长篇小说〈好校长，坏校长〉》；雷达的《心灵的财富——为〈遥远的祖父〉序》，李星的《汤吉夫和他的教授小说——读〈遥远的祖父〉》；晓华、汪政的《灯火阑珊处——汤吉夫小说创作谈片》；甘丽娟的《新儒林，众生相——汤吉夫的校园生活小说》；陈忠实的《令人敬重的发现》；黄自华的《批判的快感与尴尬——池莉批判的批判》；任动的《说不尽的潘金莲》；韩石山的《大雾里的人生——读阎宗临先生的〈大雾〉》。

《四川大学学报(哲学社会科学版)》第6期发表谷海慧的《现代随笔的文体命名及内涵刍议》;李自芬的《网络文学与文学本质》。

《东北师大学报(哲学社会科学版)》第6期发表刘钊的《现代文化建构中的中国当代女性散文》;王泽龙的《当代中国写作理论研究的三种话语体系》。

《东南大学学报(哲学社会科学版)》第6期发表杨剑龙、洪玲的《海派文学研究的历史与现状》;严军的《文化史诗:"寻根"途中的收获与遗落》。

《学术月刊》第11期发表王丽丽的《胡风编辑策略中的"异端"因素》;管宁的《文本感知:非体验小说的美感形态与生成机制》;郜元宝、张曦的《我的思想道路——郜元宝教授访谈》。

《河北学刊》第6期以"百年中国新文学的道德形而上与形而下问题争鸣(续三)"为总题,发表何中华的《启蒙、道德与文学——一种可能的解释》,徐仲桂的《形式与原则:道德形而上主义论争的两个焦点》,张中锋的《对启蒙与道德的误读及歪曲》,田建民的《全球化趋势下的文学合理性》;同期发表王维国的《"大众话语"的转换与生成》;赵慧平的《独断性:文艺批评中的一个思维误区》。

《学术研究》第11期以"'散文理论研究的视域'笔谈"为总题,发表於可训的《无边的散文》,柯汉琳的《把思想性纳入散文理论研究的视野》,王兆胜的《当前中国散文理论建设中的盲点》,宋剑华的《文体变革与现代散文的迅速崛起》。

《重庆三峡学院学报》第6期发表李村展的《论新时期留学生文学中的乡愁情结》。

21日,《文艺研究》第6期发表周志强的《历史的诗学对话——评李杨〈50—70年代中国文学经典再解读〉》。

22日,《新文学史料》第4期发表靳尚君的《欧阳山在延安南区合作社》;贺朗的《和〈三家巷〉结缘四十载》;《路翎致友人书信》;鲁煤的《我和胡风:恩怨实录——献给恩师益友胡风百岁诞辰(八)》。

23日,《文艺报》第131期发表傅修延的《在文本之城中的任意穿梭》;李晓林的《审美:贵族的特权?》;高波的《网络文学的"死穴"》;朱锦平等的《全景式再现民情民俗——长篇小说〈水旱码头〉研讨会摘要》;缪俊杰的《报告文学:收获和期望》;刘祯、毛忠的《中国戏曲的现代转型与本质回归》。

《天津社会科学》第6期发表叶立文的《神话思想的消解:从"伤痕小说"到"意识流小说"》;赵树勤、李湘的《男性的镜城与女性的异化——90年代中国电影的女性解读》。

24日,《文艺理论与批评》第6期专栏"文学视野中的'三农'"发表邵燕君的《与大地上的苦难擦肩而过——由阎连科〈受活〉看当代乡土文学现实主义传统的失落》,魏冬峰的《一幅惨烈的图景——关于〈马嘶岭血案〉》,李云雷的《近期"三农题材"小说述评》;同期发表杨桂欣的《丁玲怎样对待生和死?》,苏永延的《绕不开的文学风景图——论丁玲延安时期的散文创作》;张传敏的《中国现代文学走向左翼现实主义的内在逻辑——论新浪漫主义、自然主义和左翼现实主义的深层精神关联》;方维保的《人民性:危机中的重建之维》;杨文华的《中西戏剧现代化进程比较》;贺敬之的《关于胡风平反问题——致〈随笔〉的一封信》;宋小庆、梁丽萍的《亲近与疏离——中国近现代知识分子的心路历程》;魏巍的《我们的女兵菡子——〈菡子文集〉读后》。

《文史哲》第6期发表贺立华、程春梅的《中国"左翼"运动与延安红色文艺》。

《吉林大学社会科学学报》第6期发表陈晓明的《墓地写作与乡土的后现代性》;张学昕的《当代小说文体的变化与发展》。

25日,《文艺报》第132期发表本报编辑部的《王庆辉的长篇小说〈雕刻〉研讨会在京举行》;同期发表宋家宏的《一刻也不敢忘却作家的良知——夏天敏和他的小说》;顾艳的《读迟子建〈假如鱼也生有翅膀〉》;杨红莉的《汪曾祺"改写"的意义》;吴义勤的《新生代长篇小说的艺术问题》("当代青年批评家实力展");以"众评'大爱无边'"为总题,发表阎纲的《京味小吃多味斋》,程树榛的《至诚至爱 曲高和众》,石英的《舒乙散文的风格》,范咏戈的《"拾荒"之喜》,崔道怡的《逗号,舒乙的情结》,缪俊杰的《风清骨峻自成家》,陈丹晨的《我看舒乙的散文》,何西来的《有爱在就能感人》;同期发表古耜的《灵光雅韵婉约风——读王本道散文集〈感悟苍茫〉》;樊洛平的《谈当代文学史的著述》。

《文艺理论研究》第6期发表谭君强的《论叙事作品中"视点"的意识形态层面》。

《文学报》第1556期发表本报编辑部的《广东研讨"诗歌创作现状与发展"》;同期发表傅小平摘编的《"文化大散文"走向终结》、《文学的创新激情被遮蔽了》。

《东岳论丛》第6期发表章亚昕的《犁青的人格与风格》。

《甘肃社会科学》第6期发表范培松的《报告文学理论的终结和拓展》;龚举善、高婷婷的《网络时代报告文学理论研究的新拓展——"网络时代的报告文学"

全国学术研讨会综述》;皇甫风平的《从个体意识到生命意识——20世纪80年代中期以后的新时期文学对农民的生存状况的叙述》。

《当代作家评论》第6期发表吴俊的《环绕文学的政治博弈——〈机电局长的一天〉风波始末》;洪治纲的《悲悯的力量——论余华的三部长篇小说及其精神走向》;周晓扬的《惊醒之后:如何治疗知识分子的"伤口"?——对〈叔叔的故事〉与〈青狐〉的一种解读》;吴义勤的《文化批评与"中国当代文学形象"——评孟繁华新著〈传媒与文化领导权〉》;吴炫的《穿越当代"经典"——"新写实文学"及热点作品局限评述》;周兴华的《"穿越":从理论到实践——读〈中国当代文学批判〉》;萧虹的《通史观念的延拓 述史范式的创新——评〈二十世纪中国文学通史〉》;李静的《人心的风球挂起来了》;胡艺珊的《对于"人"的坚守——王小妮散文随笔系列解读》;孟繁华的《"贱民"的悲喜剧与小说之光——评陈昌平的小说创作》;洪治纲的《幽暗深处的历史回响——评陈昌平的小说创作》;莫言的《当历史扑面而来》;赵慧平的《张宏杰的"另类"写作》;陈仲义的《九十年代先锋诗歌估衡》;唐晓渡的《多多:是诗行,就得再次炸开水坝》;张学昕的《梳理文学在内心的细节》;初清华的《在叙述中穿越民间与历史》;张献梅的《对中国文学的深刻反思》;陈建华的《"历史的幽魂"》;刘莉的《一个充满问题的年代》;王尧儿的《双向的煎熬》;武春野的《一次重回常识的谈话》;胡传吉的《拒绝喧嚣》;李梅的《进入文学世界的决心》;常立的《挽留时光 守护文化》。

《社会科学战线》第6期发表徐英春的《一种历史,两种文本——〈苦菜花〉与〈丰乳肥臀〉的历史比较》。

《河北大学学报(哲学社会科学版)》第6期发表曾绍义的《百年巴金的真实世界——巴金研究新著述评》。

《南京师大学报(社会科学版)》第6期发表贾丽萍的《自我书写的困境——邱华栋小说叙事批判》。

《晋阳学刊》第6期发表李兴阳的《现代性转换中的西部都市书写——90年代西部都市小说史论》。

26日,《文学报》第1557期发表余秋雨的《白先勇"还魂"牡丹亭》。

27日,《文艺报》第133期发表谢望新的《爱情是不允许遗失的——致青年诗人程毓霖》。

《文学自由谈》第6期发表李美皆的《余秋雨事件分析》、《从苏童看中国作家的中产阶级化》;夏元明的《钱理群的话语方式》;王彬彬的《关于胡与鲁之比较的读书研究计划》;张颐武的《优雅的崛起:中国文学的新空间》;卢桢的《"母亲"被重新诠释之后》;杨学武的《幸好胡风没有好"位子"》。

《华中师范大学学报(人文社会科学版)》第6期发表王泽龙的《论中国现代派诗歌意象艺术》;姜玉琴的《新文学发生期的理论分歧与选择——试论陈独秀、胡适对中国新文学的影响》。

28日,《兰州大学学报(社会科学版)》第6期发表徐彦利、李哲的《1990年代刘震云的另类叙事》;张玉玲的《论郑敏1940年代诗歌的美学特色》。

《厦门大学学报(哲学社会科学版)》第6期发表高玉的《"个人"与"国家"的整合——论中国现代文学"自由"话语的理论建构》。

30日,《人民日报》发表李凤奎的《关注底层、直面现实的写作——读〈人生在世〉》。

《文艺报》第134期以"《从'女兵'到教授——谢冰莹传》四人谈"为总题,发表阎纯德的《中国女性的精神之光》,朱辉军的《欢快与哀恸交织的传奇》,李道新的《传记的史学维度》,王保生的《记住文坛"女兵"谢冰莹》。

《求索》第11期发表王依宁的《当代文学批评方法的特征》;张吕的《荒原上的理想主义——从〈军队的女儿〉到〈桑那高地的太阳〉》;彭彩云的《白薇戏剧创作与西方现代派戏剧》。

《海南师范学院学报(社会科学版)》第6期发表陈德锦的《文化的探索和消费——香港当代散文的文化分期:1970—80年代》;楼肇明的《穿越台湾散文五十年(下)——序〈1945至2000年台湾散文选〉》。

《福建论坛》第6期发表刘小新的《从华文文学批评到华人文化诗学》。

《新乡师范高等专科学校学报》第6期发表谢晓燕的《拿什么拯救你 我的体面——关于台湾作家黄春明的〈锣〉》。

《许昌学院学报》第6期发表樊洛平的《曾心仪:台湾女性书写的新型路线》。

《重庆邮电学院学报(社会科学版)》第6期发表王圆圆的《徘徊与眺望——50至60年代台湾现代主义新诗发展状况及诗人转型择要》。

本月,《小说界》第6期发表郏宗培等的《跨入21世纪的微型小说——中国微型小说学会第五届年会发言纪要》。

《文艺评论》第6期发表王炎的《时间性的终结与后现代文化症候》;张炜的

《"拿来主义"：多元视角下的使用祈相》；霍俊明的《对抗中的离心眩晕与生长的芜杂偏离——中国后现代诗歌的非"后现代"性和对"后现代"的误识》；姜玉琴的《"异端"的主流——先锋诗人与 90 年代诗歌史的叙事倾向》；张霖的《日常生活：90 年代文学的想像空间》；欧阳晓昱的《冷暖自知的无根漂流——作为写作者的"七十年代人"》江冰的《试论 80 后文学命名的意义》；杨四平的《当前中国新诗的状态及其走向》；何平、贺仲明、张光芒、汪政的《制度场域的文学存在——关于"文学制度和文学书写"的对话》；陈博的《自省·独白·拷问——评朱竞编著的〈世纪印象——百名学者论中国文化〉》；徐亚东的《冷与热的背后——"二月河现象"文化解读》；许文郁的《影视生成机制的本体性质分析》；付少武的《20 世纪现代派戏剧探索精神论》；吕双燕的《中国当代先锋话剧场面调度的类型》。

《读书》第 11 期发表柳冬妩的《在城市里跳跃》；王蒙的《悲情的思想者》；荒林的《再从〈无字〉说开》。

《剧本》第 11 期发表高音的《戏剧作为对抗和自己有关——牟森想要的戏剧》；王蕴明的《一首人与自然和谐的抒情诗——读〈青山情〉》。

《博览群书》第 11 期发表孙曙的《〈借我一生〉：新时期思想文化的意外死亡》；周志雄的《语境转换中的新历史主义解读》。

本月，江西高校出版社出版古远清的《当今台湾文学风貌》。

北京大学出版社出版龙协涛的《文学阅读学》。

海峡文艺出版社出版王炳根主编的《冰心论集》。

甘肃文化出版社出版金雄鹤等编的《情境与理性的彰显》。

郑州大学出版社出版洪治纲的《余华评传》；孔庆东的《金庸评传》。

12 月

1 日，《光明日报》发表吴义勤、房伟的《一部奇书，一个"圣人"——评钱宁的长篇新作〈圣人〉》；张韧的《日常与宏大的变奏——读宁肯的长篇小说〈沉默之门〉》。

《诗刊》12月号上半月刊发表陈先发的《我们都是有源头的人》;川美的《与诗歌一起仰望》;王晓波的《诗写人生路——访诗人丘树宏》。

《解放军文艺》第12期发表张方的《报告文学的价值和使命》。

2日,《文艺报》第135期发表贺绍俊的《现实感和理想性的复调和交响》。

《文学报》第1558期发表罗四鸰的《"先锋"已成为怀旧的遗产?》;古耜的《在生命的河床里披沙拣金——略说王本道的散文创作》;李建军的《想象性现实主义的文本实验——冯小涓小说论》;宋家宏的《〈梦之坝〉与报告文学的文体创新》。

3日,《文学报》第1559期发表甘世佳的《是谁创造了"新概念的时代"?》;潘运滨、刘嘉俊的《消费时代的写作》。

5日,《山东社会科学》第12期发表孙基林的《崛起与命名——再论新诗潮》;周怡的《精神分析理论在现代中国的传播》。

《上海戏剧》第12期发表朱志荣的《论戏剧性》;杨扬的《混杂的艺术——评话剧〈金锁记〉》;常青田的《从张爱玲的〈金锁记〉到王安忆的〈金锁记〉》。

6日,《台港文学选刊》第12期发表彦火的《散写金庸》;章妮的《互视互照的学术对话——第十三届世界华文文学国际学术研讨会综述》。

7日,《文艺报》第137期发表鲍昌宝的《21世纪的新诗:走出语言的迷宫》;傅逸尘的《李存葆的散文调式》;李怀亮的《暖绿色的乡魂——读刘家科散文》;颜志晖的《独白与呐喊》;苏奎的《当下小说中的"农民工"》。

9日,《文艺报》第138期发表胡滨的《"新都市文学"与深圳文学的走向》。

《文学报》第1560期发表李凌俊的《评论家和作家各执一词:生活的鲜活感何以在小说中流失?》;肖夏林的《文学批评缺席的背后》。

10日,《中国图书评论》第12期发表伍杰的《成仿吾与书评》。

《译林》第6期发表刘成富的《法国文坛华人文学的崛起——以戴思杰、山飒为例》。

14日,《文艺报》第140期发表黄力之的《文学价值重建的历史时机》。

15日,《当代外国文学》第4期发表刘阳的《程抱一和他的小说〈此情可待〉》;梁丽芳的《扩大视野:从海外华文文学到海外华人文学》(转载)。

《广东社会科学》第6期发表马艳、唐丽芳的《香港作家的故事新编》。

《社会科学》第12期发表丘峰的《台湾文学中的乡愁诗》。

《粤海风》第6期发表钱林森的《生命不息,创造不止——法兰西华裔院士、著名诗人程抱一访谈》。

《江汉论坛》第12期发表黄晓娟的《从边缘到中心——论中国女性小说中的性别叙事》;张均的《论中国现代文学的渊源——兼谈现代文学研究中的"中国视角"》;陈宏的《女性解放路向选择的经典叙事模式——20世纪中国文学家庭叙事中的"娜拉现象"通观》。

《福建论坛》第12期发表李凤亮的《批评的开放与开放的批评——论当代批评建构的文化之路》;管宁的《突破传统学术疆域的理论探险——近年消费文化研究述评》;林俐达的《试论基督教对青少年时期的冰心及其创作的影响》。

16日,《文学报》第1562期发表徐春萍的《根植于西部大地的心灵颤动——甘肃诗歌以集团军的形象崛起诗坛》;张喜田的《报纸副刊:台湾文学的引导者》。

《文艺报》发表童伊的《藤井省三为"皇民文学"招魂,意在鼓吹'文学台独':评〈台湾文学这一百年〉》。

17日,《文学报》第1563期发表甘世佳的《低劣的商业炒作?》;杨勇的《早生代作家》;浦奕安的《作家如何用灵魂创作?》。

《光明日报》发表冯骥才的《提高对乡土艺术的鉴赏力》;采薇的《女性文学:关注自我,关注社会》;于文秀的《隐喻与自省——读叶开的小说〈三人行〉》。

《作品与争鸣》第12期发表红孩的《写出自己的个性》;张培英的《站在当代与历史的交汇处》;周静、宋菲的《对人间真情和英雄精神的热诚呼唤》;邱迎春的《阴鸷的螃蟹和另一种生态关怀》;秦弓的《无因的愤怒与叛逆》;黄海阔的《彼岸世界的灵魂之舞——也评残雪的〈民工团〉》;陈晋的《罗稷南1957年在上海和毛泽东"秘密对话"质疑》。

18日,《中国戏剧》第12期发表姜志涛的《共谋"重建中国戏剧"》;李默然的《对戏剧现状的思考》;李国平的《扎根乡土,占领都市——关于"重建中国戏剧"的断想》。

19日,《文汇报》发表杨扬的《2004年——影响上海文学的几个因素》;张宏的《倾听存在和仰望星空——读斯妤的长篇小说新作〈竖琴的影子〉》。

20日,《华文文学》第6期发表庄园的《传媒时代的爱情故事——关于〈绿袖子〉的文本分析及其炒作前后》;张长青的《在异域与本土之间——论严歌苓新移民小说中的身份叙事》;李培的《雌性的魅惑——试析严歌苓小说中女性形象的独特内涵》;张琼的《此身·彼岸——严歌苓复旦讲座侧记》;饶芃子的《在"中国第十三届世界华文文学国际学术研讨会"上的致辞》;李亚萍的《中国第十三届世界华文文学国际学术研讨会综述》;李娜的《2003年内地的港澳文学研究述评》。

21日,《文艺报》第143期发表江冰的《80后文学与网络文化》;熊正良、木弓的《熊正良的叙事控制力——关于长篇小说〈别看我的脸〉的通信》;姜耕玉的《汉语诗意及精神生态的消失——与于坚先生〈从"隐喻"后退〉商榷》。

23日,《文艺报》第144期《我们这个时代需要什么样的文艺——"2004当代文艺论坛"综述》。

《文学报》第1564期发表阿炳整理的《撑起报告文学的大旗再创佳绩——第三届全国报告文学理论研讨会在京召开》;夏烈的《遭遇缺乏文学教养的时代》;唐小兵的《舶来的理论与复杂的现实》;李洱、盛子潮等的《当下文学创作中的乡土叙事及相关问题》。

25日,《世界华文文学论坛》第4期发表曾敏之的《华文文学应重情》;叶维廉的《异花受精的繁殖:华裔文学中文化对话的张力》;年红的《期望高飞的翅膀——略谈马华儿童文学发展》;熊国华的《从"自我放逐"到"文化回归"——海外华文文学的一种文化嬗变》;金坚范的《统一认识,加强自身建设——在"台湾民情学术研讨会"上的发言》;本刊编辑部的《触目惊心:教育领域里的台独倾向》;同期发表张琼的《从皈依到寻找传统——美国华裔文学发展轨迹的思考》;陆士清的《"去中国化"的表演:评"文化台独"对赖和的歪曲》;刘红林的《论"皇民文学"的本质及其表现》;萧成的《日据时期台湾女性小说的创作风貌》;金永亮的《心灵深处的伤痕:简媜散文浅析》;曾思锜的《文本的多义性与创新性——李敖〈只爱一点点〉诗赏析》;葛亮的《独在异乡为异客——美华移民所面临的心理困境》;张体的《等待与生命的对话——浅析哈金的〈等待〉》;蒋登科的《当代台湾散文诗的现代色彩》;敦玉林的《蔡智恒网络小说的幽默风格续谈》;李艳的《浅析〈悲情城市〉诗意式的叙事》;冯湘湘的《一切从心灵出发——记冯礼慈》;冯礼慈的《香港流行歌词的变化》;傅宁军的《李瑞腾:祖地诗意的寻觅之旅》;卢善庆的《足踏澳中　心系华文——庄伟杰〈智性的舞蹈〉序》;石丽东的《巴鸿堡的文学季——第八届海外华文女作家年会侧记》;李洪华的《文化融合中的超越与归依——首届新移民作家笔会纪要》。

《中外诗歌研究》第3、4期发表古远清的《读犁青的南洋诗篇》。

《汕头大学学报(人文社会科学版)》第6期发表朱文斌的《世界性、本土性、中国性——论东南亚华文诗歌的世界性与民族性冲突》。

《郑州大学学报(哲学社会科学版)》第6期发表王列耀的《欲回而又难回的远乡——印尼土生华人文学的"寻根"地图》。

26日,"丘逢甲诞辰140周年学术研讨会"在北京召开。

28日,《文艺报》第146期发表姚楠的《作品论——文学批评之重》;李树友的《农村生活的凄美画面——评刘庆邦〈草原上的歌谣〉》;唐达天的《西部人似乎不崇拜狼——读雪漠〈狼祸〉》。

《绍兴文理学院学报(哲学社会科学)》第6期发表朱文斌的《后殖民论述与去中国性——以东南亚华文文学为例》。

30日,《文艺报》第147期发表苏君礼、郝雨的《"贵族化"写作的陷阱与处境》。

《文学报》第1566期发表汪政、毕飞宇的《当代写作与地域认同》;贺仲明的《地域色彩的弱化趋势》;张光芒的《对江苏文学的新期待》;杨斌华的《人文关怀与生态叙事》。

《戏剧》(季刊)第4期发表傅学敏的《论中国现代戏剧语言的抒情性》。

《求索》第12期发表李晓华的《〈扶桑〉的人物表征与东方主义文化对应》。

《涪陵师范学院学报》第6期发表古远清的《90年代的台湾文学生产》。

《清华大学学报(哲学社会科学版)》第S1期发表罗承丽的《致命的飞翔——评虹影〈康乃馨俱乐部〉》。

《山东商业职业技术学院学报》第4期发表侯艳红的《宗教文化对二十世纪华文文学的整体影响》。

31日,《文学报》第1567期发表甘世佳的《2004:"80后"作家的黄昏?!》。

本月,《中国文学研究》第4期发表邓楠的《论寻根文学的伦理道德文化主题的审视》;彭继媛的《共同的忧患,不同的构筑——韩少功与孙健忠、蔡测海笔下的湘西世界》。

《北京电影学院学报》第6期发表吴琼的《电影类型:作为惯例和经验的系统》;黄式宪的《银幕之华:本土创新与电影审美的多极均势(下)——略论全球化语境里新一代电影的美学求索》;庄宇新的《世纪之交的新"康乾盛世"——对三

部电视剧的传播/文化解读》(下)》。

《戏剧艺术》第 6 期发表胡星亮的《论斯坦尼体系与中国当代戏剧》；林婷的《两种距离与两种交流——兼论 20 世纪 80 年代戏剧探索》；汤逸佩的《时间的扭曲——中国当代话剧舞台叙事形式的变革》。

《剧本》第 12 期发表廖伦忠的《生命的压抑与诗性的张扬——剧作家罗曰铣及其作品探析》。

《博览群书》第 12 期发表吴迪的《重读红色经典〈白毛女〉》；王振峰的《地平线上的沉思者——评〈硬作狂欢〉》。

本月，作家出版社出版吴奕锜的《新移民文学漫论》。

山东文艺出版社出版黄万华主编的《全球语境・多元对话・马华文学》。

百花洲文艺出版社出版朱文斌、寿永明主编的《世界华文文学研究》第 1 辑。

上海文艺出版社出版杨若萍的《台湾与大陆文学关系简史(1652—1949)》。

中国社会科学出版社出版阎庆生的《晚年孙犁研究》；王建刚的《政治形态文艺学》。

吉林文史出版社出版王东明的《曾经沧海》；周斌的《求索集》。

中国文联出版社出版杨柄的《红楼走笔》。

辽宁民族出版社出版任范松的《审美批评风景线》。

大众文艺出版社出版龙渊的《文学的艺术阐释》。

广西师范大学出版社出版董之林的《旧梦新知："十七年"文学论稿》；周介人的《周介人文存》。

2005年

2005年

1月

1日,《人民日报》发表简兮的《京剧需要质感》;刘文的《评剧〈长霞〉触摸英雄情感》。

《名作欣赏》第1期上半月刊发表张梦阳的《透·准·醇——汪曾祺文谈欣赏》;洪治纲的《〈2004中国短篇小说年选〉序》;沈奇的《澄明之境中的月光浴——王小妮诗〈月光白得很〉赏析》、《读严力的诗〈还给我〉》、《读张枣的诗〈镜中〉》;夏元明的《天地大戏场——读翟永明〈孩子的时光〉》;庄晓明的《被光骑走的马匹——朱朱诗〈采莲曲〉解读》;东篱的《周晓枫散文中的几个关键词》;孙春旻的《民俗·文化·人性——读何存中的短篇小说〈水底的月亮升起来〉》;咸立强的《新启蒙小说的历史书写——尤凤伟的短篇小说〈小灯〉解读》。

《作家》第1期发表赵淑侠、李晔的《漂泊者之歌——赵淑侠访谈录》。

《诗刊》1月号上半月刊发表沈泽宜的《为一种清新、强健的诗歌而努力》;张大为的《李琦访谈录》;梦亦非的《动词中父性的江南——略论黑陶的诗》;专栏"在《诗刊》听讲座之十二"发表吕进的《诗家语:一种特殊的言说方式》;同期发表李钧的《民族性·世界性·人性——论臧克家早期诗创作》。

2日,《小说选刊》第1期发表贺绍俊的《染绿生活大地的文学精神——〈小说选刊〉2004年第4季度述评》;聂尔的《我们需要什么样的山西文学——从葛水平小说〈甩鞭〉说起》。

《文汇报》发表李敬泽、洪治纲、朱小如的《艰难的城市表达——关于当前文学创作中的"城市叙事"三人谈》。

3日,《人民文学》第1期发表韩作荣等的《2004·反思与探索——第三届青年作家批评家论坛纪要》。

4日,《文艺报》第2期发表李建军的《还是现实主义有热情有精神力度——2004年中篇小说创作一瞥》;石鸣的《文学现象——制约小小说发展的七大因素》。

5日,《山东社会科学》第1期发表朱德发的《重新解读左翼文学的"英雄理念"》;高旭东的《论梁实秋的文体批评》;刘方政的《田汉:唯美的感伤》;马永利的

《休闲的网络文学》。

《大家》第1期发表叶开的《让识字分子的立场空虚》。

《上海戏剧》第1期发表姚民治的《在不背离本体属性的前提下创新——对京剧新剧目创作问题的思考》；赵莱静的《不拒"原创"，更要"拿来"——京剧剧目创作谈》；毛时安的《我们的戏剧缺少了什么》；张泓的《浅谈新编历史剧中"人"的构建》；吴粤的《大众文化与高科技时代的实验戏剧——第三届上海国际小剧场戏剧节综述》。

《电影艺术》第1期发表贾磊磊的《电影史研究的价值判断》；吴迪的《脚手架后面的真实：社会主义现实主义》；李二仕的《地域文化与民族电影》；肖尹宪的《〈人到中年〉的前前后后》；任旭东的《回顾〈地道战〉的创作》；徐晓东的《从普罗米修斯到那喀索斯——论〈英雄〉和〈十面埋伏〉》；修倜的《当代中国电影中的黑色幽默》；李三强的《我国情景喜剧创作中的误区与矛盾》。

《花城》第1期发表孤云、罗婋的《"精神虚脱"及时代的痛》（访谈）；张柠的《乡村生产体系中的婚姻和性爱》；朱大可的《流氓话语的N种主义——解读流氓话语系列（一）》；河西的《夜色温柔——90年代以来夜上海的空间构造和文学想像》；唐小林的《消费时代的红色经典》。

6日，《人民日报》发表李龙的《"毛泽东与中国文艺实践"学术研讨会召开》；仲言的《理论的责任和自由》；胡殷红的《文学评论要关注现实》；向兵的《中国电影的崭新风景》。

《文艺报》第3期发表本报编辑部的《〈中国当代作家评传丛书〉出版》；同期发表刘润为的《〈讲话〉激励贺敬之》。

《台港文学选刊》第1期发表杨匡汉的《文变染乎世情》。

8日，《文艺报》第4期发表李晓红的《在喧哗骚动中：回望文学出发的地方——2004年散文扫描》；张炜的《要爱，要劳动，要敬畏和勤奋》。

9日，《人民日报》发表樊俊峰的《旅痕上的责任和良知——寓真游记散文简评》。

10日，《文艺研究》第1期发表李杨的《重返"新时期文学"的意义》；王一川的《"伤痕文学"的三种体验类型》；程光炜的《"伤痕文学"的历史局限性》；陈婧祾记录的《理论与实践：文学如何呈现历史？——王安忆、张旭东对话（上）》；王志敏的《电影美学：从思考方式到理论形态》；罗艺军的《钟惦棐与电影美学》；贾磊磊的《论"影"、"视"艺术的相同与差异》;姜静楠的《国产电影的生存与文化立场》;姚新勇的《"先锋"、历史与意识形态——评陈晓明〈表意的焦虑〉》。

《中州学刊》第1期发表王文参的《张爱玲小说中的意象选择及视角创新》;解志熙的《关于中国现代趣味主义文学思潮——兼谈文学行为的实存分析》。

《中国社会科学》第1期发表陈剑晖的《中国散文理论存在的问题及其跨越》。

《中国图书评论》第1期发表梁鸿鹰的《在走向厚重与成熟的道路上——2004年长篇小说印象》;赵婧的《"读图"的功过与是非》;白烨、冯昭的《"80后":徘徊在市场与文学、追捧与冷落之间》;梁晓声的《"80后"现象是中国式的文化现象》;曹文轩等的《我看"80后"少年写作》;彭扬等的《写手自述:离圈子远一些好》;吴锡平的《回归乡野的语言》。

《西南师范大学学报(人文社会科学版)》第1期发表吕进的《三大重建:新诗,二次革命与再次复兴》;骆寒超、陈玉兰的《新诗二次革命论》;[美]非马的《诗的中产阶级》;汤哲声的《大陆新武侠关键在于创新》;冷成金的《武侠小说与文学雅俗之分的文化机制》。

《华中师范大学学报(人文社会科学版)》第1期发表樊星的《"新生代"文学与传统神秘文化》;叶君、王又平的《他者的进入——论从乡土向农村的蜕变》;李遇春的《芒克"地下"诗歌的精神分析》。

《江海学刊》第1期发表张荣翼的《关于两种文学史线索观的思考》。

《浙江大学学报(人文社会科学版)》第1期发表吴秀明等的《中国当代历史文学:面向全球化的新语境》;徐岱的《南方故事的两种讲法——张欣和张梅小说新论》。

11日,《人民日报》发表《别任中国文化被西方"一体化"》。

《文艺报》第5期发表南帆的《文化研究:打开了什么?——关于文化研究的对话》。

《青年文学》第1期发表格非的《朝向陌生之地》。

13日,《人民日报》发表张荣的《文论摘要》;方伟的《诗人面向现实的隽永歌唱——2004年诗歌创作回顾》;何西来的《精神的漫漫旅程——读长篇报告文学〈用胸膛行走西藏〉》。

《文艺报》第6期发表徐颖果的《华裔作家作品中的中国文化》;张琼的《此

身,彼岸》;王威的《海外华文文学需要自我审视》;刘平的《贴近生活 关注平民——2004年话剧舞台回眸》;李炳银的《面对获奖的报告文学》;以"赵树理 伟大而独特的存在"为总题,发表郭爱民的《中国农村小说的经典》,李仁和的《赵树理精神要提倡》,秦雁周的《文学与文学家的不灭精神》,赵秋生的《乡土情结与文学理想》,王建堂的《全景观照赵树理》。

《文学报》第1570期发表罗四鸰的《2004诗歌:活跃·多元·争议》(2004文坛盘点系列报道之二)。

14日,《文学报》第1571期发表刘嘉俊的《"死神"手里握着笔?》;陈晨的《诗歌,你有多清高?》。

15日,《人文杂志》第1期专栏"人文学术新思潮:新启蒙主义"发表张光芒的《"新启蒙主义":前提、方法与问题》,贺仲明的《启蒙的本土与超越——评张光芒关于"新启蒙主义"的思想建构》。

《广东社会科学》第1期发表王列耀、谭芳的《永远的"漂泊者"——印度尼西亚华侨作家蒋奠棣诗歌论》;许燕、王馗的《从媒介文化角度看美华文学的生成》。

《文艺争鸣》第1期发表陈晓明的《小叙事与剩余的文学性——对当下文学叙事特征的理解》;以"新世纪文艺理论的文体论话题"为总题,发表赵勇的《反思"跨文体"》,王兆胜的《关于散文文体的辩证理解》,路文彬的《小说之名:从历史到虚构到迷幻的合法想像》,王珂的《理性地对待"新诗"这种特殊文体》,于闽梅的《走出"戏仿"的中国话剧文体》,陈雪虎的《所谓"文体不限":当代语文教育文体意识的贫困》;同期发表申霞艳的《消费时代的焦虑——2004期刊阅读》;高磊的《家与弄堂——〈传奇〉与〈长恨歌〉意象生成比较》;王富仁的《平民文化与中国文化特质——作为城市贫民作家的老舍之精神历程》;黄科安的《诗,永远是生活的牧歌?——析艾青乌托邦理想的内在矛盾与悖论》;朱滨丹的《新诗的传统——从郑敏先生的两篇文章谈起》;以"张艺谋在新世纪"为总题,发表梁晓声的《谈张艺谋电影》,张颐武的《张艺谋与全球想像》,贾磊磊等的《张艺谋电影批评的文化悖论》;同期发表陈晓明的《通过记忆和文本的幽灵存活——德里达与中国》;钱定平的《人性剃刀的琴声叮咚——2004年度诺贝尔文学奖得主耶利内克小说〈钢琴教师〉解读》、《现代文学他们仨》;陈霖的《苏州新一代小说家们》;王宁的《"清赏"与"雅玩"——昆曲的文人环境与地域色彩》;何浩的《通向中国文学理论的现代形态——评王一川先生的〈文学理论〉》。

《文学评论》第1期发表南帆的《启蒙与大地崇拜：文学的乡村》；徐德明的《"乡下人进城"的文学叙述》；牛学智的《"诗意"、"温情"与西部现实——从漠月小说说开去》；王爱松的《当代名作家的创作危机》；杨剑龙的《上海先锋诗歌研讨会纪要》。

《中国社会科学院研究生院学报》第1期发表袁良骏的《再谈"'五四'文学革命"与"两个翅膀论"》；郭艳的《以非时代主流人物身份叙述大时代主流人物——关于左翼作家确立群体主体性原因的考察》；皇甫风平的《女人的亲情与男人的畏惧——贾平凹早期性爱小说性爱心理分析》。

《云南民族大学学报（哲学社会科学版）》第1期发表赵联成的《论近年报告文学对现实的关注》；黄科安的《从西南联大到中国新诗群——论九叶诗派的源起与形成》。

《文汇报》发表贾平凹、王彪的《有关〈秦腔〉的几个问题》。

《天涯》第1期发表孙绍先的《"贵族化"的中国"女性主义"》；薛毅、刘旭的《有关底层的问答》；黄子平的《鲁迅、萨义德、批评的位置与方法》。

《当代文坛》第1期发表李运抟的《新时期现实主义文学的前行与摇摆》；李益荪的《论马克思主义文艺学的"复归"》；江腊生的《失落还是希望——关于中国90年代文学主体性的思考》；李小青的《当代中国文学批评界对"乌托邦文学"的误读》；邓晓成的《文学泛化及其文体意义》；张志忠的《身体写作：漂浮的能指》；郑虹的《论消费文学》；杜聪的《幽蓝的青春——关于80年代初出生的少年作者及其写作》；丁智才的《当前文学底层书写的误区刍议》；寇欣伟的《随梦流浪的"根鸟"——论曹文轩对当代文化的思考》；赵联成的《当代战争小说英雄主题的变奏》；姚迪的《当前文艺作品中的英雄观阐释——以小说〈英雄岳飞〉和电影〈英雄〉为个案的考察》；何换生的《历史理性光照下的追记与反思——评何顿长篇小说〈抵抗者〉》；萧晓阳的《周渔故事：男权意识下的两种悲剧幻象——〈周渔的喊叫〉与〈周渔的火车〉双重解读》；黄书泉的《质疑"后现代"——以长篇小说〈坚硬如水〉为例》；宁克华的《尊重生命，呼唤良知——有感于潘军的〈死刑报告〉》；李曙豪的《论20世纪90年代中国小说文体的发展与新变》；詹艾斌、陈海艳的《论新写实小说的现代性价值诉求》；刘文良的《树生态意识，走绿色之路——生态微型小说一瞥》；贺绍俊的《与男性面对面的冷眼——论铁凝女性情怀的内在矛盾》；李晓峰的《言说的自由与艺术自觉——当代女性作家文论扫描》；金文野的《躯体写作与女性主义文学价值取向》;陆正兰的《论翟永明诗歌中的母亲形象》;以"笔谈《魂灵之水》"为总题,发表柯蓝的《多写叙事散文诗》,唐德亮的《魂灵之水,余韵悠悠》,郑莹的《色彩斑斓的民族花——谈成春的民族题材散文诗》,杨志学的《深情的啜泣》;同期发表陈尚荣的《在商业和艺术之间游走——论冯小刚》;袁智忠的《远离"弑父":新生代影像策略的惨胜》;胡友笋的《"他者"的颠覆与自我主体的坍塌——〈手机〉与〈中国式离婚〉的婚姻危机反思》;毕建模、张辉的《杂文与时评有没有"墙"》;汪政的《乡土批评的实践者》;王火的《瞻焉在前,仰之弥高——〈马识途文集〉序》;宋玮的《网络文学的非线性特征与思维》;罗勇的《把脉鼓劲,催生精品——四川青年作家、学者小说创作对话会侧记》。

《当代电影》第1期发表郦苏元的《新电影史的理论与实践》;张英进的《阅读早期电影理论:集体感官机制与白话现代主义》;李道新的《建构中国电影文化史》;吕乐平的《电视剧日常生活叙事的社会文化价值》;王黑特的《阶层·身份·意识形态——几部电视剧再解读》;史博公、夏中南的《文化与征服的博弈》;史博公的《"歧路灯"与"安慰剂"》。

《江汉论坛》第1期以"'中国现代文学与传统文化'研究笔谈"为总题,发表杨洪承的《传统与现代:创造性的文学生成——关于现代文学与中国传统文化研究的思考》,李怡的《传统与现代:"二元"如何"对立"》,何锡章的《中国现代文学浪漫精神退位的文化解读》,谭桂林的《如何深化与推进佛教与中国现代文学的关系研究》,王彬彬的《鲁迅笔下的无赖儿郎——也谈鲁迅对流氓文化的批判》;同期发表高旭东的《论〈雅舍小品〉的审美风格及其在中国大陆的接受》;李玉明的《论鲁迅的"历史中间物"意识》;刘彦荣的《咸亨酒店的氛围与孔乙己的两个世界——〈孔乙己〉主题情节的文字学演绎及心理学内涵》。

《华东师范大学学报(哲学社会科学版)》第1期发表夏中义、周兴华的《论陈平原的"学人角色自觉"》。

《江苏社会科学》第1期发表周成平的《20世纪中国小说与现代西方小说的社会学比较研究》;欧阳友权的《网络文学审美导向的思考》;王岳川的《网络文化的价值定位》;黄鸣奋的《从网络文学到网际艺术:世纪之交的走向》;陈定家的《身体缺席的精神盛宴?——关于网络文学的反思》。

《齐鲁学刊》第1期发表李明军的《论二十世纪中国大众文艺的流变》;张根柱的《论萧军延安时期的创作对鲁迅文艺思想的继承》;张明的《文学意义在理解

中发生变异的本体言说》;任现品的《"胜利大团圆"与十七年小说的战争叙事——以王愿坚的〈亲人〉为例证》;姚雅欣的《近年林徽因传记写作及其研究理路》。

《社会科学》第1期发表殷国明的《"狼性"与二十世纪现代中国文学(上)》。

《社会科学研究》第1期发表谷海慧的《古典文人话语的当代表达——论汪曾祺、贾平凹散文中的"雅趣"》;李自芬的《无性的两性关系:性别文化视野中的1950—1970年代中国诗歌》;曾绍义的《巴金研究的新突破——评〈百年巴金〉和〈走进巴金的世界〉》。

《社会科学辑刊》第1期发表赵小琪的《现代性视野下20世纪中外文学的互动》。

《求是学刊》第1期以"当代文学思潮前沿问题探讨:网络文学的价值论思考(笔谈)"为总题,发表欧阳友权的《网络文学的人文底色与价值承担》,李衍柱的《网络文学:通向自由理想境界的艺术形式》,白寅的《网络文学的社会学价值》,李自芬的《当下文化生态与网络文学的价值》。

《学习与探索》第1期发表庞瑞的《中国当代文学理论与批评的出发点及走向新探》。

《诗刊》月号下半月刊发表草木的《诗意铿锵的路——访温继武》。

《南方文坛》第1期发表阎晶明的《批评的自省》;韩作荣等的《文学在当下的艺术可能性——第三届中国青年作家批评家论坛纪要》;李建军的《虚构不如写实,长篇不如中篇——2004年小说写作一瞥》;李万武的《为自己的时代呼唤伟大的文学——评李建军的文学批评》;邰科祥的《矫枉未必要过正——质疑李建军先生的"贾作四评"兼及文学批评的策略》;李凤亮的《面对悖谬与错位的世界》;王春林的《满目繁华又一年——2004年长篇小说印象》;徐庆全的《关于第四次文代会前夕的党员会议》;谢有顺的《接近那些复杂的灵魂——〈中国当代作家评传丛书〉序》;向卫国的《杨克诗歌的物质哲学和新理想主义》;贺绍俊的《男性可堪拯救?——读映川的小说》;贝佳的《理论动态》。

《思想战线》第1期发表康敏的《民族志与"我"和"我的叙述"——以刘新〈自我的他性:当代中国的自我的谱系〉为例》;吴晓黎的《民族志与现代性故事——以罗香凝〈另类现代性——后社会主义中国的性别渴望〉为例》;刘文良的《重树文学批评的浩然之气》;吴子林的《批评的尊严到哪里去了?——与闻泉〈精神的

疾病还是精神的良药〉商榷》。

《理论与创作》第1期发表周兰桂的《论文学价值的基本构成与动态生成》;陶东风的《"下半身"崇拜与消费主义时代的文化症候》;熊元义的《20世纪90年代以来中国文艺批评的一种演进——我们为什么研究中国悲剧》;邓楠的《论寻根文学的美学追求》;陈力君的《物质贫困和精神危机——"后启蒙"语境中的文学现象透视》;沈杏培、姜瑜的《当代小说中傻子母题的诗学阐释》;陈国和的《从"侠骨柔情"到"革命爱情"——传奇性革命历史长篇小说与武侠小说研究》;周保欣的《文化视阈下的文学苦难叙述》;蒋青林的《螺旋盘升:新时期苦难意识写作的形态演进》;荆亚平的《信仰:一条穿越苦难的路》;陈美兰的《历史记忆与历史理解——长篇小说〈凤凰台〉阅读札记》;龙长吟的《农民命运史的真诚书写——评向本贵的长篇小说〈凤凰台〉》,向本贵的《思想农民》,夏义生、刘起林的《农民本位的乡土叙事——向本贵访谈录》;胡良桂的《一个历史时代的缩影——读〈秋雾濛濛〉》;董正宇的《"大众群言"文学时代的前奏——评周立波〈暴风骤雨〉的语言策略及其他》;苏晓芳的《精神祛魅时代知识分子的突围——读少鸿的长篇小说〈溺水的鱼〉》;李平的《何顿与市民文化》;刘中项的《重新认识新边塞诗的意义》;刘景荣的《命运的沉浮与人性的畸变——论毕飞宇〈玉米〉系列对玉米形象的塑造》;杨剑龙的《拓展中国现代文学研究的新境界——评〈20世纪中国文学价值观丛书〉》;罗怀的《建构网络文学的基础学理形态》;张中全的《当代文化形态与影视创作的文化策略》;邓平详的《审美文化和艺术的社会化》;陶景杜的《站在另种角度的批评》。

《福建论坛》第1期发表张瑷的《文化视镜中人的哲学建构与解构——新时期小说人物形象审美流变之二》。

16日,《中国人民大学学报》第1期发表赖大仁的《文学精神价值的重建的必要与可能——近十年来文学精神价值重建问题讨论述评》。

17日,《作品与争鸣》第1期发表张黎明的《肉体性写作与文学困境》;刘小清的《郁达夫缘何被左联开除》。

18日,《文艺报》第8期发表黄国荣的《没有土地怎称得上乡土小说》;陈超的《2004年诗坛:本土经验的吟述》;贺绍俊的《两个世界的精神向度——简析第三届鲁迅文学奖中篇小说奖》。

20日,《人民日报》发表仲言的《为"媒体批评"辩言》;阮波的《自由飞翔的散文——关于当前散文现状的思考》；刘彦君的《丰收的戏剧——2004年戏剧回顾》。

《小说评论》第1期发表雷达的《2004年的长篇小说》（雷达专栏："长篇小说笔记"）；李建军的《被任性与愤怒奴役的单向度写作》（李建军专栏："小说病象观察"）；贺绍俊的《寻找男子汉》（贺绍俊专栏："追风逐云"）；易文翔、徐坤的《坚持自我的写作——徐坤访谈录》；易文翔的《智者入世的游戏——论徐坤小说的智性故事》；周水涛的《一种文化能指的新意味——评90年代以来乡村小说中的"父亲"》；郎伟的《偏远的宁夏与渐成气候的"宁军"》；王江辉的《漂浮的梦境与着陆的心灵——陈继明中短篇小说简析》；孙谦、吴义勤的《守望与穿越——张学东小说论》；牛学智的《漠月小说中"父亲"的象征意义》；达吾的《发现不屈不挠的激情——石舒清小说印象》；熊修雨的《如何看待郭文斌小说中的性》；李星的《现代化语境下的西部生存情境——雪漠：从〈大漠祭〉到〈猎原〉》；苏君礼、郝雨的《肖克凡的"超记忆回忆"与新津味小说》；龙云的《英雄主义的回放——读庞文梓的长篇小说〈高天流云〉》；孔焕周的《存在与超越：〈沙床〉思想意蕴解读》；以"长篇小说〈命运峡谷〉笔谈"为总题，发表周燕芬的《"文革"叙事的新开拓》，李星的《对历史和人性的双重拷问》，畅广元的《面对历史的沉思》，肖云儒的《峡谷中的命运》，王仲生的《葛东红：一个荒谬的存在》，方英文的《〈命运峡谷〉是部大作品》。

《文艺报》第9期发表王剑冰的《欣喜的收获与冷静的反思——鲁迅文学奖散文杂文奖述评》。

《文学报》第1572期发表邹园的《浙江研讨"小说与当下中国老百姓"》；苏三的《"王朔主义"是否该终结了》；黎焕颐的《文场不是商场》；青锋的《寻找失落的"先锋"》；咸立强的《当前创作中虚假的平民意识》。

《四川大学学报（哲学社会科学版）》第1期发表泓峻的《五四文学革命的修辞论层面及其发展轨迹》；袁红涛的《"白话"与"国语"：从国语运动认识文学革命》。

《东北师大学报（哲学社会科学版）》第1期发表金红的《世俗·媚俗·通俗——世纪之交文学纵横谈》。

《河北学刊》第1期以"重审新诗与民族诗歌传统关系（专题讨论）"为总题，发表郑敏的《在传统中写新诗》，方长安、翟兴娥的《新诗择取民族诗歌传统之启蒙逻辑反思》，刘复生的《新诗发展史上的传统与现代性问题》，李润霞的《新诗的

"维新"与传统的"魔咒"》,邓程的《新诗能向古诗学什么》。

《学术月刊》第1期发表高玉的《重审"五四"白话文学理论》;曹禧修的《论〈伤逝〉的结构层次及其叙事策略》;赵卫东的《〈三里湾〉隐性文本的意义阐释》。

《学术研究》第1期发表向卫国的《世纪之交广东诗歌崛起的文化生态考察》。

《中国比较文学》第1期发表张兵的《我对金庸小说"经典化"及其成因的不同意见》;乐黛云的《全球化时代的比较文学—中国视野——在17届国际比较文学年会上的发言》。

《贵州社会科学》第1期发表古远清的《台湾的大河小说和原住民文学》。

《唐山师范学院学报》第27期发表董国政的《浅谈余光中散文中的想像》。

21日,《人民日报》发表赵宁的《长篇小说〈蓼花河〉研讨会召开》。

《文学报》第1573期发表程绍国的《文坛双璧——林斤澜与汪曾祺》;洪治纲的《余华:胆小的男孩》。

《光明日报》发表毛时安的《我们的戏剧缺失了什么》;钱念孙的《大众文艺的内涵和走势》;谭桂林的《"世界文学"与文学的全球化》。

22日,《文艺报》第10期发表刘锡诚的《关于〈大墙下的红玉兰〉的讨论(上)》;饶曙光的《2004:中国电影备忘录》。

23日,《天津社会科学》第1期发表黄发有的《边际写作:跨世纪女性文学的身份认同》;郭洪雷的《面向文学史"说话"的福柯——也谈中国当代文学史研究中的知识考古学、知识谱系学问题》;贾丽萍的《欲望与堕落——20世纪90年代城市小说主题论》。

24日,《文艺理论与批评》第1期发表旷新年的《写在"伤痕文学"边上》;孔庆东的《脚镣与舞姿——〈子夜〉模式及其他》;方春荣、胡明贵的《突围中的建构——鲁迅小说〈怀旧〉之于中国小说现代化的意义》;季亚娅的《"左翼文学"传统的复苏和它的力量——评曹征路的小说〈那儿〉》;徐则臣的《小说、世界和女作家林白——评〈万物花开〉和〈妇女闲聊录〉》;周良沛的《扫乱文学价值取向的闹剧》;李万武的《复活文学信仰的可能性——评李建军的长篇博士论文〈小说修辞研究〉》;高旭国的《压缩之后的价值:"十七年"小说漫议》;文珍的《"80后"看"80后"》;余祖政的《散漫的自由——关于〈红X〉》;王颖的《"80后"的时尚写作——兼谈〈十少年作家批判书〉》;戴嘉树的《东方吉卜赛:论鲁迅、路翎的精神特质》;

朱宝荣的《动物形象：小说研究中不应忽视的一隅》。

《文史哲》第 1 期发表解洪祥的《晚年丁玲反思的缺失与障碍》。

《吉林大学社会科学学报》第 1 期发表刘中树的《新时期的文化思潮与中国现代文学研究》。

25 日，《文艺报》第 11 期发表赖大仁的《审美文化研究的价值立场》；傅其林的《探寻现代诗歌与当代读者的心灵纽带——读李怡主编的〈中国现代诗歌欣赏〉》。

《文艺理论研究》第 1 期发表张进的《"批评工程论"——新历史主义批评理论的当代意义》；胡继华的《自反，自觉与自赎——全球文化语境中批评话语的新近走向》。

《东岳论丛》第 1 期发表王景科的《商业浪潮冲击下的自由言说及其实践——90 年代开放语境下的散文态势浅析》。

《甘肃社会科学》第 1 期以"报告文学：作为'世纪文体'的价值与品格（笔谈）"为总题，发表丁晓原的《可能与现实：走向强势的报告文学》、范培松的《报告文学：拒绝"低俗化"》、王晖的《报告文学：作为非虚构文体的文学魅力》；同期发表崔云伟、刘增人的《2003 年鲁迅研究论文综述》；程箐的《试析 20 世纪 90 年代女性都市小说中的中产阶级话语》；潘磊的《陆萍·丁玲·延安青年——丁玲〈在医院中〉新论》。

《当代作家评论》第 1 期发表孙绍振的《见证中国当代文学话语变革——序陈晓明〈解构与文学的现代性〉》；陈晓明的《论德里达的"补充"概念》、《不说，写作和飞翔——论林白的写作经验及意味》；张新颖、刘志荣的《打开我们的文学理解和打开文学的生活视野——从〈妇女闲聊录〉反省"文学性"》；施战军的《让他者的声息切近我们的心灵生活——林白〈妇女闲聊录〉与今日文学的一种路向》；林白的《低于大地——关于〈妇女闲聊录〉》；王安忆的《生活的形式》；铁凝的《诱惑我一生的体裁》；苏童的《短篇小说，一些元素》、《关于迟子建》；迟子建的《我能捕捉到多少条"泪鱼"》；刘庆邦的《说多了不好》；蔡翔的《离开·故乡·或者无家可归——〈二〇〇四年中国最佳短篇小说〉序》；萧夏林的《文学批评缺席的背后》；洪治纲的《谎言是何等的楚楚动人——〈二〇〇四年中国最佳中篇小说〉序》；林建法的《建立文学批评的新秩序——〈二十一世纪中国文学大系·二〇〇四年文学批评〉序》；李静的《我所看到的二〇〇四年中国随笔，兼及随笔的条件和赌

注)》;张清华的《二〇〇四年诗歌的若干关键词》;谢有顺的《先锋文学并未终结——答友人问》;赵凌河的《论施蛰存文学思想的现代性》;徐国源的《批判"失语"与"朦胧"指征——中国朦胧诗派新论》;王丽霞的《性别神话的坍塌——二十世纪九十年代女性写作批判》;徐艳蕊的《死亡与故乡——蒋韵叙事作品中的现代性主题》;房伟的《游戏:投向无趣人生的智慧之矛——论王小波小说中的游戏精神》;张光芒的《人格忧患·创造精神·共生之爱——刘长春散文的文化意蕴》;王兆胜的《人类忧思与性灵书写——刘长春〈大地笔记〉的精神内核》;洪治纲的《成长的挽歌——评刘庆的长篇小说〈长势喜人〉》;潘凯雄的《在物质与精神双重畸形的挤压下——读刘庆长篇小说〈长势喜人〉》;张生、杜欣的《技艺高超的说书艺人》;董之林的《回想"春暖时节"——一份大跃进年代的女性写作个案》;郑绩的《从〈读者〉看当代大众性》;南帆的《背叛,或者回归》。

《社会科学战线》第1期发表陈慧娟的《近年"文革"题材小说的叙事转变》。

《郑州大学学报(哲学社会科学版)》第1期发表杨剑龙的《论中国现代文学学科的诞生与发展》;席扬的《"差异"的复杂性——论"文学思潮"与"创作思潮"及"创作风格"之间的关系》。

《语文学刊》第1期发表杨荷泉的《伊甸园里的失乐园:从感伤、颓废到荒诞、虚无——试论20世纪中国文学的另一种美学品格》;朱亚坤的《镜中的舞蹈——论20世纪末中国女性小说创作中的纳西斯情结》;李会转的《苦涩、坚执的生命崇拜——论张承志小说的深厚底蕴》;包海霞的《LOVE=L(聆听)+O(感恩)+V(尊重)+E(宽容)——解读史铁生散文美蕴》;吴亚娟的《老舍的基督教情结》;来华强的《论艾青新时期的诗歌艺术》;贺昱的《一则荒唐年代的政治寓言——刘庆邦短篇小说〈刷牙〉的寓意阐释》;刘立莹的《花开花落有谁怜——玉米性格分析》;李雪峰的《重塑信仰——评〈狼图腾〉》;杨志强的《羊性的放逐,狼性的张扬——评〈狼图腾〉》;刘亚利的《远离尘嚣,呼唤"野性"——解读〈狼图腾〉》。

《南京师大学报(社会科学版)》第1期发表武善增的《"文革"主流文学话语的生成》;王力的《革命与农民文化立场的内在矛盾——赵树理20世纪40年代小说创作的另一种解读》。

27日,《人民日报》发表《戏剧繁荣仅靠国家级剧院是不够的》;向兵的《电视电影向何处发展?》。

《文艺报》第 12 期发表傅谨的《建构舞台艺术的国家形象》；杨朴的《独特的戏拟派表演体系——二人转艺术魅力之谜的一种新阐释》；洪子诚的《〈虚构的力量〉的力量》；洪治纲的《苦难生存与诗性灵魂的双重临摹——评孙书林的长篇小说〈临摹〉》；陆天明的《文学的再次"回归"》；苏涵、赵继红的《当代文学学科边缘化后的扩张期待》；王洪岳的《启蒙、道德与信仰的三位一体》；李晓宏、赵秋生的《赵树理小说创作的当代意义》。

《文学自由谈》第 1 期发表李美皆的《由陈思和教授看学术界》；金梅的《〈孙犁全集〉编校琐议》；陈福康的《我观韩、陈、邵之争》；南宋的《被改写的苏童形象》；高俊林的《也谈钱理群的话语方式》；尽心的《文学批评且需谨重》；董健的《笑傲坎坷的大师》；赵凝的《"胸口"并非"乳房"》；江东的《畸零年代的美丽与痛楚》（评姜琍敏长篇小说〈喜欢〉）。

《文学报》第 1574 期发表丁丽洁的《王安忆、龙应台解读"双城记"》；庄钟庆的《强烈的国际色彩与独特的本土特色》；雷达的《长篇：平稳发展和时有闪亮》；洪治纲的《中短篇：在精神漫游中获得安慰》；张清华的《诗歌缺少了色彩》。

28 日，《文学报》第 1575 期发表格子的《新概念，是非多》。

《兰州大学学报（社会科学版）》第 1 期发表李利芳的《与童年对话——论儿童文学的主体间性》；张红秋的《赵树理文艺创作与毛泽东文艺思想的离合——兼及周扬》；袁盛勇的《民族主义：前期延安文学观念形成的最初动力和逻辑起点》。

29 日，《文艺报》第 13 期发表穆陶的《"皇权文学"质疑》。

30 日，《求索》第 1 期发表毕耕的《从中国文学的语言变迁看当代文学的语体多元化》；曹毓生的《论郁达夫对林语堂及其小品文观的批评》。

《南京大学学报（哲学·人文科学·社会科学）》第 1 期发表董之林的《亦新亦旧的时代——关于 1980 年前后的小说》；程光炜的《知识·权力·文学史——关于中国现代文学史观的再思考》。

《海南师范学院学报（社会科学版）》第 1 期发表蒋朗朗的《台湾日据时期小说文本精神内涵的解读：以受难感为例》；古远清的《九十年代的台湾文学生态》。

《暨南学报（人文科学与社会科学版）》第 1 期发表饶芃子、蒲若茜的《从"本土"到"离散"——近三十年华裔美国文学批评理论评述》；李亚萍的《论美华英语文学的题材局限》。

《新乡师范高等专科学校学报》第 1 期发表崔良乐的《从〈台北人〉中的"上海"意象看白先勇的心理郁结》。

本月,《文艺评论》第 1 期发表张良丛的《审美与精神救赎》;白浩的《狂欢与三重出走的人》;路文彬的《历史的命运化写作》;江冰的《论 80 后文学的文化背景》;丁晓原的《报告文学:虚拟的问题与现实的问题》;王卫平、石金焕的《当代小说中的"孤独者"精神基因》;张光芒等的《反腐文学·现实主义·小说类型学》;王力的《政治文化视角观照下的 20 世纪文学史》;杨剑龙的《在留学生文学的艺苑里勤奋耕耘》;陈力娇的《守望生命的麦田》。

《读书》第 1 期发表徐晓的《与久违的读者重逢》(评北岛)。

《博览群书》第 1 期发表张弘的《学术真理、政治正确与个人是非——小评"鲁迅活着会怎样"的重开争端》。

本月,中国社会科学出版社出版饶芃子的《世界华文文学的新视野》;胡山林的《文学艺术与终极关怀》;沈阳师范大学中国现当代文学学科组编的《中国当代文学论集》;郝明工的《人道主义与二十世纪的中国文论》。

作家出版社出版吴奕锜的《回顾与寻找》。

太白文艺出版社出版卞寿堂的《走进白鹿原》。

文津出版社出版张辉的《冯至:未完成的自我》。

春风文艺出版社出版林建法的《2004 年文学批评》;王尧的《在汉语中出生入死》。

广州出版社出版广州市文学艺术界联合会编的《面对·提升·超越》。

黑龙江人民出版社出版裴毅然主编的《拒绝与接受》;汪树东的《中国现代文学中的自然精神研究》。

云南人民出版社出版扎加的《怀疑精神》。

长江文艺出版社出版中国作家协会创研部选编的《2004 年中国文论精选》。

郑州大学出版社出版李星、孙见喜的《贾平凹评传》。

中央编译出版社出版黄伟林编著的《中国当代小说家群论》。

2月

1日,《人民日报》发表王曾瑜的《多一点细节真实》。

《作家》杂志第2期发表朱文颖的《一个女作家的想象文本——关于金仁顺和她的小说》。

《诗刊》2月号上半月刊发表金绍任的《贺敬之:长青的文学大树》;专栏"在《诗刊》听讲座之十三"发表朱先树的《在个性化与多样化格局的后面——对当代诗歌的印象批评》;同期发表冷蔚怀的《穿越幽暗的人生隧道》;洪迪的《诗的母题与重写》。

2日,《小说选刊》第2期发表阎晶明的《弱者的恐惧与激情》。

3日,《人民日报》发表张学昕、章蕾的《青春写作的品性与局限》;戴平的《关注,以爱的名义》;本报编辑部的《文学对现实不能"伪关注"》;同期发表陈晓明的《穿透乡村中国的历史》;沈源的《记忆深处的心灵震响》。

《文艺报》第15期发表赵树功的《走出自我解嘲——关于"文学研究"的思考》;古远清的《"长河意识"与"博物馆意识"——〈20世纪中国文学通史〉》;朱双一的《2004年台湾文坛扫描》;闻言的《专家学者会诊"红色经典"改编问题》。

《文学报》第1576期发表傅小平的《网络时代的报告文学面临挑战》(2004文坛盘点系列报道之三);邵燕君的《现实主义依然占据主流——从期刊看2004小说(之一)》。

4日,《光明日报》发表马相武的《短信文学的文化意义》;王德福的《回归文学本体的现代文学研究新视阈》;曾庆瑞的《用青春书写遗憾的历史》。

5日,《山东社会科学》第2期发表韩立群的《女性主义文学的冰心时代》;马航飞、张光芒的《自恋与狂欢:90年代的"欲望叙事"模式》;赵歌东的《论李贯通八十年代的小说创作》。

《上海戏剧》第2期发表吕效平的《人类发展史上的悲剧性冲突——论吕剧〈补天〉》;陆军的《给上海群众戏剧创作"号脉"》;颜榴的《不在状态的中国话剧去向何方?》;陈爱国的《我们时代的戏剧观察》;高龙民的《找回话剧的"人格魅力"》。

《文艺报》第16期发表刘锡诚的《关于〈大墙下的红玉兰〉的讨论(下)》。

《名人传记》第2期发表古远清的《柏杨的人生传奇》。

8日,《文艺报》第17期发表杨剑龙的《通俗文学的创新问题》;贾蕾的《中国文化在21世纪的价值》。

10日,《文艺研究》第2期发表孟繁华的《21世纪初长篇小说中的知识分子形象》;昌切的《谁是知识分子?——对作家身份及其功能变化的初步考察》;孙郁的《写作的姿态》;樊星的《"启蒙的终结"与作家的批评立场》;陈婧裵记录的《理论与实践:文学如何呈现历史?——王安忆、张旭东对话(下)》。

《中国图书评论》第2期发表今采的《近年来文艺图书出版热点》;李红秀的《新体例的开创与缺憾》;林丹娅的《立言:中国女性在行动》;薛雯的《人学批评的呼唤与实践》。

《江淮论坛》第1期发表曹谦的《从〈纽约客〉看白先勇思想意识中的现代主义特征》。

11日,《青年文学》第2期发表张抗抗的《写作的建筑意识》。

14—16日,"中国闽南文化节暨第二届中国泉州'海上丝绸之路'文化节·闽南文化论坛"在泉州举行。

15日,《云南社会科学》第2期发表田智祥的《文化定位——金庸武侠小说批判的理论前提》。

《民族文学研究》第1期发表郑靖茹的《现代传媒与西藏当代文学》;李健的《从"一只挨打的狐狸"到"无从驯服的斑马"——由沈从文两篇文章看其心路历程和文学观念的变化》;袁盛勇的《〈梦之谷〉:一部成功与失败交织之作》;谢昭新的《论老舍诗学的"现代性"审美品格》;王玉宝的《现代都市寻梦者的宿命——老舍小说人物解读》;章罗生的《老舍在20世纪话剧文学史上的地位及其对中国戏剧现代化的贡献》;阎秋红的《老舍与端木蕻良抗战小说之比较——以〈四世同堂〉、〈大地的海〉和〈大江〉为例》。

《江汉论坛》第2期以"'中国现代文学经典重释'研究"为总题,发表於可训的《阐释的历史与历史的阐释》,陈漱渝的《重释经典要警惕政治误读》,秦弓的《从〈宝马〉看经典重读的必要性与可能性》,王宁的《雅克·德里达:解构批评及其遗产》。

《福建论坛》第2期发表孔建平的《集体意识与个人感受——论小说史构想

的审美之维》；曹而云的《现代白话语言系统的现代性与传统》；戴嘉树的《理性匮乏下的祭品》。

17日，《人民日报》发表本报编辑部的《批评家的品质》、《名作家的创作危机》；同期发表贺绍俊的《明星化：文学的利与弊》；林建法的《建立文学批评的秩序》；施芳的《现在书多了，垃圾也多了》；李敬泽的《底线与星空》；田文杰的《走出电影的困惑》；《"皇帝戏"太多不正常》。

《文学报》第1578期发表邵燕君的《一批新锐作家可圈可点——从期刊看2004小说（二）》；王英琦的《有真人才有真文》。

《作品与争鸣》第2期发表简圣宇的《当下中国文学病症分析》。

18日，《文学报》第1579期发表王彬彬的《邓拓的本来面目》。

《光明日报》发表王必胜的《二〇〇四年的散文》；杨经建、吴志凌的《2004年文学理论和批评状况要览》。

20日，《广东教育学院学报》第1期发表刘雄平的《解构 重构 再解构——〈扶桑〉反思华人移民史的三重奏》。

《华文文学》第1期发表南治国的《新马华文文学的本土性建构——以王润华的相关论述为中心》；陈大为的《台湾自然写作的读者意识》；李晨的《2003年大陆台湾文学研究综述》；古远清的《试论台湾文学的南北分立现象》；吴笛的《寻找精神原乡——从〈桂〉、〈千〉、〈白〉三部长篇看萧丽红文化身份呈现》；陈辽的《凸现日据时期台湾小说三特点——读肖成〈日据时期台湾社会图谱——1920—1945台湾小说研究〉》；张根柱《历史文本的传奇化与文学文本的历史化——论金庸武侠小说的历史写作策略》。

《鲁迅研究月刊》第2期发表袁良骏的《一位老学者的新贡献》。

《学术月刊》第2期以"作为话题的'日常生活审美化'及其论争"为总题，发表朱立元、张诚的《文学的边界就是文艺学的边界》，刘凯的《"日常生活审美化"：作为一个表征》，谢勇的《现代性理论预设与多元化的文艺学学科》；同期发表王锺陵的《20世纪中国电影理论之变迁》。

22日，《文艺报》第19期发表本报编辑部的《内蒙古师范大学将成立中国少数民族作家研究中心》。

《新文学史料》第1期发表鲁煤的《我和胡风：恩怨实录——献给恩师益友胡风百年诞辰（九）》；晓风整理辑选的《胡风致梅志家书选》；姚锡佩的《都市漂泊作

家徐訏》;孙光萱的《文艺调整中的一次反扑——1975年上海文艺工作座谈会前后》。

24日,《人民日报》发表本报编辑部的《先锋文学并未终结》、《文化思潮与现代文学研究》;同期发表仲言的《震撼源自思想深度》;廖奔的《晋商文化:历史的悲秋——感悟话剧〈立秋〉》。

《文艺报》第20期发表谭旭东的《重建儿童文学理论批评》;蒋晓丽的《人民性仍是当前文学的重要价值取向》;余三定的《道义意识·参与意识·创造意识》(作家的社会责任感笔谈);曹万生的《当代学院批评的困境与出路》(关于学院批评的讨论);刘绍信的《叙事学理论与实践研究的新拓展——读〈叙事的诗学〉》;张晓丽的《由赵树理小说的叙述话语想到的》。

《文学报》第1580期发表邵燕君的《雅俗不能兼得——从期刊看2004小说(之三)》;以"关于上海文学的讨论"为总题,发表杨剑龙记录整理的《距离与落差》,杨蕾的《衰颓还是繁荣?》。

25日,《文学报》第1581期发表子虚的《口气、志气与底气》;张永禄的《这一代人的怕和爱——郭敬明论》;周语的《80年代的边缘》;秋水无烟的《恭小兵与80后与写作姿势》。

《汕头大学学报(人文社会科学版)》第1期发表颜敏的《大陆对台港与海外华文文学的接受心理——以上世纪80年代和90年代为例》。

27日,《人民日报》发表陈尘的《〈生死关头〉研讨会举行》;何镇邦的《"文心诗情"何其动人——散文集〈昨日步履〉读后》。

《文汇报》发表吴思敬的《城市化视野中的当代诗歌》;葛红兵的《爱是对生命的救赎——薛燕平〈21克爱情〉读后》;詹丹的《乡村文化是否正在逝去——"城市化进程中乡村文化危机"研讨会综述》。

28日,《嘉应学院学报》第1期发表古远清的《试论台湾政治小说和台语文学的反叛精神》。

《山西财经大学学报》第S1期发表唐伟的《简论叶维廉的道家诗学理论》。

《天津师范大学学报(社会科学版)》第1期发表古远清的《当下台湾的三类本土文学创作》。

《玉溪师范学院学报》第2期发表陈婉霞的《台湾后现代主义文学思潮的产生及特点》。

《郑州航空工业管理学院学报(社会科学版)》第 24 期发表谢春红的《论施叔青小说创作的阶段性变化》。

本月,《戏剧艺术》第 1 期发表吕效平的《再论"现代戏曲"》;袁国兴的《现代文学视野中京剧文学研究的相关理论问题》;黄云霞的《样板戏之"现代性"质疑》。

《江淮论坛》第 1 期发表车晓勤的《历史的"拧巴"——后现代小说的必然》;高迎刚的《文学观念的变迁与批评理论的发展》;程金福的《浅论电视剧艺术"美"》;阮南燕的《文化视野下的话剧现代化和职业化》。

《南京社会科学》第 2 期发表陈辽的《主流文学的思想层次和艺术档次——以 2004 年部分非韵文江苏文学作品为例》。

《读书》第 2 期发表柳冬妩的《城中村:拼命抱住最后一些土》(评论打工诗歌)。

《清华大学学报(哲学社会科学版)》第 1 期发表格非的《〈柏子〉与假定性叙事》。

本月,河南人民出版社出版樊洛平的《当代台湾女性小说史论》。

花城出版社出版郭小东的《中国叙事》。

人民文学出版社出版胡山林的《寻找灵魂的归宿》。

中国社会科学出版社出版刘广涛的《百年青春档案》。

中国文史出版社出版龚举善的《中国文学的现代风度》;吕晓英的《听音寻路者》。

中国戏剧出版社出版左岸的《给当红作家号脉》。

3 月

1 日,《文艺报》第 22 期发表本报编辑部的《长篇小说〈燃情经历〉研讨会在广州召开》、《城市文化的诗性感悟——〈都市流浪集〉研讨会在京举行》。

《名作欣赏》第3期上半月刊发表焦亚东的《翠竹黄花："小"与"大"——散文鉴赏与批评系列之二》；钱虹的《"为自己营造了神秘与完美"——〈牡丹的拒绝〉课文导读》；伊甸的《为光明和澄澈发言——评沈泽宜诗歌〈倾诉：献给我两重世界的家园〉》；蒋登科的《感受秋天的诗意——读老刀的〈秋天来了〉及其他》；席星荃的《在离与不离、似与不似之间——读艺术随笔〈印度元素〉》；张英芳等的《真实的谎言——读魏微的小说〈大老郑的女人〉》；刘聪的《生命不能承受之"轻"与"重"》；柯贵文的《一份"炮礼时代"的婚恋心理标本——评盛可以的小说〈手术〉》；吴笑欢的《婚恋悖论的探究——解读盛可以〈手术〉》；万秀凤的《疼痛的写作——评盛可以的短篇小说〈手术〉》；毕光明的《欲望时代的爱情病理分析报告——评盛可以的〈手术〉》；柯贵文的《以激进的叙述姿态表达女性柔情——读〈我和王小菊〉》；马知遥的《为男欲掌控下的女性悲歌——读毕飞宇中篇小说〈玉米〉》；张宗刚的《诗性的坚守　深度的探求——毕飞宇〈玉米〉三部曲解读》；刘聪的《嫦娥之死——〈青衣〉的神话原型解读》。

《诗刊》3月号上半月刊发表谢冕的《又是春天开始的时候》；张执浩的《把湖水引向大海——哨兵导读》；专栏"在《诗刊》听讲座之十四"发表霍俊明的《诗歌语言：特殊话语的顿挫与飞翔——以当代汉语新诗为例》；同期发表张大为的《"诗体"观念的超越与诗歌文化品性的重建》。

2日，《小说选刊》第3期发表陈福民的《沉重的声音与生动的伦理——葛水平〈喊山〉读后》。

3日，《文艺报》第23期发表范咏戈的《贴近前沿　求真求新——第三届鲁迅文学奖理论评论获奖作品读后》；陈柏中的《红柯小说：西部精神的浪漫诗化》；芗人的《当代戏剧现代性的障碍之我见》。

《文学报》第1582期发表王彬彬的《破与立中的理论勇气和审美自信——谈李建军〈小说修辞研究〉》。

5日，《山东社会科学》第3期发表杨剑龙的《揭示国民性病态的一面镜子——再论鲁迅的〈祝福〉》；邹黎的《试论中国现代女小说家的讽刺风格》。

《大家》第2期发表残雪的《东方人的诗》。

《上海戏剧》第3期发表孙惠柱的《可爱与同情——王安忆改编〈金锁记〉的成就和缺憾》。

《文艺报》第24期发表刘锡诚的《"新时期文学"词语考释》。

《电影艺术》第 2 期发表余纪的《中国电影伦理观念的现代性转换》;何春耕的《当代中国伦理情节剧电影的儒家文化情结》;林黎胜的《父亲大人——四部中国电影中的父子(女)关系讨论》;王一川的《中国电影中的家破亲离故事》;洪帆的《暗影下的虚构:探寻百年中国电影中的"兄弟伦理"》;王海洲的《视点及其文化意义:当代中国城市电影研究》;田卉群的《论中国电影游戏精神的缺失》;凌燕的《回望百年乡村镜像》;蔡盈洲的《乡土电影中的现代性表达——简论 1979 年以来乡土电影的民间形态的影像言说》;吴菁、梅箐的《当代中国农村片中的女强者形象及其文化解读》。

《花城》第 2 期发表孤云、潘萌的《我就不走那条文学生产线》(访谈);张柠的《乡村女性的变态人格和神秘权力》;朱大可的《反讽:文化转型和修辞革命》;残雪的《自由之旅——张小波的〈法院〉体现的新型救赎观》;申霞艳的《坐看云起,细数花开——"花城出发"栏目述评》。

8 日,《文艺报》第 25 期发表张培忠的《廖琪长篇小说〈燃情经历〉 知识分子与中国当代先进文化》;关耳的《从一篇小说看一种有害的创作倾向》。

10 日,《文艺报》第 26 期发表龚举善的《当前报告文学六大问题》;高玉的《学院批评的问题究竟在哪里?》(关于学院批评的讨论);戴国庆的《华文文学研究的走向》;杨根红的《赵树理及其小说创作的另一种叙述》。

《文学报》第 1584 期发表张业松的《重建文学批评的公信力》;吴亮的《真相与证明》。

《文艺研究》第 3 期发表贺绍俊的《大众文化影响下的当代文学现象》;周宪的《论奇观电影与视觉文化》;姜涛的《开放问题空间之后:从"新诗"到"现代汉诗"——评王光明〈现代汉诗的百年演变〉》。

《中州学刊》第 2 期发表丁晓原的《"五四"散文的现代性阐释》;张兵娟的《神话及其"表象的叙述"——论电视剧叙事传播中的性别政治》。

《中国社会科学》第 2 期发表赵勇的《关于文化研究的历史考察及其反思》。

《中国图书评论》第 3 期发表姚迪的《当代历史小说如何处理民族关系》;于濛的《双城故事》。

《西南师范大学学报(人文社会科学版)》第 2 期发表向天渊的《"新诗二次革命"论的有效性阐释》;葛乃福的《柳暗花明话新诗——试论新诗的出路》;张洁宇的《新诗的"有形"与"无形"——以林庚的诗歌格律探索为中心》;蔡爱国的《论大

陆新武侠的智性传承与超越》；谷海慧的《理性主义散文作家群落创作论析》。

《华中师范大学学报(人文社会科学版)》第2期发表王济民的《"五四"时期胡适的科学思想和文学批评》；张桃洲的《重解废名的新诗观》；李蓉的《论沈从文文学观中的善美观念及其悲剧性》。

《江海学刊》第2期发表杨洪承的《一个文学过渡期的"场效应"》；倪婷婷的《求异及其变异："五四"文学的审美思维矢向》；高丽琴的《新视野下的中国现代文学史研究》。

11日，《青年文学》第3期发表陈染的《阅读如同品味醇酒》。

13日，《人民日报》发表柏朴的《历史剧应该告诉受众什么？》；沈文彬的《传奇背后的深刻蕴涵》。

《文汇报》发表吴义勤、于京一的《"小说性"的流失让人担忧——写在年度"小说排行榜"揭晓之际》；吴俊的《别让"美好"与文学"绝缘"》。

15日，《人文杂志》第2期专栏"人文学术新思潮：中国叙事诗学"发表耿占春的《叙事：从神话到小说》，张清民的《叙事学研究与社会学立场》；同期发表赵慧平的《网络时代的文学批评问题》；焦垣生的《论"红色经典"的经典气质》。

《人民日报》发表张永权的《天空和大地精气的融合——读〈漂泊的家园〉》。

《中山大学学报(社会科学版)》第2期发表杨剑龙的《论语派小品文的闲适笔调论》；陈希、何海巍的《中国现代智性诗的特质——论卞之琳对象征主义的接受与变异》。

《文艺争鸣》第2期发表张颐武的《大历史下的文学想像——新世纪文化与新世纪的文学》；杨春时的《开展日常生活的审美批判》；王晓华的《我们应该怎样建构文学的人民性？》；以"新世纪文艺理论的批评理论话题"为总题，发表王一川的《理论的批评化——在走向批评理论中重构兴辞诗学》，陈太胜的《走向综合的批评理论与实践》，胡继华的《批评话语的新近走向》，陈雪虎的《批评理论的当代意味及其内在策略》，刘莉的《女性主义批评理论的演进》，石天强的《批评对理论的救赎》；以"关于新世纪文学"为总题，发表张未民的《新世纪，新表现：编者有关开栏的话》，杨扬等的《影响新世纪文学的几个因素》，孟繁华的《生存世界与心灵世界——新世纪长篇小说中的"苦难"主题》，曹莹的《"80后"写作与新世纪文学》，李建军的《是珍珠，还是豌豆？评〈狼图腾〉》，王学谦的《〈狼图腾〉与新世纪文学的生命叙事》，韩袁红的《走出自己的房间——从林白〈万物花开〉看新世纪女性文学的转向》、朱旭晨的《刘庆邦中长篇小说中的自叙性分析》；同期发表朱寿桐的《解构文学史的学术霸权——文学史写作的多样性》；张福贵的《宽容的道德哲学——兼答贺仲明先生》；史可扬的《文化撞击下的人文情怀——张元电影的文化美学评述》；傅谨的《困顿与前景：戏剧如何重获生机》；刘锋杰的《颓废与荒凉的界限》；薛雯的《论颓废作为一种艺术化精神》；李先国的《现代文人的颓废——朱自清的刹那主义》；卫岭的《从唯美到颓废——〈雪国〉：远离都市的颓废》；杜英的《对于1949年前后上海的想像与叙述——以90年代的上海创作为例》；陈晓明的《"内在视野"与重建思想史——汪晖〈现代中国思想的兴起〉简评》；杨经建的《民俗散文写作的尝试——读曹保明的〈最后的渔猎部落〉》。

《文学评论》第2期发表刘复生的《"反腐败"小说的表意模式与叙事成规》；陈晓明的《"人民性"与美学的脱身术——对当前小说艺术倾向的分析》；杨矗的《李锐"焦虑"的祛魅化分析》；惠雁冰的《论农业合作化题材长篇小说的深层结构——以〈创业史〉、〈艳阳天〉、〈金光大道〉为例》；陈希的《中国现当代文学史观研讨会综述》。

《广东社会科学》第2期发表冯昊的《第十三届世界华文文学国际学术研讨会综述》。

《天涯》第2期发表韩少功的《现代汉语再认识》；耿占春的《书写与自我建构》；韩毓海的《笛福、经济学与文学及其它》。

《当代外国文学》第1期发表刘阳的《论中西文化交流的个人媒介——以程抱一、赵无极与米修为例》。

《当代文坛》第2期发表高玉的《论全球化与当代文学生存境遇及其言说》；吴志凌的《2004年文学理论批评扫描》；南宋的《青春的翅膀，苍老的心——新时期文学青春文化特征的流变及其影响》；童小畅的《主体性思想与现代悲剧精神》；郭名华的《叩问存在：文坛守望者与精神守望者——谢有顺的批评姿态》；熊辉的《试论当前文学创作中的"写作"现象》；王彩萍的《谈杨绛"文革"记忆的情感处理》；马为华、李生滨的《余华小论》；焦会生的《须一瓜小说论》；韩敏的《建构的历史——略论王安忆90年代以来小说的上海文化精神》；周引莉的《论王安忆对古典诗词的借鉴》；肖宁的《失爱的悲剧——北村现实小说中的男女情爱》；梁向阳的《散文化时代的小说走向》；管淑花的《语言的狂欢——浅析新历史小说的叙事策略》；胡忠青、张永禄的《近年中国校园小说创作走向》；吕小焕的《在理性和欲望的夹缝中行走——从近期短篇小说看当代人的精神困境》;尹晓丽的《在无遮蔽的天空下——试析20世纪小说中的主题词"窥视"》;赖琼玉的《解放的现实主义——阎连科〈受活〉解读》;邓莉的《记忆的理解与重构——读韩东的长篇小说〈扎根〉》;王雪伟的《间离及其艺术效果——评残雪的中篇〈男孩小正〉》;李红秀的《艺术的失衡与救赎——评北村〈老木的琴〉》;杨红旗的《写在羊皮纸上的历史》;傅明根的《影像化的叙事文本——吕不小说〈如厕记〉的叙事分析》;木弓的《〈雕像〉:当代浪漫小说的重要作品》;赵秀芹的《刘帕不再怕天黑——〈我承认我最怕天黑〉解读》;安静的《飞翔与漫步——从〈万物花开〉与〈戴女士与蓝〉看女性写作的某种新走向》;吴泰昌的《"丰碑":构建红军文化新传统——读苗勇长篇纪实文学〈丰碑〉》;彭卫红的《论"新生代"诗歌的四种不良倾向》;汤冬梅、汤杰英的《三组矛盾的对立——略论当代诗歌误区》;蒋登科的《吕进:人与诗》;陈静的《高亢的驴鸣——论刘亮程散文中的"驴崇拜"意识》;王昆建的《论吴然散文的艺术发现——兼评〈天使的花房〉》;黄春玲的《清新通脱,格高蕴深——评殷世江的散文》;李自雄、张毅的《文学的大众化设想》;张贞的《从"日常生活"看大众文化的平民意识》;傅恒的《在诗意中展示个性思考——序周仲明〈点击心灵〉》;黄维敏的《成都幻象:在光影招摇中与灵魂沉默对视——简论成都题材网络小说》;陈林刚的《行走的精神——从"逍遥游"到"文化苦旅"》;谢晓燕的《楔里的"酒神精神"》。

《当代电影》第2期发表郦苏元的《另一个郑君里》;储双月的《时代视阈中的历史故事——郑君里历史题材电影创作探析》;边静的《激情表达与矛盾跳跃——郑君里导演艺术分析》;李丁的《明日黄花——重读〈乌鸦与麻雀〉》;高山的《政治语境·文化裂隙·个性探询——重读〈我们夫妇之间〉》;盘剑的《论〈现代电影〉的文化特征》;孟君的《话语权·电影本体:关于批评的批评——"硬性电影"与"软性电影"论争的启示》;罗岳的《电影叙事结构的对话性》;秦悦的《略论银幕叙事中的时态》;于丽娜的《说书人叙事——中国电影中的独特叙事角度》;王昕的《中国历史题材电视剧的类型与美学精神》;戴清的《人伦之和的主调与变奏——近年中国都市家庭伦理电视剧的审美文化批评》;范志忠的《历史题材影视剧创作的审美悖论》;许萍的《作为东方奇观的新民俗电影》;戈小燕的《女性历史的个人话语》;范志忠的《技术时代的武侠大片》。

《江汉论坛》第3期发表梁笑梅的《传播学意义下的余光中诗歌》;王桂妹的

《五四文化激进主义及其反思的历史性检视》;易竹贤的《胡适其人及胡适研究述评》。

《华东师范大学学报(哲学社会科学版)》第2期发表胡书庆的《审美与信仰的消长——对海子"生命叙事"的一种解读》。

《江苏社会科学》第2期发表杨剑龙的《论新时期小说与基督宗教——从小说观基督教在中国的命运》;张立群的《"类后现代叙事"与中国当代小说》;贾丽萍的《困境与出路——20世纪90年代城市写作的一种阐释》;徐国源的《现代诗魂的重塑——论朦胧诗的诗性寻求与艺术建构》;张生的《〈现代〉小说的另一面:危疑扰乱,焦躁,讽刺与寓言——以黎锦明、张天翼、王鲁彦等人为例》。

《齐鲁学刊》第2期发表李玉明的《关于鲁迅〈野草〉的几个意象的解析(二)》;王学谦的《以自由意志质疑政治革命——关于鲁迅与太阳社、创造社的论争》;朱庆华的《论鲁迅与赵树理的审美差异——以〈阿Q正传〉与〈福贵〉为例》;刘聪的《论梁实秋对五四新文学的理性反思》;姚晓雷的《刘震云早期小说文本的再解读》。

《社会科学研究》第2期发表王艳芳的《在通向自我认同的途中——"五四"至新时期女性写作中"自我"之流变》;陈刚的《周文小说风格论》。

《社会科学辑刊》第2期发表李珺平的《"都市文艺":定位、性质及意义》;赵炎秋的《试论都市与都市文学》。

《求是学刊》第2期以"当代文学思潮前沿问题探讨:媒介变化中的京味文学(笔谈)"为总题,发表王一川的《媒介变化与京味文学的终结》,唐宏峰的《京味与电视文化的接受》,宋学鹏的《京味文学的归宿:媒介京味文学》,单智慧的《谁偷走了京味文学?》,刘苑的《当京味成为大众文化》;同期发表赵慧平的《文学批评:在文学之内还是文学之外》。

《诗刊》3月号下半月刊发表寒冬的《大地上的火焰》;介夫的《诗是神圣的美好的——访孙启志》。

《山西大学学报(哲学社会科学版)》第2期发表张兵的《武侠小说为何走俏市场?》;左洪涛的《论金庸小说对全真教初传时期及马钰的解读》。

《南方文坛》第2期发表臧棣的《诗歌反对常识》、《新诗的晦涩:合法的,或只能听天由命的》;周瓒的《用铅笔写诗,用钢笔写评论——论批评家、诗人臧棣》;唐晓渡的《臧棣:另一种印象》;汪政、晓华的《文学人物的命运》;吴义勤的《文学革命与"小说人物"的沉浮》；东西的《要人物，亲爱的》；李洱的《人物内外》；朱向前的《中国当代军旅文学"第四次浪潮"——军旅长篇小说十年估衡》；温存超的《生长文学之树的一方红土——论河池学院对文坛桂军崛起的贡献》；肖鹰的《真实的可能与狂想的虚假——评阎连科〈受活〉》；王丽霞的《守望民间与皈依世俗——论近年来市民小说的价值取向》；夏商的《小说是人类的秘史》；李润霞整理的《当代诗歌编选中的问题与方法——关于〈朦胧诗新编〉的讨论综述》；魏天无的《张执浩诗歌论——兼论当前诗歌写作中的几个问题》；梁艳萍的《张执浩：游走于诗性的虚构之间》；陈福民的《无罪的凋谢——写在徐小斌〈羽蛇〉再版重印之际》；邢小群的《青春一过，爱已苍老——对长篇小说〈告别天堂〉的一种解读》；牛学智的《走向绝境的文学批评》；文波的《近期研究热点两题》。

《复旦学报（社会科学版）》第 2 期发表张兵的《〈铸剑〉的文化解读》。

《理论与创作》第 2 期发表吴培显的《文学史观的局限与盲点》；邓绍秋的《实践美学向存在美学过渡的中介——生态美学的背景与超越》；丁灿的《当代中国侦探类小说叙事策略浅析》；吴秀明的《"一边倒"文化政策与当代文学中的"苏联模式"》；聂茂的《阐释序码的文化传播：从拯救型到循环废墟的精神转变——重读先锋小说》；张琴凤的《大陆"新生代"小说研究述评》；关士礼的《命名的遮蔽——论新写实小说的文学史处境》；吕东亮的《略论当代文学批评中的古典美学资源——以孙犁、汪曾祺为例》；欧阳友权的《网络文学：消费意识形态的文化表达》；刘起林、孙旭辉等的《"大众狂欢"：一种必要而无奈的文化形态——关于文化消费主义倾向的理解》；杨四平的《论消费时代文学的审美特征及其历史责任的淡化》；孙桂荣的《"真实再现"下的暧昧之声——对消费时代女性小说的一种批判性阅读》；张兵娟的《消费主义时代的影像叙事与性别政治——以海岩的电视言情剧为例》；吴泰昌的《〈沧桑之城〉：长篇小说的新收获》；贺绍俊的《用更丰厚的土壤培育真的英雄——〈中国近卫军〉对军事文学的启示》；李生滨的《回顾与透视：〈古船〉社会影响的再批评解读》；郭玉华、李波的《追寻精神品性的家族叙事——〈古船〉的现代性意义解读》；艾斐的《战士式的诗人与战士型的诗——贺敬之诗歌创作的进取精神与时代担当》；余三定的《"英雄"的新写法：由写"壮举"到写"日常"——评周文杰的〈戴碧蓉〉》；罗宗宇的《论周大新"南阳小说"的文化审美价值》；郑积梅的《爱之碎片的惊鸿一瞥——论张欣的小说创作》；杨爱芹的《〈沧浪之水〉的文化意蕴》；林平乔的《北岛诗歌的三个关键词——北岛前期诗歌简论》;康馨的《祁剧目连戏审美漫议》;王毅的《略论叙事文学作品的改编》;李大鹏的《略论"第六代"的"先锋"意义》;张先瑞的《一个小说作家的另类工作:造就——读谭谈〈人生风景〉》。

《福建论坛》第3期发表林晓云、张仲民的《历史与文学的辩证——以〈血路〉与〈花腔〉为例》。

17日,《人民日报》发表李志强的《新诗:寻找新时代的创造》。

《文艺报》第29期发表张德明、赵勇的《新诗创作的资源拓展》;公仲的《新移民文学的新思考》;陈瑞琳的《北美新移民作家扫描》。

《作品与争鸣》第3期发表陈鲁民的《余华的两个"惭愧"》;耿法的《鲁迅没用了吗?》;谢长安的《鲁迅、胡风和周扬》;陆绍阳、张岚的《认真对待"红色经典"》。

18日,《光明日报》发表龚和德的《戏曲的真实与形式》;雷达的《市场拒绝短篇小说吗》。

19日,《文艺报》第30期发表张守仁的《我看近年散文》;刘帆的《电影市场:数字背后的隐忧》;张羽的《〈行过洛津〉戏曲内外的台湾传奇》。

20日,《小说评论》第2期发表阎晶明的《文学成功的便捷之门》;吴义勤的《我们该为经典做点什么?——"2004年度小说经典"序》;贺绍俊的《小说家的"居安思危"——关于2004年的中短篇小说》;谢有顺的《小说诞生于孤独的个人——序〈2004中国中篇小说年选〉》;洪治纲的《小说的全面探索和再度开拓——序〈2004中国短篇小说年选〉》;李敬泽的《如诗的欢乐与秘密——2004年的短篇小说》;雷达的《方南江〈中国近卫军〉,刘庆邦〈平原上的歌谣〉》(雷达专栏:"长篇小说笔记");李建军的《假言叙事与修辞病象——三评〈狼图腾〉》(李建军专栏:"小说病象观察");周水涛的《90年代以来乡村小说创作的价值分化与价值调整》;雷涛的《柳青:宝贵的精神资源》;黄毓璜的《小说的走向和走向小说》;张浩文的《小说的化繁为简》;冯肖华、孙新峰的《小说:民间精神与政治文明的有机涵融》;莫言的《气魄宏大,立意高远——有关〈五福〉的通信》;罗朋的《现实性与奇异性的双重变奏——评〈受活〉》;刘保亮的《权力宰制下的耙耧世界——论阎连科小说的权力书写》;王文参的《论乔典运小说的儒家文化精神》;焦泰平的《自然之子的颂歌——红柯小说简论》;黄建国的《沉郁、雄浑、壮丽的崇高感——路遥小说的美学风格》;贺智利的《路遥的宗教情结》。

《云南社会科学》第2期发表田智祥的《文化定位——金庸武侠小说批判的

理论前提》。

《四川大学学报(哲学社会科学版)》第2期发表何卫青的《论当代小说中的童年回忆叙事及其视角转换》。

《东北师大学报(哲学社会科学版)》第2期发表王东、张文东的《论张爱玲〈传奇〉叙事的心理时间模式》;高玉秋的《传统乡村文化觉醒者的价值选择——论20世纪初乡土小说中知识者的"乡村批判"》。

《北京大学学报(哲学社会科学版)》第2期发表温儒敏的《作为文学史写作资源的"作家论"——"现当代文学学科史"研究随笔之一》;杨晓黎的《鲁迅小说词语的形象色彩义解读》。

《河北学刊》第2期发表孟远的《六十年来歌剧〈白毛女〉评价模式的变迁》。

《南开学报(哲学社会科学版)》第2期专栏"专题研究:性别与中国文学、文化"发表刘思谦的《女性文学这个概念》,董丽敏的《女性主义:本土化及其维度》,林树明的《中国台湾女性主义文学批评略论》,乔以钢、刘堃的《试析〈中国新文学大系·小说一集〉的性别策略——以冰心早期创作为中心》。

23日,《天津社会科学》第2期发表李新宇的《艰难的主体重建——20世纪80年代中国文学的知识分子话语》;朱国华的《中国语境中的审美现代性》;朱寿桐的《体式错落的现代艺术风范——曹禺戏剧艺术个性的另一种解读》;黄万华的《中国文学中的跨文化因素》;武善增、张光芒的《研究范型的更新与文学史意义的重构——评耿传明著〈轻逸与沉重之间〉》。

24日,《人民日报》发表陶东风的《消费文化语境中的经典》;仲言的《找准文学的历史定位》;赵宁的《〈牛玉儒定律〉研讨会在京举行》;姜泓冰的《我们的戏剧缺失了什么?》。

《文艺报》第32期发表唐小林的《学院批评缺席的背后》(关于学院批评的讨论);王钦峰的《当代中国文学理论现代性反思的误区》。

《文艺理论与批评》第2期发表韩毓海的《狂飚为我从天落——为〈那儿〉而作》;吴正毅、旷新年的《〈那儿〉:工人阶级的伤痕文学》;本刊特约记者的《曹征路访谈:关于〈那儿〉》;鲁太光的《被分成两半的农民——对〈创业史〉的重新解读》;王颖等的《中国主流文学期刊2004年第6期综评》;魏冬峰的《2004:"新写实"小说脉络中的池莉和方方——池莉、方方新作评析》;荒城的《中国调查记者的崛起与彷徨——评〈侠客行〉纪实丛书》;陈均的《新诗史叙述诸问题及省思》(反思

1980年代)；陈漱渝的《鲁迅的文化遗产与当代中国》；彭在钦的《当代通俗小说的创作背景及其审美意识的嬗变》；李永中的《走向审美路——谈〈务虚笔记〉》；李大鹏的《略论"第六代"的"先锋"意义》；柏定国的《文艺与政治：1956—1976》；董学文的《"毛式焦虑"与毛泽东文艺思想研究》；黄力之的《如何面对中国当代文艺批判运动》。

《文史哲》第2期发表章亚昕的《钟摆：新诗艺术之发展轨迹》。

25日，《人民日报》发表《打工文学：文明转换的一串脚印》。

《文艺理论研究》第2期发表罗岗的《翻译的"主题"与思想的"主体"——文学史与思想史的视角》；刘大先的《当代少数民族文学批评：反思与重建》；斯炎伟的《图像文化逻辑与当前文学的生存境遇》；张立群的《论文学史的"主体性"》；阎庆生的《孙犁与中国传统美学关系之整体观——兼论孙犁晚年文学创作的现代转型》；王达敏的《民间中国的苦难叙事——〈许三观卖血记〉批评之批评》；南帆的《文化的尴尬——重读〈白鹿原〉》。

《东岳论丛》第2期发表李玉明的《关于鲁迅〈野草〉的几个意象的解析(一)》；石秋仙的《现代言情小说的文化因素剖析》；徐彦利的《九十年代周作人研究的八种角度》。

《北京师范大学学报(社会科学版)》第2期发表仲呈祥的《中国电影百年的断想与反思》；杨红菊的《中国电影的现代性问题：历史回顾与现状审视》；杨联芬的《归隐派与名士风度——废名、沈从文与汪曾祺论》；刘洪涛的《沈从文小说价值重估——兼论80年来的沈从文研究》。

《甘肃社会科学》第2期李存光、邵宁宁的《巴金研究：现状与问题——李存光学术访谈录》；刘东玲的《从抒情到反思——孙犁创作美学分析》；吴思敬的《西部诗歌审美意识的超越——姚学礼诗歌印象》。

《当代作家评论》第2期发表雷达的《现当代文学是一个整体》；金汉的《逼近："人本"与"文本"——世纪之交中国小说的深层变革》；格非的《中国小说与叙事传统——在苏州大学"小说家论坛"上的讲演》；张学昕的《格非〈人面桃花〉的诗学》；毛峰的《迷惘的箴言，梦寐的诗篇——试论格非的长篇小说〈人面桃花〉》；陈思和、王晓明等的《文学创作与当下精神背景——关于张炜〈精神的背景〉的讨论》；王光东的《论文学进入生活的能力——文学能力论之一》、《民间形式的审美活力——重说胡适与白话文学的关系》；周立民的《"民间"内外——从〈民间理念与当代情感〉谈王光东的"民间研究"》;海力洪的《信义与热情——王光东先生印象》;王尧的《"散文时代"中的知识分子写作——论王充闾散文的文学史意义》;杨扬的《一部小说与四个批评关键词——关于孙惠芬的〈上塘书〉》;周立民的《隐秘与敞开:上塘的乡村伦理——读孙惠芬的长篇小说〈上塘书〉》;陈晓明的《无父的故事与说不的写作——评姝娟的〈红尘芬芳〉》;王志华的《现实体察与人道情怀——论王祥夫的农村题材小说》;王春林的《王祥夫小说的底层关怀》;沈奇的《秋水静石一溪远——论赵野兼评其诗集〈逝者如斯〉》;颜红的《白雪掩埋的火焰——论赵野的古典抒情》;霍俊明的《历史记忆与生存现场的震悚和容留——论陈超诗歌》;李敏的《重复与超越——关于〈人面桃花〉》;姜静的《明亮与阴影——论朱文的小说世界》;李丽的《作家笔下的"作家"——当代文学中"作家"形象的变迁》;刘新锁的《生活像藏在棉花里的针——读叶弥的〈猛虎〉》;宗仁发、黄发有的《站在作家与读者中间——宗仁发访谈录》。

《河北大学学报(哲学社会科学版)》第2期发表毕玲蕾的《丁玲的文学语言观》。

《世界华文文学论坛》第1期发表赵遐秋的《当前大陆学界台湾文学研究与教学中的几个问题》;王勇的《欧阳子小说的戏剧化倾向》;黄沙小岸的《李敖的"玩偶之家"——关于小说〈上山·上山·爱〉与〈北京法源寺〉中的"男权"精神分析》;李白杨的《论〈将军碑〉的叙事时间》;李果的《论李昂女性意识的嬗变》;唐明星的《在"他者"文化中寻求生存答案——〈女勇士〉、〈中国佬〉中对中国传统文化的运用》;黎保荣的《城市"逃离"与"回归":论罗兰散文的城市取向》;刘云的《花谢花飞花满天——论陈娟的小说世界》;姚朝文的《同根异葩结新蕾——论世纪交替时期中国大陆、香港与印尼的华文微篇小说》;邓全明的《青春、革命、诗歌:不可泯灭的追求——王蒙、陈映真、昆德拉理想小说论》;于淼的《诗性电影语言的传承追求——阅读〈小城之春〉和〈花样年华〉》;李耿巍的《寻梦·追梦·圆梦——白先勇"青春版"〈牡丹亭〉的制作历程》;潘秋枫的《尘缘如梦——读白先勇散文〈树犹如此〉》;张云霞的《研悲情为金粉的丹青妙手——评白先勇的小说代表作》;朱崇科的《混杂雅俗的香港虚构:浅解〈青蛇〉》;世华的《"新移民华文作家笔会"在美国成立》;贾颖妮的《新女性主义的高扬——评李碧华言情小说》;刘瑛的《李碧华的小说香港》;白舒荣的《倚天照海花无数 高山流水心自知——曾老总印象记》;王力的《"现代性"视野中的台湾文学史——评〈20世纪台湾文学史论〉》;巫小黎的《在远古的路上徜徉——读古远清的〈海外来风〉》;凌鼎年的《第五届世界华文微型小说研讨会在印尼万隆召开》;林承璜的《风景这边独好——第十三届世界华文文学国际学术研讨会花絮》。

《郑州大学学报(哲学社会科学版)》第2期发表博玫的《没落贵族的末世情怀——"银箫生、梵玲故事"与〈紫罗兰〉伦理叙事》;乐铄的《整体与规范中的有限超越——十七年女性创作漫谈》;张景兰的《被遮蔽的"文革"叙事——从〈玫瑰门〉评论小史谈起》;耿占春的《藏族诗人如是说——当代藏族诗歌及其诗学主题》;司宁达的《网络文学评论管窥》;黄悦的《意念中的"原型":胡风"典型论"的背后》。

《南京师大学报(社会科学版)》第2期发表傅元峰的《自然景物叙写与中国现代小说诗性现代化》;韦清琦的《生态意识的文学表述:苇岸论》。

《晋阳学刊》第2期发表刘克的《民俗学田野作业范式与二月河历史小说戏曲母题》;白春香的《赵树理小说的隐含书场格局》。

26日,《人民日报》发表王玉芳的《文学评论家研讨职业精神》;弓长的《〈都市流浪集〉研讨会在京举行》;孟繁华的《别样的意味》。

《文艺报》第33期发表张煜的《文学研究的当代性与世界性》。

27日,《文学自由谈》第2期发表何满子的《噩梦五十年》;李美皆的《我们有没有理由不喜欢王小波》;桑逢康的《郭沫若人格辩》;李建军的《必须说出的真相》(评《狼图腾》);陈福康的《再为陈漱渝辩说几句》;秋石的《那次座谈会第一个发言的是谁?》。

28日,《兰州大学学报(社会科学版)》第2期以"专题讨论:文学感受与现代中国的文学思想建设——主题之一:西方学术框架中的文学感受问题"为总题,发表李怡的《他山之石:作为现代中国文学思想重要资源的西方文论》,刘俐俐、田淑晶的《西方现代学术研究中文学感受研究略论》,阎嘉的《文学感受在西方学术中的地位》,肖伟胜的《作为审美经验创生的文学批评》,王平的《论20世纪西方文学理论的感受之维》;同期发表赵学勇、孟绍勇的《西部小说:"概念"、"命名"及历史呈现——当代西部小说与西北地域作家群考察之一》。

《嘉应学院学报》第1期发表古远清的《试论台湾政治小说和台语文学的反叛精神》。

《厦门大学学报(哲学社会科学版)》第2期发表刘学照的《论丘逢甲诗中的

"新中国"思想》。

30日,《戏剧(中央戏剧学院学报)》第1期发表陈吉德的《目前中国先锋戏剧文本的实验性》;汪献平的《电影叙事与戏剧叙事之比较》;陈林侠的《当代电影中爱情叙事的功能和意义》。

《求索》第3期发表胡星亮的《创建话剧演剧的"中国学派"——论1950至60年代的"话剧民族化"探索》;尹季的《20世纪中国家族题材小说与传统家族文化》;吴正锋的《论后期沈从文创作艺术的现代追求》;陈红玲的《苏青与张爱玲的女性意识》。

《中国文学研究》第1期发表覃碧卿的《林清玄散文的审美魅力》。

《沈阳师范大学学报(社会科学版)》第2期发表李倩的《李昂、张系国作品的文化意蕴及特色》。

《诗探索》第1期发表古远清的《台湾三大诗社互动而又冲突的关系——以笠、蓝星及创世纪为例》。

《漳州师范学院学报(哲学社会科学版)》第1期发表陈煜斓的《精神家园与文化回归——台湾歌词创作的文化诗学特征之一》。

《浙江工商职业技术学院学报》第1期发表陈莉萍的《论转型期海峡两岸的中国留学生文学》。

31日,《人民日报》发表本报编辑部的《作家应坚持"难度写作"》;同期发表纳杨的《报告文学〈执政基石——村官李家庚的故事〉研讨会召开》;杨光祖的《激情燃烧后的文体探索——读散文集〈天干地支〉》;仲言的《我们失去艺术判断力了么?》;杨晓民的《当代生活的戏剧还原与重构——评现代黄梅戏〈公司〉》。

《文艺报》第35期发表本报编辑部的《报告文学集〈情系延安〉出版座谈会召开》;同期发表陈众议的《武侠小说:是耶? 非耶?》;刘川鄂的《批评家的左手和右手》;苏涵的《论戏曲叙事与戏剧性故事》;刘朝谦的《学院批评的力量何在》;刘华的《击中时代深邃部位的叙事》;戴奎林的《纵横论证 笔力灵动——读王钦峰的〈后现代主义小说论略〉》;以"传统文化与中国作家精神寻根"为总题,发表邓楠的《当前中国民族文学的建构》,陈仲庚的《回归"田园"与超越"田园"》,伍建华的《"融入野地"的精神追寻》,杨增和的《语境变迁与文化寻根的阐释维度》,周甲辰的《当今文人与桃源幻梦》,《不同的寻根 相同的关怀》。

《文学报》第1590期发表荒林、高秀芹、刘鸿的《女性主义的跨文本写作与阅读》。

本月,《文艺评论》第2期发表戚学英的《转型中的文学与文学研究》;曾宪文的《走出失语》;江冰的《论80后文学的"偶像化"写作》;杜霞的《自己的声音:联系与隔绝——90年代女性主义写作的境遇》;熊晓萍的《论电视剧创作中现代传播意识的缺失》;徐肖楠的《市场化年代文学批判》;汪政等的《河西对话之四——汉语写作的命运》;王德领的《当代新诗史的重要收获》;杨丽霞的《智性的思想散步——评吕家乡先生的散文集〈温暖与悲凉〉》;赵小琪的《余光中诗歌二极对应结构论》;伍明春的《先锋的守夜人——论余怒的诗》;邢海珍的《写大千世界 显众生本相——流岚系列长篇小说评述》;孙建茵的《都市镜像下的心灵透射——戴来小说浅论》;王立宪的《诗路·情缘》;傅翔的《戏剧创作的歧路与没落》。

《中国文学研究》第1期发表谢南斗的《个人化写作与艺术发生学》;邓晓成的《当下诗歌的消费文化倾向及其存续命运》;田红的《负载生命本真的形式——论余华长篇小说的叙事转型》;周明鹃的《论中国现代散文的怀乡情结》;章罗生的《论问题报告文学——中国报告文学流派研究之一》;覃碧卿的《林清玄散文的审美魅力》;孙韬龙的《没有故乡,便没有诗人——读杨盛龙散文作品》;曾繁仁的《厚积薄发,勇于创新——读赵炎秋教授的〈形象诗学〉》。

《台湾研究集刊》第1期发表蒋小波的《台湾的现代性"怨恨修辞"》;张羽的《〈茶馆〉在台湾——从接受美学的角度看台湾观众对〈茶馆〉的客观接受》;潘朝阳的《从原乡生活方式到中华文化主体性——台湾的文化原则和方向》。

《读书》第3期发表唐晓渡的《沉思的旋转门》(评潘婧小说《抒情时代》)。

《暨南学报(哲学社会科学版)》第2期发表王兆鹏、孙凯云的《回眸"重写文学史"讨论》;李红霞的《狼性与神性的对话——残雪的文学世界》。

本月,文化艺术出版社出版王列耀的《宗教情结与华人文学》。

安徽教育出版社出版张法的《走向全球化时代的文艺理论》。

北京大学出版社出版王宁主编的《文学理论前沿》。

人民文学出版社出版南京大学现代文学研究中心编的《2004文学评论》。

羊城晚报出版社出版邓晓芒主编的《从寻根到漂泊》。

中国社会科学出版社出版白烨的《热读与时评》。

中南大学出版社出版欧阳友权主编的《人文前沿——网络文学与数字文化》。

4月

1日,《名作欣赏》第4期上半月刊发表焦亚东的《思与境偕:"真"与"美"——散文鉴赏与批评系列之三》。

《作家》杂志第4期发表林白的《生命热情何在——与我创作有关的一些词》;于若冰的《时代与文学习惯的产儿——试论"80后"小说创作的整体问题》;欧阳江河、张学昕的《"诗,站在虚构这边"》。

《诗刊》4月号上半月刊发表蔡其矫的《诗的秘密》;马平川的《倾听存在和仰望星空——孙晓杰诗歌片论》;翟泰丰、张玉太的《诗坛六日——翟泰丰同志与诗歌编辑张玉太谈诗》;专栏"在《诗刊》听讲座之十五"发表郭小聪的《诗人的口吻》;同期发表张庞的《抒情的诗笺和诗笺的抒情》;王明韵的《我的诗歌在路上》;王怀让的《再作诗八千》。

2日,《小说选刊》第4期发表阎晶明的《小说里的艺术生活》;李建军的《小说伦理与中国经验——〈小说选刊〉2005年第1季度述评》。

5日,《山东社会科学》第4期发表毕绪龙的《"鲁镇"里的"人"——重释鲁迅小说的人物形象》;魏新刚的《从叙事学角度分析鲁迅和汪曾祺的童年视角小说创作》;王春燕的《论"语丝"时期的鲁迅杂文创作》;王明科的《无以直面:略论鲁迅文化反思之悖论性》。

《上海戏剧》第4期发表徐蓉的《昆剧语言的"十字路口"》;刘欣的《唯美诗化的哲理展现》;薛传会的《阐释先锋——评陈吉德著〈中国当代先锋戏剧(1979—2000)〉》。

《文艺报》第37期发表王卫平的《当今小说的缺失与自救》;张存学的《杨光祖和他的〈西部文学论稿〉》;曾祥书的《"诗歌的道德力量"需要重提》。

6日,《台港文学选刊》第4期发表沈奇的《"回家"或"创造历史"》。

7日,《人民日报》发表何镇邦的《"乡土文学"的新收获》;焦凡洪的《军事文学的期许与张扬》。

《文艺报》第38期发表杨惠玲的《当代戏曲文学的观众期待与舞台途径》;丁晓原、王晖的《2004年报告文学关键词》。

8日,《文学报》第1593期发表黑马的《2005,"后青春文学"异军突起》;格子的《青春是第几性?》;胡中青、张永禄的《近年中国校园小说创作走向》。

《光明日报》发表李明德、张英芳的《文学的职能担当》;陈晓明的《读徐虹的〈青春晚期〉》。

9日,《文艺报》第39期发表田夫的《谱写人与自然的和谐乐章——刘先平和大自然文学》;阎纲的《〈解读李真之死〉与"官员写作"》。

10日,《文艺研究》第4期发表仲呈祥、周月亮的《论经典作品的电视剧改编之道》;张志忠的《定位与错位——影视改编与文学研究中的"红色经典"》;张法的《"红色经典"改编现象读解》;阎庆生的《孙犁晚年文艺美学"十论"解读——三论孙犁美学思想》。

《中国图书评论》第4期发表梁鸿鹰的《亲历性与细节真实的力量》;陈文钢、邵国秀的《说者、智者、做者——他者》;金莉莉的《世纪之交的历史回响》;蔡瑛的《思想地图的遗失与寻找》。

《文汇报》发表汪涌豪的《文学的当代意义与价值——汪涌豪教授在复旦太平洋金融学院的讲演(节选)》;贾平凹、郜元宝的《〈秦腔〉和乡土文学的未来》;王鹏的《〈精神的背景〉及其争论》;徐俊西的《关于"文学天敌和精神沙化"》。

《江汉论坛》第4期发表黄念然的《近年来国内"文化研究"的发展态势与反思——兼论文学理论泛化问题》;陈思广、朱彤的《论战争本体美向艺术美的转化——以20世纪下半叶中国战争小说为例》;黄云霞的《历史语境中的人性本相——论王小波的历史题材小说》;谷海慧的《论女性作家超性别的散文写作倾向》。

11日,《青年文学》第4期发表苏童的《关于现实,或者关于香椿树街》。

12日,《文艺报》第40期发表欧阳友权的《网络文学的伦理学问题》;邢建昌的《穿越沉寂的三十年——评〈中国当代文学理论潮流三十年〉》。

14日,《文艺报》第41期发表本报讯《贺敬之文学创作国际学术研讨会在武汉举行》;同期发表胡殷红的《第六届茅盾文学奖评委谈获奖作品》;黄永林的《民间语言在新时期小说中的作用》;谭伟平等的《情系"三农"感怀厚土——谈农村小说创作》;刘川鄂的《呼唤有胆有识有良知的批评家》(关于学院批评的讨论);以"紧贴大地　光耀乡土——中国文学之乡三代作家评论"为总题,发表刘新生、鞠海彦的《通州古运河畔的雄鹰——刘白羽创作刍论》,张鸿声、田昊然的《大运河与刘绍棠》,程光炜的《想像历史与如何想像——评王梓夫的长篇小说〈漕运码头〉》,余三定的《当下农村生活的独特挖掘——评黎晶小说集〈只会种儿子〉》。

15日,《光明日报》发表林希的《"狼文化"与市侩哲学》。

《诗刊》4月号下半月刊发表友来的《虚构的火苗》;本刊编辑部的《花开的姿势——诗人郭新民访谈录》。

《福建论坛》第4期发表戴冠青、林国宏的《在心灵对话中寻求突破与超越——论北村小说的对话艺术》;王敏的《论新写实小说的后现代性》。

《图书馆杂志》第4期发表月箫的《古远清〈海外来风〉读后》。

《中华女子学院学报》第2期发表黄华的《女性身份的书写与重构——试论当代海外华人女作家的身份书写》。

16日,《人民日报》发表方伟的《弘扬解放区抗战文艺精神》;杨剑龙的《话剧批评的忧虑》;曾凡的《现实的写作姿态》;杨文的《少数民族文学研究的新成果》。

17日,《作品与争鸣》第4期发表乔世华的《不要这样读刁斗》;纪维周的《鲁迅"抄袭"公案真相》;韩石山的《把自己研究成鲁迅》;陈漱渝的《不要用"摘句"欺蒙读者——再答韩石山及其支持者》。

19日,《文艺报》第43期发表韩志君的《电影:需要文学的肩膀》。

20日,《学术研究》第4期发表丁力的《现代知识者形象的焦虑心理表现》。

《文汇报》发表赵长天的《关注新生代作家群》。

《华文文学》第2期发表汤拥华等的《文化边缘的言说与抉择——严歌苓小说论》;杜霞的《人在边缘:异域写作中的文化认同》;朱双一的《佛教禅理文学与闽台佛教传统》;徐学的《余光中性爱诗略论》;谢冕的《危航诗意——论郭枫的诗》;施萍的《以生命见证信仰的神圣——论林语堂的基督教思想》。

《广东教育学院学报》第2期发表古远清的《在新加坡叙事中体现诗性智慧——评杏影的散文〈愚人的世纪〉》;吴新桐的《印华女作家对"家"的书写及其深层内涵》。

《阴山学刊》第2期发表韩彦斌的《台湾"大河小说"综论》。

21日,《文艺报》第44期发表石一宁的《"关注'打工文学'"是批评家的责任》;周玉宁整理的《建构"和谐社会"批评家要有社会承担——"批评家的职业精神与职业道德"研讨会综述》;奉荣梅的《副刊专栏热中的冷静思考》;曹祥书的《作家、评论家呼吁应重视报告文学的"文学性"》;李保平的《张艺谋、冯小刚电影神话中的精神病象》。

22日,《文学报》第1597期发表格子的《网络:文学试练场和写手工厂》。

26日,《文艺报》第46期发表石一宁的《长篇小说:繁荣中的缺失——鲁院学员"会诊"当下长篇小说》;本报编辑部的《〈中国当代少数民族文学史论〉出版首发式暨研讨会在京举行》;同期发表刘绪义的《网络文学研究的学理悖论》;刘忠德的《娱乐化与文学精神》。

28日,《文艺报》第47期发表本报编辑部的《作家陈玙逝世》;同期发表曾庆江、曾育辉、章榕榕整理的《谁更顶天写真诗——"贺敬之文学创作国际学术研讨会"综述》;颜敏的《复杂现实中的文化选择——学院派批评的语境、涵义及困境》(关于学院批评的讨论)。

《文学报》第1598期发表贺仲明的《超越性的历史视阈:还原与同情——评董之林〈旧梦新知:"十七年"小说论稿〉》。

30日,《文艺报》第48期发表蒋守谦的《关于"新时期文学"一词的考释——答刘锡诚同志》。

《西南交通大学学报(社会科学版)》第2期发表陈林侠的《论当下电影的片头形态与叙事功能——以侯孝贤、李安和蔡明亮导演的台湾电影为个案》。

本月,《北京电影学院学报》第2期发表李道新的《沦陷时期的上海电影与中国电影的历史叙述》;李二仕的《爱情的意象与民族电影的萌芽》;洪帆的《回望中国电影剧作的诞生与初始期》;张文燕的《试析战后中国电影剧作特色》;盘剑的《娱乐的电影——论黄嘉谟的电影观》;刘一兵的《电影剧作理论研究的新尝试》;韦华的《人情关系模式:电影剧作之一种》;林小萍的《电影内心化剧作叙事方式的转变》。

《江淮论坛》第2期发表王烟生、苏忱的《王蒙的文学研究与评论》;叶君的《论当代文学中的乡村荒野图景》;张晓玥的《反腐叙事的"补血"——评许春樵长篇小说〈放下武器〉》;刘发明的《穿透历史,直面现实——解读毕淑敏长篇小说〈拯救乳房〉的人文精神与现实关怀》。

《南京社会科学》第4期发表秦林芳的《政治视镜中的规范化"写作"——论建国初期丁玲的文学创作》。

《读书》第4期发表周红、刘敏慧的《问题情境中的"当代文学"研究》。

《清华大学学报(哲学社会科学版)》第2期发表蓝棣之的《作为修辞的抒

情——林徽因的文学成就与文学史地位》。

本月,北京大学出版社出版江少川的《台港澳文学论稿》。

中国社会科学出版社出版王列耀的《隔海之望:东南亚华人文学的"望"与"乡"》。

厦门大学出版社出版徐学的《悦读台北女》。

高等教育出版社出版王一川主编的《批评理论与实践教程》。

贵州人民出版社出版李朝龙的《现代文艺批评方法论》。

广西师范大学出版社出版吴文光主编的《现场》。

明天出版社出版吴义勤的《对话的年代》。

武汉大学出版社出版樊星的《当代文学与多维文化》。

作家出版社出版邹定宾的《叙述的意味》。

5月

1日,《名作欣赏》第5期上半月刊发表黄建国的《论短篇小说的意味》;吕东亮的《几多心泪〈戒指花〉——简议格非的小说〈戒指花〉》;郭洪雷的《"向死而生":诗或者堕落——对格非小说〈戒指花〉的一种解读》;李学武的《生命中不能承受之"空"——读格非短篇小说〈戒指花〉》;马知遥的《夫妻之役:一场惊心动魄的命运对决——叶弥小说〈猛虎〉臆解》;沈杏培等的《苦难与焦虑生存中的自我救赎——对〈猛虎〉疾病症候和病态人格的解读》;朱美禄的《智性叙述下的人类生存寓言——叶弥小说〈猛虎〉评析》;郭芙秀的《一曲多声部的命运交响曲——解读王寅〈近作八首〉》;邹强的《弗洛伊德幽灵的歌唱——〈黑暗之歌〉的精神分析阐释》;韩富叶的《生命的突围与吁求——读夏榆的〈黑暗之歌〉与〈失踪的生活〉》;白建西的《成长的秘史——〈梅妞放羊〉的哲学人类学解读》;郭淑琴的《绚烂与平淡:女性小说的叙事之美——浅析徐坤〈春天的二十二个夜晚〉》;孙政的《人格理想的热情颂歌——读周涛散文〈巩乃斯的马〉》;周正章的《黑暗总得裂开一条缝让它通行——吴奔星诗〈萤〉赏析》；施永秀的《言外之致——杨绛〈洗澡〉中的人物对话赏评》；仵从巨的《热爱生命的忧伤——说史铁生与他的〈合欢树〉》；杨剑龙的《一份发自肺腑的爱情宣言——读舒婷的〈致橡树〉》；钱虹的《只有"我"与"你"的古雅周庄——读王剑冰散文〈绝版的周庄〉》；席星荃的《于无事处生新意——苏童散文〈三棵树〉细读》；李素梅的《我的树，在那里——谈苏童〈三棵树〉的象征意义》；刘晓芬的《"树就是小说"——〈三棵树〉的一种解读》；王晓瑜的《在和解与退守之间——解读〈面朝大海，春暖花开〉》；柴国华的《悲凉缘何而生——从文本出发，再谈〈面朝大海，春暖花开〉》；陈仲义的《古今诗心，何以互文交汇——评伊沙〈唐〉能否成为名篇》。

《作家》杂志第5期发表尤凤伟的《走进现实的迷宫——关于〈色〉的片言碎语》；郜元宝的《近十年中国文学与宗教关系略考》；吴俊的《我喜欢她们的理由》。

《诗刊》5月号上半月刊发表于跃进的《〈藏地诗篇〉印象》；专栏"在《诗刊》听讲座之十六"发表叶橹的《第三只眼与第六感官》；陈辽的《毕生致力于新诗民族化现代化的建设——怀念吴奔老》；瞿光辉的《纯白如云的花朵——回忆诗人唐湜》；谢克强的《守护心灵的家园》；高金光的《与生活迎头相撞》；王宜振的《为孩子编织更新更美的童年图画》。

5日，《山东社会科学》第5期发表王岩峰的《试论中国现代散文的文体变异》。

《上海戏剧》第5期发表廖奔的《戏剧的意义——关于当下戏剧人文精神缺失的思考》；胡德才的《现代戏剧研究的新平台——〈中国现代戏剧总目提要〉简评》；查莉的《琥珀的价值》。

《电影艺术》第3期发表李鸿祥、古秀蓉的《论中国电影中儿童形象的意义》；张浩月的《新时期农村题材儿童电影分析》；王丽娟的《中国电影观念的历史嬗变》；朱洁的《试论中国第六代电影的创作态势及其文化内涵》；刘影的《陈英雄电影的怀乡意识》；徐正龙的《苏童的影像世界》。

《花城》第3期发表张柠的《农民的姿态、表情和声音》；朱大可的《流氓话语的诗歌摇篮》；晓华、汪政的《立场与气度——〈花城〉2004年小说述评》。

《陕西师范大学学报(哲学社会科学版)》第3期发表李震的《论20世纪中国乡村小说的基本传统》；郭洪雷的《"民间"的浪漫传奇——兼论文学史修撰中的叙事问题》；唐晴川的《批判与重构——20世纪90年代女性主义文学批评反思》。

8日,《中国青年报》发表丁晓原的《历史品格滋生的阅读魅力——评〈天下婚姻〉》。

《天涯》第3期发表胡晓梅的《性·谎言·木子美》。

9日,《光明日报》发表谢有顺的《文学喧嚣下的重要路标》。

10日,《文艺研究》第5期发表李道新的《消费逻辑的建立与贺岁电影的进路》;于文秀的《对贺岁片现象的文化解读——以冯小刚电影为例》;沙蕙的《"天下无贼"与"贼喊捉贼"——冯小刚贺岁电影的悖论》。

《中国社会科学》第3期发表杨义的《现代中国学术方法综论》。

《中国图书评论》第5期发表兰草的《英雄气韵与苍凉之美》;陈莉的《追寻化蛹为蝶的成长》。

《西南师范大学学报(人文社会科学版)》第3期发表周晓风的《现代汉语的现代性与现代新诗的现代化》;郝明工的《诗人之"人"的创造——郭沫若与闻一多的诗文化比较》;胡小伟的《侠义、正义与现代化——金庸小说的现代性解读》;贾磊磊的《中国武侠电影与宗教伦理》。

《江海学刊》第3期发表黄晓娟的《从精神到身体:论"五四"时期与20世纪90年代女性小说的话语变迁》;方忠的《论文学的经典化与中国现代文学史的重构》。

11日,《青年文学》第5期发表孙春平的《"编"的功夫与"零存整取"》。

12日,《人民日报》发表陆贵山的《文艺创作中的历史观》;宋家宏的《描绘真正的西部文学地图》;邢春的《历史与现实的文学读解》。

《文艺报》第50期发表本报编辑部的《从知青小说到青春小说——竹林青春小说研讨会在上海举行》;同期发表宋家宏的《文化建构中文学批评关注什么?》;段崇轩的《文学批评的"三分天下"及内在缺失》;张中宇的《新诗形式的困惑:有韵还是无韵?》;以"《都市流浪集》四人谈"为总题,发表屠岸的《对都市的另一种吟咏》,吴思敬的《为精神的生存而抗争》,王妍丁的《文化城市与城市文化的思考》,西川的《一部强调抒情主体的书》;同期发表苏永延的《马华文学语言——映衬历史的演进》;陈昕的《东南亚华文新文学语言也拓展了汉文学的空间》;郑楚的《东南亚华文文学的走向——第六届东南亚华文文学研讨会的启示》;于平的《话剧作品与市场开拓》。

《光明日报》发表刘士林的《从读书类期刊看城市文化性格》。

13日,《文汇报》发表刘士林的《酷评:后现代版文坛登龙术》。

14日,《文艺报》第51期发表本报编辑部的《湖南省网络文学研究基地落户中南大学》;同期发表陈玉福的《情节在法制小说中的地位》;以"笔谈——散文:勇敢地迸发"为总题,发表林非的《散文创作的前景》,韩小蕙的《需要永远保持的姿态》,吕先富的《听,那阁楼外疾进的鼓声》,古耜的《商业语境:散文写作的"通"与"变"》,秦颖的《叙事——随笔的魅力所在》,王剑冰的《重视散文创作的多样性》,徐牲民的《我读散文》。

15日,《人文杂志》第3期专栏"人文学术新思潮:生态存在论美学观"发表曾繁仁的《试论人的生态本性与生态存在论审美观》,王汶成的《大地之子与美学之思——解读曾繁仁教授的新存在论美学观及新人文精神》;同期发表刘士林的《现代学人之诗的两种范式》;李明德等的《消解还是重构?——传媒对文学的双重影响》。

《中山大学学报(社会科学版)》第3期发表唐金海的《文学史观的"长河意识"和"博物馆意识"》;李怡的《1907:鲁迅"入于自识"的选择——论1907年的鲁迅兄弟之于现代中国文学的生成》;袁盛勇的《延安时期的集体创作——作为一种意识形态化写作方式的诞生》。

《文艺争鸣》第3期发表孟繁华的《中国的"文学第三世界"——新世纪文学读记》;以"关于新世纪文学"为总题,发表雷达、任东华的《新世纪文学初论——新世纪以来中国文学的走向》,徐敬亚的《诗,由流落到宠幸——新世纪的"诗歌回家"(之一)》,王兆胜的《官员散文:希望与遗憾——谈新世纪散文创作的一种群体现象》,贺绍俊的《批评制度与批评观念——关于新世纪文学批评的思考》;以"关于新世纪文学'在生存中写作'专辑"为总题,发表蒋述卓的《现实关怀、底层意识与新人文精神——关于"打工文学现象"》,柳冬妩的《从乡村到城市的精神胎记——关于"打工诗歌"的白皮书》,张清华的《"底层生存写作"与我们时代的写作伦理》,王小妮的《张联的傍晚》,张未民的《关于"在生存中写作"——编读札记》;同期发表孟繁华的《大众文化与文化领导权》;童庆炳的《文学独特审美场域与文学人口——与文学终结论者对话》;吴子林的《对于"文学性扩张"的质疑》;金元浦的《博弈时代中国文艺学的勃勃生机》;王先霈的《探求时代新话题,建设本土文艺学——〈文艺争鸣〉新世纪文艺理论话题笔谈读后感》;曹顺庆的《问题与反思》;程光炜的《文化研究:中国现当代文学史的多样观察》;邵宁宁的

《汪曾祺小说前后期演变的精神史轨迹》;姚新勇的《关于"新世纪戏剧衰亡论"的浅思》。

《中央民族大学学报(哲学社会科学版)》第 3 期发表刘克的《道家情怀与二月河、唐浩明小说的境界》。

《文学评论》第 3 期发表倪伟的《农村社会变革的隐痛——论张炜早期小说》;耿占春的《作为自传的昌耀诗歌——抒情作品的社会学分析》;樊星的《论新生代作家的狂放心态》;孙晓忠的《当代文学中的冯雪峰——以〈文艺报〉为中心》。

《中国社会科学院研究生院学报》第 3 期发表石天强的《现代性视野下的"断头"形象——鲁迅小说中的"断头"形象解读》。

《民族文学研究》第 2 期发表刘俐俐的《民族文学与文学性问题》;田泥的《谁在边缘地吟唱?——转型期中国当代少数民族女性写作》;王昆建的《云南儿童文学文化底蕴溯源》;张勐的《穿透"尘埃"见灵境——为〈尘埃落定〉一辩》;赵海忠的《满都麦:捍卫人类天性的诗人》;杨春的《民族艰难迁徙历史的真实写照——读拉祜族女作家娜朵长篇小说〈母枪〉》;姚新勇、黄勇的《土改、民族、阶级与现代化——少数民族题材小说中的"土改"》。

《当代文坛》第 3 期发表葛红兵的《身体写作——启蒙叙事、革命叙事之后:"身体"的当下处境》;邹强的《快感与文艺学——也谈文学理论的边界》;贾剑秋的《论转型期文学身份及批评姿态的转变》;许霆的《先锋诗人实验诗体走向论》;焦雨虹的《守望或突围——乡土诗歌的现代性困境》;俞世芬的《新诗可能的未来——兼论批评的理念与姿态》;胡彦的《海男:著盐水中》;周邦宁的《温柔而孤独地打磨——漫步李元胜的〈重庆生活〉》;梁平的《诗歌本位观的偏失与确立——从朦胧诗到〈诗刊·首届华文青年诗人奖特刊〉》;李晓玲的《社会底层小说的叙述特色》;苏奎的《永远的异乡人——论"农民工"主题小说》;刘华的《人文视点·童年视角·历史视阈——论艾伟近期小说创作的三个叙事维度》;半夏的《心灵页面的诗意浏览——读周仲明〈点击心灵〉》;陶东风等的《关于〈Q 版语文〉与大话文化现象的讨论》;李建军的《为什么反对是必要的》;石英的《周明人与文的性格和风格》;汤玲的《批判中的脉脉温情——毕飞宇小说论》;钱文彬的《失位的舞蹈——浅论"她世纪"女性阅读与女性写作》;郭素平的《可贵的精神苦旅——评任一鸣〈抗争与超越〉和〈解构与建构〉》;张喜田的《关注底层女性命运的力作——论毕淑敏的〈女工〉》；李永宏的《向历史的真相突围——读徐小斌〈羽蛇〉的两点断想》；朱美禄的《描绘存在的地图——叶弥小说〈猛虎〉浅析》；李晓峰的《论陕西当代文学中的汉唐文化因子》；彭岚嘉的《与狼共舞的困惑与悖谬——解读〈猎原〉》；王蓓的《畅销书排行榜与当代文学批评》；周怡的《"潜在写作"与"文革"手抄小说改编热》；范玉刚的《消费主义时代文学何为——对当下文学现象的一种批评》；李先国的《论〈天下无贼〉从小说到电影的改编》；李兴亮的《影视场的资本逻辑——解析"金鸡奖现象"》；朱向前的《"将军决战岂止在战场"——军旅长篇小说〈赌下一颗子弹〉读后》；张放的《争取自由的单纯思想——读马平〈草房山〉有感》；徐安辉的《生存挣扎中的人性异化——毕飞宇中篇小说〈玉秧〉的一种解读》；元刚的《常忆桃花水母——简评桃之夭夭诗集〈月亮开花〉》。

《当代电影》第 3 期发表罗艺军的《第五代与电影意象造型》；张颐武的《第五代与当代中国文化的转型》；王一川的《从双轮革命到独轮旋转——第五代电影的内在演变及其影响》；周星的《第五代电影的特异性——人文情感意义的执著追求》；王志敏的《第五代电影对中国电影的主要贡献》；吕益都的《本土化叙事的智慧——"十七年"军旅题材类型片创作的启示》；张凌云的《类型化：在政治和商业之间——中国主旋律电影叙事研究》；李小丽的《浅论中国"西部电影"的类型化特征》。

《江汉论坛》第 5 期发表黄灯的《韩少功的精神世界》；王昕、付建舟的《论〈胡雪岩全传〉多重交错的主题模式》；陈昭明的《论新时期乡土小说关于国民性批判的新探索》。

《江苏社会科学》第 3 期发表武善增的《论 20 世纪 50 年代"新英雄人物"创作规范的建立》；李菁的《女性的发现——二十世纪二十年代中国现代女性文学的主题内蕴》。

《齐鲁学刊》第 3 期发表李新宇的《沉重的回归之旅——1980 年代中国文学的知识分子话语之一》；张全之的《无政府主义与中国现代作家》；郭兆昆的《真实是报告文学的生命》；李巍的《曹文轩小说的叙事美学》。

《社会科学》第 5 期发表陈太胜的《走向诗的本体：中国现代"纯诗"理论》。

《社会科学研究》第 3 期发表唐小林的《中国现代文学史叙述的知识性危机——〈文学革命论〉之革命话语考》；王泽龙的《论中国现代诗歌与西方象征主义诗歌意象艺术》。

《社会科学辑刊》第 3 期发表周景雷的《后乡村叙事：后工业时代的乡村呈现》；胡玉伟的《"太阳"·"河"·"创世"史诗——〈太阳照在桑干河上〉的再解读》；李华的《左翼小说叙事模式的发展和演变》。

《求是学刊》第 3 期以"当代文学思潮前沿问题探讨：文艺学美学视域中的视觉文化（笔谈）"为总题，发表周宪的《视觉文化的三个问题》，张晶的《视觉文化时代文学何为？》，张永清的《视觉文化时代的文学策略》，耿文婷的《主客反转与非切身性——关于影像文化的两点思考》。

《诗刊》5 月号下半月刊发表路也的《诗歌腌渍的果脯》；卢卫平的《向下的诗歌》；田禾的《我永远写我的乡村》。

《南方文坛》第 3 期发表黄发有的《因为尊重，所以苛求》、《短篇小说为何衰落？》；吴义勤、王永兵的《像火焰一样地沉思——谈黄发有的文学批评》；南帆的《面具之下》；王增宝的《文学中的血色寓言》；海力洪的《暴力叙事的合法性》；李少君的《草根性与新诗的转型》；黄勇、姚新勇的《土改、小说与知识分子》；马卫华的《世俗社会的喧嚣与温情——20 世纪 80 年代城市文学论》；邵燕君的《由"玉女忧伤"到"生冷怪酷"——从张悦然的"发展"看文坛对"80 后"的"引导"》；沙蕙的《"回忆是一种病，而感伤是终身不愈的一种残疾"——电影〈孔雀〉的诊断报告》；王干的《批评对我来说，是条鱼》；陈祖君的《飘散与存留——解读阿来新著〈随风飘散〉》；刘春的《从内心的悲悯到词的苛求——朦胧诗以后五诗人简评》；孙笑侠的《严肃沉重的人生——由〈独自面对〉引发的思考》；李建军的《驳庸俗的血亲主义批评》；韩德明的《回归与创新——评现代京剧〈霸王别姬〉兼谈广西戏剧的创作》；贺绍俊的《理论动态》。

《新疆大学学报（哲学·人文社会科学版）》第 3 期发表翁奕波的《论新加坡当代华文新诗审美传统主体的移位》。

《复旦学报（社会科学版）》第 3 期发表钱理群的《"人类史前时期的风俗画"——读〈贾植芳小说选〉》；谈蓓芳的《龚自珍与二十世纪的文学革命》。

《思想战线》第 3 期发表高玉的《"学院批评"与"作家批评"——当代文学批评的两种路向及其问题》。

《理论与创作》第 3 期发表欧怒、王珂的《论诗歌文体对小说文体的影响及小说诗化的成因》；周宪新的《再论周扬与文艺》；张卫中的《历史小说的界限与新历史小说的归属——兼论新历史小说命名的逻辑依据》；龚举善、陈小妹的《消费时代报告文学研究的问题意识——当下"报告文学综合症"的八个视点》;邓晓成的《当下诗歌:呼唤诗性自律》;轩红芹的《不断延迟的生命危机:近期文学叙述中的农裔知识分子》;傅守祥的《世俗化的文化:中国大众文化发展的消费性取向》;陈尚荣的《"新市民文化"的代言人——90年代王朔、池莉、冯小刚创作观比较论》;钟友循的《梦工厂·痒痒挠·温柔陷阱——关于冯小刚与〈天下无贼〉》;陈林侠的《视点的分裂和人物的认同——对〈天下无贼〉的一次叙事分析》;段大明的《关于〈天下无贼〉的道德文化思考》;阎真的《语言本位主义者的末路》;李丹的《特定时代知识分子命运的集体思考——谈〈活动变人形〉及其批评》;马为华的《文化面具下潜伏的奴性人格基因——倪吾诚形象底蕴新探》;徐源的《诗性的追问——论史铁生创作对生命意义的四重构建》;刘进才的《回叙型叙事——京派小说审美回忆论探询》;刘强的《谭仲池诗说》;刘绪义的《家政治:城乡冲突中的生态符号——以李佩甫〈城的灯〉为例》;张清民的《叙事、反讽与包容诗的理想——评静心长篇小说〈迷旎花园〉》;傅书华的《对社会底层卑微人生个体日常生存的关注——读王祥夫的新世纪小说》;吴志凌的《婚姻的溃败与个性的张扬——王海鸰〈中国式离婚〉解读》;付晓的《试论新中国"敌后战场"抗战电影对战争的表述》;季玢的《先锋性与世俗化共谋背后的陷阱——质疑孟京辉的戏剧理想》;贺文键的《从〈雍正王朝〉谈历史剧的改编》。

《福建论坛》第5期发表庄锡华的《传统文化与周作人文学思想的重识》;刘忠的《胡风的"五四"新文艺观与现实主义理论》;陈伟军的《"大众化"叙述中的文化张力——论"文革"前十七年通俗小说的生产与传播》;管兴平的《〈现代〉的现代品格》。

16日,《文汇报》发表汪涌豪的《真正的文学与时尚无关》。

16—18日,由厦门市东南亚华文文学研究会主办,文莱华文作家协会及厦门大学(东南亚华文文学研究中心、中文系、海外教育学院)、集美大学中文系、华侨大学华文学院、泉州师范学院、漳州师范学院中文系联合举办的"第六届东南亚华文文学研讨会"在厦门大学召开,中心议题为"东南亚华文文学及其研究的新进展"和"文莱华文文学的历程及特色"。

17日,《文艺报》第52期发表本报讯《当代乡土小说的创新之作——贾平凹长篇小说〈秦腔〉研讨会召开》;同期发表王彬的《修辞立其诚——我对散文本质的沉思》;宋丹的《当今长篇小说缺失了什么——兼与王卫平先生商榷》。

《作品与争鸣》第 5 期发表熊元义的《当代文学是怎样消解崇高的》；黄国荣的《没有土地，怎称得上乡土小说》；真岩的《谈"土地"和"乡土小说"、"乡村书写"》。

18 日，《中国青年报》发表李建军的《〈秦腔〉：一部粗俗的失败之作》。

19 日，《文艺报》第 53 期发表本报编辑部的《第十届国际诗人笔会在云南大理召开》、《宗璞作品学术研讨会在上海举行》；同期发表杨厚均的《文学中的英雄形象与现代性想像》；龚举善的《反发法西斯报告文学的当代意义》。

《文学报》第 1601 期发表王蒙的《咒骂与预言》；张存学的《对词语的迷恋与畏怯》；阎晶明的《中篇小说的独立价值》；张永禄的《"80 后"写作的五副面孔》。

20 日，《小说评论》第 3 期发表雷达的《曹文轩〈天瓢〉，姝娟〈红尘芬芳〉，陈亚珍〈十七条皱纹〉》（雷达专栏："长篇小说笔记"）；贺绍俊的《我们如何写"父亲"》（贺绍俊专栏："追风逐云"）；以"张炜专辑"为总题，发表於可训的《主持人的话》，张均、张炜的《"劳动使我沉静"——张炜访谈录》，张炜的《自述》，张均的《张炜与现代中国的仇恨美学》；同期发表周水涛的《90 年代乡村小说创作的文化守成》；孙建乐、臧文静的《当代知识分子应该坚守什么——读阎真的〈沧浪之水〉》；白军芳的《黄苏子的文化背景的置定和迁移》；傅书华的《卑微人生的关注——读王祥夫的新世纪小说》；吕政轩的《民间世界的诗意抒写——刘庆邦乡村系列小说阅读笔记》；方秀珍的《神秘主义：从祛魅到审美——扎西达娃小说论》；孙鸿的《精神家园的回归——张虹小说研究》；延艺云的《在归去来分间的呼嗟——柯云路小说创作变化分析》；任动的《论邱华栋小说中的"新美人"》；王达敏的《执着的守护者与尖锐的质疑者——李建军及其文学批评》；苏君礼、郝雨的《文学，回归平民情怀的期待》；鄢烈山的《"江湖"无所不在——读雷电长篇〈容颜在昨夜老去〉》；伍立杨的《大笔解构悯苍生——〈容颜在昨夜老去〉之眉批》；周冰心的《变形世界里的拟真游戏——评雷电长篇〈容颜在昨夜老去〉》；雷涛等的《〈容颜在昨夜老去〉研讨会纪要》；金汉的《矢志不渝的艺术追求——读四卷本〈王汶石文集〉感言》。

《光明日报》发表杨义的《展示当代中国文学地图新的一页——读〈中国当代少数民族文学史论〉》。

《学术月刊》第 5 期发表赖大仁的《文学"终结论"与"距离说"——兼谈当前文学的危机》。

《河北学刊》第 3 期发表吴炫的《穿越阐释：西方现代美学研究之进路》；朱寿桐的《论中国现代文学的第二次浪潮》；叶君的《从乡土到农村：中国现当代文学题材的重要转换》。

22 日，《文汇报》发表葛红兵的《超越"民族化"和"西方化"——对"全球化"背景下中国文学发展的思考》；雷达的《意象的狂雨——〈天瓢〉得失谈》。

《新文学史料》第 2 期发表段崇轩的《马烽："三位一体"现实主义作家》。

23 日，《天津社会科学》第 3 期以"文学经典的建构、解构与重构"为总题，发表童庆炳的《文学经典建构的内部要素》，陶东风的《大话文学与消费文化语境中经典的命运》，李春青的《文学经典面临挑战》，陈太胜的《文学经典与理论：变与不变的辩证》，陈雪虎的《当代经典问题与多元视角》；同期发表张法的《文学理论与文化研究之争——对 2004 年一种学术现象的中国症候学研究》；以"文学感受与现当代文学评论（笔谈）"为总题，发表李继凯的《缺乏感受性的文学评论》，杨剑龙的《当代文坛文学批评中的几种偏向》，赵学勇、李明的《审美生成与本土化特征》；同期发表李怡的《现实的感受与文本的感受——胡风文学理论的独特意义》。

《光明日报》发表董凤鼎的《贾平凹的乡情缱绻》；董保纲的《硬着头皮读〈秦腔〉》。

《武汉大学学报（人文科学版）》第 3 期发表秦林芳的《政治化文学新体制的营构——建国初期丁玲的文学批评与创作》；李金涛的《"题型转换"：胡适前"五四"白话诗的"尝试"及意义》；王桂妹的《"东方色彩"的自觉追求与建构——闻一多诗美实践与诗学理想再阐释》；曹书文的《当代家族小说的性别审视》。

24 日，《文艺报》第 55 期发表本报讯《各地作协举办各种活动纪念〈讲话〉发表六十三周年》。

《文艺理论与批评》第 3 期发表王文章的《致贺敬之文学创作国际学术研讨会的贺辞》；何吉贤的《〈白毛女〉：新阐释的误区及其可能性》；山田晃三的《〈白毛女〉在日本的传播和影响》；余岱宗的《人民的镜像：从苦难走向新生》；张庆善的《〈20 世纪中国艺术理论主题史〉序》；天心等的《中国主流文学期刊 2005 年第 1 期综评》；邓菡彬的《对抗重复：2004 年期刊中的韩少功小说》；刘晓南的《地火深处的泪光——刘庆邦近作评析》；丁念保的《悲情而又昂扬的人生表达——看电视连续剧〈民工〉》；张宏的《从"大写的人"到"习惯死亡"——由张贤亮作品看"新

时期"文学的历史吊诡》;石天强的《作为文化隐喻的"无性人"——论新时期以来文学治疗功能的衰败》(反思 1980 年代);胡疆锋的《论〈Q 版语文〉与大话经典》;姚爱斌的《"大话"文化与青年亚文化资本——对〈大话西游〉现象的一项社会学考察》;曹征路的《期待现实重新"主义"》;陆贵山的《试论后现代主义社会文化思潮的二重性》;李小青的《文化碰撞与文学新质的生成机制》;李晓宁的《泛政治化文学叙事的文化检讨》;王怀平的《以"唯美"的形式能支撑起大众电影的天空吗?——浅议张艺谋电影策略的得失》;潘晓彦的《从中国诗歌发展规律观照当下诗歌的"窘境"与"生机"》;路霞的《走出对微型小说认识的误区》;李华的《从〈玫瑰门〉和〈大浴女〉看铁凝对人性的审视》;吕晓英的《女作家视野中的两性关系》;陈运贵的《反腐小说的新突破——读张平的〈国家干部〉》。

《文史哲》第 3 期发表徐成淼的《当代散文中的死亡意识》。

25 日,《文艺理论研究》第 3 期发表朱寿桐的《论中国现代文学社团的研究方法》;曹清华的《"左联"成立与左翼身份建构——一个历史事件的解剖》;郑家建的《论中国现代文学研究的再出发》;张生的《于现实中求艺术之美——从批评家群体看〈现代〉杂志的批评态度》。

《东岳论丛》第 3 期发表胡俊海的《打造精品——中国民族影视的生存策略》;董馨的《论"文学性"的意识形态功能》;杨梅的《网络文学创新及其意义》。

《甘肃社会科学》第 3 期发表宋桂友的《对知识分子命运和地位的重新审视——〈男人的一半是女人〉与〈查泰莱夫人的情人〉叙事指向比较》;刘保昌的《沈从文与道家文化》;苏永前、汪红娟的《论沈从文"湘西世界"中的禅学意趣》;刘洁的《萧红的情感经历与文学创作的内在关系——"重读萧红"之一》;杨亚林的《论战争背景下孙犁的女性观》;林虹的《现代派与左翼文学的疏离与融合》。

《当代作家评论》第 3 期发表南帆的《不竭的挑战》;程光炜的《怎样对"新时期文学"做历史定位?——重返八十年代文学史之一》、《经典的颠覆与再建——重返八十年代文学史之二》;樊星的《追求整体的当代文学史——读孟繁华、程光炜〈中国当代文学发展史〉的随想》;以"第三届'华语文学传媒大奖'专辑"为总题,分别发表格非、林白、多多、南帆、李敬泽、张悦然的授奖词和他们领奖时的受奖词;同期发表李洱的《为什么写,写什么,怎么写——在苏州大学"小说家讲坛"上的讲演》;徐德明的《〈石榴树上结樱桃〉:叙述和隐喻之间的对位与张力》;张学昕的《话语生活中的真相——李洱小说的知识分子叙事》;李陀、苏炜的《新的可能性：想象力、浪漫主义、游戏性及其他——关于〈迷谷〉和〈米调〉的对话》；萧玉华的《另一种散文：怀疑之幕——论费振钟的散文〈堕落时代〉和〈黑白江南〉》；刘复生的《尴尬的文坛地位与暧昧的文学史段落——"主旋律"小说的文学处境及现实命运》；曹霞的《探寻沿途的秘密——评〈余华评传〉》；吴俊的《批评的困难——〈文学的变局〉自序》；蔡志诚的《权力镜像中的边缘正义——杨少衡的"介入现实"与"隐形批判"》；毛丹武的《须一瓜小说简论》；林秀琴的《从破碎到荒诞——试论北北的小说》；申霞艳的《黑暗中的舞者——陈希我论》；樊星的《禅宗与当代文学》；樊星的《在理想主义与虚无主义之间》。

《社会科学战线》第3期发表孙中田的《美文、诗与散文——读解吴伯萧的散文》；高玉的《中国现代文学史"审美中心主义"批判——以金庸武侠小说为例》；赵歌东的《当代文学的三次寻根思潮》。

《河北大学学报（哲学社会科学版）》第3期以"现今时代还需要红色经典吗？（笔谈）"为总题，发表刘玉凯的《"红色经典"与时代精神》，田建民的《"红色经典"的称谓能否成立》，阎浩岗的《从文学角度看"红色经典"》，王会的《"红色经典"铸造民族精神》。

《郑州大学学报（哲学社会科学版）》第3期发表赵海彦的《严肃与轻松：重写现代文学史的一个新维度》；王莹的《建构当代文学学科的话语体系——论洪子诚对当代文学史的研究及其超越之路》；徐亚东的《苏区文学与解放区文学源流论》。

《语文学刊（高教版）》第5期发表杨蓉蓉的《90年代"人文精神"大讨论述评》；刘伟的《20世纪90年代以来国内神话原型批评述评》；金永平的《略论现代心理小说的流变——从郁达夫到施蛰存再到路翎》；郭艳的《让生命淹没苦与乐，让生活淹没悲与喜——汪曾祺小说叙述风度谈》；寿清凉的《聂华苓："逃与困"语境中的原乡寓言》；王勇的《做时代的忠实代言人——论艾青诗歌处理自我与时代关系的独特方式》；赵俊峰的《论京派小说的人性观》；何国强的《变调的音符——试论实验小说的叙事伦理》；赵磊的《情感：一种历史的记忆——〈在悬崖上〉解读》；崔勇的《王蒙小说的文化精神别论》；焦春丽的《花开易见落难寻——简括新时期鲁迅杂文研究的理论拓展》；邵敏的《落地的麦子不死——海子诗歌"麦地"意象再认识》。

《南京师大学报（社会科学版）》第3期发表孙书磊的《20世纪历史剧争论之检讨》；谈凤霞的《论中国现代儿童文学发生期的审美困境》。

《晋阳学刊》第 3 期发表仲呈祥、周月亮的《论经典作品的电视剧改编之道》；孙桂荣的《性别魅力的彰显与女性"主体"地位的确立——对中国大陆女性小说的一种文化解读》。

26 日，《文艺报》第 56 期发表周劭馨的《当代中国知识分子大叙事——读陈世旭知识分子题材系列长篇小说》。

27 日，《文学自由谈》第 3 期发表朱健国的《胡适为何不反鲁迅？》；张石山的《历史的担当》；魏得胜的《张爱玲笔下的 1950 年代》；南宋的《请用"心口"思考》；张宗刚的《〈英儿〉：艳丽的毒花》。

28 日，《中国文化研究》第 2 期发表李玲的《性别意识与中国现代文学的现代性》。

《文汇报》发表陈晓明的《回到原初状态去的写作——读阿来的新作〈空山〉》。

《兰州大学学报(社会科学版)》第 3 期发表赵学勇、孟绍勇的《主体意识、"本土化"与文学超越——当代西部小说与西北地域作家群考察之二》。

30 日，《南京大学学报(哲学・人文科学・社会科学)》第 3 期发表王一川的《中国现代性的景观与品格——认识后古典远缘杂种文化》；宋剑华的《现代性的困惑、焦虑与质疑——三维视角中的中国现代文学史论》。

《海南师范学院学报(社会科学版)》第 3 期发表王震亚的《二十五年来的台港文学研究》；刘卫英的《金庸小说动物求医报恩母题的佛教文献溯源》；樊洛平的《台湾怀乡文学的女性书写——从〈城南旧事〉、〈失去的金铃子〉、〈梦回青河〉谈起》；杨国良、周青蓝的《冷雨与乡愁——〈余光中论〉》。

本月，《小说界》第 3 期发表魏心宏的《周梅森和他的中国问题小说》、《说巴一》。

《文艺评论》第 3 期发表代迅的《身体：一个审美现代性事件》；吴子林的《"文学终结论"刍议》；蒋登科的《地域诗史研究的全局意义》；季桂起的《从叙事模式的转变到当代小说的转型》；张德祥的《"名著"改编中存在的问题》；江冰的《论 80 后文学的"实力派"写作》；张晶、熊文泉的《日常生活叙事电视剧：走向日常生活的审美呈现》；付明根的《试论当代小说的影像化创作倾向》；张光芒等的《"后非典"时代与"后非典"文学》；李明彦、苏奎的《全球化语境与中国经验——"全球化语境下的中国文学理论及文学批评发展状况"学术研讨会综述》；张学昕、何杨的《执着于乡土世界的温情体验——评老藤的小说集〈无雨辽西〉》；付艳霞的《单纯的理想和复杂的文学性——评徐岩的小说》；马伟业的《在寻找生命与艺术之门的旅途上——常聪和她的〈寻找地铁出口〉》;龚小凡的《没有文字的人生》;袁靖华的《黑土地上的童谣》。

《博览群书》第5期发表陈漱渝的《当代阐释:在政治与学术之间——答张弘先生》。

《暨南学报(哲学社会科学版)》第3期发表闫月珍的《文学批评史观念的介入与中国文学批评史研究的开端》;南治国的《"凝视"下的图像——中国现代作家笔下的南洋》。

本月,北京大学出版社出版陶东风主编的《文学理论基本问题》。

复旦大学出版社出版王朝闻的《以一当十》。

江苏教育出版社出版王干的《赵薇的大眼睛》。

太白文艺出版社出版雷涛的《文心鳞爪》。

河南大学出版社出版程光炜的《文学想象与文学国家》。

华龄出版社出版他爱的《十美女作家批判书》。

辽宁教育出版社出版杨匡汉主编的《中国当代文学》。

人民文学出版社出版石兴泽的《老舍与二十世纪中国文学和文化》。

上海辞书出版社出版钱中文的《钱中文文集》;张炯的《张炯文集》。

社会科学文献出版社出版李有亮的《给男人命名》。

天津人民出版社出版郜元宝、张冉冉编的《贾平凹研究资料》;葛红兵、朱立东编的《王朔研究资料》;杨扬编的《莫言研究资料》。

郑州大学出版社出版王尧、林建法主编的《我为什么写作》。

中国矿业大学出版社出版郭素平的《无地之书》。

中国社会科学出版社出版苏双碧的《浪中记事》。

6月

1日,《名作欣赏》第6期上半月刊发表焦亚东的《溪花禅意:"情"与"理"——

散文鉴赏与批评系列之四》。

《上海文学》第6期发表李娜的《海外华文文学专号编后印象》。

《诗刊》6月号上半月刊发表雁翼的《庄稼人说诗》；刘歌的《我的诗歌观》；小海的《独立和自由的写作》；洪迪的《生命的另一片天地——读李建军诗近作》；屠岸的《十四行诗找到了儿童诗诗人金波》；沙克的《清澈、混沌、峰顶、冰山一角的巨鲸——从绿原的诗〈绝顶之旅〉谈起》；杨克的《诗歌：比激情更持久的力量》；子川的《走进诗歌的2005年》；专栏"在《诗刊》听讲座之十七"发表彭程的《诗歌：抵达事物核心的最近的路途》。

1—3日，由复旦大学中文系世界华人文学研究中心主办的"问谱系：中美文化视野下的美华文学"国际研讨会在上海召开。

2日，《小说选刊》第6期发表阎晶明的《善与苦不是生活的全部》。

《文艺报》第59期发表王学海的《娱乐中我们还要思想——对当前电影突围的思考》；丁肃静的《散文为什么一花独秀？》；禹建湘的《后现代语境下的乡土想像》（乡土美学建构笔谈）；董竞成的《赵树理文学的传承点》；陈莉萍的《在双重文化夹缝里背向潜行——八十年代后海峡两岸中国留学生文学比较》。

《文学报》第1603期发表脚印、阿来的《文学是我的宗教》；张末民的《生存性转化为精神性——关于打工诗歌的思考》；史佳林的《成人作家介入青春写作》。

4日，《文艺报》第60期发表胡殷红的《作家心里的农民——与贾平凹谈〈秦腔〉创作》。

5日，《山东社会科学》第6期发表李玉明的《论鲁迅〈野草〉的现实性》；王辉的《论张炜小说创作的精神哲学》；宋阜森的《比较：曹七巧、三仙姑二重性格的双向流动》。

《上海戏剧》第6期发表张仲年的《两岸三地实验戏剧的共时现象》；刘烈雄的《中国歌剧：超越与迷茫》；汤逸佩的《嬉笑怒骂皆文章——评话剧〈李亚子〉的舞台叙事》。

《文汇报》发表于京一的《青春写作：才情难敌硬伤——梳理"80后"的创作》；朱小如的《也谈"民族化"与"西方化"》；刘绪源的《可贵的不确定性——张洁〈天堂的孩子〉的启示》。

6日，《台港文学选刊》第6期发表刘登翰的《本体的变奏》。

7日，《文艺报》第61期发表本报讯《绿原诗歌创作研讨会召开》；同期发表唐德亮的《人格魅力与思想光辉——诗论集〈中国新诗坛的喧哗与骚动〉》。

9日,《文艺报》第62期发表李汀的《历史剧首当体现历史精神》;徐妍的《"80后"写作的分化与重组》。

《文学报》第1604期发表杨晓敏的《小小说是平民艺术》。

10日,《文艺研究》第6期发表吴俊的《关于"寻根文学"的再思考》;旷新年的《"寻根文学"的指向》;黄曼君、李遇春的《贺敬之诗学品格论》。

《中国图书评论》第6期发表眉睫的《中国儿童文学的现状与未来——青年作家漫谈儿童文学发展战略》;王京山的《"青春读物":热闹背后的沉思》;于濛的《青春文学需要更多的自省和自觉》;王倩的《曹文轩和他的水土乡村》;王静的《20世纪现代汉诗研究空间的开拓》。

《学术论坛》第6期发表李祥伟的《"丑"趣——试论张爱玲小说中的死亡意象》;鲁利君、蒋晓丽的《美女作家与消费时尚》。

11日,《文汇报》发表许钧的《粗糙、失误还是缺乏警觉?——谈张承志对傅雷的"批评"》。

《青年文学》第6期发表徐小斌的《写作:前世记忆与失乐园》。

14日,《文艺报》第64期发表毛志成的《应知"文学评论"为何》;江湖的《评论家学者探讨"新世纪文学"和"文学新世纪"》。

15日,《江汉论坛》第6期发表曾凡解、陈金琳的《启蒙主义:胡风现实主义理论的基点》;张永泉的《个性主义的松动与式微——论丁玲的精神悲剧》;冯立新、王峰的《论余华的先锋小说》;孙旋的《人生价值的执着追寻——知青作家20世纪90年代散文创作的精神轨迹》。

《重庆社会科学》第6期发表陶德宗的《共沥中华赤子血　谱写千秋正气歌——评海峡两岸以台湾沦亡为题材的近代诗作》。

《诗刊》6月号下半月刊发表子梵梅的《或近或远看黑枣》;李先锋的《麦子熟了》;薛舟的《秘密总在夜深呈现》。

16日,《文艺报》第65期发表赵勇的《艺术创新的思考》;张浩文的《网络文学的死穴》;杨厚均的《从个人传奇到民族代言——对新中国文学中抗日英雄人物形象的理解》;古耜的《反弹琵琶话创新》;龚举善的《消费时代报告文学的叙事伦理》;金立群的《乡村生活的庸常之奇——读晓苏的新乡村小说》。

《文学报》第1605期发表段崇轩的《走向"三分天下"的文学批评》;史佳林的

《动物小说:一个值得关注的类型》;张永禄的《批评视野中的"80后"写作》。

《光明日报》发表胡玉伟的《大众传媒时代的小说策略》。

17日,《作品与争鸣》第6期发表郑国友的《设计欲望——当前文学生产策略批判之一》。

20日,《学术研究》第6期发表肖向明的《家族文化对中国现代小说的影响》。

《华文文学》第3期发表《名家辞典》;詹秀敏的《"跨区域华文女作家精品文库"出版》;李安东的《主持人的话》;肖宁的《善与恶的统一体》;陈彬妮的《永远留在草原上的那抹"黄"与"红"——浅谈〈雌性的草地〉中小点儿与沈红霞的"性与欲望"》;舒逸虹的《彰显痛楚的张力——评〈谁家有女初长成〉》;李安东的《复旦大学中文系"台港暨海外华文文学"专业历届学位论文目录》;齐亚敏的《华东师范大学中文系"台港暨海外华文文学"专业近年学位论文目录》;王彩云等的《南京大学中文系"台港暨海外华文文学"专业历届学位论文目录》;王艳芳的《新世纪东南亚华文文学研究述评——以〈华文文学〉和〈世界华文文学论坛〉为考察对象》;杨经建的《宏观与微观的精辟透析,东方和西方的历史交融——评赵小琪的〈台湾现代诗与西方现代主义〉》;刘红林的《"孤儿意识"论——吴浊流〈亚细亚的孤儿〉分析》;朱文斌的《论民族主义思潮对早期东南亚华文诗歌的影响》;杜元明的《博学多识 情文并沛——试析曾敏之散文杂文的创作特色》。

23日,《文艺报》第68期发表龚举善的《传媒时代报告文学的生长空间》;张岳健、刘文纪的《价值紊乱与理论缺席》;连志丹的《谈萧村小说的本土性》。

《文学报》第1606期发表王永兵的《对话批评:学院派批评的一种可能》。

25日,《世界华文文学论坛》第2期发表陈瑞琳的《"衔木"的燕子——海外新移民作家的文化"移植"之路》;庄伟杰的《边缘拓殖与诗意存在——多元文化中澳洲华文诗歌当代性观察》;王泉的《从人物形象塑造看近期新移民小说的传统文化取向》;钱建军的《美华网络文学》;刘雄平的《解构、重构、再解构——〈扶桑〉反思华人移民史的三部曲》;王卉的《关于早期移民的女性言说——简析严歌苓的小说〈风筝歌〉与〈乖乖贝比(A)〉》;余学玉的《文化错位与人性迷失——评严歌苓的最新长篇小说〈花儿与少年〉》;沈欢的《丰富人性的日常书写——读张翎长篇〈邮购新娘〉》;徐素萍的《简论张翎小说〈尘世〉语言的平衡美》;王者凌的《论〈紫禁女〉的并置意象》;王金城的《生命困境:众妙之门的幽闭与开禁——〈紫禁女〉的一个阅读视角》;许琦的《"风月宝鉴"照亮身份追寻的里程——对〈英国情人〉的一种华人亚文化理解》;李满花的《性别超越和人性复归——评虹影新作〈孔雀的叫喊〉》;陈涵平的《美华文学中的"世界公民"形象探析——以陈霆的长篇小说〈漂流北美〉为例》;公仲的《人性的开拓　宏大的叙事——评中篇小说〈米调〉》;郭爱华的《寻找心灵的家园——评〈天望〉》;冯湘湘的《古龙"偷师"柴田炼三郎?》;姜耕玉的《"我的居所是晃来晃去的世界"——序〈精神放逐〉》;沈宁的《美国华文文学发展的三个阶段》;万沐的《开花结果在彼岸——〈北美时报〉记者对加拿大华裔女作家张翎的采访》;苏炜的《三个女人的戏台——读"海外知性女作家丛书"》;陈辽的《〈文史丛谈〉的四个"一"——读评曾敏之先生的〈文史丛谈〉》。

《台湾法研究》第2期发表林凯的《品评台湾地区散文创作中的两种幽默风景》。

《中外诗歌研究》第2期发表非马的《诗的幽默,幽默的诗:2004年9月23日在重庆西南师大中国新诗研究所的讲话》。

《郑州大学学报(哲学社会科学版)》第3期发表樊洛平的《社会人生的拆解与颠覆——台湾新时代女作家的小说创作态势》。

30日,《文艺报》第71期发表本报讯《"新世纪·新文学"研讨会在广州举行》、《杨黎光创作学术研讨会在深圳召开》;同期发表郭爱民的《以平等的姿态描写农民》;佘丹清的《文学创作中的情感控制问题》;刘晗的《现代性与建构乡土美学的可能》;王丹红的《文莱华文文学的本土特质》。

《唐山学院学报》第2期发表吴乐央、汪启平的《论余光中诗文的现代文化意识》。

《铜陵学院学报》第2期发表崔国发的《寓性情于游赏——论香港著名诗人孙重贵山水诗》。

《伊犁教育学院学报》第2期发表王德培的《郑愁予、周梦蝶现代诗古典韵味之比较》。

《戏剧(中央戏剧学院学报)》第2期发表胡叠的《论"国剧运动"的文化保守主义立场》;艾立中的《论20世纪30年代戏曲改良思潮》;吕双燕的《中国早期话剧的表演观念与实践》;顾文勋的《九十年来文明戏研究述评》。

《求索》第6期发表黄万华的《战时中国文学:可以被一再审视的文学空间》;欧阳友权的《网络文学研究的视角与热点》;朱庆华的《赵树理、孙犁小说的审美异趣及文学史地位》。

本月,《中国文学研究》第2期发表陈方竞的《鲁迅的现代主义:中国现代文学研究中应予深化的论题》;汤晨光的《论鲁迅的悲悯情怀和生命渴望》;李树槐的《论巴金小说的情感叙事》;王艳芳的《在通向自我认同的途中——中国现当代女性写作的主体变迁》;夏义生的《王蒙小说的革命叙事》;龚敏律的《韩少功的寻根小说与巫楚文化》;曾立平的《郑敏研究述评》。

《台湾研究集刊》第2期发表王金城的《论零雨的后现代诗歌写作》;胡星亮的《转型:从写实传统到现代主义——论1960至70年代台湾话剧的发展》。

《北京电影学院学报》第3期发表冯利军的《从〈秋菊打官司〉到〈惊蛰〉——论张艺谋与王全安在相似文本中相异的女性观念及艺术态度》。

《戏剧艺术》第3期发表邹元江的《曹禺剧作七十年解读的困惑》;周光凡的《〈茶馆〉的主题真的是"葬送三个时代"吗?》;宋林生的《历史与现实的互文互动——话剧〈关汉卿〉文本的再分析》。

《江淮论坛》第3期发表康长福的《错位的"官场文学"及其后现代主义倾向》;陈瑶、郑晗琳的《浅析八九十年代女性小说中男性形象的解构》;刘俐莉的《"十七年"女性对革命历史的温情书写》;陈慧娟的《论"新追忆小说"的叙事特征》。

《南京社会科学》第6期发表柴平的《王安忆的上海书写新探》。

本月,上海文艺出版社出版王安忆的《小说家的十三堂课》。

湖北教育出版社出版黄曼君的《新文学传统与经典阐释》。

湖北人民出版社出版昌切的《思痕集》。

社会科学文献出版社出版白烨主编的《中国文情报告》。

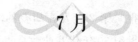

7月

1日,《人民日报》发表阎晶明的《信息时代看"中篇"的尴尬》;孟繁华的《这个时代的文学景观——近年中篇小说扫描》。

《作家》杂志第 7 期发表林建法、黄发有的《做一本杂志就像养一个孩子》；纪众的《历史叙述的小说文本——张笑天被遗忘与被敌视的两部中篇小说论评》；冯天海的《当今小说创作病相简析》。

《名作欣赏》第 7 期上半月刊发表叶橹的《〈漂木〉的结构与意象》；赵小琪的《洛夫诗二首欣赏》；陈幸蕙的《悦读余光中》；梁笑梅的《异度空间——余光中〈沙田秋望〉和〈雨声说些什么〉解读的一种可能》；马显彬的《战争与和平的较量——细读痖弦〈上校〉一诗》；刘康凯的《苦难命运的悲怆奏鸣曲——细读痖弦名作〈盐〉》；古远清的《视野宽广　常写常新——读詹澈的〈海浪和河流的队伍〉》；赵秀媛的《碎琉璃里的母爱光辉——王鼎钧散文〈一方阳光〉赏析》；刘媛等的《荒诞的假设　人格的追求——读余光中散文〈假如我有九条命〉》；陈南先的《一篇朴实纯真的爱情宣言——张晓风的〈一个女人的爱情观〉赏析》；杨邪的《小说的事——刘以鬯〈第二天的事〉阅读札记》；姚晓南的《"找寻一种方式让别人懂你"——严歌苓小说〈扶桑〉的叙事解读》；李满的《怎样才算敬畏生命——张晓风〈敬畏生命〉解读》；赵小琪的《错误也是一种心动——郑愁予〈错误〉赏析》；杨四平的《对经典阅读要有主体意识——谈郑愁予〈错误〉的可写性》；简政珍的《在空境的苍穹眺望永恒的向度——简评〈漂木〉》；洛夫的《解读一首叙事诗〈苍蝇〉》。

《诗刊》7 月号上半月刊发表朱建信的《给诗以温度和硬度》；吴开晋的《新颖的当代军旅诗篇》；苏品晶的《"绿原诗歌创作研讨会"召开》；葛文的《铮铮诗汉王亚平》；章亚昕的《臧克家的悲剧性体验》；马丽的《诗贵"灵趣"》；专栏"在《诗刊》听讲座之十八"发表孙基林的《作为意象修辞与思想方式的诗歌象征》。

《钟山》第 4 期发表李陀、苏炜的《新的可能性：想象力、浪漫主义、游戏性及其它——关于〈迷谷〉和〈米调〉的对话》。

2 日，《小说选刊》第 7 期发表南帆的《叙述与经验的形成——〈小说选刊〉2005 第 2 季度述评》；阎晶明的《历史的缝隙与秘密》。

3 日，《文汇报》发表洪治纲的《信念的缺席与文学的边缘化》；吴秉杰的《从激情迸发到深入社会》；刘绪源的《逻辑不能成为理论动力——试析葛红兵先生的理论思维》。

4 日，武汉大学文学院、徐州师范大学文学院与香港大学中文学院在武汉合办"痖弦与20世纪华文文学"研讨会。同日,武汉大学文学院、徐州师范大学文学院与香港大学中文学院签署"中国新诗研究合作计划(2005—2015)"备忘录。

5日,《山东社会科学》第7期发表沈卫威的《新文学进课堂与中国现代文学学科的确立》;徐鹏绪、李广的《〈中国新文学大系〉研究〉序》;张瑞英的《论余华小说的宿命意识》。

《上海戏剧》第7期发表刘明厚的《舞台上下的女性》。

《文艺报》第73期发表周建平的《学术意识、社会主潮意识与现代描述手段》。

《电影艺术》第4期发表张阿利的《论西部电影与中国传统文化》;曹小晶的《西部电影的演进及未来发展》;薛凌的《西部电影的叙事特色》;杨晓林的《论新生代导演的西部题材电影》;郭越的《90年代黄建新西部都市风情片》;王宜文的《风格的多元与叙事的成熟——大学生电影节参赛电视电影综述》;付筱茵的《历史的狂欢:古装题材电视电影的一种描述》。

《花城》第4期发表张柠的《乡村劳动分化和职业歧视》;朱大可的《王朔主义:众瘗的黑色喜剧》;周伦佑的《西方价值尺度下的当代汉语文学——建立中国本土文学及批评话语的思考》。

7日,《人民日报》发表恒沙的《"人性化"还是"粗鄙化"?》;李东华的《当代都市文学现状与发展》。

《文艺报》第74期发表《徐贵祥长篇小说〈八月桂花遍地开〉作品研讨会在京召开》;以"关于都市文学的讨论"为总题,发表杨宏海的《深圳文学:新都市心灵备忘录》,杨扬的《城市化进程与文学审美方式的变化》,李敬泽的《城与乡——文学思维的危机和变革》,李凤亮的《文学:都市的镜像》;同期发表曾镇南的《一片陌生而新鲜的文学天地——于建初小说创作漫评》。

8日,《天涯》第4期发表薛毅的《城市与乡村:从文化政治的角度看》;吴志峰的《从文学研究到文化研究》。

10日,《文艺研究》第7期发表刘小新的《文化研究的激进与暧昧——评李陀主编的"大众文化批评丛书"》。

《中州学刊》第4期发表赵海彦的《追求轻松:中国现代趣味主义文学思潮导论》;林虹的《个性的发现与失落——再论现代派与左翼文学的疏离与融合》;翟传增的《张洁与"五四"女作家创作比较》;郭力的《生命对家园的寻找——女性学

者的历史叙述》;以"消费文化背景下的经典命运笔谈(四篇)"为总题,发表陶东风的《"大话文化"与文学经典的命运》,张淳的《从四大名著的"变脸"看文学经典在当下的命运》,吴泽泉的《快感的诞生——对"戏说经典"现象的文化学分析》,李治建的《消费文化语境中通俗文学、大众文化的经典化》。

《中国图书评论》第 7 期发表谢纳的《现代性:民族国家与现代文学研究》;刘渝霞的《王安忆:以平淡达辉煌》。

《西南师范大学学报(人文社会科学版)》第 4 期发表孙玉石的《以新诗文本解说进入大学课堂——重建现代解诗学思想杂记之一》,梁笑梅的《中国诗歌传播学的学理背景与学科特质》;严家炎的《论金庸小说的影剧式技巧》;黎明的《福克纳与金庸小说比较研究》;以"文学感受与当前中国文学批评问题(笔谈)"为总题,发表李怡的《失落了文学感受的文学理论与文学批评》,秦弓的《文学感受与中国现代文学研究》,栾梅健的《用鲜活灵动的文学感受细读文本》,刘艳的《我们这个时代的批评缺少什么》,颜同林的《"回到原点"的文学感受与中国现代文学研究》。

《华中师范大学学报(人文社会科学版)》第 4 期发表王晖的《"写实文学"阐释的历史性与当代性》;李奇志的《戎装铁血自由花——论 20 世纪初中国的"英雄"话语建构》。

《江海学刊》第 4 期发表潘正文的《重释文学研究会与创造社之间的论争——长期遭受误解的一桩现代文学史公案》。

《学术论坛》第 7 期发表陈成才的《后现代语境中的文学书写——残雪〈蚊子与山歌〉小说集评析》。

《中国海洋大学学报(社会科学版)》第 4 期发表古远清的《台湾三大诗社诗论之比较》。

11 日,《青年文学》第 7 期发表叶兆言的《小说的通俗与创新》。

12 日,《文艺报》第 76 期发表本报讯《著名作家陆文夫逝世》(2005 年 7 月 9 日逝世);同期发表张羽的《没有亲人死去的土地,无法叫做家乡》。

14 日,《人民日报》发表艾斐的《文学:从时尚走向时代》;张先海的《诗要唱出大众的心声》;崔道怡的《中华魂酿桂花香》;李朝全的《英雄是一种公共资源——读长篇报告文学〈戴碧蓉〉》;侯耀忠的《用艺术直击现实,用心灵赢得观众》。

《文艺报》第 77 期以"杨黎光作品评论"为总题，发表陈建功的《杨黎光能为当下的文学界提供什么启示》，何西来的《论杨黎光报告文学的创作风格》，崔道怡的《历史与人性的追问——评杨黎光的两部长篇小说》，周明的《我看杨黎光的报告文学》，胡经之的《回归精神的家园——评杨黎光散文的启示》，王晖的《报告文学本性的执着坚守——杨黎光报告文学漫谈》；同期发表罗关德的《20 世纪中国乡土小说的两个时空坐标》；以"乡土美学笔谈"为总题，发表王岳川的《乡土美学的新世纪意义》，张建永的《乡土文学中的都市理念和乡土精神》，肖鹰的《乡土美学：审美历史地理学》，张法的《全球化重组中的乡土美学》，刘晗的《乡土美学建构的三个维度》，简德彬的《乡土美学何为？》，禹建湘的《乡土建构与诗性美学》；以"冯伟林文化散文评论专辑"为总题，发表陈庆云的《文学应该转化为生产力》，三耳的《冯伟林散文的传播方式》，聂茂的《英雄主义的价值回归与"人民记忆"的审美诉求——冯伟林文化大散文的另一种解读》。

《文学报》第 1609 期发表吴义勤的《新生代长篇小说对"中国叙事"风格的营构》。

15 日，《人文杂志》第 4 期专栏"人文学术新思潮：大众文化与当代文艺社会学研究"发表高小康的《文学想象与文化群落的身份冲突》，姚朝文的《经典文学语境与民间化的表演诗学》；同期发表牛宏宝的《"跨文化历史语境"与当今中国文化言说者的基本立场》；何平的《现代知识分子的精神谱系是如何被改写的——以〈红旗谱〉为例》；陈阳的《新艺术电影的猜谜结构及价值蕴含》。

《文艺争鸣》第 4 期发表程光炜的《姿态写作的终结与无姿态写作的浮现 新世纪文学读记》；以"关于新世纪文学·综论"为总题，发表张颐武的《新世纪文学：跨出新文学之后的思考》，徐敬亚的《诗歌回家的六个方向——论新世纪"诗歌回家"之二》；以"关于新世纪文学·笔谈"为总题，发表张炯的《"新世纪文学五年"与"文学新世纪"之我见》，陈晓明的《多极化与文学伸展的力量》，贺绍俊的《"还贷"的新世纪：海峡两岸汉语写作的积极挑战》；以"新世纪作品争鸣"为总题，发表李建军的《是高峰，还是低谷——评长篇小说〈秦腔〉》，王兆胜的《折翅与坠落——谈周涛近期散文的价值迷失》，刘新锁的《乏力的超越——评〈受活〉》；以"数字化时代的文学变异研究"为总题，发表欧阳友权的《数字媒介与文学历史节点的延伸》，阎真的《网络文学价值论省思》，钟虎妹的《手机短信文学的特征和价值》，谭德晶的《"冒犯"与"躲避"——网络文学批评主体的精神向度分析》；同期发表郭铁成的《应尊重文学史的基本史实——关于〈组织部新来的青年人〉与〈组织部来了个年轻人〉》；谢炜的《中国当代戏剧中的新模式现象》；孟春蕊的《诗意下的沉闷——从影片〈德拉姆〉谈起》；贺仲明的《"〈平凡的世界〉现象"透析》；程民的《徐迟笔下的湖州》；田静的《吴越文化风骨与湖州当代小说话语》；陈晓明的《历史"扭结"中的十七年小说——评董之林〈旧梦新知："十七年"小说论稿〉》；刘复生的《历史规约与文学的自律性——评董之林〈旧梦新知："十七年"小说论稿〉》；李跃庭的《现代性视野中的新文学景观——评逄增玉〈现代性与中国现代文学〉》；王俊秋的《一份灵魂的悔过书——冯小刚"变脸"评点》；高艳丽的《经典复仇故事的终结——从"干将莫邪"到鲁迅、汪曾祺、余华的创作》。

《文学评论》第4期发表张炯的《攀向高峰的艰难——评世纪之交长篇小说高潮与第六届茅盾文学奖》；刘纳的《写得怎样：关于作品的文学评价——重读〈创业史〉并以其为例》；丁帆的《"城市异乡者"的梦想与现实》；李遇春的《在"现实"与"规范"之间——贺敬之文学创作转型论》。

《云南民族大学学报（哲学社会科学版）》第4期发表李锐的《是经济贫困还是文化贫困？——评第三届鲁迅文学奖中篇小说〈好大一对羊〉》；汪文学的《民间文学中的父子疏离现象解读》；康泳的《中国现代文学婆媳关系的叙事模式及其文化意味》。

《当代文坛》第4期发表李跃红的《中国现代"悲剧情结"及其当代表现形式》；徐沛的《视觉文化研究中的三个概念》；马建智的《消费时代文学的新特性》；蒋淑贤、刘义军的《关于消费时代文学理论及批评的几点反思》；曾镇南的《描绘生活长河的宏伟画卷——第六届茅盾文学奖获奖作品巡礼》；贾蔓的《超验世界里的困窘——评永远的或历史的残雪》；咸立强、吴彦的《冷酷温情两副笔墨写人性——论方方文学创作审美意识的变迁》；王瑛、姜美珍的《双重叙事——论李洱小说中的反讽》；舒敏的《新时期爱情文学的审美评价》；于坚的《于坚谈散文》；陈世旭的《关于文学的一封信》；韩小惠的《答散文三问》；胡希东的《追逐西方回归传统同当下的文学批评》；胡沛萍的《守护文学批评的道德旗帜——评李建军的〈时代及其文学的敌人〉》；刘俐莉的《暴力何以发生？——董立勃小说中的施暴叙事》；焦会生的《刘庆邦小说论》；丛新强的《存在与虚无——论朱文小说的主题话语》；孙琪的《什么才是家园？——王小妮〈一座城市的二十六个问题和回答〉读后沉思》；乔丽娜的《关注底层命运 闪现人性光辉——读丁肃清的小小说集

〈楼上楼〉》;曾绍义、范水平的《韩小蕙散文的人性美》;王劲松的《情歌与挽歌:周同宾的故乡情结》;蒋蕾的《突围:重庆新诗对边缘下的中国新诗的意义》;陈国和的《欲望的城市景观,虚脱的追思呓语——邱华栋城市小说论》;陈娇华的《被疏离与模糊的女性主义意识——以林白小说为例重评90年代的女性私语化写作》;钟琛的《男权背景下的中国女性"个人化"写作》;向宝云、黄维敏的《飞翔着堕入无边深渊——评聂作平新作〈自由落体〉》;刘晓红的《夏季里的一汪甘泉——浅谈达夫散文诗的美学特征》;张小龙的《一种仿"超文本"的报告文学形态的出现》;王万尧、邓文河的《对贺岁片"热"的"冷"思考》;李岚的《从〈特洛依〉到〈十面埋伏〉——论当代电影的传统复制性特征》;赖彦刚的《浅析张艺谋电影的历史转向》;马平的《彭勇的高音和低调》;张人士的《朴素与诚恳——浅议陈立基小说散文的创作特色》;任枣的《浓墨重彩绘制的社会风情画卷——读竹间〈孝的拷问〉》。

《当代电影》第4期发表沈芸的《新中国电影事业的创建始末(1949—1957)》;喻群芳的《李安电影中的"恋父情结"》;傅莹的《当下中国电影"戏仿"美学之思——由周星驰的电影说开去》。

《江汉论坛》第7期发表陆耀东的《对闻一多研究的建议和期待》;乔以钢的《"五四"传统与新时期女性文学》;董文桃的《真实的魅力:论十七年日常生活叙事空间的丧失与获得——以小说〈十八春〉、〈我们夫妇之间〉和越剧〈祥林嫂〉为例》;薛朝晖的《"生活在别处"——论20世纪90年代历史小说的生命意识》;朱庆华的《拿什么救赎文艺批评家》。

《华东师范大学学报(哲学社会科学版)》第4期发表刘旭的《"落难精英"与"劳动"妇女》。

《江苏社会科学》第4期发表李玉明的《论鲁迅〈野草〉的精神心理结构》;潘正文的《人的抽象存在与虚无——20世纪80年代中国先锋小说的人性观》;陈平的《论"断裂"的一代文学》。

《齐鲁学刊》第4期发表童晓薇的《创造社与十九世纪末欧洲文艺思潮》;张娟的《由叶赛宁之死看鲁迅对革命文学的态度》;王晓萍的《沈从文小说的叙事角度》;宋阜森的《关于赵树理悲剧的再思考》;赵歌东的《"种的退化"与莫言早期小说的生命意识》;谷瑞丽的《池莉小说中的生命本真状态》。

《社会科学》第7期以"'中国当下文艺历史意识的多元审视'笔谈"为总题,

发表陆贵山的《历史的多元形态与文艺表现》,包晓光的《社会主义市场经济与文艺历史意识》,潘天强的《英雄主义的历史阐释与消费时代》,秦勇的《中国当下历史消费主义的出场》,卢铁澎的《历史题材文艺创作的当代意识与相对主义》。

《社会科学研究》第 4 期发表王毅、傅晓微的《从卡夫卡到辛格:中国先锋派的转向——以马原、苏童、余华为中心》;段从学的《穆旦对抗日战争的认同及其诗风的转变》。

《社会科学辑刊》第 4 期发表陈亚平的《活力与限度——文化语境中的中国现当代文学研究》;陈军的《文化研究让文学研究回归本真》;刘文良的《文化批评:作为文学批评的手段》;刘东玲的《不可超越的抒情——沈从文后期文学创作发展论》。

《求是学刊》第 4 期专栏"当代文学思潮前沿问题探讨"发表于文秀的《斯皮瓦克和她的后殖民女权主义批评》。

《诗刊》7 月号下半月刊发表大解整理的《当下诗歌写作与诗歌本质的追寻——诗刊社第三届华文青年诗人奖颁奖和研讨会纪实》;韩少君的《没有办法去抵制俗世中的那个我》;张执浩的《韩少君诗歌导读》。

《南方文坛》第 4 期发表贺桂梅的《人文学者的想象力》、《三个女人与三座城市——世纪之交"怀旧"视野中的城市书写》;刘复生的《穿越语言,图绘历史——解读贺桂梅》;蔡翔的《贺桂梅印象》;张念的《女阉人或者女人不存在》;洪治纲的《现代性的追问与当代先锋的崛起——重审中国当代先锋文学的历史语境之一》;谢有顺的《中国小说的叙事伦理——兼谈东西的〈后悔录〉》;陈晓明的《身体穿过历史的荒诞现场——评东西的长篇〈后悔录〉》;郜元宝的《可笑的智慧——读东西长篇新作〈后悔录〉》;南帆的《诱惑和恐惧——读东西的〈后悔录〉》;黄伟林的《认识广西当代文学的全景性读本——一分为二看〈广西文学 50 年〉》;张利群的《史论结合的〈广西文学 50 年〉》;梁鸿的《神话、庆典、暴力及其他——阎连科小说美学特征论》;赵彦芳的《我们时代的审美人及其生存困境——以三部作品为例》;白烨的《近期文坛是是非非》。

《复旦学报(社会科学版)》第 4 期发表咸立强的《创造社出版部小伙计》。

《浙江学刊》第 4 期发表泓峻的《从新文学语言的形成与发展看现代文学史上的大众化转向》;贺仲明的《论中国乡土小说的二重叙述困境》。

《理论与创作》第 4 期发表曾耀农的《中国近期电影后现代性价值》;宋建林

的《论艺术传播方式的特征》;蔚志建的《文艺理论需要我们发出自己的声音》;田中阳的《艰难的蜕变——对20世纪中国市民文化和市民文学文化冲突与重构的审视》;张鸿声的《文化的缺失——当代都市文学论略》;王丽霞的《多语喧哗的审美状态——九十年代城市小说叙事形态略论》;刘泰然的《进步与回退:20世纪中国文学的现代性焦虑》;蔡志诚的《九十年代批评与现代性话语实践》;郑鹏的《试谈四十年代城乡文学主题的写作》;屈雅红的《新时期以来女作家对"姐妹情谊"的书写》;廖冬梅的《论当代女性小说对"自杀"女性的书写》;郑国友的《政治激情与艺术追求的融合——从创作现象透析"十七年"作家的精神气象》;张恒学的《论世纪之交的反腐小说》;黄世权的《多元文化互渗时期的写作策略——论莫言〈檀香刑〉文化杂糅的意义及其成败》;蒋丽娟的《刑罚的意味——〈檀香刑〉〈红拂夜奔〉〈一九八六年〉及其他》;张懿红的《边界消失:评徐贵祥〈历史的天空〉》;柯贵文的《论刘庆邦的短篇小说理论与创作》;蒋登科、宋星的《真实丰满的词在飞翔——评唐德亮诗集〈苍野〉》;张云霞的《在伤痛体验中寻求生活的诗性——论军旅诗人温青的诗歌创作》;凌鹰的《是姹紫嫣红还是花开花落——余艳的女性文学及其〈后花园〉》;罗讓的《真情抒写真文 "戏"里透视人生——评胡英新著〈透视人生〉》;吴玉杰的《历史剧的文本创造与现实语境》;胡安娜的《〈程婴救孤〉的悲剧精神》;张艳梅的《回归生活本身,回归人本身——解读〈孔雀〉的人文内涵及其叙述策略》;任天华的《"韩流"飒飒,切莫等闲看冷暖——韩剧在中国"走红"带来的思考》。

《福建论坛》第7期发表南帆、谢有顺的《迟到的批评》;朱寿桐的《文学社团与中国现代文学的历史冲积效应》;肖百容、邓立平的《个性斐然、魅力独特的西部歌者——读〈中国西部现代文学史〉》。

16日,《中国人民大学学报》第4期发表江守义的《现代小说叙事主体的分化及其比较》。

17日,《文汇报》发表葛颖的《退化还是羽化——对"新生代"电影导演的一次盘点》;金理的《"纯文学"与"80后"的丰富性》;谢有顺的《小人物的精神和解》。

《作品与争鸣》第7期发表郭艳的《成长的恐惧与感动——也评〈萨日朗〉》;李建军的《假言叙事与修辞病象——评〈狼图腾〉》;杜贤荣的《从胡兰成说到张爱玲》。

19日,《文艺报》第79期发表林雨的《刘醒龙长篇小说〈圣天门口〉圣的理想与幻灭》。

《文汇报》发表本报记者柳青的《中国文学:"进城"路有多远》。

20日,《小说评论》第4期发表雷达的《〈狼图腾〉的再评价与文化分析》、《欲望与理性的博弈》(雷达专栏:"长篇小说笔记");贺绍俊的《重读新时期:四个时段四篇作品》(贺绍俊专栏:"追风逐云");以"陈丹燕专辑"为总题,发表於可训的《主持人的话》,陈丹燕的《城与人——陈丹燕自述》,周颖菁、陈丹燕的《快乐涨满心灵的时刻——陈丹燕访谈录》,周颖菁的《俗世与宗教情怀——陈丹燕创作论》;同期发表唐海东的《用方块字深刻表达自己——李锐小说的叙事探索》;陈树萍、李相银的《农具的隐喻:城市化进程中乡村的焦虑——评李锐的"农具系列"》;李遇春的《悖论中的〈扎根〉和〈扎根〉中的悖论》;吴义勤的《"道德化"的乡土世界——刘玉栋小说论》;童献纲的《直面人性的荒芜——须一瓜小说简论》;史娟的《叙述方式与作家风格——评余华小说〈许三观卖血记〉》;周水涛的《新时期乡村小说农民文化人格审视》;马慧茹、冶进海的《欲望:法律与时代的另一面——近年法律小说一窥》;李星的《当代中国的新乡土化叙述——评贾平凹长篇新作〈秦腔〉》;肖云儒的《〈秦腔〉:贾平凹的新变》;邰科祥的《论长篇小说〈秦腔〉在创作上的涨与跌》;刘宁的《人文地理视野中的陕西文学》;韩鲁华的《前现代与现代:陕西的文学创作与批评——从陈忠实的创作及研究谈起》;李清霞的《审慎的态度,冷静的批评——2004年〈白鹿原〉研究综述》。

《东南大学学报(哲学社会科学版)》第4期发表解玉峰的《20世纪后半叶的中国戏剧研究》;王廷信的《"大戏剧"观念与21世纪戏剧前瞻——访中国传媒大学周华斌教授》。

《河北学刊》第4期发表钱中文的《文学观念向他律的倾斜与越界——评20世纪30年代初前后六七年间文学观念的论争(上)》;张光芒、马航飞的《欲望叙事:世纪之交以来叙事伦理的转型》。

《学术研究》第7期发表曹山柯的《近年我国的本土意识与后殖民主义研究》;蒲若茜的《后殖民写作中的反本质主义文化立场》。

《南开学报(哲学社会科学版)》第4期专栏"20世纪50—70年代的文学史写作"发表陈思和的《恢复文学史的原生态》,洪子诚的《当代文学史中的"非主流"文学》,李润霞的《论"白洋淀诗群"的文化特征》,刘志荣的《1949年后沈从文书信的文学与精神意义》。

21日,《文艺报》第80期发表石一宁的《坚持全球化视野与本土化实践——中青年文学理论评论家谈全球化背景下的中国文学》;孙琴安的《新诗向旧诗学什么》;崔志远的《如何认识我国当今文学走向?》;刘士林的《读吴士余〈守望理性〉》。

22日,《光明日报》发表张志忠的《论中国的抗日题材文学》。

23日,《天津社会科学》第4期发表秦弓的《"五四"时期翻译文学的价值体认及其效应》;张光芒、徐仲桂的《性爱思潮与现代中国启蒙的崛起》;叶舒宪的《新启蒙:文化寻根与20世纪思想的转向》。

24日,《文艺理论与批评》第4期发表贺敬之、叶君健、凌子风的《抗战文艺口述史》;李祖德的《小说、战争与历史——有关"抗战小说"中的个人、家族与民族国家》;王利丽的《民族记忆与影像抒写——中国抗战题材电影的历史文化变迁》;张艳梅的《抗战时期演剧:民族国家话语的舞台建构》;朱蕙的《抗战时期的漫画家及漫画创作》;李云雷等的《众说纷纭谈〈秦腔〉》;邓菡彬的《当文学再度直面现实——评两部反思国企改革的力作〈那儿〉和〈苦楝树〉》;宗波的《当代乡村的别样书写:阿来新作〈空山〉评析》;隋无涯等的《中国主流文学期刊2005年第2期综评》;黄力之的《大众文化批判的三大内在矛盾》;王璞的《"声音":意义争夺的场所——漫谈"声音"和新诗》;黄景忠的《革命战争文学的另类叙述模式——简论丘东平的战争小说》;张谦芬的《90年代以来乡村书写中的城市背影》;卢翎的《都市在小说中的意味》;来华强的《论孙犁晚年散文创作的美学品格》;傅书华的《革命英雄传奇小说与武侠文化传统》;何雁的《当前文学与时代英雄》;孙仁歌的《文学创作与思维形式应用》。

《文史哲》第4期发表赵联成的《后现代意味与新写实小说》;仵从巨的《中国作家王小波的"西方资源"》。

25日,《文艺理论研究》第4期发表袁盛勇的《民族-现代性:"民族形式"论争中延安文学观念的现代性呈现》;赵思运的《延安〈讲话〉语境下何其芳文学观念的改造》。

《东岳论丛》第4期发表王明科的《建构:中国现代七大作家的文化反思品格》。

《北京师范大学学报(社会科学版)》第4期发表童庆炳的《历史文学中的封建帝王评价问题》;李春青的《〈三国演义〉的启示——谈谈历史题材创作的"边

界"问题》；季广茂的《笑谈古今也从容——试论"戏说历史"的文化内涵》；陈太胜的《历史形象与历史题材创作》；刘勇的《"京派"文学的文化底蕴——从老舍创作的文化品格说起》；郭勉愈的《大院与北京文化》。

《甘肃社会科学》第 4 期发表赵学勇、王贵禄的《论西部作家的文学精神》；李清霞的《自虐，生命存在与延续的方式——〈白鹿原〉中鹿氏父子的精神内质透析》；杨景的《超越地域文化的坚韧突围——论甘肃近期小说走出地域的原因》。

《当代作家评论》第 4 期发表[美]约翰·厄普代克著，季进、林源译的《苦竹：两部中国小说》；洪治纲的《先锋文学：概念的缘起与文化的流变》；林白的《生命热情何在——与我创作有关的一些词》；蒋韵的《我们正在失去什么》；范小青的《别一种困惑与可能》；王璞的《小说与智能》；张静娴的《传记与小说——〈项美丽在上海〉文体浅析》；孙谦的《叙述嬗变与文体反讽——李洱长篇小说简论》；潘佳的《倾听大地的声音》；陈爱中的《轻盈而深邃的史学叙述——读罗振亚的〈中国现代主义诗歌史论〉》；谢有顺的《革命、乌托邦与个人生活史——格非〈人面桃花〉的一种读解方式》；格非、任赘的《格非传略》；朱崇科的《现实主义的承继及限制——论陶然的故事新编小说》；赵淑平的《以生命的热度感受美和爱——读刘兆林的散文》；刘恩波的《祝福孩子们的精灵——薛涛创作论》；谢冕的《在过去与现在之间》；李洁非的《向历史要小说》；韩忠良、黄发有的《在遗憾中追求——韩忠良访谈录》。

《河北大学学报（哲学社会科学版）》第 4 期发表徐晶的《铁凝小说的独特价值》；马德生、米玲的《人生景象的呈现与表达——铁凝短篇小说创作艺术论》。

《郑州大学学报（哲学社会科学版）》第 4 期以"回到文学史现场：关于'萧也牧事件'的再反思（笔谈）"为总题，发表张鸿声的《〈我们夫妇之间〉及其批判在当代城市文学中的意义》，赵卫东的《寻求"文学事件"再度进入文学史的契机——从"萧也牧事件"说起》，刘起林的《社会文化问题的体制政治化解读——论〈我们夫妇之间〉系列现象的精神同构特征》，姚晓雷的《从"萧也牧事件"反思文学政治追求与审美品格的复杂性——兼谈当代文学研究应注意的一个原则》；同期发表林虹的《自然主义与张资平的小说创作》；来华强的《由一首当代诗歌看中国文学中的"伤时"母题》。

《语文学刊（高教版）》第 7 期发表朱亚坤的《泡沫诱惑与神话危机——网络文学创作得失谈》；祝勤的《身体的惊叹号——对"身体写作"的一些看法》。

《晋阳学刊》第 4 期发表曹书文的《论中国当代小说中的家族母题》；尹晓丽的《世俗妥协与精神对立的绞缠——试论当代小说和电影文化关系的流变》；陈振华的《异化·沉沦·荒谬——刘震云小说"存在"主题阐释》；朱庆华的《从"赵树理现象"看良性文学市场的培育》。

26 日，《文艺报》第 82 期发表李学斌的《当前青年儿童文学作家的创作现状和误区》；汪政的《朱辉长篇小说〈白驹〉：打捞日常生活中的战争文学》；杨宏海、白烨的《关于中国当代都市文学的对话（上）》。

27 日，《文学自由谈》第 4 期发表金赫楠的《直谏李建军》；李美皆的《精神环保与绿色写作》；范玉刚的《文学批评失落了什么》。

28 日，《文艺报》第 83 期发表本报讯《第六届茅盾文学奖颁奖典礼在乌镇举行》、《新世纪散文走向暨"广西散文百年"研讨会举行》；同期发表马龙潜、高迎刚的《人民大众的文化权益》；尤美的《谈新生代的"女性书写"》；杨宏海、白烨的《关于中国当代都市文学的对话（下）》；彭江虹的《一曲湿润的人性牧歌》；马汉广的《西方后现代意识的剖析》。

《兰州大学学报（社会科学版）》第 4 期发表李明德的《市场语境中文学期刊的命运及路向》；冯欣的《对中国抒情小说定义的再思考》；黄建国的《论路遥小说的悲剧意识》。

30 日，《求索》第 7 期发表胡和平的《论沈从文的艺术探索及其精神追求》；华子的《美丽与寂寞同在——三毛形象探寻》；田皓的《人与自然的和谐乐章——论于坚的诗》。

《中国图书评论》第 7 期发表王倩的《日落之前，狐步海上》。

《中华文化论坛》第 3 期发表陈辽的《汉字文化圈内的域外汉文小说》。

《重庆大学学报（社会科学版）》第 4 期发表韩云波的《论 90 年代"后金庸"新武侠小说文体实验》。

31 日，《文汇报》发表谢有顺的《重塑灵魂关怀的维度——构建一种新的文学伦理》；洪治纲的《让争议成为一种快乐的交锋》；雷达的《欲望与理性的博弈——读〈金钱似水〉的价值和缺失》。

本月，《文艺评论》第 4 期发表周兴华的《批评的批评：世纪之交的反思与期待》；王永兵的《经验的贫乏与意义的剩余——透视当下长篇小说热》；张德明的《起落与嬗变混响：2004 年长篇小说印象记》；王晖的《晚近写实文学的核心原则和价值体现》;江冰的《论 80 后文学的"另类写作"》;刘保昌的《当代文学对道家文化的超拔》;徐肖楠、施军的《从历史叙事到市场叙事》;李虹的《70 后女性写作:消费时代的性-身体话语》;晓华等的《文学教育的出路》;罗振亚的《寻找纯粹:李琦诗歌感知方式的选择》;颜廷奎的《让神圣的石头给我箴言的声音——读马合省诗集〈永远的人〉断想》;张永璟的《"向根"与"向他"——评陈剑晖新著〈中国现当代散文的诗学建构〉》;刘秀梅的《影视诗化、精练的审美视听语言》。

《博览群书》第 7 期发表止庵的《张爱玲的残酷之美》。

《暨南学报(哲学社会科学版)》第 4 期发表姚新勇、黄勇的《土改、知识分子、思想改造——以丁玲及〈太阳照在桑乾河上〉为中心》;丁力的《革命知识者形象"焦虑"心理的初探》;李凤亮、孙琪的《消费时代文学研究的新趋势》。

本月,社会科学文献出版社出版彭伟步的《东南亚华文报纸研究》。

百家出版社出版陈炳的《逝水有痕》。

福建教育出版社出版周景雷的《小说走过新时期》。

河南文艺出版社出版古远清编著的《"余秋雨现象"大盘点》。

吉林人民出版社出版曹书文的《新时期小说专题研究》。

内蒙古人民出版社出版娜弥雅的《娜弥雅论文集》。

中国华侨出版社出版张桂兴编的《老舍评说七十年》。

8 月

1 日,《作家》杂志第 8 期发表李国文的《说伥论鬼及汉奸,兼及苦雨庵主周作人——纪念抗日战争胜利 60 周年》;吴义勤、房伟的《广场上的风景——评刘庆的长篇小说〈长势喜人〉》;张学昕的《个人记忆中的历史与生命印痕——评刘庆的长篇小说〈长势喜人〉》;韩春燕的《奇迹之花盛开在荒唐的历史中——读刘庆的长篇小说〈长势喜人〉》;格非、于若冰的《关于〈人面桃花〉的访谈》。

《诗刊》8 月号上半月刊发表胡平的《诗歌仍是文学皇冠上的明珠》;魏巍的

《为伊甸园而歌——纪念抗日英雄诗人陈辉壮烈牺牲六十周年》;专栏"在《诗刊》听讲座之十九"发表蒋登科的《散文诗音乐性的建构》。

2日,《小说选刊》第8期发表阎晶明的《黑暗中的心灵决斗》。

《文艺报》第85期发表江湖的《"当代长篇小说创作研讨会"上,评论家强调把握时代、贴近群众、直面现实、思考人生》;于爱成的《寻找支点——城市与文学因缘考略》;南方的《胡学文小说创作研讨会纪要》。

4日,《人民日报》发表朱向前的《军旅文学:题材与价值取向的失衡》。

《文艺报》第86期发表本报讯《胡丘陵长诗〈2001年,9月11日〉研讨会在京举行》;同期发表程光炜的《如何看待"新人新作"》;王彬的《小说文本的解放——简论叙述语与转述语合流》;南翔的《深圳都市文学的前瞻》;马卫华的《反恐时代的中国智慧与中国文学》;翟红的《拆碎了的七宝楼台》;杨立元的《新乡村小说的特色》。

《文学报》第1612期发表吴俊的《性、政治、伦理的非正常关系》;吴亮等的《吴亮和李陀关于"纯文学"的通信》。

5日,《山东社会科学》第8期发表魏韶华、金桂珍的《"个人主义":"五四"一代之"公同信仰"——从鲁迅、胡适的易卜生观切入》。

《上海戏剧》第8期发表周文萍的《戏剧,电影的丰富艺术宝库》。

9日,《文艺报》第88期发表本报讯《"他带来了一场审美惊奇"——陈应松获奖小说集〈松鸦为什么鸣叫〉首发式暨研讨会在湖北举行》;同期发表何镇邦的《潇琴长篇小说〈大欲之魂〉应对欲望化的挑战》;曾祥书的《"80后"写作:代际沟通热烈展开》;杨勇的《新都市文学理论及其可行性操作》。

10日,《文艺研究》第8期发表丁帆的《中国乡土小说生存的特殊背景与价值的失范》;王春林的《二十世纪九十年代以来的方言小说》;管宁的《二十世纪九十年代小说人性叙写的极端化与符号化》;孙玉石的《"对话":互动形态的阐释与解诗》;蓝棣之的《论社会、历史对新诗形式演变的影响》;章亚昕的《反思二十世纪新诗发展的曲折历程》;练暑生的《中国现代文学、文化中的颓废和城市——评李欧梵的〈现代性的追求〉》。

《中国图书评论》第8期发表王倩的《潇洒行军,徐贵祥和他的战争文学》;崔道怡的《中华魂酿桂花香》;高洪波等的《梦里葵花分外香》;杨志学的《诗歌批评的至高境界》。

《学术论坛》第8期发表张金梅的《"文"与"文学"：文学观念的确立与诗学谱系的转型》。

11日，《人民日报》发表王向远的《对日本"侵华文学"的历史批判》；雷达的《在城市与乡村之间》；洪清波的《女性文学的创新》。

《文艺报》第89期发表冯宪光的《文学消费与审美鉴赏》；刘士林的《反对"酷评"》；刘川鄂的《从常识说"畅销"》；彭江虹的《扫除腻粉呈风骨——谈迟子建小说的艺术风格》；周思明的《"小说是用密码写就的现实"——读南翔近作》。

《青年文学》第8期发表史铁生的《白昼的有限，黑暗的无边》。

15日，《长江大学学报（社会科学版）》第4期发表何璐的《拼贴与交错下的历史人生——〈白蛇〉的文本结构解析》。

《民族文学研究》第3期发表王静的《自然与人：乌热尔图小说的生态冲突》；潘年英的《在"原型"中寻找"民族性"——读〈侗族作家丛书〉札记》；王姝的《具象与哲理交融的乡土生命透视——读蔡测海〈非常良民陈次包〉》；尹允镇的《"寻根文学"的文化启迪和〈流泪的图们江〉》；黄伟林的《对身份的现代主义追问——论仫佬族作家鬼子的〈瓦城上空的麦田〉》。

《江汉论坛》第8期发表鲍风的《"报纸文学"价值取向的"媒介限制"》；王涧的《是谁打败了吴荪甫——细读〈子夜〉》；胡秦葆的《汪曾祺小说文体创新的文化意义》。

《社会科学》第8期以"'中国抗战文学研究'笔谈"为总题，发表陈思和的《简论抗战为文学史分界的两个问题》，袁进的《通俗文学与抗日》，王文英的《抗战文学的精神品格》，陈犀禾的《抗战时期的中国电影和戏剧》，陈青生的《抗日爱国文学的重要一翼》，倪伟的《"抗建文艺"与国民党的民族主义》。

《诗刊》8月号下半月刊发表古马的《守望的石栏杆》。

《福建论坛》第8期发表袁国兴的《〈华威先生〉的"速写"艺术与"展演"技巧》；马彧的《独特视角下的中国现当代文学史研究——评〈非文学的世纪：20世纪中国文学与政治文化关系史论〉》。

17日，《作品与争鸣》第8期发表吴正毅、旷新年的《〈那儿〉：工人阶级的伤痕文学》；南宋的《所谓"胸口写作"——驳赵凝》；李建军的《〈秦腔〉：一部粗俗的失败之作》；王锋的《贾平凹：骂我是他存在的方式》。

18日，《人民日报》发表吴锡平的《文化的泛化及其命运》。

《文艺报》第 92 期发表本报讯《长篇报告文学〈袍江的现代抒情〉研讨会在绍兴举行》；同期发表张开炎的《西方文学理论话题移植的得失》；黄毓璜的《小说走向和走向小说》；罗振亚的《成功的学术"去蔽"》；陈吉德的《招摇过市的伪先锋——评张广天的"理想主义"三部曲》；石一宁的《关于抗日战争文学创作问题——访文艺理论评论家顾骧》；李春林的《中国电影走向世界的思考》；以"《带着大海行走》六人谈"为总题，发表吉狄马加的《心灵的歌唱》，谢冕的《大海的博大与柔情》，叶延滨的《大海情怀与健康诗风》，张同吾的《与海相融的诗境》，李小雨的《一只鸟内心的海洋》，林雨的《蓬勃呼啸的诗〈银滩〉》。

20 日，《文汇报》发表陈村的《余华兄弟》；李敬泽的《被宽阔的大门所迷惑——我读〈兄弟〉》。

《华文文学》第 4 期发表钱超英的《身份与宿命：作为小说的哲学隐喻——澳华女作家抗凝（林达）作品印象谈片》；刘贤汉的《"唐山流寓话巢痕"——杨若萍〈台湾与大陆文学关系简史（1652—1949）〉评述》；刘中顼的《即离于真实与荒诞之间的精妙表达——剖析台湾作家蔡逸君的小说〈蓝色的马〉》；黄静的《香港·女性·传奇——〈倾城之恋〉、〈香港的情与爱〉、〈愫细怨〉比较》；王贝贝的《论台港"张派"作家的承续与超越》。

22 日，《中国新文学史料》第 3 期发表犁青的《四十年代后期的香港诗歌》；周励的《台湾作家司马桑敦和他的〈野马传〉》。

23 日，《文艺报》第 94 期发表本报讯《昭通作家群引起关注：夏天敏〈飞来的村庄〉研讨会在京举行》；同期发表木弓的《豆豆长篇小说〈遥远的救世主〉：需要他，但别指望他》。

25 日，《文艺报》第 95 期发表本报讯《台湾作家詹澈蓝博洲作品研讨会在长春举行》；同期发表马建辉整理的《"文艺与人性"座谈会上专家强调坚持唯物史观克服文艺表现人性的不良倾向》；孙伟科的《促进文艺生产与消费的良性循环》；章罗生、黄菲蒂的《表现时代与民族精神的文学强音》；傅晓微的《解剖文坛"追风病"》；陈庆云的《赤子之心与现实关切——读罗鹿鸣的诗》；王科的《浑朴、自然的"东北书写"》；毛正天、徐燕来的《当前文学研究中相关问题的理论讨论》。

《文学报》第 1615 期发表陈忠实、李遇春的《从生活体验到生命体验》。

《重庆师范大学学报（哲学社会科学版）》第 4 期发表陶德宗的《对日据时期台湾新文学文化血统的辨析》。

28日,《中国文化研究》第3期发表路文彬的《怀旧与文学史写作——评董之林新著〈旧梦新知:"十七年"小说论稿〉》。

《文汇报》发表孙惠柱的《白领话剧:一种新的商业戏剧》;陈思和的《有必要这样提倡"都市文学"吗?》。

《绍兴文理学院学报(哲学社会科学)》第4期发表邹贤尧的《空间的征服——鲁迅对世界华文文学的影响论略》。

30日,《文艺报》第97期发表本报讯《中国新诗一百年国际研讨会在京召开》。

《求索》第8期发表常焕辉、辛朝晖的《颠覆与重构中的网络文学范式——以文本建构为例》。

《西北大学学报(哲学社会科学版)》第4期发表黄留珠的《韩复智编著〈钱穆先生学术年谱〉评介》。

本月,《北京电影学院学报》第4期发表郝建的《"暴力美学"的形式感营造及其心理机制和社会认识》;陈岸峰的《武侠美学的传承、创新与驰想——〈卧虎藏龙〉与〈英雄〉的比较研究》;张力的《原始的情感与崇高的仪式——影片〈十面埋伏〉与〈英雄〉镜头的文化学比较》。

《戏剧艺术》第4期发表马俊山的《"演剧职业化运动"与中国话剧舞台美术的成熟》;苏琼的《八十年代女性戏剧研究》。

《江淮论坛》第4期发表刘传霞的《论现代文学叙事中的女性历史人物》;何卫青的《"儿童意象"在当代中国小说中的表现形态》;焦雨虹的《胡适的"接受史"》;庄森的《胡适的文学革命理念》。

《读书》第8期发表王德威的《上海出租车抢案》(评王安忆);孙郁的《远去的群落》(评〈今天〉诗人群落)。

《清华大学学报(哲学社会科学版)》第4期发表解志熙的《精深的冯至与博大的艾青——中国现代诗两大家叙论》;沃尔夫冈·顾彬的《黑夜意识和女性的(自我)毁灭——评现代中国的黑暗理论》。

《博览群书》第8期发表张桃洲的《一项诗学工程》;赵璕的《危机时刻的诗歌选择》。

本月,百家出版社出版陈炳的《逝水有痕》。

北京大学出版社出版南帆的《后革命的转移》。

河南人民出版社出版张云霞主编的《乡土与现代》。

黑龙江人民出版社出版徐晓杰、李宝华、王林彤主编的《中国当代热点小说导读》。

江苏教育出版社出版邵建的《文学与现代性批判》。

江苏人民出版社出版刘祥安的《话语的真实与现实》；鲁枢元的《苍茫朝圣路》；汤哲声、李卫国的《人生之惑与生死之谜》；姚鹤鸣的《世纪之交的足印》；曹惠民的《他者的声音——曹惠民台港华文文学论集》。

昆仑出版社出版黄柯的《水火集》。

社会科学文献出版社出版于启宏的《实证与诗性》。

浙江大学出版社出版徐亮、苏宏斌、徐燕杭的《文论的现代性与文学理性》。

中国文联出版社出版韩书文的《孔乙己和他的"长衫"》。

中国文史出版社出版北岛的《时间的玫瑰》；王晓岚的《流动的思想》。

中央民族大学出版社出版内蒙古师范大学中国少数民族作家研究中心编的《李传峰研究专集》。

作家出版社出版中国作家协会理论批评委员会编的《中国文学理论批评文选》。

9月

1日，《人民日报》发表张学昕的《文学：战火中诞生的凤凰》；穆鑫的《军事文学的永恒旋律》。

《文艺报》第98期发表赖大仁、许蔚的《构建和谐社会与文学反映社会矛盾》；马伟业的《抗日文学对中国新文学的贡献》；宗利华的《一种新文体的全方位崛起——小小说现象解析》。

《文学报》第1632期发表罗四鸰的《"博客文学"成出版新热点》；李凤亮的《都市·文学·现代性》；张燕玲的《失范和倒退》。

《名作欣赏》第9期上半月刊发表毕光明的《弱者复仇的白日梦——评莫言的〈月光斩〉》；翟永明等的《个体生存困境的展现与突围——简析李锐小说〈颜色〉与〈寂静〉》；李俏梅的《诗歌与人性共同的上升之路——读穆玛的诗》；马知遥的《于坚：在大城市的黑夜里》；何希凡的《用生命诠释美与自由——读高尔泰散文〈敦煌四题〉》；陈协的《底层意识的本色独白——夏榆散文〈黑暗之歌〉与〈失踪的生活〉解读》；时国炎的《像波希米亚人一样游荡——解读〈黑暗之歌〉与〈失踪的生活〉》；傅金祥的《行进在自己世界里的"斯密达"——读王小妮〈鸭绿江的另一边〉》；郭洪雷等的《从"器具"领悟生存——读李锐的农具系列小说〈袴镰〉〈残糖〉》；柯贵文的《愤怒的诗与感伤的诗——读〈袴镰〉与〈残糖〉》、《乡土社会的冷静摹写——评葛水平的小说〈喊山〉》；冯永忠的《从失语到言说——葛水平〈喊山〉解读》；夏元明的《北岛组诗〈太阳城札记〉解读》；陈林群的《整体象征的〈古寺〉》；王瑞华的《形式的特别与表现的深刻——评西西的短篇小说〈浮城志异〉》；伍方斐的《论新时期小说欲望叙事的乌托邦倾向》。

《诗刊》9月号上半月刊发表朱铁志的《不灭的诗心》；大卫的《在时光中低飞》；专栏"在《诗刊》听讲座之二十"发表雪潇的《诗歌内容的两个基本元素》；同期发表谢冕的《认识姚学礼》；王辽生的《灵魂之醉——浅谈刘家魁和他的叙事诗》。

《复旦学报（社会科学版）》第5期发表唐金海的《近百年文学大师论——兼论巴金在中国现当代文学上的原创性和杰出贡献》；王宏图的《浮世的悲哀：张爱玲的日常生活哲学》。

2日，《小说选刊》第9期发表阎晶明的《全知的自由和看不透的魅力》。

5日，《山东社会科学》第9期发表孙桂荣的《性别围城之外的话语缺失——对消费时代女性小说的一种文化解读》；祝建军、陈正敏的《读〈论中国当代小说中的民国叙事〉》。

《上海戏剧》第9期发表徐顺遂的《历史·文化·艺术——话剧〈立秋〉的多角度解读》。

《出版参考》第17期发表魏心宏的《我看虹影》。

《电影艺术》第5期发表边国立的《关于军事电影类型走向的思考》；张智华的《论抗日战争电影的主要特征》；付晓的《一寸河山一寸血——浅析新中国"正面战场"抗战电影中的历史阐释》；金丹元、孙晓东的《传统意识与现代性之纠缠——从〈小城之春〉到〈孔雀〉的"小城"(镇)情结》;孟犁野的《六十年代公安题材电影创作回顾》;邵滢的《日常经验与主流意识的交汇——解读女性题材电视电影》;楚卫华的《都市影像平凡中的感动》。

《花城》第 5 期发表张柠的《乡村社会的饮食和食物体系》;朱大可的《泼皮短语、流氓肖像和情色叙事》;陶东风的《大话文学·犬儒主义》。

《陕西师范大学学报(哲学社会科学版)》第 5 期发表陈美兰的《前沿性:中国现当代文学学科的魅力所在》;李怡的《"问题"与"前沿"——对中国现当代文学研究"前沿"的思考》;刘勇的《对"现代性"泡沫等现象的思考》;范伯群的《通向前沿之路:从史料出发进行实证研究》;张积玉的《现当代文学研究应重视资料的"田野调查"》;杨剑龙的《论〈雷雨〉舞台指示词的效用与艺术》;程国君的《论"新月"诗派的诗歌语言美追求》。

6 日,《文艺报》第 100 期发表林雨的《王祥夫短篇小说〈婚宴〉及其他:深情地体味小人物的伤痛》;葛红兵的《旷野诗人曹有云》。

8 日,《文艺报》第 101 期发表罗平立的《当前文艺在人性表现上的误区》;卢焱的《刘震云小说的批判意识》;李国春的《真情漫溢 韵味天成》。

《天涯》第 5 期发表刘继明的《我们怎样叙述底层?》。

10 日,《文艺研究》第 9 期发表吴义勤的《批评何为?——当前文学批评的两种症候》;阎晶明的《批评的眼光、态度和风格》;李建军的《批评家的精神气质与责任伦理》;苏宏斌的《文化研究的兴起与文学理论的未来》;高楠的《全球化语境下中国文论的主体性——兼与陈晓明商榷》。

《中州学刊》第 5 期发表孔令环的《许地山作品中的意象及其与传统文学意象的关系》;叶君的《感伤的行旅——论侨寓者返乡》;徐巍的《视觉文化语境中影视与小说的互动与背离——兼论当代小说自救的可能途径》;孙海芳的《视觉文化作用下的文化断裂与困惑》;刘俐莉的《论偶像剧存在的合理性》;张化廉的《论中国当代文学对建构先进文化的作用》。

《中国社会科学》第 5 期发表王铁仙的《中国左翼文论的当代反思》。

《中国图书评论》第 9 期发表杨新宇的《现代戏剧史料学的重大拓展》;贺绍俊的《一个并非专属于藏族文化的传说》。

《西南师范大学学报(人文社会科学版)》第 5 期发表陆正兰的《论诗歌精神重建的现实性与可能性》;蒋登科的《唐湜的诗歌意象理论》;许霆的《20 世纪中国

现代诗学观念演进论》;韩云波的《大陆新武侠和东方奇幻中的"新神话主义"》;王晓初的《论"白马湖文学现象"》;王学振的《胡风编辑活动的主体性:以〈七月〉、〈希望〉为例》;朱华阳、陈国恩的《还原历史的真相:关于舒芜和七月派的几个问题》;曾利君的《中国现代文学中的神秘想象与叙述》;唐毅的《本真生命的释放与真实艺术的探求——郁达夫创作新论》;秦俭的《论新时期女性散文的尊严追问》。

《江海学刊》第 5 期发表王轻鸿的《关于散文语言的诗性特征探讨的反思——与陈剑晖先生〈论散文的诗性语言〉一文商榷》。

《学术论坛》第 9 期发表肖晶的《论虹影作品中的女性意识与现代化思想》。

11 日,《文汇报》发表汪政、洪治纲、朱小如的《民族叙事与史诗意味的凸显——刘醒龙长篇新作〈圣天门口〉三人谈》。

《青年文学》第 9 期发表方方的《写小说是一种倾诉的需要》。

13 日,《文艺报》第 103 期发表本报讯《雷熹平诗歌研讨会在桂林举行》。

15 日,《人文杂志》第 5 期专栏"人文学术新思潮:历史题材创作与改编中重大问题研究"发表童庆炳的《"历史 3"——历史题材文学创作的历史真实》,李春青的《谈谈关于历史题材作品的评价标准问题》,季广茂的《掀起"历史真实"的盖头来》;同期发表张岩泉的《坚忍的期待与行动的意义——九叶诗人 20 世纪 40 年代诗作生命主题探析》。

《中山大学学报(社会科学版)》第 5 期发表李金涛的《"反讽":打开中国现代小说精神空间的另一种钥匙——以对鲁迅〈故事新编〉的解读为例》。

《文艺报》第 104 期发表本报讯《新世纪重庆小说创作研讨会召开》;同期发表黄桂元的《"酷评"的功过是非》;丛新强的《现代主义小说研究:问题与方法》;袁国兴的《〈西方电影理论史纲〉的"问题意识"》;高洪波的《批评的写作——读耿立〈见证与信的文字〉》。

《文学报》第 1618 期发表《甘肃"小说八骏"扬起西部雄风》;王安忆的《小说的当下处境》;董丁王的《当代文学史研究中的几个问题》。

《文学评论》第 5 期发表吴思敬的《中国新诗:世纪初的观察》;李娜的《在记忆的寂灭与复燃之间——关于台湾的"二二八"文学》;陈淑梅的《新时期女性小说话语权威的建立》;周立民的《传统叙事精神的复现——杨争光小说所展现的可能性》;唐小林的《极限情景:史铁生存在诗学的逻辑起点》;李遇春、普丽华、曾庆江的《贺敬之文学创作国际学术研讨会综述》。

《文艺争鸣》第5期发表郜元宝的《〈中国的"文学第三世界"〉一文之歧见》；以"关于新世纪文学"为总题，发表孟繁华的《新世纪：文学经典的终结》，徐敬亚的《原创力量的恢复——新世纪"诗歌回家"之三》，黄发有的《影子批评——新世纪文学批评的独立性危机》；同期发表王一川的《想像的革命——王朔与王朔主义》；王列耀、赵牧的《"原乡"与"神州"——马来西亚华裔汉语写作中的所望之"乡"》；张丽军的《新世纪文学人民性的溯源与重申——兼与王晓华先生商榷》；冯黎明的《文学批评的学科身份问题》；肖翠云的《中国语言学批评：热潮退却后的冷思》；荒林、张洁的《存在与性别，写作与超越——张洁访谈录》；赵德利的《民间精神与民间文化视角——以20世纪中国小说为例》；曹斌的《中国小说民间精神管窥》；权雅宁的《日常生活与民间——90年代小说的民间化审美论略》；张乃良的《"流氓"的魂幡——民间精神之一帜》；卢桢的《新世纪女性主体的自由言说——浅谈赵玫近五年来的创作》；侯颖的《儿童文学创作中存在的问题》。

《当代文坛》第5期发表刘泰然的《欲望与幻象：作为谎言的当代写作》；张素玫的《对话与狂欢：巴赫金与中国当代文学批评》；李天道的《中国传统生生意识与审美创造的无限性》；董晔的《建构当代文学批评学应注意的几个问题》；姜飞的《可持续崩溃与可持续写作——从〈尘埃落定〉到〈空山〉看阿来的历史意识》；付艳霞的《指挥一部混沌的村落交响曲——评阿来的〈空山〉》；翁礼明的《悖论中的隐喻——评阿来长篇小说〈天火〉》；李申华的《寻找灯绳的苏童——谈苏童近几年的短篇小说创作》；赖翅萍的《现代平民个象的审美创造与表达——论李冯小说创作的独创性》；何镇邦的《对生活有所发现，对文体有所贡献——简论刘恪的小说创作》；关峰的《刘庆邦小说论》；龙厚雄的《明快的叙事，别样的视角——戴来近作比较研究》；孙新峰的《伤狼·独马·困鹿——陕西文坛三作家像》；柏桦的《从主体到身体——关于当代诗歌写作的一种倾向性》；李蓉梅、杨宏敏的《成长小说的另类叙事——论杨红樱的顽童成长小说》；朱美禄的《以结构制造存在的幻象——对格非小说〈戒指花〉的一种阐释》；吴笑欢的《转换式人物有限叙事视角——格非新作〈人面桃花〉视角分析》；李莉的《跋涉于解构与建构的艰难之旅——韩少功〈801室故事〉解读》；杜凤鸣的《话语冲突与意识形态冲突的解构之途——艾伟〈小卖店〉的叙事艺术分析》；王贝贝的《谁动了我的苹果？——略论王祥夫中篇小说〈愤怒的苹果〉的叙事动力》；陶德宗的《评余光中的散文新作

〈山东甘旅〉》；姜智芹的《西方读者视野中的莫言》；栗丹的《2004年优秀短篇小说主题述评》；杨彬的《新时期女性主义小说的困惑与出路》；蒋丽娟的《在爱与痛的夹缝中穿行——简析郭敬明的成长叙事》；文翔、曾素君的《青春滋味：酸涩的青苹果——评落落的青春小说〈年华是无效信〉》；肖云儒的《〈秦腔〉：贾平凹的新变》；周景雷的《面对乡村精神的丧失——简论〈秦腔〉中的坚守问题》；向荣的《乡村的政治经济学与隐蔽的权力经验——评贺享雍长篇小说〈土地神〉》；武志刚的《一曲都市平民的交响乐章——傅恒长篇新作〈天地平民〉印象》；陈祖君的《男性迷茫人生之海的漂浮》；谢晓霞、崔同科的《女性视角、历史与镜像——李少红电影研究》；周睿的《新人文剧对古典文学传统的吸纳——以电视剧〈似水年华〉为例》。

《当代电影》第5期发表陈犀禾的《论当代中国电影中的父亲形象和文化建构》；郦苏元的《关于中国电影史写作走向的思考》；陈墨的《〈清宫秘史〉评说三题》；饶曙光的《〈李双双〉与民间文化及其喜剧精神》；石川的《〈白毛女〉：从民间传奇到红色经典》；范志忠的《〈小城之春〉：欲望缺席的年代》；史博公的《一种题材，别样风采——中国"抗战题材"电影述评（1932—2005）》；周安华的《视觉感动的镜像表现——论电影艺术理论的重构》；康尔的《探究表述之道：完善电影创作论的路径》；沈国芳的《构建类型电影的新观念》；田兆耀的《也论电影艺术的假定性思维》。

《江汉论坛》第9期发表王泽龙的《闻一多诗歌意象艺术嬗变论》；江胜清的《近年来反腐小说的文化透视和反思》；张治国的《"后现代主义"与中国先锋作家的技术操作》。

《华东师范大学学报（哲学社会科学版）》第5期发表王铁仙的《瞿秋白的大众文艺论与葛兰西的文化霸权思想》；罗岗的《视觉"互文"、身体想象和凝视的政治——丁玲的〈梦珂〉与后五四的都市图景》；高蔚的《中国化"纯诗"：一次艰难的文化之旅》。

《江苏社会科学》第5期发表杜心源的《"震惊"的颠覆：新感觉派的"性感尤物"与城市空间》；贺仲明的《黯淡的激情——论20世纪90年代以来小说中的浪漫主义》。

《齐鲁学刊》第5期发表贺立华的《阶级斗争理论与20世纪上半叶的中国文学》；刘红的《鲁迅对中国封建文化"吃人"意象的精神挖掘》；刘可可的《寻根文

学:"文革"思维的超越与残留——〈棋王〉〈爸爸爸〉的叙事学分析》；王辉的《多元融合与自由超越：张炜创作的思想资源》；宋彦的《爱情的另一种言说——北村〈周渔的喊叫〉解读》。

《诗刊》9月号下半月刊发表李先锋的《眼睛与写诗》；燎原的《无尽头的风，刮了还刮》。

《社会科学研究》第5期发表李怡的《多重概念的歧义与中国文学"现代性"阐释的艰难》；刘保昌的《道家艺术与现代文学的逍遥美》。

《社会科学辑刊》第5期发表高翔的《早期东北现代散文研究述论》；文贵良的《渗透与超越：从战争意识角度理解胡风话语》；徐仲桂的《中国都市文学的现代性问题：性爱观念与市民形象的塑造——以鸳鸯蝴蝶派与新感觉派小说为例》。

《南方文坛》第5期发表张念的《批评、偏见与傲慢》、《消费社会的女幽灵》；张柠的《男权社会中急促的警笛》；艾云的《个体担当中思考身体即是思考严肃——张念的写作及思考》；阎真的《渴望清澄之水》；李美皆的《容易被搅浑的是我们的心》；刘川鄂的《"狂妄"的作家与"坚守"的批评家》；程光炜的《"人道主义"讨论：一个未完成的文学预案——重返80年代文学史之四》；徐肖楠、施军的《市场化年代的小农叙事》；徐庆全的《〈苦恋〉风波始末》；钱振文的《"难产"的〈青春之歌〉》；林宋瑜的《一个充满巫傩异象的小说王国——读田瑛小说集〈大太阳〉》；施战军的《起搏现代新人文的命脉——田瑛的湘西小说》；程亚丽的《政治反讽与女性主体的自我建构——对董立勃〈白豆〉与〈米香〉的一种读解》；杨扬的《影像中国札记——兼论田壮壮导演的电影〈蓝风筝〉》；贺绍俊的《理论动态》。

《浙江学刊》第5期发表王嘉良的《灵魂的写实：突进创作主体的深层心理体验——论中国新文学的心理体验现实主义》。

《理论与创作》第5期发表王晖的《历史局限与当代观照——关于写实文学的阐释与研究方法》；李茂民的《文学理论的危机与走向——"文化诗学"研究述评》；韩模永、杨淑敏的《文学的主体间性解读》；李运抟的《现代田园的骚动与书写——近年农村题材小说创作走向》；吴妍妍的《乡村"城市化"进程与女性"留守者"角色》；施学云的《论当代文学中流动农民形象书写的嬗变轨迹》；刘荣林的《对农民人生命运的"寻根"——兼谈阎连科、石钟山、胡学文的小说》；王姝的《民间：自由言说的可能性及其限度》；叶祝弟的《纯文学刊物的式微与先锋派小说的终结》;郭剑敏的《中国当代历史小说创作三元形态论》;龙永干的《"官场"叙事的偏差与误区》;黄玉蓉的《深圳文学的主要缺失》;刘永涛的《青春的奔突——论80后文学》;胡沛萍的《如何面对文学新生力量——也谈"80后"写作》;赵勇的《电话、情书、身体与数字化时代的爱情——解读〈桃李〉中的李蓝之恋》;郭宝亮、倪素梅的《〈手机〉的"说话"主题及其局限》;裴艳艳的《人性悲剧之歌——简评方方市民题材小说》;管怀国的《论迟子建艺术世界里"傻子"形象的艺术价值》;余安娜的《一代儒臣的悲歌——评〈张之洞〉》;岳雯的《〈血色浪漫〉:另一种青春的可能》;杨经建、易娟的《弦歌不辍 爝火不熄——读〈爝火集〉》;禹建湘的《用心灵触摸历史文化的颤动——读张心平先生的〈发现里耶〉》;邵瑜莲的《论九十年代电视剧女性形象的叙事演变》;谢建华的《功能与符号的配方——都市言情剧艺术形象探析》;穆海亮的《先锋戏剧的历史命运与当下处境》;艾斐的《文学:应当从时尚走向时代》;刘超的《遥相张望 观之如炜——遥望张炜,走近张炜》;欧娟的《农村现实题材文学创作暨长篇小说〈黄土朝天〉研讨会综述》。

《福建论坛》第9期以"《新青年》与中国文学"为总题,发表李俊国、何锡章的《〈新青年〉:新文化元典精神与五四新文学审美方式》,宋剑华的《胡适与〈新青年〉:中国文化的现代代言》,徐德明的《〈新青年〉斥"黑幕"辨》;同期发表焦雨虹的《当代诗学历程回顾与瞭望——诗歌现代性困境解读》。

《唐都学刊》第5期发表蔡宇的《从边缘化、社区化走向主流化——二十世纪下半叶以来北美华文文学创作走势简析》。

16日,《中国人民大学学报》第5期发表陆贵山的《新历史主义文艺思潮解析》。

17日,《作品与争鸣》第9期发表马识途的《文坛三问》。

20日,《小说评论》第5期发表雷达的《〈空山〉之"空"》、《昨天已经古老》(雷达专栏:"长篇小说笔记");李建军的《升华与照亮:当代文学必须应对的精神考验——以西部文学为例》(李建军专栏:"小说病象观察");贺绍俊的《非职业写作的批评》(贺绍俊专栏:"追风逐云");洪治纲的《中国当代先锋文学发展主潮》;周水涛的《略论近年"生态乡村小说"的创作指向》;以"陈染专辑"为总题,发表於可训的《主持人的话》,陈染的《陈染自述》,杨敏、陈染的《写作:生命意识的自由表达——陈染访谈录》,杨敏的《论陈染小说人物的心理困境》;同期发表傅逸尘的《城乡二元对立背景下的人性探索——评陈应松"神农架系列"创作》;晓华、汪政的《略论鲁敏的小说创作》；张学昕、葛岚的《晓航的魔力——评晓航的小说创作》；卢翎的《滕刚的意义》；葛红兵、任亚荣的《超越者的抗辩——读冯积岐小说〈大树底下〉、〈敲门〉》；王科的《沉思与定位——论汤吉夫的校园小说》；翟苏民的《素朴生发出的诗美——刘庆邦短篇小说简论》；吴秀明、夏海微的《文化历史小说的另一种写作——评王顺镇的长篇历史小说〈风流宰相谢安〉》；方守金的《巨商和他的人生境界——读〈上海巨商黄楚九〉》；张浩文的《效率原则与网络小说》。

《东北师大学报（哲学社会科学版）》第5期发表邓俊庆的《梁实秋与无产阶级革命文学》。

《北京大学学报（哲学社会科学版）》第5期发表严家炎、袁进的《现代性：二十世纪中国文学的显著特征》；孔庆东的《老舍与国民精神》；童庆炳的《文学经典建构诸因素及其关系》。

《学术月刊》第9期发表吴秀明、王姝的《全球化语境与历史叙事的民族本土立场》。

《河北学刊》第5期发表钱中文的《文学观念向他律的倾斜与越界——评20世纪30年代初前后六七年间文学观念的论争（下）》；王一川的《中国现代性的特征（上）》；李跃红的《中国现代"悲剧情结"及内在诉求》；以"抗日战争的历史记忆与文学（专题讨论）"为总题，发表杨义的《历史记忆与21世纪的东亚学》，严家炎的《救亡与启蒙的二重奏——对抗战文学的一点认识》，王富仁的《战争记忆与战争文学》，黄修己的《对"战争文学"的反思》，吴福辉的《战争、文学和个人记忆》，刘增杰的《抗战反思文学思潮的独特品格》，秦弓的《抗战文学与正面战场》。

《学术研究》第9期发表贺仲明的《论抗战时期文学中的道德精神变异》。

《南开学报（哲学社会科学版）》第5期专栏"专题研究：性别与中国文学、文化"发表王宁的《文化研究语境下的性别研究和怪异研究》，杨剑龙的《男性视阈中的女性观照——读鲁迅的〈伤逝〉、叶圣陶的〈倪焕之〉》，林丹娅的《冰心早期女性观之辨析》。

22日，《文艺报》第107期发表黄力之的《警惕贵族化、物欲化倾向》；龚举善、陈小妹的《开放时代报告文学的文体谱系》；熊元义、曾育辉的《为时代英雄立传》；吴义勤的《"油菜坡"与"大学城"——漫谈晓苏近期的短篇小说》；姚小亭的《中国电影与中国戏剧的历史渊源》。

23日,《天津社会科学》第5期发表王一川的《泛媒介场中的京味文学第三代》;王宁的《全球化、文化研究和当代批评理论的走向》;吴子林的《"现代性"、"现代性体验"与"文革文学"》;王智慧的《论革命文学运动中文学与政治的关系》。

《武汉大学学报(人文科学版)》第5期发表邵莹的《双重维度间的冲突与选择》;金宏宇、高田宏的《"革命"与"性"的意义滑变——〈蚀〉三部曲的版本比较》。

24日,《文艺理论与批评》第5期发表尹鸿的《全球化背景下中国电影的国际化策略》;戚吟的《十七年电影再反思——兼评〈毛时代中国电影的历史、神话与记忆1949—1966〉》;葛飞的《市场与政治:1930年代的左翼电影运动》;杨劼的《延安:"五四"之后现代文学的又一转型》;李国春的《革命历史小说的继承与创新——评长篇小说〈湘南起义〉》;邵燕君等的《中国主流文学期刊2005年第3期综评》;李相银、陈树萍的《变调:叙事的强度与难度——评余华的新作〈兄弟〉》;傅书华的《从"山药蛋派"到"晋军后"——山西三次小说创作高潮再审视》;杨矗的《山西当代文学的谱系分析》;王巧风的《山西女性文学的湮没与浮出》;丁琪的《中国现代文学中的"疾病意象"探析》;龚举善、赵崇碧的《文学研究的本体复归与跨学科建构——以〈文学语言学〉为例》。

25日,《文艺理论研究》第5期发表张志平的《建构"'五四'以来的中国文学"的理论范式》;汤奇云的《文人趣味千古传——评"京派"文论的逻辑建构》;吴秀明的《论文化转型语境中的"历史翻案"现象——兼谈当前历史文学的历史观和艺术创造力问题》;杨飔的《论作为当代个人独立文论述学人称的"我们"》;管宁、魏然的《后现代消费文化及其对文学的影响》。

《东岳论丛》第5期发表郑春的《追赶与浮躁——关于现代文学的反思之一》;房福贤的《抗日文学中的几个理论问题》;张学军的《现代主义在中国的命运》;段金花的《萧红与张爱玲的女性意识比较》。

《甘肃社会科学》第5期发表支克坚的《关于新时期文艺上不再提两个口号》;杨匡汉等的《"共和国文学"纵横谈——杨匡汉先生访谈录》;崔云伟、刘增人的《2004年鲁迅研究综述》;唐欣的《在生活和艺术之间——简论口语诗的意义和影响》。

《当代作家评论》第5期以"贾平凹评论专辑"为总题,发表谢有顺的《尊灵魂,叹生命——贾平凹、〈秦腔〉及其写作伦理》,韩鲁华、许娟丽的《生活叙事与现实还原——关于贾平凹长篇新作〈秦腔〉的几点思考》,穆涛的《履历》,陈思和、杨剑龙等的《〈秦腔〉:一曲挽歌,一段情深——上海〈秦腔〉研讨会发言摘要》,张胜友、雷达等的《〈秦腔〉:乡土中国叙事终结的杰出文本——北京〈秦腔〉研讨会发言摘要》;同期发表李欧梵的《读麦城的诗——麦城诗集〈词悬浮〉小序》;王宏图的《阴影里的风景:城乡对峙与精神乌托邦》《都市日常生活、身体神化中的欲望书写》;郭春梅的《生命的"挣扎"与"救赎"——钱理群学术研究述评》;林分份的《史学想象与诗学批评——王德威的中国现代小说研究》;张春田的《在思想与文学之间——王晓明的文学研究与"文化研究"》;李春的《从"前缘"到"边缘"——黄子平的批评踪迹》;刘黎琼的《出入文学史写作的内与外——试论洪子诚的当代文学史著述》;汤莉的《坚持个性、执着探索——赵园的学术发展脉络》;倪咏娟的《读人与读己——略论赵园的治学思路与著述文体的选择》。

《社会科学战线》第5期发表李新宇的《崎岖的启蒙之路——1980年代中国文学的知识分子话语之一》;肖向明的《情归革命——从〈白毛女〉看"革命时代的爱情"书写》;陈爱中的《前瞻而深蕴的学术创获——评逄增玉的〈现代性与中国现代文学〉》。

《世界华文文学论坛》第3期发表陈鸿能的《后现代主义与新加坡都市诗歌》;林怀宇的《平和之美——论姚宗伟的散文风格》;朱文斌的《存在是不可触摸——论赵戎的长篇小说〈在马六甲海峡〉》;马淑贞的《叙事话语中的族群关系》;郑楚的《东南亚华文文学及研究发展的新阶段——第六届东南亚华文文学研讨会评述》;陶德宗的《深深中华情　赤诚祖国心——评台湾沦亡后海峡彼岸的主流诗歌创作》;刘红林的《殖民者与殖民地旧文化的结盟——浅谈日据时期台湾的旧文学》;徐秀慧的《战后初期台湾的文化场域与文学思潮的考察(1945～1949)》;许永强的《从仰望理想到人的异化——论陈映真小说的题旨》;许燕的《跨语境传播与身份差异——美华文学在大陆语境被过滤的作家因素分析》;庄园的《一部长篇小说和几个评论关键词——评华裔女作家韩素音的〈青山不老〉》;王韬的《澳门当代文学中的两个重要题材》;王剑丛、朱楚颜的《论刘以鬯的生命体验》;倪金华的《记录生命旅程,透现人生感悟——香港作家梅子文集〈苇思散叶〉品评》;陈剑兵的《从〈倚天屠龙记〉看金庸小说的情爱叙事意识》;李如的《破碎虚空　创造无限——论黄易的武侠小说创作》;柳哲的《和平国士曹聚仁》;朱蕊的《她们的朋友——徐学〈悦读台北女〉序言》;王盛的《历史的论证　良心的倾诉——读余思牧著〈作家许地山〉》；单汝鹏的《勤力劳心　固志不倦——钦鸿编〈文人的另一面〉谈片》。

《青海师专学报(教育科学)》第5期发表任树民的《名家诗词浅析——有感于台湾光复60周年》。

《郑州大学学报(哲学社会科学版)》第5期发表洪子诚的《当代诗歌史的书写问题——以〈持灯的使者〉、〈沉沦的圣殿〉为例》；周伟红的《在"生死场"和"呼兰河"之间——论萧红创作之转变》；王玉宝的《以禅悦之心构建审美乌托邦——废名小说简论》。

《语文学刊(高教版)》第9期发表李维智的《余华小说中的儿童形象分析》；孙斐娟的《论中国当代男作家笔下的女性形象》；龙彦竹的《一曲假爱中的人生悲歌——〈人生〉中高加林矛盾性格的心理分析》；王继霞的《当代回族文学民族性审美追求初探》；张连义、涂春霞的《〈许三观卖血记〉"卖血"的象征意义》；王敏的《浅谈老舍创作视点的独特性》。

《晋阳学刊》第5期发表李相银的《论中国现代文学史写作的新进路》；闵建国的《沈从文"弃文"透视》；李彦文的《论张承志小说中的英雄美人模式》。

27日,《文艺报》第109期发表赵庆庆的《郁郁哉,温哥华的华裔文学》；王剑丛的《沈先生有关审视美华文学的标准和中美文化差异的一些观点——我不敢苟同》。

《文学自由谈》第5期发表赵月斌的《文学评论之葵花宝典及二分法》；张春生的《重读孙犁抗日小说有感》；杨光祖的《〈直谏李建军〉异议》。

28日,《兰州大学学报(社会科学版)》第5期发表关峰的《沈从文文学思想散论》；许剑铭的《冲突与积淀——中国现代文学表现主义的艺术延展》。

《厦门大学学报(哲学社会科学版)》第5期发表俞兆平的《徐志摩后期美学思想中的古典主义倾向》。

29日,《人民日报》发表王丹彦的《电视剧产业的文化意识》；刘忠的《批评家的职业定位与素养》。

30日,《光明日报》发表胡良桂的《现实题材：长篇小说空间的拓展》；曾庆瑞的《敬畏经典》。

《南京大学学报(哲学·人文科学·社会科学)》第5期发表杨景辉的《焦菊隐与北京人艺演剧学派》；胡德才的《对十七年"歌颂性喜剧"的反思》。

本月,《中国文学研究》第 3 期发表陈彦的《从"反抗的身体"到"享乐的身体"——百年中国文学的"身体话语"实践》；魏韶华、金桂珍的《对个体生存哲学的两种解读——以鲁迅和梁启超为中心》；权绘锦的《鲁迅、闻一多新诗理论与创作之比较》；夏德勇的《回家之路——郁达夫小说的文化归属》；黄献文的《论穆时英创作的"南北极"倾向》；杨爱平的《论城市散文的现状及其走向》；王贞兰的《无根的漂泊——论穆时英新感觉派小说中家的缺失》；胡光波的《水积深者其流远——读丁帆主编〈中国西部现代文学史〉》；陈国恩的《易竹贤先生的"鲁迅研究"与"胡适研究"》；黄海晴的《诗性的烛照与栖居——评黄曼君先生的〈新文学传统与经典阐释〉》。

《文艺评论》第 5 期发表李咏吟的《审美认知和自由意志》；张奎志的《文学批评中的"过度诠释"》；徐志伟的《关于文学教育范式危机问题的思考》；杨经建的《论中国当代文学的"审父"母题》；黄发有的《〈美文〉与散文流向》；郭力的《想像中的真实——女作家的"我读我看"》；傅元峰等的《"红色经典"：一次文化事件》；王光明的《"寻根文学"新论》；郑卫明的《主体间性的降临与第三代诗歌艺术的转变》；薛祖清、席扬的《"符号"与"歧义"——〈红旗歌谣〉"情诗"解读》；马永波的《返回无名》；傅翔的《"唯漂亮主义"的终结——当前戏曲探索的歧途》；陈阳的《给电影一个多元艺术世界——兼评一种理论的替代和一种传统的沉寂》；耿晶的《后现代与后现代艺术》。

《河北大学学报(哲学社会科学版)》第 5 期发表肖佩华、杨柳的《现代中国市民小说的市井意识》；王艳玲、郝雨的《谢晋电影潜在的"史诗"意识及整体建构》。

《暨南学报(哲学社会科学版)》第 5 期发表刘小平的《论新时期文学中的道家话语发生问题——以寻根文学为发生中介物》。

《台湾研究集刊》第 3 期发表朱双一的《台湾新文学中的"陈三五娘"》；张羽的《试论日据时期台湾文坛的"幻影之人"翁闹——与郁达夫比较》；蒋小波的《"国粹"与"种姓"：章太炎与连雅堂"语文"思想之比较》。

《职大学报》第 3 期发表宋微的《人在边缘——论严歌苓旅外小说中的女性形象》。

本月,新星出版社出版刘俊的《跨界整合——世界华文文学综论》。

花城出版社出版彭志恒的《海外中国：华文文学和新儒学》。

百花洲文艺出版社出版公仲的《"万里长城"与"马其诺防线"之间的艰难

突围》。

大众文艺出版社出版孙涛的《昨夜涛声》。

复旦大学出版社出版张新颖的《沈从文精读》。

华东师范大学出版社出版王兆胜的《文学的命脉》。

上海教育出版社出版旷新年的《写在当代文学边上》。

学林出版社出版傅查新昌、黄向辉的《失衡的游戏》。

中国传媒大学出版社出版徐敏的《文学与资本主义》。

10 月

1日,《作家》杂志第10期发表钟红明、东西的《其实每个人都有后悔——关于长篇小说〈后悔录〉的访谈》;王鸿生等的《批评之途:返身与前行》;顾艳的《灵魂的飞翔与燃烧——记海男》。

《出版广角》第10期发表王谦的《虹影:房中术疑似传人》。

《名作欣赏》第10期上半月刊发表何希凡的《女人血泪中的黄金,黄金梦魇中的女人——张爱玲〈金锁记〉的性别意识与文化沉思》。

《作家》第10期发表张蔓蔓的《不觉流水年长——论哈金长篇小说〈等待〉的主题》。

2日,《小说选刊》第10期发表张志忠的《追问死亡与体验生存——〈小说选刊〉2005第3季度述评》;阎晶明的《希望,就是一种寻找》。

5日,《山东社会科学》第10期发表黄开发的《"五四"现实主义文学观念的发生》;王涧的《叛逆的新人与"出走—回归"模式》。

《上海戏剧》第10期发表王鸣剑的《始于怒吼——抗战时期的重庆戏剧》;张莉的《追寻"白毛女"的回忆——舞剧〈白毛女〉故乡行巡演琐记》。

《朔方》第10期发表虹影的《虹影:我为我的爱人写作》。

6日,《文学报》第1621期发表卧崂子的《张悦然,纯文学不是喊出来的》。

《台港文学选刊》第 10 期发表丁果的《绚烂后面的孤独》；魏奕雄的《记国土沦丧之痛　颂台胞抗争之魂》。

10 日,《文艺研究》第 10 期发表贺桂梅的《先锋小说的知识谱系与意识形态》；陈阳的《先锋散落后的精神碎片》；陶东风、罗靖的《身体叙事：前先锋、先锋、后先锋》。

《中国图书评论》第 10 期发表徐学的《再生缘》；付艳霞的《后悔路上的寓言》；罗雪英的《改编，请尊重原著》。

《学术论坛》第 10 期发表陈军的《科学理性的反思与马克思主义文学理论的重建——关于现代性与当代文学理论发展的思考》。

11 日,《文艺报》第 112 期发表本报讯《郭明辉作品研讨会在京召开》。

《青年文学》第 10 期发表刁斗的《虚有》。

13 日,《文艺报》第 113 期发表刘旭光的《酷评之"酷"》；刘平的《"小说戏剧"——话剧舞台上的新样式》；夏子的《农村题材文学应该强化乡土民间特质》；蒋扬帆的《诗人的局部观与整体观》；高欣荣的《现代性文学史观的反思》；唐明星的《批评的智性转换——读〈中国当代小说家群论〉》。

《文学报》第 1622 期发表《陈应松、王松、雪漠谈写作：力量·精致·立场》。

15 日,《江汉论坛》第 10 期发表陈爱中、罗振亚的《论实证思维对新诗语言的影响》；张林杰的《20 世纪 30 年代诗人的读者意识与诗歌的交流危机》；张吉兵的《德性主体——1937—1946 年废名身份的认证》；王中的《宣泄与拯救——鲁迅〈孤独者〉的创作心理意图》。

《诗刊》10 月号下半月刊以"尖峰岭谈诗"为总题，发表田芽整理的《尖峰岭诗歌研讨会纪要》、李少君的《诗歌的多样性》，雷平阳的《创作手记：我为何写作此诗》，臧棣的《一种不同寻常的"笨拙"》，陈仲义的《形式感与类型化》；同期发表梁小斌的《静中有物，但却是诗》。

《福建论坛》第 10 期发表王本朝的《从现代性到全球性——中国现代文学研究的学术资源问题》；方长安的《中国近现代文学接受日本文学影响反思》；杨经建的《走向弥尔顿命题：中国现代文学中的"失（复）乐园"叙事》；江倩的《论〈日出〉对都市文学的贡献》；文斌的《论陈衡哲的女性观及拓荒价值》。

16—17 日，由厦门大学台湾研究中心、厦门大学台湾研究院主办的"海峡两岸台湾文学史研讨会"在厦门召开。

17日,《作品与争鸣》第10期发表秋石的《"鲁迅是教我懂得中国的一把钥匙"——纪念斯诺诞辰100周年》。

20日,《文艺报》第116期发表高龙民的《找回话剧的"人格魅力"》;左芳的《新世纪华语电影英雄叙事的文化意义》;陈骏涛、马相武的《现实主义仍将是小说创作的主潮——中国小说学会第八届年会综述》。

《华文文学》第5期发表李贵苍的《〈海外中国:华文文学和新儒学〉序》;公炎冰的《对美国华文文学研究的分类评析》;陈辽的《台湾文学思潮的发现、探微与批判——读朱双一〈台湾文学思潮与渊源〉》;李鸿祥、古秀荣的《现场性:赖声川的现代剧场艺术》;王军的《2004年世界华文文学研究综述》;陈墨的《金庸扫描》;孔庆东的《〈鹿鼎记〉的思想艺术价值》;易水寒的《金庸小说与非理性体验》;袁良骏的《与彦火兄再论金庸书》。

《唐都学刊》第5期发表蔡宇、沈正军的《从边缘化、社区化走向主流化——二十世纪下半叶以来北美华文文学创作走势简析》。

25日,《文艺报》第118期发表林雨的《张者长篇小说〈零炮楼〉:小人物的抗战让人感动》。

27日,《人民日报》发表艾斐的《文化的民族个性与产业化途径》;杨宏鹏的《解读史铁生——评胡山林新著〈寻找灵魂的归宿〉》。

《文艺报》第119期发表聂茂的《新时期文学的灵魂拷问》;仲呈祥的《红色经典改编不能改掉其精神实质》;蒋晓丽的《磨砺文艺批评的锋芒——对一种批评的批评》;徐勇、张贞的《新时期文学批评的应对策略——"文学批评现状"座谈会综述》;张慧的《多维视野中的现代出版》。

30日,《绍兴文理学院学报(哲学社会科学)》第5期发表朱文斌的《海外华文文学研究方法转换论》;钱果长的《鲁迅钟理和比较论》。

本月,《江淮论坛》第5期发表吕德强的《网络文学:从众声喧哗到理智反思》;盖生的《对近年文学理论研究的价值盘点和意义反思》;张春歌、李红芳的《乡村人的"城市童话"——透视农民工生活的小说》。

《南京社会科学》第10期发表陈尚荣的《世俗化的日常生活景观——20世纪90年代诗歌与散文的题材取向》。

《读书》第10期发表蒋子丹的《当悲的水流经慈的河——〈世界上所有的夜晚〉及其他》(评迟子建)。

《博览群书》第 10 期发表陈平原的《早期北大文学史讲义三种》；吴小龙的《回望"抒情年代"——读潘婧〈抒情年代〉》。

本月，北京大学出版社出版杨莉馨的《异域性与本土化》。

大众文艺出版社出版周宗奇、杨品编的《马烽研究文选》。

广西师范大学出版社出版洪治纲的《守望先锋》；吴俊的《文学的变局》。

广州出版社出版江凯波的《文海泛舟》；卓世明的《文坛走马摘香花》。

华龄出版社出版曹万生的《茅盾艺术美学》。

社会科学文献出版社出版毕光明、姜岚的《虚构的力量》。

新世界出版社出版傅光明主编的《老舍的文学地图》。

11 月

1 日，《文艺报》第 121 期发表本报讯《〈十月〉杂志邀集小说新锐研讨创作》；同期发表曾镇南的《陆天明长篇小说〈高纬度战栗〉显示人的灵魂的深》；李朝全的《农民工不应是城市边缘人》；江湖的《城市感觉与乡土经验的变迁》。

《名作欣赏》第 11 期上半月刊发表魏家骏的《〈雪坝下的新娘〉艺术三题》；刘新锁的《诗意之美与现实之丑——读〈雪坝下的新娘〉》；朱美禄的《天地不仁境遇中的苦涩慰藉——评迟子建小说〈雪坝下的新娘〉》；沈奇的《读诗札记》；晓华、汪政的《〈彩虹〉与毕飞宇的短篇小说》；毕光明的《存在感：无药可治的生命之疼——评陈希我的〈我疼〉》；张文珍的《美丽如花——读唐敏〈女孩子的花〉和李天芳〈种一片太阳花〉》；王菊延的《议论风生见真情——王安忆散文〈黄土的儿子〉赏析》；朱文斌的《一篇"有意思的散文"——读贾平凹的〈静虚村记〉》；马绍玺的《怒江边上人与江水的一次诗歌对话——于坚诗歌〈横渡怒江〉解读》；郑新的《命运沉浮中的觉醒——对宗璞小说中知识分子身份的探析》；王剑的《对现代都市情感的一次轻触——读〈白水青菜〉，兼与张乐朋先生商榷》；沈坤林的《〈错误〉的一种美丽揣想》。

《作家》杂志第 11 期发表余华、张英的《余华：〈兄弟〉这十年》。

《诗刊》11 月号上半月刊发表大解的《认识大平——浅谈大平近期的诗歌》；专栏"在《诗刊》听讲座之二十一"发表洪烛的《缪斯的刀与剑》。

2 日，《小说选刊》第 11 期发表阎晶明的《城乡：在暧昧和敌意之间》。

3 日，《文艺报》第 122 期发表本报讯《赵本夫小说研讨会召开》；以"长诗《甲申印度洋祭》六人谈"为总题，发表李瑛的《一首激越的战歌》，韩作荣的《纪实文学的新探索》，张同吾的《回荡寰宇的挽歌》，谢冕的《悲天悯人真诗人》，吴秉杰的《诗人的责任》，吴思敬的《一座诗的丰碑》；同期发表鲁彦周的《我的心路历程：生命力的涌动》；张俊彪的《营造作品的共时性结构》。

《文学报》第 1625 期发表张学昕、吴宁宁的《我看当下青春写作——兼评马小淘的"青春小说"》。

5 日，《大家》第 6 期发表王安忆的《小说的当下处境》。

《上海戏剧》第 11 期发表祝克懿的《失衡的音韵——谈"样板戏"飞扬不还的音韵特征》；郑国和的《赵氏孤儿：一颗变化的复仇心——从〈赵氏孤儿〉看复仇观念的演变》。

《电影艺术》第 6 期发表燕俊、张巍的《百年中国电影编剧简史》；李玮的《新时期中国电影表演描述》；陈少舟的《中国戏曲电影的黄金时代》；肖尹宪的《长影厂与中国电影百年——论"工农兵电影流派"和"大众电影美学"》；张阿利的《中国西部电影的美学特征》；吴迪的《审查与监督：十七年中国电影》；陈旭光、郭涛的《论新时期以来的影视纪实美学潮流》；张中全的《重读新时期以来关于中国电影民族化的论争》；杨红菊的《中国电影现代性问题研究再审视》；张希的《家园神话——中国电影中的乡土呈现及想像》。

《花城》第 6 期发表张柠的《乡土社会血缘传承中的异端形式》；朱大可的《当代文学的流氓面容》；虹影的《会讲故事的母亲——海外女作家的女性意识》；川沙的《中国文学该不该面对伟大》。

8 日，《文艺报》第 124 期发表牛学智、曹有云的《西部：一种文学精神》。

10 日，《文艺报》第 125 期发表杨剑龙的《小说：塑造我们时代的人物形象》；王学海的《美与当代生活的三大特点》；唐应龙的《走出文艺批评的困境》；张全之的《时代对文学要求什么？》；田广文的《转型期文学的病与药》。

《文艺研究》第 11 期发表高小康的《理论过剩与经验匮乏》；余虹的《理论过

剩与现代思想的命运》；王逢振的《"理论过剩"质疑》；董健的《从田汉看抗战文艺的伟大精神》；胡星亮的《老舍和田汉：1957—1958年的戏剧使命》；张艳梅的《写实演剧与中国现代剧坛》；邹红的《在古典与现代之间——青春版昆曲〈牡丹亭〉的诠释》。

《中州学刊》第6期发表张立群的《多元与共生——论中国类后现代小说的叙事观念》；杜福磊的《新时期现代写作文化建设中的学术争鸣与发展》；赵凤玲的《中国当代影视文化中的女性身体写作理论评析》。

《中国图书评论》第11期发表张桃洲的《一项诗学工程》；万宇的《江南无所有，聊寄一枝春》；徐鲁的《芦苇的风骨》。

《西南师范大学学报（人文社会科学版）》发表朱德发的《胡适白话诗学的现代阐释》；曹万生的《1930年代清华新诗学家的新批评引入与实践》；张兵的《略论武侠小说的文化特征》；王立的《中国大陆地区武侠史论著刍议》；王林、姚朝文的《文化诗学批判与批评生长》；李红秀的《大众传媒与文学的后现代性》。

《华中师范大学学报（人文社会科学版）》第6期发表童庆炳的《毛泽东与"读者意识"》；黄曼君的《"视界融合"中的生命之流——中国20世纪新文学现代品格的动态考察》。

《江海学刊》第3期发表丁帆的《文明冲突下的寻找与逃逸——论农民工生存境遇描写的两难选择》。

《学术论坛》第11期发表陶丽萍的《梁实秋的诗学理想与新诗现代性的构建》；周志雄的《论情爱叙事的深层意蕴》；鲁春芳的《生态危机时代文学研究新视点——论生态批评的理论与实践》；肖晶的《大音希声，大象无形——析张洁〈无字〉》。

11日，《青年文学》第11期发表东西的《内心的秘密》。

12日，《文艺报》第126期发表本报讯《专家学者研讨中国现当代诗歌研究》。

15日，《人文杂志》第6期专栏"人文学术新思潮：中国形象的后殖民主义文化批判"发表周宁的《文明之野蛮：东方主义信条中的中国形象》，李勇的《形象学的文化转向》；同期发表高玉的《重审中国现代文学史上的"民族主义文学运动"》；章辉的《本体论的歧见及其与当代中国美学的关联》。

《文艺报》第127期以"长篇小说《夜幕较量》评论"为总题，发表白烨的《真实的力量》，毕胜的《歌颂正义　揭露黑暗》，阎晶明的《智力拼斗见精神》；以"长篇小说《零炮楼》笔谈"为总题,发表梁鸿鹰的《一座炮楼和六个人》,吴秉杰的《生者与死者的凝视》,施战军的《张者的二重爆破》;同期发表余斌的《云南散文实验场——七本散文读后印象》;王晓峰的《小小说:温暖和谐的审美艺术》;侯德云的《小小说:现实与理想》。

《文艺争鸣》第 6 期发表吴亮的《等待批评》;以"关于新世纪文学"为总题,发表程光炜的《"新世纪文学"与当代文学史》,陈晓明的《乡土叙事的终结和开启——贾平凹的〈秦腔〉预示的新世纪的美学意义》,吴思敬的《世纪初的中国诗坛》,柳冬妩的《在生存中写作:"打工诗歌"的精神际遇》,张宗刚的《散文的流弊——新世纪五年来诸家散文漫评》;以"新世纪文学看台湾:詹澈、蓝博洲作品评论专辑"为总题,发表古远清的《刮目相看詹澈诗》,杨匡汉的《更添波浪向人间——〈詹澈诗选〉漫评》,朱双一的《与"本土八股"的对抗和超越——蓝博洲作品的另一种意义》,范宜如的《纪实与虚构:蓝博洲〈藤缠树〉的创作美学》;同期发表刘孝春的《试论〈幌马车之歌〉——纪念抗战胜利 60 周年》;周立民的《平庸·疲沓·小说的内在张力——对当下中短篇小说创作的看法》;纪众的《历史叙述的文学文本——张笑天的小说特性和方法》;方维保的《人民·人民性与文学良知——对王晓华先生批评的回应》;刘建军的《当代语境下伦理批评内涵的重新阐释》;胡德才的《当代戏剧走向终结了吗?——与朱寿桐先生商榷》;洪宏的《是戏剧走向末路,还是学理误入歧途?——也谈所谓当代戏剧的"终结"》;胡立新的《生态批评应超越知识观与价值观悖论》;段新权的《"本质力量的对象化"与生态文艺学的两处矛盾》;胡三林的《生态文学:批判与超越》;秦剑的《时代呼唤自觉的生态文学》;曾令存的《客籍作家与中国新文学》;蔡翔的《近十年来的知识路径》;刘富华、祝东平的《"被欲望"的梦魇与"逃离"的歧途——陈染小说的"男性态度"》;王璐的《陈染:否定性叙述——对抗菲勒斯中心主义》。

《中央民族大学学报(哲学社会科学版)》第 6 期发表杨春的《2004 年我国少数民族文学创作综述》。

《云南民族大学学报(哲学社会科学版)》第 6 期发表李骞的《平实的深刻:论朱自清的〈新诗杂话〉》;董剑的《雪峰寓言与雪峰精神》。

《当代文坛》第 6 期发表冯宪光的《人民文学论》;杜平的《建构"他者"形象的话语——文学的异国情调》;阮南燕的《孤独者的自我毁灭:先锋之悖论》;秦韶峰、叶祝第的《从纯文学刊物的溃败看先锋派小说的终结》;徐巍的《视觉文化语境中当代小说的空间化趋向及其意义》；高卫红的《文本结构与现实世界——从〈金光大道〉、〈许三观卖血记〉话语模式看小说文体变迁》；王琳的《被"借用"与"误读"的"身体写作"》；张懿红的《伸向窗外的绿叶——从张翎、项小米近作看女性写作的新走向》；王瑜的《艰难的超越——从〈我的禅〉看卫慧近期的小说创作》；熊修雨的《90年代贾平凹精神世界探询》；洪耀辉的《"冰碴"之下热流涌——论余华小说的精神向度》；余文博的《海岩小说创作中的悲剧美学》；陈树萍、李相银的《现代化进程中的乡村叙事——评李锐"农具系列之一"》；段国强的《乡土记忆与审美表达——论葛水平的写作资源及艺术品格》；胡沛萍的《董立勃小说的意义》；谢建华的《艺术技巧与情感诉求的交融并生——都市言情剧审美风格探析》；邵滢的《声音的意义：从方言电影说起》；张蓉、王锋的《关于民工剧热播原因的思考》；彭立、黄颖的《电视专题片与纪录片比较谈》；潘正文的《20世纪90年代文化生态与散文的艺术发展》；陈振华的《论新时期以来女性散文中的女人形象》；章妮的《论新生代散文的语言狂欢》；王开志的《文化人格与艺术自觉——论王充闾的散文创作》；王长国的《寻找"那个个人"——读毕飞宇〈那个夏季，那个秋天〉》；刘进的《知识分子何为？——读曹征路的小说〈那儿〉》；戴瑶琴的《流氓的拳头与绅士的耳光——评小说〈英格力士〉》；梁中杰的《荒诞的真实——读董新芳长篇小说〈私生子〉》；薛锋的《疏离与趋同：当代新诗的两种语言向度》；钱志富的《王富强诗歌创作简论》；周晓风的《区域文化与诗性写作——梁平〈巴与蜀：两个二重奏〉的一种解读》；沈健的《从毛翰〈钓鱼岛〉看政治抒情诗的发展空间》；杨青的《在深渊之上飞翔——读李明政组诗〈赤水河〉》；陈学祖的《善待生命：王学忠诗歌的抒情伦理与生命境界》；冯源的《诗意行走和灵魂穿越》；曾洪伟的《手机短信：中国现代小诗发展新机遇》。

《当代电影》第6期发表李道新的《民国报纸与中国早期电影的历史叙述》；孙绍谊的《叙述的政治：左翼电影与好莱坞的上海想象》；章柏青、贾磊磊的《世纪风云中的历史记忆与民族影像——〈中国当代电影发展史〉序》；纪一新、陆小宁的《〈红色娘子军〉：电影与记忆机制》；聂伟的《〈霓虹灯下的哨兵〉：战争意识形态笼罩下的城市感性》；檀秋文的《精神家园的失落与心灵人格的困境——重读〈早春二月〉》；宋家玲的《中国本土电影：当下创作追寻中的觉悟与迷失》。

《广东社会科学》第6期发表杨俊华的《论台湾女作家琦君散文的叙述法》。

《江汉论坛》第11期发表吴永平的《细读胡风之〈关于舒芜问题〉——兼及

"将私人通信用于公共事务"问题》。

《江苏社会科学》第6期发表何永康、高永年的《论中国现代小说学之成因》；王锺陵的《夏衍的历史剧创作及其争论的理论实质》；姜建的《论"开明派"的"真诚"文学观》；管兴平的《现代性和后现代性的文化思想视角》。

《齐鲁学刊》第6期发表朱献贞的《论五四文学道德意识的现代转型》；章亚昕的《新诗发展之功能性追求的结构化倾向》；吉崇敏的《十七年文学中的民间叙事》；席建彬的《在"清云"与"泥淖"之间——试论汪曾祺小说的"存在"取向和内涵》；王万森的《小说叙事与人生反思的双向探索——陈宝云〈大江流日夜〉读后》。

《社会科学》第11期发表施萍的《"革命",非"革命家"——论林语堂的知识分子立场》。

《社会科学研究》第6期发表冯宪光的《重庆抗战时期的文学地理学问题》；陈明彬的《后现代小说标题艺术论》。

《社会科学辑刊》第6期发表胡亚敏的《论当今文学批评的功能》；黄万华的《战时中国文学呈现的中外文学交流》；邓伟的《论中国现代自由主义文学与学院文化》。

《求是学刊》第2期发表解玉峰的《试论20世纪前期的中国戏剧研究》；刘晓丽的《〈艺文志〉杂志与伪满洲国时期的文学》。

《诗刊》11月号下半月刊发表俞强的《发现与发明：诗歌与生命意识的双胞胎》；柯平的《俞强印象》。

《南方文坛》第6期发表李美皆的《我的批评观》、《文学与人生的两翼——以顾城和曹雪芹为例》；李建军的《犀利而体贴的常识主义批评家——论李美皆的文学批评》；吴义勤的《秩序的"他者"——再谈"先锋小说"的发生学意义》；贺绍俊的《从〈无字〉看现实主义在当代的发展》；张炯的《宁愿少些,但要好些》；黄发有的《文学健忘症——消费时代的文学生态》；赵勇的《谁在守护"红色经典"——以"红色经典"剧改编看观众的"政治无意识"》；汪政的《王家庄日常生活研究——毕飞宇〈平原〉札记》；洪治纲的《1976：特殊历史中的乡村挽歌——论毕飞宇的长篇小说〈平原〉》；金理的《孩子在"银碗盛雪"的世界里手舞足蹈：〈平原〉印象》；翟鹏玉的《让审美走出纯粹与虚幻,进入历史生态的和谐之城》；季芳的《以"审美场"为纲的生态美学建构——袁鼎生教授的生态美学系列著作》；李启军的

《系统整体创新的生态美学》；申扶民的《走向整生之美的当代生态美学——从〈生态视域中的比较美学〉看当代美学发展的新趋向》；连友农的《"天门关作家群"研讨会纪要》；庄园的《被欲望追逼的"城市困兽"——评青年女作家锦璐的小说作品》；徐庆全的《上海市委宣传部对四次文代会报告修正稿意见书跋》。

《思想战线》第6期发表谭君强的《论叙事作品中叙述者的可靠与不可靠性》；傅其林的《互动中的叙事模式——中国20世纪20年代雅俗小说形态研究》。

《浙江学刊》第6期发表杨经建、罗四林的《新古典主义：二十世纪中国文学的一种创作生态景观》。

《理论与创作》第6期发表罗成琰的《百年文学与传统文化价值观》；张瑷的《当代有关纪实小说的争鸣与文体实验》；易孟醇的《毛泽东论诗的情感与形象》；佘世红的《视觉盛宴与温暖人情的有机融合——论中国电视文化背景下"韩剧"的魅力》；张晓峰的《从韩剧热播看当代通俗小说的创作》；梁鸿的《韩剧：日常生活的诗性建构》；陈林侠的《韩剧：执意的魅力与时尚的个性——从〈大长今〉说起》；汤梦箫的《韩国偶像剧的"灰姑娘"情结》；赵树勤的《欲望化　纪实化　影像化——消费时代女性写作的一种走向》；娄吾村的《近年现实题材长篇小说创作论》；刘绍峰的《论当前创作繁荣的几个征象》；曾方荣的《诗性的缺失与读者的缺席——对20世纪90年代诗歌的整体观照》；何镇邦的《青春的浪漫曲,新型的教育诗——读郭林春的长篇小说〈青春风暴〉》；袁爱华的《无言以对的乡土——贾平凹〈秦腔〉叙事解读》；费团结的《延续与创造：〈秦腔〉叙事艺术论》；龚敏律的《精神圣者的仰望之路——论史铁生创作中的宗教意识》；谢卓婷的《论张承志的文化身份焦虑》；孙建茵的《破碎：转型期的现实感悟——毕飞宇小说研究》；吴建华、孙明岗的《刘庆邦小说中的农民》；罗成的《独立姿态背后的价值牴牾——对〈致橡树〉的互文性再解读》；肖绮的《〈狼图腾〉畅销探析与弊端审视》；廖高会的《人性、动物性和诗性——简析红柯〈大河〉中的童话叙述》；聂茂的《人性之美的张扬与温情生活的历史镜照——罗鹿鸣诗歌的情感传播》；乔德文的《英雄血,为谁流下咸阳去——论话剧〈商鞅〉的人文价值、形象体系及艺术特色》；蒋青林的《"审丑"迷误：主体审视意识匮乏的当今影视》。

《福建论坛》第11期发表南帆的《典型的谱系》；吴金喜、郑家建的《诗学的与哲学的维度——论20世纪中国小说研究的两个生长点》；谢越华、陈剑晖的《诗性散文的可能性与阐释空间》；景国劲的《视觉文化中的身体叙事》。

17日,《文艺报》第128期发表李万武的《与现代主义相遇的现实主义文学》;张召鹏的《女性文学研究的新收获》;张瑜的《评田建民〈中国当代文艺论争史〉》;王研丁的《诗歌语言的节奏和韵情》;黄桂元的《见证赵玫的散文岁月》。

《文学报》第1627期发表曹征路的《纯文学向上,还有什么向下?》。

《文学评论》第6期发表肖伟胜的《知识全球化时代的当代文学研究》;高小康的《作品链与活动史——对文学史观的重新审视》;杨红莉的《汪曾祺小说"改写"的意义》;霍俊明的《化血为墨迹的持久阵痛——绿原诗歌论(1949—1976)》;初清华的《新时期之初小说对知识分子身份的想象》;朱晓进的《评〈中国西部现代文学史〉》。

《作品与争鸣》第11期发表郁瑞村的《不能让〈柳乡长〉胡来》;秋石的《关于鲁迅版税及其他》。

20日,《小说评论》第6期发表雷达的《从囚徒到省委书记》、《我读〈五福〉》(雷达专栏:"长篇小说笔记");贺绍俊的《我们从"青楼"里看到了什么》(贺绍俊专栏:"追风逐云");以"刁斗专辑"为总题,发表可训的《主持人的话》,张赟、刁斗的《"边缘是小说最合适的位置"——刁斗访谈录》,刁斗的《自述》,张赟的《走进刁斗的"性灵生活"》;同期发表洪治纲的《中国当代先锋文学发展主潮(下)》;李运抟的《边缘化时代的长篇小说接受》;王春林的《对20世纪中国历史的消解与重构——评刘醒龙长篇小说〈圣天门口〉》;张柱林的《〈后悔录〉:穿越现实的心灵欲火》;田遥的《恐惧与耻辱:人性力量的寓言——余华长篇小说〈兄弟〉(上部)解读》;黄立华的《〈乡约〉与"乡约"的较量——〈白鹿原〉的道德人生》;张德明的《真诚、自洁与精神守望——评母碧芳长篇小说〈荆冠〉》;向荣的《反腐叙事的另一种可能与小说的伦理性——关于长篇小说〈天地平民〉的札记》;洪耀辉的《冷峻而不冷漠——余华小说叙事风格阐释》;杨琳、马俊的《直面苦难与劣根——读黄建国的〈谁先看见村庄〉》;石立干的《论迟子建人格对其文格的制约》。

《东北师大学报(哲学社会科学版)》第6期发表赵准胜的《〈狼图腾〉:从沉默到宣泄以及"别一种另类"》。

《学术月刊》第11期发表杜心源的《现代"文学自我"探索中的"九叶诗派"》。

《河北学刊》第6期以"中国现当代文学中的英雄叙事"为总题,发表朱德发的《革命文学群己对立英雄观辨析》,王寰鹏的《梁晓声知青小说英雄叙事新解》,李宗刚的《"十七年"文学英雄叙事的隐喻性特征》,李钧的《两类"农民英雄"与两种英雄观》、张伟忠的《当代英雄谱系中的改革英雄及其双重人格结构》,杨新刚的《20世纪90年代以来英雄叙事小说的审美特征》;同期发表王一川的《中国现代性的特征(下)》;钱振文的《中国青年出版社与〈红岩〉的生产》;田建民的《崇欲抑理的精神阐释——施蛰存心理分析小说浅论》。

《学术研究》第11期发表唐金海、张喜田的《20世纪中国文学社团、流派的文化考察》;杨洪承的《〈新青年〉模式与文学研究会的生成》。

《重庆三峡学院学报》第6期发表卢玮的《从〈龙应台评小说〉文集看其文学批评风格》。

《中共郑州市委党校学报》第6期发表罗相娟的《以质朴童心感悟人性之美——林海音〈城南旧事〉的儿童叙事视角》。

22日,《文艺报》第130期发表谢有顺的《廖红球长篇小说〈苍天厚土〉 重返心灵的故乡》;张懿红的《我为甘肃长篇小说创作把脉》;孔海蓉的《直面现实社会 叩击人生灵魂——龙志毅作品研讨会综述》。

23日,《天津社会科学》第6期发表李红春的《"身体"的突围及其困境——新时期审美文化主题研究》;蓝爱国的《文学批评:身份的文化辨识》;于文秀的《贺岁影视剧现象的文化解读》。

《武汉大学学报(人文科学版)》第6期发表吴道毅的《解读沈从文作品的人性内涵》。

24日,《文艺报》第131期发表本报编辑部的《曹征路小说作品研讨会在北京召开》、《首届全国校园文学论坛在深圳举行》;同期发表晓苏的《强权文化现象的透视》;周景雷、韩春燕的《当前长篇小说的走向与缺失》;朱献贞的《诗歌,你应该理性地思考》。

《文艺理论与批评》第6期发表严昭柱的《关于文艺人民性的思考》;马龙潜、高迎刚的《"大众文化"与人民大众的文化》;方维保的《资本运作时代的人民和人民性思考》;旷新年的《人民文学:未完成的历史建构》;余旸等的《中国当代文学期刊2005年第4期综评》;刘复生的《从欢乐英雄到历史受难者——评〈亮剑〉》;栾慧的《论巴金家庭题材小说家园意识的变化》;张宏的《主体认同、革命意识与人民美学——论张承志在新时期的文学实践》;寿静心的《在主流文学边缘行走》;尹晓丽的《试论新中国电影视野中的乡村景观》;路文彬的《"恶意"冲动迷失下的写作情感依赖——当代中国文学的一种病态审美趣味》;李正红、维保的《论二三十年代左翼叙事文学的革命主题》;闻信的《"抗日战争与延安文艺"研讨会记述》;方闻的《"抗日战争与文艺"研讨会纪要》。

《文史哲》第6期发表黄悦的《狂人疯癫世界与常人文明世界——从〈狂人日记〉看中国现代性的"逼入历史"的命题》。

《文学报》第1628期发表林非的《散文创作的前景》。

《吉林大学社会科学学报》第6期发表李新宇的《重返"人的文学"——1980年代中国文学的知识分子话语之四》;李明军的《1990年代大众文艺精神取向论》;张文东的《常与非常——张爱玲〈传奇〉叙事之结构模式》。

24—25日,由香港岭南大学人文科研中心、《明报月刊》等主办的"第四届东亚学者现代化中文文学国际学术研讨会"在南京召开,中心议题为"东亚文化与中文文学"。

25日,《东岳论丛》第6期发表曾琪的《传播学视野下的"张爱玲热"》。

《甘肃社会科学》第6期以"问题与出路:当前文学批评现状笔谈(三篇)"为总题(主持人:李建军),发表黄发有的《批评就是发现》,刘川鄂的《新世纪文学批评的新策略——批评名家的理由》,杨光祖的《批评的伦理底线与批评家理论主体的建构》;同期发表支克坚、邵宁宁的《鲁迅的启蒙主义、革命文学的成败得失及其他——支克坚先生访谈录》;程金城的《审视作为历史"中间物"的"他们"及其文艺理论"遗产"——评支克坚先生的〈冯雪峰论〉〈胡风论〉〈周扬论〉》。

《当代作家评论》第6期发表唐晓渡的《芒克:一个人和他的诗》、《顾城之死》、《谁是翟永明?》;张学昕的《"虚构的热情"——苏童小说的写作发生学》;苏童、张学昕的《回忆・想象・叙述・写作的发生》;范培松的《论后"工农兵"代言人时代的散文的精神特征》;以"范小青评论专辑"为总题,发表陈晓明的《后革命的博弈——〈女同志〉中的权力与力比多的辩证法》,王尧的《文化气质与女性身份的重新书写——长篇小说〈女同志〉阅读札记》,谢有顺的《比权力更广大的是人心——我读范小青的〈女同志〉》;同期发表王晓明、冷嘉等的《文学呼吸——〈那儿〉引发的思考》;陈思和的《关于"都市文学"的议论兼谈几篇作品——"三城记"之上海小说卷序》;李雁的《叹不完的悲情——论方方笔下的几种悲剧爱情模式》;林斤澜的《小车不倒只管推》;残雪的《垂直的写作与阅读——关于〈寒冬夜行人〉的感想》;王小妮的《小说的当下性和诗意》;张未民的《是什么"长势喜人"?——长篇小说〈长势喜人〉的意义与一种"生长叙事"》。

《社会科学家》第 6 期发表章妮的《城市话语的形态建构——谈马华当代散文创作中的城市想象》。

《社会科学战线》第 6 期发表张福贵、马丽玲的《人类思想主题的生命解读——张资平小说性爱主题论之二》;李静的《启蒙叙事与女性视角的交织:萧红乡土小说论析》。

《郑州大学学报(哲学社会科学版)》第 6 期发表张宁的《"花边文学"事件与两种民族主义》;焦勇勤、孙海兰的《论王小妮 90 年代以来诗歌的精神内涵》。

《南京师大学报(社会科学版)》第 6 期发表徐仲佳的《性爱中的女性:20 年代男性小说家的物化想象》;贺仲明的《论 1990 年代以来乡土小说的新趋向》。

《晋阳学刊》第 6 期发表潘智彪、袁敦卫的《读图时代与文学之维》;刘保昌的《当下小说的网络书写》。

26 日,《文汇报》发表殷健灵的《历史中的生命体验——读胡廷楣长篇小说〈生逢 1966〉》。

27 日,《文学自由谈》第 6 期发表梁凤莲的《都市文学的地域属性》;邵燕君的《千万别搅成一锅烂粥》。

28 日,《兰州大学学报(社会科学版)》第 6 期发表张建生的《民主意识的选择与"个人主义"的演变》;李洁的《生态批评在中国:17 年发展综述》。

《厦门大学学报(哲学社会科学版)》第 6 期发表王宇的《"改造恋爱"叙事模式的文化权力意涵——20 世纪 50—70 年代小说的一种象征结构分析》;李城希的《鲁迅论审美创造心境》。

《湘潭大学学报(哲学社会科学版)》第 6 期发表赵君的《结构意蕴:"流散"作家虹影小说的"叙事语法"》。

29 日,《文艺报》第 133 期发表薛玉凤的《黎锦扬——在华裔美国文学史上占有重要地位》;公仲的《寄厚望于华文文学》;陈瑞琳的《群星闪烁的北美天空——记〈一代飞鸿〉发布会暨"北美华人移民文学的历史与未来"研讨会》;李敬泽的《王蒙长篇小说〈尴尬风流〉知中国人之"心"》;雷涛的《陕西作家要学习柳青》;古耜的《回眸一叹百味生》。

30 日,《求索》第 11 期发表余晓明的《互渗与回环:政治文化视角下的文学与政治关系》;高翔、刘瑞弘的《关内外现代家族小说的创作取向与研究态势》。

《南京大学学报(哲学·人文科学·社会科学)》第 6 期发表李玲的《老舍小

说的性别意识》;以"文学史与文学史观(笔谈)"为总题,发表何锡章的《文学史分期与价值立场》,李继凯的《方法、眼光及文学史建构》。

《中国图书评论》第 11 期发表刘绍瑾的《关注儒家文艺美学的生命精神》。

《重庆邮电学院学报(社会科学版)》第 6 期发表余文博的《一个多层次的审美艺术空间——艾雯散文艺术论》。

本月,《文艺评论》第 6 期发表杨效宏的《消费文化浸润下的文化趣味与意义商品化——兼谈文学的"交换意义"》;傅翔的《中国小说问题白皮书——关于对话、故事、人物与结构》;江冰的《论 80 后文学的网络特征》;沈芝霞的《爱情与政治的纠缠——1956 年前后婚爱小说的重新审视》;刘绍信的《当代小说叙述者的五种形态》;霍俊明的《变动中的当代新诗史叙述——以〈中国当代新诗史〉初版与修订版为例》;邢海珍的《重提王书怀兼论诗的读者困境》;何平等的《当下文学中的"小资情调"和"中产阶级趣味"》;苏奎的《徘徊在城市与乡村之间——贾平凹身份意识研究》;胡传吉的《解释存在,追索内心——关于谢有顺的批评随想》;杨孟勇的《在生命深处触摸到的自己》;李琦的《读杨孟勇和他的书》;曹志明的《中国新时期小说与日本战后文学》。

《河北大学学报(哲学社会科学版)》第 6 期发表郭宝亮、李延江的《王蒙小说语言的反讽性修辞及其功能》;李国华的《坚持理论创新:建设中国文学批评学——20 世纪中国文学批评学建设描述》。

《博览群书》第 11 期发表朱伟一的《"人生若只如初见"——谈网络小说〈生生不息〉》;曾纪鑫的《肉体与精神的悖论——长篇小说〈风流的驼哥〉创作谈》。

本月,南海出版社出版邓楠的《文学批评新视野下的文本解读》。

少年儿童出版社出版梅子涵的《阅读儿童文学》。

大众文艺出版社出版郭建华的《风雨春秋》;杨水晶的《水晶心语》。

河南文艺出版社出版何弘的《探索者:何弘文化文学论集》。

江苏教育出版社出版张新颖的《双重见证》。

民族出版社出版古世仓、吴小美的《老舍与中国革命》。

人民出版社出版张德礼的《二月河历史叙事的文化审美建构》。

郑州大学出版社出版贺绍俊的《铁凝评传》。

人民文学出版社出版蒋述单主编的《文化诗学》。

12 月

1日,《文艺报》第134期发表曾祥书的《乡土诗能立于时代诗潮吗?》;本报编辑部的《打工文学创作实践与未来发展全国学术研讨会召开》、《"世纪初中国新诗走向"研讨会在京举行》;同期发表刘勇、杨志的《中国文学应有自主创造的能力》。

《文学报》第1629期发表罗四鸰的《文学中的城乡:对立、取代与共存?》。

《新疆大学学报(哲学·人文社会科学版)》第4期发表陶德宗的《中国抗战文学初潮究竟起于何时何地——兼论日据时期台湾新文学在中国抗战文学中的历史地位》。

《写作》第12期上半月刊发表姜韫霞、吴凡的《女性眼中的现实偶然与未来必然——台湾影片〈20 30 40〉浅析》。

2日,《小说选刊》第12期发表阎晶明的《逃离与徘徊》。

3日,《文艺报》第135期发表刘帆的《移动中的影像消费》;沈芸的《中国电影史上的三次产业发展时期》。

《文汇报》发表潘志兴、任仲伦、石川的《〈亮剑〉缘何这样"鲜亮"——兼谈当前中国影视创作》;格非的《汉语写作的两个传统》。

5日,《山东社会科学》第12期发表彭小燕的《瞩目自由意志,呼唤独立精神——鲁迅留日时期社会历史观的逻辑起点》;陈晨的《启蒙落潮期人文观念的选择与调整——试析20年代中后期乡土小说创作的人文内涵》;李淑霞的《论王安忆的虚构本质论小说观》。

6日,《文艺报》第136期发表牛宏宝的《智慧之"思"——雷抒雁随笔集〈雁过留声〉》;孟繁华的《〈月亮背后〉的诗意与关怀》;石鸣的《我们在怎样伤害这个文体?》。

《文汇报》发表江胜信的《找回文学日益丢失的精神源头——作家评论家在"西部少数民族文学论坛"上发表见解》。

《台港文学选刊》第12期发表刘小新的《哈日文化研究在台湾述要》;蒋小波的《"海峡两岸台湾文学史学术研讨会"在厦门举行》。

8日,《人民日报》发表张炯的《文学现实主义的当代命运》。

《文艺报》第137期发表任晶晶的《繁荣西部少数民族文学论坛在昆明举行》;梁鸿鹰的《文艺批评三议》;樊星的《"新史诗"、"新经典"与"新寻根"思潮中的民族文化精神》;王卫平的《研究姿态的确立与学术品位的提升》;廖奔、刘彦君的《历史回顾与戏剧审美——反法西斯战争胜利60周年抗战戏剧演出一瞥》;以"福建小说评论"为总题,发表木弓的《杨少衡用心塑"新人"——读杨少衡近期中篇小说》,贺绍俊的《为我们的精神世界开一扇天窗——评须一瓜的小说》,陈福民的《让有病的生活向真实敞开——北北小说创作论略》;同期发表朱迪光的《文学研究中母题概念的界定》;方维保的《影视创作中历史剧的批评标准》;杨新刚的《当代媚俗小说批判》;钱超英的《"流散文学":本土与海外》;陈继会的《关于"新都市小说"》。

《文学报》第1630期发表夏烈的《被遮蔽的写作》。

10日,《文艺研究》第12期发表赵勇的《批判精神的沉沦——中国当代文化批评病因之我见》;肖鹰的《沉溺于消费时代的文化速写——"先锋批评"与"〈秦腔〉事件"》;杨春时的《现代性与二十世纪中国文学思潮的特性》。

《中国图书评论》第12期发表于濛的《"80后"告别"80后"以后……》;胡有清的《中国现代文学理论批评史近著综评》;谢有顺的《被权力劫持的人心》;曹丹红的《现实与浪漫的矛盾》。

《沈阳教育学院学报》第4期发表姚韫的《同根异脉同名异质——浅析海峡两岸的"寻根文学"》。

《学术论坛》第12期发表王绍辉、李建平的《论广西当代文学的文化魅力》。

11日,《青年文学》第12期发表刘恒的《信徒的读物》(创作谈)。

12—14日,由中国世界华文文学学会、暨南大学文学院主办的"第二届全国高校教师世界华文文学课程高级进修班"在广州举行。

13日,《文艺报》第139期发表本报讯《师东兵诗歌作品研讨会在京举行》;同期发表张燕玲的《东西长篇小说〈后悔录〉:人心的后悔录》。

15日,《文艺报》第140期发表本报编辑部的《刘醒龙长篇小说〈圣天门口〉学术研讨会在京召开》、《长篇报告文学〈八千里气龙越神州〉研讨会在京举行》;同期发表京师的《公安题材的人性化写作——张西作品研讨会发言摘要》。

《文学报》第1631期发表罗四鸰的《作家、批评家:诤友还是敌手?》;龚静的

《胡同的味道,汪曾祺的气息》。

《江汉论坛》第12期发表庄桂成、庄春梅的《中国文学批评现代转型发生"五四"说检讨》;张园的《论京派小说都市叙事的"他者化"》;杨剑龙、李伟长的《"为故乡树起一块碑子"——论〈秦腔〉的叙事方式与情感表达》;刘保昌的《审美缺席与精神迷失——长篇小说〈秦腔〉论》;马萧的《胡适的文学翻译与文学创作》。

《社会科学》第12期发表邓正兵、方秋梅的《"救亡与发展:抗日战争时期的中国文化"国际研讨会综述》。

《福建论坛》第12期发表祝敏青的《当代小说语境中的对话审美》;孙晓燕的《"百花时代"的浪漫主义涌动》;陈建宁的《试论〈南侨日报〉对中国新文学的评介》。

15—16日,由中国世界华文文学学会、暨南大学等主办的"首届世界华文文学高峰论坛"在广州召开,中心议题为"文化属性与文化身份"、"离散与认同"、"后殖民语境下的本土性与融合问题"和"现代性问题:经典与文学史"等。

17日,《作品与争鸣》第12期发表宪之的《一牍两谏,一歌两声——也评〈卧底〉》;冯德英的《我与"三花"》。

20日,《文艺报》第142期发表郭宝亮的《刘建东长篇小说〈十八拍〉:双重挤压下的爱情》;白烨的《是挽歌,又是牧歌》。

《华文文学》第6期发表刘俊峰的《风雨兼程20年——在〈华文文学〉创刊20周年座谈会上的致辞》;庄园的《20载岁月悠悠,〈华文文学〉坚韧成长——记〈华文文学〉创刊20周年座谈会》;秦弓的《2005海峡两岸华文文学学术研讨会综述》;李娜的《2003年内地的港澳文学研究述评》。

《天津师范大学学报(社会科学版)》第6期发表郜元宝的《谈哈金并致海外中国作家》。

《台湾研究》第6期发表方宝璋的《略论闽台民俗史的演变阶段》。

《学术研究》第12期发表胡星亮的《论现代主义影响下的台湾实验戏剧》。

21—24日,由华侨大学华文学院与福建省台港澳海外华文文学研究会共同主办的"华文教育与华文文学国际学术研讨会"在厦门集美召开。

22日,《人民日报》发表仲言的《电影百年:靓丽的文化景观》。

《文艺报》第143期发表本报编辑部的《李伦新长篇小说〈非常爱情〉研讨会举行》、《"四川青年作家作品研讨会"在成都举行》、《长诗〈沉溺〉研讨会举行》;同期发表强月霞的《李国文的文人生存观》;李鲁平的《欲望叙事对文学道德理想的消解》;赵慧平的《当代知识分子的生存档案》;刘泽民的《文学批评的"中国经验"建构——读〈游牧与栖居——当代文学批评的文化身份〉》;龚善举、陈小妹的《当前报告文学的价值取向》;朱云的《新视点与新进展》。

《文学报》第 1632 期发表李鲁平记录整理的《〈圣天门口〉学术研讨会部分发言纪要》;张柱林的《批评的学院化与理论的"杂碎化"》;胡传吉的《先锋及其意义的诱惑》。

23 日,《光明日报》发表张学昕的《长篇小说写作的"瓶颈"》。

25 日,《世界华文文学论坛》第 4 期发表陈映真的《中华文化和台湾文学》;金炳华的《在"詹澈、蓝博洲作品研讨会"上的开幕词》;陈映真的《蓝博洲的报告文学和詹澈的诗》;萧萧的《詹澈:用革命的态度对待现实》;吕进的《现实主义诗人詹澈》;石一宁的《从历史之场走向现实之思——评蓝博洲长篇小说〈藤缠树〉》;刘孝春的《试论〈幌马车之歌〉——纪念抗战胜利六十周年》;冀明俊的《欲为诸佛龙家,先做众生牛马——论林清玄及其禅思散文的世俗性》;程国君的《"用哲学的态度面对人生"——论罗兰散文的哲思品格》;袁飞舟的《以情为文张晓风——论张晓风散文的抒情风格》;李丹的《谈狄金森余光中诗不同的情感类型》;张杨的《大陆和香港女性文学之再比较——亦舒和池莉的创作比较》;许玉庆的《迁徙·冲突·漂泊——大陆与台湾"农民进城小说"之比较》;卢欣的《暴力与权力的征用——对香港黑帮电影流行的文化解读》;崔军的《从跨族裔的角度审视蔡明亮的"身份"写作》;钦鸿的《我看印尼华文微型小说创作》;沈庆利的《东西方交汇中的奇情奇恋——徐訏异域小说论》;张俏静的《留得素心叹世界——读北美新移民作家沈宁的纪实文学》;敦玉林的《以博大的情怀关注工农——少君有关作品评介》;金坚范的《中华民族是一个整体——〈台湾新文学风貌〉序》;古远清的《做一个有个性的台湾文学研究工作者——台版〈分裂的台湾文学〉后记》;李友唐的《读〈嫁得西风〉》。

《沈阳建筑大学学报(社会科学版)》第 4 期发表张庆政的《论亦舒小说中的女性意识》。

27 日,《文艺报》第 145 期发表雷达的《谢望新散文集〈珍藏起一个名字:母亲〉:大爱者的悲悯情怀》;贺仲明的《重建文学的边界》。

29 日,《文艺报》第 146 期发表安心的《诗的草原与草原的诗——我读晨光的诗》;以"陈继达小说评论特辑"为总题,发表闻雷的《沉重的月光》,陈惠方的《纵横诗笔见高情》,陈晓明的《坚持现实的写作》,张颐武的《投射当下中国的变化》,曾镇南的《照彻世情望月圆》。

《文学报》第1633期发表张光芒的《后启蒙时代的批评家何为》;黄伟林的《长篇小说繁荣中的缺失》;熊召政的《小说的正脉》。

30日,《戏剧(中央戏剧学院学报)》第4期发表陈建军的《戏剧运动的新路向——论欧阳予倩的"平民戏剧运动"》;张巍的《历史夹缝中的"鸳鸯蝴蝶派"电影》;付治鹏的《生态批评与中国生态戏剧——对三个戏剧文本的生态主义批评》。

《求索》第12期发表刘云生的《巴金与现代性》;任葆华的《沈从文都市小说"病相"解读》;魏颖的《丁玲早期小说〈韦护〉爱情悲剧的内涵》。

《绥化学院学报》第6期发表李永东的《潘雨桐的小说与中国传统文化》。

本月,《中国文学研究》第4期发表吴康的《"态度同一性"与"反抗绝望"——论汪晖的解构五四启蒙》;岳凯华的《五四新文学:功利与审美的互渗》;戚学英的《革命理性话语中的女性身体——蒋光慈、丁玲、茅盾小说解读》;马丽的《论艾青诗歌的悲剧精神》;罗帆的《个体可能性生存境遇的呈现——残雪小说叙事意识探析》;尹季的《20世纪末女作家的家族意识与小说创作》;黄钰的《九十年代新诗与汉语母语关系论争述评》;张凌江的《开阔的视野,沉实的收获——读乔以钢〈中国女性与文学〉》。

《戏剧艺术》第6期发表周安华的《光荣属于"他者"——论中国戏剧现代性的生成》;朱云涛的《人类本能与戏剧本质——对熊佛西的定县戏剧大众化实验的文化人类学考察》;杨新宇的《洪深与复旦剧社》;王四达的《谁之"喜剧"? 谁之"悲剧"? ——对高甲戏〈连升三级〉的文化解读》。

《江淮论坛》第6期发表肖佩华的《现代中国市民小说的传奇美学品格》;闫立飞的《余华的现实和历史》;丁肃清的《小说元素组合之透视》。

《读书》第12期发表余刚的《诗人之书:放弃或准备》(评朦胧诗)。

本月,新星出版社出版朱文斌编的《世界华文文学研究(第二辑)》。

台海出版社出版刘红林的《台湾女性主义文学新论》、《日据时期台湾新文学风貌》。

黑龙江教育出版社出版沈检江的《诗的滋味》。

图书在版编目(CIP)数据

中国当代文学批评史料编年. 第十卷,2003—2005/吴俊总主编;陈俊本卷主编. —上海:华东师范大学出版社,2016.5
ISBN 978-7-5675-5258-6

Ⅰ.①中… Ⅱ.①吴…②陈… Ⅲ.①中国文学-文学批评史-2003—2005 Ⅳ.①I206.7

中国版本图书馆 CIP 数据核字(2016)第 114057 号

中国当代文学史料丛刊

中国当代文学批评史料编年
第十卷:2003—2005

总 主 编	吴 俊
总 校 阅	黄 静 肖 进 李 丹
本卷主编	陈 俊
策划编辑	王 焰
项目编辑	唐 铭
审读编辑	唐 铭
装帧设计	崔 楚

出版发行	华东师范大学出版社
社　　址	上海市中山北路3663号　邮编 200062
网　　址	www.ecnupress.com.cn
电　　话	021-60821666　行政传真 021-62572105
客服电话	021-62865537　门市(邮购)电话 021-62869887
地　　址	上海市中山北路3663号华东师范大学校内先锋路口
网　　店	http://hdsdcbs.tmall.com

印 刷 者	上海中华商务联合印刷有限公司
开　　本	787×1092　16开
印　　张	21
插　　页	4
字　　数	344千字
版　　次	2017年10月第1版
印　　次	2017年10月第1次
书　　号	ISBN 978-7-5675-5258-6/I·1538
定　　价	103.00元

出版人　王 焰

(如发现本版图书有印订质量问题,请寄回本社客服中心调换或电话 021-62865537 联系)

中国广播电视出版社出版艾斐的《艾斐自选集》。

中国社会科学出版社出版曾思艺的《探索人性，揭示生存困境》。

海峡文艺出版社出版南帆的《向各个角度敞开》。

齐鲁书社出版刘克宽的《当代小说艺术形态散论》。

四川民族出版社出版张德明的《走进当代文学》。

岳麓书社出版周仁政的《巫觋人文——沈从文与巫楚文化》。

本月，大陆首家关于世界华文文学学科的网站——"世界华文文学创作与研究"网站由绍兴文理学院世界华文文学研究所创建并开通，网址是 www.worldhwyj.com。（消息来源：《世界华文文学论坛》2005年第3期）